STEFANIE
GERSTENBERGER

Das
Sternen-
boot

Über dieses Buch

Belforte 1947: Die Schrecken des Krieges sind vorbei, es gibt endlich genug zu essen, und auf Sizilien werden wieder Kinder geboren. Als Stella uns Nico am 1. April das Licht der Welt erblicken, scheinen ihre Lebenswege vorgezeichnet. Nico soll es seinem Vater gleichtun und später Carabiniere werden. Stella dagegen, ausgeschlossen aus der Villa und dem Leben ihrer adligen Eltern, wird zu ihrer armen Tante und den Großeltern gegeben. Doch dann stirbt Nicos Vater bei einem Einsatz, und fortan versucht seine Mutter, ihren Sohn vor allem zu bewahren, was ihm schaden könnte. Nico aber liebt das Meer und ist fasziniert vom gefährlichen Apnoe-Tauchen. Stella, von ihrer leiblichen Mutter schikaniert und vom Vater nicht beachtet, wächst zu einer jungen Frau heran, die sehr genau weiß, was sie will. So verlieben sich die beiden ineinander, heimlich, denn ihre Liebe hat keine Zukunft in dieser italienischen Welt. Sie finden einen Ausweg, jedoch mit weitreichenden Folgen …

Über die Autorin

Stefanie Gerstenberger, 1965 in Osnabrück geboren, studierte Deutsch und Sport. Sie wechselte ins Hotelfach, lebte und arbeitete u.a. auf Elba und Sizilien. Nach einigen Jahren als Requisitin für Film und Fernsehen begann sie selbst zu schreiben. Ihr erster Roman, *Das Limonenhaus* wurde von der Presse hoch gelobt und auf Anhieb ein Bestseller, gefolgt von *Magdalenas Garten*, *Oleanderregen*, *Orangenhaus*, *Das Sternenboot* und ihrem neuesten Roman *Piniensommer*. Die Autorin wurde mit dem DeLiA-Literaturpreis ausgezeichnet und lebt mit ihrer Familie in Köln.

STEFANIE
GERSTENBERGER

Das Sternenboot

ROMAN

DIANA

Von Stefanie Gerstenberger sind im Diana Verlag erschienen:
Das Limonenhaus
Magdalenas Garten
Oleanderregen
Orangenmond
Das Sternenboot
Piniensommer

Der Verlag weist ausdrücklich darauf hin, dass im Text
enthaltene externe Links vom Verlag nur bis zum Zeitpunkt
der Buchveröffentlichung eingesehen werden konnten.
Auf spätere Veränderungen hat der Verlag keinerlei Einfluss.
Eine Haftung des Verlags ist daher ausgeschlossen.

Verlagsgruppe Random House FSC® N001967

Taschenbucherstausgabe 05/2017
Copyright © 2015 und dieser Ausgabe © 2017 by Diana Verlag,
München, in der Verlagsgruppe Random House GmbH,
Neumarkter Straße 28, 81673 München
Dieses Werk wurde vermittelt durch die Literarische Agentur
Thomas Schlück GmbH, 30827 Garbsen
Redaktion: Angelika Lieke
Umschlaggestaltung: t.mutzenbach design, München
Umschlagmotiv: © Shutterstock
Satz: Leingärtner, Nabburg
Druck und Bindung: GGP Media GmbH, Pößneck
Printed in Germany
Alle Rechte vorbehalten
ISBN 978-3-453-35937-6

www.diana-verlag.de
Besuchen Sie uns auch auf www.herzenszeilen.de
Dieses Buch ist auch als E-Book lieferbar

Für Enzo.
Alle, die mir von dir erzählten,
haben dich unglaublich geliebt.
Und nun liebe auch ich dich ...

Ad Enzo.
Ogni persona che ho incontrato
e mi ha parlato di te,
ti aveva infinitamente amato.
Oggi, ti amo anch'io ...

1

Dies wäre ein guter Moment, um zu sterben, dachte Flora, während ihr die Tränen über die Wangen liefen. Die Zeit stand einen Moment lang still, wie um den Augenblick zu würdigen, dann zog die Hebamme Concettina mit einem Ruck den blauen Vorhang auf. Das sanfte Rosa der Morgendämmerung drang in den Raum. Flora weinte immer noch. Sie lag in einer warmen, klebrigen Lache, wahrscheinlich Blut, sie hatte nicht nachgeschaut. Ihre Oberschenkel zitterten von der Anstrengung der vorangegangenen Stunde. Es war vorbei. Ab und an fuhr noch ein Echo des Schmerzes durch sie hindurch und sammelte sich krampfend in ihrem Unterleib. Sie sah, wie die Wände immer heller wurden und die Farben mit dem Tageslicht zurückkehrten. Sie hatte diese Zeit am frühen Morgen schon immer geliebt. Aus dem Radio von Signora Mantelli war Klaviermusik zu hören. Die dunklen Töne drangen aus dem Erdgeschoss durch das offene Fenster und verklangen allmählich im langsamen Rhythmus des Stücks. Die Tränen liefen weiter an Floras Schläfen entlang, hinunter in ihr verschwitztes dunkles Haar. Wenn man so glücklich ist, muss sterben ganz leicht sein, ging ihr durch den Kopf.

»Ah, das Bett, das gute Bett, die guten Matratzen ...«, murrte die Hebamme und strich sich die wenigen grauen Haare auf dem Kopf glatt. »Warum hast du mich nicht früher gerufen? Da wäre noch Zeit gewesen, dich auf den Tisch in der Küche zu packen ...«

Doch Flora nahm nur die Nachbarinnen Pia und Ada wahr, die sich mit leisen Schritten um sie herum bewegten. Mitten in der Nacht hatten die Frauen Tommaso in der Küche umhergehen hören, vor Aufregung war ihm irgendetwas aus der Hand gefallen und zerbrochen. Sie hatten sofort gewusst, dass es so weit war, hatten Mann und Kinder schlafend in den Betten zurückgelassen und waren zu Flora hinübergeeilt. Während Tommaso loslief, um die Hebamme zu holen, waren sie bei ihr geblieben, um ihr den Schweiß abzutupfen, die trockenen Lippen mit Zitronenwasser zu befeuchten und die Hand zu halten. Flora mochte die beiden, sie waren jung und neugierig wie sie selbst, unter ihnen gab es keine Missgunst, dafür häufig etwas zu lachen. Pia kam nun mit einer Schüssel und wusch Floras Unterleib sanft mit warmem Wasser. Ada breitete ein Tuch unter ihr aus und wechselte das Laken so geschickt, dass Flora kaum ihren Körper anheben musste. Flora lächelte. An diesen Augenblick, in dem ihr Sohn mit einem letzten warmen Schwall aus ihr herausgeglitten war, würde sie sich bis an ihr Lebensende erinnern. Sie hatte es nicht nur überlebt, sie hatte es auch noch besonders gut und richtig zu Ende gebracht!

Die Tränen liefen immer noch, doch Flora schämte sich nicht mehr für den salzigen Strom, der von einem Schluchzen, das beinahe nach Lachen klang, begleitet wurde. Concettina tätschelte Floras Schulter, sie hatte schon viele Frauen weinen sehen, die gerade geboren hatten.

»Es ist das Glück, das ihr aus den Augen strömt«, sagte sie zu den Frauen, während sie die Plazenta vor das Fenster hielt, um zufrieden festzustellen, dass nicht das winzigste Stück in Floras Bauch zurückgeblieben war.

»Was hast du gesagt, wo ist ihre Mutter?«, raunte sie Ada zu. »Und was ist mit der Schwiegermutter? Die sind doch immer die Ersten, die sich Wochen vorher einquartieren ...«

»Soviel ich weiß, sind beide noch in Mistretta, wahrscheinlich sehnsüchtig wartend, mit gepackten Koffern«, tuschelte Ada zurück. »Flora hat ihnen nicht den richtigen Termin verraten wollen, hat um einen Monat getrickst ...«

»Aber was für ein Drama ist denn da passiert?« Die Hebamme schüttelte den Kopf. Bei den Schwiegermüttern verstand man das ja noch, aber die eigene Mutter nicht dabeihaben zu wollen? »Haben sie Streit? Es war doch nicht etwa eine *fuitina!*«

»Nein! Sie sind nicht heimlich durchgebrannt. Schaut doch!« Mit einem Stolz, als ob sie ihr selbst gehörten, wies Ada auf die dunkelbraunen schweren Möbel, die das Schlafzimmer beherrschten. Eine wuchtige Kommode, ein metallenes Kopfteil am Bett, ein Schrank, der die ganze Wand einnahm und das wenige Licht schluckte. »Sie ist die einzige Tochter, sie hätte sich doch um ihre Aussteuer gebracht. Nein, nein, sie hat bekommen, was sie wollte. Die Hochzeit, die Möbel, den Mann!« Ada seufzte, wie immer, wenn sie an ihren Nachbarn Tommaso Messina dachte. Diese Augen! Die Vorhänge, die Flora für das Schlafzimmer genäht hatte, hatten genau dieselbe Farbe. Wie das Meer an einem dieser typischen Tage im Mai, wenn das Wetter umschlägt und der Sommer endlich kommt.

»Sie hat Glück, dieses kleine Frauchen aus den Bergen«, murmelte die Hebamme Concettina jetzt. Die Nachbarinnen nickten eifrig. Wirft beim ersten Kind so leicht wie eine Kuh ihr zehntes Kalb, fuhr Concettina in Gedanken fort. Ein paar Presswehen, und schon war er da. Und dann noch ein so bildschöner Junge! Die meisten Neugeborenen sind verknautscht wie ein Laken, das man nicht rechtzeitig zum Trocknen aufgehängt hat. Sie sind rot und fleckig, haben hängende, griesgrämige Bäckchen und geschwollene Augenschlitze, die sie nicht öffnen wollen. Aber dieses hier ... Weißt du überhaupt, wie gesegnet du bist, Frau aus Mistretta?

Die Hebamme legte den Mutterkuchen in eine Schüssel aus Emaille und deckte ihn mit einem Tuch zu. Die alte Anna würde ihr ein hübsches Sümmchen dafür geben, ihn dann auswaschen und aus dem Blut verschiedene Heiltränke, Tropfen und Tinkturen herstellen.

Es war tatsächlich keine schwere Geburt gewesen, kaum zwei Stunden hatte Flora gebraucht, um ihr erstes Kind ans Licht der Welt zu pressen. Die Vorwehen hatte sie im Schlaf hinter sich gebracht. Sie hatte geträumt, in einer Backstube zu stehen. Es war wohlig warm, und sie war der Ofen, in dem die Leute ihre Brote backen ließen. Ihr Bauch zog und schmerzte, nicht übermäßig, aber doch spürbar, und immer wieder kam jemand an, öffnete ihren Bauch mit einer kleinen Tür, die seltsamerweise darin eingelassen war, und legte einen Laib Brot hinein. Sie erwachte in dem Augenblick, als die Fruchtblase platzte und das Bett durchnässte. Sie hatte sich so geschämt! Mein Gott, sie hatte ins Bett gemacht. Warum war das passiert? Warum hatte sie das Wasser nicht halten können? Mit einem Handtuch zwischen den Beinen versuchte sie, wieder einzuschlafen, und hoffte, dass Tommaso nichts merkte. Gleich am Morgen würde sie das Bett frisch beziehen. Doch dann wurden die Schmerzen immer stärker, bohrten in ihrem Rücken, bis sie unerträglich wurden und sie laut aufschrie. Tommaso fuhr hoch, als ob ihn jemand mit der Pistole bedrohte. Plötzlich war der Schmerz wieder weg. Flora lächelte, während sie stöhnend aufatmete. »Ich weiß nicht, aber ich glaube, du musst die Hebamme holen.«

Kleines, starrköpfiges Ding, hast so lange gewartet, mich zu rufen, dass es dann zu spät war, dich auf den großen Tisch in der Küche zu legen, dachte Concettina weiter, jetzt sind die obersten zwei der vier Matratzen dahin, und dein Mann wird euch neue kaufen müssen. Die billigen, gefüllt mit Maisblättern, werden es sein. Sie ließ den Blick durch das Zimmer schweifen. Außer den massiven teuren

Möbeln gab es vermutlich nichts Wertvolles in diesem Haus, doch etwas Heiteres lag zwischen den kargen Mauern und durchdrang alles darin, man meinte es beinahe greifen zu können.

Es kam sehr selten vor, dass Concettina in den Wohnungen, in die sie gerufen wurde, ein solches Ausmaß von Glück und Zufriedenheit wahrnahm. Egal, ob bei den Armen oder den Reichen. Wenn, dann konnte sie manchmal den Respekt der Ehepartner füreinander spüren, die meistens von den Eltern oder Verwandten ausgewählt worden waren.

Nachdem die Nachbarin Flora behutsam ein frisches Nachthemd übergestreift hatte, deckte Concettina sie mit einem sauberen Laken zu, legte den gewaschenen und stramm in ein Tuch gewickelten Jungen neben die Wöchnerin auf das Kissen und holte dann den Vater herein. Tommaso betrat zögernd und voller Ehrfurcht das kleine Zimmer. Die drei Frauen hielten in ihrer jeweiligen Tätigkeit inne. Sie wollten sehen, wie er seinem Erstgeborenen begegnete. Die Uniform der *Carabinieri,* die er für den Frühdienst in der Kaserne an der Via Fontana trug, glänzte in sattem Dunkelblau. Auch Floras Blick hing zwei Jahre nach der Hochzeit immer noch hingerissen an ihrem Mann. Er war zehn Jahre älter als sie, hochgewachsen, mit ernstem Gesicht zwar, aber leuchtend blauen Augen und einem leicht belustigten Zug um den Mund. Tommaso beugte sich über das hohe Bett, er küsste Flora nicht, das würde sich unter den Augen von Hebamme und Nachbarinnen selbst nach einer Geburt nicht schicken.

Er war noch immer verliebt in sie, wie in dem Moment, als sie ihm vor fünf Jahren in Mistretta, hoch in den Bergen der Madonie, aus Versehen in die Arme gelaufen war. Er war auf Urlaub von der Armee gekommen, und das kleine Mädchen, die freche Tochter des Kioskbesitzers, war plötzlich eine junge Frau. Zwar nicht sehr groß, doch mit was für einem tiefgründigen, lebenshungrigen Blick und was für einem Mund! Ach, er war immer noch ganz verrückt nach ihren weichen Lippen und ihrem sinnlich runden Körper.

Die Hebamme schnaufte. Tommaso wusste, dass diese in die Breite gegangene Alte genau mitbekam, was sich in den Häusern, in die sie gerufen wurde, abspielte, und alles, was sie hier sah, weitertratschen würde. Sollte sie doch! Er flüsterte seiner Frau ein zärtliches »*Amore mio!*« zu. Erst dann besah er sich seinen neugeborenen Sohn.

Dieses Wunder, hervorgegangen aus ihnen beiden, aus einer ihrer herrlichen Liebesnächte – oder war es an einem dieser Vormittage gewesen, als er sich einfach nicht hatte beherrschen können? Es kam ihm vor, als hätten sie in den vergangenen zwei Jahren, seitdem sie von Mistretta weggegangen waren, um hier in Bellaforte in dieser kleinen Wohnung zu leben, jeden Tag miteinander geschlafen. Flora hatte immer Appetit auf ihn, selbst in den letzten Wochen ihrer Schwangerschaft noch. Er schob die Erinnerung beiseite, er wollte vor seinem Sohn nicht schon wieder an Floras ehemals unschuldige, weiße Brüste denken, noch ohne dieses blaue Netz von Adern, das sie jetzt durchzog. Und ihren auffordernden Blick, der ihm auch in diesem Moment noch die Knie weich machte und etwas in der Hose seiner Uniform zum Leben erweckte. Um seine Verwirrung zu unterdrücken, räusperte er sich, bevor er sagte: »Er hat ja noch die Augen zu!«

Flora lächelte und drehte sich, um ihren Sohn besser betrachten zu können. Mit der Kuppe ihres Zeigefingers strich sie über die feinen Linien der Augenbrauen, zog dem Säugling dann das Tuch aus der Stirn und sog den zarten Geruch ein, den sein Köpfchen verströmte. Er roch süß und sauber, nach frisch geöffneten Erbsenschoten und Karamell. In diesem Moment hob er sein Kinn, als ob er auch ihren Duft aufnehmen wollte, das kleine Näschen streifte Floras Wange. Er hatte sie das erste Mal berührt! Jetzt wusste sie, warum ihre Tränen flossen, dieses Wesen aus ihrem Innersten war ein Teil von ihr, es würde immer an sie geschmiedet sein, würde sie nie mehr verlassen. Sie liebte es jetzt schon mehr als alles, was sie auf dieser Welt besaß. Sogar mehr als ihren Mann. Und das erfüllte sie einen Moment lang mit Sorge und Angst.

»Wie soll er heißen?«, fragte die Hebamme Concettina, ihre Nasenlöcher weiteten sich, und ihr Magen knurrte vernehmlich, denn aus der Küche zog der Geruch von frischem Brot in das Zimmer, das eine weitere Nachbarin gebracht hatte.

»Nicola!«, antwortete Tommaso. »Nach meinem Vater!« Die Nachbarinnen murmelten zustimmend.

»Ja, Nicola Messina!«, wiederholte Flora leise und drückte das Bündel an sich.

Einen Namen für seinen Sohn zu finden war nicht schwer gewesen. Der erstgeborene Sohn wurde nach dem Vater des Mannes genannt, der zweite nach dem Vater der Frau, doch allein den Namen auszusprechen, der seinen Sohn zeit seines Lebens begleiten sollte, hatte Tommasos Erregung wieder beruhigt.

Er öffnete die oberste Kommodenschublade und holte eine Kamera heraus, die unter seltsamen Umständen in seinen Besitz gelangt war. Er hatte sie nicht gestohlen, niemandem abgenommen, nicht unrechtmäßig getauscht oder auf sonstigem Weg illegal erworben. Dennoch widerstrebte es ihm, etwas, das er nicht gekauft hatte, als sein Eigentum zu betrachten. Manchmal dachte er darüber nach, welchem deutschen Soldaten sie wohl einmal gehört hatte, ob er noch lebte, und was passiert war, bevor er sie in dem Zugabteil gefunden hatte, in dem er zusammen mit seinen Kameraden nach Ende der deutschen Besatzung aus der Toskana zurück in die sizilianische Heimat fuhr. Die Kamera lag schwer in seinen Händen, »Leica« stand unten am Boden in das Metallgehäuse eingraviert, darunter noch einige deutsche Worte, die ihm nichts sagten: »Ernst Leitz Wetzlar«. Er würde den Film zu den Gebrüdern

Lorenzini in das einzige Fotostudio von Bellaforte bringen, dort, wo alle hingingen, um sich an den besonderen Festtagen fotografieren zu lassen. Schon einmal hatte er einen Film dort hingebracht, den er in Bellafortes Straßen verknipst hatte. Nicht die Leute in ihren besten Kleidern an den Festtagen, dafür aber Plätze und Häuser, ja sogar das Muster der runden Steine auf der Straße, all die Dinge, an denen er täglich vorbeikam. Auch die Menschen auf den Bildern sahen genauso aus, wie er sie kannte. Ein Junge auf einer Bank. Ein Messer- und Scherenschleifer mit seinem Wagen. Eine in Schwarz gehüllte Alte mit einem Regenschirm. Was ein, zwei Jahrhunderte Bestand gehabt hatte, würde sich bald ändern, das ahnte er. Schon der Krieg und die Besatzung der Amerikaner hatten so viel Neues gebracht. Das weiche weiße Brot zum Beispiel, innen wie Watte, das ein unbefriedigendes Gefühl im Mund hinterließ. Oder die ganz anders riechenden, feinen Zigaretten, das dunkelrote, faserige Fleisch in den eckigen Büchsen oder das *ciuingam* ... Chewinggum. Doch ab jetzt würden die flüchtigen Augenblicke, die er festgehalten hatte, nicht mehr vergessen werden. Es ist albern, dachte er, auch die *fratelli* Lorenzini haben komisch geschaut. Wer bin ich denn schon? Ein *Maresciallo* in einem kleinen Städtchen am Meer, der viel öfter Akten liest als Verbrechen bekämpft und bestimmt kein großer Künstler ist. Doch ich habe das Alte für die Nachwelt bewahrt.

»Nun sieh sich das einer an, das Bübchen lacht!«, rief die Hebamme aus. Auch Pia und Ada beugten sich vor. Tommaso schaute durch den Sucher und drehte hastig an dem metallenen Objektivring, um scharf zu stellen. Sein Sohn hatte den kleinen Mund verzogen und die Augen geöffnet, es sah wirklich aus, als würde er lachen. »Heilige Mutter Gottes!« Concettina bekreuzigte sich. »Viele, viele habe ich den ersten Blick in die Welt tun sehen, doch gelacht wie dieser hier hat keiner. Möge das Glück und Gottes

Segen weiterhin bei euch sein, *cara* Flora! Und auch bei Ihnen, *Maresciallo!*«

Es klopfte, die Tür ging auf, und der Arzt betrat das Zimmer. Ein kleiner Mann mit dunklen Haaren und einem glatten Gesicht, dem man seine knapp sechzig Jahre nicht im Mindesten ansah. Zu spät, wie so manches Mal, dachte Concettina, als sie ihn begrüßte. »Alles in Ordnung, Herr Doktor, Erstgebärende, spontane Geburt, Plazenta unauffällig und intakt, keine besonderen Probleme ...« Mit diesen Worten nahm sie die abgedeckte Schüssel, ging hinüber in die Küche und packte den Mutterkuchen in eine kleine, mit Stanniol ausgekleidete Kiste. Dann ließ sie sich von Nachbarin Nunziata, deren sieben Kinder sie alle geholt hatte, Kaffee einschenken und ein Stück duftendes Brot auf den Teller legen. Sogar recht hell war es, nicht dieses dunkle Zeug, was sie im Krieg und lange Zeit danach immer bekommen hatten. Was für eine leichte Geburt, dachte Concettina noch einmal und griff nach dem Geld, das Tommaso für sie auf den Küchentisch gelegt hatte. Mit einem Aufseufzen ließ sie die zwei großen fleddrigen Lirescheine in ihrem Geldbeutel verschwinden. Der Doktor würde für seinen Besuch mehr als das Doppelte einstreichen, obwohl er nichts getan hatte und außer den Eltern einen warmen Händedruck zu geben und ein paar Worte über das Wetter zu verlieren auch nichts tun würde. Sie aber würde zwei Wochen lang täglich nach Flora und dem lächelnden Säugling schauen, ihr das Baden des Kindes abnehmen, die Rückbildung der Gebärmutter und den Wochenfluss überwachen, ihr jeden Tag das Bett mit den feinsten Laken der Aussteuer frisch beziehen, damit der zahlreiche Besuch, der ins Haus stand, einen guten Eindruck bekam. Jetzt, nachdem das Kind geboren war, würden Mutter und Schwiegermutter bestimmt anreisen, um zu helfen, was immer da auch vorgefallen sein mochte. Concettina gähnte herzhaft. Manchmal ging ihre Arbeit auch anders aus. Sie presste ihre Hand auf ihren wehen Rücken und sah an Nunziatas ausgemergeltem Körper hinab. Die Schwangerschaften und Geburten hatten die Frau ausgezehrt, ihre Lippen waren schmal wie Rasierklingen, und sie litt unter einer schon krankhaften Neugier; doch gezahlt hatte sie immer. Auch wenn vier ihrer Kinder nicht überlebt hatten und inzwischen auf dem Friedhof ruhten. Friede ihren kleinen Seelen. Draußen auf der Straße rief man ihren Namen, Concettina seufzte, biss noch einmal vom Brot ab, das knusprig war und sättigte, und trank schnell noch einen großen Schluck von dem Kaffee, der angenehm heiß ihre Kehle hinunterlief. Heute war der erste April des Jahres 1947, in den nächsten Tagen würden noch mehrere Frauen ihre Kinder bekommen. Vielleicht weil der Schrecken des Krieges sich jetzt endgültig aus den Köpfen der Menschen verlor? Weil es wieder genug zu essen gab, wenigstens Pasta, Weißbrot und Öl? Die Rufe nach Concettina kamen näher, schon klopfte es hektisch an die Tür, die Nachbarin öffnete.

»Concettina, bist du da? *Dio santo,* die Marchesa di Camaleo braucht dich!«

Tommaso hatte die deutsche Kamera noch nicht völlig im Griff. Auf dem Foto, das er Wochen später aus dem Laden der Gebrüder Lorenzini abholte, sah man nur die linke Gesichtshälfte von Flora, mit einem verweinten und zugleich strahlenden Auge und der Hälfte ihres lachenden Mundes, daneben das zarte Gesichtchen des Kindes, mit offenen Augen und amüsiert hochgezogenen Mundwinkeln. Die Kunde vom lachenden Neugeborenen machte die Runde in Bellaforte, jeder wollte ihn sehen, und die drei Worte *il neonato felice* eilten Nicola eine Zeit lang voraus. Um genau zu sein, zwei Jahre und sechs Monate lang, dann sollte sich der Namenszusatz für ihn unter tragischen Umständen ändern, doch davon konnten seine Eltern zu diesem Zeitpunkt noch nichts ahnen.

2

Concettina machte sich auf den Weg. Auf kurzen Beinen und mit wiegendem Gang folgte sie dem Jungen, der sie gerufen hatte, und stieg in die Kutsche, die an der Ecke des Kirchplatzes im Licht der aufgehenden Sonne auf sie wartete. Der Doktor hatte noch Zeit, er würde nachkommen. Es ging in ein wesentlich reicheres Haus. Nun ja, von außen zumindest, dachte die Hebamme. Mit der Kutsche war es nicht weit, nur ein paar Straßen aus dem Zentrum hinaus, Richtung Meer, und auch, wenn man wie sie nicht gut zu Fuß war, lief man nicht länger als eine halbe Stunde. Doch es war eine Weltreise, was die gesellschaftliche Schicht betraf. Die Hebamme war dankbar für die würzige Meeresluft, die ihre Lungen füllte. Ein Haus nach dem anderen ließen sie in den Straßen hinter sich, in fast jedem hatte sie in den letzten zwanzig Jahren Kindern auf ihrem beschwerlichen Weg in die Welt geholfen. Man vertraute ihr in der Stadt, sie hatte die meiste Erfahrung, kannte Kniffe und Tricks, war noch kräftig und wendig, bis auf ihren Rücken, der ihr jetzt, da sie schon über vierzig war, ab und an Schmerzen bereitete. Sie bogen in die von kleinen Lorbeerbäumen gesäumte, breite Via Alloro ein, die hinaus aus der Stadt und runter nach Marinea führte. Bald wurde es ländlich, und weiter unten wechselten sich gewaltige Platanen mit hohen Mauern ab, Jasminzweige hingen darüber, um die Pracht der dahinter liegenden Sommervillen und ihrer imposanten Gärten anzudeuten. Ganz am

Ende der Straße, schon am Anfang des Fischerdörfchens Marinea, lag die Villa Camaleo, auf die sie jetzt zusteuerten. Auch dort hatte sie schon zwei Kinder ans Licht der Welt geholt.

Giuseppina lag hoch aufgerichtet in den Kissen, als ob sie unter den Wehen eine Audienz halten wolle, sie atmete schwer, doch der herrische Blick war dennoch nicht aus ihren Augen verschwunden. In ihr außergewöhnlich schönes Gesicht hatten Verbitterung und Enttäuschung senkrechte Linien gegraben, wie Holzwürmer ihre Schächte in eine Anrichte aus weichem Nadelholz. Ihre Frisur war hoch aufgetürmt, ihr Hemd zierte ein Spitzenbesatz.

Was für ein starker Charakter, die kleine Flora di Salvo, ging es Concettina wieder durch den Sinn, während sie sich Giuseppina durch den großen Raum näherte, will ihren Ehemann nicht beunruhigen und beißt die Zähne zusammen ... Die guten Matratzen – dahin. Und dann dieses lachende Kind ... Doch im nächsten Moment schob sie die Gedanken an die zurückliegenden Stunden energisch beiseite, sie musste sich auf die schwer atmende Frau vor sich konzentrieren. Diese würde sie, ob nun von adliger Herkunft oder nicht, auf den Tisch im *salotto* bringen, der Doktor würde ihr andernfalls etwas erzählen; wie sollte er sonst an die Gebärende herankommen, ohne sich den Rücken zu verrenken. Und es war ja auch für die werdende Mutter selbst besser. In dem weichen Bett hatte sie keinen Halt, konnte die Füße nicht ordentlich aufsetzen für die Schwerstarbeit, die ihr Körper leisten musste. Concettina wusch sich in einer Schüssel, die auf der goldverzierten Kommode stand, die Hände. Mit ihrem hölzernen Hörrohr, das sie Giuseppina auf den Bauch legte, überprüfte sie die Herztöne des Kindes.

»Ich muss Sie jetzt dort mal untersuchen, Marchesa!«, kündigte sie ihren Griff an. Der Muttermund hatte bereits begonnen, sich zu öffnen, stellte sie fest. Dies war das dritte Kind; man wusste es zwar nie, aber vermutlich würde es nicht mehr lange dauern.

Doch das Kleine wollte und wollte nicht kommen. Es lag richtig herum, aber es schien, als wäre es seit der letzten Untersuchung vor ein paar Wochen noch einmal ein gutes Stück gewachsen. Es dehnte den Bauch seiner Mutter auf geradezu erschreckende Weise. Vielleicht hatte Concettina nicht richtig hingehört, den Bauch nicht sorgfältig genug abgetastet, und es waren doch Zwillinge – oder gar Drillinge. Das war ihr erst einmal passiert, ganz am Anfang, als sie noch mit der alten Perpetua mitgegangen war. Alle drei Mädchen waren ihnen gestorben, wohlgestaltete kleine Geschöpfe, bereits Engel, als sie auf die Erde kamen. Zu zart für diese Welt, Gott hatte sie sofort wieder zu sich geholt.

Die Stunden vergingen, wo blieb nur der verdammte Doktor. Concettina fluchte innerlich. Sie schickte den jungen Kutscher los, um nach ihm zu suchen. Giuseppina lag auf dem großen Esstisch, litt unter den starken Wehen, die in unregelmäßigen Abständen kamen und gingen. Sie schwitzte, schrie, betete und schimpfte und war am Ende ihrer Kräfte. In diesem Haus war von Harmonie nichts zu merken, Concettina spürte nur Apathie und Verbitterung. In den weitläufigen, leeren Salons, den Fluren und hohen Decken fühlte man sich verloren. Etwas Unwiederbringliches war aus diesen Räumen entschwunden – nicht nur der Reichtum – und prägte die Atmosphäre der Villa, deren östlicher Flügel schon gar nicht mehr bewohnbar war, so verfallen waren seine Mauern. Giuseppina mit dem auffällig honigblonden Haar, das dick und glatt in einem sich auflösenden Zopf über ihren schmalen Rücken fiel, den hungrigen Augen und dem einst so herrlichen Mund schien eingeschlossen in etwas, was sie einmal so dringend gewollt hatte und nun bereute. Festgehalten in der verarmten adligen Familie, in die sie nur eingeheiratet hatte, um etwas Besseres zu sein. Festgehalten in diesem aufwendig bestickten Gebärhemd, das sie zu allen Geburten trug, ihrem Mann schon längst gleichgültig, obwohl er offensichtlich regelmäßig sein eheliches Recht in Anspruch nahm, um den Stammhalter zu zeugen. Denn obwohl sie schon drei Jahre verheiratet waren, gab es nur zwei Mädchen. Doch bei diesem dritten Versuch war Guiseppinas Bauch wieder voll guter Hoffnung und schien kurz vor dem Platzen.

»Was für ein Geruch ist das hier? Nach Schwefel? Nach Zwiebeln? Es ekelt mich, kommt das von draußen? Macht die Fenster zu, ich ertrage es nicht!« Sie kommandierte gerne herum, die Giuseppina di Camaleo, geboren unter dem bürgerlichen Namen Ducato, deren Mutter eine Contessa war und die einen gemeinen Mann aus dem Volk geheiratet hatte. Was für ein Skandal! Concettina konnte sich noch gut daran erinnern. Dahin die Mitgift und Erbschaften, dahin all der Wohlstand, den ihre Familie für Silvia Paternó di Pozzogrande in mächtigen Aussteuertruhen bereitgehalten hatte. Aus dieser Ehe würden weder kleine *conti* noch *contessine* hervorgehen, sondern ganz normale bürgerliche Jungen oder Mädchen. Die ältere Tochter Assunta war auch prompt mit einem zu kurzen Bein zur Welt gekommen. Die leibgewordene Strafe auf diese nicht standesgemäße Heirat, sagten einige Leute. Verkrüppelt wie sie war, rechneten die Eltern nicht damit, dass Assunta jemals heiraten würde, sie würde bei ihnen leben und sie bis zu ihrem Tod pflegen. Ihre gesamte Hoffnung hatte auf der schönen Giuseppina gelegen.

Maria, die junge Magd der Marchesa, schloss das Fenster. Sie bekreuzigte sich und schickte ein kleines Gebet zum Himmel. Die Köchin Pupetta und auch Tina, die langjährige Hausdienerin der verstorbenen Tante, hatten sich geweigert, Giuseppinas Räume und das zum Geburtszimmer hergerichtete Esszimmer während der Geburt zu betreten.

»Nichts da!«, hatten sie der bettelnden Maria an den Kopf geworfen. »Du bist extra angestellt worden, um der Hausherrin zur Hand zu gehen!«

Man fühlt die Zwietracht unter den Bediensteten, dachte Concettina, Nachbarinnen zum Beistehen und Beten lassen sich auch nicht sehen, sind wahrscheinlich nicht erwünscht, aber auch hier fehlt die Mutter der Gebärenden. Eine Mutter hatte ihrer Tochter in diesen schweren Stunden zur Seite zu stehen! Wenn sie sich recht erinnerte, war sie auch bei den anderen beiden Geburten nicht dabei gewesen. Und der Herr des Hauses? Ach, der ...

Der Marchese Ciro di Camaleo war der Letzte eines verarmten Astes derer von Camaleo. Ein Eigenbrötler aus Messina, Mitte dreißig, dessen Augen mit unsicherem Blick alles um ihn herum fixierten, nur nicht sein Gegenüber. Der seinen schon immer schwammigen Körper in alte verschossene Brokatmäntel gehüllt hatte. Wenn das mit der Erbschaft nicht passiert wäre, hätte sich kein Mensch um ihn geschert, und der kümmerliche Trieb der Familie, den er vertrat, wäre ohne weitere Beachtung eingegangen. Doch dann vererbte ihm eine alleinstehende Tante ihr gesamtes Vermögen, eine Summe von einer halben Million Lira in Goldmünzen, hatte es geheißen. Nach Kriegsende eine beachtliche Summe. Obendrein gab es noch einige Adelstitel. Dazu kam die baufällige Sommervilla in Bellaforte mit all ihren Gemälden, dem feinen Porzellan mit dem Familienwappen, mit Schränken voller bestickter Wäsche, zwei treuen Dienerinnen sowie im Landesinneren verstreute Ländereien.

Das machte ihn in den adligen Kreisen wieder interessant. Er tauchte in Bellaforte auf, und die Familien rund um das kleine Städtchen und in Palermo überlegten, welche ihrer Töchter sie mit diesem seltsam stillen Menschen vermählen konnten, der sich jetzt Marchese von Camaleo und Markgraf von Mentana, Norma, Civitella, Pratica, Moricone und Percille nennen durfte.

Seine Eltern, Gott habe sie selig, lagen schon lange im nicht sehr würdigen Familiengrab der Camaleos, in Messina, und so mühte er sich alleine und äußerst ungeschickt ab, den von der unbekannten

Tante ererbten Reichtum zu mehren. Er warf die verschossenen Brokatmäntel weg und ließ sich neue aus Paris schicken. Auch englische Anzüge ließ er sich maßschneidern, man munkelte, er habe sogar Sprechunterricht und Tanzstunden genommen, bevor er sich auf die Suche nach einer geeigneten Frau begeben hatte! Concettina hatte gehört, dass er manchmal wochenlang unterwegs war, um die Ländereien zu kontrollieren. Diese Ländereien lagen bei Prizzi, waren natürlich verpachtet und sollten doch wohl einiges abwerfen an Wein, Getreide und Geld. Man vermutete aber, dass dies nicht der wahre Grund für die Reisen war. Der Marchese wollte einfach nicht zu Hause bei seiner Frau sein. Dabei hätte er es doch wissen können. Geld vermehrte man nur mit noch mehr Geld. Nicht mit Schönheit. Nur eine geschickt eingefädelte Allianz mit einer wohlhabenden adligen Familie hätte die maroden Mauern der Villa wieder aufgebaut, die Schatullen vollständig gefüllt, die Divane neu gepolstert, das Ansehen gehoben. Aber so? Wählte der Trottel das schönste Mädchen von Bellaforte, das bekanntermaßen aus einer Familie kam, die durch den Fehltritt der Mutter mit einem Bürgerlichen gerade aus der Beletage der *nobili* herausgerutscht war und natürlich keine Lira besaß. Hätte er lieber eine weniger schöne Frau genommen, ja selbst hässlich hätte sie sein können, dafür aber von gleichem Stand, mit einer stattlichen Mitgift ausgestattet. Das wäre schlau und besonnen gewesen. Concettina zuckte mit den Schultern, sie wusste, dass die Einwohner von Bellaforte sich das Maul über diesen Tölpel zerrissen, dem seine hübsche Frau kein Glück und bis jetzt auch nicht einmal einen Erben gebracht hatte und dem der überraschend erworbene Reichtum zwischen den Fingern zerrann. Tja, auch die Reichen hatten ihre Sorgen.

Der Kutscher kam zurück, der Doktor sei schwer gestürzt, berichtete er umständlich, und mit dem Kopf aufgeschlagen, als er einen Wagen bestiegen habe, der ihn zur Villa habe bringen sollen. Wenn man ihn schon einmal braucht!, dachte Concettina wütend. Hat wahrscheinlich beim *Maresciallo* einen Rosolio zu viel getrunken, denn wo immer er auftauchte, wurde ihm dieser starke Likör aus Dankbarkeit angeboten, den er nur selten ablehnte.

Als es Giuseppina immer schlechter ging und die Herztöne des Kindes durch das Rohr schwächer und schwächer klangen, warf sich die stämmige Hebamme mit ihrer ganzen Kraft auf den Bauch der Schwangeren und zwang das sechs Kilo schwere Baby auf diese Art Stück für Stück hinaus aus seiner engen Behausung, die es aus eigener Kraft nicht verlassen konnte.

»Bleib wach, bleib wach!«, schrie sie Giuseppina währenddessen zu, eine ohnmächtige Mutter konnte sie nicht gebrauchen. »Und du hörst auf zu heulen!«, herrschte sie Maria an. Die Magd weinte dennoch weiter und flehte alle Heiligen an, die sie kannte, ihr beizustehen. Zu grausam waren die Geräusche und die Bilder, denen sie während der letzten Stunden ausgesetzt gewesen war. Pünktlich zur Abenddämmerung, als die Sonne rötliche Streifen auf den Steinboden des großen Speisesalons warf, erschien zwischen Giuseppinas kraftlosen Beinen endlich der Kopf des Kindes. Concettina war schweißüberströmt, das schüttere Haar klebte ihr klatschnass an der Kopfhaut, sie zog und drehte an dem Kind und versuchte, eine der Schultern zu fassen, während sie zu der Schutzheiligen der Hebammen, der heiligen Anna, betete. Das Gesicht war rund, blau und verquollen, die Augen in ihren kleinen Fettpolstern waren kaum sichtbar.

»Ach je, noch ein Mädelchen!«, sagte Concettina erschöpft, nachdem sie das Kind vollständig herausgezogen hatte. »Atme, Atme! Was machst du mir denn für Schwierigkeiten, du dickes Krötchen?!«, brummelte sie und musste regelrecht auf die gut gepolsterten Hinterbäckchen des Neugeborenen einschlagen, damit es endlich den erlösenden ersten Schrei tat.

Doch sie war glücklich darüber, dass ihr weder Mutter noch

Kind unter der Hand weggestorben waren, und schwor, der heiligen Anna eine Kerze anzuzünden, gleich am Sonntag vor der Messe. »Aber nur, wenn die Mutter dann noch lebt, verehrte Sant'Anna«, murmelte sie. »Nur dann!« Sie wickelte das Mädchen in ein Tuch und drückte es der Magd in die Arme.

Nachdem die Nachgeburt gekommen war, versorgte sie die Wöchnerin, holte sie dann vom Tisch und brachte sie hinüber in ihr großes Bett. Dann wusch sie das Kind mit Seifenwasser ab und hüllte es in vorgewärmte Tücher.

»Wie soll es heißen?«, fragte sie Giuseppina und hielt ihr das Bündel vors Gesicht. Die war zu schwach, um zu antworten, schaffte es aber, den Kopf von dem kleinen Mädchen abzuwenden und in das Kissen zu drücken.

»Maristella«, flüsterte Maria scheu, denn diesen Namen hatte ihre Herrin ausgesprochen, als es ihr ein paar Tage zuvor noch gut ging. Als sie noch der Überzeugung war, dass sie einen Sohn zur Welt bringen würde, weil sie sich diesmal so anders fühlte als bei den beiden Mädchen, weil sie schöner geworden war und mehr Appetit hatte.

»Bartolo Domenico wird er heißen, nach dem Vater des Marchese!«, hatte sie gesagt. »Und wenn Gott mich mit einem dritten Mädchen strafen will, wird sie Maristella heißen, wie mein kleines Schwesterchen, das nach mir zur Welt kam und nach nur wenigen Monaten morgens tot in der Wiege lag. Hat einfach nicht mehr geatmet.«

Maria hoffte, dass die Angst einflößende Hebamme sie nicht mehr zurück in dieses Schreckenszimmer schicken würde, in dem sich die blutgetränkten Tücher auf dem Boden häuften und in dem es furchtbar nach einer Mischung aus Blut, Schweiß und frischem Firnis roch. Das dicke Monster hat seine Mutter erbarmungslos auseinandergerissen, dachte Maria, und weil sie auch nur Schlimmes darüber gehört hatte, wie so ein Ungeheuer in den Bauch einer

Frau gelangte, schwor sie beim Namen der Heiligen Jungfrau, niemals Kinder zu haben.

»Wo bleibt denn bloß dieser verdammte Doktor?!«, fluchte die Hebamme. »Komm her, wir müssen es ohne ihn schaffen!«

»Soll ich beten?«

»Ach was, beten, so weit ist es noch nicht!«

Maria folgte den Anweisungen der Hebamme, die sich bemühte, die nicht enden wollende Blutung zu stillen. Ein Tuch nach dem anderen reichte Maria ihr an, bis es Concettina schließlich gelang, den Strom zum Versiegen zu bringen. In diesem Moment betrat der Doktor mit seiner ledernen Tasche das Zimmer. Sein Kopf war mit einer weißen Binde umwickelt, doch sein Gang war sicher und fest.

»Endlich!«, brummelte Concettina, während sie versuchte, ihn noch vor dem breiten Bett abzufangen. »*Dottore* Zingaro! Was ist passiert?« Sie konnte den süßlichen Alkohol in seinem Atem riechen. Ohne eine Antwort abzuwarten, näherte sie sich seinem rechten Ohr, das nicht von dem Verband bedeckt war: »Ein gesundes Mädchen, aber ein wahrer Brocken. Mindestens sechs Kilo. Für die Verwüstung kann ich nicht die Verantwortung übernehmen! Schauen Sie selbst!«

Der so Angesprochene wusch sich schweigend die Hände, klappte seine Tasche auf und machte sich ans Werk. Concettina nickte. Nähen konnte er wirklich, der Doktor, auch wenn er vielleicht immer noch einen kleinen Schwips hatte. Ach, Maristella, du unglückseliges Kind, ging ihr durch den Kopf, deine Mutter würdigt dich keines Blickes! Was für ein Leben hast du dir ausgesucht? So völlig anders als das des kleinen Nicola ... Sie wickelte das Kind in eine Decke. Auch wenn dieser kunstvoll bestickte Batist schon Generationen von Grafen gewärmt hat, so reich an Liebe wie das seine wird dein Leben hier zwischen diesen Mauern niemals werden!

Seufzend schickte sie Maria los, um Giuseppinas Mutter zu holen, die mit der Familie in einem Teil Bellafortes lebte, wo die

Häuser eng beieinanderstanden und man das Meer nicht sehen und schmecken konnte. Kurze Zeit später, als hätten sie schon ungeduldig an einer nahen Straßenecke gewartet, traf die ganze Familie ein. Die Eltern und Giuseppinas Schwester, die wohl nie einen Verlobten haben würde.

Was sollte nun mit dem Neugeborenen werden, die beiden älteren Mädchen waren ja auch noch da. Giuseppina lehnte alle Vorschläge ihrer Eltern und die des Doktors ab. Sie wollte nicht ins Krankenhaus, sie wollte nicht, dass die Eltern in der Villa blieben, um sie zu versorgen, sie wollte den Marchese nicht benachrichtigen, und sie wollte auf gar keinen Fall wieder nach Hause. *Dottore* Zingaro gab ihr eine Beruhigungsspritze, dann beschloss er zusammen mit Giuseppinas Mutter, dass sie bis zur Rückkehr des Marchese mit der Familie in der Villa bleiben sollte. Die Eltern würden sich in den folgenden Tagen um ihre Tochter, das Neugeborene, das ja Pflege rund um die Uhr brauchte, und die beiden kleinen Mädchen kümmern.

Concettina musterte die Familie verstohlen. Die Adlige hatte sich gut gehalten, musste sie zugeben. Trotz der recht einfachen Kleider, die sie trug, strahlte sie eine Eleganz aus, die angeboren schien. Ernesto Ducato, für den sie alles aufgegeben hatte, war mit den Jahren männlicher geworden, die Arbeit auf dem Land hatte ihn kräftiger werden lassen, der weiße Bart ließ ihn allerdings älter aussehen, dabei war er vermutlich nicht einmal fünfzig. Assunta, die erstgeborene Tochter, hatte der jungen Magd Maria das kräftige Kind aus den Armen genommen und wiegte es vor ihrem gigantischen Busen. »Ach, wenn ich der Kleinen doch etwas geben könnte!«, rief sie immer wieder.

»Ich kann es nicht, und ich will es auch nicht!«, murmelte Giuseppina von ihren hohen Matratzen herunter, auf die sie wie ein Leichnam gebettet war.

»Warum holt ihr nicht Brigida, die bei euch nebenan wohnt? Die hat Milch für zwei und verdient sich gerne etwas dazu«, schlug Concettina vor.

Als sich der Marchese zehn Tage später ankündigte, packte die Familie in Windeseile ihre Sachen, küsste die kleinen Schwestern und die immer noch schwache Giuseppina und machte vor Concettinas Augen Anstalten, die Villa zu verlassen.

»Der Marchese sieht uns nicht gern in seinem Haus. Besser, ihn nicht zu erzürnen«, sagte Assunta. Ihre Eltern schwiegen.

»Nehmt sie mit!«, sagte Giuseppina, indem sie auf die Wiege zeigte, in die sie noch immer keinen Blick geworfen hatte. »Ich kann mich nicht um sie kümmern, und die Amme wohnt ja gleich neben euch, dann spart sie sich den Weg!« Und ich mir das Geld für den Kutscher, fügte sie für sich hinzu.

Ja, tragt dieses kleine Wesen hier hinaus, hinaus aus den Räumen, in denen es doch keiner haben will!, dachte Concettina und machte sich daran, Giuseppina zu ihrem Befinden zu befragen und ihr Bett mit einem der unzähligen verzierten Wöchnerinnenlaken frisch zu beziehen.

Die Familie nahm also das Bündel und brachte es in die Alberia, überzeugt, dass der Marchese sein Töchterchen schon bald zu sich holen würde. Denn das Viertel war zwar sehr auf seinen guten Ruf bedacht, lag aber viel zu dicht an dem Armenviertel Armuzzi Santi, in dem die Straßen mit Unrat bedeckt waren und die Kühe, Pferde, Schafe und Hühner sich den Wohnraum mit ihren Besitzern teilten. Doch die Tage und Wochen vergingen, ohne dass jemand kam, um Maristella, deren Name schon in den ersten Tagen zärtlich auf Stella oder Stellina verkürzt worden war, zurück in die Villa zu bringen. Ihre Mutter lag im Bett und versuchte, die Erinnerung an sie aus ihrem Gedächtnis zu löschen, und ihre Geschwister waren zu klein und wussten schon nichts mehr von ihr. Ihr Vater hatte sie nicht gesehen, und da er schon zwei Töchter, aber noch immer keinen Sohn hatte, betrachtete er jedes weitere Mädchen als überflüssige Anwärterin auf eine kostspielige Mitgift.

Stella wurde auf Wunsch ihrer Mutter aus ihrem Elternhaus entfernt, mitleidslos, wie ein fauler Zahn aus einem Kiefer, doch sie hatte Glück. Obwohl es bei den Großeltern und der hinkenden Tante Assunta sehr bescheiden zuging, sollte sie die nächsten Jahre in einer Fülle von Liebe und Geborgenheit verbringen.

3

Die Glocken läuteten, heute am Sonntag, dem sechsten Juli, war der große Tag. Flora war mit ihrem Sohn zum ersten Mal hinausgegangen, um ihn unter freiem Himmel zur Kirche zu tragen. Weit hatte sie es nicht, die Chiesa Maria Immacolata lag an der Stirnseite des Platzes, an dem sie wohnten. Tommaso war neben ihr, feierlich in seinen Hochzeitsanzug gekleidet. Hinter ihnen die Paten. Tommasos Bruder Francesco, auch er ein *Maresciallo* der *Carabinieri,* der aber in Sant'Agata di Militello seinen Dienst tat, nicht weit von der gemeinsamen Heimatstadt Mistretta. Und Nachbarin Ada, mit rot glänzendem Gesicht und voller Stolz, dass Flora sie gebeten hatte, das hochgeachtete Amt der Patin zu übernehmen. Flora war Einzelkind und hatte auch keine ihr nahestehenden jüngeren Verwandten, die dafür infrage gekommen wären.

Mit diesen Paten ist für unseren Nico gut gesorgt, dachte sie, als sie Ada das Kind am Portal der Kirche in die Arme legte, damit sie es nach der Elf-Uhr-Messe zum Taufbecken tragen konnte. Ada schaute lächelnd auf den Säugling und zupfte sein langes weißes Taufkleid zurecht.

»Vergiss nicht, ihn mit dem rechten Arm zu tragen, immerhin ist er ein Junge!«

»Wie könnte ich das vergessen, dass du einen kleinen *Pisellino*-Träger geboren hast!«, erwiderte Ada lächelnd. Bei der Taufe ihres ersten Kindes war sie genauso aufgeregt gewesen.

Kaum waren sie wieder aus dem Kirchenportal getreten, gab Ada das Kind zurück in Floras Arme. »*Tu me l'hai dato pagano e io te lo porto cristiano*« – du hast ihn mir als Heiden gegeben, und ich bringe ihn dir als Christen zurück. Flora nickte und sah, wie Tommaso sich verstohlen über die Augen wischte, als sei ein Staubkorn hineingeflogen. Ihr Mann war so empfindsam, obwohl er auf den ersten Blick gar nicht diesen Eindruck vermittelte. Wie so oft hatte er seine Kamera dabei und ordnete jetzt die glückliche Taufgesellschaft unter der Mittagssonne mit den Händen zum Gruppenfoto an. Ada lachte, ihre Wangen glühten immer noch. Flora drückte ihre Hand, sie war selig. Die Schwiegereltern waren mit Tommasos Bruder aus Mistretta gekommen und hatten ihre Mutter gleich mitgebracht. Und wie sie gestrahlt hatte, als sie vor dem Haus am Fuße der schmalen Treppe stand und zu ihr hinaufschaute. Flora war so stolz wie noch nie, nicht einmal am Tage ihrer Hochzeit. Sie hatte ein eigenes Heim, einen Mann, der sie liebte, und einen Sohn! Ihre Mutter hatte sie umarmt, und Flora hatte es zugelassen. Die Geburt von Nicola hatte sie weich gemacht, sie war bereit, ihrer Mutter zu verzeihen, dass sie damals die Augen verschlossen hatte vor dem, was der Vater ihr angetan hatte. »Ein Söhnchen, ein Söhnchen, wie habe ich mir das gewünscht!« Ich werde besser auf ihn aufpassen als du auf mich, dachte Flora und zwang sich zu einem Lächeln.

Der Vater war nicht dabei. Auch dies ein Geschenk Gottes. Drei Monate hatte man auf seine Genesung gewartet, doch dann hatte es plötzlich geheißen, die Mutter solle alleine fahren, damit der Säugling endlich getauft werden könne. Wie schrecklich, wenn Nicola etwas passieren würde, nicht auszudenken. Doch ohne die heiligen Sakramente der Kirche wäre er auch noch dazu verdammt, hinab in die Hölle zu fahren. Flora vermisste ihren Vater keineswegs; nicht seine jähzornigen Ausbrüche und auch nicht seine behaarten Hände, die sie damals gezwungen hatten, etwas zu tun, was sie nicht tun wollte.

Von seinen Paten würde Nicola ein goldenes Kettchen mit einem Kreuz überreicht bekommen, auf dem sein Name und sein Geburtsdatum eingraviert waren. Ada hatte es ihr schon gezeigt, und Flora hatte es andächtig durch die Hände gleiten lassen.

»Lächeln!« Tommaso ging noch einen Schritt zurück. In diesem Moment hielt eine prachtvolle Karosse auf dem Kirchplatz. Der Kutscher sprang vom Bock und riss die Tür des Landauers auf. Gestützt von einem weiteren Diener, stieg eine wunderschöne Frau aus, mit blondem Haar von der Sorte, das nie fettig zu werden schien, und in einem langen Kleid. Noch weitere Leute quollen hinter ihr aus der altmodischen offenen Kutsche, darunter zwei blond gelockte Mädchen, wie Flora feststellte, auch sie vornehm gekleidet. Das größere, etwa drei Jahre, und sein Schwesterchen, das gerade laufen konnte, aber zur Sicherheit von einer Frau, die wie eine elegante Gouvernante aussah, an die Hand genommen wurde.

So süße kleine Mädchen, dachte Flora, während sie abwechselnd auf das Schauspiel, das die sich leerende Kutsche bot, und in die Linse der Kamera schaute. Hätte ich doch auch eins! Ein Kind wünsche ich mir noch! Heilige Mutter Gottes, schenke mir zu meinem Sohn eine gesunde Tochter, dann werde ich dich nie mehr um etwas bitten. Nun sah sie, wie eine weitere Gouvernante ein Baby in einem meterlangen Taufkleid aus der Kalesche hob. Eines ihrer Beine war anscheinend stark verkürzt, denn sie hinkte auffällig. Ein paar Kinder in kurzen Hosen und trotz des Sonntags mit dreckigen Gesichtern, scharten sich um sie, zeigten mit dem Finger und lachten.

Lass es bloß nicht fallen, dachte Flora, wo du schon so bedenklich schief stehst. Aber die hinkende Gouvernante hielt das Kind sicher und versuchte, es der blonden Frau, offensichtlich die Mutter des Täuflings, in den Arm zu legen. Doch diese drehte sich weg. Die Hinkende machte daraufhin eine kaum wahrnehmbare Bewegung in Richtung des gut gekleideten Mannes, der wohl der Vater des Kindes war, aber auch er ignorierte die Geste und ging zu der zweiten Kutsche, die eingetroffen war.

In dem Augenblick, als Tommaso das Foto schoss, war Floras Gesichtsausdruck stolz, in ihrem Inneren breitete sich jedoch Mitleid aus. Natürlich war sie keine Dame der höheren Gesellschaft, ihr Kleid war weder modisch noch teuer, ihr Haar dunkel statt golden, sie war nicht so groß, ihre Taille dafür nach der Geburt mindestens doppelt so umfangreich. Aber was ist dieser Frau nur passiert, überlegte Flora, dass sie mit dem Liebenswertesten, was es auf der Welt gibt, mit ihrem eigenen Kind, offenbar so gar nichts anzufangen weiß?

Das Foto war gemacht, die Gruppe löste sich auf, während die andere auf das Kirchenportal zusteuerte, um dort ihren eigenen Taufgottesdienst zu feiern. Für einen kurzen Augenblick bewegten sich die Gesellschaften aufeinander zu, die Hinkende allen voran, und die beiden Täuflinge zogen auf gleicher Höhe aneinander vorbei. Flora nickte der Frau zu, die das mit einer rosa Stoffblüte geschmückte Taufkleid während des Gehens zurechtlegte. Ein weiteres Mädchen also. Hinter ihr strömte die Familie herbei, die blonde Dame mit erhobenem Kinn und versteinerter Miene, die in diesem Moment einer mageren Katze einen Fußtritt verpasste, sodass sie aus ihrer schleichenden Spur geschleudert wurde. Flora zuckte zusammen, sie hasste es, wenn Tiere lieblos behandelt wurden.

»Das ist die Marchesa von Camaleo«, sagte Ada leise, doch der Name sagte Flora nichts. Sie hatte die Frau in den vergangenen zwei Jahren, in denen sie jetzt schon in Bellaforte lebte, noch nie gesehen und würde ihr sicher auch nicht vorgestellt werden. Sie wollte die Augen niederschlagen, um sie nicht grüßen zu müssen, doch dann verflocht ihr Blick sich mit dem ihres Mannes, und sie vergaß die blonde Frau, die magere Katze und die Hitze, die ihr den Schweiß die Achseln hinunterrinnen ließ. Sie liebte ihn, er tat alles für sie und ihren Sohn, und sie verspürte das erste Mal seit der Geburt wieder Lust auf ihn. Natürlich würde es wehtun, wenn Tommaso den Gang benutzte, durch den Nicola sich von der anderen Seite ans Licht der Welt geschoben hatte. Die Nachbarinnen hatten mehr als eine Andeutung darüber gemacht. Am Anfang sicher, na, und wenn schon, etwas, das so viel Freude bereitete, durfte man nicht vernachlässigen. Sie würden bald wieder miteinander schlafen, und wenn sie in der nächsten Zeit auf Salz verzichten würde und besonders viel Zitronen äße, bestimmt eine Tochter zeugen. Alleine der Gedanke an eine Zitrone ließ ihr das Wasser im Mund zusammenlaufen. Sie schluckte, fuhr sich mit der Zunge über die Lippen und lächelte Tommaso an.

4

»Ich halte es nicht aus! Halte es nicht mehr aus!« Giuseppina stöhnte und warf den Kopf in den Nacken, sodass ihr wohlgeformtes Kinn in die Luft ragte. Endlich hatte sie aus der wackelnden Kutsche aussteigen können. Wann kaufte ihr Waschlappen von einem Ehemann endlich das Automobil? Alle anderen Familien von Palermo hatten so ein Ding schon vor ihren Palazzi stehen. Worauf wartete er denn noch? Die ganze Fahrt über war sie gezwungen gewesen, ganz vorne auf der ungemütlichen Kante der Bank zu sitzen. Schuld an alldem hatte »es«. Sie wollte seinen richtigen Namen, auf den es heute getauft werden sollte, nicht einmal denken. Es. Das Ungewollte.

Die Wunde, die es ihr gerissen hatte, war zwar genäht worden, doch sie spürte die Nähte noch, wie Drahtseile, denn die Fäden hatten zu eitern begonnen, und nach drei Monaten war immer noch nicht alles völlig verheilt. Beim Sitzen, beim Gehen, selbst beim Schlafen mahnten sie daran, bei jedem Gang auf den Abort jedoch wurde die Erinnerung zur Höllenqual.

Nach sechs Wochen war sie das erste Mal wieder aufgestanden, obwohl die Hebamme sie schon früher dazu hatte zwingen wollen. Wozu? Was sollte sie denn da draußen? Sie hatte kaum mehr auf den Beinen stehen können, so schwach waren ihre Muskeln geworden.

Mal war die Mutter zu Besuch gekommen, mal die Schwester. Giuseppina wusste, warum, doch niemand sprach in ihrer Nähe von dem ungewünschten Mädchen, dafür hatte sie nach dem ersten Versuch mit einem sorgfältig berechneten Nervenzusammenbruch gesorgt.

Giuseppina bewegte sich vorsichtig, der kleine Schritt hinab aus der Kutsche schmerzte, das Laufen fiel ihr noch immer schwer. Heute war nun also die Taufe des Kindes, dessen Namen sie möglichst nicht dachte. Natürlich konnten sie diesem Ereignis als Eltern nicht fernbleiben, Gott würde sie dafür mit Freude in der Hölle schmoren lassen. Die Taufe hätte eigentlich in der kleinen Kapelle der Villa Camaleo stattfinden sollen, man hätte sich gar nicht mit dem Ungewollten in der Öffentlichkeit zeigen müssen. Pater Anselmo war schon für die Hausmesse einbestellt gewesen, doch dann war die Decke vor zwei Tagen heruntergekommen, ein verheerendes Zeichen. Nicht einmal die Kapelle mochte das Ereignis feiern. Immer noch lag alles voller Staub, Mörtel und Steinbrocken, nur gut, dass niemand im Raum gewesen war!

Dieser alte Kasten brachte nur Unglück. Sie hatte sich von seiner imposanten Fassade blenden lassen, wie auch von Ciros Fassade, von dessen herrschaftlichem Auftreten, das er trotz seines eher weichlichen Aussehens vor manchen Leuten beherrschte. Seine Lippen waren fleischig und geschwungen, seine Augen von den Lidern immer halb bedeckt, was seinem Gesicht stets einen schläfrigen Ausdruck verlieh. Doch seine Manieren waren untadelig gewesen, als sie ihn kennenlernte, seine Garderobe beeindruckend. Vielleicht hätte sie lieber seinen Schneider heiraten sollen. Aber sie war ja eine unwissende Gans gewesen. Sie hatte vor lauter Bemühen, den richtigen Schritt zu machen, nicht geschaut, wo sie hintrat.

Weil Ciro nicht einsehen wollte, dass die Villa renoviert werden musste, auch wenn Mauern und Decken um ihn herum einstürzten, standen sie nun vor der Chiesa Maria Immacolata. Aus der

Kirchentür strömten wie gewohnt schwarz gekleidete Frauen, die keine Messe ausließen, einige junge Mädchen, bewacht von Brüdern und Vätern, und Ehepaare in ihrem abgewetzten Sonntagsstaat. Giuseppina verachtete sie nicht, sie konnte sich nur zu gut daran erinnern, wie es war, seine Kleidung wieder und wieder zu flicken, zu wenden und zu stopfen. Aber sie wollte nicht daran denken und ging deswegen ungerne hinaus. In der Villa hatte sie das Gefühl, sich nicht mehr um diese andere Welt kümmern zu müssen, die einmal die ihre gewesen war. Was sie nicht sah, ging sie nichts an.

Ihr Blick streifte ihre Eltern, oje, ihre Eltern, die hatten ihr das alles eingebrockt. Was hatte ihre Mutter nur in diesem Mann gesehen, einem einfachen Landvermesser bei der Eisenbahn, als sie ihn kennenlernte? Sie hätte den Waggon der ersten Klasse nicht verlassen sollen, dann wäre ihnen allen dieser gewöhnliche Mensch erspart geblieben. Giuseppina merkte, wie ihre Kiefermuskulatur sich noch mehr verspannte, sie wusste manchmal selbst nicht, ob sie ihre Mutter bewunderte oder verachtete. Trotz ihrer abwertenden Heirat hatte sich die Contessa Silvia Paternó di Pozzogrande ihre Anmut und ihr selbstbewusstes Auftreten bewahrt. Ihre Kleider waren einfach, doch gut geschnitten, und mit dem schwarzen Schleier umgab sie noch immer etwas Aristokratisches.

In diesem Moment erblickte Giuseppina den anderen Täufling und die kleine untersetzte Frau, die ihn trug; dem maßlos stolzen Blick nach zu urteilen, wohl seine Mutter. Sie kannte sie nicht, sie kannte nur die Familien der Adligen und der Reichen, die hatte sie in ihren Jugendjahren bewundert, beobachtet, ja regelrecht studiert. Die von Salandra, die von Verdura, die von Frasca, und wie sie alle hießen. Nein, diese Frau da vor ihr war keinesfalls wohlhabend oder aristokratisch. Sie war zwar festlich herausgeputzt, doch das Kleid, das sie trug, war ihr einziges, wusste Giuseppina mit untrüglicher Gewissheit. Sie hätte also auf ihr Kleid und dann an ihr vorbeigeschaut, wenn sich der *Maresciallo* Messina nicht in diesem Augenblick neben sie gestellt hätte. *Dio!* Der *Maresciallo* war also ihr Ehemann!

Er kam aus einem Bergdorf weiter im Westen Siziliens, hatte kein Geld und war »nicht von Klasse«, wie der Marchese gerne sagte. Deswegen wäre er für sie niemals infrage gekommen, auch wenn sie ihn früher kennengelernt hätte und er ihr nicht erst vor zwei Jahren bei der Herbstprozession aufgefallen wäre, als er sich schützend vor sie und ihren damals schon so unförmigen Körper gestellt hatte, damit sie von den drängenden Massen nicht angerempelt wurde. Es hatte ihr gefallen, wie er da so aufrecht und ernst in seiner Uniform am Rande des Corso Garibaldi vor ihr stand. Mit keinem Blick zu verstehen gebend, dass er ihre Schwangerschaft bemerkt hatte, und doch mit diesem fein lächelnden Zug um den Mund, der irgendetwas in ihr auch jetzt wieder entzückt aufseufzen ließ.

Er sah gut aus und war jung, zu jung eigentlich, um Chef der *Carabinieri*-Kaserne zu sein. Man sagte, er sei nicht wie die anderen. Er habe ein offenes Ohr für Probleme, war angeblich sogar immun gegen Bestechung. Giuseppina schüttelte unmerklich den Kopf. Ein *Carabiniere,* den man mit Geld nicht lenken konnte? Wo gab es denn so was?

Ein scharfes Gefühl von Neid durchfuhr sie und verengte ihre großen grünen Augen. Unfassbar, sie beneidete das kleine Frauchen dort vorne um den Blick, den es von ihrem Mann geschenkt bekam.

In den hellblauen Augen des *Maresciallo* hatte Giuseppina nämlich etwas Unglaubliches entdeckt: Bewunderung und Respekt für eine Frau. Seine Frau! Vielleicht redeten die beiden sogar beim Essen am Tisch oder auch bevor sie schlafen gingen. Vielleicht erzählte er ihr, was er am Tag erlebt hatte, und hörte ihr danach zu, was sie zu berichten hatte. Giuseppina schnalzte mit der Zunge. Aber was hatte eine wie die schon zu berichten?

In der Ehe ging es nicht um Liebe, das hatte sie schon früh begriffen. Wo sollte diese Liebe zwischen Mann und Frau denn herkommen? Sie hatte davon gehört und es auch im Kino auf der Leinwand gesehen, doch im wahren Leben noch nie bemerkt. Nicht mal bei ihren Eltern, obwohl die doch angeblich aus Liebe geheiratet hatten, woraufhin ihre Mutter alles verlor. Titel. Aussteuer. Familie. Als Kind hatte sie ihre Eltern beobachtet, um ein Zeichen der Liebe zu finden, die das alles rechtfertigte, sie aber nirgends entdecken können. Nicht beim Essen, wenn der Vater stumm die selbst gemachten *fusilli* in sich hineinschaufelte, während die Mutter dauernd aufsprang, um ihn zu bedienen. Nicht beim Spaziergang nach der Messe und schon gar nicht, wenn die beiden alleine waren. Es gab kein Geheimnis, hatte sie bald erkannt, nur den Titel einer Contessa, der nicht mehr weitergegeben werden konnte, eine einzige Halskette, die sie, Giuseppina, irgendwann hoffentlich erben würde, und freiwillige Armut.

Ihr Vater, Ernesto Ducato, der blonde Jüngling aus Bellaforte, hatte eine Fachschule besucht und war Landvermesser geworden, landete dann aber nur bei der Eisenbahngesellschaft. Sie heirateten, der Vater arbeitete weiter bei der Eisenbahn, auch während des Krieges, und danach, als die Amerikaner überall waren. Doch eines Tages kam er nach Hause und war entlassen. Sie hatten nicht nur wenig, sie hatten plötzlich gar kein Geld mehr.

Giuseppina ordnete ihre Frisur, an der der Wind auf dem Kirchplatz zerrte. Ein *scirocco* kam auf, sie spürte es an den winzigen Sandkörnern in ihrem feuchten Nacken.

Sie hatte schon früh begriffen, dass allein ihr Aussehen sie aus dieser Klasse, in die ihre Mutter sie so unüberlegt hineingeführt hatte, wieder hinausführen konnte. Und zwar nicht, indem sie Lehrerin oder etwas ähnlich Unnützes würde, um ihr eigenes Geld zu verdienen, was manche Frauen neuerdings scheinbar erstrebenswert fanden. Sie war schön, das hatte sie schon als Kind zu hören und zu spüren bekommen. Das symmetrische, aber kantige Gesicht ihrer Mutter, und das weiche, von hellblonden fusseligen Haaren umgebene Antlitz ihres Vaters waren bei ihr zu einer perfekten Komposition verschmolzen. Sie war schlank und überragte die Eltern schon mit vierzehn Jahren um zwei Köpfe, und die schiefe Assunta sowieso. Giuseppina wusste, die Liebe führte einen ins Verderben, an mehr glaubte sie nicht. Aber sie wollte wenigstens ein bequemes Leben, sie wollte ihre Familie mit dem Geld ihres zukünftigen Mannes unterstützen, ja, am Anfang wollte sie das wirklich.

Jetzt kam er auf sie zu und ging neben ihr, dieser Fremde, den sie geheiratet hatte, der seit fast vier Jahren ihr Mann war. Sie kannte ihn nicht, obwohl er manchmal nachts zu ihr kam, ihr so nahe kam wie niemand sonst auf der Welt, schnell und hastig ihre Knie auseinanderdrückte und endlos auf ihr herumwütete. Mit einer Energie, die man seinem dicklichen Körper und seiner Unentschlossenheit gar nicht zutraute.

Ihr Ehemann war wie die Villa. Von außen schienen beide mächtig und imposant, aber innen fiel alles in sich zusammen.

Diese Kälte, die von den Mauern im Winter ausging, und die Düsternis, die einen im Sommer umgab ... Dieselbe Kälte ging auch von Ciro aus, der so oft durch sie hindurchsah. Düster war er, wenn er sich in sein Studierzimmer verzog und vorgab, über schwierige Entscheidungen nachdenken zu müssen. Dabei war offensichtlich, dass er die wichtigen Sachen vernachlässigte, während er sich stundenlang mit absolut bedeutungslosen Fragen beschäftigen konnte.

Sie hatte bei der ersten und einzigen Reise zu den Ländereien, zu der er sie mitgenommen hatte, sofort erkannt, dass die Verwalter betrügerische Hunde waren, die ihm etwas vorlogen. Sie kannte diesen Schlag von Menschen aus dem Viertel, in dem sie aufgewachsen war. Sie buckelten vor dem Marchese in gespielter Ehrfurcht, fälschten aber garantiert die Geschäftsbücher und steckten sich das meiste Geld in die eigene Tasche.

Ich sehe viel klarer als er, was man tun müsste, dachte sie, aber wer bin ich schon, dass ich ihm Ratschläge geben könnte? Ich habe zwar zehn Jahre die Schule besucht, bin aber nur eine Frau, und nicht einmal von Klasse. Kann weder Klavier spielen, noch beherrsche ich diesen ganzen Unsinn, den die Adligen lernen. Und er würde ja eh nicht auf mich hören.

Giuseppina nahm von ihrer Mutter ihre älteste Tochter in Empfang. Was brauche ich denn noch, mit diesen beiden Kindern sind bereits alle meine Wünsche in Erfüllung gegangen, dachte sie, während sie die kleine Enza an die Hand nahm und mit ihr das Kirchportal durchschritt. Mit Regina, dem nur ein Jahr jüngeren Schwesterchen, ist mein Glück perfekt. Aber der Marchese will natürlich einen Sohn, alle wollen immer nur Söhne, darum wird er es immer wieder probieren. Das, was Assunta hinter mir im Arm hält, das, was heute getauft werden soll, hat ihm nur ein sarkastisches Lächeln entlockt. Giuseppina presste die Lippen zusammen.

Nach der Andacht wäre ihre Schwester die Patin, sie würde das Kind zurück nach Hause in die kleine Wohnung tragen, aus ihren Augen. Sie wollte schon ein kleines Dankesgebet an Gott schicken, doch im letzten Moment hielt sie inne. Gott nahm so etwas übel, er würde ihr zur Strafe ein Mädchen nach dem anderen schicken, und Ciro hätte noch die nächsten zwanzig Jahre das Recht, in der Nacht zu ihr zu kommen. Nein, nur nicht daran denken, einfach nicht daran denken. Hastig bekreuzigte sie sich.

5

An diesem Morgen war Tommaso rundum zufrieden mit dem Leben. Für Anfang November war es nicht besonders kalt, und auch der Wind, der sonst um diese Jahreszeit oft nass und schwer vom Meer über die Stadt fegte, war kaum spürbar. Auf dem Hinweg zur *caserma* durch Bellafortes schmale Gassen, in die nur für wenige Minuten am Tag die Morgensonne vom blauen Himmel hereinschien, fühlte er sich in seinem Inneren so aufgeräumt und froh wie lange nicht mehr. Flora war dafür verantwortlich, ach, seine Flora! Er hatte den Geschmack ihrer Haut immer noch auf der Zunge. Gut, dass Nicolino schon lange durchschlief, sie hatten sich in den letzten Monaten nicht mehr zurückhalten müssen. Warum auch? Schwanger war Flora ja bereits! Er lächelte vor sich hin, als er einen Bogen um einen fahrenden Scherenschleifer machte, der seinen Karren an einer Straßenecke abgestellt hatte und auf der Ladefläche zwischen seinen Schleifsteinen schlief, zugedeckt mit ein paar leeren Säcken.

Flora war so willig, so einladend, so gar nicht schüchtern. Na ja, schüchtern hatte er sie auch nie kennengelernt. Höchstens ein wenig ängstlich zu Anfang. Und als Nico dann da war, war sie natürlich recht beschäftigt mit ihm; der kleine Sauger belegte permanent ihre wunderbaren Brüste und starrte ihr dabei von unten so intensiv ins Gesicht, ihr verfallen und verliebt, dass Tommaso beinahe ein wenig eifersüchtig wurde.

Aber eines Nachts, viel früher, als er erhofft hatte, war sie zu ihm hinübergerutscht, hatte den Kopf auf seine Schulter und ihren Arm quer über seine Brust gelegt. Wenn sie reden wollte, machte sie das oft, sie umarmte ihn währenddessen und drückte ihn an sich wie eine Mutter. Diesmal aber hatte sie das Kinn nach oben gestreckt und dabei die Augen geschlossen gehalten, ihr Zeichen, dass sie etwas anderes wollte! Allein bei dem Gedanken wurde ihm ganz warm, dabei hatten sie doch gerade erst ... Ach, sie war so wunderschön und roch so köstlich, überall. In der Schwangerschaft viel süßlicher, das Bäuchlein störte noch nicht sehr, in vier Monaten würde das Kind auf die Welt kommen. Oder in fünf? Hatte Flora nicht etwas von März gesagt?

Nico wurde in einem halben Jahr, am ersten April, schon drei, er plapperte den ganzen Tag und kletterte überall mit großer Geschicklichkeit hoch. Auf ihn aufzupassen war gar nicht so leicht, dafür verließ ihn zuverlässig abends um sieben plötzlich die Kraft, er fiel in Tiefschlaf, egal, wo er sich gerade befand, und sie konnten ihn ins Bett tragen. Dort schlief er zwölf Stunden bis zum nächsten Morgen, so fest, dass nicht einmal die heftigen Gewitter, die sich im Spätsommer über dem Meer zusammengebraut hatten und dann über Bellaforte niedergegangen waren, ihn wecken konnten.

Wieder dachte Tommaso an Flora. Es würde noch eine Menge herrlicher Nächte geben, in der ihr Bauch noch nicht so schwer war, dass sie sich nur mit großer Anstrengung im Bett von einer Seite auf die andere drehen konnte ...

Er drängte die Gedanken gewaltsam beiseite, als er jetzt über den Corso ging, zielstrebig, aber nicht wie jemand, der es eilig hatte. So konnte er in Ruhe schauen und seine Sinne für die Stimmung im Ort schärfen, die jeden Morgen ein bisschen anders war. Es fuhren kaum Pferdewagen, von Autos ganz zu schweigen. Nur zwei Leute im Ort besaßen ein Auto. Der Bürgermeister und der Fürst von Carapezza, dessen Sommerresidenz etwas außerhalb des luftigen

Bellaforte gelegen war. Der Corso war zu dieser frühen Stunde schon recht belebt, Gruppen von Männern standen herum, alte, junge, manche schon mit dicken Winterjacken, die wie Pferdedecken an ihnen herunterhingen. Seit dem Krieg gab es auf dem Markt Stände, an denen man für wenig Geld gebrauchte Kleidung kaufen konnte. Sie hatten keine Arbeit, sie standen hier und warteten. Einige rauchten. Ab und zu schlenderte einer davon, um Botendienste oder kleine Aufträge zu erledigen. Wer die Auftraggeber waren, wusste Tommaso. Die ehrenwerten Leute hatten als Einzige noch Arbeit zu verteilen. Zur Erntezeit bestimmten sie jeden Morgen aufs Neue, wer für den Tag Oliven oder Zitronen ernten durfte. Wenn man gegen sie war, bekam man keine Arbeit, so einfach war das. Manchmal ging einer in die Bar Centrale und lud seine Freunde zu einem Kaffee ein. Sie hatten alle kein Geld, aber dafür reichte es doch. Seit die Amerikaner da gewesen waren, gab es auch wieder Kaffeebohnen. Und Typen wie diesen Lucky Luciano. Den hatten sie mitgebracht aus New York, wo er eigentlich noch mehrere Jahre Haft absitzen musste. Hatten ihn einfach hiergelassen. Wer schützte in diesem Land eigentlich wen?

Tommaso las im Vorübergehen die Schlagzeilen der Zeitung. »Salvatore Giuliano gesehen, doch nicht zu fassen!« Die sollten mal lieber von den vielen unschuldigen Menschen schreiben, die dieser Verbrecher auf dem Gewissen hatte, dachte er und spürte, wie seine gute Laune sich langsam verflüchtigte. Unter den Opfern waren auch zahlreiche *Carabinieri*. Aber nein, diese dummen Zeitungsschreiber machten Giuliano noch zum Volkshelden.

»Alles klar, Totò?«, fragte er den alten Mann, der mit einer umgedrehten Orangenkiste am Ende des Corso stand und sein Verkaufstischchen für die Büschel von wildem Fenchel und Chicorée nicht aus den Augen ließ.

»*Finocchietto*, für deine Frau, wenn sie heute Abend *pasta con le sarde* für dich macht ...«, rief der Alte und hielt ein ordentlich zusammengebundenes Sträußchen Fenchelkraut hoch. »Den habe ich an diesem Morgen auf einer Wiese geschnitten. Bei mir gibt es nur den Besten, weiß genau, wo ich hingehen muss!« Tommaso nickte, auch in seiner Heimatstadt hatte jeder Verkäufer des wilden Fenchels und des anderen Grünzeugs seine eigene Stelle an den Berghängen, die um Bellaforte herum natürlich wesentlich flacher waren als hoch oben in Mistretta. Er vermisste seine Heimatstadt nicht, es war eine gute Entscheidung gewesen, von dort fortzugehen. Aus dem Krieg zurück, hatten ihn die dicken Steinmauern der Stadt, die ihm zeit seines Lebens so beschützend vorgekommen waren, plötzlich eingeengt. Und auch Flora hatte keine Sekunde gezögert, als er sie fragte, ob er die freie Stelle des *Comandante* der Kaserne in Bellaforte annehmen solle. Schon waren seine Gedanken wieder bei Flora.

»Keine Angst«, sagte er zu dem Alten, »wenn sie meine Lieblingspasta zubereiten will, kommt sie nur bei dir vorbei!«

»Sie fühlen sich schon ganz wie zu Hause, nicht wahr, *Maresciallo*?«

»Wir *Carabinieri* sollen uns nicht wie zu Hause fühlen, deswegen versetzt man uns auch alle zehn Jahre. Und nie darf einer in seiner Heimatstadt Dienst tun.«

»Anders als die *poliziotti!* Kennen alle von klein auf!«

»Deswegen drücken die bei manchen Leuten auch beide Augen zu, Totò!«

»Aber leider nicht bei mir«, rief der Alte lachend.

Tommaso ging weiter, um gleich darauf den Nächsten zu grüßen: »*Buongiorno*, Alfredo, warum bist du nicht zu Hause bei deiner Mutter?«

»*Buongiorno, Maresciallo!*« Der kleine Mann, der kurz vom Trittstein vor einer Haustür aufgesprungen war, um sich gleich wieder darauf niederzulassen, sah aus wie einer von Schneewittchens

Zwergen. Seine Nase war nach einem Schlag recht platt, und die Wollmütze auf seinem Kopf hing ihm wie ein dreieckiger Schlauch in die Stirn. Er war nicht gerade der Hellste, doch weil er immer lachte und strahlte, wurde er Brontolo genannt. Der Griesgrämige. Das war die Logik derer von Bellaforte. Nur Tommaso nannte ihn Alfredo.

»Mama schläft. Ich halte Wache! Ich weiß wichtige Sachen.«

»Aha! Du hältst Wache. Na komm, ich begleite dich nach Hause!«

»Nein. Ich bleib hier sitzen.«

»Na gut.« Tommaso tippte sich an die Mütze und ging weiter.

»Da sind Wagen heute Nacht gekommen, am Fenster habe ich das gesehen! Es war dunkel, aber ich hab's gesehen.«

»Wagen?« Tommaso blieb stehen. In der Umgebung waren innerhalb der letzten Wochen auf dreiste Weise einige Karren und Karossen gestohlen worden. Große Wagen, die man ohne Zugtiere gar nicht fortbewegen konnte. Einer bunt bemalt, die andern beiden ohne die typisch sizilianischen Verzierungen. Gleich das erste Haus in der Via Pirrone war das von Alfredo. Zwischen dem zweistöckigen Gebäude und einem brachliegenden Gelände gab es ein Anwesen mit einem größeren, von außen nicht einsehbaren Innenhof, mit darum herum angeordneten Verschlägen und Scheunen. Bestens geeignet, um dort ein paar Wagen unterzustellen, um sie irgendwann in Ruhe weiterzuverkaufen. Gut möglich, dass Alfredo heute Nacht wirklich etwas gesehen hatte.

»Ich hab's ihm gesagt!« Alfredo lachte, und in seinen Mundwinkeln sammelte sich schäumender Speichel, als der Mann mit dem glatt rasierten Gesicht hinter ihm aus dem Haus trat. »Und? Er hat sich gefreut, oder?«

»Ja, hat sich gefreut! Kriege ich jetzt die *cannoli*?«

»Einen hatten wir gesagt, mein guter Freund, einen!«

»*Comandi!*«

»Ich brauche einen Freiwilligen für das Gehöft an der Via Pirrone«, sagte Tommaso statt einer Begrüßung zu seinem Untergebenen, als dieser bei seinem Eintreten salutierend aufsprang.

»In Ordnung, *Maresciallo!*«, rief der wachhabende *Carabiniere*.

»Nein, du gehst nach Hause, Bagnardi, du hattest doch Nachtschicht!« Bagnardi stand immer noch mit angewinkeltem Ellbogen vor ihm.

»Ist schon gut!«, winkte Tommaso ab, nahm seine Mütze vom Kopf und warf sie wie jeden Morgen erst einmal auf seinen Schreibtisch.

»Nein, *Maresciallo,* ich komme mit, kenne den Hof, liegt doch auf meinem Heimweg ...« Bagnardi war einer der wenigen *Carabinieri,* die nicht in der Kaserne, sondern wie Tommaso in der Stadt wohnten. Obwohl er aus Messina kam, hatte er nahe Verwandte in Bellaforte, und er hatte »Freunde«. Dieses Wort wurde in hörbare Anführungsstriche gesetzt, was bedeutete, er hatte Beziehungen.

Tommaso wusste das, aber es kümmerte ihn nicht. Bei Beginn seiner Dienstzeit vor vier Jahren hatte er unmissverständlich klargemacht, dass bei ihm Beziehungen keine Rolle spielen würden. Natürlich war ihm bewusst, dass man ihn beobachtete, dass man ihn prüfte, dass man gespannt war, wie lange er diese Linie beibehalten würde.

Bagnardi hatte einen um drei Ecken entfernten Cousin, kaum älter als er, der als Kind von Corleone mit seinen Eltern nach New York ausgewandert war. Dort fiel sein Vater in die ausgestreckten Arme der heimischen ehrenwerten Gesellschaft und wurde nach den altbekannten Regeln der Einschüchterungen und Erpressungen ein reicher Mann.

1943, als die Amerikaner auf der Insel landeten, brachten sie den Cousin und viele andere Sizilianer als Soldaten in ihrer Armee wieder mit. Es waren Leute, die die Sprache kannten, die wussten, wie die Dinge auf Sizilien funktionierten. Wie zum Beispiel auch dieser Verbrecher Lucky Luciano. Tommaso schnalzte in Gedanken versunken mit der Zunge. Die von den Faschisten so erfolgreich bekämpfte Mafia wurde wie ein ausgerottetes Virus von der amerikanischen Armee wieder mit ins Land geschleppt, wo es sich schneller als die Masern erneut ausbreiten konnte. Denn die amerikanisierten Sizilianer kamen nicht nur als ortskundige Befreier, sondern gleichzeitig als Berater. Es war ganz einfach für sie. Als die deutschen Soldaten endlich vertrieben waren, befanden sich die überzeugten Faschisten, die auch Tommasos Familie das Leben in Mistretta seit Jahren schwer gemacht hatten, längst auf Tauchstation. Aus anderen Löchern kamen nach und nach die hervorgekrochen, die zwanzig Jahre lang zurückgedrängt worden waren, die ehrenwerten Leute der Gesellschaft, die Freunde, die nun ihre Chance gekommen sahen. Sie waren keine Faschisten gewesen, das konnte ihnen jeder bestätigen, und wurden von ihren einflussreichen Cousins und Freunden aus New York oder Chicago wieder eingesetzt.

Tommaso stand damals bei den *Carabinieri* gerade erst im Rang eines Sergente, aber er hatte auch zu dieser Zeit schon erkannt, dass es den Alliierten an Durchblick fehlte. Ihre sizilianischen Berater hatten ihre eigenen Leute in den Städten und Dörfern zu Bürgermeistern machen können und andere einflussreiche Posten mit ihnen besetzt. Für die unwissenden Amerikaner ein gelungener Start, um eine demokratische Struktur aufzubauen.

Tommaso atmete laut aus, was für eine Posse, gerade die *amici* für Recht und Ordnung sorgen zu lassen! In Bellaforte regierte seit Kriegsende Don Fattino, ein Rechtsanwalt und anerkannter Mafioso, auch er von Amerikanern als Nicht-Faschist zum Bürgermeister gemacht. Jetzt waren die Amerikaner weg, und die Leute küssten dem *sindaco* die Hand. *Baciamo le mani,* sagten sie und krochen vor ihm und seinen Gefolgsmännern im Staub.

»Geh schon, ich nehme Francesco mit, den alten Schwerenöter. Dann kann er von dort nach Hause gehen. Wo steckt der denn? Ihr hattet doch beide Dienst?«

»Na, wo wohl, auf dem Klo, wie immer um sechs ...« Bagnardi grinste und machte sich auf den Weg. Tommaso schaute ihm hinterher. Was konnte Bagnardi für den Cousin dritten Grades aus New York? Er war ein guter Kerl, der alles für seinen Chef tat. Warum ihm dieses Sonderrecht nehmen, bei seiner alten Tante zu wohnen? Das tat doch keinem weh. Im Gegenteil, er brachte an Feiertagen immer die dicksten und köstlichsten *cannoli* mit.

Tommaso betrachtete die Aktendeckel der aktuellen Fälle der letzten Wochen, die sich hinter seinem Tisch in einem Regal stapelten. Er ging jedem Fall nach, und er tat es gründlich, egal, ob er dabei wiederholt vor einer Wand landete, an der es einfach nicht weiterging. Diese Wand hieß Don Fattino. Der Bürgermeister. Dennoch gab Tommaso die Ermittlungen nicht auf. Er versuchte, alles in seiner Macht Stehende zu tun, um Zeugen zu finden, damit er die Fälle wenigstens mithilfe ihrer Aussagen, ehrlicher Berichte und glaubhafter Gutachten vor Gericht bringen konnte. Wo sie allerdings meistens endgültig vor derselben Wand endeten. Die Richter hatten Angst, die Staatsanwälte waren gekauft, und das Gebot der *omertà,* des Schweigens gegenüber der Polizei und dem Staat, war allgegenwärtig.

Im Regalfach darunter lag ein dreimal höherer Berg. Mord. Raub. Vereinzelte Anzeigen wegen Erpressung. Verschleppte Ermittlungen aus der Zeit seines Vorgängers, die dieser offenbar ganz bewusst hatte ruhen lassen, da er sich sonst mit den ehrenwerten Männern von Bellaforte, besonders mit dem einen, hätte auseinandersetzen müssen.

Tommaso griff nach dem obersten Aktendeckel der ungelösten Fälle, setzte sich auf seinen Stuhl und begann zu lesen und sich dabei Notizen zu machen. Meist mit großen Fragezeichen dahinter.

Es war kurz nach sechs Uhr, als ein Unteroffizier die Dienststube betrat, salutierte und seinen Dienst antrat, indem er sich hinter eine Schreibmaschine setzte und anfing, zwei Bögen Papier mit einer Blaupause dazwischen einzuziehen. Dann kam auch Francesco Alifieri aus einer der Türen. »*Perdonatemi, Maresciallo!*« Er schnallte sich den Gürtel im Laufen zu. Er war einige Jahre älter, doch Tommaso war sein Vorgesetzter, also salutierte Alifieri und nannte Namen und Dienstgrad. Tommaso winkte ab, schlug die Akte zu und erzählte ihm, was der Zwerg Alfredo über die letzte Nacht berichtet hatte. Gemeinsam beratschlagten sie, wie sie vorgehen wollten.

»Jetzt um diese Stunde wird sich wahrscheinlich niemand dort in den Scheunen aufhalten.«

»Wer weiß? Wollen wir nicht noch ein paar mehr Kollegen mitnehmen, he? Was ist mit Bagnardi? Wo ist der?«

Der junge Kollege hörte endlich mit seinem Getippe auf und hörte zu.

»Den habe ich schon nach Hause geschickt, wo du jetzt auch gleich hingehst! Schlafen!« Beide lachten.

»Hast du gesagt, worum es geht?«

»Ich habe ihm nur die Adresse genannt ... Er kannte das Gebäude.«

»Der wollte also mit?«

»Warum fragst du?«

Francesco antwortete nicht, aber Tommaso hatte schon verstanden. Wenn etwas faul war, bekamen die Freunde der Freunde meistens vorher einen Tipp. »Ich weiß schon, was du denkst.« Tommaso stand schon an der Tür und rückte sein Koppel mit der Dienstwaffe darin zurecht. »Aber Bagnardi ist einer, dem ich vertraue. Und außerdem wollen wir doch erst mal nur die Lage prüfen, da wohnt ja keiner. Du bleibst hier«, bedeutete er dem jungen Mann hinter dem Schreibtisch.

Sie machten sich auf den Weg, wieder zurück durch die Straßen, die Tommaso kurz zuvor alleine entlanggelaufen war. Die Männer standen immer noch in dichten Trauben auf dem Corso herum, manche Leute bahnten sich ihren Weg durch sie hindurch und gingen zur Arbeit. Auch am Kirchplatz kamen sie vorbei. Tommaso schaute zu dem Haus, in dem seine kleine Wohnung im ersten Stock lag. Dort oben, hinter dem linken Fenster, lag Flora wahrscheinlich und schlief. Sie stand morgens mit ihm auf, machte ihm den ersten Kaffee und schlüpfte dann wieder in das noch warme Bett, bis sie von Nicolas Geplapper geweckt wurde. Vielleicht war sie aber heute wach geblieben und öffnete gleich das Fenster. Sie liebte frische Luft und hielt im Sommer am liebsten auch die Wohnungstür stets offen, um einen leichten Durchzug zu erzeugen. Wegen Nicola war das in diesem Sommer nicht mehr möglich gewesen. Tommaso sah auf die Eingangstür, zu der eine schmale Treppe emporführte, und starrte dann auf die schokoladenbraunen Fensterläden. In seinen Gedanken beschwor er Flora, das Fenster zu öffnen und sich zu zeigen. Und tatsächlich, in diesem Moment wurden die Läden von innen zögernd aufgedrückt, die Vorhänge beiseitegeschoben, und nun konnte er Flora am offenen Fenster sehen. Er war ungefähr zwanzig Meter entfernt, doch sie entdeckte ihn sofort und winkte. Er winkte zurück, Francesco auch, der Kollege lachte.

»Sie scheint gut gelaunt, deine kleine Frau! Hast du etwas damit zu tun?«

Tommaso schaute ihn nur an. Wenn du wüsstest, wie recht du hast, Francesco, dachte er. Doch er würde nie auf so eine Anspielung eingehen.

»Nichts für ungut, *Maresciallo!*«

Tommaso nickte. Die Ordnung war wiederhergestellt.

Sie gingen durch die Via Dante und dann ein Stück den Berg hoch, hier begann das Armuzzi-Santi-Viertel, wo Polizei und *Carabinieri* nicht gern gesehen waren. Am Anfang der Via Pirrone befand sich gleich an der Ecke die lehmgelbe unverputzte Wand, in die das große Hoftor eingelassen war. Dunkle Holzplanken, glatt und ohne Griff und wahrscheinlich von innen mit einem Riegel verschlossen.

»Hier kommen wir nicht rein«, sagte Francesco. Tommaso zeigte auf den Boden. Auf der festgestampften Erde waren die Abdrücke von Rädern zu sehen. »Der letzte Wagen, der hier reingefahren ist, muss sehr schwer gewesen sein. Versuchen wir es mal im Nachbarhaus, von dem oberen Stockwerk müsste man in den Hof schauen können.«

Francesco nickte. Hauptsache, er musste nicht an einer Wand hochklettern oder über Dächer steigen. Susanna meckerte immer, wenn seine Uniform dreckig war und sie sie waschen musste. Er seufzte. Seine Frau war kein so appetitliches Zuckerröllchen wie die des *Maresciallo,* sondern schon seit Langem so trocken wie eine ausgesaugte Fliege in einem Spinnennetz.

Flora stand in der Küche am Spülstein, sie streute ein wenig Sand in den letzten Topf und schrubbte ihn noch mal kräftig ab. Die Streubüchse war fast leer, sie würde bald wieder Sand brauchen. Den hellen feinen, den der Händler vom Strand hochbrachte.

Sie selbst war erst einmal am Strand gewesen, dort unten in Marinea, wo die Fischer ihre Boote auf den Sand zogen. Das Meer war ihr nicht geheuer. Es war zu weit, zu offen. Ihre Blicke waren an Täler und Berge gewöhnt, die den Horizont begrenzten. Tommaso, der wie sie aus Mistretta kam, ging es ebenso. Und schwimmen konnten sie beide auch nicht. Niemand, den sie kannte, konnte das. Sie schrubbte weiter und ließ die Gedanken wandern. Ob die Schneiderin das Hemd morgen endlich fertig hatte? In einer Woche würde Tommaso seinen fünfunddreißigsten Geburtstag feiern, und sie freute sich schon so auf den Augenblick, wenn er ihr Geschenk auspackte. Angefertigt nach dem Schnitt eines Uniformhemds, aber viel feiner im Stoff! Er liebte es, sich gut anzuziehen, dennoch hingen nicht mehr als zwei Hemden in seinem Schrank. Eines für alle Tage, eines für den Sonntag. Sie summte vor sich hin. Wann der Händler mit dem Sand wohl wieder in die Stadt kam? Sie hatte ihn schon einige Wochen nicht gehört. Der, der das Brot brachte, ließ auch auf sich warten. Der Korb mit dem Seil stand schon auf der Fensterbank. Sie musste ihn einfach nur mit einem Zwanziglirestück hinunterlassen, was praktisch war, so brauchte sie Nico nicht mit auf die Treppe zu nehmen, die noch immer so steil für ihn war, dass er sich nur langsam, eine Hand am Geländer, ein Fuß neben dem anderen, hinuntertraute. Tragen konnte sie ihn mit dem angeschwollenen Bauch auch nicht mehr gut.

»Nicht wahr, mein Schatz, du bist der Mama zu schwer geworden!« Sie drehte sich zu ihrem Sohn um, er war heute früher als sonst aufgewacht, es war nicht einmal sieben Uhr. Nico saß am Tisch, mit seinen kleinen Zähnchen im Unterkiefer raspelte er die harte Kruste vom letzten Stück Brot ab, das im Haus war. Flora lachte und lauschte noch einmal, ob sie die näher kommenden schrillen »*pani, pani*«-Rufe des Brotverkäufers nicht doch schon hörte. Aber da war nur das Radio von Signora Mantelli aus dem Erdgeschoss, das an diesem Morgen wieder einmal getragene Klaviermusik spielte. Darunter mischte sich ein seltsames Murmeln und Rauschen, als ob viele Leute miteinander redeten. Flora schob den Vorhang beiseite. Was für ein Glück, Tommaso heute Morgen mit dem Kollegen zu sehen! »Bewahre mich, Heilige Mutter Gottes«, murmelte sie schnell, um nicht wieder von der ersten der sieben Todsünden überrollt zu werden – dem Stolz! Sie war so unendlich stolz auf ihn gewesen, wie immer, wenn sie ihn in seiner Uniform irgendwo erblickte. Aber durfte sie sich als seine Ehefrau nicht auch ein bisschen gut fühlen, ihn an ihrer Seite zu haben? Zu sehen, wie die Frauen sich verstohlen nach ihm umdrehten? Ihren Neid, manchmal sogar ihr Begehren zu spüren? War das Hochmut? War es Eitelkeit?

Doch Flora konnte nicht länger darüber nachsinnen. Auf dem Kirchplatz liefen die Leute zusammen und schauten sich um, irgendetwas war geschehen. Sie entdeckte ihre Nachbarin Nunziata, die wie ein Huhn den Hals vorstreckte, um Neuigkeiten aufzupicken. Und dort stand ja auch Nenè mit dem Brotwägelchen, der Faulpelz, warum rief der nicht, wollte er heute nichts verkaufen? Ihr Junge musste schon den ganzen Morgen an einem harten Brotende herumknabbern, und der Kerl stand da unten nur rum und guckte. Und was sie heute Mittag kochen sollte, wenn Tommaso nach Hause kam, wusste sie auch noch nicht.

»Komm, Nico! Wir gehen runter auf den Platz, unser Brot bekommen wir sonst heute nicht mehr. Moment, ich zieh dir eben die Schuhe an.« Flora bückte sich seufzend, der Bauch unter ihrem Kleid war nun doch schon immer öfter im Weg.

Mit dem Kleinen an der Hand stand sie kurz darauf oben am Treppenabsatz und überblickte die Menschen, von denen immer mehr auf den Platz strömten. Konnte sie irgendwo die dunkelblaue Schirmmütze mit dem goldenen Granatenemblem sichten, die zu ihrem Mann gehörte? Er war immer der Größte, überragte alle anderen um einen Kopf, doch so gründlich sie auch Ausschau hielt, sie konnte ihn nirgends entdecken.

»Langsam, langsam«, sagte sie zu Nico, »halt dich am Geländer fest!« Nico gehorchte, seine kleinen Finger klammerten sich um einen der Eisenstäbe.

»Was ist passiert?«, rief sie Nunziata zu. Später fragte sie sich manchmal, warum sie ausgerechnet an die oft so übellaunige Nunziata hatte geraten müssen. Warum nicht an Ada oder Pia, die doch in der Nähe standen, die sie aber in diesem Moment nicht wahrnahm.

»Mir ist nichts passiert!«, rief Nunziata zu ihr hoch. »Ihnen ist was passiert. Den Mann haben sie Ihnen erschossen!«

Flora schüttelte den Kopf. Nein! Was sollte das? Sie hatten ihr den Mann nicht erschossen. Gerade hatte sie ihn doch noch gesehen ... Um Nunziata herum wurde es still. »Nein, nicht der *Comandante!?*«, rief jemand erschrocken, und bei dem entsetzten Klang dieser unbekannten Stimme rieselte Flora ein kalter Schauer den Rücken hinunter. Sie sah ihre Freundinnen Ada und Pia, die sich durch die Menge drängten, aber nur langsam vorankamen, als ob ihre Füße im Morast feststeckten, während sie versuchten, zum Fuße der Treppe zu gelangen. Und wie schon zuvor die Stimme, sagten ihr auch die Gesichter der beiden, dass es wahr sein musste. Doch noch immer wehrte sich alles in ihr. Das konnte nicht sein. Tommaso?! Tommaso doch nicht! Das musste ein Irrtum sein. Es konnte nicht ... Es durfte nicht sein! Dann hörte sie jemanden schreien, und ihr wurde schwarz vor Augen.

6

»Steh auf!«

»Nein, ich will nicht!«

»Dann sag mir endlich, was los ist! Hat es was mit deinem Bein zu tun?«

»Nein! Ich bin zwar ein Krüppel, aber nicht alles hat mit meinem kurzen Bein zu tun.«

»Was ist es dann?«

»Mir ist ganz komisch im Bauch, Mama! Ich habe Krämpfe.« Wie zum Beweis schrie Assunta vor Schmerzen auf und krümmte sich auf dem Bett zusammen. »Da, siehst du! Es tut auf einmal so weh!«

»Dann wirst du etwas Falsches gegessen haben. Die vielen Kutteln, die du heute verschlungen hast, machen dir zu schaffen. Die hätten noch bis morgen reichen sollen! Was hast du auch für einen Appetit, *ragazza mia!*«

»Hol den Doktor, Mama. Und schick Stellina aus dem Zimmer.«

»Na, also wenn du sogar Stellina wegschickst, dann muss es dir wirklich schlecht gehen!«

»Mama, ich liebe Stellina über alles, aber sie soll nicht sehen, wie ich sterbe!«

»Du stirbst nicht!« Doch nun lief die Contessa Silvia Paternó di Pozzogrande endlich los, um den Doktor zu holen.

Dottore Zingaro schickte die ganze Truppe aus dem Zimmer, die durch das Geschrei angelockten Nachbarinnen, das kleine, kaum dreijährige Kind und Assuntas Mutter. Allen voran aber ihren Vater und dessen Schwestern Mita und Tita, stadtbekannt und jungfräulich, die an ihm klebten wie zwei graue Blutegel und heulten.

»Stellina, keine Angst, Tante Assunta hat nur etwas Schlechtes gegessen, sie wird bald wieder gesund!« Stellas Augen waren ohne Unterlass auf die Tür gerichtet, hinter der sie Assunta stöhnen hörte. Sie war ein zartes Kind, denn obwohl sie bei ihrer Geburt um die sechs Kilo gewogen hatte – ihre Mutter Giuseppina behauptete heute noch, es seien sieben gewesen –, hatte sie im ersten Jahr zunächst stark abgenommen und dann nur sehr zögerlich wieder zugelegt. Auch das Wachsen schien sie eingestellt zu haben.

Der *babbo* lachte heute nicht, sondern guckte ganz böse, das sah Stella. Ihre Tante Assunta nannte ihren Vater Babbo, also nannte Stella ihn auch so, obwohl er ihr Großvater war.

Ja, er war außer sich. Warum, konnte Stella noch nicht verstehen. Dabei hatte er sich so verändert, seit seine Enkelin im Haus war. Er hatte nie viel geredet, doch mit ihr plauderte er den ganzen Tag. Er nahm ihre kleine Hand und führte sie, kaum dass sie laufen konnte, stolz über Bellafortes Straßen. Auch die *nonna* war aus der Winterstarre einer eleganten Eidechse erwacht, in die sie die Jahre der Armut und die missgebildete Erstgeborene hatten fallen lassen. Sie liebte ihre Enkelin über alles. Na, und Assunta, die liebte Stella sowieso. Doch Assunta hatte gerade andere Schwierigkeiten.

Der Doktor behauptete nämlich, sie bekomme ein Kind, jetzt und hier, deswegen die grässlichen Schmerzen!

»Aber *dutturi,* das kann doch nicht sein, ich bin doch noch Jungfrau, und wie soll eine wie ich schon zu einem Kind kommen?«

»Es ist jedenfalls hineingekommen – wie, das kannst du deinen Eltern später erzählen, denn jetzt will es raus, es ist schon fast da. Komm an die Bettkante, dann kann ich dir besser helfen. Einen Tisch haben wir hier ja nicht ...«

»Ich kann meinen Eltern nichts erzählen, ich wüsste nicht ... *Dio mio!*«, schrie Assunta, presste, weil eine gewaltige Kraft in ihrem Körper sie dazu zwang, und drückte das Kinn auf die Brust. Dieser verdammte Biglia hatte doch geschworen, dass nichts passiert war. Zweimal hatte er sie besucht, zufällig immer dann, wenn die Eltern weg waren. Er hatte ihr einen Kamm für ihr Haar geschenkt und sich dann mit seinem Karren voller Haushaltskram nie mehr in Bellaforte blicken lassen.

»Mädchen, deine Eltern werden gleich ihren vierten Enkel in den Händen halten, sie werden dich schon nicht aus dem Haus jagen, sondern werden sich freuen, glaub mir.« Der Doktor wusste, wie so etwas lief. Natürlich war es ein Skandal. Ausgerechnet die Assunta, mittlerweile musste sie auch schon um die sechsundzwanzig sein. Niemand hätte gedacht, dass sie je einen abkriegen würde mit diesem Bein und dem runden Gesicht, in dem die weit auseinanderstehenden Augen etwas verloren umherblickten. Doch offenbar hatte es jemand geschafft, ihr näherzukommen. Der Doktor zuckte mit den Achseln. Die Welt war voller Skandale, auch über diesen hier würde in zwanzig Jahren kaum noch jemand reden.

»Hat er dich gezwungen?«, fragte er sie in einer Wehenpause. Assunta schloss die Augen, der Schmerz ließ tatsächlich zwischendurch nach, um dann mit voller Wucht wieder über sie hereinzubrechen. Sie konnte nicht richtig denken. Hatte er sie gezwungen? Er hatte sie auf seinen Schoß gezogen und ihre Brüste unter dem Kleid gestreichelt. Wie im Kino war es gewesen, nur schöner. Sie hatte sich selbst aus einer Ecke des Raumes dabei zugesehen. Er war hübsch und sah dem Vittorio auf der Leinwand ähnlich, natürlich nur, wenn er den Mund nicht aufmachte. Sein Vater habe ihm als Kind die Vorderzähne ausgeschlagen, weil er mit dem Bier aus der Wirtschaft zu spät nach Hause gekommen sei, hatte er ihr erzählt. Wenn er sprach, zischte es komisch. Er hatte sie geküsst. Sie war mit ihrer Zunge an etwas Weiches geraten, da oben waren tatsächlich überhaupt keine Zähne mehr, es fühlte sich an wie das glatte Fruchtfleisch eines reifen Pfirsichs, es hatte sie nicht gestört. Dann hatte er ihr das gezeigt, was in seiner Hose war. Diesen festen hellbraunen Aal, um den sie neugierig ihre Finger schloss. Ganz seltsame Geräusche machte der Biglia, als er sie überall streichelte, dann war es da, wo sie saß, plötzlich nass, und er hatte sie beschworen, niemandem etwas zu verraten. Sie hatte nichts gesagt. Geschieht euch recht, hatte sie nur gedacht, denkt ihr nur weiterhin, dass mich niemand will! Die Leute dachten ja, sie würde nicht mal mitkriegen, dass niemand einen Mann für sie suchte. Aber sie wusste es, im Viertel nannte man sie »Signorina Puppenbein«, und die war kein junges Mädchen, auf das man aufpassen musste. Das Bein, das Bein, sie taten so, als wäre sie keine Frau, nur wegen diesem vermaledeiten Bein.

Giuseppina, ja, die war die Schönste, um die hatten sie sich Sorgen gemacht, sie immer bewacht und begleitet, und dann hatte sie doch nur diesen Fisch mit den Glupschaugen abbekommen.

Aber der Biglia mit den Spiegeln und Bürsten, der hatte sie gewollt! Und es war ja nichts passiert ... Wie konnte also etwas in ihr so feststecken, dass sie daran sterben musste? Ein Baby? Nie und nimmer! Als sie sich aufrichtete und das Kind zwischen ihren Beinen zum ersten Mal sah, verstand sie immer noch nicht, wie dieses Wesen in sie hatte hineingelangen können. Es war zart und hübsch und sah aus wie ein richtiges Baby, noch dazu mit zwei perfekten Beinen. Es war ein Wunder! Und es gehörte ihr.

7

Der Busfahrer schaltete einen Gang herunter, der Motor heulte auf, um die Steigung zu bewältigen. Flora hielt Nicola mit einem Arm an sich gepresst. Der Junge war eingeschlafen, er wurde in den Linkskurven gegen sie gedrückt, in den Rechtskurven hielt sie ihn noch fester, damit er nicht zur Seite fiel. Sie spürte seine Wärme, sein Gewicht, sein leicht verschwitztes Haar an ihrer Brust. Sie schnupperte daran, sog den süßen Geruch in sich auf. Dieser Duft war alles, was ihr vom Leben geblieben war, und machte sie noch trauriger. Die Bäume wichen zurück, die Landschaft wurde karger, das Gras zwischen den felsigen Steinen war winterbraun und zusammengefallen. Sie war auf dem Weg in die Heimat, doch obwohl ihr die Berge zwischen dem Gebirgszug der Madonie und dem der Nebroden vertraut waren, konnten sie sie nicht trösten.

Nichts konnte sie trösten. Auch die Hand ihrer Mutter nicht, die ab und zu von hinten kam und leicht wie ein Käuzchen auf ihrer Schulter ruhte. Sie hatte keine Tränen mehr, sie hatte auch keine Stimme mehr, um ihren Schmerz hinauszuschreien, sie trug einen unendlich tiefen Abgrund in sich, in den sie jederzeit wieder hinabstürzen konnte. Ihr Bauch war leer, ihr Kopf war leer. Nur ihr Herz schlug noch; aber mehr auch nicht.

Nachts konnte sie nicht schlafen, dabei sehnte sie sich so sehr nach Schlaf. Er war in den ersten Tagen ihre Rettung gewesen, doch nun entzog er sich ihr. Stattdessen war in ihrem tauben Körper etwas am Werke, das lautlos vor Schmerz schrie und sich in größter Verzweiflung wand, als ob man ihre Seele in zwei Teile geschnitten hätte.

Die ganze Welt – die Mörder, die Diebe, Krieg, Hunger, Schläge, Ungerechtigkeit, Elend, Tod –, all das schien nur zu existieren, um ihr wehzutun. Nach dem Sturz auf der Treppe war das Kind viel zu früh geboren worden. Sie hatten es ihr nicht gezeigt, doch immerhin gesagt, dass es ein Mädchen war. Wo hatten sie ihr Mädchen hingebracht?

Gib ihm lieber keinen Namen, hatte die Mutter ihr gesagt, es ist noch kein Mensch gewesen, seine Seele war noch nicht da. Auch Pia und Ada stimmten in diesen Chor der Beschwichtigung ein. Doch Flora wusste, dass das nicht stimmte. Es war ihre Tochter. Ihr kleines Mädchen. Von dem Moment an, als sie an dem Morgen im Juni mit Tommaso geschlafen hatte und er dabei ihren Namen rief, so ausgelassen, so voller Hingabe. Sie hatte es Tosca genannt, weil sie die Musik aus Signora Mantellis Radio liebte. Besonders die Opern. Es war da gewesen und hatte sich von ihr ernährt, und obwohl sie es nicht für möglich gehalten hatte, teilte sich ihre Liebe zu Nicola und versorgte dieses neue Kind mit einem weiteren Strang, nicht weniger stark als der erste.

Die Nachbarinnen hatten das mit der Seele sicher nur gesagt, um ihren Schmerz nicht noch größer werden zu lassen. Pia und Ada. Sie würde die beiden vermissen. Bevor ihre Mutter und Tommasos Familie aus Mistretta angereist waren, hatten sie sich ohne Unterlass um sie gekümmert, auch um Nicola, den sie bei ihrem Sturz mitgerissen hatte, der aber nur zwei aufgeschürfte Knie und einen großen Schreck zurückbehalten hatte. Floras Körper dagegen war jetzt, eine Woche später, immer noch grün und blau an den Stellen, wo sie auf die Stufen geschlagen war. Ihr Kopf war wie durch ein Wunder unverletzt geblieben. Sie hatte zwei Tage im

Krankenhaus gelegen. Natürlich hatten die Mütter, Freundinnen und Nachbarinnen dort für sie gesorgt. Flora hatte alles über sich ergehen lassen, nur geweint und mit niemandem gesprochen. Es gab einfach keine Worte. Wieder zu Hause, wurde die Fürsorge fortgesetzt. Sie weinte, sie bekam Taschentücher. Sie musste sich waschen, es war jemand da, der ihr half. Ihr waren die verquollenen Augen zugefallen, man hatte sie schlafen lassen. Ihr war schwindelig, sie hatte heiße Brühe bekommen. Aber nun, in ihrem einsamen Schlafzimmer, wollte sie reden. Doch die Frauen wehrten sanft ab. »Pscht, du musst dich ausruhen«, waren ihre Worte gewesen, wenn Flora einen Versuch unternahm. Bald gab sie es auf. Worüber sollte sie auch sprechen? Konnte denn irgendjemand verstehen, was sie verloren hatte?

Sie war stumm geworden. Die kleine Tosca hatte eine schreckliche Leere in ihrem Innersten hinterlassen. Doch noch schlimmer war, diesen Verlust nicht mit Tommaso teilen zu können, obwohl sie manchmal geglaubt hatte, dass alles nur ein schreckliches Missverständnis sei, dass er jeden Moment zur Tür hereinkommen müsse, seine Mütze über den Haken an der Wand werfen und sie zur Begrüßung in seine kräftigen Arme schließen würde. Doch das ging ja nicht. Immer wieder hatte der Schock sie aufs Neue erwischt, wenn sie morgens aus einem kurzen Halbschlaf aufwachte.

Sie hatten ihren Tommaso erschossen!

Die drei Diebe, die in der Scheune auf die beiden *Carabinieri* gelauert hatten, waren immer noch flüchtig. Es waren dreckige Typen, die von jemandem gedeckt wurden. Flora merkte, wie Wut und Hass in ihr hochstiegen. Wenigstens hassen konnte sie noch.

Überall gab es Diebe! Sie stahlen Vieh von den Weiden, Zitronenkisten aus den Gärten, Stiefel, die in einem Hof standen. Mit anderen Worten: alles, was unbewacht war. Man fing sie ein, man stöberte sie in den letzten Erdlöchern auf, in den Höhlen der Berge, in den hintersten Winkeln von Palermo. Und diese drei, Erminio

Cuffaro, Michele Passarello und Tonino Salsa, nicht? Die waren unauffindbar?!
Jeder, der schon länger in Bellaforte wohnte, kannte sie.

Flora wusste, was das bedeutete. Man hatte ihren Mann dort hingelockt. Der arme Kollege war nur ein zufälliges Opfer, weil er an diesem Morgen Dienst hatte. Beweisen konnte sie es nicht, sie mochte eigentlich auch nicht mehr daran denken, doch in diesem Augenblick, als der Busfahrer in einen anderen Gang schaltete, um die steiler werdende Straße zu bewältigen, schoben sich erneut die Bilder vor ihre Augen. Bilder eines Films, den sie nicht gesehen hatte, der nur aufgrund der Erzählungen und der vorsichtigen Worte, die Rechtsanwalt Carnevale für sie gefunden hatte, wieder und wieder in ihrem Gehirn ablief. Vielleicht hatte irgendwer dem Behinderten gesagt, er müsse unbedingt erzählen, was er nachts gesehen habe? Alfredo hieß er. Genannt Brontolo. Man bekam aus dem dauergrinsenden Mann nicht viel heraus, der einer der Letzten war, die mit Tommaso gesprochen hatten.

Die drei Ganoven hatten ihn und den Kollegen Francesco sofort aus dem Hinterhalt niedergeschossen. Es war Tommaso noch gelungen, einen Schuss abzugeben, doch dann war er von ihnen von allen Seiten durchsiebt worden. Francesco hatte man lebend aufgefunden, hatte ihn noch bis ins Krankenhaus bringen können. Von ihm stammten die Namen. Doch am nächsten Tag war auch er an seinem enormen Blutverlust gestorben.

Wegen drei alter sizilianischer Karren hatte Tommaso sein Leben in einem dunklen Stall lassen müssen. Flora sah immer einen Stall vor sich, mit Balken und getrocknetem Kuhmist. Und darin lag, in all dem Dreck auf dem Boden, ihr Tommaso, der immer so gerne gut angezogen war, der so stark war, der so zärtlich sein konnte. Der sie so oft hatte besitzen dürfen. Und der sich ihren Händen so gerne auslieferte ... Ihr Körper konnte es noch nicht glauben, dass sie nie mehr sein Gewicht auf sich spüren würde. Nie mehr seine Stimme hören, nie mehr in seine ernsten hellblauen Augen schauen. Aus diesem Albtraum gab es kein Erwachen.

In den vergangenen Tagen war sie kaum mehr als ein Möbelstück gewesen, das man hin und her schob und irgendwann abtransportierte. Was hatte sie noch in Bellaforte verloren? Ihr Mann war tot! Sie war nicht mehr Ehefrau, sie war Witwe. Was für ein grausames Wort.

Also zurück nach Hause in die Berge, nach Mistretta, zurück ins Haus der Mutter, ins Haus des verhassten Vaters, obwohl der ihr, seitdem sie Tommaso geheiratet hatte, nichts mehr tun konnte. Und der nach dem Schlaganfall nur noch im Bett lag und lallte, während ihm der Speichel aus dem Mundwinkel floss. Hatte Gott seine Gier auf die eigene Tochter bestraft? Hatte Gott auch sie, Flora, bestraft, weil sie sich ein neues Leben gesucht hatte, weit weg von Mistretta? Weil sie zu stolz auf ihren Mann und ihre kleine Familie gewesen war?

Als sie 1921 geboren wurde, besaßen ihre Eltern einen kleinen Kramladen, in dem es auch Bonbons und Schokolade zu kaufen gab. Von ihren Mitschülerinnen war sie darum beneidet worden, doch als Kind war die Angst vor ihrem Vater übermächtig gewesen und hatte alles überschattet. Sie hatte sich in ihren Eingeweiden eingenistet wie ein Bandwurm. Er besaß einen glatten Stock, mit dem er auf den Ladentisch prügelte, wenn er Geld von der Mutter wollte. Wie stark er den Stock auch durch die Luft zischen und vor ihr niederdonnern ließ, er zerbrach nie. Vielleicht war er doch zu schwach, wenn er betrunken war. Irgendwann war es dann immer so weit, er ließ den Stock liegen, fegte Flora, die sich mit ausgebreiteten Armen vor der Mutter aufgebaut hatte, mühelos beiseite und ging mit bloßen Händen auf seine Frau los. »Gib ihm das Geld! Gib es ihm!«, flehte Flora. Doch erst wenn sie ihn gekratzt hatte und die ersten Ohrfeigen auf sie niedergeprasselt waren, gab ihre Mutter dem betrunkenen Vater die Tageseinnahmen aus der Kasse.

Flora fühlte Magensäure in ihrer Kehle hochsteigen. Das kam, weil sie so wenig aß. Und wenn sie etwas zu sich nahm, dann nur Brühe oder Lorbeertee mit Zitrone. Sie hatte ihre Mutter als kleines Mädchen nie vor ihrem Vater schützen können. Natürlich nicht. Doch ihre Mutter hätte sie schützen können, als ihr Körper sich veränderte und der Vater sie zwang, mit ihren Händen widerliche Sachen an sich zu machen. Sie schickte ihre Tochter sogar manchmal zu ihm in das Hinterzimmer. Das bittere Gefühl, das in ihr aufstieg, sobald sie daran dachte, hatte auch in den vergangenen Jahren nicht nachgelassen, wann immer sie ihre Mutter sah.

War sie bestraft worden, weil sie der Mutter irgendwann nicht mehr gehorcht hatte? Weil sie stattdessen zur Stadt hinauslief und sich oben neben den Felsen im Verschlag des Schäfers Beppe versteckte, wo es kälter war als zwischen den dicken Mauern der Stadt, aber wenigstens nur der Wind heulte? Beppe war ein bisschen verrückt, er mochte die Menschen nicht, sondern sprach nur mit seinen Schafen. Er hatte ein Lieblingsschaf, Mirella, das immer bei ihm auf dem Bauch schlief. Flora beneidete das Schaf nicht. Es konnte nicht weg von dem Schäfer, auch wenn es gewollt hätte.

Irgendwann, als sie es nicht mehr aushielt – sie war damals vielleicht zwölf gewesen –, hatte sie sich auf die Mauer gestellt, die an der Via Marea entlangführte. Sie stand dort oben mit ausgebreiteten Armen, der Wind blies kräftig durch ihr dünnes Kleid, ein stärkerer Windstoß oder ein kleiner Schritt, und sie wäre in den Abgrund gestürzt. Sie streckte den Fuß aus, stand auf einem Bein und wartete auf den Windstoß. Sie selbst konnte diesen Schritt nicht tun. Die Eltern würden weinen, auch der Vater, mit seinen behaarten Händen und seinem ekelhaft behaarten Bauch. Doch dann hatte sich ihr Blick in den Tälern und Bergen verloren, die Sonne war hinter einer Wolke hervorgekommen und hatte die grünen Wiesen und schroffen Felsnasen in eine gefleckte Landschaft verwandelt. Dort, wo Wolken waren, gab es dunkle Flecken, gleich daneben war alles hell und grün. Sie würde dort leben, wo die Sonne auf ihren Kopf schien. Sie wusste zwar noch nicht, mit wem, aber er würde keine Haare auf den Handrücken haben und niemals mit einem Stock auf den Tisch schlagen, so viel stand fest!

Eine Herde Ziegen zog neben ihnen über die Anhöhe, selbst über dem Geräusch des Motors konnte Flora das vertraute Bimmeln der Glocken wahrnehmen. Wie hatte sie dieses Geklingel einmal geliebt. Es war die Musik der Freiheit, wenn sie dem dunklen Laden und dem Hinterzimmer darin entflohen war.

Ich will nicht nach Mistretta, sagte sie zu Tommaso, ich will wieder in Bellaforte in meiner eigenen Küche stehen, und du sollst bei mir sein! Bei mir! Bei mir! Sie sagte die beiden Wörter vor sich hin, und der Schmerz höhlte sie erneut von innen aus, während der Bus sich seinen Weg zwischen die solide gebauten Häusern hindurchbahnte. Steine, nur noch Steine, alles war aus braunem Stein und ging nahtlos ineinander über. Die Mauern der Häuser, die Straßen, die Brücken und Giebel, die Plätze und Dächer. Ein großes Gefängnis, in das sie zurückkehrte, dessen Tore hinter ihr mit einer Walze aus Stein verschlossen wurden.

Die Mutter kramte ihre Sachen zusammen, wieder spürte sie ihre Hand auf der Schulter. Diesmal schwer und feucht wie ein nasses Handtuch. Oben auf dem großen Platz machte der Bus vor der Kirche halt. Auch sie aus dem typischen braunen Felsstein. Sie mussten aussteigen.

Tommaso war schon da. Sie konnte nicht hinschauen, sie konnte diese Kirche nicht anschauen, in der sie geheiratet hatten und die sie damals mit großen Schritten und einem Strauß zarter Mimosen in der Hand verlassen hatte. Sie hatte sich am Arm von Tommaso so unendlich frei gefühlt! Und nun stand der Sarg mit ihm bereits vorne am Altar, bedeckt mit der italienischen Flagge und den beiden Orden, die er sonst an seiner Uniform getragen hatte. Vor einer Woche noch hatte sie Töpfe geschrubbt und sich überlegt, ob er sich über das Hemd freuen würde, an dem die Schneiderin gerade nähte. Nun lag er in seiner Uniform tot in dem dunklen Kasten und würde morgen in eine Grabnische geschoben werden, die sein Bruder überstürzt gekauft hatte.

Flora küsste Nicola mit einer matten Geste auf den Scheitel. Die Mauer an der Via Marea war ihr mehrmals durch ihren Kopf gegeistert. Sie könnte ihm folgen, ganz einfach, ein Schrittchen nur. Doch sie würde ihren Sohn niemals verlassen. Sie war seine Mutter und alles, was er noch hatte. Sie war die Einzige, die ihm von seinem Vater erzählen konnte.

Aus dem lachenden Säugling, »*il neonato felice*«, wie ihn alle genannt hatten, war »der Sohn des *Maresciallo,* den sie erschossen haben«, geworden.

Es sollte achtzehn Jahre dauern, bis sie ihn wieder anders nennen würden. Und das würde dann endgültig sein. Aber das wusste Flora noch nicht.

8

»Gehst du heute nicht los?«
»Nein, Stellina. Leg dich wieder hin, es ist noch früh!«
»Warum gehst du heute nicht los?«
»Weil Sonntag ist, Dummerchen.« Die Bartstoppeln des Großvaters leuchteten weiß in seinem gebräunten Gesicht, er lächelte verschlafen, und Stella betrachtete interessiert seine großen gelben Zähne. Die Nonna konnte sie nicht sehen, denn sie lag hinter ihm an der Wand, die Matratzen waren zu hoch.
»Aber morgen ist Montag, oder?«
»So Gott will ...«
»Kannst du mich nicht morgen früh mitnehmen?«
»Nein, Stellina, das ist nun wirklich nichts für dich!«
Stella ließ ihr Kinn auf die Brust fallen, doch sie wusste, ihr Schmollen würde nichts bewirken. Sie lief auf bloßen Füßen aus dem Zimmer nach nebenan, kletterte auf einen Hocker, um wieder in das große Bett zu gelangen, das vor ihr aufragte und das sie mit Assunta und Lolò teilte. Vor dem Bett standen die Schuhe der Tante. Schwarz glänzend und aus festem Leder, selbst im Sommer hatte sie die an. Einer war ganz normal, der andere riesig hoch, wie ein großer Becher. Sie stellte sich vor, wie Assunta schrumpfte und dann in dem Schuh über die große Pfütze fuhr, die in ihrer Straße stand, wenn es heftig regnete. Nie nahm der Babbo sie mit, wenn er um fünf Uhr in der Früh leise aufstand und aufs Land fuhr. Er sagte, er

gehe, um den Bauern zu helfen. Sie wollte auch den Bauern helfen und unbedingt wissen, was es mit dem komischen Stock auf sich hatte, den er bei diesen Fahrten immer mitnahm. Oben war ein rechteckiges Stück Eisen angebracht, wie eine Fliegenklatsche sah das aus, und doch anders. Was tat er damit? Die Erde umgraben? Er brauchte ihn nicht zum Laufen, denn er konnte sehr gut ohne Stock gehen. Stella wollte ihn so gerne begleiten und helfen, aber der Großvater, sonst der liebste Mensch auf der Welt, erlaubte es ihr nicht.

»Was ist los, Stellina?« Assunta war erwacht, hatte sich aufgesetzt und schaute zu ihr hinüber. Stella musste lachen, ihre Tante sah vielleicht komisch aus mit ihrem verknautschten Schlafgesicht, die Augen seitlich am Kopf und ganz klein, wie bei einem gestreiften Zicklein. Leise erzählte sie ihr, dass sie den Babbo gerne zu den Bauern begleiten würde.

»Bleib lieber hier bei uns!«, sagte Assunta. Ihr kurzes Bein hatte sich unter der Decke hervorgemogelt, Stella sah es sich gerne an. Es war so zart und weiß, es passte gar nicht zu dem Rest der Tante, und war doch schon immer ihres. »Der Ludovico wäre doch sonst traurig!«

Stella nickte. Immer wenn Assunta etwas Ernstes über ihn sagte, nannte sie ihn bei seinem Taufnamen. Sonst war er einfach nur Lolò. Gemeinsam schauten sie auf den schlafenden Jungen zwischen ihnen. Der Ludovico war schnell traurig. War sie einmal ohne ihn bei der Signora Russo nebenan, vermisste er sie sofort. Er war ein *bastardo,* und das war traurig genug, hatte die Signora Russo einmal gesagt, und Stella hatte es sich gemerkt. Sie konnte sich viele Sachen merken, auch wo die Dinge lagen. Und sie half der Nonna immer, wenn die etwas nicht wiederfand. Weil Assunta keinen zum Heiraten gefunden hatte, war der Storch bei ihr vorbeigeflogen und hatte ihr aus Mitleid eben einfach so ein Kind auf das Fensterbrett gelegt. Stella gefiel das, durch den netten Storch war sie zu ihrem Cousin gekommen. Sie machten alles zusammen, spielten im Sommer auf der Straße, saßen im Winter in der Wohnung und teilten die Knöpfe auf, die ihre Schafherde waren, oder bauten Häuser aus den kleinen Kartons, in denen die Knöpfe aufbewahrt wurden. Tante Assunta brachte sie von der Schneiderin mit, bei der sie manchmal aushalf. Stella bestimmte, wie die Häuser aussehen sollten und was gespielt wurde, Lolò machte mit. Sie beugte sich über ihn und schnupperte an seinem Haar. Es roch gut nach Seife, gestern waren sie wie an jedem Samstag in dem großen Waschbottich gebadet worden. Die Nonna hatte auch Stellas Haare gewaschen. Es dauerte lange, bis sie trocken waren, sie waren dunkel und seidig und reichten ihr schon weit den Rücken hinunter. Wohlig streckte sie sich neben Lolòs kleinem warmem Körper aus und schloss die Augen.

»Weißt du ...«, sagte Assunta von drüben und machte dann eine Pause. Stella kannte das schon. Auch wenn Assunta richtig wach war, redete sie langsam, für einen Satz brauchte sie manchmal mehrere Minuten, weil ihr immer wieder etwas dazu einfiel. Stella fühlte die weiche Hand ihrer Tante, die ihr ein paar Haare aus der Stirn strich. Erst dann redete sie endlich weiter: »Der Babbo tötet die Maulwürfe, die den Leuten auf dem Land Felder und Gärten zerwühlen und die Samen fressen, die sie ausgesät haben.« Es folgte eine längere Pause. »Und die Wurzeln der Pflanzen abbeißen.« Wieder eine Pause. »Und das willst du doch nicht sehen.« Stella schüttelte mit geschlossenen Augen den Kopf. Aber sie musste die Dinge zu Ende denken, deswegen fragte sie: »Und wie macht er es? Mit dem Stock?«

»Er legt sich auf den Bauch, manchmal stundenlang, und wartet, bis sie einen Hügel aufhäufen und oben herauskommen, und dann ... Tock!« Assunta versetzte dem metallenen Kopfteil des Bettes mit ihrer Handkante einen leichten Schlag. Stella zog sich blitzschnell die dünne Decke über den Kopf.

»Ist gut, ist gut ...!«, hörte sie Assunta draußen. Stella wusste zwar nicht, wie Maulwürfe aussahen, sie hatte noch nie einen gesehen, aber sie wollte den Opa nicht mehr begleiten. Sie wollte sich auch keine Gedanken mehr machen, wofür er die guten Sachen von den Bauern bekam, mit denen er am Abend bei seiner Rückkehr wieder das Haus betrat. Er brachte Bohnen, Tomaten, Kartoffeln, getrocknete Feigen oder Mehl mit, manchmal auch nur Wein, den Stella aber nicht trinken durfte. Und Lolò natürlich auch nicht. Manchmal war es auch eine geräucherte Salami oder ein Stück Pecorino, den sie über die Pasta reiben konnten. Der Nonna gefiel alles, was er aus der Tasche zog, sie lächelte an diesen Abenden oft. Auch Stella freute sich immer sehr, wenn sie ihn wiedersah, sie umarmte ihn dann stürmisch, kletterte an ihm hoch, küsste ihn auf seine stoppelige Wange und gab erst dann Ruhe, wenn sie alle zusammen am Tisch saßen. Lolò neben ihr, gegenüber Tante Assunta, rechts der Babbo, und links Nonna, damit sie es nicht so weit bis zum Herd hatte. Meistens standen die beiden unverheirateten Schwestern von Babbo dann auch bald in der Tür und nahmen zwischen ihnen Platz. Wenn sie zu fünft oder zu siebt schließlich vor einem dampfenden Teller mit Pasta und Ragout saßen, war alles gut.

Stella rutschte mit ihrem Bein hinüber, bis sie Lolòs Bein berührte. Er war ein *mammone*, ein verwöhntes Mamakind, das noch jeden Abend eine Nuckelflasche mit warmer Milch trank, dabei war er fast schon vier, zwei Jahre jünger als sie. Wenn er eingeschlafen war, nahm sie ihm die Flasche weg und trank den Rest selber. Aber nur dann. Sie war nun mal älter als er und musste auf ihn aufpassen. Mit einem zufriedenen Seufzer schlief Stella wieder ein.

Am Morgen träufelte die Nonna ein wenig Olivenöl auf Stellas Kopf, bürstete ihr langes Haar wieder und wieder, dann flocht sie zwei Zöpfe und steckte sie mit einer Spange am Hinterkopf fest.

Stella war stolz auf ihr Haar, durch das Olivenöl wurde es ganz weich und wuchs noch besser. Weil Sonntag war, ging sie mit der Nonna zur Messe. Assunta blieb zu Hause. Von der Großmutter wusste Stella, dass die Tante nicht mehr mit zur Kirche ging, seit Lolò gebracht worden war.

»Einer muss ja auf die Männer aufpassen«, sagte Assunta immer. Manchmal auch: »Was passiert ist, ist passiert.«

Stella hatte noch nicht herausgefunden, was das bedeuten sollte. Sie begleitete die Nonna gerne. Es war schön, still und feierlich neben ihr auf der Bank zu sitzen oder auf dem Bänkchen davor zu knien. Mit dem schwarzen Schleier und den eleganten Handschuhen sah Nonna wie eine feine Dame aus, das gefiel Stella, und die Bilder mit den gequälten Heiligen fand sie so herrlich gruselig, dass es in ihrem Bauch ganz doll kribbelte. Sie und Gott kamen gut miteinander aus. Jeden Abend betete sie zu ihm, so, wie die Nonna es ihr beigebracht hatte, und dann bedankte sie sich noch mal extra für alles. Für Nonna und Babbo, für Assunta und Lolò, für den warmen Platz in ihrem Bett und vielleicht die *penne alla norma* oder was sie sonst gegessen hatte. Am Ende bat sie ihn immer nur um eine Sache. Bis jetzt hatte er ihr diesen Wunsch erfüllt.

Heute gingen sie nach der Messe noch auf den Friedhof. Er lag einen kleinen Fußmarsch von zehn Minuten entfernt außerhalb der Stadt. Jeder ihrer Besuche verlief nach einem genau abgestimmten Ritual. Die Nonna kaufte vor dem Friedhofstor Blumen, dann ging sie mit ihren aufrechten Schritten zu der Gräberwand von Babbos Familie. Hier lagen seine Eltern, seine Onkel und Tanten, sogar seine Großeltern. Alle Marmortafeln befanden sich direkt vor ihnen oder in der untersten Reihe. »Das ist praktisch, so müssen wir nicht auf die Leiter!« Sie holte ein Taschentuch aus ihrer Handtasche, wischte über die Simse, sammelte die vertrockneten Blumen aus den Vasen und warf sie fort. Stella durfte neues Wasser aus einem Kran holen, dann stellte die Nonna die Blumen hinein. Jeder bekam eine. Dieses Mal waren es weiße Callas. Die hielten sich lange. Nonna trat zurück und betrachtete zufrieden ihr Werk. Nun konnten sie wieder gehen.

»Wäre es nicht schöner, wenn die Gräber deiner Familie auch hier wären?«, fragte Stella.

»Ach weißt du, ich darf nicht mehr die Lebenden sehen, was also soll ich bei den Toten?«

»Erzähl doch noch mal von eurer *cappella!*«

»Ach, das hast du doch schon hundertmal gehört ...«

»Bitte!«

»Na gut. In Fontanelba haben wir ein Monument, ein richtig großes, im Stil eines griechischen Tempels, in das man hineingehen kann. ›Famiglia Paternó di Pozzogrande‹ steht über dem Eingang zwischen den Säulen. Da liegen die Toten der Familie wie in einer großen steinernen Kommode übereinander. Auf dem Marmor stehen ihre Namen. Unten ist eine Art Kellergewölbe ausgehöhlt, da liegen meine Urahnen, ja, und deine auch!«

»Erzähl von dem *ossario!*«

»In den uralten Gräbern fand man nach vielen Jahren nur noch Knochen. Ganz zerfallen waren die, wie Kekskrümel. Aber die durfte man ja nicht einfach wegschmeißen, nicht wahr? Also bekam jeder aus unserer Familie seine kleine Urne. Die habe ich selbst gesehen.«

»Und bei den armen Leuten?« Stella erschauerte, denn sie wusste, was jetzt kam.

»Bei den Armen, bei denen man nicht mehr so recht weiß, wer sie waren, werden alle Knochen in einer Art Tonne gesammelt, dem *ossario*. Asche zu Asche, Staub zu Staub.«

Alle in einer Tonne, dachte Stella, wie muss sich das für die armen Toten anfühlen? »Warst du oft in dem Keller? Und ist es dunkel da drin?«

»Natürlich!«

»Hattest du keine Angst?«

»Vor wem denn, vor den Toten? Na hör mal, sie bringen doch am ersten November das Spielzeug und die Süßigkeiten für die Kinder ...«

»Ein Fenster für die Toten da unten wäre aber auch schön! Damit sie Licht haben.«

»Ach, Stella, was du immer für Ideen hast ...«

»Ja, Nonna! Die kommen einfach so in meinen Kopf!«

Als sie nach Hause kamen, legte die Nonna Schleier, Handschuhe und Gebetbuch im Schlafzimmer ab und machte sich sofort in der Küche zu schaffen, um die *fusilli* zuzubereiten. Zusammen mit Lolò schaute Stella zu, wie ihre Großmutter Eier und Mehl auf dem Tisch zu einem Teig verknetete und diesen dann mit dem Messer in kleine Stückchen teilte. Die rollte sie mit den Fingern zu Würmern, drückte sie ein wenig platt und wickelte sie um einen dünnen Metallstab, den sie von dem Gerüst eines alten Regenschirms zurückbehalten hatte. Passten keine weiteren Würmer darauf, ließ sie die lockig gedrehten Nudeln mit einem Rutsch von dem Stab auf den Tisch gleiten. »Ich taufe dich *fusilli*«, sagte Stella zu jeder einzelnen Nudel, und Lolò plapperte es ihr glücklich nach.

Als den Kindern langweilig wurde, rannten sie hinaus auf die Straße. »Wo wollt ihr hin!?«, rief Assunta, die auf einem Hocker vor der Wohnungstür saß und Erbsen auspulte, ihr zu kurzes Bein unter den Röcken verborgen.

»Nirgendwohin!«, antwortete Stella und hörte Lolò hinter sich kichern. Sie rannten bis zum Ende der Straße und bogen um die Ecke. Jetzt konnte Assunta sie nicht mehr sehen, aber Stella fühlte sich dennoch von ihr beschützt; die Fürsorge ihrer Tante schien sie überallhin zu begleiten. Gleich da vorne fing das Viertel Armuzzi Santi an, da durften sie nicht hin. Dort lagen alte Matratzen und Müll an den Straßenecken, und die Kinder hatten zerrissene Hosen an, manche lagen sogar zum Schlafen auf der Straße. Sie liefen dennoch weiter. Staub wirbelte unter ihren Schuhen hoch, grau wie Zement. An einer Ecke wurde gebaut, wer wollte denn hier in einem neuen Haus wohnen, fragte Stella sich, als sie kurz stehen blieben, um sich die halb fertigen Mauern anzuschauen. Aus den Häusern kam der Geruch nach Essen, hier und da saß eine alte Frau auf einem Stuhl an der Hauswand, die Kleider schwarz, die Beine in schwarzen Strümpfen, die Hände in den Schoß gelegt. Trotz der Wärme waren manche von ihnen in eine Decke gehüllt. Stella war froh, dass ihre Nonna nicht so alt war. Und bunte Kleider trug sie auch noch, wenn nicht gerade Sonntag war.

Vor einem Autowrack, in dem nichts, aber auch gar nichts mehr drin war, blieben sie erneut stehen. Manchmal stand noch ein anderes Auto daneben, und der, den alle Caluzzu nannten, reparierte daran herum, die Arme bis zu den Ellbogen schwarz vom Öl. Aber heute am Sonntag stand das Wrack ganz alleine an seinem Platz. Stella hatte Angst vor diesem Auto, genau wie vor dem Viertel, aber es zog sie gleichzeitig auch an, wie die schrecklichen Bilder in der Kirche. Auf die ehemals hellblaue Karosse hatte jemand »*chiuso per ferie*« geschrieben. Stella las Lolò vor: »Wegen Urlaub geschlossen.«

Lolò streckte seinen Kopf in das fenster- und türenlose Wrack. Auch die Sitze fehlten.

»Stella? Musst du nach dem Sommer wirklich zur Schule gehen?« Er redete langsam, so wie Assunta.

»Natürlich. Ich will doch! Und ich werde Hefte bekommen! Und einen schwarzen Kittel mit weißem Kragen, und alle sehen dann, dass ich ein Schulkind bin!« Dennoch ließ sie die Vorstellung, in die Schule zu gehen, vor Angst innerlich erschauern.

»Aber lesen kannst du doch schon ...«

Stella zuckte mit den Schultern.

»Warte doch lieber, ich bin doch sonst alleine zu Hause!«

»Lass dir von Tante Assunta doch auch das Lesen beibringen! Sie kann richtig gut erklären, wie man die Buchstaben zusammenzieht!«

»Manchmal singt sie aber, ich bin dumm, ich bin ja so dumm!« Lolò lachte. Stella schüttelte den Kopf. Assunta war langsam, nicht dumm. Aber sie tat nichts, um es den anderen zu beweisen.

»Sie bringt dir Lesen bei, und dann gehen wir zusammen!« Stella wollte ihn nur trösten, denn obwohl sie Lolò so sehr liebte, zwei Jahre konnte sie auf keinen Fall mehr warten. Sie wollte Rechnen lernen und Schreiben. Außerdem mussten die Jungen in eine andere Schule als die Mädchen, sie waren durch eine hohe Mauer voneinander getrennt.

»Das schaff ich nich'.« Lolò bohrte nachdenklich in der Nase.

»Dafür kannst du länger die Holzkreisel am Laufen halten als ich.«

»Wenn du in die Schule gehst, pass ich trotzdem auf dich auf!«

»Abgemacht!« So klein Lolò auch war, er würde auf sie aufpassen, so wie Assunta, Nonna, Babbo, alle! Wie auf ein Kommando drehten sie sich um und rannten zurück. Stellas Sonntagsschuhe waren ihr zu klein, deswegen hatte sie auch schon die Hacke hinuntergetreten. Die Nonna würde schimpfen, wenn sie es entdeckte. Ein paar kleine Steinchen gerieten in die Schuhe, es tat weh, aber sie lief weiter, sie wollte sich vor Lolò in Tante Assuntas Arme werfen, die bestimmt noch immer mit ihren Erbsen vor dem Haus saß und darauf wartete, sie aufzufangen.

»Hör mal, Stellina!«, sagte Assunta und löste das Mädchen aus ihren Armen, nachdem sie die Schüssel mit den Erbsen vor dem sicheren Umkippen gerettet hatte. »Wenn du gleich gehst, sag ihr, sie soll dir Schuhe von Regina mitgeben und Kleider, deine sind schon viel zu klein.« Assunta sprach nie ihren Namen aus, doch Stella wusste sehr genau, wer gemeint war.

»Muss ich?«, fragte Stella. Ein schweres Spinnennetz breitete sich in ihr aus und hinderte sie am Atmen.

»*Bidduzza mia,* sei froh, dass du nicht weiter so schnell gewachsen bist wie zu Anfang. So kannst du all die schönen Kleidchen von deinen Schwestern auftragen. Und gleich gibt es *fusilli,* die magst du doch so gerne!«

Stella seufzte. Tante Assunta sagte das mit den *fusilli* nur, um sie abzulenken. Jeden Sonntag musste sie zu den Eltern, die in Wahrheit gar nicht ihre Eltern waren. Der Babbo behauptete es zwar, aber welche Eltern hätten ihre wirkliche Tochter denn einfach hier wohnen lassen statt bei sich in der Villa? Und sie hatten ja schon zwei Töchter, und jetzt auch noch das neue Brüderchen. Das war sogar noch wichtiger als die Schwestern, selbst der Marchese hatte etwas Freundliches zu ihr gesagt, als Bartolo geboren war, und ihr einen Zitronenbonbon geschenkt. Nein, sie war nicht deren Tochter und wollte es auch gar nicht sein.

»Ich will da nicht hin. Hier ist es viel schöner!«

Jetzt war es an Assunta zu seufzen. »Ich weiß, ich weiß, mein Engel, aber so ist es nun mal. Du gehst mit Babbo hin, und ihr kommt ganz schnell wieder!«

»Warum kann Babbo nicht mein Vater sein und Nonna meine Mutter. Oder du?«

Assunta schüttelte nur lächelnd den Kopf: »Geh rein zu Lolò, und helft der Nonna beim Tischdecken.«

Auf dem Weg grüßte der Babbo viele Leute, und viele grüßten ihn zurück, er könnte die Mütze gleich unten lassen, dachte Stella, die an seiner Hand ging und leise »*O campagnola bella*« sang. Kleine Staubwölkchen stiegen da auf, wo sie ihre Füße hinsetzte, denn die Straßen waren ungepflastert, und es hatte seit Wochen nicht geregnet. Als sie eine Viertelstunde später in die leicht abschüssige Via Alloro einbogen, hörte sie auf zu singen. Da war es wieder, das

Gefühl, als ob sich viele dicke Fäden in ihrer Lunge aufspannten und darin hin und her schwangen wie nasse Wäscheleinen. Die Lorbeerbäume, nach denen die Straße benannt worden war, warfen kreisrunde Schatten auf die Straße. Die war gepflastert, obwohl sie größtenteils durch Zitronenhaine und Wiesen führte. Ab und an wurde der freie Ausblick von hohen, sandsteinfarbenen Mauern unterbrochen, in denen jeweils ein einziges hohes Tor eingelassen war. Schon bald konnte Stella das Dach der Villa sehen. Der Wind wehte vom Meer hinauf, das am Ende der Straße wie ein silberblaues Tuch sichtbar war. Stellas Schritte wurden immer langsamer, der Großvater kannte das schon und zog sie vorwärts wie ein kleines störrisches Maultier.

Er klopfte an das mächtige Holzportal, in das wiederum ein kleines Türchen eingelassen war. »Wir sind keine Dienstboten, Stellina, wir nehmen den Haupteingang!«, sagte er wie jedes Mal. Maria, eine der Hausangestellten, machte ihnen auf. Der Babbo musste sich bücken, so niedrig war die Tür, außerdem befand sich am Boden eine hohe Kante, über die sie jetzt stiegen. Beinahe hätte Stella ihre Schuhe verloren.

»Komm rein, großes Mädchen!«, sagte Maria wie immer und strich Stella über den Kopf. Sie wurden über den Hof geführt, der weiße Kies blendete im Sonnenlicht, nur unter der großen Platane gab es Schatten. Wie immer nahm Maria nicht eine der Treppen, die wie zwei lange, gebogene Arme rechts und links vor ihnen anstiegen und sich oben wieder vereinten, sondern ließ sie durch eine Tür am Seitenflügel ein. Dies war der Dienstboteneingang, wusste Stella. Doch sie sagte nichts, weil auch der Babbo nichts mehr sagte. Über dunkle kühle Flure und einige Stufen gelangten sie in die erste Etage vor den Salon. Stella wollte sich die mächtigen dunklen Gemälde an den Wänden genauer anschauen, doch Maria öffnete eine Seite der Flügeltür. »Die Eltern kommen gleich.« Schon war sie wieder weg.

Sie hat auch Angst, den Eltern zu begegnen, dachte Stella. In wenigen Minuten, am Ende des Besuchs, wenn der Marchese die Klingel an der Wand drückte, wäre sie dann wieder da, um sie hinauszuführen. Stella schaute sich im Salon um. War etwas umgestellt worden, hatte sich etwas verändert? Sie hätte mit geschlossenen Augen aufzeichnen können, wie es hier aussah und wo alles stand. Die hohen Wände mit dem mattblauen Anstrich und den goldenen Borten, die aufgemalte Tür mit den Blumenranken, die echte Tür mit den Eulen darauf, durch die sie unbedingt einmal gehen wollte, aber natürlich nie dazu aufgefordert wurde. Da waren außerdem noch die kleinen Sesselchen, von deren Beinen der goldene Lack abgeblättert war. Die an der Wand verteilten Anrichten und Kredenzen, auf denen Figürchen aus Porzellan standen und eine Uhr und viele Kerzenhalter und kostbare Vasen. Anfassen durfte man hier nichts! Die Etageren, auf denen nach der Geburt des kleinen Bartolo Gebäckstücke mit Pinienkernen aufgehäuft gewesen waren, fehlten. Sie leckte sich in Erinnerung daran die Lippen, obwohl sie damals nur den Bonbon bekommen hatte.

Die Tür ging auf, ihre Schwestern Enza und Regina kamen herein. Wie immer umschwebte sie der Geruch von säuerlicher Butter. Mit geschlossenen Augen hätte Stella ihre Schwestern daran erkannt. Hinter ihnen schlurfte der Marchese. Stella nannte ihn nie Vater. Dieser verschlafene, dicke Kater mit den halb geschlossenen Augen und den lockigen Haaren, die von seinem Kopf abstanden, konnte nicht ihr Vater sein. Er war noch nicht angezogen, er war nie richtig angezogen, sondern fummelte am Gürtel seines seidenen Hausmantels herum. Er schaute sie nicht an, murmelte dem Babbo nur einen Gruß zu, der sich verbeugte und nun Stella vorschob. Sie ging auf den Marchese zu, gab ihm die Hand und machte einen Knicks, so, wie Tante Assunta es ihr beigebracht hatte.

Die Hand des Marchese war weich und zog sich auch gleich kraftlos zurück, kaum dass er ihre berührt hatte. »Guten Tag, Signor Marchese!«

»Sie hat mein altes Kleid an!«, hörte sie Regina hinter sich flüstern. Ihre Stimme war rau und ein wenig schleppend.

»Deins? Das war mal meins!«, erwiderte Enza. »Ich fand es sowieso immer blöd. Blödes Rosa.«

»Du hast die Spitzenborten abgeschnitten, und Mama war böse auf dich!«

»Ich hasse Spitzen!«

»Und meine alten Schuhe trägt sie!«

»Schau, wie die an ihr aussehen!«, vernahm Stella, und ihr entging auch nicht, wie gehässig die Schwestern kicherten. Sie schämte sich wegen der heruntergetretenen Dinger, die ihre schmutzigen Fersen freigaben. Der Marchese schien nichts zu hören.

»Die Marchesa ist verhindert, sie muss sich um Bartolo kümmern.« Er lächelte unter seinen schweren Lidern hervor.

»Kann ich ihn sehen?«, fragte Stella und wunderte sich, woher sie den Mut genommen hatte. Wollte sie ihrer Mutter wirklich unter die Augen treten, in diesem dünnen blassrosa Kleid, das gar nicht mehr richtig nach Sonntagskleid aussah, und den abgelaufenen Schuhen? Die Blicke der Mutter waren nicht freundlich, das kannte sie schon, doch sie wollte so gerne das Brüderchen anschauen. Es war schon Weihnachten auf die Welt gekommen, und jetzt war Sommer, und sie hatte erst einmal sein süßes Gesichtchen gesehen. Und vielleicht gefiel der Mutter das auch, wenn sie ihr sagte, dass er hübsch aussah?

»Du bringst ihm vielleicht Krankheiten«, meldete sich Enza hinter ihr zu Wort.

»Ja. Ja, zu viele Krankheiten im Umlauf. Nein, nein ...«, der Marchese winkte ab. »Dann sei brav und mach deinen Großeltern keine Schande.«

Die Audienz war beendet. Stella drehte sich um. Die Schwestern wichen zurück, sie hatten die hellen Haare der Mutter, sahen aber ansonsten dem Marchese ähnlich. Der gleiche weiche Mund, die gleichen schweren Lider über den Augen, deren Blicke in diesem Moment lauernd auf ihr ruhten.

»Wollt ihr *biscotti?*« Der Babbo holte ein paar Kekse aus der Jackentasche und hielt sie ihnen hin. »Die hat eure Nonna für euch gemacht.«

»Nein danke!«, sagten die Mädchen wie aus einem Mund und wichen zurück. Regina zwinkerte wie besessen, und Enza verzog angewidert den Mund. Stella schämte sich für sie. Nie nahmen die Schwestern etwas an, immer ließen sie ihren Großvater stehen, egal, was er für sie dabeihatte.

»Ich esse die gerne!«, sagte sie und funkelte die beiden an.

Regina streckte ihr die Zunge raus, ein dickes rotes Kissen, ohne jede Spannung. Enza, die Große, warf das Kinn hoch und drehte sich von ihr weg.

Der Großvater nahm ihre Hand und führte sie zur Tür. Dahinter wartete schon Maria, die sie die Treppe hinunterführte. Vor der Dienstbotentür stand ein großer Leinensack, den sie mit dem Fuß zu Babbo rüberschob. »Neue Schuhe sind auch darin«, wisperte sie Stella zu.

»Darf ich die gleich anziehen?«, bat sie. Sie wollte die zu kleinen Schuhe endlich loswerden und nicht noch einmal verlieren, wenn sie über die hohe Schwelle der Eingangstür steigen musste.

»Nein, besser nicht, die Hausherrin hat nicht geschlafen, der Kleine ist jede Nacht so unruhig...«, sagte Maria und schaute sich um. »Probier sie zu Hause an.«

Stella nickte. Auch sie wollte schnell raus aus diesem dunklen Flur, der ganz leicht nach etwas Altem, Vermodertem roch, so wie zu Hause die Lorbeerblätter, wenn sie schimmelten.

Schade, sie hätte den kleinen Bruder gern gesehen, sie mochte Babys sehr. Lolò hatte sie ja auch von klein auf bemuttert, ihm alles beigebracht, was er konnte. Aber natürlich zeigten sie ihn nicht her. Sie wollten ihn für sich behalten. Stella merkte, wie ihre Unterlippe anfing zu zittern, als sie unter der Platane angekommen waren. Drinnen im Salon hatte sie sich noch zusammengerissen, denn die Schwestern freuten sich über alles, was sie traurig machte. Ha! Der Tag würde nie kommen, an dem die beiden sie dabei erwischten, schwor sie sich mit zusammengebissenen Zähnen. Aber jetzt fiel es ihr schwer, noch die Haltung zu wahren, und sie zog die Nase hoch, um die aufsteigenden Tränen noch schneller wegschlucken zu können.

Als sie mit dem Babbo wieder auf der Straße stand, blinzelte sie und hielt ihr Gesicht dann mit geschlossenen Augen in die wärmenden Sonnenstrahlen. Grüne Ringe tanzten vor goldenem Hintergrund. Vergessen war die düstere Stimmung. Heute Abend würde sie sich beim lieben Gott bedanken. Er hatte sich das mit dem Kleinen gut ausgedacht und ihre Gebete erhört: Sie waren so stolz auf ihren Bartolo und so mit ihm beschäftigt, sie würden ihre Tochter Stella, die gar nicht ihre Tochter war, bestimmt nie mehr nach Hause holen!

9

»Nico, ich muss los!« Flora stand an der Hoftür und zögerte. »Und du machst keinen Unsinn, hörst du!?«

»Ich habe ja das Kätzchen, damit ich mich nicht langweile.«

»Signora Gelli kann nicht mehr dauernd auf dich aufpassen!«

»Ich weiß!« Nico versuchte, so viel Vernunft in seinen Augenaufschlag zu legen, wie es einem gerade Sechsjährigen nur möglich war.

»Dein Onkel wollte, dass du bei ihm lebst, damit du ein richtiger *Carabiniere* wirst!«

»Deswegen bist du ja mit mir weggegangen.«

»Als ob ich das zulassen würde!«

Wenn ihre Stimme so klang, sollte man lieber still sein, weil sie sich sonst noch mehr aufregte. Nico kannte das schon. Er musste oft lange auf Mama warten, doch er beschwerte sich nie. Er fand es hier so schön, so nah am Meer. Wenn sie aus Bellaforte zurückkam, war sie meistens erst mal ein paar Minuten müde, stöhnte ein bisschen, als ob ihr etwas wehtäte, und sagte Sachen wie: »Oh, ich kann nicht mehr!«, oder: »Was für eine Schinderei!« Aber dann streifte sie die Schuhe ab und ging in ihr Schlafzimmer. Dort zog sie das schwarze Kleid, das sie für die Arbeit hatte, aus, und zog das schwarze Kleid, das sie für zu Hause hatte, an. Warum machte sie das? Sie sahen doch beide völlig gleich aus. Dann brachte sie ihm eine Kleinigkeit zu essen in den Hof. Oder alte Zeitungen, aus denen er Sachen ausschneiden konnte, oder, am allerbesten, eins von diesen kleinen Heften mit den Bildern zum Ausmalen drin, die ihr der Mann schenkte, der in der *comune* im Zimmer neben ihrem arbeitete. Mama nannte ihn den »Behaarten«. Nicola fand den Behaarten nett.

Nun war Mama weg. Sie war in den blauen Bus gestiegen, der die Straße bis nach Bellaforte hochfuhr. Was sollte er jetzt tun? Erst mal musste er schauen, ob seine Kaulquappen endlich die kleinen Schwänzchen verloren hatten. Jeden Morgen guckte er, ob sie schon ab waren. Aber sie waren nie ab! Auch in diesem Moment noch nicht. Dann spielte er mit dem Kätzchen und dem Zweig, aber nach ein paar Minuten rollte es sich zusammen und schlief auf dem Stuhl mit dem Kissen einfach ein.

Signora Gelli schlief auch, das konnte er an dem Fenster sehen. Wenn die Läden geschlossen waren, schlief sie. Die Läden waren bei ihr meistens geschlossen, nur morgens nicht, wenn Mama ihn zu ihr brachte. Er half ihr dann mit dem Putzen und Aufräumen und durfte sich manchmal das Foto in dem Silberrahmen von Signor Gelli ansehen. Der war tot, wie sein Papa. Aber er war kein Held wie sein Papa, und außerdem war Papas Silberrahmen viel größer!

»Nein, er war ein alter Säufer«, sagte Signora Gelli, »ein Säufer, ein elender!«, und ihre Stimme klang dann immer, als ob ihr das richtig Spaß machte, so über ihn zu schimpfen.

Nico riss ein paar rote Blüten ab und warf sie über die Hoftür. Mama würde sich über den Blumenteppich auf der Straße bestimmt freuen, wenn sie wiederkam. Dann stieg er die Außentreppe hoch, setzte sich hin und rutschte auf dem Hosenboden Stufe für Stufe wieder hinunter, langsam, damit mehr Zeit verging, bis er unten war. Dabei musste er aufpassen, um nicht an Mamas Blumentöpfe zu kommen, die rechts am Geländer standen. Mama konnte mit dem letzten vertrockneten Ableger noch etwas anfangen, alles blühte bei ihr, auch die kleinen Blätter des Basilikums, an dem Nico auf seinem Hintern vorbeigekommen war, waren grün und buschig.

Und plötzlich war da die junge Amsel auf dem Zaun, oben auf einer der rostigen Spitzen, die noch nicht von der roten Kletterblume verschlungen worden war. Er lockte sie, und obwohl er nicht richtig pfeifen konnte, kam sie zu ihm in den Hof geflogen und setzte sich auf den Rand der Schüssel, die noch auf dem Tisch stand, weil Mama gestern die Auberginenscheiben darin eingesalzen hatte. Ganz ohne Angst saß sie da, sie hielt den Kopf schief und bog die hellbraunen Krallen um den Rand, die klickten so schön, wenn sie weiterrutschten. Plötzlich kippte sie vornüber und steckte den Kopf in die Schüssel, ohne hineinzufallen. Als sie wieder hochkam, schaute sie ihn vorwurfsvoll an. »Ist ja gar nichts drin!«, schien sie sagen zu wollen. Er lief sofort hinein und holte hartes Brot aus der Küche, aus dem Mama immer die Semmelbrösel machte. Gut, dass sie immer so lange in der *comune* sitzen musste und so viele Zettel auf den Tisch gelegt bekam, vielleicht hätte sie es ihm nicht erlaubt. Aber wahrscheinlich schon, auch Mama liebte Tiere, so wie er. Nur gegen Hunde hatte sie was, die mussten leider draußen vor dem Zaun bleiben. Er legte das Brot in die Schüssel, weichte es mit Wasser ein und wartete. Die Amsel kam tatsächlich wieder und pickte daran herum. Jetzt waren nicht nur das Kätzchen und die Kaulquappen, sondern auch noch ein Vogel sein Haustier!

Aber dann flog die Amsel weg und kam nicht wieder. Er wartete und schaute dem Kätzchen und auch Signora Gellis Fensterläden beim Schlafen zu. Irgendwann zuckte es so sehr in seinen Beinen, die wollten wohl unbedingt zum Meer mit ihm.

Nico machte die Tür zum Hof fest zu, das Kätzchen durfte nicht raus. »Ich darf auch nicht raus, ich darf nicht, ich darf nicht ...«, murmelte er, als er die schmale Via Scordato hinunterlief, die direkt zum Strand führte. Seine Füße wurden immer schneller, und seine Stimme klang immer kräftiger: »Denn die Mama hat es verboten, hat es verboten!«, sang er vor sich hin.

Schnell war er unten an der Straße, schon konnte er die niedrige Mauer sehen, da war der Strand mit den schwarzen Algen, die sich wie verheddertes Nähgarn um die dicken Steine wickelten. Und da lagen auch die vielen weiß-rot-blau angemalten Fischerboote dicht nebeneinander auf dem Sand, als ob eine große Hand sie dort sorgfältig aufgereiht hätte. Nur wenn ein Fischer ertrunken war, lag das Boot auf der Seite, gekippt und haltlos wie eine verlorene Seele. Er rannte noch schneller. Vielleicht durfte er ja heute mit, wenn die Fischer wieder raus aufs Meer fuhren. Oder Giacomo brachte ihm Schwimmen bei. Es dauerte noch lange, bis Mama wiederkam, sie würde es nicht merken. Und warm genug war es auch seit ein paar Tagen. Die großen Jungs sprangen weiter hinten von der Mole ins Wasser und grölten sich dabei Sätze zu, die er nicht verstand.

Er wollte so gerne schwimmen können, Giacomo hatte es ihm versprochen, er war der einzige Fischer in Marinea, der sich mit ein paar Zügen über Wasser halten konnte. »Eigentlich Quatsch. Wir Seemänner müssen nicht schwimmen können. Wenn wir über Bord gehen, kann uns sowieso keiner mehr retten, dann dauert es nur umso länger, bis wir ertrinken!«

Nicola liebte es, sich bei Giacomos Geschichten zu gruseln. Die von dem Jungen, der genauso hieß wie er, Nicola, aber Colapesce genannt wurde, weil er schwimmen konnte wie ein Fisch und irgendwann ganz unter Wasser blieb, gefiel ihm am besten. Vielleicht konnte Mama sie ihm heute Abend noch einmal erzählen, wenn er sie darum bat, denn sie nahm andere Worte dafür und schmückte alles immer viel schöner aus als der Fischer mit der filzigen Wollmütze auf dem schwarzen Haar, nach dem er jetzt Ausschau hielt.

Wenn Papa noch leben würde, würden wir immer noch oben im Ort wohnen, dachte Nicola, in dem Haus, in dem ich geboren wurde, da, wo Mamas *comune* ist. Aber wie würde ich von dort aus zum Strand kommen? Es war komisch, an Papa zu denken und nicht zu wissen, wie er wirklich ausgesehen hatte. Wie hatte er sich bewegt, so ganz lebendig und lebend? Er konnte sich das nicht vorstellen, sah ihn immer nur in Schwarz-Weiß vor sich und ganz starr, wie auf dem großen Foto, das bei ihnen zu Hause im Wohnzimmer stand.

Er entdeckte Giacomo vor einem der dunklen, fensterlosen Räume, die in die Häuserzeile direkt an Marineas Strand eingelassen waren. Ein paar Stufen führten hinab, dort unten war es kühl, und es roch nach Salz und den Fischen, die die Fischer morgens verkauften. Giacomo saß auf einer Holzkiste in der Sonne und flickte an einem Netz, das er um sich ausgebreitet hatte. Ganz verknotet sah das aus, war es aber nicht. Wenn er es zum Trocknen auslegte, war es sehr lang. Es sollte auch Netze geben, die waren zweitausend Meter lang, hatte Giacomo ihm erzählt, so lang wie von hier bis nach Bellaforte vor die Kirche. Nico konnte sich das nicht vorstellen, doch er hörte immer aufmerksam zu, wenn Giacomo über seine Netze redete. Er war noch ganz jung, und er redete gerne über Netze. Und über das Meer. Und die Fische.

»Kanntest du meinen Vater?«, fragte Nicola anstatt einer Begrüßung.

»Den *Maresciallo* Messina? Aber ja, er war ein mutiger Mann!«

»Ist er mal mit dir zum Fischen gefahren?«

»Nein, hier unten am Meer habe ich ihn nie gesehen, nur manchmal oben, in der Stadt. Er kam ja aus den Bergen, und weißt du, die Leute aus den Bergen können mit dem Wasser meistens nicht viel anfangen, sie bleiben immer Leute aus den Bergen. Und die vom Meer, na, die bleiben eben die vom Meer.«

Nicola nickte. Mama hatte ihm schon oft erzählt, wie sie mit ihm nach Papas Tod aus Bellaforte zurück in die Berge gefahren war, doch obwohl sie das Meer nicht mochte, war sie in ihrer Stadt so traurig geworden, dass sie es dort nicht ausgehalten hatte. Und natürlich das mit seinem Onkel und den *Carabinieri*. Da verstand Mama keinen Spaß.

Ohne ein weiteres Wort schaute er Giacomo eine Weile mit den Netzen zu und beobachtete fasziniert seine Muskeln, die ganz leicht auf seinen Oberarmen tanzten, wenn er die dicke Ahle geschickt wie eine Nähnadel durch die Schnüre zog, als ob er Strümpfe stopfen wolle. Diese Arme waren kräftig, sie würden ihn im Wasser gut festhalten können. Nicola blieb stumm, bis Giacomo irgendwann die Augen hob. »Was ist los, hast du nichts Besseres zu tun, als auf diese dreckigen Pfoten zu glotzen?«, raunzte er, doch Nicola lachte, er wusste, dass der junge Fischer es nicht böse meinte.

»Ich brauche diese dreckigen Pfoten zum Schwimmenlernen«, sagte er.

»Schwimmen?! Du?!« Giacomo tat entsetzt. Nicola nickte, zog seinen dünnen Pullover und seine Hose aus, sodass er nur noch in Unterhosen dastand. Dann winkelte er die Arme an: »Guck, bald bin ich so stark wie du, du musst mir nur zeigen, wie man es macht!«

»Junge, pass auf, dass ich dich nicht hier reinpacke und da drinnen unter die Decke hänge!«, knurrte Giacomo, aber er war anscheinend fertig mit seiner Arbeit, denn er legte das Netz in einer nur ihm ersichtlichen Ordnung in einen großen Korb, zündete sich eine Zigarette an und folgte Nicola zwischen den Booten hindurch bis auf den nassen Sand. Breitbeinig stand er dort, während Nicola schon bis zu den Knien im Wasser war und die Arme vor der Brust verschränkte. »Und? Was soll ich machen?«

»Na, untertauchen und schwimmen. Moment, ich halte dich!« Er grinste. Der kleine Messina war ein fröhliches Bürschchen, jeder in Marinea kannte und mochte ihn, er war nicht nur vom Meer besessen, sondern auch vom Fang, der morgens von den Männern in den dunklen Räumen zum Kauf angeboten wurde. Er wollte am liebsten all die ausgebreiteten Fische und Garnelen, alle Kraken und Muscheln anfassen, er untersuchte sie behutsam und genau, als ob sie noch lebten. Unter den Fischern nannte man ihn spaßeshalber schon »*u dutturi*«. Den Doktor.

Giacomo watete in das klare Wasser, die kleinen Steine unter seinen derben Fußsohlen waren glatt geschliffen, der Sand dazwischen goldgelb. Die Freude auf dem Gesicht des Jungen war ansteckend, die breite Zahnlücke in seinem lachenden Mund ließ ihn noch drolliger aussehen. »Also, ganz wichtig erst mal sind die Beine, die machst du wie ein Frosch, der nicht krepieren will.«

Aha! Frösche kannte Nico gut, sie wohnten in der Senke, wo auch die hohen Schilfgräser standen, und machten in den Sommernächten einen Höllenlärm. Giacomo hatte dort mit ihm den Froschlaich geholt und dabei eins von Mamas Einmachgläsern benutzt. Das hatte sie aber nicht bemerkt. Nur dass die gute Suppenschüssel dann im Hof stand, freute sie gar nicht. Und der Laich darin auch nicht. Sie hatte ein bisschen getobt, und ihm gedroht, das »glibberige Zeug« auf die Straße zu schütten, aber er hatte gewusst, dass sie das nie tun würde. Nun lebten die Frösche in der Plastikschüssel, in der sie sich im Winter die Füße badete.

Giacomo hielt ihn mit beiden Händen unter dem Bauch fest und ging tiefer ins Wasser, wobei es ihm offenbar egal war, dass seine Hose nass wurde. Die Zigarette hing lässig in seinem Mundwinkel.

»Und dann?« Nico bewegte eifrig die Beine, so, wie der Fischer es ihm erklärt hatte.

»Na, und jetzt nimmste die Arme noch dazu ...« Er ließ den Jungen los, um die Armbewegungen anzuzeigen. Prompt ging Nico unter. Giacomo lachte und erwartete, ihn jetzt gleich prustend, zappelnd und schreiend auftauchen zu sehen, denn das Wasser war nicht tief, der Knirps konnte hier noch stehen. Doch er kam nicht wieder hoch. Und er war auch nicht vor ihm im Wasser! *Mannaggia la miseria,* wo war er ...? Hektisch schaute Giacomo sich um. Das konnte doch nicht sein! Wieder starrte er auf das Wasser, rührte mit den Händen darin herum, als ob das die Suche erleichtern würde. Ein paar endlose Sekunden vergingen, dann kam Nico einige Meter weiter rechts an die Oberfläche geschossen. Er grinste, während das Wasser ihm über das Gesicht lief und seine lockigen dunklen Haare für einen Moment ganz glatt an seine Stirn klebte. »Warum muss ich schwimmen lernen, wenn ich tauchen kann!?«

»Mach das nicht noch mal, Bürschchen!«, rief Giacomo erschrocken. »Komm her, das üben wir noch mal! Und wehe, du haust wieder ab!«

Das Wasser reichte Nicola bis zur Brust, er hob die Arme und arbeitete sich durch die kleinen Wellen vor. Bereitwillig begab er sich dann in die Hände des Fischers und strampelte wieder los, ohne allerdings vorwärtszukommen. »Mmmh, ruhig, ruhig, schon besser«, brummte der Fischer, seine Zigarette klebte inzwischen halb durchnässt auf seiner Unterlippe.

»*No ...!* Ich glaube es einfach nicht!!«, rief es in diesem Moment dicht hinter Giacomo. Eine Stimme, die ihn verdammt noch mal an seine Mutter erinnerte. Vor Schreck drehte er sich um, Nico glitt ihm aus den Händen. Es war aber nicht seine Mutter, die er dort im Sand vor den Fischerbooten stehen sah. Natürlich nicht, denn seine Mutter war schon seit fünf Jahren tot. Es war Flora di Salvo. Die Frau von *Maresciallo* Messina, den sie erschossen hatten. Ganz in Schwarz. In der Hand hielt sie Pullover und Hose ihres Sohnes. »Wo ist er!?«, kreischte sie nun. Wenn Mütter Angst haben, kreischen sie, dachte er. Diese hier ist da keine Ausnahme. Er wandte sich wieder um, tastete, nur um etwas zu tun, mit den Händen im Wasser herum und versuchte, den Kleinen zu erspähen, doch vergeblich. Er war ihm wieder entwischt. Verflucht, wie hatte ihm das zum zweiten Mal passieren können? Er stemmte seine riesigen Hände in die Seiten, beobachtete die Meeresoberfläche und zuckte mit den Achseln, im selben Moment wissend, dass dies ein Fehler war, denn nun kam neben ihm etwas ins Wasser gepresscht, das fauchte wie eine Katze, bevor es anfing zu schimpfen: »Du hast ihn ertrinken lassen! Du Schwein!« Sie ging auf ihn los, aus der offenen Hand hagelten die Schläge auf seinen Oberkörper, während sie »hol ihn raus, hol ihn da raus!« schrie. Er wehrte sich nicht.

»Mama?« Nico war aus den kleinen Wellen, die sich in einer Windbö kräuselten, hervorgebrochen und stand nun neben seiner Mutter. »Warum weinst du? Sieh mal, ich kann schon prima tauchen!« Aber bevor er ein weiteres Mal untertauchen konnte, landete, *klatsch,* eine Ohrfeige auf seiner nassen Wange, und er wurde an einem Arm aus dem Wasser gerissen.

»Wage es nie mehr, alleine ans Wasser zu gehen!«, rief Flora und rannte mit ihrem Sohn in seinen nassen Unterhosen, mit ihrem schwarzen Kleid und den guten Schuhen, aus denen das Salzwasser bei jedem Schritt herausquatschte, die Straße hinauf, nach Hause. Von Nicola war während des ganzen Weges kein Ton zu hören. Ich muss es anders anfangen, dachte er. Das Schwimmenlernen macht ihr zu große Sorgen, so fest hat sie mich noch nie am Arm festgehalten. Sie darf mich erst wieder im Wasser sehen, wenn ich es richtig kann!

»Mama, ich weiß jetzt, wie die Katze heißen soll!« Nico faltete die Hände über dem Laken und der dünnen Wolldecke, unter der er lag.

»Ja? Wo ist sie überhaupt?«

»Ich weiß nicht ...«

Schon an seinem Ton erkannte Flora, dass er log. Sie spürte, wie sie zornig wurde. Verdammt! Er tat es schon wieder! Verzeihung, Gott, ich habe geflucht, aber er darf doch nicht so unehrlich sein, ich muss ihm ganz schnell diese Lügen abgewöhnen! »Wo ist sie, Nico?«, fragte sie mit einer Schärfe in der Stimme, die sie gleich wieder bereute.

»Hier ist sie nicht«, sagte er mit zögerlichem Stimmchen und lupfte das Laken ein winziges Stückchen in die Höhe.

»Wenn du sie in deiner Pyjamahose versteckst, wird sie dir deinen *pisellino* abbeißen!«

Seine Augen weiteten sich besorgt. Er schaute unter die Decke und in seine Hose. »Oh! Da ist sie ja. Ich habe sie gefunden, Mama, sie steckt in meinem Hosenbein. Aber mein *pisellino* ist auch noch da!«

Flora brach in Lachen aus. *O Dio*, wenn du ihn hören könntest, Tommaso, dachte sie. *Ich höre ihn!*, kam die Antwort. *Ich höre ihn und dich! Und ich sehe euch!*

Flora spürte, wie eine angenehme Wärme sich in ihrer Brust ausbreitete. In Augenblicken wie diesen war Tommaso ganz nahe bei ihr. »Also, wie willst du sie nennen?« Ihre Stimme hatte wieder einen weichen Klang.

»Mimmi!«

»Das ist ein schöner Name, dann müssen wir sie nicht immer Kätzchen nennen! Obwohl ich ja glaube, dass es ein Katerchen ist.«

Kurz darauf war Nico eingeschlafen. Sie betrachtete sein entspanntes kleines Gesicht, streichelte die Katze auf ihrem Schoß und seufzte ab und an. Es gab Abende, da tat sie nichts anderes, als ihn anzusehen.

Es klopfte. »Signora Nachbarin, ich bin's, die Galioto, Gianna!«, hörte sie von draußen.

Flora holte tief Luft, setzte Mimmi vorsichtig auf die Erde, erhob sich, ging durch den schmalen Flur und öffnete die Tür, vor der die Frau des Apothekers stand. Gianna Galioto, die Mutter von Manuele, mit dem Nico manchmal spielte.

»Es tut mir leid, Sie zu stören, aber hätten Sie wohl ein Ei für mich? Oder zwei? Mir ist der Nudelteig zu fest geraten – zu viel Mehl, ich wollte *tagliatelle* für morgen machen, und die Signora Gelli nebenan hat auch keine Eier mehr«

»Aber ja doch! Kommen Sie nur rein!« Normalerweise bat sie niemanden herein, der an ihre Tür klopfte, doch Flora mochte die große kräftige Frau, die jeden Tag mit ihrem Mann in der Apotheke hinter dem Tresen stand. Sie wurde immer sehr freundlich von ihr bedient, wenn sie, wie so oft, Kopfschmerztabletten brauchte oder Schlaftabletten. Sie gingen durch den Flur, und Flora bemerkte, dass Gianna Galioto sich jedes der großen Schwarz-Weiß-Fotos anschaute, die an der Wand hingen. Nico als Baby und als Kleinkind, die schönsten der zahlreichen Fotos, die Tommaso mit der deutschen Leica gemacht hatte.

»Ja, das ist mein Nico ...«, sagte sie. Es klang fast entschuldigend.

»Nun ja, Sie haben ja nur noch ihn«, flüsterte Signora Galioto. Flora mochte sie für dieses Flüstern ganz besonders gern. In der Küche erzählte sie der Nachbarin von Nicos Schwimmversuchen und von ihrer Angst um ihn.

»Wenn er noch einmal alleine zum Strand runtergeht, werde ich ihn hart bestrafen müssen! Ich habe ja niemanden, der auf ihn aufpasst! Wie soll das bloß werden, wenn er im September zur Schule kommt?« Die Nachbarin zuckte mitfühlend mit den Schultern.

»Signora Gelli von nebenan ist wirklich nett, aber sie ist mit ihren siebzig Jahren nicht die Richtige, um diesen Wildfang zu beaufsichtigen. Doch ich kann die Arbeit in der *comune* nicht aufgeben, ich bin ja froh, dass *Dottore* Carnevale sie mir angeboten hat, als Entschädigung, weil ... weil mein Mann ...« Obwohl Tommasos

Tod schon dreieinhalb Jahre zurücklag, konnte Flora an manchen Tagen die Tatsache, dass er nicht mehr lebte, nicht aussprechen, ohne dass ihr die Tränen kamen. Sie spürte eine schwere, warme Hand auf ihrer Schulter. Gianna drückte sie auf einen Stuhl, rückte einen zweiten daneben und nahm selbst unaufgefordert Platz.
»Mein Tommaso sei für die Gemeinde, für die Bürger, für das Allgemeinwohl in den Tod gegangen, hat Signor Carnevale gesagt!« Sie schniefte leise. »Kennen Sie den *Avvocato* Carnevale?«

Die Signora schien zu überlegen.

»Er ist ein großer, aufrechter Mann, mit dichtem weißem Haarschopf, und Augen hat er ... Augen, die alles zu kennen, alles zu durchschauen scheinen!«

»Ja, ich glaube, ich weiß, wer er ist!«

»Er ist ein kluger Mann, aber in diesem Punkt konnte ich ihm nicht recht geben. Für die Gemeinde? Mein Tommaso? Wer ist denn die Gemeinde ...?«

Wieder zuckte die Nachbarin mit den Achseln.

Die Gemeinde ist einzig und allein Don Fattino, der Bürgermeister, über den Tommaso mir erzählt hat, dass er die Stimmen kauft, mit denen er gewählt wird, dachte Flora, während sie in ihrer Schürzentasche nach einem Taschentuch suchte. Nicht nur mit Geld. Eine Gefälligkeit hier, eine Handreichung da. Das konnte sie der Nachbarin natürlich nicht anvertrauen. Die Gemeinde ist er, und vielleicht noch ein paar Stadträte, die ihm zuspielen. Der Rest ist das dumme Volk, Leute wie sie, Leute wie ich, die ich mich nicht darum gekümmert habe, die nur an ihr eigenes kleines Glück dachte, bevor mir durch Tommasos Tod die Augen geöffnet wurden.

Die Signora reichte ihr ein Tuch, dankbar putzte Flora sich die Nase. Alles ging über Fattino. Die Bauanträge, die Ausschreibungen für die öffentlichen Ämter, die Ausgabe von Geldern.

Fattino manipulierte, trickste und besetzte jeden Posten mit seinen Leuten, um ihnen die Aufträge zuzuschieben, nicht ohne kräftig abzukassieren. Signor Carnevale war eine der wenigen Ausnahmen. Er gehörte nicht zum System, war nicht käuflich, spielte ihr Spiel nicht mit. Er lebte gefährlich. Noch hatten sie ihn nicht erwischt. Ihren Tommaso schon.

»*Avvocato* Carnevale hat mich gerettet, er hat mich aus Mistretta herausgeholt, wo ich die schlimmsten sechs Monate meines Lebens verbracht habe.«

»Sind Sie da nicht geboren?«

»Jaja, natürlich, mein Tommaso auch. Aber wir hatten uns in Bellaforte so gut eingelebt, wir waren glücklich hier! Und dann, kaum zwei Jahre später, kehre ich mit einem Sarg und einem kleinen Kind an der Hand wieder in dieses kalte, zugige Bergdorf zurück ...!« Flora drückte Signora Galiotos Hand, die plötzlich in ihrer lag. »Ich hatte meine Stimme verloren, und als sie nach Wochen wieder da war, habe ich nur noch mit Nico geredet. Nico wusste genau, was mit mir los war, er war so lieb, so still, immer dicht bei mir, hat mich mit seinen kleinen Händchen gestreichelt.« Flora presste das Tuch vor ihren Mund, dann hatte sie sich wieder so weit gefangen, dass sie weitersprechen konnte. »Nur seinetwegen bin ich morgens überhaupt aufgestanden, nur seinetwegen habe ich etwas gegessen und getrunken. Er hat mich am Leben erhalten. Viel Leben war ja sonst auch nicht in meinem Elternhaus. Mein Vater in seinem Bett, unfähig zu reden, nicht mal zeigen, was er wollte, konnte er. Meine Güte!« Flora legte ihre Stirn in ihre Hände, richtete sich dann aber sofort wieder auf. »Es gab Tage, da habe ich mir sogar seine betrunkenen Flüche zurückgewünscht. Es war die Hölle, ihn dort so bewegungslos zu sehen. Keine Regung in seinem Gesicht, nicht das kleinste Erkennen in seinen Augen, wenn ich an seinem Bett saß. Mein Vater hatte einen Schlaganfall. Wie der Blitz ist es in ihn hineingefahren und hat das meiste in seinem

Kopf ausgelöscht. Er ist bereits gestorben, ohne ganz zu gehen.«
Die Nachbarin nickte stumm.

»Sooft es möglich war, bin ich mit Nico nach draußen gegangen, wir kannten nur einen Weg, den hinunter, zum Friedhof. Ich saß stundenlang vor der Grabwand, starrte auf den Namen meines Mannes, der auf einem Pappschild geschrieben stand, ach, ich erinnere mich, also ob es nur ein paar Tage her wäre. Die Marmorplatte mit den silbernen Buchstaben, und dem Foto, das von den Engeln gehalten wird, so, wie es jetzt ist, war ja in den ersten Wochen noch nicht fertig. Ich brachte ihm Blumen, jeden Tag neue, weil sie nachts erfroren. Ich wollte nicht weg von ihm, von diesem grob verputzten Viereck mit seinem Sarg dahinter. Das war alles, was mir von ihm geblieben war. So dachte ich damals.« Signora Galioto wiegte sanft ihren Kopf, als ob sie wüsste, was dann folgte.

»Das Wetter war trübe, es zeigte, wie es in mir aussah, die Sonne hat nie geschienen, zumindest nicht in meinen Erinnerungen. Es war ein grauer November, wochenlang blies der Wind auch tagsüber eisig von den Bergen. Das kam meinem Schwager gerade recht, er bemühte sich, mir weiszumachen, dass ich eine Gefahr für Nicola sei. Ich könne im Augenblick nicht für ihn sorgen, er stehe kurz vor einer Lungenentzündung, weil er immer in der Kälte auf dem Friedhof spielen würde. Als ob ich unseren Sohn nicht dick genug angezogen hätte!«

»Na, aber ganz bestimmt haben Sie das!« Gianna Galioto schaute entrüstet.

»Er wollte ihn zu sich nehmen, um ihm eine ordentliche Erziehung zu geben, damit er so früh wie möglich bei den *Carabinieri* unterkommen könnte. Ha! Nur weil seine Frau es nicht fertigbrachte, Kinder zu bekommen. Bis heute nicht. Ich habe nur noch geschrien, da hat er gemeint, ich wäre eine Verrückte!!«

»Aber wie kommt er darauf? Sie waren nur vor Schmerz außer sich!«

»Na ja, Sie haben noch nie erlebt, wie es ist, wenn ich richtig böse werde.« Flora lächelte und sah einen kurzen Augenblick aus, als ob sie sich amüsierte. »Daraus wird nichts, habe ich ihm unmissverständlich klargemacht, dieses Kind ist ein Geschenk! Das letzte von dreien, die Gott mir gemacht hat, bevor er seine Meinung änderte und seine Gaben zurückforderte. Dieses Kind lasse ich nicht von dahergelaufenen Dieben erschießen!«

Sie verharrte eine ganze Weile reglos auf ihrem Stuhl, den Oberkörper vorgebeugt, das Taschentuch zusammengedreht zwischen ihren Fingern. Dann lehnte sie sich wieder zurück.

»Irgendwann kam der Brief von *Avvocato* Carnevale, der unser Leben verändern sollte. Nicos und meins! Ich habe ihn aufbewahrt, kenne ihn auswendig. Wenn Nico größer ist, werde ich ihm den Brief zu lesen geben. Er hat ihn an Signora Flora Messina adressiert, weil ich ihm gesagt habe, dass ich mich ...«, Flora presste die Lippen zusammen, bevor sie weitersprechen konnte. »... nach dem Tod meines Mannes nur noch Messina nennen möchte. Der Mann merkt sich alles, sage ich Ihnen!« Sie lachte leise auf, doch es klang nicht fröhlich. »Dann kam das Angebot, bei der *comune* zu arbeiten, und die kleine Wohnung hier. Sie wissen sicherlich auch, dass sich die Villenbesitzer, drüben auf der anderen Seite der Via Alloro, gegen die Neubauten gewehrt haben?«

Signora Galioto nickte. »Ja, ich hörte davon. Wir seien ihnen nicht ebenbürtig, denken die. Weil es *case popolari* sind, nur zu mieten, kein Besitz.«

»Aber ich bin natürlich froh, hier zahlt man nicht viel!«, sagte Flora. »Vielleicht können wir sie ja irgendwann einmal kaufen. Ich wünschte nur, sie läge nicht so furchtbar nahe am Meer.«

»Sie mögen das Meer wohl nicht besonders?«

»Nein! Es macht mir Angst. Und der Blick ist mir einfach zu weit!«

»In den Bergen kann man doch aber auch weit schauen.«

»Ja, aber das ist etwas anderes. Dort hat man keinen unbegrenzten Horizont. Am Meer fühle ich mich immer so haltlos.«

»Das kann ich gut verstehen!«

»Und noch etwas missfällt mir an der Wohnung. Sie liegt im ersten Stock, und hätte ich gewusst, dass sie wieder nur über eine Treppe erreichbar ist, die in den Hof hinabführt, wäre ich vielleicht gar nicht erst aus Mistretta losgefahren. Aber das habe ich erst gesehen, als ich mit dem kleinen Kerlchen davorstand.«

»Weil die Treppe Sie erinnert ...« Gianna Galioto kannte die Geschichte, die bis zum heutigen Tag, um einige wilde Ausschmückungen bereichert, ihre Runde in der Stadt machte und ihren Weg selbstverständlich auch bis nach Marinea gefunden hatte.

Flora weinte. »Aber die flammend rote Bougainvillea am Zaun, die hat mir gefallen, sie stand am ersten April schon in voller Pracht. Es war Nicos dritter Geburtstag! Ich habe es getan, ich habe ein neues Leben angefangen! Für ihn! Ohne meinen Mann ...« Flora wischte die Tränen, die aus ihren Augen quollen, nur nachlässig ab. Es war so schwer ohne Tommaso! Es war so schwer, jeden Tag wieder aufs Neue, aber das Leben musste doch weitergehen. »Ich sehnte mich so nach ihm, betete darum, dass er mir im Traum erscheint, aber es gab nur Dunkelheit. Durfte ich ihn einfach zurücklassen, dort oben im kalten Mistretta, inmitten einer Wand aus Ziegelsteinen und Marmor? Kann ich gehen?, habe ich vor seinem Grab gefragt, den Brief des Rechtsanwalts in meiner Hand. Und plötzlich war er bei mir, ich spürte und hörte ihn! Endlich!« Flora lachte und weinte gleichzeitig. Auch Signora Galioto hatte Tränen in den Augen.

»Er sagte, geh! Dein Platz ist nicht hier vor dieser Grabwand, sondern da, wo es dir und Nico gut geht! Und dann habe ich ihn gesehen, mit seinen wunderbaren hellblauen Augen und diesem verhaltenen Zug um den Mund, so beherrscht und doch bereit, jeden Moment laut loszulachen ... Ach, wie ich diesen Mund liebe!«

Flora seufzte tief auf. Nie zuvor hatte sie einem Menschen ihr Herz so restlos ausgeschüttet, noch dazu einer nahezu fremden Person. Aber das Weinen und Reden tat so gut!

»Also versteckte ich den Brief in meiner Unterwäsche, packte einen kleinen Koffer, und schon am nächsten Tag fuhren Nico und ich mit dem Nachmittagsbus runter nach Santo Stefano und dann mit dem Zug Richtung Palermo. Ich habe meiner Mutter nichts gesagt, die hätte nur Angst bekommen. Seit mein Vater nicht mehr in der Lage ist, über sie zu bestimmen, holt sie sich andere Leute ins Haus. Meinen Schwager Francesco zum Beispiel und den ganzen *Carabinieri*-Clan dazu, der in seiner Familie verbreitet ist wie schimmeliger Schwamm in einer alten Hauswand. Ihm hätte sie es bestimmt verraten. Meine Sachen habe ich mir dann später nachschicken lassen, als sich die Aufregung über mein Fortgehen etwas gelegt hatte!«

Sie stand abrupt auf und ging ins Schlafzimmer. Gianna Galioto folgte ihr und sah, wie sie sich über Nicolas Kopf beugte, ihre Nase kurz in seinem Haar versenkte und ihn dann küsste. Flora lächelte. Nico roch immer noch nach Meer, obwohl sie ihn im Hof mit dem Schlauch abgespült hatte. Normalerweise kam um diese Tageszeit nur Luft aus den Leitungen. Ihr Sohn hatte keinen Mucks gemacht, als das kalte Wasser sich über ihn ergoss. »Er ist so tapfer und stark wie sein Vater!«, flüsterte sie und zog das Laken weiter über seine Schulter. »Und auch so klug! Vielleicht sollte ich ihn doch in ein Internat geben, damit er eine gute Bildung bekommt.«

»Unser Manuele ist bei den Patern bei Don Bosco. Die haben einen guten Ruf.«

»Ach, dann wäre er besser aufgehoben und würde nicht dauernd am Strand herumlungern. Wenn ich arbeite, kann ich ihn nicht beaufsichtigen. Aber ob ich mir das leisten kann?«

»Es ist schon recht teuer, aber sie lernen dort ja auch so viel. Latein und Griechisch!«

»Nun ja, wenn ich mehr arbeiten würde, ginge es vielleicht.«

Leise verließen sie das Schlafzimmer, und Flora brachte Gianna Galioto zur Tür.

»Auf Wiedersehen, Frau Nachbarin, und wenn du mal stärkere Schlaftabletten ohne Rezept brauchst, sag nur Bescheid!«

Flora umarmte sie kurz. Sie hatte soeben das Du von der Älteren angeboten bekommen, das freute sie. Einen Augenblick lang sahen sie beide die steilen Stufen hinab. Obwohl ich diese verdammte Treppe rechts und links mit so vielen Blumen- und Kräutertöpfen zugestellt habe, sieht sie immer noch so aus wie die, von der ich an diesem unglückseligen Tag gestürzt bin, dachte Flora. Selbst das Geländer ist ähnlich.

»Gute Nacht!«, rief sie der Nachbarin hinterher, die sich über die Stufen hinuntertastete. Sie wartete, bis sie aus dem Hoftor hinaus war. Erst als sie wieder im Flur stand und vor einem Bild verharrte, das Nico mit dicken Babyspeckbeinchen auf einem Sessel zeigte, fiel es ihr wieder ein.

Sie riss die Haustür auf. »Gianna«, rief sie lachend. »Die Eier!«

10

Der erste Schultag! Natürlich erinnert man sich daran. Und auch an den zweiten, wenn etwas Besonderes passiert. Stella sollte diese beiden Tage zeit ihres Lebens in Erinnerung behalten. Allein schon, dass sie Wochen vorher mit Assunta die schwarze Schürze mit dem weißen Kragen kaufen ging. In dem Geschäft waren unzählige verschieden große Schachteln bis unter die Decke gestapelt. Nun besaß sie endlich eine eigene Schürze und musste nicht die abgetragene von Regina tragen. Aber auch neue Stifte hatte sie, dazu Hefte und eine Tasche mit Griff, *una cartella,* in der sie die Sachen verstauen konnte. Alles roch so gut und neu, dass Lolò beim Ein- und wieder Auspacken einfach daran schnuppern musste.

Regina kam in die zweite Klasse, ging aber wie Enza zu den Heiligen Schwestern in St. Anna, eine Klosterschule, in der die Mädchen die Woche über auch wohnten und die sehr viel Geld kostete, wie Nonna immer wieder betonte. Auf ihrem Schulweg würde Stella jeden Morgen und jeden Mittag an der Villa von St. Anna vorbeikommen. Ein wunderschönes Gebäude mit hoher Mauer und einem Tor, durch dessen Gitterstäbe man in den Innenhof schauen konnte. Manchmal saßen die Mädchen dort und stickten, so still und brav, als ob sie einem Maler Modell sitzen wollten. Vielleicht würden sie sich also ab und zu sehen. Wenn Stella daran dachte, zwickte ihr Magen ein bisschen, und sie beschloss, ihren Kopf immer wie zufällig wegzudrehen, wenn sie an dem Tor vorbeikam.

Am ersten September war es endlich so weit. Die ganze Familie begleitete Stella, denn niemand wollte zu Hause bleiben. Und so kamen sie alle mit in den Klassenraum, Nonna, Babbo, Assunta und natürlich Lolò. Stella schaute sich neugierig um. In dem großen rechteckigen Raum gab es fünf Reihen mit jeweils fünf Bänken, in jeder Bank hatten zwei Schülerinnen Platz. Drei große Fenster ließen viel Licht herein, an der Wand hing eine Karte von Italien und ein Kreuz mit Jesus dran, neben ihm ein großes gerahmtes Bild von einem Mann mit einem unfreundlichen Mund und einer Brille. Sie hatte keine Ahnung, wer das war. Der Papst war es jedenfalls nicht.

Als die Lehrerin in die Hände klatschte, um die Eltern hinauszuschicken, fing Lolò an zu weinen. Sie selbst weinte beinahe auch, aber eben nur beinah. Schließlich war sie jetzt ein Schulkind, da war es doch normal, dass sich irgendwann die Tür hinter den Erwachsenen schloss und sie alleine mit ihrer Lehrerin blieben. Es wurde ihr jedoch komisch, als sie auf die Tür starrte, hinter der ihre Familie verschwunden war. Wer war diese Lehrerin, die Signora Maestra genannt werden musste? Dick und klein wie Assunta war sie, eigentlich ein gutes Zeichen, doch so genau Stella auch hinschaute, in dem Gesicht der Lehrerin war nicht das allerkleinste bisschen der Güte und Gemütlichkeit wie zwischen den weit auseinanderstehenden Augen der Tante zu finden. Nun verzog die Lehrerin ihren Mund zu einem Lachen.

»Aber kein schönes Lachen«, erzählte Stella Lolò in Gedanken, »sondern eins, was dir nachts eine Gänsehaut macht!«

Dann rief die *maestra* die Namen der Kinder auf, fragte nach dem Beruf des Vaters und sagte ihnen, wo sie sich hinsetzen sollten. Laut musste man reden und schnell antworten, sonst verzog sie ungeduldig den Mund und drehte mit der Hand Kreise in die Luft neben ihrem Kopf. Die Kinder, deren Väter Maurer oder Landarbeiter waren, wurden hinten hingesetzt, auch Obstverkäufer oder Fischer fanden nicht den Beifall der Lehrerin, vorne durften nur die sitzen, die Kaufmann zur Antwort gaben oder deren Väter bei der Gemeinde arbeiteten.

»Pozzogrande, Stella?«

Babbo hatte sie unter Nonnas Namen angemeldet, das hatte er ihr erklärt, und noch mehr, aber daran konnte sie sich jetzt nicht mehr erinnern. Sie mochte den Namen, doch sie ahnte schon, dass dies die Lehrerin nicht zufriedenstellen würde. Ihr Herz klopfte laut, als sie »hier« sagte.

»Beruf des Vaters?«

Beruf ihres Vaters? Wie bezeichnete man den Beruf eines Marcheses? War Marchese nicht Beruf genug? Aber würde man ihr glauben? Sie sah doch nicht aus wie die Tochter eines Marcheses, obwohl die Schürze neu war. Oder sollte sie lieber den Beruf von Babbo sagen? Er ist bei der Eisenbahn und misst das Land aus, wo die neuen Schienen draufkommen? Das machte er zwar nicht mehr, weil sie ihn entlassen hatten, aber seine Mütze hing immer noch an einem Haken im Flur. Lolò und sie durften sie manchmal abwechselnd aufsetzen und damit spielen. Als sie an Lolò dachte, der sehnsüchtig zu Hause auf sie wartete, konnte sie ein Schluchzen gerade noch hinunterschlucken. Oder sollte sie lieber »Landarbeiter« antworten? Dann würde sie hinten sitzen müssen ...

»Na los, antworte!«

Plötzlich wusste sie, was sie sagen würde, die Wahrheit! »Mein Babbo tötet die Maulwürfe, die alles unter der Erde auffressen, und hilft den Bauern!« Die Kinder brachen in Lachen aus, die Lehrerin schrie: »Ruhe!«, und stand von ihrem Platz hinter dem Pult auf. »Soso. Eine Pozzogrande oder dann doch eine di Camaleo? Wie sollen wir dich jetzt nennen? Marchesina, kleine Marquise?« Sie kam auf sie zu, ihr Ton war freundlich, und ihre Augen freuten sich offenbar auch, aber Stella spürte, dass diese Augen sich nur an ihrer Angst berauschten. Endlich fiel ihr wieder ein, was sie sagen sollte:

»Ich bin eine geborene di Camaleo, doch da ich bei meinen

Großeltern aufgewachsen bin und meine Oma über mich bestimmen darf, würde ich hier in der Schule gerne Pozzogrande genannt werden, wenn Sie erlauben.« Ihre Stimme zitterte, und ihre Augen starrten auf den Fußboden, doch sie hatte den Satz zu Ende gebracht. Sogar das »wenn Sie erlauben«!

Die Lehrerin machte nur ein Geräusch, als ob ihr etwas im Hals steckte, und schickte sie in die dritte Reihe. Stella wusste, wenn sie gekonnt hätte, hätte die Signora Maestra sie liebend gerne auf einen Platz weiter hinten geschickt, doch da war schon alles voll.

Irgendwann waren alle Namen abgefragt, und der Unterricht konnte endlich beginnen.

Die Lehrerin erklärte ihnen, was sie alles nicht durften, dann mussten sie ein Heft und einen Bleistift herausnehmen. Beinahe hätte Stella wieder angefangen zu weinen, denn der Duft ihrer Tasche erinnerte sie an zu Hause und all die Tage voller Vorfreude. Doch hier war gar nichts so schön, wie sie es sich ausgemalt hatte! Die armen Kinder mussten hinten sitzen, trugen ihre Bücher und Hefte mit einem Gummiband zusammengehalten, und niemand lachte.

Ein Gefühl der Erleichterung durchflutete sie, als sie Lolò und den Großvater mittags am Schultor warten sah. Sie warf sich in Babbos Arme und wollte ihn am liebsten nie mehr loslassen.

»Jetzt bist du auch ein Schulkind! Hat es dir gefallen? Hat die Lehrerin dein Lesen gelobt?«, fragte Assunta Stella neugierig beim Essen, während sie ihr einen weiteren Schlag Bohnen auftat. »Iss! Iss! Du brauchst jetzt Kraft!«

Stella schüttelte den Kopf. »Nein. Also nein ... Ich meine, ja!« Alle lachten.

»Na, was denn nun?«, fragte Assunta und beugte sich dicht über ihren Teller, um den Weg zwischen Löffel und Mund zu verkürzen. Stella überlegte. Ja, sie wollte essen, nein, die Maestra hatte sie nicht gelobt. Sie würde ihr auch nicht verraten, dass sie schon lesen konnte. Eine kleine Stimme in ihrem Kopf sagte, dass die Lehrerin das nicht gutheißen würde. Konnte sie sich nicht irgendetwas einfallen lassen, um morgen nicht in die Schule zu müssen? Sie schaute auf Assuntas großen Busen, der sie daran hinderte, noch näher an die Tischplatte zu kommen. Ihr Hals war unter ihrem Kinn vollständig verschwunden, die runden Schulterblätter schlossen ihr Gesicht von beiden Seiten ein, sie waren weich und gleichzeitig fest, wie stramme Sofakissen. Und sie roch immer so gut! Nonna roch nach Zwiebeln und Essen, wenn sie nicht gerade in der Kirche saß, da roch sie anders, sonntäglich. Assunta roch nach gerösteten Pinienkernen und süßem Ricotta.

Warum brachte Assunta ihr nicht einfach alles bei, was sie brauchte? Beim Lesen hatte es doch wunderbar geklappt. Jetzt müsste sie nur noch lernen, wie man richtig schrieb und wie man rechnete. Stella war sicher, bei der Lehrerin würde alles viel länger dauern, was immer sie ihr auch beibringen wollte.

Abends im Bett betete sie, bedankte sich wie immer mit Inbrunst für alles Gute, das Gott ihr bis jetzt hatte zukommen lassen, und schloss mit dem Satz: »Bitte mach, dass ich morgen nicht in die Schule muss!« Kaum hatte sie ihn ausgesprochen, bekam sie Angst, in ihrem Mund war plötzlich ein seltsamer Geschmack, ein bisschen wie Blut oder als ob sie an einem rostigen Nagel gelutscht hätte, und sie spürte, wie sich Angst und Rost mit ihrem Herzschlag vermischten. Sie lag lange wach, irgendetwas würde passieren oder war schon passiert. Etwas Furchtbares.

Am nächsten Morgen wurde Stella davon wach, dass es schon sehr früh an der Tür klopfte. Assunta wälzte sich mit ungewohnter Eile aus dem Bett und schloss die Tür des Zimmers hinter sich. Auch das war ungewöhnlich. Die Stimmen in der Küche wurden lauter, dann wieder leiser. Hatte Gott sie erhört? War die Lehrerin krank?

Stella musste tatsächlich nicht in die Schule, sondern machte sich mit allen anderen auf den Weg in die Villa. Der kleine Bartolo war gestorben, plötzlich, ohne erkennbare Krankheit oder irgendwelche Vorzeichen. Er lag bereits in einem kleinen weißen Sarg im Salon, und alle weinten ganz schrecklich um ihn. Stella fiel der Rostgeschmack wieder ein – sie hatte es schon vor allen anderen gewusst!

Der mit weißen Rosen geschmückte Sarg wurde in die Familiengruft der Camaleos getragen, wo er den Platz neben der alten Tante bekam, der sie die Villa verdankten. Die Schwestern trugen ihre besten Kleider und jeweils eine kleine schwarze Schleife aus Spitze auf der Brust, sogar Enza, die doch Spitze hasste. Stella beneidete sie. Warum konnte sie nicht auch eine Schleife haben? Sie musste zwar dauernd weinen, wollte aber auch auf diese Art zeigen, dass sie traurig war!

Der Herr Vater sah krank aus, er konnte gar nicht mehr gerade gehen. Mit allem Mut, den sie aufbringen konnte, sah Stella in das Gesicht der Marchesa. Schon immer hatte sie verstohlen die senkrechten Linien darin angeschaut, die von den Nasenflügeln und den Mundwinkeln herunterfielen, doch dieser neue Ausdruck darin machte ihr Angst. Er war verwässert, verwischt, leer. Die Mutter war gar nicht mehr richtig da.

11

Und denkt immer daran, meine lieben Söhne, wo ihr euch auch befindet, in welcher Situation auch immer, erinnert euch, dass ihr Söhne von Don Bosco seid. Macht eurer Schule Ehre, diesem Haus, das euch aufgezogen hat, mit so viel Liebe von Don Bosco. Bleibt der Religion treu, und eurem Papst ...«

Nicola wusste nicht, was die Worte bedeuten sollten, er schaute weg von dem lächelnden Redner, der vor ihnen in der Aula stand, und sah seiner Mutter von unten ins Gesicht. Sie war so anders als sonst, denn sie nickte unaufhörlich, als ob sie schon wüsste, was der Mann sagen wollte. Sie nickte sonst nur selten, war eher misstrauisch und ließ sich die Geschichten der Nachbarinnen immer haarklein zu Ende erzählen, bis sie ihnen etwas glaubte. Und seine Geschichten allemal. Er seufzte. Mama guckte immer noch komisch. Sie hatte gesagt, nach dem Sommer wolle sie ihn vielleicht hierlassen, bei diesem sanft blickenden Pater. Er mochte gar nicht darüber nachdenken. Gott sei Dank waren sie heute nur zu Besuch, weil Manuele, der Sohn des Apothekers, hier unterrichtet wurde. Er war immer freundlich zu ihm, obwohl er schon zwei Jahre älter war. Seine Beine waren lang, und er konnte sehr gut damit Fußball spielen. Eine Sache faszinierte Nico besonders an diesen Beinen: Unterhalb der Knie hatte sich jeweils eine kurze waagerechte Rille in seine Haut gegraben. Dunkelbraun verfärbte, tiefe Einschnitte. Nico verspürte manchmal den Drang, diese Rillen zu untersuchen, so, wie er die Fische am Strand in die Hand nehmen musste, um ihren Körperbau zu begreifen, doch Manuele hatte ihn nie gelassen, sondern nur gesagt, er sei auf eine Kante gefallen.

Endlich war die Festrede für die ehemaligen Schüler zu Ende. Sie standen von den harten Stühlen auf und ließen sich mit der Gruppe treiben, die jetzt einen Erkundungsgang durch das Haus machte.

Flora nahm jedes Detail in sich auf. Hatte sie die richtige Entscheidung getroffen? Die Räume waren groß und hell, es gab mehrere Klassenzimmer, in der oberen Etage hatte man zwei Schlafsäle abgeteilt. Die Betten waren ordentlich gemacht, nichts lag herum. Doch wo hatten die Jungen ihre persönlichen Sachen? Wo konnte Nico seine Hefte und das Tierbuch hinlegen, das so kostbar für ihn war? Sie schaute ihren Sohn an. Er lachte nicht, er weinte nicht. Sein Gesicht zeigte keine Regung. Er glich in diesem Moment sehr seinem Vater. Nur der belustigte Zug um den Mund fehlte heute.

Es war sauber, aber obwohl die Fenster teilweise geöffnet waren, roch es dennoch alt. Überall. Alte Socken, altes Essen, altes Blumenwasser. Flora konnte es nicht verstehen. Sollte es hier nicht jung riechen, nach Sport und Wettkampf, nach zitronenfrischem Putzmittel, nach Lernen und Wissensdurst? Nico klammerte sich mit seiner Hand an sie, das tat er sonst nie mehr. Es ist das Beste für ihn, er wird sich hier wohlfühlen, sagte Flora sich immer wieder, doch ihr Körper glaubte ihr nicht, sondern krümmte sich innerlich bereits vor Schmerz zusammen. Wie würde sie es im September schaffen, ohne ihn mit dem Bus nach Bellaforte zurückzukehren, abends ohne ihn zu essen, morgens ohne ihn aufzuwachen? Noch schlief er an ihrer Seite, in ihrem Bett. Das Bett – ein Teil ihrer Aussteuer –, das die Reise von Mistretta nach Bellaforte gleich mehrmals gemacht hatte. In dem er geboren worden war. Das Bett, das sie an sehr glückliche Zeiten erinnerte. War sie denn wahnsinnig, sich das

Liebste, was sie hatte, nehmen zu lassen? Mit einer guten Bildung ermöglichst du ihm alles Weitere im Leben, beschwor sie sich, sei nicht egoistisch!

Ein Pater stand auf dem Flur und schaute mit gefalteten Händen und mildem Blick auf die kleinen Jungen, die heute für das kommende Schuljahr angemeldet werden sollten. Flora atmete beruhigt auf. Doch dann guckte sie noch einmal genauer hin. Irgendwoher kannte sie diesen Blick. Im nächsten Moment fiel es ihr ein. Wie Beppe, der Schäfer! Er sortierte sie aus, wie Beppe seine Schafe. Geeignet zum Muttertier, geeignet zum Herdenanführer, zum Milchgeben oder dafür, geschlachtet zu werden. Geeignet, um der Liebling zu sein, um mit Zärtlichkeit überschüttet zu werden, um bei ihm, auf seinem Bauch zu schlafen. Als sie ihren Sohn im Büro anmeldete, dachte sie daran. Sie dachte auch an die kläglichen fünf Jahre, die sie nur hatte zur Schule gehen dürfen. Sie stellte sich die Stunden vor, die Nico in Latein und Griechisch unterrichtet werden würde. Vielleicht würde er eines Tages ein guter Anwalt werden. Generös, charakterfest, aufrecht, wie *Avvocato* Carnevale. Sie unterschrieb das Formular.

Nico war misstrauisch. Dass hier so viele Jungen beisammen waren und auch zusammenwohnten, gefiel ihm zwar, man hatte immer zwei Mannschaften zum Fußballspielen und musste nicht nur mit Totó und Peppino aus der Via Scordato auskommen, jetzt wo Manuele bei den Patern war. Doch alles war hügelig und staubig und das Meer so weit weg, als ob es überhaupt nicht mehr existierte. Und auch sonst stimmte etwas nicht, obwohl die meisten der Pater vor sich hin lächelten. Er wusste nur noch nicht, was.

Als er etwas länger auf dem Hof stand, während Mama im Büro war und irgendwas mit Papieren machte, stellte er etwas Interessantes fest. Einige von den anderen Jungen hatten Manueles Rillen unter den Knien, genauso tief, braun und kurz!

Am Strand hatte er viele Beine von Jungen und Männern gesehen, mit blauen Flecken, Kratzern, Narben, und einer, Ciccio hieß er, zog einen verkrüppelten Fuß hinter sich her; aber solche Rillen hatte keiner. Nico wusste nicht, nach was er suchte, doch instinktiv, so, wie er es auch bei den Tieren machte, näherte er sich den Jungen und beobachtete, wie sie ihre Körper bewegten und was ihre Gesichter erzählten. Waren sie fröhlich, oder hatten sie vor irgendetwas Angst? Eine ganze Weile stand er da so allein, während um ihn herum die Jungs in Gruppen geordnet umherspazierten. Manuele lief vorbei, auch er war allein. Nico fasste sich ein Herz und fragte ihn. Der schaute ihn lange an, bevor er mit dem Mund dicht an sein Ohr kam und antwortete: »Du wirst es ja eh erfahren ... Wenn Pater Benedict einen von uns bestrafen muss, lässt er ihn auf einem Stück Holz knien. Aber nicht auf einem normalen, seins ist dreieckig und hat scharfe Kanten. Zunächst denkst du, du hältst es aus, aber dann wird es immer schlimmer, und du fängst an zu schwitzen, und es tut so weh, dass du irgendwann einfach heulen musst, ob du willst oder nicht.«

Nicola ging in die Knie und strich mit dem Finger über die rechte Einkerbung, die knapp unter der kurzen Hose auf der nackten Haut zu sehen war. Dann über die linke. Manuele ließ es zu. Nico schaute auf, sie sahen sich an. Dann lief der Ältere davon.

Der Sommer verging. Flora ließ ihrem Sohn ein paar kleine Freiheiten, denn bald würde er nicht mehr da sein. Sie strickte ihm warme Westen und dicke Socken für den Winter, die er mit nach Don Bosco nehmen sollte, und sparte Geld, wo es nur ging, damit sie ihn möglichst oft besuchen konnte. Wenn Manuele nicht seinem Vater in der Apotheke helfen musste, spielten sie zusammen Fußball auf der Gasse. Der Ball war aus Stofffetzen und kostbar. Manchmal durfte Nico ihn mit nach Hause nehmen. Dann lag der Ball vor seinem Bett.

Nico schaffte es, unbemerkt von seiner Mutter schwimmen zu lernen und mit Giacomo zum Fischen rauszufahren. Er dachte nicht an Don Bosco. Er konnte es sich nicht vorstellen, sah sich dort einfach nicht. Manuele und er sprachen nicht darüber. Der August brachte eine mörderische Hitze, sodass der spärliche Fluss, der an Bellaforte vorbeifloss, gänzlich austrocknete und nur noch heißen Sand zurückließ. Doch auch die Zeit der großen Hitze ging irgendwann zu Ende, und Mama redete immer öfter von den Patern. Sie kaufte sogar einen Koffer aus gepresster Pappe und lange Hosen für ihn. Irgendwann, es war immer noch Sommer, machten sie sich auf den Weg. Nico verstummte, während der Bus seine Kurven durch das von den Sommermonaten verbrannte Land zog. Wenn Mama ihn wirklich dort lassen wollte, würde er ihr das mit den Rillen erzählen. Aber erst dann.

Beim Abschied wollte Flora es Nico leicht machen. Sie umarmte ihn kurz. Ließ ihn dann an der Tür stehen. Er sah ihren Haarknoten mit der silbernen Spange, ihren schwarzen Rücken und ihre Beine, die von ihm wegliefen. Jetzt wurde es ernst, er rannte hinter ihr her. »Mama, hast du gesehen? Die meisten Jungen haben Rillen an den Beinen, weil sie auf einem Stück Holz knien müssen!«

»Wenn du brav bist, dann passiert dir das nicht ...« Ihre Stimme erstarb, denn ihr Sohn warf ihr einen Blick zu, den sie noch nie an ihm gesehen hatte. Entsetzen, Ungläubigkeit, ja beinahe so etwas wie Abscheu.

»Manuele hat das auch. Und der ist immer brav!«

Doch seine Mutter schien immer noch nicht verstanden zu haben. Sie zuckte nur mit den Schultern.

»Wenn ein Kätzchen solche Rillen hätte, Mama, oder ein Schaf, dann würdest du dich darum kümmern! Sogar einen Hund, dem ein böser Mensch solche Narben macht, würdest du retten!«

Sie schüttelte den Kopf, die Augen voller Tränen, wandte sich ab, ging mit den anderen Eltern den Weg zur Bushaltestelle hinunter, die vor dem abgelegenen Kloster lag. Sie weinte in ihr Taschentuch, putzte sich dann die Nase. Eine Stunde in Richtung Palermo, dann noch mal eine halbe bis Bellaforte, wenn sie den schnellen Bus erwischte, der nicht überall haltmachte. So weit war das gar nicht. Sie würde ihm Päckchen schicken und ihn an den Besuchswochenenden sehen.

Sie hörte wieder Nicolas Satz: *Wenn ein Kätzchen solche Rillen hätte, Mama ...* Mit der Gewissheit in der Stimme, dass sie ihm beipflichten würde, dass sie Recht von Unrecht unterscheiden konnte, dass sie eingreifen würde. Aber sie hatte ihn einfach stehen lassen. Sie war nicht besser als Francesco, Tommasos Bruder, der ihn zu einem *Carabiniere* machen wollte. Sie hatte ihr Kind in eine Kaserne gegeben. Mit einem kargen Platz zum Schlafen. Mit einer dicken Köchin als Ersatzmutter. Mit vielen hageren Männern in Uniformen. Ja, auch die schwarzen Gewänder waren eine Uniform. Diese Männer würden jetzt für ihn sorgen. Sorgen? Wie sollten diese Männer, die keine Väter waren, das anstellen? Es waren Kinder, von denen sie keine Ahnung hatten! Ihr Kind unter ihnen. Sie hatte ihr Kind, das sich jeden Morgen, den Gott werden ließ, nach diesem elenden Meer sehnte, ja, wahrhaftig süchtig danach war, dort auf dem kargen Hügel eingesperrt. Ein Schaf unter vielen Schäfern, die ihn womöglich zwangen, auf ihren Bäuchen zu schlafen, die etwas aus ihm machen wollten, das vielleicht nicht gut für ihn war.

Der Bus kam, niemand stieg aus, die Leute drängelten sich an der Vordertür, um einzusteigen. Flora stellte sich hinten an, die Augen hinter dem Taschentuch versteckt. O nein, sie war keinen Deut besser als Francesco! Sie würde in den nächsten Jahren viel Geld bezahlen, um Nico eine gute Ausbildung zu ermöglichen. Aber ihm mit sechs Jahren die Mutterliebe zu entziehen, war das wirklich der richtige Weg? Gianna Galioto, die Apothekerfrau, hatte ihr gut zugeredet und versucht, ihre Sorgen zu zerstreuen. Manuele habe zwar am Anfang auch manchmal geweint, sich aber recht schnell eingelebt. Doch Nico war nicht Manuele. Er würde ausbrechen, sich zum Meer durchschlagen, auf die schiefe Bahn geraten.

Der Bus fuhr davon.

Flora stand immer noch im Staub. Sie blickte auf. Auf der anderen Seite der Straße stand ein kleiner Junge neben seinem Koffer. Es war Nicola.

12

Stella betrat die Klasse und überprüfte wie jeden Morgen mit schnellem Blick, ob sich in dem Raum etwas verändert hatte. Nein, alles wie immer, sie setzte sich auf ihren Platz. Dritte Reihe, linke Seite, am zweiten Pult von rechts.

Sie schaute erst ein bisschen aus dem Fenster, beobachtete dann Livia, die Ordnungsdienst hatte und sich dabei ziemlich wichtigtat, denn sie spazierte in der Klasse herum und rief dauernd »*silenzio!*«. Es sollte Ruhe herrschen, wenn die Lehrerin eintrat.

Heute gab es den Aufsatz zurück, den sie zu Hause hatten schreiben müssen. »Wie ich mir mein Leben vorstelle.« Stella wartete gespannt, was für eine Note wohl diesmal darunter stand. Wie immer, wenn sie an ihre Aufsätze dachte, durchströmte sie ein gutes Gefühl, sie erinnerte sich an die schönsten Sätze, die sie Assunta zu Hause vorgelesen hatte.

Doch die Lehrerin schrieb ihr jedes Mal komische Bemerkungen darunter, wie neulich erst: »*Non è farina del tuo sacco!*«. Sie war nach Hause gelaufen und hatte der Nonna den Satz gezeigt. Was sollte denn bloß »das ist kein Mehl aus deinem Sack« bedeuten? Sie hatte nichts über Mehl geschrieben, nicht mal Lebensmittel wie Brot oder Pasta, die ja Mehl enthielten, waren in dem Aufsatz vorgekommen ... Die Nonna sagte, das bedeute so viel wie: »Das hast du nicht selber geschrieben«.

Stella war wütend. Wenn sie nicht eine solche Angst vor der Lehrerin hätte, würde sie ihr beweisen, dass sie sehr wohl alles allein schrieb. Aber Nonna hatte auch gesagt, dass sie, sollte es noch einmal vorkommen, der Signora Maestra einen Besuch in der Schule abstatten würde, um ihr ein für alle Mal zu erklären, dass Stella bei den Hausaufgaben keine Hilfe bekomme.

Triumphierend rannte Stella deswegen an diesem Mittag nach Hause. Der arme Lolò, den sie aus der Jungenschule nebenan abgeholt hatte, kam kaum mit. Der Babbo holte sie nicht mehr ab, er hustete in letzter Zeit nur noch, war blass und gar nicht mehr so stark wie früher. Er lag oft im Bett, weil er das schlimme Fieber hatte, und ruhte sich aus. Essen wollte er auch nichts mehr.

»Er hat Schatten auf der Lunge und müsste mal eine Kur machen, irgendwo im Norden auf dem Kontinent, wo die Luft anders ist als in Sizilien«, sagte Assunta manchmal.

»Freuen wir uns doch, dass die Giuseppina eine schöne neue Karosse hat, die andere war ja auch schon drei Jahre alt ...«, sagte Nonna dann. Stella konnte sich nicht vorstellen, dass sie das wirklich so meinte. Wahrscheinlich wollte sie nur zeigen, dass sie kein Geld von ihrer Tochter wollte. Stella schämte sich in solchen Momenten immer für ihre Mutter, ihr Kopf fühlte sich dann ganz heiß an, von innen und von außen. Aber Babbo beendete die Diskussion regelmäßig mit: »Ich fahre nirgendwohin!«

Stella war schon groß genug, um auf ihren Cousin aufzupassen, und der Schulweg war auch nicht weit. Sie liefen an der Villa vorbei, in der ihre beiden Schwestern im Hof saßen. Stella schaute nicht einmal hin.

Wieder hatte die Lehrerin etwas unter ihren Aufsatz geschrieben: »Schmück dich nicht mit fremden Federn!« Stella versuchte, den aufkommenden Zorn hinunterzuschlucken, doch die Worte piksten wie die Kiele der »fremden Federn« in ihrer Kehle. Die Nonna hatte versprochen, in die Schule zu kommen und der Lehrerin alles zu erklären. »Und wenn ich das vergesse, dann soll mich der Blitz treffen!«, hatte sie gesagt und Stella damit zum Lachen gebracht.

Der Blitz soll dich treffen, der Blitz soll dich treffen, wenn du nicht mitkommst, summte Stella vor sich hin, während sie weiterlief. Sie stellte sich einen silbernen Haken vor, der aus dem Himmel bis auf die Erde ragte und nach Opfern suchte, die er treffen konnte. Plötzlich blieb sie stehen. Sie durfte nicht so schlecht über die Nonna denken, sonst würde wieder etwas Schlimmes passieren! Prompt schmeckte es in ihrem Mund wieder nach Rost. Nein, sie hatte sich vertan. Das durfte nicht sein, hatte sie sich auf die Lippen gebissen, blutete es an ihren Zähnen irgendwo? Die unteren Eckzähne waren beide in den letzten Wochen herausgefallen. Sie wühlte mit der Zungenspitze in den fleischigen Lücken – kein Blut. Sie rannte wieder los.

Als sie in die Via Lupo einbog, war Stella außer Atem. Gleich da vorne war schon ihr Haus, nur noch ein paar Meter. Sie wollte durch den Vorhang tauchen, der vor der Türöffnung hing, und in die Küche stürmen, doch die Tür hinter dem feinmaschigen Netz war verschlossen. *Dio,* sie hatte es gewusst. Im Sommer stand die Tür immer offen. Es sei denn, der *scirocco* wehte und brachte Sand mit sich und alle um den Verstand. Sie klopfte erst leise, dann ein bisschen lauter. Babbo lag doch bestimmt im Bett, er würde sie hören!

»Wo sind denn Nonna und Mama, was ist mit 'm Mittagessen?«, fragte Lolò, der keuchend hinter ihr zum Stehen kam. »Ich hab so 'n Hunger!«

»Ich auch, aber jetzt drängle nicht, es wird schon was geben! Es hat immer Mittagessen gegeben, oder etwa nicht?« Rost, Rost, Rost in ihrem Mund!

»Und wenn jemand gestorben is'?«, sagte er und verschränkte die Arme.

»Warum das denn?« Sie spuckte aus.

»Der einzige Tag, an dem's kein Mittagessen gab, war der, als dein Brüderchen gestorben is'!«, gab er zu bedenken. »Und man soll nicht spucken.«

Stella strich ihm über den Kopf, er sah so putzig aus mit seinen großen blanken Augen, die nie zu blinzeln schienen, dem runden Kopf und den glatten Haaren darauf. Wie eine Robbe, die gerade aus dem Wasser aufgetaucht war.

»Stimmt, da mussten wir in die Villa gehen, aber dann haben wir dort gegessen.«

»Das hatten die Nachbarn gebracht.«

»Aber das war auch Mittagessen!«

Lolò nickte. Stella wusste so vieles, sie hatte immer recht.

Nebenan öffnete sich jetzt die Tür, Signora Russo kam heraus, hinter ihr liefen noch ein paar andere Frauen auf die Straße.

»Ach, da seid ihr ja schon! Die Francesca sollte euch doch von der Schule abholen!« Ein lautes Wehklagen setzte hinter ihr ein, während die Nachbarinnen die Kinder umringten.

»Habt ihr armen Kinder aber auch ein Pech! Eure Nonna! Eure Nonna!«

»Was ist denn passiert ...?«, fragte Stella mit zitternder Stimme und legte unwillkürlich einen Arm um Lolòs schmale Schultern.

»Sie hat nicht gelitten, Gott habe sie gnädig!«

»Die gute Seele, ach, warum hat sie nicht noch ein bisschen auf dieser Erde sein können?«

»Dem Schmied ist ein Pferd durchgegangen, es ist durch die halbe Stadt gerast.«

»Sie ist direkt daruntergekommen!«

»Als sie gerade aus dem Miederwarenladen in der Via Farina kam.«

»Die ist ja auch so eng, die Gasse, da konnte sie ja auch nicht ausweichen ...«

»Sie ist gestürzt, und dann bekam sie noch einen Schlag mit dem Huf, von hinten, in den Nacken! Das würde niemand überleben ...« Die Sätze erfüllten die Straße mit ihrem Lärm, Fenster gingen auf, die Nachricht sprach sich in Windeseile herum, bis auch der Letzte sie vernommen hatte.

»Und Tante Assunta!?«, rief Stella, die sich das mit dem Pferd nicht vorstellen wollte. Wenigstens Assunta musste doch da sein! Und Babbo!

»Sie haben sie noch zum *Dottore* Zingaro in die Praxis gebracht, aber es war zu spät, eure Nonna ist leider verschieden, ihr armen Kinder!«

»Aber im Gesicht sieht man nichts, haben sie gesagt ...« Die Nachbarinnen tuschelten weiter.

»Mama soll kommen!« Lolò fing an zu weinen. Stella kämpfte noch kurz dagegen an, dann weinte auch sie. Warum gerade die liebe Nonna, mit ihrem Geruch nach gebratenen Zwiebeln und Ragout in der Schürze, mit dem langen Zopf, den sie abends vor dem Schlafengehen löste, mit dem schwarzen Schleier, den eleganten Handschuhen und dem Gebetbuch ... Stella schluchzte, wer sollte jetzt mit ihr zur Messe gehen? Assunta etwa? Wer sollte in die Schule kommen und der Lehrerin wegen den ungerechten Beurteilungen Bescheid geben?

Sie wurden in die Wohnung der Signora Russo geführt, wo sie in der Küche auf Babbo und Assunta warteten und ganz viel *pasta al forno* auf die Teller gehäuft bekamen. Sie war gerade frisch aus dem Ofen gekommen und dampfte vor sich hin, doch sie konnten beide nichts essen.

Alle redeten durcheinander, und jeden Augenblick lief jemand rein oder raus, und dann standen Babbo und Assunta auf einmal in der

Küche, den Schrecken der Ereignisse noch in den Augen. »Und nur, weil ich neue Leibwäsche brauchte ...«, wiederholte Assunta immer und immer wieder. Babbo dagegen stand wie ein zitterndes Schilfrohr vor ihnen, er hatte rote Wangen und glasige Fieberaugen und konnte sich kaum noch auf den Beinen halten.

Beide Kinder weinten lange in Assuntas Armen. Diesmal war der Ricottageruch nicht süß, sondern die Note nach Schafstall hatte die Oberhand gewonnen und stieg vermischt mit dem Schweiß aus Angst und Sorge aus dem Pullover der Tante hervor. Und doch fühlte Stella sich geborgen darin. Solange Assunta noch da war und sie in diese weichen Berge aus Fleisch einschloss, konnte ihr nichts passieren.

Sie gingen hinüber in ihr eigenes Haus. Stella begriff es nicht, warum hatte sie auch dieses Unglück geahnt? Und wie konnte Nonna überhaupt tot sein, wo doch ihre Schürze noch unter dem Fenster auf der Leine flatterte? Wo heute sogar ein Brief von einer Schulfreundin aus Fontanelba für sie angekommen war?

Lolò kletterte sofort auf das hohe Bett, in dem er sonst mit Stella und seiner Mutter schlief und wo nun bereits der Babbo lag, der leise vor sich hin hüstelte und wieder Fieber hatte. Stella schloss die Fensterläden, zog Lolò Schuhe, den Kittel der Schuluniform und die Hosen aus und deckte ihn zu. Einen Moment später war er eingeschlafen. Sie selbst ging hinaus auf den Flur, hockte sich auf den Boden, dicht an die Wand, und sah dabei zu, wie zwei Männer Nonna ins Haus brachten und in ihr Bett legten, auf Babbos Seite. Das machten sie, damit die Frauen besser an sie herankamen. Tita und Mita, Babbos Schwestern, waren schon längst da und krempelten sich die Ärmel auf. Denn jetzt wurde die Nonna ausgezogen, gewaschen und dann wieder angekleidet. Weil keine Männer mehr im Haus waren, blieb die Tür offen. Stella versuchte, sich unsichtbar zu machen, und erhaschte ein paar Blicke. Wie dünn

Nonna war, und trotzdem gab es da so viel Haut an ihr, als ob sie ihr im Laufe der Jahre zu groß geworden wäre. Die eine Brust hing leer wie ein heller Waschlappen an der Seite herab. Und seit wann war ihr Haar so weiß? Von Stellas Beobachtungsposten aus wirkte es, als ob Assunta unter Tränen die Mähne eines Schimmels ein letztes Mal durchkämmte. Stella musste erneut an das Pferd denken, das über Nonna hinweggetrampelt war und sie mit dem Huf hinten am Hals getroffen hatte. Sie scheuchte die Bilder gewaltsam aus ihrem Kopf, doch sie kehrten immer zurück. Erst unten an der Via Alloro, schon fast am Meer, hatte man das Tier wieder eingefangen.

In der Via Alloro stand die Villa Camaleo. Ob die Marchesa aus der Villa hierherkommen würde? Ein kleiner Schauer lief Stella den Rücken hinunter. Seit dem Tod des kleinen Bartolo lag die Marchesa nur noch im Bett und roch nach dem Wein und den Stärkungstropfen, die der Arzt ihr verschrieben hatte. In mehreren hübschen Fläschchen standen sie auf ihrem Nachttisch aufgereiht.

Das mit dem Wein wusste sie nur, weil sie bis in das Schlafzimmer vorgelassen worden war. Tante Assunta war eines Sonntags extra mitgekommen und hatte darauf bestanden.

»Ich werde meine Nichte bis vor das goldene Bett schieben, in dem meine durchgedrehte Schwester nun schon wochenlang liegt und sich weigert aufzustehen!«

»Aber wozu?«, hatte Stella nur gefragt. »Sie ist traurig wegen Bartolo.« Wie immer, wenn sie von dem Brüderchen sprach, sah sie den winzigen weißen Sarg vor sich. »Und mich hat sie einfach nicht so gerne ...«

»Ich weiß, man kann nicht behaupten, dass deiner Mutter der Anblick ihrer dritten Tochter ...«, Assunta machte eine Pause, um die richtigen Worte zu finden, »... nun ja, dass der Anblick sie jemals begeistert hätte.« Sie hatte sich über Stella gebeugt und ihr leicht in die Wange gekniffen. »Dafür liebe ich dich umso mehr, *amore!* Aber vielleicht regt sie sich auf und tobt los, oder wir können sie auf sonstige Weise ein bisschen aus ihrer Schwermut holen.«

Doch Assuntas Plan war nicht aufgegangen. Die Marchesa hatte sich nur aufgesetzt, einige Stärkungstropfen in ein Glas gegeben und aus der Karaffe den Portwein dazugießen wollen, aber diese war fast leer gewesen. »Jemand muss mir mehr Wein holen! Ich brauche die Tropfen. Sie sind bitter«, murmelte sie, ohne Stella oder Assunta richtig anzuschauen, »aber sie helfen ...« Dann legte sie sich zurück in die Kissen und dämmerte mit offenen Augen weiter vor sich hin. Stella mochte sie gar nicht anschauen, sie schien so verletzlich zu sein. Dafür betrachtete sie das Bett genauer. Nebenan, im Speisesalon, war sie geboren worden, hatte Assunta ihr erzählt, aber dann hatte man sie der Marchesa in die Arme gelegt. Also hatte sie hier schon einen kleinen Moment ihres Lebens verbracht. Ihre Seele erinnerte sich noch daran, das spürte sie plötzlich. Die Seele vergisst nichts, sagte Assunta immer.

Da öffnete sich die Tür, und Maria, die Hausangestellte, kam herein. Sie nickte Stella freundlich zu und brachte ihrer Herrin ein hohes Glas mit einer gelben Masse darin ans Bett. Der Duft von zuckrig aufgeschlagenem Marsala-Eierschaum erfüllte süß und beruhigend den Raum. Stella lief das Wasser im Mund zusammen. Als sie im vergangenen Winter unter einer schweren Bronchitis litt, hatte Assunta ihr auch mal Eierschaum zubereitet. Allerdings mit Rotwein. Danach war sie in einen tiefen Schlaf gefallen, und am Morgen war es ihr tatsächlich viel besser gegangen.

Stella schaute ihrer Mutter dabei zu, wie sie den Kopf zurücklegte und den Inhalt des Glases mit langen Zügen in sich hineinlaufen ließ, als ob sie gar nicht schluckte.

»Ist da auch Laudanum drin?«, fragte Assunta Maria, als diese gerade an ihnen vorbeihuschen wollte. Maria hob die Schultern und schnalzte leise mit der Zunge, was wohl so viel bedeuten sollte wie: natürlich!

Laudanum war offenbar nicht gut, obwohl es die Mutter friedlicher machte, und Stella war noch erleichterter als sonst gewesen, die Villa wieder verlassen zu können.

Ob die Mutter es also an diesem schlimmen Tag, bei all dem leckeren Zuckerschaum, schaffen würde aufzustehen? Schließlich war Nonna ja nicht nur Assuntas Mama, sondern auch ihre.

Als Assunta, Tita und Mita jetzt in schweigendem Einvernehmen Nonnas Oberkörper und Arme anhoben, um ihr das gute schwarze Kleid anzuziehen, das sie immer in der Kirche trug, verstand Stella mit einem Mal: Diese Gliedmaßen halfen überhaupt nicht mit, sie waren wirklich tot! Und würden nie mehr lebendig werden. Nicht der Blitz hatte sie getroffen, sondern ein Pferd. Warum hatte sie das nur mit dem Blitz gedacht? Warum die rostige Vorahnung? War sie vielleicht schuld an Nonnas Tod? Sie schlug die Hände vor das Gesicht und weinte. Jetzt hatte sie nur noch Assunta und Babbo und Lolò. Schnell lief sie ins Zimmer, um nachzuschauen, ob die beiden noch lebten.

Sie lebten. Auch am nächsten Tag noch, als der Sarg ins Haus gebracht wurde und Nonna hineingelegt wurde. Ihre Haut war gar nicht mehr wie Haut, eher wie dünnes Papier, und ihren Mund hatte der Tod in eine schmale Einkerbung verwandelt, die sie so boshaft aussehen ließ, wie sie es im Leben nie gewesen war.

Der Sarg und die Stühle füllten den *salotto,* man konnte kaum um sie herumgehen, schon stieß man an die Wände. Die Fenster waren verhüllt, Kerzen brannten. Den ganzen Tag über kamen und gingen die Nachbarinnen, sie brachten fertig gekochtes Essen, saßen am Sarg und sprachen über Nonna. Stella setzte sich immer wieder dazu, um zu hören, was sie sagten. »Bescheiden«, das war das Wort, das die Frauen am meisten benutzten, aber auch »edel«, »ehrlich«, »fürsorglich«. Sie sprachen bewundernd über Nonnas Garderobe, ihre Koch- und Nähkünste, ihre Frömmigkeit.

Babbo war schwach, er blieb im Bett liegen, auch als seine jüngere Tochter kam, um ihre Mutter zu sehen. Ihre beiden Mädchen hatte sie nicht mitgebracht.

»Bei Tante Giuseppina is' es immer schlimm, oder?«, sagte Lolò. Stella wusste genau, was Lolò meinte, doch sie wollte den Cousin nicht mit ihrer Angst und ihrem jahrelangen Kummer belasten. Lolò glaubte, sie habe nicht verstanden: »Sie sieht mich mit so 'm komischen Blick an, dann is' alles, was vorher gut war, auf einmal schlecht.«

Stella seufzte. Besser als der Kleine hätte sie es nicht ausdrücken können. »Ja, so ist das manchmal bei ihr ... Ich glaube, sie ist nicht gern bei uns. Aber Tante Assunta muss mit ihr ja die Sache mit Nonnas Grab besprechen.«

»Sie will Nonna nich' in das große Grabmal lassen ...« Lolò senkte den Kopf und strich sich mit beiden Handflächen die Haare in die Stirn, glatt und immer glatter. Sein neuester Tick.

Wieder einmal schämte Stella sich für diese Frau mit den honigblonden Haaren, für diese sehr schöne, sehr böse Fee, die ihre Mutter war. »Es gehört ja auch nicht Nonnas Familie, sondern dem Marchese.«

»Aber schöner wär so 'n richtiges Haus ja schon als so 'n kleiner Platz in der Mauer. Und was bedeutet eigentlich ›nicht von Klasse‹? Das sagt die immer.«

»Ich weiß auch nicht«, log Stella. »Mach dir keine Sorgen, Nonna liegt gerne bei Babbos Familie, das hat sie mir mal gesagt.« Gesagt hatte sie es zwar nicht, aber ihre Großmutter würde auch nicht ungern dort liegen, wusste Stella, wo sie doch die Simse vor den Grabplatten immer so gründlich, fast liebevoll abgewischt hatte. Sie nahm sich vor, diese Arbeit ab jetzt zu übernehmen.

Die Nachbarinnen und Babbos Schwestern saßen im *salotto* und hielten bei der Nonna Wache, sie hatten noch mehr Kerzen angezündet und beteten ihre Rosenkränze. Auch die Küche war voller Menschen, jeder herzte und drückte Lolò, der sich mit seinem glatten Robbenkopf geschmeidig zwischen ihnen bewegte.

Am Abend hörte Stella Assunta in der Küche weinen. Das erste Mal, seitdem der Tod so überraschend über sie hereingebrochen war, sah Stella sie allein. Ihr Kopf lag in ihren Händen auf der Tischplatte, ihre runden Schultern zuckten: ein einsamer, trauriger Fels.

»Ist es, weil du kein Grab für Nonna hast?«, fragte Stella leise und schob sich an sie heran.

»Ach, *bidduzza mia!*« Assunta nahm den dicken Arm vom Tisch und umfing sie damit. »Ich habe einen Platz bekommen. Gleich in der Nähe bei den anderen, sogar einen Doppelplatz, denn wenn das so weitergeht ...« Stella nickte. Der Babbo war krank. Sehr krank. Er schien gar nicht mehr aufwachen zu wollen.

»Er hat gelächelt, als ich es ihm erzählt habe«, sagte Assunta. »Babbo, habe ich gesagt, es scheint, als freust du dich richtig darauf, bald neben ihr zu liegen!« Die Tränen liefen über ihr breites Gesicht, doch auch sie lächelte. »Und er sagte nur Ja! Ja, ich freue mich darauf.« Sie schluchzte. »Ach, Stella, es passieren so seltsame Dinge im Leben, die wir nicht verstehen. Aber wir müssen sie annehmen. Es wäre dumm, sich dagegen wehren zu wollen!«

13

»Wo ist dein Buch?!«
»Zu Hause.«
»Was soll es zu Hause? Hiiiier, hiiiier in der Schule sollst du darin lesen!« Die Stimme der Lehrerin überschlug sich. Immer schrie sie so. Nico zuckte mit den Schultern. Er kannte das Buch. Er wusste, wo es lag. Was regte sie sich so auf? Nur jetzt nicht hinausgucken. Wenn sein Blick jetzt aus dem Fenster schweifen würde, wäre sie völlig aus dem Häuschen. Er durfte es nicht riskieren, obwohl seine Augen es unbedingt wollten. Draußen war es viel interessanter. Oben an der Mauer, die er von seinem Platz aus sehen konnte, war nämlich ein Schwalbennest. Schwalben liebten die Mauerritzen an der neuen, noch unverputzten Schule, um ihre Nester dort anzukleben. Sie fraßen nur Insekten, die sie im Flug fingen. Ihre Jungen waren Luftstarter, das bedeutete, sie flogen aus dem Nest sofort los und übten nicht erst am Boden, wie zum Beispiel der Spatz, den nannte man Bodenstarter. Warum sollte er also ein Gedicht über einen Vogel lesen, wenn er doch schon alles über Vögel wusste? Doch er setzte sich gerade hin und schaute die Maestra mit dem Blick an, der bei Mama auch immer ganz gut funktionierte. Als Zugabe lächelte er scheu von unten. Es klappte, das Gewitter verzog sich von seinem Platz, nicht ohne ein letztes Donnergrollen allerdings: »Aber morgen!«
Er nickte. Ganz bestimmt. Schon hatte er Buch und Klassen-

raum vergessen, denn jetzt kamen die Schwalbeneltern zurück und klammerten sich an dem Halbrund des Nestes fest, um die gelb umrandeten Schnäbel ihrer Jungen mit ihrer Beute zu füllen. Er schaute erst wieder auf sein Pult, als die Maestra mit einem Knall ein Heft darauf ablegte. Oh! Sein Aufsatz. Er brauchte mindestens ein »befriedigend«, sonst ließ Mama ihn nicht alleine von der *comune* nach Hause laufen.

Schreiben gehörte nicht zu seinen Lieblingsaufgaben, aber diesmal hatte die Signora Maestra bestimmt nicht wieder darunter geschrieben, es sei zu kurz, und er solle mehr Sätze zum Thema schreiben. Denn er hatte mehr als zwei Seiten geschafft. Er blätterte die Seiten um und las:

Was ich einmal werden will:

Mein Vater war Carabiniere, *aber das möchte ich nicht werden. Er war ein Held, aber ich will lieber den ganzen Tag im Meer schwimmen. Ich würde gerne einer wie Colapesce werden, aber den gab es ja schon, er war ein guter Taucher und hat die Krone für den Kaiser vom Meeresboden raufgeholt, aber der Kaiser war nie zufrieden und hat noch mehr Sachen in das tiefe Wasser geworfen. Aber bei dem Ring reicht es Colapesce, und er denkt sich, du blöder Kerl, hol dir deinen Ring doch selbst, und er bleibt für immer unten. Da schwimmt er jetzt und stützt den dritten Pfeiler, der unser Sizilien trägt, weil der schon angerostet ist, und wenn er das nicht täte, würde unsere schöne Insel untergehen. Immer wenn der Boden wackelt, sagt meine Mutter, ah, Colapesce wechselt die Schulter! Wenn ich Taucher bin, werde ich ihm mit dem Pfeiler helfen.*

Meine Mutter arbeitet in der comune, *aber sie gehört nicht zu denen, die die wichtigen Sachen bestimmen dürfen, darum will ich lieber nicht in der* comune *arbeiten. Sie hat gewusst, dass unsere Schule nicht gebaut werden darf, weil das wegen der Villa nicht erlaubt war. Aber die anderen und natürlich Don Fattino haben gesagt, wir bauen die Schule genau da! Als die Schule fertig gebaut war, haben alle sich beschwert, und es gab ein großes Geschrei, aber dann war es zu spät! Meine Mutter geht trotzdem gern in die* comune. *Wenn sie ihre schwarzen Trauerkleider nicht mehr anziehen würde, sähe sie bunter aus. Das fände ich schöner.*

Also wenn ich groß bin, werde ich Taucher.

Nicola seufzte. Er fand seinen Aufsatz richtig gut. Aber die Signora Maestra hatte natürlich wieder etwas mit Rot daruntergekritzelt. Er bemühte sich, ihre Worte zu entziffern: »Du hast das Thema nur gestreift. Ich muss deine Mutter sprechen! Ausreichend.«

Nach Schulschluss ging er in die *comune*. Signor Zizza saß in seinem Glaskasten, den er mit seinem Geruch nach nassem Hund ausfüllte, aber Nico war trotzdem nett zu ihm.

»*Ciao,* kleiner *Maresciallo!*«, grüßte der Pförtner.

»*Ciao,* großer Pförtner!«, gab er zurück. Er hätte in seinem Aufsatz auch noch sehr gut beschreiben können, warum er nicht Pförtner werden wollte. Immer fragten die Leute einen, wohin sie gehen sollten, obwohl die meisten, die reinkamen, gar nicht so genau erklären konnten, was sie wollten. Nico ging durch die Eingangshalle, jetzt um die Mittagszeit waren nur noch wenige Menschen hier, und die, die sich noch Hoffnung machten dranzukommen, würden auch gleich rausgescheucht werden. Er nahm die Treppe in den zweiten Stock. Der Flur war lang, seine Mutter saß in ihrem winzigen Kämmerchen, das zwar ein Fenster hatte, in das aber nie ein Sonnenstrahl fiel. Als sie ihn sah, lächelte sie. »*Ciao, amore,* wie war es in der Schule?« Sie sagte jeden Tag das Gleiche.

»Gut.«

»Habt ihr den Aufsatz zurückbekommen?« Sie vergaß nie etwas. Aber vielleicht gefiel ihr der Aufsatz ja besser als der Lehrerin ... Gespannt überreichte Nico ihr sein Heft und sah ihren hin- und hereilenden Augen beim Lesen zu. Endlich ließ sie das Heft sinken. »Sie will mich sprechen! Oje, Nico, warum hast du das mit Don Fattino geschrieben? Sie will mich sprechen!«

Nicola zog den Kopf zwischen die Schultern. Mama gefiel es nicht, obwohl er so viele Zeilen gefüllt hatte.

»Mein Junge, wie oft habe ich dir schon gesagt, das, was du hier aufschnappst oder was ich dir erzähle, bleibt in unseren vier Wänden!«

»Das mit Don Fattino habe ich geschrieben, damit sie es besser versteht!«

Flora sah ihn an und schüttelte den Kopf. »Die Leute reden hier noch weniger als in Mistretta, und in der *comune* schon gar nicht. Scheint eine Tradition zu sein. Irgendwem muss ich doch erzählen, was ich den ganzen Tag sehe und höre ...«, sagte sie mehr zu sich selbst als zu Nico.

Er wusste, was das bedeutete. Beschwerte sich die Lehrerin über ihn, oder kam er zu spät, schrieb er in der Schule eine Vier oder hatte aufgeschürfte Knie, gleich wurde seine Mutter panisch. Wuchs er zu schnell aus seinen Hosen heraus, reichte ihr Geld für den Obsthändler nicht mehr, war der Abfluss in der Küche verstopft, machte sie das sehr nervös, obwohl er doch nichts dafürkonnte. Hatte der alte Vittorio aus der Nachbarschaft ein Krebsgeschwür in der Hose, mit dem er nur noch breitbeinig laufen konnte, kündigte sich ein heftiger Sturm an, prügelten sich die Kommunisten mit denen von der *Democrazia Cristiana* in den Straßen von Bellaforte, bekam seine Mutter Angst.

Diese Zustände veränderten ihr sonst so ruhiges Wesen. Wenn irgendwas Dummes passierte, klammerte sie sich an ihn und ließ ihn nicht mehr weg. Er durfte nicht alleine nach Hause gehen, nicht alleine zum Strand. So auch heute. Nico war wütend, er war schon groß, kein Baby mehr, nach dem Sommer kam er schließlich schon in die Vierte. Aber er wusste, es gab nichts, was er tun konnte, außer ruhig abzuwarten, bis sie wieder normal war.

Sie gingen zu Signora Malfalda in die Taverna, wo es nicht so viel kostete, und Mama stellte ihm schweigsam seinen Teller *pasta con broccoli* hin. Er hasste dieses unnötige grüne Zeug zwischen den Nudeln, aber er aß, ohne zu murren. Dann musste er in dem dunklen Büro an der einen Ecke ihres Tisches seine Hausaufgaben machen. Auch das erledigte er, ohne ein Wort darüber zu verlieren.

So, fertig. Er packte seine Rechenaufgaben ein. »*Mamma, ti amo!*«, sagte er und schaute sie von unten an. Vielleicht noch zu früh?

»Ach, dann lauf!«, Flora gab ihm einen kleinen Klaps. »Aber du gehst direkt nach Hause und lernst noch weiter, verstanden?«

»Ja, mache ich!« Er nahm seine Tasche, gab seiner Mutter einen Kuss auf ihre weiche Wange und rannte hinaus ans Tageslicht. Sonne! Luft, Himmel, Wolken! Die Straße war lang, und die Häuser, die das Gebäude der *comune* umgaben, waren hoch, doch er konnte das Meer schon in der Ferne riechen.

Für einen neunjährigen Jungen hatte Nico eine hervorragende Ausdauer. Ohne anzuhalten lief er die drei Kilometer durch die Stadt und die Via Alloro hinab bis nach Hause. Weil er zu faul war, das Gittertor aufzuschließen, warf er seine Tasche über den Zaun. Er war ein guter Werfer, sie landete mitten auf dem kleinen Tisch, wie er es geplant hatte. Er rannte weiter bis zum Meer.

»Giacuminu!«, rief er, kaum hatte er den Fischer entdeckt. Seine Mutter mochte es nicht, wenn er Dialekt redete, sie hatte sich das Italienisch in den fünf Jahren, in denen sie zur Schule ging, mühsam angeeignet und war stolz darauf. Nico grinste; so gut wie die Lehrerin in der Schule konnte sie es aber nicht.

»Warte, ich helf dir mit den Netzen!« Was sollte er denn mit den Fischern anders reden als Sizilianisch? Die würden ihn doch nie verstehen.

Er half dem jungen Fischer, die Netze zum Trocknen auszubreiten, durfte dann sein Messer und die anderen Gerätschaften aus dem Boot abwaschen und die große Lampe, die sie nachts zum Anlocken der Fische brauchten, mit Petroleum auffüllen. Dabei hörte er den anderen Fischern zu, wie sie über das Wetter und den nächtlichen Fang redeten. Die arbeitslosen Männer, die immer am Strand herumstanden und die ankommenden Boote an Land zogen, mischten sich ein. Ein Wort gab das andere, es wurde laut. Jemand, der sie nicht kannte, musste glauben, sie stritten, doch Nico fiel nicht darauf herein.

Eine kleine Ape kam angefahren, es war Piddu, der zu alt war, um nachts noch hinauszufahren. Er hatte eine Kiste mit Seeigeln auf der Ladefläche. Sofort wurde er umringt, die Männer diskutierten seinen Fang. Nico wusste, dass es die meisten Seeigel auf den flachen Felsen weiter die Küste hinunter gab. Er befühlte andächtig ihre schwarzen Stacheln. Man musste höllisch aufpassen, sonst brachen sie ab und hinterließen ihre feinen Spitzen unter der Haut, wo sie sofort zu eitern anfingen, wenn man sie nicht schnell mit der Pinzette entfernte. Er hatte schon mehrmals einen im Fuß gehabt.

Einer der Männer brach einige der *ricci di mare* jetzt mit einem Messer auf, jemand holte eine Zitrone, und auch Nico bekam eine der Hälften mit den orangeroten, noch pulsierenden Hautsäcken. Mithilfe einer leeren Miesmuschelschale kratzte er sie heraus und schlürfte sie roh in sich hinein. Es schmeckte köstlich.

Als es von den Fischern nichts Neues mehr zu hören gab, ging er noch ein bisschen auf die Mole. Sie war aus Beton gegossen und begrenzte die Bucht auf der westlichen Seite. Beim heiligen Fest von Marinea wurden hier die Wettkämpfe ausgetragen, bei denen die Männer über einen eingeseiften Balken balancierten, der über die Mole hinaus auf das Wasser ragte. Am Ende des Balkens steckte eine Fahne, die musste man holen. Die ganze Bucht war dann voller Fischerboote, bis auf den letzten Platz mit Menschen belegt, und alle schauten zu, wenn die Angeber sich blamierten. Die mit der größten Klappe rutschten nämlich meistens schon auf dem allerersten Meter ab und fielen unter dem Gelächter des Publikums ins Wasser. Irgendwann werde ich mitmachen, dachte Nico. Mama wird gar nichts davon mitbekommen, sie geht ja sowieso nie ans Meer, auch nicht zum Fest von Marinea. Und wenn ich dann die Fahne nach Hause bringe ... Er stellte sich einen Moment lang den Gesichtsausdruck seiner Mutter beim Anblick der Fahne vor, aber der unterschied sich nicht von dem heute Mittag, nachdem sie seinen Aufsatz gelesen hatte. Na ja, vielleicht war es doch keine so gute Idee.

Zwei Jungen saßen an der Mole, ließen die Beine über die Betonkante baumeln und stocherten mit einem langen Stock im Wasser herum. Was taten die da? Wollten sie etwas herausfischen? Neugierig ging Nico näher heran. »Verpiss dich!«, rief der eine ihm zu. Er kannte ihn nicht, die beiden waren größer als er, bestimmt schon in der Fünften. Er ging dennoch weiter auf sie zu, denn nun hatte er entdeckt, was da in den türkisblauen Wellen trieb. Es war eine Katze, die sich mühte, ans Ufer zu kommen. Doch die Jungen ließen sie nicht, sondern versuchten immer wieder, sie mithilfe des Stocks unterzutauchen.

»Lasst sie in Ruhe, sie ertrinkt ja gleich!«, sagte Nico.

»He, wer bist du denn?«, gab der eine gelangweilt zurück und machte unbekümmert weiter. »Das ist der, dem sie den Alten abgeknallt haben«, sagte der mit den längeren Haaren. »Selbst schuld.«

Nico erstarrte. Selbst schuld?! Er war der Sohn des *Comandante Maresciallo,* den alle kannten. Er war der Sohn, der keinen Vater mehr hatte, weil üble Diebe ihn feige von hinten erschossen hatten. Wie konnten die ...? Aber vielleicht hatten die feigen Diebe auch Söhne, und zwar genau diese beiden, die vor ihm saßen. Oder es waren Söhne von den Männern, die die *Carabinieri* nicht mochten, weil sie etwas anderes verbrochen hatten. Mama dachte, er bekomme das nicht mit. Aber in Bellaforte passierte so etwas oft. Wenn sie einen getötet hatten und er zugedeckt unter einem Laken auf der Straße lag, wussten es alle Kinder in der Schule. Nur warum er da lag, das wussten sie nicht.

Von der Katze waren jetzt nur noch die nassen Ohren, die riesigen Augen, und das Schnäuzchen zu sehen, das sie mit letzter Kraft über Wasser hielt, die Wellen machten es ihr schwer, und der Stock lauerte nur darauf, erneut auf sie niederzusausen.

»Ihr seid feige!«, sagte Nico, streifte seine Schuhe ab, nahm Anlauf und sprang ins Wasser. Ein, zwei Schwimmzüge, dann war er bei ihr. Das arme Ding wollte erst vor ihm fliehen, doch als er die Katze von unten um den Bauch fasste, krallte sie sich an seinen Arm und versuchte, ihm auf die Schulter zu klettern. Er biss die Zähne zusammen, es tat weh, aber das Tier hatte Todesangst und rettete sich nun auf ihn, die schwimmende Insel namens Nico. Auf die Mole konnte er nicht zurück, obgleich es ein verrostetes Stück Leiter im Beton gab, die Jungs waren aufgesprungen und fuhren wütend mit dem Stock in der Luft herum. Er, der Jüngere, hatte ihnen ihr Spielzeug weggenommen. Also steuerte er den Strand an. Die Katze war inzwischen auf seinen Kopf geklettert. Er wollte am liebsten schreien, als sich ihre Krallen in seine Kopfhaut bohrten, doch den Gefallen würde er den beiden dort auf der Mole nicht tun, die jetzt losrannten. Das Tier auf seinem Kopf maunzte angsterfüllt. Na also, maunzen kannst du noch, dachte Nico glücklich, bald haben wir es geschafft. Das Wasser war kalt, nur noch ein paar Schwimmzüge, dann hatte er Boden unter den Füßen. Doch sie warteten schon auf ihn, den Stock wie eine Lanze im Sand aufgepflanzt.

»Wer hier überlebt, bestimmen immer noch wir!«, schrie der eine. Irgendjemand hatte auch über das Leben seines Vaters bestimmt.

Und zwar nicht die, die geschossen hatten. Nicos Herz klopfte mit harten Schlägen bis hoch hinauf in seinen Hals. Sie versperrten ihm den Weg aus dem Wasser, sollte er direkt auf sie zumarschieren, als ob nichts wäre? Würden sie statt der Katze dann ihm auf den Kopf schlagen? Die Gedanken rasten in seinem Hirn, während er scheinbar ungerührt aus dem Wasser watete. »Moment, ich bringe sie euch, hier an Land könnt ihr sie besser fertigmachen«, sagte er und pflückte sich die Katze vom Kopf, die sich mit gespreizten Beinen sträubte. Die beiden Jungs wichen unwillkürlich zurück. »Ich tu dir doch nichts, Dummerchen. Jetzt lauf, aber direkt nach Hause!« Er setzte das Tier auf dem harten nassen Sand ab, es machte einen torkelnden Schritt, knickte ein, fiel fast um. Würde er den Stock von hier unten abfangen können, den der Junge mit den langen Haaren jetzt hob?

»Nico?! Was machst du? Bringst du den Katzen jetzt das Schwimmen bei?« Giacomos Stimme dröhnte über den Strand. Die Katze schaute auf, duckte sich dann noch tiefer und raste davon, ein klatschnasser Handfeger auf vier Beinen.

Nico richtete sich auf. »Sie wollte nich', fand's schöner, auf mir zu reiten!« Er atmete auf, denn die Jungen verzogen sich mit ihrem Stock, als Giacomo näher kam. Gerettet. Mit den Fingern betastete er die blutigen Kratzer auf seinem rechten Arm und auf der Schulter, das Salzwasser brannte darin. Doch das Bewusstsein, Feinde zu haben, brannte noch stärker.

14

Am nächsten Morgen legte Assunta Stella das beste Kleid heraus, das sie besaß. Stella war sicher, dass ihre Schwestern in der Kirche wieder viel feiner aussehen würden als sie. Auch Lolò wurde vor der Totenmesse in seine neuesten Sachen gesteckt, und Assunta ließ es sich nicht nehmen, ihm die Ohrmuscheln von innen mit einem Tropfen ihres kostbaren Eau de Toilette auszuwaschen. Für sich selbst hatte sie in aller Eile ein Kleid aus Nonnas Schrank umgeändert und eingefärbt. Es hatte oben breiter und unten kürzer gemacht werden müssen. Und obwohl Assunta sonst ganz geschickt mit der Nadel umging, warf es Beulen an ihrem Rücken und an den Seiten.

Um elf Uhr klopften die Männer des Beerdigungsinstituts an die Tür. Kurz nach ihnen betrat Stellas Mutter Giuseppina das Haus, diesmal hatte sie Stellas Schwestern mitgebracht. Getuschel kam unter den Nachbarinnen auf, als die Mädchen den *salotto* betraten. Stella stand in der Tür und beobachtete Enza und Regina, die mit vor Anspannung geballten Fäusten schnell über den Rand des Sargs auf ihre Großmutter schauten und das Kreuzzeichen schlugen. Dann wandten sie sich ab, um mit unverhohlenen Blicken den Raum und die Anwesenden zu mustern. Stella fühlte sich mit einem Mal ungelenk und hässlich in ihrem abgetragenen Kleid und den kratzigen Wollstrümpfen, die sie in der klebrigen Wärme aus Wachs, Weihrauch und Essensgerüchen schwitzen ließen.

»Die könn' das auch«, flüsterte plötzlich eine Stimme neben ihrem Ellbogen. Stella entdeckte Lolò, der sich an ihre Seite geschlichen hatte. »Jetzt kommt mir unser *salotto* auf einmal ganz klein vor, und die Möbel sind gar nich' mehr schön. Obwohl ich sie gestern noch schön fand.« Stella küsste ihn statt einer Antwort mitten auf den Kopf und starrte dann wieder die beiden Mädchen an, die ihre Schwestern waren. Enza hatte mit ihren zwölf Jahren schon weibliche Rundungen, Regina war einfach nur kräftig. Beide waren groß und blond, ihre Gesichter schimmerten blass im Kerzenlicht, und man konnte die leicht hängenden Augenlider und Wangen ihres Vaters darin erkennen. Regina zwinkerte wieder mit den Augen, als ob das Licht der Kerzen ihr zu hell wäre. Die Kleider der Mädchen waren dunkel und dem Anlass angemessen, für Stella sahen die beiden wie kleine Nonnen aus, wären da nicht die leichten schwarzen Staubmäntel gewesen, die sie offen darüber trugen. Sich vorzustellen, wie sie in die Ärmel eines dieser Mäntel schlüpfte, ziemte sich neben Nonnas Sarg nicht, aber sie hoffte trotzdem, in nächster Zeit etwas zu wachsen, um einen dieser fremdartigen Mäntel anziehen zu können und zu schauen, in was er sie verwandelte. Reginas Sachen waren ihr alle zu groß, wenn sie sie aus einem der Kleidersäcke zog, die sie immer seltener bei ihren sonntäglichen Besuchen erhielt.

Die Frauen fingen an zu klagen und zu weinen, denn nun hoben die Männer den Deckel auf den Sarg und verschlossen ihn mit vier langen Schrauben. Auch Stella fiel in das Weinen mit ein, sie weinte auch noch, als alle schon damit aufgehört hatten und der Sarg nach draußen getragen worden war. Irgendwann fühlte sie sich ganz leer, und es kamen keine Tränen mehr. Warum hatte sie Nonnas schöne weiße Haare nicht noch einmal angefasst? Sie würde sie nie wiedersehen!

Alle Nachbarn waren gekommen, die ganze Kirche war mit Rosen und Nelken geschmückt, die es jetzt im Mai an jeder Straßenecke zu kaufen gab. Die Familie des Marchese saß in der ersten Reihe, Assunta mit Lolò, Stella und Babbo auf der anderen Seite, nicht nur durch den Gang von ihnen getrennt.

Ja, Babbo hatte sich tatsächlich ein bisschen erholt für den Trauergottesdienst. »Wenn ich das nicht mehr für sie tun kann, bin ich auch tot«, hatte er gesagt. Nun hockte er zusammengekauert auf der Bank und drückte Stellas Hand. »Sie hat alles für mich aufgegeben, alles!«, sagte er ab und an. »Ein anderes Leben hätte sie haben können!« Hinter ihnen schluchzten Mita und Tita.

Der Rest der Zeremonie sollte in Stellas Erinnerungen ein wenig untergehen, da sie sich um Lolò kümmern musste, der plötzlich unter heftigem Durchfall litt und leider seine Hose beschmutzte. Sie führte ihn hinaus, fand in der Bar Centrale eine Toilette für ihn und säuberte ihn dort notdürftig.

»Ich kann nix dafür, Stella!«, weinte er.

»Ich weiß, das ist doch nicht schlimm!«

»Aber in der Kirche ham' alle uns angeschaut – als ob ich ein Baby wär, das noch in die Hose macht, dabei mach ich doch gar nicht mehr in die Hose!«

»Wenn wir zu Hause sind, ziehst du sie aus, die Nonna weicht sie ein und macht sie sauber!«

Sie merkte, wie Lolò erstarrte. Erst dann fiel ihr auf, was sie gesagt hatte. Die Nonna würde nie wieder dreckige Hosen einweichen. Die Nonna war gegangen.

Als sie vom Friedhof wiederkamen, hatten Mita und Tita für alle eine klare Fleischbrühe vorbereitet, die heiß dampfte und in der winzige Nudeln schwammen. Stella hatte das Gefühl, noch nie etwas derart Tröstendes gegessen zu haben. Auch der Kuchen danach schmeckte köstlich. Durfte man so etwas Gutes essen, wenn man doch so traurig war? Sie machte sich daran, ein Stück für Lolò beiseitezulegen, weil er mit seinem kranken Bauch heute bestimmt keinen Kuchen essen durfte. Sie nahm einen Teller und war gerade auf dem Weg in Nonnas Schlafzimmer, um das Stück dort, wo es schön kühl war, zu verstecken, als sie Stimmen hörte.

»... aber was sagst du denn da!?«
»Ich sage, wie es ist!«
»Ich kann nicht für sie sorgen?!«
»Du bist jetzt allein, und Papa wird nicht mehr, das sieht man doch!«

Stella beugte sich vor und hielt ihr Ohr gegen die Tür, um die Worte besser verstehen zu können. An der Stimme erkannte sie Assunta, die mit einer Frau sprach.

»Natürlich wird er wieder! Die Nachbarn unterstützen uns. Und Mita und Tita sind ja auch noch da. Anstatt mir das Kind wegzunehmen, könntest du mir mit ihm helfen.«

»Ich kann das nicht, das weißt du. Und was heißt wegnehmen? Sie ist meine Tochter. Mit der mache ich, was ich will!«

»Das habe ich gemerkt!«

Es folgte eine Pause, und als Stella schon dachte, die Unterhaltung wäre zu Ende, hörte sie die Frau sagen: »Wenn Babbo stirbt, kommt sie zu mir!«

Die Tür ging auf, und jemand in Schwarz fegte an Stella vorbei. Die blonden Haare, die Größe, der schnelle Gang, da war keine Verwechselung möglich. Stella befürchtete plötzlich, dass der Durchfall nun auch bei ihr angekommen war, so wild tobte es in ihrem Bauch. Assunta stand vor dem Bett, die Hände in die Seiten gestützt, den sprachlosen Mund noch geöffnet.

Unterdessen hetzte Giuseppina durch die Hintertür nach draußen in den Hof. Sie erreichte die hölzerne Tür des Aborts und schloss sie hinter sich. Das stinkende Klosett ihrer Kindheit begrüßte sie mit einem Déjà-vu des Ekels. Im Winter hatte man sich den Gang hierhin wenn möglich verkniffen, weil es so kalt war, im Sommer auch, weil man dann fast erstickte. Sie erinnerte sich allzu genau, doch mittlerweile war sie eine Marchesa! Es war demütigend, aber zumindest hatte sie an diesem Ort ihre Ruhe, und es gab keine Augen, die sie beobachteten. Sie versteckte sich ja nicht, sie wollte nur kurz ihre Wut bezähmen, die immer noch in ihr kochte. Sie atmete durch den Mund und versuchte, das laute Brummen der schillernden Fliegen auszublenden, die das Loch in dem Brett umkreisten.

Heiliger Gott, sie faltete die Hände, wie kommt es, dass ich nicht glücklich bin und Assunta schon? Als wir Kinder waren, saß sie mit ihrem kurzen Bein oft zu Hause herum, während ich wie ein Schmetterling durch die Gegend flatterte, überall bewundert wurde, überall mitspielte. Meine ganze Jugend habe ich damit verbracht, mich auf den großen Tag vorzubereiten, an dem ich den Mann heirate, der mich retten, mich weg von Mama und Babbo führen würde. Ich war so schön, schön, schön, mein Gesicht, meine Haare, das war mein Kapital! Warum gibt es hier keinen Spiegel in diesem Kabuff? Im ganzen Haus gibt es keinen vernünftig großen Spiegel ... Aber ich war nicht nur schön, sondern auch klug! Ich habe sehr gut Französisch gelernt, von dem Dienstmädchen des alten Doktors. Ich kann sogar Bücher in dieser Sprache lesen. Von Bourget und Prévost. Alte Schinken, die ich in der Villa gefunden habe. Genau wie die alten Modezeitschriften aus Paris. Die kann ich im Original verstehen. Wer kann das in diesem Kaff sonst noch?! Niemand! Aber sind wir je nach Paris gefahren wie die noblen Familien aus Palermo? Natürlich nicht. Ciro hat kein Geld. Hat nie welches gehabt. Mein gepriesener Geist, den ich zum Pläneschmieden gebrauchte, hat mich kein Stück weitergebracht. Der Beste sollte es sein, einer, der mir alles bieten kann, mit etwas Geringerem wollte ich mich nicht abfinden, doch wen habe ich am Ende gewählt?

Giuseppina schaute sich nach etwas um, das ihr Erleichterung verschaffen konnte, doch nicht einmal einen dummen Nagel gab es in diesem verdammten Abort. Mit aller Kraft bohrte sie ihre polierten Fingernägel in die weiche Seite ihrer Unterarme. Nicht genug Schmerz. Nie war es genug Schmerz!

Assunta hat mich vor seinem schwammigen Fischgesicht gewarnt, doch warum hätte ich plötzlich auf sie hören sollen? Sie war schon immer so langsam, ihr Gehirn muss die Informationen auch heute noch mehrmals durchmahlen, bis es möglicherweise zu einem Resultat kommt. Eine dumme Kuh ist sie. Giuseppina presste ihre Stirn im Stehen gegen die Tür, während die Gedanken weiter wütend durch ihren Kopf schossen. Wie kann Assunta nur glücklich sein, wie macht sie das? Sie ist mir nicht ebenbürtig, nicht im Geringsten! Sie ist nur bis zur fünften Klasse in die Schule gegangen, so dumm, so dick, so behindert. Und immer roch sie nach Schweiß. Ich habe mich für sie geschämt. Schon als Kind hat sie von mir nur das bekommen, was ich nicht haben wollte, aber sie war darüber sogar noch erfreut. Auch heute dreht sie alles um, dreht es sich zurecht und schlägt Gewinn daraus. Mit Stella scheint sie richtig glücklich zu sein. Spielt Mutter und Tochter. Mit meiner Tochter! Und auch den Skandal um diesen kleinen Bastard Ludovico kehrt sie gleich am Tag seiner Geburt um. Sie hat unsere Familie in den Schmutz gezogen, ein uneheliches Kind und kein Mann, noch nicht mal ein Erzeuger, in Sicht, und was macht sie daraus?! Erzählt dem Pfarrer was von Jungfräulichkeit und unbefleckter Empfängnis! Das ist ja lachhaft. Und peinlich! Davon hatte der gute Kirchenmann allerdings nichts wissen wollen, sich mit der Jungfrau Maria zu vergleichen ist Gotteslästerung, hat er ihr gesagt, und sie zu einem ganzen Sack voll Ave Marias verdonnert, wie sie es verdiente. Fortan ist sie nicht mehr in die Kirche gegangen, na, sie wird die Rechnung schon noch präsentiert bekommen. Ich werde ihr zeigen, was in meiner Macht steht. Wenn Babbo nicht mehr ist, kann mein Mann, der Marchese, über Assunta bestimmen. So, wie es sich gehört!

Giuseppina straffte sich. Mein Mann, der Marchese, das klang immer noch gut in ihren Ohren, obwohl sie ihn hasste. Er würde ihr helfen, der dummen Assunta diesen einfältig zufriedenen Ausdruck aus dem Gesicht zu wischen. Giuseppina drehte den Holzpflock um, der die Tür verschlossen gehalten hatte, setzte eine angemessene Trauermiene auf und verließ den Abort.

»Was hat sie mit mir vor?«, flüsterte Stella im Schlafzimmer. »Bitte sag es mir!«

»Sie will sich um dich kümmern.« Assunta schloss ihren Mund und die weit auseinanderstehenden Augen. Ihr Gesicht legte sich in Falten, als ob sie etwas Bitteres hinuntergeschluckt hätte, das ihr jetzt im Magen brannte. Wie immer, wenn sich ihre Gedanken in ihrem Gehirn verknäulten, legte sie ihre Stirn in ihre Hände. Sie dachte an ihre Kindheit. Sie waren Schwestern, doch beider Start ins Leben hätte unterschiedlicher nicht sein können. Sie war immer schon nur Assunta, mit dem zu kurzen schwachen Puppenbeinchen und dem etwas »geruhsameren Geist«; so hatte Mama das genannt. Vielleicht war sie deswegen zu einer so guten Beobachterin geworden?

Ach, Mama! Assunta merkte, wie die Tränen sich hinter ihren geschlossenen Lidern sammelten. Giuseppina, deine Jüngere, wurde ohne körperlichen Makel geboren, sie wuchs wie eine mit Pferdemist gedüngte Pflanze heran, außerordentlich schön und stark. Assunta öffnete die Augen. Da stand sie immer noch vor ihr, die kleine Nichte Maristella. Sie war so hübsch, dass es einem das Herz zusammenzog. Du hast all die Liebe von mir bekommen, die ein von der Mutter verlassener Säugling in einer Seele nur erwecken kann, dachte sie und lächelte Stella an, während sie sich die Tränen von der Wange wischte.

»Sie will sich um mich kümmern? Warum sagt sie das? Sie hat sich noch nie um mich gekümmert. Sie ... sie mag mich doch gar nicht.« Stella hielt die Augen gesenkt, um Assunta nicht anschauen zu müssen. Die strich die Laken des Bettes noch glatter, während ihr Hirn offenbar nach Worten suchte.

»Sie kann es nicht ertragen, wenn andere Menschen glücklicher sind als sie. Und wenn ich einer dieser anderen Menschen bin, dann erst recht nicht, Stellina! Um das zu zerstören, macht sie alles, selbst wenn es ihr die Tochter in die Villa zurückbringt.«

»Vielleicht kann sie wieder mehr von den Tropfen nehmen.«

»Ach, *amore*, du bist nie um eine Idee verlegen!« Assunta zupfte den glänzend gebügelten Kragen an Stellas dunkelblauem Kleid zurecht. »Nein, wir müssen dafür sorgen, dass uns der Babbo wieder gesund wird, dass alles wieder so wird wie früher, nur ohne die Nonna eben ...« Ihre Unterlippe zitterte nun, und auch das weiche Kinn, Stella konnte nicht hinschauen, denn sie wollte nicht weinen.

»Solange Babbo hier das Sagen hat und über uns bestimmt, kann sie nichts tun.«

Aber Stella wusste, dass ihre Mutter sich nicht so leicht von ihren Plänen abbringen ließ. »Lass nicht zu, dass sie mich hier wegholt, bitte, behalte mich für immer hier!« Assunta würde sie doch beschützen? Wie sie das immer getan hatte? Aber hatte sie nicht auch gesagt, man müsse das, was passiere, annehmen, und es wäre dumm, sich dagegen wehren zu wollen?

Etwas würgte Stella im Hals und sackte als schwerer Klumpen die Speiseröhre hinunter. Es fühlte sich an, als ob sie alle Besuche, alle Minuten, die sie in der Villa zugebracht hatte, innerhalb weniger Sekunden noch einmal erlebte.

»Wir machen Babbo gesund!«, sagte Assunta. »Wenn du mir hilfst, schaffen wir das!«

In den kommenden Monaten kümmerten Assunta und Stella sich liebevoll um Babbo, auch Lolò half mit. Sie pflegten ihn, brachten ihn zum Arzt, versorgten ihn und päppelten ihn mit dem besten Essen auf. Seine Lunge war schwach, er brauchte Ruhe und frische Luft. Luigi, der Nachbar, der immer so stolz war, weil er an verbotenen Pferderennen teilnahm, fuhr ihn manchmal mit seinem Einspänner auf den Monte Capanone, so hoch es ging. Dort oben war kein Staub mehr. »Ich muss das Pferd sowieso trainieren!«, sagte er und nahm kein Geld von ihnen. Babbos teure Medikamente standen an seinem Bett, in dem er ganz alleine schlief. Der Doktor meinte, die Krankheit könne doch vielleicht ansteckend sein. Sicher war er aber nicht, er hatte nicht einmal einen Namen für sie. Sie sagten Babbo nichts von dem Unheil, das wie eine beharrliche Gewitterwolke über ihnen hing, aber es war offensichtlich: Seine Lebenskraft war aufgebraucht. Wenn sie seinen Maulwurfstock sah, der in der Ecke stand, spürte Stella es am stärksten. Er würde ihn nie wieder benutzen.

Zwei Jahre und drei Tage nach Nonnas Tod rief Lolò eines Morgens: »Ich krieg ihn nich' wach! Der Babbo macht seine Augen einfach nich' mehr auf!« Babbo war der Nonna gefolgt.

Wieder waren ein Sarg und viele Nachbarn im Haus, wieder wurde die Küche mit Essen vollgestellt. Die Kinder, Lolò war mittlerweile neun, Stella elf Jahre alt, trugen andere Trauerkleider, die von vor zwei Jahren waren längst zu klein.

Assunta benahm sich seltsam. In manchen Momenten wirbelte sie fröhlich zwischen den Trauernden umher. »Er hat es so gewollt, jaja, er ist ein Dickkopf. Was er will, das bekommt er auch!«, redete sie vor sich hin, unterbrochen von lautstarken Tränenausbrüchen, von denen sie sich aber schnell wieder erholte.

Nein, dachte Stella, er hat es nicht so gewollt, er hat gewusst, dass seine Tochter mich in die Villa holen will, und hat nur deshalb so lange durchgehalten.

»Vielleicht denkt sie ja nicht mehr dran«, murmelte sie Assunta abends im Bett zu. Vielleicht gab es ja doch noch ein Fünkchen Hoffnung. Der Babbo war zu kaltem Stein geworden und lag nebenan im *salotto* in seinem Sarg.

Assunta wusste sofort, wen Stella meinte. »Oh, da kennst du sie schlecht, sie vergisst nie etwas, wenn es um ihre eigenen Pläne geht.«

Assunta sollte recht behalten. Am Tag der Beerdigung ließ die Marchesa sich nichts anmerken, sie kniete in der Kirche sogar länger als die anderen vor dem Sarg, doch schon am nächsten Morgen stand die Kutsche vor der Tür, blockierte die schmale Straße und ließ die Nachbarskinder aufgeregt zusammenlaufen. »Wenn der Marchese sich nur endlich dazu herablassen könnte, ein Automobil zu kaufen und einen Fahrer einzustellen«, seufzte sie. »Dann hätte ich es wenigstens einmal in meinem Leben bequem. Aber nein, er muss noch darüber nachdenken!«

Stella musste alles einpacken, ihre Kleider, ihre Schulsachen, die vier Romanheftchen, die sie so sehr liebte.

»Wir kommen dich besuchen, ganz bald! Vielleicht morgen schon!«, flüsterte Assunta ihr zu, als sie sie ein letztes Mal umarmte. Stella sog den vertrauten Geruch nach süßem Ricotta tief ein, um ihn ganz tief in sich drin mitnehmen zu können.

»Morgen? Ja, morgen!«, wiederholte sie und spürte, wie steif ihr Körper wurde. Doch sie schaffte es sogar, kurz zu lächeln, um Lolò zu beruhigen, der sich nicht zwischen Weinen und wütendem Mit-dem-Fuß-gegen-einen-Laternenpfahl-Treten entscheiden konnte. Schließlich spielte er den Tapferen, weinte nicht, sondern umarmte sie nur ganz fest, sodass sie danach in der Lage war, vor Giuseppina di Camaleo, der Frau, die sich ihre Mutter nannte, mit einem gleichmütigen Gesicht in die Kutsche zu steigen. Was blieb ihr auch anderes übrig? Hätte sie sich an Assuntas dicken Armen festklammern sollen? Es war ja niemand mehr da, der sie beschützen konnte. Nur ein Mann zählte! Ein Bruder, ob nun verheiratet oder unverheiratet, der im Haus wohnte, ein Sohn, der aber viel älter als Lolò sein musste, ein Onkel, ein Cousin, ein Schwiegervater oder -sohn. Ein Schwager, der bedeutender als der Marchese war. Sie hatten nichts von alledem. Assunta war nur eine Frau. Tita und Mita und die vielen Nachbarinnen, die ihnen in den letzten zwei Jahren geholfen hatten, zählten natürlich auch nicht. Auch sie – nur Frauen.

Lolò schien immer kleiner zu werden, jetzt weinte er doch, das Gesicht an Tante Assuntas Bauch gepresst, damit keiner es merkte, doch sie konnte es an seinen Schultern sehen. Dann waren sie raus aus den engen Mauern der Gasse. Stella starrte in die Ferne, ohne die bekannten Straßen und Häuser zu sehen, die an ihr in gemütlichem Trab vorbeiglitten. Nach einigen Minuten biss sie die Zähne zusammen, sie war doch jetzt schon groß, und die Villa war gar nicht so weit weg. Wie so oft in den letzten Tagen erinnerte sie sich an Babbo, ihren lieben Babbo, und den Weg, den sie jeden Sonntag zu Fuß mit ihm zurückgelegt hatte. Hand in Hand. Sie hatte sogar manchmal gesungen ...

Womöglich musste sie sich nur anstrengen und sich anders benehmen. Wenn sie die Marchesa irgendwie überzeugen könnte, dass auch ihre dritte Tochter liebenswert war, würden die nächsten Wochen in der Villa vielleicht gar nicht so schlimm wie befürchtet.

Stella atmete tief ein und strich mit den Fingerspitzen über das Paket, das sie auf dem Schoß hielt. Es war in grobes Papier eingeschlagen und mit einer Paketschnur mehrfach umwickelt und verknotet. Groß, aber leicht, und wenn sie es schüttelte, klapperte etwas darin.

»Was soll das da sein?«

Hatte die Marchesa wirklich zu ihr gesprochen? »Ich weiß nicht. Lolò hat es mir zum Abschied geschenkt.« Sie lächelte, bekam aber sofort Angst vor dem bohrenden Blick, der sie traf, und schlug die Augen nieder. Nein, für die Marchesa bin ich einfach nicht liebenswert, dachte Stella. Ich interessiere sie nicht, sie will nur etwas über mich wissen, um mir besser wehtun zu können. Was hat Lolò mir da nur eingepackt? Sie unterdrückte das Lächeln, das sich bei dem Gedanken an ihren Cousin auf ihren Lippen ausbreiten wollte. Lass es sie nicht sehen, beschwor sie sich. Wenn in dem Paket etwas ist, was ihr nicht gefällt, wird sie es mir unter einem Vorwand wegnehmen.

In der Villa angekommen, trug sie das Paket hinter der Marchesa her. Auch die schwere schwarze Tasche aus Wachstuch, in der ihre Kleider waren, wollte sie nicht dem komisch grinsenden Kutscher überlassen, sondern schleppte sie selbst. Die Tasche war ihre Verbindung zu ihrem Zuhause, zu Assunta und Lolò, ihrem süßen Lolò mit den glatten Robbenhaaren. Die Tränen stiegen erneut in ihr hoch, es brannte in ihrer Brust, noch stärker als beim Abschied. Niemand kam, um sie zu begrüßen. Auch nicht Maria. Es war ihr vermutlich verboten worden. Was würden Enza und Regina, die Schwestern, zu ihr sagen, wenn sie am Wochenende aus ihrem Klosterinternat kamen?

»Hier hinein«, die Marchesa öffnete eine Tür. Nicht einmal ein richtiges Bett stand in der kleinen Kammer, die kaum breiter war als die Tür selbst. Nur eine klappbare Bank stand an der Längsseite, mit einer dünnen Matratze darauf. Das Fenster hatte Gitterstäbe und ging auf den Garten hinaus.

»Du kannst auspacken, und heul bloß nicht!«

Stella zwang sich, ihre Mutter anzuschauen, obwohl es in ihren Eingeweiden vor Angst kribbelte. Was hatte sie mit ihr vor?

»Dann gehst du runter in die Küche und hilfst denen.« Die Marchesa trug ein Kleid, das ihre Taille betonte, taubenblau, mit einem weißen Gürtel. Stella kannte niemanden, der so elegant aussah. Und doch war sie eine Hexe. Bevor die Marchesa die Kammer verließ, glitt ihr Blick von oben bis unten an Stella hinab, als ob sie sie zum ersten Mal richtig sähe. Sie zog die Oberlippe verächtlich hoch: »Mich erst kaputt reißen und dann so ein kümmerlicher Haken werden, na, du bist mir die Richtige ...«

In den ersten zwei Tagen dachte sie immer wieder, gleich müsste es klopfen, und Assunta würde sie abholen. Doch nichts geschah. Stella schüttelte den Kopf, wenn Maria sie aufforderte, mit in die Küche zu kommen. »Da kannst du dich ein bisschen ablenken!«

Maria! War das noch die Maria von den unzähligen Sonntagen? Kein einziges Mal hatte sie ihr bis jetzt den Kopf gestreichelt. »Ich will mich aber nicht ablenken.«

Maria schaute sie nur furchtsam an und murmelte irgendetwas wie »wirst dich schon eingewöhnen«.

Doch Stella weigerte sich, das Zimmer zu verlassen. Sie lag auf dem Klappsofa und weinte, aß die Sachen nicht, die Maria ihr hinstellte, sondern trank nur das Wasser aus der Karaffe.

Am dritten Tag erwachte sie mit einem Ruck. Es war den ganzen Tag so still hier! Kein Rufen der Händler auf den Straßen, kein Getrappel der Pferde, kein Lachen von Kindern, kein Hundegebell. Nur die Vögel zwitscherten im Garten, und die Luft, die durch das halb offene Fenster hereinwehte, roch süß nach Jasmin oder was da draußen sonst noch so wachsen mochte. Sie war gefangen! Warum musste sie hier sein? Wer gab diesen Menschen das Recht, sie von Assunta und Lolò, den einzigen Menschen, die sie noch liebten, wegzuholen?

»Ich will nach Hause!«, sagte sie vor sich hin, dann lauter: »Ich will jetzt sofort nach Hause!« Die Zunge klebte unangenehm an ihrem Gaumen, sie trank einen Schluck Wasser und zog sich in Windeseile an. Sie würde gehen, sofort, warum war sie bloß in die

Kutsche eingestiegen, sie hätte sich auf die Straße werfen und schreien sollen! Schnell stopfte sie die wichtigsten Sachen in ihre schwarze Tasche und ging zur Tür. Doch die war abgeschlossen. Stella rüttelte an der Türklinke, sie schrie immer lauter. »Ich will nach Hause!«, tobte sie und brüllte die Wände an. »Lasst mich raus, ihr seid nicht meine Eltern! Ich will zurück, ich will sofort zurück!« Niemand kam. Schließlich ließ sie sich erschöpft auf das Bett fallen. Nach ein paar Minuten klopfte es leise, der Schlüssel drehte sich im Schloss. Maria trat ein und brachte ihr ein Glas mit süßem Wein.

»Trink das und beruhig dich erst einmal, es ist alles nicht so schlimm!«

»Doch, es ist schlimm! Es ist das Schlimmste!«, konnte sie nur schluchzen, als Maria sie in den Arm nahm. Sie war mager, Stella konnte ihre Rippen fühlen. Der Wein hinterließ einen bitteren Nachgeschmack auf der Zunge. Kopf und Arme wurden schwer, Maria zog ihr die Schuhe aus und legte ihre Beine auf das Bett. Mit einem Mal wurden ihre Gedanken ganz bunt und schön und wirr, sie sah einen roten Vogel vor ihren Augen, der draußen auf einem Baum saß und für sie sang, es war wirklich alles gar nicht so schlimm. Warum hatte sie bloß so geschrien? Sie konnte sich nicht mehr erinnern und schlief ein.

Erst am nächsten Mittag erwachte sie wieder. Sie vermisste Assunta so sehr, sie vermisste Lolò. Wenn sie an sie dachte, tat sich ein großes Loch unter ihrem Brustkorb auf, als wenn die beiden auch gestorben wären. Immer öfter bettelte sie Maria um ein weiteres Glas von dem süßen Wein an. Einige Male hörte sie vor der Tür ihre Schwestern. Lachten sie? Es war ihr egal, alles war ihr egal. Sie blieb in ihrer Kammer, probierte nicht mehr, ob die Tür abgeschlossen war oder nicht, sondern starrte nur die kleinen Schachteln an, die Lolò ihr zusammen mit einigen Knöpfen, der alten Schafherde, eingepackt hatte. Sie bekam noch zweimal den Wein, dann wurde ihr auch das Vergessen verweigert.

Einmal, nachdem Maria sie zur Toilette geführt hatte, weil sie inzwischen zu schwach war, um alleine zu gehen, merkte sie bei der Rückkehr in ihre Kammer sogleich, dass ihre Schachteln nicht mehr an ihrem Platz waren. Zerdrückt und vermutlich in aller Eile zertreten, entdeckte sie die kleinen Kästchen unter der Schlafbank. Sie holte sie hervor und faltete sie so gut es ging wieder zurecht. Sie weinte nicht, denn dies war nicht das Werk der Marchesa gewesen, sondern das ihrer Schwestern. Sie erkannte es an dem säuerlichen Geruch, der in der Luft hing, und an der Haarspange in Form einer kleinen Blüte, die zwischen den Schachteln am Boden lag.

Was immer auch die Marchesa von mir will, dachte Stella, ab jetzt werde ich schweigen. Ich werde eine Schnecke sein, die sich in ihrem Haus versteckt, damit sie nicht in mich hineinsehen kann und mir nicht noch mehr von dem wegnehmen kann, was mir lieb und wichtig ist.

15

»Nico, hör mir zu! Lauf nicht so weit weg, Signora Gelli kocht Mittagessen für dich. Dass du aber auch hingehst!«
»Mache ich!«
Es war so heiß, und dabei war es erst sieben Uhr morgens! Oha, ein Fleck. Nico kratzte mit dem Löffel einen Klacks Granita von seinem dünnen kurzärmeligen Pullover und hoffte, dass Mama den nicht bemerkte, bevor sie ging. Sein Becher war fast leer, schade. Signora Gelli war alt und kochte längst nicht so gut wie seine Mutter. Sie bemühte sich, nett zu sein, und gab ihm immer Bonbons, die nach Kümmel und ihrer fettigen Küchenschürze schmeckten und die er heimlich wieder ausspuckte.

»Hach!«, seine Mutter seufzte wohlig, auch sie löffelte eine Granita, die der schielende Straßenverkäufer von einem großen Block Eis abgeschabt und mit Zitronensaft übergossen hatte. Danach war er weitergezogen, doch seine Rufe hallten noch immer durch die Via Scordato: »Esst Granita! Eiskalt und frisch!« Man hörte ihn im Sommer morgens lange rufen, bis er sich mit seinem Wägelchen an einen anderen Platz begab.

»Weißt du, Nico, ich vermisse Mistretta überhaupt nicht!«
»Ich auch nicht, Mama!« Anständig sein, auf ihre dahingeworfenen Sätze antworten, das machte sie ruhig und glücklich. Er liebte es, wenn sie ruhig und glücklich war.

In Mistretta hatten sie die Tage um *ferragosto* verbracht, schön kühl war es in der Stadt, in den Bergen wehte immer ein leichter Wind, und das Thermometer hatte nie über siebenundzwanzig Grad angezeigt. Mama war jeden Tag zum Friedhof gegangen. Da Nico nicht gewusst hatte, was er machen sollte, war er mitgekommen. Nur raus aus diesem dunklen Haus mit den vielen Heiligenfiguren an den Wänden; in dem die Großmutter Kisten voller altem Plunder auspackte und wieder einpackte und der Großvater im Bett lag und seine kalten Hände nach ihm ausstreckte, wenn er unvorsichtigerweise zu nahe an der offenen Zimmertür vorbeikam.

Auch am Grab seines Vaters hielt er es nicht lange aus. Er hatte sich in den Schatten eines Baumes geflüchtet und an einem Stock geschnitzt, während Mamas Augen abwesend in die Ferne schauten und nichts mehr zu sehen schienen, obwohl sie dicht vor der Marmorplatte auf einem Klapphocker saß. Zum Schutz gegen die Sonne hatte sie einen schwarzen Regenschirm über sich aufgespannt. Sie sprach mit seinem Vater, das sah man an ihren Lippen. Aber sie hatte zufrieden gewirkt.

Er lächelte ihr zu. Sie trug immer noch ihre schwarzen Kleider. Mann, ihr musste doch heiß sein! Die langen Ärmel, der lange Rock, nicht mal die Knie bekamen Luft bei ihr. Aber sie zog das Zeug im Winter und im Sommer an und schwitzte nie. Wie machte sie das bloß? Sie hatte kein rotes Gesicht, und sie roch immer lecker nach Mama. Sie war die Schönste von all den Müttern, die er kannte, ihr Gesicht war hübsch, mit hohen Augenbrauenbögen und einem geschwungenen Mund, den man am liebsten abzeichnen wollte.

Endlich musste sie zur Arbeit. Nico verabschiedete sich mit einem Küsschen. So viele Stunden lagen vor ihm, und keiner war da, der ihm sagte, was er tun sollte! Na gut, besser wäre es, Signora Gelli nicht zu vergessen. Aber jetzt erst einmal runter zum Strand. Mal sehen, was die Fischer machten, mal sehen, ob einer seiner Freunde dort rumstand, die Jungen von Marineas Straßen. Die hatten es leichter, auf die passte keiner auf, die mussten nicht nach Hause zum Mittagessen, weil es dort keins gab, aber sie hatten deswegen auch dauernd Hunger und klauten. Wie oft waren sie schon aus den Zitronenhainen abgehauen, wo sie sich Zitronen in die Taschen gestopft hatten, um sie später gegen Orangen oder Aprikosen zu tauschen. Wie oft hatten sie schon fremde Feigenbäume geplündert, seine Freunde mit knurrenden Mägen. Er, weil es Spaß machte.

Ihre Väter lagen am helllichten Tag betrunken in den Betten. Ihre Mütter hatten so viele Kinder und bekamen immer wieder neue, woher, das war ihm allerdings ein Rätsel. Manchmal wussten sogar die eigenen Brüder nicht genau, wie viele Geschwister in den engen dunklen Zimmern herumkrabbelten. Der Vater von Tonio hatte seiner Mutter mit der Faust ins Gesicht geboxt, er war Schmied und besaß anstatt normaler Hände zwei riesige Pranken, so groß wie Kehrschaufeln. Auch Tonio hatte sie schon oft zu spüren bekommen. Doch diesmal hatte er es übertrieben. Die Zähne hatte er ihr durch einen Kinnhaken zusammengeschlagen, sie steckten ineinander, so fest war der Schlag gewesen, sie hatte sie nicht mehr auseinanderbekommen und war gestorben, noch bevor der Doktor kam. Der Vater saß jetzt in Palermo im Ucciardone-Gefängnis, und Tonio und seine Schwestern wohnten bei seinem Onkel, zum Glück nur ein paar Straßen weiter. Richtig was anfangen konnte man mit ihm aber im Moment nicht, er saß immer nur so rum. Nico hatte Mitleid mit ihm. Nicht auszudenken, wenn das jemand seiner Mutter antun würde! Er hatte Tonio seinen besten Holzkreisel von früher geschenkt und ließ ihn erst mal in Ruhe. Wenn man traurig war, brauchte man als Mann seine Ruhe. Frauen dagegen wollten immer reden. Seine Mutter auch, die erzählte ihm dann von Papa. Manchmal gelang es ihm, sie mit einer Frage zum Lachen zu bringen. Aber wenn sie zu sehr lachte, konnte es passieren, dass sie gleich wieder weinte ... Bei Frauen wusste man nie, woran man war. Die fühlten einfach zu viel.

Nico pfiff ein Lied, während er die Straße hinunterging. Die Fenster der Häuser waren mit dunklen Stoffen verhängt, niemand wollte die morgendliche Hitze in seine Wohnung lassen. Trotzdem hörte man dahinter hohe Stimmen. Sie keiften, sie brüllten, klagten und forderten.

Die Händler fuhren mit ihren Handkarren durch die Gassen. »Wassermelonen, schon geteilt oder zum Probieren!«, rief ein zahnloser Alter. Nico lachte, wie sollte man die Wassermelone denn sonst probieren? Er grüßte die Fischer, die vor einem der kellerartigen Verkaufsräume herumsaßen, und sprang die beiden Stufen hinab. Um die abgeschabte Tischplatte standen weitere Fischer und die üblichen alten Männer. Es roch so stark nach Fisch und Schweiß, dass er einen Moment die Luft anhielt. Ein älterer Fischer begrüßte ihn: »He, Nico, heute sind die Fische schon tot, du musst sie nicht wieder lebendig machen …!« Alle lachten, er auch. Die Leute wussten, dass er Tiere liebte und an keiner Katze, an keinem Hund vorbeigehen konnte, ohne ihnen zu helfen, wenn sie irgendein Gebrechen hatten.

Er sah durch die Türöffnung nach draußen, eine Gruppe von Kindern lief Maria hinterher, einer Hausangestellten aus der Villa Camaleo. Maria war nett, man konnte sie häufig auf dem Markt, beim Fleischer oder eben hier beim Fischkaufen treffen. Weil sie so dünn und kraftlos wie ein gerupftes Huhn war, ließ sie sich ihre Einkäufe nach Hause tragen. Er sprang die Stufen wieder hoch und blinzelte in die Sonne. Die kleineren barfüßigen Jungen in ihren kurzen Hosen und den grauen Unterhemden rauften sich gerade darum, denn es war bekannt, dass man von Maria immer ein paar Lire für diese Botendienste bekam. Als ihre Augen die von Nico trafen, lächelte sie und zeigte auf die beiden Tomatenstiegen zu ihren Füßen.

»Immer der!«, rief einer der Jungs.

»Willst du den heiraten?«

»Seid wohl verlobt, he?« Die kleineren Jungen beschwerten sich lautstark, bis die Fischer sie verscheuchten. »Geht nach Hause, frühstückt erst mal was. Ihr schafft ja nicht mal die Hälfte von dem, was Nico tragen kann!«

Nico nahm die Kisten auf die linke Schulter, einen halb leeren Korb in die rechte Hand, und zog hinter Maria her. Er grinste, nicht nur Maria mochte ihn, alle mochten ihn: die Fischer, die Alten, die Kartenspieler, die Witwen in Schwarz auf dem Friedhof, selbst die kleinen Jungs, die sich jetzt geärgert hatten. Und auch Signora Caruso, die keinen Mann hatte und ihnen jetzt entgegenkam. Sie war irgendwie schon alt, aber schön, besonders ihr Mund, der immer so heruntergezogen war, auch wenn sie mal lachte. »*Che bella giornata,* nicht wahr, Signora Caruso?«, sagte er kühn.

»Ach ja, mein Schatz, da hast du recht!«, antwortete sie ihm im Vorübergehen, und ihre Lippen lachten auf ihre einzigartig traurige Art. Maria streifte ihn mit einem Seitenblick.

»Heute besonders gut gelaunt, was?«

Er zuckte mit den Achseln. Bald war er ein Mann, da würde er noch schwerere Sachen schleppen können und alle schönen Frauen grüßen. Respektvoll natürlich.

Weit war es nicht, die Villa Camaleo lag an der Via Alloro, hier gab es viele prächtige Häuser. Zwischen den Zitronenhainen standen sie, fein säuberlich durch hohe Mauer voneinander abgetrennt. Eigentlich wohnten die Reichen nur im Sommer darin. Warum nur, fragte Nico sich manchmal, die gingen doch sowieso nie ans Meer zum Schwimmen. Doch manche lebten auch das ganze Jahr über hier, denen gehörte kein Palazzo in Bellaforte oder Palermo, in dem sie sich im Winter verkriechen konnten. Gegenüber der Villenseite hatte man lange Reihen von zweistöckigen Miethäusern gebaut, mit vielen kleinen Wohnungen darin. In einer davon, der mit der schönsten Bougainvillea am Zaun, wohnte er mit seiner Mutter. Ein verrückter Stadtrat hatte sich damals gegen

Don Fattino durchgesetzt und sie genehmigt. Der Stadtrat lebte nicht mehr, aber umgebracht hätten sie ihn wegen etwas anderem, hatte seine Mutter ihm erzählt.

Nein, es war wirklich nicht weit, doch auf dem Weg dorthin kaufte Maria noch Brot, zwei kleine Melonen und im Laden vom alten Paolo ein großes Stück Bohnerwachs. Der Korb in Nicos rechter Hand wurde immer schwerer. Bevor sie die Via Alloro überqueren konnten, kam ein Lastwagen die Straße hinuntergefahren. Er hatte einen Lautsprecher auf das Dach montiert, aus dem Marschmusik erklang. Drei Männer saßen vorne im Führerhäuschen, ab und zu brach die Musik ab, und einer von ihnen brüllte ein paar Sätze durch den Trichter. Nico sah sofort, wer da im Wagen saß. Es waren die von der *Democrazia Cristiana,* die ihren neuen Bürgermeisterkandidaten anpriesen. Zum Schluss der immer gleichen Sätze riefen sie: »Das Jahr 1958 wird gut zu Ende gehen, wenn ihr Giorgio Tanno wählt!« Jetzt waren sie an ihnen vorbei, jemand schmiss ein Bündel kleiner Zettel aus dem Fenster. Wie fallende Blütenblätter segelten sie auf das Straßenpflaster, die meisten landeten verkehrt herum. Mit dem Gesicht lag Giorgio Tanno nun auf der Straße. Wer würde ihn schon aufheben? Die Bewohner der Villen? Die Mieter aus den *case popolari*? Bestimmt nicht. Maria ging vor ihm über die Straße und trat auf die Zettel, ohne sie eines Blickes zu würdigen. Mama hatte ihm nicht gesagt, welche der Parteien sie wählte. »Wahrscheinlich gar keine«, war ihre Antwort auf seine Frage gewesen.

»Aber Frauen dürfen doch jetzt wählen!« Das hatte die Signora Maestra vor ein paar Wochen in der Schule erzählt, als eine andere Wahl stattgefunden hatte und noch viel mehr Lastwagen herumfuhren, nämlich auch die der Kommunisten und der Sozialisten, die alle Zettel schmissen, sodass die Straßen von Bellaforte tagelang von einer Papierschicht bedeckt waren.

»Ob nun die oder die oder die ... Diese Verbrecher sind alle gleich, das sehe ich doch jeden Tag in der *comune!*«

Beladen mit den Einkäufen hielten sie vor dem großen Tor. Maria war gerade dabei, die kleine Tür darin zu öffnen, als wie aus dem Nichts plötzlich eine kleine dicke Frau neben ihnen auftauchte. Sie trug Schwarz, wie Mama, doch ihre Ärmel gingen wenigstens nur bis zum Ellenbogen. Bei ihr war ein Junge, vielleicht ein oder zwei Jahre jünger als Nico. Der arme Tropf hatte sich überreden lassen, bei der Hitze einen Anzug zu tragen.

»Bitte, lass mich zu ihr, sie wartet doch auf mich!«
»Die Marchesa hat es verboten. Tut mir leid, Signora Assunta!«
»Nur zwei Minuten! Durch den Hintereingang, die Herrschaften müssen davon doch nichts mitbekommen.«
»Sie schmeißt mich raus, Signora Assunta!«
»Ich muss sie sehen, es ist grausam, sie mir einfach wegzunehmen!«
»Sie ist nicht Ihre Tochter ...«, sagte Maria leise und zuckte entschuldigend mit den Achseln. Die dicke Frau schlang ihre Arme um den kleinen Jungen und zog ihn an ihren Busen, sodass er fast darin verschwand.

»Geht es ihr gut? Was macht sie?«
Der Junge starrte Nico zwischen den fleischigen Unterarmen seiner Mutter hindurch an, seine Augen waren groß und rund, man sah kaum das Weiße darin. »Wohnst du in der Villa?«
»Nee!«, lachte Nico und schlüpfte hinter Maria durch die Tür.
»Am Sonntag, komm am Sonntag wieder. Ich will sehen, was ich für sie tun kann!« Maria schloss die Tür behutsam hinter sich und wischte sich mit einer unwilligen Bewegung den Schweiß von der Stirn. Sie gingen über den Vorplatz bis zum Dienstboteneingang. Nico schwitzte in der prallen Sonne, doch die Stufen in den Keller hinab waren schön kühl, er mochte das Deckengewölbe der dunklen Küche, die er jetzt betrat.

»Ah, da seid ihr ja!« Dies war das Reich von Pupetta, der Köchin. Ein unförmiger bunter Kittel umspannte ihre kleine, fast quadratische Figur. Nico hatte sie noch nie sitzen sehen, dabei war sie wirklich schon uralt, auf ihrem Kopf lagen zumindest nur noch ein paar dünne Strähnen nebeneinander, zwischen denen die Haut hervorschimmerte. Ihre Hände waren unaufhörlich mit Schneiden, Schälen und Schnippeln beschäftigt. Oder sie nahmen ein Huhn aus, zerlegten einen Hasen, kochten Marmelade in großen Töpfen oder brieten wie in diesem Moment etwas an, was einen unglaublich köstlichen Geruch in der Küche verbreitete.

»Lange mache ich das nicht mehr mit, überall musste ich anschreiben lassen!« Marias hohe Stimme bewegte sich auf anstrengender Tonhöhe. »Beim Gemüsemann habe ich schon nichts mehr bekommen.«

»Und die da?« Pupettas Finger wies auf die Tomatenstiegen, die Nico in diesem Moment auf dem großen Tisch in der Mitte der Küche abstellte. »Die gab es bei Francesco, sehr günstig, sind schon überreif, wir können *salsa di pomodori* aus ihnen machen. Aber auch ihn habe ich auf morgen vertrösten müssen! Morgen, immer wieder morgen! Das glaubt mir längst keiner mehr!«

»Du musst es der Marchesa sagen!«

»Ach, dann habe ich wieder Schuld, dass kein Geld mehr da ist!« Marias Stimme überschlug sich in der Höhe. Doch dann flüsterte sie eine wohltuende Oktave tiefer: »Und sie? Hat sie was gegessen?«

Pupetta warf einen schnellen Seitenblick auf Nico, bevor sie antwortete. »Nein«, sagte sie dann, »vom Frühstück wieder nichts. Aber hier habe ich gebratene Hühnchenleber, ganz zart. Woll'n doch mal sehen, ob sie die auch verschmäht. Bring ihr das bitte, ich komm ja die Stufen nicht mehr so gut hoch.« Sie hielt einen kleinen Teller in der Hand.

»Das war das letzte Huhn!« Maria legte eine Hand über die

knochige Partie ihrer kaum vorhandenen Brüste. »Weiß die Marchesa davon?!«

»Das wäre demnächst sowieso an Einsamkeit gestorben, so alleine.« Pupetta spielte mit zwei gelbledernen Hühnerkrallen, die neben dem Herd lagen. »Und das Kind verhungert uns doch. Ist schon zwei Wochen hier und wird immer dünner.«

»Die standen schon wieder vor dem Tor! Langsam weiß ich nicht mehr, was ich sagen soll. Mir tut's doch auch im Herzen weh ... Hier«, Maria ließ zwei leichte Münzen in Nicos Hand fallen, »ich bringe dich nach oben.«

Nico nickte, nicht ein einziges Mal hatte er alleine hinausgehen und die Villa ein bisschen in Augenschein nehmen dürfen. Das hätte er nämlich zu gerne gemacht. Vielleicht hätte er dann endlich einmal die beiden Töchter des Marchese zu Gesicht bekommen, die sich hinter den hohen Türen in einem der vielen Zimmer im oberen Stockwerk des Haupthauses versteckten. Er kannte sie nicht näher, nur ihre Namen, Enza und Regina. Sie gingen zu den Nonnen, waren blond wie ihre Mutter und bleich wie ihr Vater, weil sie nie im Garten waren und nie am Meer. Wenn er ihnen ganz selten einmal auf der Straße begegnete, dann trugen sie formlose Kleider, so dunkel und langweilig, als hätte ihnen jemand verboten, Mädchen zu sein. Sie schauten ihn nie an.

Maria ging vor ihm die Treppe hoch, hastig stellte sie den Teller mit der kleinen, in Öl gebratenen Hühnerleber auf einem Sims ab. Kleine blutige Punkte schwammen im Öl, und es roch so gut, dass Nico das Wasser im Mund zusammenlief. Es wäre sehr dumm von dem Mädchen, das nichts essen wollte, diese Köstlichkeit stehen zu lassen!

»Schnell, nicht dass eine Katze hereinschleicht und mir das vom Teller klaut!« Maria eilte über den Hof, und schloss die kleine Tür mit einem Knall hinter ihm, kaum dass er über die Schwelle gestiegen war. Da stand er also wieder auf der Straße. Allerdings um zehn Lire reicher! Dafür bekam man zwei Granite oder ein Briochebrötchen, eine kleine Salami beim Metzger, man konnte eine Postkarte damit frankieren oder sich eine Tüte mit mindestens zehn Pfefferminzbonbons abwiegen lassen.

Also das waren ja Neuigkeiten ... Ein neues Mädchen hatten sie also dort im Seitenflügel, da, wo die Dienstboten wohnten. Es aß anscheinend nichts, seit zwei Wochen schon. Pupetta und Maria machten sich Sorgen und versuchten, es mit köstlicher Hühnerleber aufzupäppeln. Woher kam es? Anscheinend war es nicht die Tochter von der Dicken vor dem Tor. Die Tochter von Maria? Aber so mager und kümmerlich, wie die aussah, wer würde schon auf die Idee kommen, mit ihr ein Kind machen zu wollen?

Er wusste jetzt, wie das ging mit dem Kindermachen. Mario Gavassone hatte sich dazu herabgelassen, es ihm zu erklären, aber erst nach dem feierlichen Schwur, nichts zu verraten. Angeblich hatte er seinen Eltern schon öfter dabei zugeschaut. »Sie behaupten, sie würden es kaufen, aber das ist Quatsch. Das Baby wächst nämlich in der Mutter! Und weißt du, wie es da reinkommt?« Nico hatte mit den Schultern gezuckt und so getan, als ob ihn das alles nicht sonderlich interessierte. Aber Mario hatte ihm nicht geglaubt. »Sie machen es wie die Tiere. Mein Vater dreht meine Mutter um, dann springt er von hinten auf sie drauf und bewegt sich immer schneller und knurrt dabei, und sie sagt *piano piano!*«

Nico konnte das nicht glauben. Natürlich hatte er die Hunde auf der Straße schon dabei beobachtet, aber seine Mutter hatte das bestimmt nicht so mit seinem Vater gemacht, um ihn zu bekommen. Das wollte er sich einfach nicht vorstellen! Trotzdem musste er dauernd daran denken. Und wenn es doch so war? Würde sie es etwa irgendwann auch mit dem Behaarten vom Nebenzimmer auf diese Art tun? Der Behaarte stellte ihr heimlich Pralinen auf den

Schreibtisch. »Aber ich esse sie nicht!«, hatte sie ihm erzählt. Na also. Der würde sie nicht auf diese ekelhafte Weise bespringen dürfen.

Oder war das Mädchen vielleicht die Enkelin der alten Pupetta? Nein. Pupetta war vermutlich ihr Leben lang nie aus der Villa herausgekommen.

Nico trollte sich hinunter zum Strand, es war viel zu heiß, um sich weiter Gedanken darüber zu machen. Er würde schon noch herausfinden, was es mit diesem Mädchen auf sich hatte, aber jetzt wollte er sich einfach nur ins kühle Wasser stürzen, schwimmen und tauchen und dabei der knisternden Ruhe unter Wasser zuhören.

Erst in den frühen Nachmittagsstunden stand er wieder vor der Villa Camaleo. Diesmal aber nicht vor dem Tor, sondern ein Stück die Straße hinauf. Er hatte ein Seil über den dicken Ast geworfen, der an dieser Stelle über die Mauer ragte. Mit dem Seil war er der Beste, er konnte es so genau schleudern wie John Wayne in »Der schwarze Falke«, den er im Kino gesehen hatte. Er kletterte mühelos an den Knoten empor und saß kurz darauf oben auf der Brüstung. Die Blätter und Luftwurzeln des großen Ficus, der im Garten wuchs, schützten ihn sowohl vor Blicken von der Straße als auch vor denen vom Haus. Gott sei Dank gab es hier oben keine Glasscherben. Die Mauern mit scharfen Glasscherben zu spicken war eine ungerechte Waffe der Reichen. Mama sagte immer, die Reichen hätten Angst, man nehme ihnen weg, was sie besaßen. Nico konnte darüber nur lachen, er und seine Freunde kamen sowieso überall drüber und rein, wo sie wollten. Auch wenn er Viciuzzu, Turiddu und Attaviu (Tonio fiel ja nun erst mal aus) mit ihren Witzen, ihrem Gefrotzele und den frechen Schlachtrufen nicht missen wollte, im Moment war er froh, dass sie nicht bei ihm waren. Ihr Gerede und Gelärm war manchmal einfach zu viel für ihn, und man würde sie deswegen wahrscheinlich irgendwann erwischen, obwohl er noch nie einen Gärtner oder irgendeine andere Person auf dem Gelände gesehen hatte. Er liebte die Ruhe, die aus dem Garten aufstieg und sich in seinen Ohren einnistete. Es war so herrlich friedlich, nur die Grillen, die Vögel, der warme Wind in den dunkelgrünen ovalen Blättern des Ficus. Der Baum musste über hundert Jahre alt sein, Nico schätzte den Umfang seines Stammes auf fünf Meter. Aus seinen Hosentaschen brachte er vier warme Aprikosen ans Licht, die er am Morgen beim Obsthändler geschenkt bekommen hatte, und legte eine nach der anderen vor sich auf die Mauer, die an dieser Stelle so breit war, dass er bequem darauf liegen konnte. Dann streckte er sich auf dem Bauch aus. Schon oft hatte er das getan und dabei den Garten beobachtet. Er war sehr groß und ziemlich verwildert, und da niemand sich um ihn kümmerte oder wenigstens goss, hatten sich nur die Pflanzen durchsetzen können, die ohne Pflege auskamen. Zwischen Bäumen, Kaktusfeigen, spitzen Palmenwedeln und blühendem Jasmin, dem die Hitze und Trockenheit anscheinend nichts ausmachten, standen einige Frauenfiguren auf Säulen. In zahlreichen nassen Wintern war das Moos auf ihren nackten Körpern wie ein grüner Pelz gewuchert und verdeckte, obwohl inzwischen hell gebleicht und knochentrocken, leider die interessantesten Stellen.

Weiter vorne gab es einen kleinen Pavillon aus rostigen Eisenbögen und einem Dach, das wie zwei übereinandergestapelte löchrige Chinesenhüte aussah. Dahinter leuchtete die Rückseite der Villa aus gelblichem Tuffstein mit ihren schmiedeeisernen Balkonen und der großen Terrasse, die sich über den ganzen ersten Stock des Ostflügels erstreckte und auf der Nico noch nie einen Menschen gesichtet hatte. Die Mauer, die alles umschloss, war auf einer Seite schmal, doch auf der gegenüberliegenden Seite viel breiter. Sie hatte sogar kleine Fenster, denn es gab recht große Räume, Ställe und Unterstände für Wagen darin. Dort, wo früher einmal Dienstboten gewohnt hatten, lebten heute allerdings nur noch der Kutscher und das Pferd. Natürlich hatten die Behausungen keine Türen zum Garten der Familie, man konnte sie durch einen eigenen Hof links neben der Villa erreichen, in dem es noch einige Hühner- und Kaninchenställe gab.

Nico legte sein Kinn auf seine Hände. Ein mit Holzplatten abgedeckter Brunnen stand nahe an der Mauer unter dem Ficus. Getarnt durch die Luftwurzeln, baumelte das dicke Seil mit den vier Knoten bereits über dem Brunnen. Sein Weg zurück. Es war schön, in diesem grünen Zelt zu liegen, er hatte Zeit. Er hatte meistens Zeit, er nahm sie sich einfach. Irgendwann würde er sich von der Mauer hinunterlassen und sich an die Fenster anschleichen, die im rechten Seitenflügel lagen und hinter ihren kunstvoll geschmiedeten Gittern halb offen standen. Hinter einem von ihnen musste das Mädchen sein, das nichts essen wollte. Vielleicht hinter dem mit dem weißen Vorhang, der ab und an vom leichten Wind an die Gitterstäbe gedrückt wurde. Tagsüber war alles hinter den Läden dunkel, er hatte schon so manches Mal hineingeschaut.

Die Grillen sägten ungestört ihr einschläferndes Lied. Hielt man das Mädchen in der Villa etwa gefangen? War es gegen den Willen der dicken Frau da? Hatte sie es als Hausmädchen zu ihnen gegeben, und jetzt tat es ihr leid? *Sie ist nicht Ihre Tochter,* hatte Maria zu ihr gesagt. Und die Frau war stumm geblieben. Wie alt das Mädchen wohl war? Vielleicht noch kleiner als der Junge heute vor dem Tor? Vielleicht hatte man sie gegen den Willen der richtigen Eltern entführt? Dann würde er den Marchese Camaleo heimlich anzeigen. Er wusste ja, wie das ging. Man musste zu den *Carabinieri* gehen und eine anonyme Anzeige machen. Signora Gelli, die Nachbarin, machte das oft. Einmal hatte sie ihn mitgenommen, weil sie gesehen hatte, wie der Lebensmittelhändler in einen Kanister mit Olivenöl spuckte, bevor er ihn verkaufte. Sie waren losgegangen, die Kaserne lag etwas außerhalb, weit draußen an der Via San Marco. Seine Füße hatten ihm schon wehgetan, als sie den imposanten grauen Kasten endlich erreichten. In dieser Kaserne war sein Vater zwei Jahre lang *Comandante* gewesen! Das Herz hatte ihm geklopft, als sie hineingingen, doch es war nichts mehr von ihm zu finden gewesen. Kein Foto, keine Tafel, nichts. Sie hatten seinen Vater vergessen. Nachher war er wütend auf sich gewesen. Was hatte er sich denn vorgestellt? Dass dort ein großes Foto von ihm hing, wie zu Hause? Seine Mutter hatte angefangen, noch mehr Fotos rahmen zu lassen, eine ganze Heerschar von silbernen Rahmen stand mittlerweile im *salotto* auf einem halbrunden Tischchen an der Wand, während die, auf denen er selbst abgebildet war, im Flur hingen.

Er hatte Mama von der Kaserne nichts erzählt, sie wäre nur traurig geworden und hätte ihn, und vielleicht sogar Signora Gelli, ausgeschimpft.

Nico aß eine der Aprikosen, die vor ihm lagen. Sie war schon ein bisschen matschig. Mama sagte immer, er solle nicht lügen. Aber sie verlangte auch, dass er mit niemandem darüber redete, was sie ihm zu Hause erzählte. War das nicht auch eine Art zu lügen?

Er konnte Mama nicht erzählen, was er den ganzen Tag machte. Sie würde vor Angst sterben! Das hatte sie selbst gesagt. Nur weil er auf Mauern kletterte und im Meer badete. Also erfand er eben Dinge. Man musste ein hervorragendes Gedächtnis haben und schnell sein. Und sein Gesicht, besonders die Augen, gut unter Kontrolle haben, nicht zur Seite schauen, oder so. Er war ein Meister darin, auch in der Schule klappte es gut. In den letzten Tagen der Sommerferien hatte Manuele herhalten müssen. Mit dem braven Apothekersohn verbrachte er angeblich alle Nachmittage, an denen seine Mutter arbeitete. Er stellte sich vor, wie sie sich in diesem Moment eine der schwitzigen Pralinen des Behaarten in den

Mund schob. Er spuckte den Aprikosenkern mit aller Kraft nach links, sodass er auf die Straße flog, und ließ sich an der Mauer hinab, bis sich nur noch seine Hände um die obere Kante klammerten. Dann stieß er sich mit den nackten Füßen ab und landete federnd auf der Erde. Er duckte sich und huschte von einem Busch zum anderen, von einer nackten Figur zur nächsten, quer durch den Garten in Richtung Villa, bis er ungesehen an die Fensterreihe gelangte. Hinter dem ersten Fenster war es dunkel; auch als seine Augen sich daran gewöhnt hatten, sah er nur düstere Möbel und eine bis auf ein schlichtes Holzkreuz kahle Wand. Schon tauchte sein Kopf am zweiten, offen stehenden Fenster auf, er griff zwischen den Gitterstäben hindurch, zog vorsichtig den Vorhang beiseite und versuchte, in der Dunkelheit des Zimmers etwas zu erkennen.

Da war sie! Sie war ungefähr so alt wie er, und ihr Gesicht war traurig, aber wunderschön. Klein und mager saß sie auf einem schmalen Bettsofa, ein nachmittäglicher Sonnenstrahl hatte sich durch das schummrige Dunkel auf ihren Kopf verirrt und ließ ihr schwarzes Haar rötlich aufleuchten, als ob sie einen Heiligenschein trüge. Nico überlegte fieberhaft, wie er sie ansprechen sollte, ohne sie zu erschrecken. Was könnte er sich bloß ausdenken, um sie zu beeindrucken? Mädchen musste man beeindrucken! Wenn er mit Manuele vor der Apotheke seines Vaters herumlungerte, kamen sie manchmal mit ihren Schleifen im Haar die Stufen herauf. Immer zu zweit, meistens kichernd, sie absichtlich nicht beachtend. Brachte man sie mit einem Witz oder einer lustigen Grimasse zum Lachen, fühlte man sich wie ein König. Wenn Tamara Caruso an ihm vorbeiging und ihm einen guten Tag wünschte, nachdem er sie gegrüßt hatte, natürlich auch. Aber das war etwas anderes.

In der Klasse hatten sie bis jetzt leider keine Mädchen gehabt, aber das Gerücht ging um, dass es später auf dem *liceo* welche geben würde. Im selben Klassenraum, auf Bänken, dicht neben denen der Jungen! Schon allein deshalb musste er die *scuola media* durchhalten, damit er danach auf das Gymnasium konnte.

Sie sah ihn nicht. Sie starrte nur vor sich hin, bekam anscheinend nichts mit von diesem wunderbar heißen Augusttag, an dem man bereits morgens um sieben nur mit einer Badehose bekleidet in einem Innenhof sitzen und Granita löffeln konnte. Was gab es Herrlicheres?!

Nico hob den Kopf etwas weiter über den Fensterrahmen. Was konnte er dem Mädchen nur sagen? Er hätte die Aprikosen nicht dort oben auf der Mauer liegen lassen, sondern sie mitnehmen sollen. Obwohl schon etwas zerdrückt, hätte er sie damit locken können. Sie sah so verhungert aus. Warum ging sie nicht einfach in den Garten, da gab es ganz hinten einen Feigenbaum, der noch voller Früchte hing! Lilagrün und prall, manche schon leicht aufgeplatzt, ein Fest für die Wespen ... Plötzlich drehte sich ein Schlüssel, knarrte eine Tür, jemand betrat das Zimmer. Nicola duckte sich, blieb aber unter dem Fenster an der Außenwand hocken, um hören zu können, was passierte.

»Was hockst du hier immer noch herum. Komm, steh auf, hilf wenigstens in der Küche!«

Nico lauschte angestrengt. Antwortete das Mädchen? Wie klang seine Stimme? Aber sosehr er sich auch bemühte, er konnte nichts hören. Also war sie doch als Dienstmädchen ins Haus gekommen, hatte aber wahrscheinlich keine Lust, in der Küche zu helfen. Er grinste. Er hatte auch nie Lust, doch Mama verdonnerte ihn häufig dazu, den Hof zu fegen oder Wasser an der Wasserstelle drei Straßen weiter zu holen, wenn der Hahn in der Küche wieder mal nur tropfte.

»Ich hab's ja gesagt, sie will nicht!«

»Mussten wir sie denn auch unbedingt herholen?«

Oh! Nico zog den Kopf ein. Das war die Stimme des Marchese. »Ich werde ihr den Sturkopf schon noch austreiben.« Wieder sie. »Und wenn es durch Prügel sein muss!«

»Du bist erschöpft.« Der Marchese klang, als ob er selbst gleich einen Schwächeanfall erleiden würde.

»Morgen ist deine Schonzeit vorbei, schon über zwei Wochen lungerst du jetzt hier rum. So langsam kannst du mal etwas tun, wir haben dich bei Assunta immer unterstützt. Die konnten dich in den letzten beiden Jahren ja nicht alleine versorgen, und wenn ich an die ganzen Kleider denke, die du von uns bekommen hast! Diese Ausgaben!« Wieder keine Antwort von dem Mädchen. »Assunta«, »Signora Assunta« hatte Maria heute Mittag die dicke Frau in Schwarz genannt. Nico hörte Schritte, die sich durch das Zimmer bewegten. Er presste sich noch dichter an die Wand. Wäre blöd, wenn der Marchese jetzt aus dem niedrigen Fenster schauen und ihn unterhalb des Gitters entdecken würde. Doch dann entfernten die Schritte sich wieder, und eine Tür fiel zu. Nico wagte es nicht mehr, durch den Spalt der Fensterläden zu schauen, er machte sich vorsichtig auf den Rückweg zur Mauer.

Oben angekommen dachte er nach. Sie zwangen das Mädchen zur Küchenarbeit, sie hatten ihr geholfen, ihr Kleider geschenkt, sie wollten ihre Dickköpfigkeit zur Not aus ihr herausprügeln. Sie gehorchte nicht, wollte nicht einmal etwas essen. Sie und diese Signora Assunta schienen nicht gerade dankbar zu sein … Plötzlich bewegte sich etwas im Garten, er hatte es aus den Augenwinkeln gesehen, kein Tier, sondern eine kleine Gestalt, die mit dünnen Beinchen den Weg entlanglief. Jetzt verschwand sie hinter einem Busch, kam aber gleich darauf wieder zum Vorschein. Ihre dunklen Haare wehten hinter ihr her. Wie war sie aus dem Zimmer herausgekommen? Zwischen den Gitterstäben konnte sie jedenfalls nicht hindurchgeschlüpft sein, das schaffte selbst sie nicht, obwohl sie so dünn war. Jetzt war sie an der Mauer angelangt, etwa zehn Meter von ihm entfernt, und schaute nach oben. Aha, sie wollte abhauen! Nee, da kommste nicht hoch, dachte Nico, probier es bloß nicht, da ist alles voller Kaktusfeigen. Wie ein fliehendes Reh lief sie an der Mauer entlang in die andere Richtung, von ihm weg, kehrte aber schon bald zurück. Jetzt hatte sie den Brunnen erblickt, und den gigantischen Baum darüber. Sie sah zum untersten Ast und entdeckte das Seil, das unschuldig zwischen den Luftwurzeln herabhing. Aha, gut überlegt, das ist der Weg, den ich auch gerade genommen habe, um wieder auf die Mauer zu gelangen. Aber da brauchst du Übung, Mädchen, und starke Armmuskeln. Er schüttelte den Kopf, neugierig, wie sie sich anstellen würde.

Sie schaute ängstlich zum Haus, aber dort hatte man ihr Fehlen anscheinend noch nicht bemerkt. Sie hielt sich mit einer Hand an dem geschmiedeten Gestell fest, an dem früher einmal der Eimer in den Brunnen gelassen wurde und das von einer Kletterpflanze völlig überwuchert war. Mit Schwung zog sie sich daran hoch, gelangte so auf den Brunnenrand und streckte die Arme nach vorne. Sie war sogar etwas größer als er, stellte Nico fest, reichte aber dennoch nicht an das Seil heran. Tja, da musst du wohl springen!

Sie sprang auch, berührte mit den Fingern das Seil und griff zu, konnte sich aber nicht halten, sondern rutschte gleich wieder ab und landete einen Meter tiefer auf dem Boden. Wo wollte sie denn überhaupt hin, wenn sie es je schaffen sollte? Mit diesem dünnen Hemdchen, das wie ein Nachthemd aussah, und den billigen Schläppchen an den Füßen. Er musste an sich halten, um nicht zu lachen. Sie war direkt unter ihm, keine drei Meter entfernt, sah ihn aber nicht, denn sie kontrollierte ihre Hände, schaute vermutlich nach Abschürfungen. Nun kletterte sie wieder auf den Brunnen und sprang erneut, diesmal mit mehr Kraft. Wieder erreichte sie das Seil, packte zu, aber sie hing zu tief und schaffte es deswegen nicht, ihre Beine um das zu kurze Ende zu schlingen. Nach ein paar vergeblichen Versuchen, sich hochzuziehen, ließ sie es schließlich keuchend los.

Nico blieb still auf seiner Mauer, er überlegte sich, wie er ihr helfen konnte.

Sie gab nicht auf. Wieder kletterte sie hoch, diesmal probierte sie im Stand ihren Absprung aus, ging ein paarmal in die Knie, streckte die Beine, sprang ein kleines Stück in die Luft. Doch beim letzten Mal taumelte sie nach der Landung einen Schritt nach hinten. Nein, dachte Nico sofort, pass auf! Das Holz ist morsch, das sieht man doch!

Zu spät, ihr rechter Fuß war nicht auf dem steinernen Brunnenrand gelandet, sondern auf den Brettern, mit denen der Brunnen abgedeckt war. Es krachte trocken, etwas splitterte, ein kleiner Schrei, dann nur noch ein Schnaufen, als ob sie sich das Weinen unbedingt verkneifen wollte. Nico sah, dass ihr rechtes Bein gänzlich in dem Holz verschwunden war, mit dem anderen hing sie über dem Brunnenrand. Ihr Oberkörper lag seitlich, und mit den Händen stützte sie sich auf den Brettern ab, die sich unter ihrem Gewicht bogen.

»Moment! Ich helfe dir!« Schnell ließ Nico sich von der Mauer herab und eilte zu ihr.

»Wer bist du denn? Lass mich!«, fauchte sie wie eine verletzte Katze, als er sich ihr näherte. Ihr Haar breitete sich dunkel über dem Holzdeckel aus, in dem sie gefangen war.

»Aber ich will dir doch nur helfen!«

»Ich schaffe das allein!« Sie musterte ihn mit bösem Blick; in ihren braunen Augen konnte er goldene Splitter sehen, die sich dort irgendwie hineinverirrt hatten, doch ihre Hände zitterten, als sie versuchte hochzukommen.

»Ach, das zeig mir aber mal!« Nico verschränkte die Arme vor der Brust. Er sah sich mit ihren Augen, seine kurze, in diesem Garten plötzlich peinliche Kinderbadehose; seine nackten braunen

Beine, an denen leider noch kein einziges männliches Haar wuchs, seinen etwas eingelaufenen kurzärmeligen Baumwollpullover, dessen hellblauer Grund seit der kleckernden Granita heute Morgen noch einige Flecken mehr aufwies. Wenigstens hatte er die staubigen Gummilatschen auf der anderen Seite der Mauer stehen lassen.

Na gut, er sah irgendwie nicht besonders toll aus, aber was bildete die sich eigentlich ein? Nur weil er ganz offensichtlich nicht in einer Villa lebte, musste sie doch nicht seine Hilfe ablehnen! Reich war sie ja offensichtlich auch nicht. Er schaute sie weiter an und stellte verwundert fest, dass er gar nicht richtig sauer auf sie war. Sie war so anders als die Mädchen, die an ihm auf der Apothekentreppe vorbeigingen. So zart und weich, aber unendlich traurig. Ihr Haar schimmerte in dunklen Brauntönen und glänzte wie die Anrichte zu Hause im Wohnzimmer, wenn Mama sie mit Politur bearbeitet hatte.

»Gut, dass du so leicht bist, sonst wärst du längst ganz eingekracht!« Er lachte verlegen. »Tut es weh? Ist dein Bein verletzt? Komm, wir ziehen dich da raus!«

Sie schüttelte nur den Kopf.

»Bist du neu in der Villa? Hast wohl keine Lust auf die Arbeit?« Doch sie antwortete nicht.

»Kannst ruhig mit mir reden. Ich helfe manchmal Maria und Pupetta!« An ihren Augen konnte er sehen, dass auch sie die Namen kannte.

»Oder hat man dich entführt?!« Er musste an die bittende Stimme der dicken Frau vor dem Tor denken. Das Mädchen zuckte nur, wie das Pferd mit den gebrochenen Vorderbeinen, das neulich auf der Straße nach Bellaforte lag, bevor es vom Abdecker erschossen wurde.

»Da unten sind Geister im Brunnen, ganz kalt und nass. Hörst du nicht, wie sie nach dir rufen? Lass mich dir helfen, sonst werden sie dich noch ganz hineinziehen!«

Mama sagte immer, er solle aufhören, Geschichten zu erfinden, doch was blieb ihm anderes übrig, wenn dieses seltsame Mädchen ihm so gar nicht antwortete? »Du wolltest über die Mauer, das habe ich gesehen. Ich könnte dir helfen, denn ich habe Bärenkräfte!«

Sie schaute ihn an, leichte Verachtung im Blick.

»Glaubst du mir nicht?«

Immer noch hing sie mit dem Oberkörper schief auf den Brettern. O Mann, das mit den Bärenkräften hätte er nicht sagen sollen, warum gab er vor ihr an wie ein kleiner Junge? Aber er wusste die Antwort bereits, er hampelte vor ihr nur so herum, weil sie mit ihrer durchscheinenden Haut und den Goldsplitteraugen so wunderschön aussah. Er berührte sie zaghaft am Knöchel. Ihre Fesseln waren sehr dünn. Sollte sie weiter in die morschen, von der Sonne porös gewordenen Bretter einbrechen, könnte er sie wenigstens am Fußgelenk festhalten. Ihr Schweigen machte ihm Mut. Er ließ ihr Bein los, kletterte auf den Brunnenrand und stellte sich über sie. Die Spule, an der das Seil für den Eimer früher einmal befestigt gewesen war, hing dicht vor seinem Kopf. Sie war ziemlich verrostet. Dann reichte er ihr die Hand. »Ich ziehe dich raus, na los, komm schon!«

Sie schaute ihn nicht an, als sie sagte: »Schade, dass ich nicht ganz eingebrochen bin, dann hätte ich in aller Ruhe ertrinken können!«

16

Ihr Herz pochte in ihrem Hals, ihr ganzer Körper zitterte noch im Schock durch den Sturz. Er sollte endlich verschwinden! Doch wie konnte sie ihn dazu bringen? Ihre Hände flatterten unkontrolliert, erst jetzt wurde ihr bewusst, wie schwach sie vom wenigen Essen war. Wenn sie einen Tag und eine Nacht unentdeckt bliebe, weiterhin nichts aß und nichts trank, würde sie hier auf dem Brunnen vielleicht sterben. Langsam beruhigte sich ihr Herzschlag wieder, die Bretter unter ihrem Körper waren warm und irgendwie weich. Nur das eingebrochene Bein störte und die Splitter des Holzes darum. Es tat nicht weh, aber ab und zu umwehte ein kalter, feuchter Hauch von unten ihre nackte Haut. Und wenn die Geister sie nun hineinzogen in den Brunnen, wie der Junge gesagt hatte? Sollten sie doch! Sie zog das dünne Hemd weiter über ihr Bein. Warum bloß hatte sie sich nicht richtig angezogen, wie bei ihrem ersten Fluchtversuch, der dann sofort an der verschlossenen Tür gescheitert war. Sie hatte unbedingt zurück zu Lolò und Assunta laufen wollen. Nur in einem Nachthemd und Unterwäsche, das konnte ja nicht gut gehen. Der Junge guckte sie komisch an.

Sie weigerte sich, von den beiden Erwachsenen, die vor ein paar Minuten beim Verlassen der Kammer vergessen hatten, die Tür abzuschließen, als Mutter oder Vater zu denken. Diese Menschen konnten alles mit ihr anstellen, und niemand würde es kümmern.

Würden sie sie weiterhin zur Schule schicken? Sie hatte die fünfte Klasse beendet, danach konnte man drei Jahre weiter zur *scuola media* gehen, aber Pflicht war es nicht. Viele Mädchen aus ihrer Klasse hatten schon während der Schule gearbeitet, als Hilfe bei der Schneiderin oder in einer Küche als Aushilfe. In die *scuola media* würden diese Mädchen nicht mehr gehen, und es war ungewiss, ob sie selbst je dort landen würde. Vielleicht hatten sie vor, sie als Küchenhilfe für den Rest ihres Lebens mit Maria und Pupetta im Kellergewölbe einzusperren. Sie sah sich dort unten als alte Frau, die Hühner rupfte und Fische schuppte.

Sie hasst es, wenn andere glücklich sind! Assuntas Worte verstärkten sich in Stellas Ohren zu einem lauten Echo.

»Ich darf nicht glücklich sein, sie lässt es nicht zu«, murmelte sie gegen die Bretter.

»Was?«

Sie schaute hoch. Der Junge hielt sich an dem eisernen Bogen des Brunnens fest und streckte ihr noch immer die Hand hin, die sie auch jetzt nicht ergriff.

»In aller Ruhe ertrinken? Du spinnst doch! Das geht gar nicht. Ich kenn mich aus mit dem Schwimmen. Dein Körper würde automatisch um sein Leben kämpfen, glaub mir!«

»Meiner nicht!«

»Auch deiner! Was ist los? Ist es so schlimm bei denen da in der Villa?« Er hatte sich hingehockt und schaute sie mit wachen Augen an, braun und warm, nicht ganz so dunkel wie die von Lolò. Sein Mund war groß, seine Zähne auch. Er sah frech aus, bestimmt stand er in der Schule oft in der Ecke. Er hatte ein typisches Eckenstehergesicht.

»Warst du mal im Meer tauchen? Kennst du die Welt unter Wasser? Nein, bestimmt kennst du sie nicht! Denn dann würdest du dich nicht in so einen trüben Brunnen schmeißen wollen. Es ist das Schönste, was du dir vorstellen kannst! Wenn die Sonne von oben hereinfällt und die Steine und Algen und bunten Fische unter dir sind, und die Hüllen der Seeigel, mit ihren Punkten zu dir heraufleuchten ... In Grün oder Violett, manche sind auch braun oder fast rosa!« Er wedelte mit seiner freien Hand herum, um besser erklären zu können. Stella schüttelte den Kopf, sie konnte ja noch nicht mal schwimmen. Doch er nickte, als ob ihr Verneinen nicht zählte, und redete weiter: »Du würdest dich wundern, wie unterschiedlich die Farbe Grün sein kann!«

Sie musste sich ein Lächeln verkneifen. Der Satz gefiel ihr.

»Wenn du willst, bringe ich dir welche, wenn ich Maria mit den Einkäufen helfe. Sie wählt immer mich aus, weil ich der Stärkste bin. Oder ich zeig dir, wo du sie selber raufholen kannst. Ich kenne die besten Stellen! Ich bin ein richtig guter Taucher!«

Stella starrte auf die Bretter vor sich. Was für ein Angeber! Der schien sich ja überall für den Besten zu halten. »Assunta ist nicht gekommen...«, murmelte sie.

»Ha, das glaubst aber nur du!«, sagte er, gab seine unbequem aussehende Haltung auf und setzte sich neben sie auf den Brunnenrand, wobei er darauf achtete, das morsche Holz der Abdeckung nicht zu belasten.

»Was?« Sie riss den Kopf hoch.

»Assunta war da. Wenn du das meinst.« Er sprang auf den Boden vor den steinernen Rand und malte mit seinem großen Zeh Figuren in den Staub.

»Hast du sie gesehen, kennst du sie?!« Sie richtete sich so gut es ging auf. Au! Die Hüfte tat ihr weh, das Holz knackte, und weitere Splitter bohrten sich wie ein stacheliges Strumpfband in ihren Oberschenkel.

»Gleich brichst du ganz ein!«, prophezeite der Junge. »Aber das scheinst du ja zu wollen.«

»Nein, zieh mich raus, bitte! Und was ist mit Assunta? War sie wirklich da?«

»Ja, stand vor dem Tor, mit 'nem kleinen Jungen.« Er zeigte die Größe an: »So ungefähr.«

»Das war Lolò! Mein Lolò!!«

»Meinetwegen. Musste 'nen Anzug tragen, der arme Kerl.«

»Was haben sie gesagt?! Was haben sie gemacht?!«

»Sie wollten dich besuchen, aber Maria durfte sie nicht reinlassen. Die hatte echt Schiss vor der ...«

»... vor der Marchesa.«

»Ich hol dich hier raus, wenn du willst!«

»Gut, aber vorsichtig!« Sie reichte ihm die Hand.

»Ich meinte eigentlich ganz raus. Über die Mauer!«

»Erst mal muss ich was essen, damit ich wieder Kraft bekomme!«

Nico stellte sich mit den Beinen über ihren Körper. »Darf ich?« Er fasste sie unter den Achseln und versuchte, sie langsam hochzuziehen, und sie half ihm dabei, so gut sie konnte. Doch der halbe Holzdeckel hielt noch immer wie eine Manschette ihr Bein gefangen.

»Wir müssen ihn zerbrechen. Ich befürchte nur, dass du dich dabei noch mehr verletzt. Halte dich hier an der Seite an der Eisenverstrebung fest.«

Als sie das Bein endlich befreit hatten, setzten sie sich auf die Erde und begutachteten den Abdruck, den das gesplitterte Brunnenbrett auf Stellas Haut hinterlassen hatte. »Nicht so schlimm«, beruhigte sie sich selbst, dabei machten die Schürfwunden mit den kleinen Löchern, die sich langsam mit Blut füllten, ihr Angst.

Der Junge konzentrierte sich nur auf ihr Bein, tat so, als ob sie ein interessantes Objekt, aber kein Mädchen wäre.

»Das wird grün und blau, garantiert. Und du musst die Holzspreißel entfernen, die könnten sonst eitern!«

»Mache ich. Wie heißt du überhaupt?«

»Ich bin Nicola, mein Vater war der *Maresciallo,* den sie erschossen haben!« Es klang stolz. »Ich wohne gleich gegenüber, in einem der *case popolari*. Da, wo die Bougainvillea über den Zaun wächst. Alle nennen mich Nico.«

Plötzlich waren Stimmen vorne im Garten. »Na warte, die kann was erleben!«

Stella schaute Nico angsterfüllt an. »Schnell, du musst weg hier!« Aber er war schon auf den Brunnenrand gesprungen, hatte von da aus mit einem gezielten Sprung das Seil erreicht, an dem er sich in Windeseile hochzog.

»Warum konnten die Camaleos dich dieser Assunta wegnehmen? Wurdest du ihr abgekauft?«, fragte er von oben.

»Es sind die gemeinsten Leute, die ich kenne ...«, sagte Stella zu dem Ast, auf dem Nico für einen kurzen Moment saß und mit einer Hand das Seil löste. Wenn die aus der Villa sie mit jemandem reden hörten, würde ihn das verraten.

»Sie muss hier irgendwo sein! Was glaubt die eigentlich, wer sie ist!?«

»Wo soll sie denn sonst hin?« Die Stimmen kamen näher.

»Es sind meine Eltern«, flüsterte sie, doch Nico war schon nicht mehr zu sehen. Stella kletterte auf den Brunnenrand und schaute auf den dunklen Wasserspiegel tief unter ihr. Aus dem Schacht roch es nach Verwesung.

»Nein, ich habe gelogen, es sind nicht meine Eltern«, sagte sie nun wieder lauter zu der Mauer. »Ich kenne sie gar nicht. Aber wenn diese Leute mich wieder ins Haus zerren wollen, werde ich springen!«

17

Nico schaute auf den Kalender, der über seinem Bett hing. Die Jahreszahl 1958 stand in dicken schwarzen Ziffern darüber. Darunter die Kästchen mit den Wochentagen. Der 31. August war heute, er war rot. Auch noch ein Sonntag. Er kniete sich auf die gehäkelte Tagesdecke, nahm den Bleistiftstummel aus seinen zusammengepressten Lippen, strich den gestrigen Tag ab und seufzte. Mama hatte recht, es war tatsächlich der letzte Ferientag. Sie wollte, dass er sich die Knie schrubbte, dass er seine neuen Schulsachen einpackte, dass er die neue Hose und das neue Hemd rauslegte, damit er morgen einen »guten Neubeginn« in der *scuola media* hatte. Sie nahm das immer so wichtig mit dieser Schule … Er schaute auf die Uhr, die auf seinem Schreibtisch lag. Ein Kommunionsgeschenk von Papas Bruder, Onkel Francesco. *Viel zu teuer*, hatte Mama gesagt, *die wollen uns wohl beschämen*. Die Uhr hatte einen Sekundenzeiger, der war nicht beschämend, der war prima! Und die Zeit konnte man auch ganz ordentlich darauf ablesen. Gerade mal neun. Noch massig Zeit, Sachen herauszulegen, wenn Mama das unbedingt wollte. Klar, sie bestand darauf, sie konnte wirklich hartnäckig sein. Nach der Messe war sie bestimmt noch mit irgendwelchen Nachbarinnen zum Friedhof gegangen, in dieser Hitze!, obwohl da gar niemand aus ihrer Familie lag. Gut, dass sie ihn nicht gezwungen hatte, sie zu begleiten. Seit Don Bosco fühlte er sich in der Kirche nicht mehr besonders wohl, und sie akzeptierte das. Die Firmung in zwei Jahren würde er dennoch über sich ergehen lassen müssen, aber in der Zwischenzeit ließ seine Mutter ihn damit in Ruhe.

Er summte vor sich hin, ein letztes Mal Zeit, um an den Strand zu gehen, ein letzter ungestörter Vormittag, um in Ruhe zu tauchen. Vielleicht fand er ja einen ungewöhnlichen Seeigel.

Seit dem Tag, an dem er das Mädchen im Garten der Villa getroffen hatte, sammelte Nico die verlassenen Hüllen der *ricci di mare,* von denen die Stacheln abgefallen waren. Wann immer er ein besonders schönes oder großes Exemplar am Meeresboden durch das salzige Wasser erkannte, konnte er nicht widerstehen, sondern musste es einfach mit nach oben nehmen. Die Sammlung lag in einer Schachtel unter seinem Bett. Für sie. Um ihr zu zeigen, wie viele verschiedene Färbungen von Grün es gab und dass das Leben bunt war und es dumm wäre, es wegzuwerfen, indem man in einen blöden Brunnen hüpfte.

Wie es ihr wohl ging? Er hatte sie seit jenem Tag im Garten nicht mehr wiedergesehen. Vor einigen Tagen hatte ein Mann drüben auf der anderen Seite der Via Alloro auf einer langen Leiter gestanden, mit einer Maurerkelle und einem Eimer voll Zement. Meter um Meter, Stunde um Stunde, war die Leiter vorgerückt. Einmal um das ganze Grundstück herum. Der Idiot hatte dort oben Glasscherben einzementiert, die in einem weiteren Eimer an seiner Leiter hingen. Nico zog missmutig die Nase hoch, er konnte also nicht einmal mehr überprüfen, ob das Mädchen noch in seinem Zimmer saß.

Und obwohl er ständig nach der mageren Maria Ausschau hielt, hatte er auch sie nicht mehr gesehen. Anscheinend hatte er sie immer wieder verpasst. In den Kellerlöchern der Fischer war sie nicht mehr aufgetaucht, und auch in den kleinen Läden, die sich in den buckligen Häusern von Marinea hinter zugestellten Fenstern verbargen, entdeckte er sie nicht. Nicht beim Obsthändler mit den vielen Holzkisten auf der Straße, nicht beim Metzger, wo die Rindermägen zum Trocknen an der Hauswand hingen, nicht beim Schuster, der inmitten seiner Leder- und Sohlenabfälle hockte.

Keine Maria, keine Sachen zu tragen. Keine Sachen zu tragen, keine Villa. Keine Villa, kein Mädchen. Er wollte sie unbedingt wiedersehen. Er wusste immer noch nicht ihren Namen. Mist, und dann auch noch die Sommerferien zu Ende ...

Nico betrachtete seine Füße, die waren wirklich größer geworden, seine Beine länger, und auf seiner Oberlippe konnte man, wenn man gegen das Licht blickte, einen schwachen dunklen Flaum erkennen. Er war gewachsen, und er hatte viel gelernt. Er konnte endlich eine Zitrone so schälen, dass sich die Schale in einer langen Spirale herabringelte. Hatte man das geschafft, musste man »*Evviva! Ein Priester ist gestorben!*«, schreien. Selbst die Erwachsenen machten das so. Er hatte Fahrradfahren gelernt, auf dem einzigen Fahrrad, das es in Marinea gab. Es gehörte Peppino, der hatte es ihm beigebracht. Turiddu hatte ihm gezeigt, wie man mit einer Hand jonglierte, aber das klappte noch nicht so gut. Für Signora Caruso brachte er jetzt auch manchmal die Einkäufe nach Hause. Die hatte zwei kleine Kinder, die mochten ihn und kletterten immer auf ihm herum, sobald er hereinkam. Und die Signora Caruso lächelte. Sie hieß Tamara mit Vornamen. Tamara! Er sprach ihren Namen so gern aus, wenn er alleine war, und dachte an ihren traurig schönen Mund.

Von Viciuzzu, Turiddu, Tonio und Attaviu war er es, der am längsten die Luft anhalten konnte, ganze zwei Minuten war er einmal unter Wasser geblieben! Man musste seinen eigenen Körper austricksen, der unbedingt immer atmen wollte. Doch er hätte zu gerne ausprobiert, wie es war, mit einer Sauerstoffflasche auf dem Rücken zu tauchen. Wenn einer von seinen Freunden eine Gruppe von

Tauchern zwischen den Booten am Strand von Marinea oder weiter hinten an der felsigen Küste entdeckte, trommelte er die anderen zusammen, und sie liefen hin. Meistens waren es Fremde, die kein Italienisch sprachen. Ihre schwarzen Anzüge klebten wie eine Gummihaut an ihren Körpern. *Inghilis.* Engländer. Oder *'miricani,* die groß und sommersprossig waren, strahlend weiße Zähne hatten und Kaugummis verschenkten. Manchmal durften sie ihnen die schweren Sauerstoffflaschen und die sperrigen Taucherflossen schleppen. Vor zwei Tagen war Nico sogar mit drei von diesen gut genährten *'miricani* draußen auf einem Boot gewesen und hatte neidvoll beobachtet, wie sie sich schwarze Mundstücke aus Gummi in die Münder steckten, die Taucherbrillen zurechtrückten und sich dann rückwärts über den Bootsrand ins Wasser plumpsen ließen. Mal sehen, ob er sie wieder treffen würde. Er schlüpfte in seine neue Badehose, die Mama ihm aus Bellaforte mitgebracht hatte. Wenn er an die Augen des Mädchens dachte, die ihn am Brunnen in dem knappen, viel zu kleinen alten Ding gemustert hatten, trieb es ihm immer noch die Schamesröte ins Gesicht. Er streifte sich ein ausgeblichenes Polohemd über, schlüpfte in seine Gummilatschen und verließ die Wohnung. Auf der Treppe hielt er inne. Er hatte Zu Stefanú versprochen, ihm beim Wässern der Zitronenbäume zu helfen.

Zu Stefanú war gar kein richtiger Onkel, aber alle nannten ihn so. Vielleicht, weil er ganz ohne Familie in dem großen Limonenhain lebte, der oben an der Via Alloro lag, bevor die Villen anfingen. Nico schloss die Tür wieder auf und holte seine kurze Hose. Auf der Straße konnte er nicht in seiner Badehose rumlaufen, noch dazu an einem Sonntag. Er war einfach kein Kind mehr. Er ging aus dem Hof, warf einen Blick über die Straße, auf den Ast des riesigen Ficus, der wie immer über die Mauer der Villa Camaleo ragte, und ging die Via Alloro bergauf. Die Sonne brannte auf seine Kopfhaut unter den kurz geschorenen Haaren. Die Locken waren weg. Mama fand das fürchterlich. »Wie einer vom Militär siehst du aus!«, hatte sie geschimpft, als er von Rinú, dem Barbier, wiederkam. »Du bist ein Junge, kein Soldat, kein *Carabiniere!*« Egal, wie sie darüber dachte, die kurzen Haare waren beim Schwimmen auf jeden Fall praktischer.

Zu Stefanú hatte das Gelände schon sehr lange gepachtet, er baute nur die Verdelli an, die beste, köstlichste Zitronenart, die Nico und seine Freunde manchmal mitsamt der Schale aßen, so süß war sie.

Einspänner mit bunt geschmückten Pferden überholten Nico, und sogar zwei Automobile. Die Lorbeerbäume boten zwar kaum Schatten, doch er war längst nicht müde, sein Schulweg war noch dreimal länger als dieser kurze Marsch. Nach zehn Minuten hatte er den Zitronenhain erreicht. So weit er schauen konnte, erstreckten sich die Blätterkronen, bis hinten an die felsigen Ausläufer des Monte Capanone. Zu Stefanú wohnte in dem winzigen Häuschen, das er aus Wellblech und Brettern zwischen den Bäumen errichtet hatte, und er war oft allein. Das merkte man. Doch er war nett zu ihm und seinen Freunden. Sie stopften sich nicht wie Diebe die Taschen mit seinen Zitronen voll, sondern holten sich nur ab und an ein bisschen Proviant. Dafür halfen sie ihm, wenn abgesägte Äste aufeinandergeschichtet werden mussten, bevor er die Erde unter den Bäumen mit dem Pflug durchwühlte, oder wenn gegossen werden musste. So wie heute.

Die Bäume sahen verheerend aus. In den beiden letzten Monaten, im Juli und im August, hatte Zu Stefanú sie regelrecht austrocknen lassen. Die aufgebrochenen Erdschollen darunter, die jeden Baum wie einen Schutzwall umgaben, waren eine einzige festgebackene Kruste, bedeckt von Staub und Blättern. Nun war die Zeit gekommen, sie wieder zu bewässern. Zweimal, dreimal, mit einer wahren Flut von Wasser. Mit diesem Wasserschock sollten ihre fast schon verdorrten, papierartigen Blätter wieder zum Leben erweckt werden. Sie würden noch einmal Blüten treiben und ab Oktober zum zweiten Mal in diesem Jahr Früchte tragen.

Zu Stefanú begrüßte Nico in einem ehemals weißen Unterhemd, das eine dunkelgraue Färbung angenommen hatte und über seine langen Hosen hing, und in seinen groben Stiefeln. »*Ciao,* Nico! Sind noch nicht da, die anderen. Wasser auch nicht! Obwohl die von der *comune* es mir versprochen hatten ...« Er zeigte auf den breiten Hahn, der über einem Becken aus Stein hing. Knochentrocken. Hier mussten die Zinkeimer gefüllt und dann zu den einzelnen Bäumen getragen werden. Jeder Baum brauchte mindestens zehn Eimer. Eine wahre Plackerei!

»Aber ohne Wasser ...«

Zu Stefanú zuckte die Achseln. Es sei ein Risiko, hatte er Nico und seinen Freunden erklärt. Warte man zu lange mit dem Gießen, könnten die Bäume absterben. Beweise man dagegen keine Nerven und halte die Trockenphase zu kurz, bleibe das Ergebnis recht mäßig.

»Die müssen denen von der *comune* erlauben, es anzustellen, sonst sterben sie mir.« Er griff in einen der Äste, an dem die Blätter trocken wie Papier knisterten. »Siehst du? Ich kann keinen Tag länger warten!«

»Wer sind ›die‹?«

»Na die. Sie kontrollieren alles mit ihrem Wasser. Sagen, ich soll noch mehr zahlen, dabei zahle ich doch – wie jeder Mensch in Bellaforte!«

»Bei uns gibt es auch keins. Also nur selten ...«, versuchte Nico ihn zu trösten.

»Ach, mit euch aus Marinea machen sie ja auch, was sie wollen.«

Nico nickte. Das Wasser war an den meisten Stunden des Tages abgestellt. Nur morgens und mittags kam es für eine Stunde aus dem Wasserhahn, wenn man Glück hatte, manchmal auch in den Abendstunden. Ganz selten lief es die ganze Nacht. Jemand hatte wohl vergessen, es abzudrehen, und war nach Hause gegangen, stellte Nico sich dann vor. Auch in Marinea wusste niemand, wann genau es kam, also füllte man sich in der Zwischenzeit an der Wasserstelle Schüsseln und Kanister ab. Schon oft war Nico die drei Straßen weit gelaufen und hatte um Wasser angestanden. Seine Mutter hatte immer zwei große Vorratseimer unter dem Spülbecken stehen, die aufgefüllt wurden, sobald das Wasser in der Küche aus dem Hahn lief.

»Und kennst du sie?«, fragte Nico, doch er ahnte die Antwort schon.

Zu Stefanú winkte ab. »Aber ja, sie selbst und ihre Handlanger. Neulich waren sie bei mir. Wollten, dass ich noch mal für das Rohr bezahle, das mir das Wasser aus Bellaforte bringt, aber ich habe schon so viel dafür gezahlt, mehr kann ich nicht! Wer das Wasser hat, hat Macht. Ich wähle die Kommunisten, Nico. Da sind alle gleich, bei denen wird alles geteilt!« Er ging ein paar Schritte über den staubigen Boden zu der Kate, die auf einem freien Platz, umringt von Bäumen, stand. »Im Mai hätten wir die Wahl gewinnen können, wenn die Sozialisten nur so schlau gewesen wären, sich mit uns zusammenzutun ... Wir haben zweiundzwanzig Prozent errungen, Nico!«

Nico blinzelte in die Sonne. Zu Stefanú liebte seine Kommunisten wirklich, er redete dauernd von ihnen, und in der Kate hatte er seinen Parteiausweis als einzigen Wandschmuck mit einer Heftzwecke an die Bretterwand gepinnt. Den hatte er sich neulich mal anschauen dürfen.

»Hier, nimm die für deine Mutter mit. Ist 'ne gute Frau, deine Mutter. Hat es auch nicht leicht!« Er gab ihm einen geflochtenen Henkelkorb voller Zitronen. Nico bedankte sich. Sie waren dunkelgelb und ebenmäßig, ohne die kleinsten Flecken.

»Wir müssen gegen die zusammenhalten! Wir müssen uns nur trauen. Aber wenn alle immer nur weggucken, wenn keiner etwas sagt ...« Er ließ die Arme hängen. Sein langes Gesicht erinnerte Nico an ein trauriges Maultier.

»Wenn das Wasser heute Abend da ist, komme ich! Und bringe meine Freunde mit! Versprochen!«

»Ich habe Petroleumlampen in meiner Hütte, ich mache uns Licht unter den Bäumen! Das wird schön aussehen!«

Nico nickte und machte sich auf den Rückweg. Er hätte Zu Stefanú gerne geholfen, war aber auch froh, bei dieser Hitze keine schweren Eimer schleppen zu müssen. Und falls das Wasser tatsächlich kam? Wie sollte er dann seiner Mutter erklären, dass er bis spät in die Nacht gießen wollte? Darüber konnte er sich Gedanken machen, wenn es so weit war, irgendeine Geschichte würde ihm schon einfallen. Mama würde sich jedenfalls über die Zitronen freuen. Er holte zwei von ihnen aus dem Korb und warf sie im Gehen abwechselnd mit einer Hand in die Luft. Turiddu konnte das mit dreien, der würde bestimmt mal beim Zirkus landen. Er pfiff vor sich hin. Möglicherweise waren die *'miricani* heute wieder am Strand. Vielleicht durfte er eine ihrer Taucherbrillen ausprobieren, wenn er sie höflich darum bat. Pliiese! Pliiese! In der sechsten Klasse würden sie Englisch lernen, endlich mal etwas, was er gebrauchen konnte. Aber was für ein Mist ... Musste die sechste Klasse unbedingt morgen beginnen?

Sie waren tatsächlich schon da. Am Strand hantierten die großen Männer in den schwarzen Gummianzügen mit ihren Gasflaschen, Flossen und Taucherbrillen herum. Sie hatten das Boot von Franco klargemacht, der sie zu den Felsen rudern würde. Für Nico und die anderen Jungs war darin kein Platz. Sie verzogen sich auf die Mole und sprangen, schwammen und tauchten, bis die Sonne wirklich unbarmherzig vom Himmel knallte und Nicos Magen knurrte.

Zu Hause traf er seine Mutter in der Küche an, sie hatte das schwarze Sonntagskleid gegen Hauskleid und Schürze getauscht und maß ihn mit einem langen Blick.

»Habe alles schon fertig gemacht, Mama! Sogar auf Englisch habe ich mich vorbereitet! Ich freue mich auf die Schule.«

Sie lächelte und stellte zwei Teller auf den Küchentisch. »Wasch dir die Hände, dann essen wir!« Flora nahm eine Kelle, schöpfte etwas vom Kochwasser der Spaghetti ab und gab es in das Olivenöl, das in einem weiteren Topf auf dem Herd stand und in dem ein klein gehackter *peperoncino* und eine Knoblauchzehe neben den geöffneten braunen Schalen der *vongole* vor sich hin schwitzten. Es zischte. Sie schüttete die Spaghetti ab und gab die Muscheln in ihrem Sud dazu, mischte mit Schwung eine Handvoll gehackte Petersilie darunter. Fertig waren die *spaghetti alle vongole*. Nicos Lieblingsgericht, gerade richtig für diesen heißen Tag! Er aß zwei Portionen davon, während Flora schon nach einer satt war und ihm beim Essen zuschaute.

»Ich gehe gleich noch mal kurz runter zum Strand. Die 'miricani haben uns nach den besten Stellen zum Tauchen gefragt. Die zeigen wir ihnen.«

»Jetzt gleich nach dem Essen? Niemals! Eine Stunde musst du warten! Mindestens!«

»Jaja, mache ich doch.« Sein Magen war völlig in Ordnung. Welcher Spielverderber hatte sich das mit dem Essen und dem Schwimmverbot bloß ausgedacht?

»Du bist aber vorsichtig? Bist du bitte vorsichtig, Nico? Du tauchst nicht mit denen da runter!?«

»Nein, Mama!«, sagte er voller Inbrunst und wischte sich mit dem Handrücken das Öl von den Lippen. Richtiges Tauchen konnte man das ja wohl nicht nennen, was er ohne Flasche neben den 'miricani im Wasser veranstaltete ...

Nach einer Pause auf seinem Bett, die ihm endlos lang erschien und während der er die Fliegen an der Decke beobachtete, schlich er schließlich über den Flur. Seine Mutter lag mit hochgerutschtem Hauskleid auf dem *divano* und schlief. Im Schlaf war ihr Gesicht glücklich glatt, wie auf dem Hochzeitsfoto mit Papa, das über ihr hing. Aber immer noch trug sie nur Schwarz. Nico zuckte es in den Fingern, er hätte ihr gerne das Kleid ein wenig über die Knie gezogen. Aber vielleicht wachte sie davon auf und fing wieder mit ihrem Gerede über einen vollen Magen und das gefährliche Tauchen an. Sollte sie schlafen, sollte sie seine kleinen Flunkergeschichten glauben. Hauptsache, er konnte sie ab und zu zum Lachen bringen.

Er streichelte Mimmi, die Katze, die im Schatten vor der Tür lag. Seine Mutter hatte extra einen dunkelgrünen Vorhang nähen und an dem kleinen Vordach über der Tür anbringen lassen. »So wird das Holz vor der Sonne geschützt, Nico«, hatte sie erklärt. »Und wenn wir die Wohnung demnächst endlich kaufen, brauchen wir keinen neuen Anstrich.«

»Mama ist schon manchmal komisch, was, Mimmi?«, sagte er leise. »Einige Sachen sind ihr völlig egal, wie das Meer zum Beispiel, das ganze riesige Meer direkt vor ihrer Nase! Und dann wieder macht sie sich Sorgen um zu viel Sonne auf einer dummen Tür ...«

Das Tier schaute ihn mit zusammengekniffenen Augen zustimmend an. In den letzten zwei Jahren hatte Mimmi sich zu einem kräftigen Kater entwickelt. Sein hellrot getigertes Fell glänzte, sein Kopf war breit, und er schwängerte offenbar alles, was ihm in den engen Gassen vor die Füße geriet. Überall in Marinea sah man hellrot getigerte kleine Katzen.

Die Amerikaner kamen gerade zurück, Francos Boot schaukelte mit ruhigen Ruderschlägen auf ihn zu, war fast schon wieder am Strand. Was zum Teufel sollte das? Hatten diese Wahnsinnigen den alten Fischer etwa gezwungen, stundenlang in der vollen Mittagshitze im Boot auszuharren? Das sähe ihnen ähnlich. Nie konnten sie auf etwas warten, immer mussten sie alles gleich haben. Wie der da! Einer der Männer war herausgesprungen, machte ein paar Schwimmzüge und watete dann durch das hüfthohe Wasser. War ihm wohl zu heiß geworden in seinem Gummianzug. Selbst eine eng anliegende Kapuze gehörte dazu, damit ihm die Ohren unter Wasser nicht kalt wurden. Die Taucherbrille hatte er lässig auf die Stirn geschoben.

Nico setzte sich auf den Rand eines der Boote, die auf den Strand gezogen waren, keiner von den anderen Jungs durfte das, nur er. Komisch, dass seine Freunde nicht da waren, obwohl es bei denen bestimmt kein Sonntagsessen gab, das sie zu Hause festhielt. Er spielte mit einem salzverkrusteten Tau und schaute den Ausländern zu, die sich benahmen, als ob ihnen alles hier gehörte. Besonders die *'miricani,* das waren die Schlimmsten. Er hatte auf einmal genug von ihnen, wollte ihnen auch gar nicht mit ihrer Ausrüstung helfen, die sie jetzt aus dem Boot hoben, umringt von einem Pulk kleiner Jungen, die »Mista! Mista!« und »Dollar! Dollar!« riefen.

Plötzlich hörte man einen Schrei. Der Schwimmer mit dem Gummianzug und der Kapuze hüpfte im Wasser auf und ab. Hatte er sich seinen dicken rosa Fuß etwa an einem Kieselchen gestoßen? Aber nein, es schien etwas Schlimmeres zu sein, der hörte mit dem Brüllen gar nicht mehr auf. Er kam aus dem flachen Wasser gehinkt, die Taucherbrille auf dem Kopf, die Flossen in der Hand, und ließ sich jaulend, mit schmerzverzerrtem Gesicht auf den nassen Sand vor das kleine Boot fallen, auf dem Nico saß. »*My foot!*« Er zog zischend die Luft zwischen den Zähnen ein, die so riesig und weiß wie die Zuckerwürfel waren, die es in der Bar gab. Nico sprang vom Boot, klopfte sich Salz und Sand von der Badehose, kniete sich vor den Mann und nahm dessen Fuß in die Hand. War er in irgendetwas reingetreten? In einen Stachel? Vielleicht in einen Seeigel? Obwohl es die hier in Strandnähe nicht oft gab. Die Fußsohle war gelblich, vom Salzwasser etwas aufgeweicht, doch scheinbar unverletzt.

»Was ist passiert?«, fragte Nico. Die kleinen Jungs umringten ihn und plapperten alle durcheinander. »Seid ruhig!«, rief er. »Ich muss verstehen, was der *'miricano* sagt!«

»Du kannst doch gar kein Englisch!«

»Natürlich kann ich das! Ich verstehe die prima!«

Der Taucher antwortete mit nasal klingenden Wörtern und deutete dabei mit dem Zeigefinger einen Stachel an, der ihm die Fußsohle durchbohrte. Aha! Noch einmal inspizierte Nico die Unterseite des Fußes. Nichts zu sehen, kein sichtbarer Einstich. Das war typisch ... Er wusste, was hier zu tun war. Aber wo bekam er das Nötige jetzt her? Die Bar al Porto am Ende der Häuserreihe war noch bis fünf Uhr geschlossen. »Ich komme wieder!«, sagte er zu dem Mann, der immer noch jammernde Schmerzenslaute von sich gab. Mit einer Geste versuchte er, das auch den Taucherfreunden klarzumachen, die sich nun um ihn scharten. Nico überlegte, er brauchte Ammoniak und eine Schüssel. Zur Not musste er nach Hause laufen und Mama fragen, doch vielleicht hatte er Glück, und der alte Paolo saß vor seinem Laden. Zwischen den Putzmitteln, Wischmopps und Besen gab es bestimmt die eine oder andere Flasche mit Ammoniak.

»*Dutturi!* Wohin so schnell?«, wurde er von Paolo begrüßt, der tatsächlich auf einem Stühlchen im Schatten vor seinem Laden saß und für Nico bereitwillig die Tür aufschloss.

Mit einer großen blauen Plastikschüssel, in die man ein dickes Kleinkind zum Baden hätte setzen können, kehrte Nico an den Strand zurück.

»Hier reinhalten!« Er packte den Fuß des Mannes, setzte ihn

in die Flüssigkeit am Grunde der Schüssel, von der ein beißender Geruch ausging, und ließ ihn darin baden.

»*A fish!*«, sagte er. »Das war *a bad fish!*« Er klopfte mit der Hand auf den Sand: »Versteckt sich im Sand, ganz flach, und sticht, wenn man auf ihn tritt. Aber mit *ammoniaca, better!*«

Die Männer um ihn klopften ihm anerkennend auf die Schulter, auch der Verletzte hörte auf zu winseln. Seine Gesichtszüge entspannten sich, und schon bald konnte er wieder reden: »*Much better now! Are you a doctor?*«

Nico grinste. »Ich werde mal einer!« Was zum Teufel hieß das auf Englisch?

Die anderen Taucher lachten: »*Good fellow!*«

Nach zehn Minuten konnte der Fuß aus dem Ammoniakbad genommen werden. Nico goss den Inhalt in den Sand und brachte die Schüssel mit einem Dollarschein zurück zu Paolo.

»*Come here!*«, wurde er gerufen, als er zwischen den Booten zurückkehrte. Der Mann war aufgestanden und ging ihm entgegen. »*Take this!*« Er zog sich die Tauchermaske von der Stirn und gab sie ihm. Nico hielt sie ehrfürchtig in beiden Händen.

»Du meinst, ich darf sie mal aufsetzen?! Im Wasser?« Er zeigte auf das Meer, das gleißend im Sonnenlicht vor ihnen lag. Schon immer hatte er eine solche Maske ausprobieren wollen!

»*You keep it. It's yours!*« Er nahm Nicos Hände und drückte sie mitsamt der Maske fester an dessen Brust. Dann zeigte er auf seinen Fuß. »*Ammoniaca! Better!*«

Nico strahlte, Mama hätte jetzt sicher gesagt, dass man so etwas Teures und Schönes nicht annehmen sollte, aber sie war ja nicht hier. »*Thank you! For me? For me?!*« Er verbeugte sich mehrfach und lief erst ins Wasser, als der Mann lachend mit seinem Finger darauf zeigte. Als das Wasser ihm bis zu den Hüften reichte, zog er sich das dehnbare Band über den Hinterkopf und die Brille vor die

Augen. Seine Nase wurde von dem dünnen Gummi eingeschlossen, das fühlte sich komisch an. Er beugte sich vor und hielt vorsichtig sein Gesicht in die Wellen. Was für ein Anblick! Er sah den Sand, er sah seine Füße und jeden Stein, er sah die lose im Wasser schwimmenden braunen Algen, alles ganz scharf, wie durch eine Lupe! »*Grazie!*«, rief er dem Mann zu, der mit seinen Freunden und den Sauerstoffflaschen über den Strand zockelte und ihn vielleicht gar nicht mehr hörte. »*Mille Grazie!*«

Es dauerte Stunden, bis Nico an diesem Sonntagnachmittag wieder aus dem Wasser kam. Die Sonne wanderte während dieser Zeit am wolkenlosen Himmel entlang, die Bar öffnete und verkaufte 12 *cannoli*, 25 *espressi* und 38 Eistüten, ein grüner Simca aus Deutschland wurde direkt vor dem kleinen Kiosk an der Ecke aufgebrochen, aber nicht gestohlen, Signora Gavaldi ohrfeigte in aller Öffentlichkeit ihren Mann, wie so oft, wenn sie betrunken war, und Tamara Caruso schmiss ihren jungen Liebhaber raus, er war zu frech und langweilte sie.

Nico tauchte. Immer wieder. Er beobachtete die kleinen Fischschwärme, die ruckartig ihre Richtung wechselten, war mit seinen Augen direkt hinter dem kleinen Mönchsfisch, der an den Algenpolstern der Mole knabberte, glitt ganz dicht über den Meeresboden, betrachtete seine Hände und den Einfall des Lichtes. Versteckt zwischen zwei Felsen fand er ein wunderschönes Seeigelskelett, riesig groß, in schillerndem Rosaviolett und nicht das winzigste bisschen kaputt. Das hätte er sonst nie entdeckt! Hier unter Wasser war sein Reich, hier war seine stille Welt, nach der er sich immer gesehnt hatte. Er hatte nicht gewusst, dass er so glücklich sein konnte.

Es war schon nach sieben, als Flora schließlich hinunter an den Strand kam und ihn aus dem Wasser holte. Sie machte ihm keine Vorwürfe, als sie sein Gesicht sah. »Wo hast du die Maske her?«

»Ich habe einem Taucher geholfen, der hatte sich richtig schlimm den Fuß verletzt.«

»Im Meer? Siehst du, wie gefährlich das ist!«

»Nein, hinten beim *cubo,* an den Felsen, der kannte sich nicht aus, Mama. Da hat er mir die Maske geschenkt! Hier, die ist ganz toll! Willst du sie mal aufsetzen?«

»Nein, das will ich nicht. Morgen ist Schule, also geh und dusch dich schnell im Hof ab, wir haben Wasser! Also eben war es jedenfalls noch da.«

»Wir haben Wasser?! Oh, Mama, ich muss ...« Was konnte er sich für eine Ausrede ausdenken? Wo musste er hin? Vielleicht ein Geschenk für sie besorgen? Eine tolle Überraschung? Nein, was sollte das sein?

Sie gingen die Straßen entlang, es war windstill, so windstill, wie es in der Nähe des Meeres überhaupt sein konnte. Der Duft von gebratenen Sardinen und Frittiertem hing schwer in den Gassen. Immer noch überlegte Nico fieberhaft. Wie dumm von ihm, den Korb mit den Zitronen heute Mittag einfach so auf den Tisch zu stellen. Die reine Verschwendung!

»Was musst du?« Flora legte ihm den Arm um die braune Schulter.

Nico entschied sich für die Wahrheit, die Sache war einfach zu wichtig, und er hatte sein Wort gegeben: »Zu Stefanú muss heute noch unbedingt seine Bäume wässern. Ich habe ihm versprochen, dass ich komme!«

»Nico, es ist schon spät, und du hast noch nichts gegessen.«

»Er verlässt sich auf mich, auf uns! Ich hole alle meine Freunde zusammen, bitte, wir müssen ihm helfen, die Bäume vertrocknen ihm sonst. Weil sie ihm gedroht haben ...«

»Du bist doch nur ein kleiner Junge, Nico!«

»Bin ich nicht!«

»Nein, natürlich, du bist schon groß, aber trotzdem musst du dich nicht darum kümmern, ob Stefanú seine Zitronen gießt oder nicht ...«

»Wir müssen zusammenhalten, hat er gesagt! Gegen die, die uns immer das Wasser abdrehen. Denn wer das Wasser hat, hat die Macht. Und du bist eine gute Frau, das hat er auch gesagt. Und über die Zitronen in dem Korb hast du dich doch auch gefreut!«

Flora seufzte. »Na gut, aber ich begleite dich!«

»Ach, Mama! Muss das wirklich sein?«

»Keine Widerworte, sonst kannst du's vergessen!«

»Schon gut, meinetwegen.« Nico rannte in sein Zimmer, legte die Taucherbrille auf sein Bett und den Seeigel zu den anderen in die Schachtel. Mit seiner ungewöhnlichen Größe und der violettrosa Farbe war er wirklich der König von allen! Eher die Königin. Die Schönste! Wann würde es ihm gelingen, das Mädchen aus der Villa wiederzusehen, um ihr seine Sammlung zu schenken? Vielleicht wusste sie ja nichts von den Scherben auf der Mauer und stand jeden Abend am Brunnen und wartete auf ihn? Er schob die Schachtel mit einem Fuß wieder vorsichtig unter das Bett. Er musste los. Zu Stefanú und die Zitronenbäume warteten auf ihn, seine Freunde und das Wasser!

18

Nein, Stella stand nicht jeden Abend am Brunnen und wartete auf Nico. Nachdem der Marchese seine Frau zurück in die Villa geschickt hatte und Stella überreden konnte, vom Brunnenrand zu steigen, hatte sie den Garten noch nicht wieder betreten. Doch am nächsten Tag gab es tatsächlich Besuch in der Villa.

Endlich, endlich, endlich war sie da!! Schon an dem breiten Schatten erkannte Stella, wer da die Treppe hinunter in die Küche gestiegen kam. Sie ließ das Schälmesser fallen und warf sich mit einem Schrei in Assuntas Arme. Sie war wirklich da, und auch ihren Geruch hatte sie mitgebracht: süßer Schweiß, Ricotta und warme Milch.

»Mein Mädchen!« Stella wurde zwischen den weichen Armen fest zusammengedrückt und fing an zu weinen. Assunta war gekommen, um sie zu holen, sie sah sich hinausmarschieren aus der Villa, sie trug ihre schwarze Tasche und Lolòs Knöpfeschachtel und schaute sich kein einziges Mal um. Assunta murmelte ihr beruhigend ins Ohr, doch plötzlich änderte sich ihr Ton, und Stella begann auf den Sinn ihrer Worte zu achten: »Es tut mir leid, aber sie will das Haus verkaufen, Stellina, das Haus, in dem wir groß geworden sind, in dem du und Lolò aufgewachsen seid!«

Stella hörte mit dem Weinen auf und vergaß sogar, nach Lolò zu fragen.

»Mit der Hälfte des Geldes kann ich mir eine kleine Wohnung

kaufen. Aber wenn ich Lolò zur Schule schicken will, und das will ich ja, dann ..., dann reicht es eben nur zu einer sehr bescheidenen Wohnung im Armuzzi-Santi-Viertel.«

»Ja?«, war das einzige Wort, das Stella hervorbringen konnte.

Assunta hielt sie mit beiden Armen ein wenig von sich weg und schaute in ihr Gesicht: »Glaube mir, ich würde das Haus der Nonna ja niemals verkaufen. Aber deine Mutter ...«

»Meine richtige Mutter bist du, und das wirst du immer sein!«

»Ja, mein Schatz, ja, entschuldige! Und ich würde dich sofort darin aufnehmen, Stellina, wie winzig die Wohnung auch immer sein mag.« Assunta tupfte sich mit einem Taschentuch den Schweiß von der Stirn und wanderte auf und ab. »Aber Giuseppina lässt mich nicht. Und was soll ich ihr sagen? Ich bin eben nur eine Frau, die sich manchmal ein paar Lire bei der Schneiderin verdient, weil ich aus einer alten Jacke durch geschicktes Wenden eine fast neue machen kann ... Ich habe keinen Mann und kein Einkommen.« Sie schaute in einen der Töpfe, die auf dem Herd standen, und schnüffelte an den Kichererbsen, die darin aufquollen. Maria und Pupetta hatten sich diskret nach oben verzogen, um das Wiedersehen nicht zu stören. »Ach, ich wäre schon in der Lage, alleine für zwei Kinder zu sorgen ... Irgendwie würde es gehen. Wenn du nur bei mir sein könntest.« Sie wischte sich über die Augen. »Aber sie lässt dich einfach nicht weg«, flüsterte sie mit belegter Stimme.

»Es macht nichts«, sagte Stella und freute sich, wie mühelos sie die Lüge hervorbrachte. Assunta sollte sich nicht noch mehr Vorwürfe machen und sich nicht um sie sorgen. »Ich komme hier schon klar! Und wir werden uns öfter sehen, nach der Schule kann ich dich doch ab und zu besuchen kommen.«

»Ja natürlich, ich habe Giuseppina mehrmals darum gebeten, dich auf die *scuola media* zu schicken. Du bist so klug und lernst so leicht, und es wäre doch ...« Sie hielt mitten im Satz inne, als wäre ihr etwas Schreckliches in den Sinn gekommen. Auch Stella schwieg. Als ob das deine Schwester überzeugen könnte, dachte sie nur.

»Ach, mein Mädchen!« Sie hielten sich noch eine Weile umarmt, dann feuerte Stella den Herd an und kochte ihrer Tante ganz alleine einen Kaffee, den sie ihr stolz servierte. Ein paar Minuten später musste Assunta auch schon wieder gehen. Lolò war bei den Nachbarn, er hatte vor Aufregung hohes Fieber bekommen, als er hörte, dass sie Stella endlich besuchen dürften.

»Sei brav, mein Kind, und hilf Maria und Pupetta in der Küche. Und warte auf Nachrichten von mir!«, flüsterte Assunta ihr zum Abschied ins Ohr. »Ich habe noch keinen Plan, aber ich werde mir etwas ausdenken!«

»Gut. Ich warte«, sagte Stella und drängte die Tränen zurück, die so dringend hervorschießen wollten.

»Komm, die Marchesa ist außer Haus, wir machen einen Rundgang durch die Villa!«, sagte Maria an diesem Nachmittag zu Stella. Warum?, dachte Stella, ich möchte mich lieber in mein Bett verkriechen, um in Ruhe weinen zu können. Doch Maria durchkreuzte ihre Gedanken. »Lange kann ich dich nämlich nicht mehr vor ihren bösen Worten schützen. Sie ist ganz versessen darauf, dich arbeitend zu wissen. Geben wir ihr also, was sie möchte, dann verliert sie das Interesse …«

Maria nahm den großen Schlüsselbund und ging voraus. Stella folgte ihr. Vielleicht war es das Beste, was sie in diesem Haus tun konnte: sich in der Küche nützlich machen und zu essen, was sie zwischen die Zähne bekam, damit sie bei Kräften war, wenn Assunta sie mit ihrem Plan überraschte.

Als Erstes betraten sie die Bibliothek. Die Decken waren hoch, der Kronleuchter gigantisch. Stellas Gesicht fing an zu leuchten: »Ein ganzer Raum voller Bücher!«, rief sie begeistert aus.

»Na, geh mal näher ran!«, forderte Maria sie auf. Stella tat, was sie gesagt hatte, und durchschaute innerhalb von Sekunden die Täuschung. Wie eine Blinde strich sie über die Regale, die mit all den schönen Büchern direkt auf die Wände gemalt worden waren. Sie gingen durch eine Tür und kamen in den *salotto,* den Stella ja schon von ihren sonntäglichen Besuchen kannte. Endlich durfte sie durch die Tür mit den Eulen gehen, die sie als Kind immer so sehnsüchtig betrachtet hatte, und gelangte in einen weiteren Salon.

»Das ist der Grüne Salon«, sagte Maria.

»Warum heißt der so?« Die Wände waren in einem hellen Braun gestrichen, und der Raum war, abgesehen von einer riesigen Voliere, vollkommen leer.

»Ich weiß es nicht«, seufzte Maria. »In diesem Käfig soll es mal einen äußerst bissigen Papagei gegeben haben. Vielleicht war der grün.« Stella steckte einen Finger durch die Gitterstäbe und schauderte leicht. Auch der nächste Salon war bis auf ein paar mit verblichenem rotem Samt bezogene Sofas leer. Nur wenig Licht drang durch die geschlossenen Fensterläden ins Innere. An den Wänden waren seltsame Gemälde zu sehen, Ritter und Männer in langen Gewändern. An der Decke erkannte man Putten, Wolken und Papageien. Vielleicht hatte der bissige Vogel von nebenan Modell gestanden. Im vierten Salon, der sich dieser endlosen Zimmerflucht anschloss, war hingegen alles mit Möbeln zugestellt. Stella hoffte jedenfalls, dass es Möbel waren, die da still unter den grauen Laken kauerten. »Am besten, du gehst hier nicht alleine hinein!«

Stella schüttelte den Kopf. Nie im Leben! Gemeinsam traten sie auf einen Flur hinaus. »Hier ist das Studierzimmer des Marchese«, sagte Maria und wollte schon daran vorbeigehen, als Stella sie bat, es ihr zu zeigen. »Es ist manchmal abgeschlossen, aber ich habe einen Schlüssel dafür«, erklärte Maria stolz und öffnete die Tür einen Spalt. Stella sah einen breiten Schreibtisch, zahlreiche Bücher, einen alten Globus und viele Papierrollen in der Ecke gegenüber der Tür. Auf einem kleinen Tischchen stand ein Schachspiel. »Er hat es gerne ordentlich, der Herr Marchese!« Maria schloss die Tür wieder. »In diesem Zimmer dagegen liegt alles, womit er sich nicht beschäftigen mag ...« Sie ließ Stella in den nächsten, viel kleineren Raum schauen, in dem sich uraltes, bräunliches Papier stapelte und Regalbretter sich unter dicken Kontobüchern und schiefen Aktenbergen bogen. »Die Finanzabteilung«, Maria seufzte, und Stella wunderte sich, dass sie dieses komplizierte Wort überhaupt kannte.

»Dieses Zimmer ist leer«, sagte Maria, als sie an einer weiteren Tür vorbeigingen. »Und das da auch. Ich habe gar keinen Schlüssel dafür.«

Stella erschauerte. Wahrscheinlich wohnten hinter den Türen der abgeschlossenen Räume Geister.

Dann gingen sie eine Etage höher. Stella war noch nie hier oben gewesen. Vor dem Schlafzimmer des Marchese zögerte sie. Es hieß, er sei auf dem Kontinent, also im restlichen Italien außerhalb Siziliens unterwegs. Dennoch wagte sie sich nicht hinein, sondern schaute Maria nur von der Tür aus dabei zu, wie sie die Überdecke des hohen Bettes mit fast zärtlichen Bewegungen glatt strich und den mit Seide bespannten Paravent mit ein paar Handklopfern von unsichtbarem Staub befreite. Mit dem Fuß rückte sie dann schnell noch die Hausschuhe vor dem Bett zurecht. Als ob sie in ihn verliebt wäre, schoss es Stella eine Sekunde lang durch den Kopf.

Das Zimmer von Enza und Regina ließen sie aus.

»Irgendwann werden die jungen Damen die Villa einmal verlassen, dann ist dafür immer noch Zeit«, sagte Maria beiläufig, und Stella nickte erleichtert. Natürlich hatte Maria bemerkt, dass die beiden Schwestern nicht mit ihr redeten, sie war in ihren Augen gar nicht vorhanden.

»Was tun sie den ganzen Tag?«

»Im Bett liegen, das kennen sie ja von ihrer Mutter. Immer kleben sie aneinander, sie haben ja nur ein großes Bett. Regina schaut sich die Bilder der Liebesromane an, die bei den Nonnen verboten sind. Enza schnitzt kleine Figuren aus weichem Alabaster. Nicht gerade die richtige Beschäftigung für ein junges Mädchen, mit diesen Messern. Und staubig und krümelig ist es auch. Aber sie kann das wirklich ganz gut. Pralinen essen sie, und Gebäck, pfundweise ... Manchmal lernen sie natürlich auch. Regina tut sich damit ziemlich schwer, aber Enza ... Was die alles auswendig in ihrem Kopf mit sich herumträgt ...«

Stella wusste nicht, warum es plötzlich so wehtat. Zum ersten Mal wollte sie unbedingt eine von ihnen sein. Warum war sie nicht einfach die dritte Tochter? Die Kleinste, die alle liebten. Die Kleinsten wurden doch meistens geliebt und verwöhnt. Warum war das bei ihr nicht so? Was war schiefgegangen? Warum lag sie nicht zwischen ihnen im Bett, wurde mit Pralinen gefüttert, las oder schnitzte? Irgendetwas an ihr musste verabscheuungswürdig sein. Was hatte die Marchesa zu ihr gesagt? *Mich erst kaputt reißen ...?* Was hatte sie damit gemeint? Sie wusste nichts darüber, wie das mit den Kindern war. Gut, die Geschichte mit dem Storch kam ihr komisch vor, denn viele Frauen behaupteten auch, sie würden die Kinder kaufen. Seit wann konnte man bei Tieren etwas einkaufen? Assunta hatte Lolò angeblich auch gebracht bekommen. Oder hatte sie ihr nicht die Wahrheit gesagt? Ob sie Maria danach fragen konnte?

Doch die eilte schon weiter: »Die obere Etage können wir uns sparen, da steht alles leer. Und den Ostflügel haben sie uns zugesperrt, da ist vor Jahren schon die Decke runtergekommen. Die Kapelle darf man auch nicht mehr betreten. Aber das stört in diesem Haus sowieso niemanden.« Maria bekreuzigte sich seufzend, klapperte mit dem Schlüsselbund und wartete auf Stella, die sich während des Weitergehens im Kreis drehte. Die Bodenkacheln der breiten Flure hatten hübsche Muster, doch die meisten von ihnen waren gesprungen, und die Wände waren fleckig. Sie bogen um eine Ecke und trafen auf zwei Frauen, die Seite an Seite auf den Knien saßen und den Boden mit zwei Wischlappen bearbeiteten.

»Und das sind Catarina und ihre Tochter Agatina!«, erklärte Maria. »Sie sprechen mit niemandem, nur miteinander«, fügte sie etwas leiser hinzu. Stella betrachtete die beiden neugierig, die grauen Feudel schienen aus ihren aufgequollenen Händen hervorzuwachsen. Tina schielte ein wenig und war vermutlich kaum älter als Stella. Vielleicht lag das aber auch an den Schleifen in ihren kurzen Zöpfen, die sie so kindlich aussehen ließen.

»Ich dachte immer, du putzt hier.«

»Ich?!«, entrüstete sich Maria. »Nein, meine Kleine, wann soll ich das denn noch machen? Ich bin ja schon den ganzen Tag damit beschäftigt, die beiden zu kontrollieren, die Wäscherin zu überwachen, damit die nichts klaut von unserem guten Weißzeug, bei Tisch zu servieren und die verrückten Befehle der Marchesa entgegenzunehmen. Gott allein weiß, was sie tut.«

»Ich habe die beiden noch nie gesehen, dabei war ich doch jeden Sonntag hier!«

»Sonntag ist ja auch der einzige Tag, an dem sie freihaben. Von Montag bis Samstag wischen sie im Schneckentempo die Flure, machen die Betten der Familie, putzen Fenster und klopfen die Teppiche aus. Und immer murmeln sie dabei irgendwas, das niemand außer ihnen versteht ...«

Stella schaute den Flur hinab. Ihr Gefühl, das sie jeden Sonntagnachmittag beschlichen hatte, war richtig gewesen. Die Atmosphäre in der Villa war frostig, doch nun wusste sie, dass man sich nicht nur als Besucher unbehaglich fühlte, sondern auch, wenn man darin wohnte.

»Außerdem bin ich hier, um das Essen einzukaufen«, lamentierte Maria weiter und zog Stella mit sich, »*Dio,* wie ich das hasse, kein Geld in der Tasche zu haben und nicht zahlen zu können!«

»Also deswegen verkauft die Marchesa Nonnas Haus?«

»Na ja, sie werden es nötig brauchen! Nach außen hin versuchen sie, den Schein zu wahren, aber eigentlich sind sie arm. Es ist kein Geld da. Nichts! Und das erzähle ich dir nur, weil du nicht wirklich zu ihnen gehörst!«

Stella schnappte nach Luft. Obwohl sie es doch von klein auf gespürt hatte, brannte Marias letzter Satz wie ein Wespenstich.

»Sie haben kein Geld? Aber ...? Bei Assunta und Nonna liegen immer ein paar Lire in der Schublade. Wenn wir zum Beispiel das Brot bezahlen wollen, das auf der Straße verkauft wird! Oder den Jungen, der morgens immer mit seiner Kuh vor der Tür steht. Für die halbe Kanne Milch bekommt er zehn Lire. Die nehmen wir dann auch aus der Schublade, die ist nie leer.« Stella hielt kurz inne. »Also wir ... Also die war nie leer!«

»Ja, so eine Schublade fehlt hier!« Maria zuckte die Achseln. »Aber, ach, auch wenn sie das Geld von dem Haus haben, das wird ein Tropfen auf den heißen Stein sein. Ich bin jetzt über elf Jahre im Haus. Als du geboren wurdest, war ich gerade erst ein paar Monate hier. Aber glaube mir, bei allen Heiligen, da bekommt man so einiges mit!«

»Wie war das, als ich ... geboren wurde?«

Maria blieb abrupt stehen. »Du weißt nichts über die Frauensachen, nicht wahr?«

Frauensachen? Stella schüttelte den Kopf.

»Darüber spricht man eigentlich auch nicht, schon gar nicht hier auf dem Korridor. Aber eines kann ich dir sagen: Die Marchesa war danach sehr krank, wochenlang lag sie im Bett. Enza und Regina waren noch klein, und der Marchese war nicht da. Deine Großmutter und Assunta haben sie gepflegt, und weil die Marchesa sich nicht um dich kümmern konnte, haben sie dich mitgenommen.«

Stella drehte und wendete das Gehörte in ihrem Kopf. Assunta und Nonna hatten es ihr nie gesagt, aber nun war es heraus: Es war ihre, Stellas Schuld, dass die Marchesa krank geworden war. Sie hatte sie kaputt gerissen, wie immer sie das auch angestellt haben mochte, darum liebte sie sie nicht! Sie schaute Maria an, damit sie weitererzählte, doch in diesem Moment hörte man von irgendwoher eine Klingel. Das ganze Haus war mit den Klingeldrähten durchzogen, die alle unten in der Küche landeten, aber auch in den Räumen selbst zum Läuten gebracht werden konnten.

»Das kam aus dem Schlafzimmer der Mädchen!« Maria wirkte erleichtert. »Sie liegen wahrscheinlich im Bett und haben Hunger. Komm mit!«

Vor der Zimmertür bedeutete Maria ihr zu warten.

»Heiße Schokolade soll ich ihnen bringen.« Maria hielt eine dunkelbraune Emailledose in der Hand, als sie wieder herauskam. »Das Schokoladenpulver bewahrt die Marchesa eigentlich in ihrer Kommode auf, aber die Mädchen scheinen es dennoch gefunden zu haben. Guck, es ist fast leer. Und wir werden wohl kaum nach, was steht hier drauf...?, *Brukselles* geschickt werden, um eine neue zu kaufen!«, sagte Maria, während sie den Deckel öffnete und Stella an dem herrlichen Schokoladenduft schnuppern ließ. »Wenn sie mir kein Geld gibt, kann ich nicht einkaufen. Und weiter anschreiben lassen ist bald auch nicht mehr drin. Na, komm, gehen wir in die Küche und bereiten den beiden die letzte Tasse zu. Vornehm geht die Welt zugrunde.«

Die Tage nach Assuntas Besuch vergingen ohne eine Nachricht von ihr, wurden zu einer Woche, zu zwei Wochen. Obwohl sie die Villa nun ein bisschen besser kannte, verkroch sich Stella am liebsten in der Kellerküche und ging Maria und Pupetta zur Hand. Je mehr sie arbeitete, desto weniger Platz hatte der Kummer, sich in ihr auszubreiten. Sie war eine Schnecke. Nichts brachte sie dazu, sich vor dieser fremden Familie zu zeigen. Einmal gelang es ihr,

Enza und Regina durch den Türspalt in ihrem Zimmer zu beobachten. Wie Maria gesagt hatte, lagen die beiden in dem ungemachten breiten Bett, einen Teller mit Pralinen zwischen sich. »Schließ die Tür, dann mache ich mit dir die Kitzelprobe«, sagte Enza zu Regina.

»Wenn sie offen steht, ist es spannender. In St. Anna schaffe ich es auch, ohne dass es einer merkt.«

»Wenn ich es mache, nicht ...«

»Wetten?«

Enza warf sich auf Regina, die aufkreischte. Stella hörte Marias Schritte auf dem Flur und ging schnell davon. Warum war sie nur so anders? Wie gerne hätte sie zwischen ihren Schwestern gelegen, die anscheinend gerade etwas ganz besonders Lustiges miteinander teilten.

An einem Tag, es war der 31. August, vergaß Stella ihren Kummer beinahe ganz. Es war Sonntag. Dennoch kochte sie an diesem Morgen mit Pupetta Tomaten ein, die sonst schlecht geworden wären, mittags putzte sie die mit Ölfarbe gestrichenen Wände hinter dem Ofen und wusch zwischendurch das Geschirr vom Frühstück und vom Vorabend ab. Dann räumte sie gemeinsam mit Maria die Küchenschränke auf und wischte sie aus. Dabei fand sie ganz hinten zwischen den leeren Schüsseln, fettigen Staubflusen und den Überresten eines vertrockneten Geckos ein Einmachglas mit Mirabellen.

»Ja, was haben wir denn da?«, jubelte Maria, stellte das Glas wie einen Schatz auf den Tisch und öffnete es. Es hatte keinen Schimmel angesetzt und roch auch noch gut.

»Und niemand weiß davon ...« Maria blinzelte Stella zu. Die Marchesa kontrollierte abends die Speisekammer und die Kühlkammer, so nannten sie das dunkle Loch, in dem in Stroh gewickelte Eisblöcke lagen und alles frisch hielten, was leicht verderblich war.

Nicht, dass es viel zu kontrollieren gegeben hätte. Die Kammern waren fast leer. Viel leerer als Nonnas Küchenschrank und das Regal mit Tante Assuntas Einmachgläsern. Meistens gab es in der Villa etwas, was sogar bei Nonna und Tante Assunta unter Arme-Leute-Essen gefallen wäre: Kutteln mit Brot. Wie die, die im Topf in der Kühlkammer standen, von denen sie aber nichts nehmen durften, die mussten noch bis morgen reichen. Da Maria in Marinea keinen Kredit mehr beim *macellaio* bekam, war auf ihrem Teller in den vergangenen Tagen nur einmal etwas anderes als Rinderpansen gelandet. Teile vom Ochsenschwanz. Oft gab es *panelle*, bestehend aus in Fett ausgebackenem Mehl von Kichererbsen, die lange satt machten, weil sie wie Steine im Magen lagen.

»Aber Pupetta werden wir doch etwas abgeben?«

»Keine Frage!« Wieder blinzelte Maria. »Sie würde denen da oben zwar nie verraten, dass wir ihren Nachtisch aufgegessen haben, aber sicher ist sicher!«

»Die da oben«, das war Marias Ausdruck für den Rest der Familie Camaleo.

Doch Pupetta lehnte ab. »Ich brauch doch nichts, nimm du es, du musst noch wachsen!« Sie schob Stella ihren Anteil hinüber. Stella lächelte ihr zu. Die alte Pupetta war manchmal grimmig, aber im Grunde ihres Herzens eine gute Seele! Oh, was für eine Süße in ihrem Mund aufblühte, als sie die gelben Früchte zerkaute, und dieser köstlich dickflüssige Saft, den sie in langen Zügen trank! Endlich breitete sich wieder ein gesättigtes Gefühl in ihrem Inneren aus.

»Wenn wir schon beim Wachsen sind, hat dich der rote Marchese denn schon besucht?«

»Was?«

Maria lachte schrill. »Pupetta, sie weiß noch nichts davon, lass gut sein!«

»Wieso rot?«, fragte Stella verwirrt, »seine Morgenmäntel sind doch nicht rot ...?«

Stella wusste, dass der Marchese fünf seidene Morgenmäntel in unterschiedlichen Goldtönen besaß, anscheinend seine Lieblingsfarbe, denn auch die Kutsche war in ebendieser Farbe frisch gestrichen worden. Wenn er ausging, trug er allerdings einen dunklen, feinen Anzug und einen eleganten Hut.

Trotz des kärglichen Essens hatte natürlich auch die Marchesa einen Schrank voller Kleider. Sie war besessen von der Pariser Mode und blätterte sich an manchen Tagen Stunde um Stunde durch die Journale, wobei sie sich die unterschiedlichsten Modelle aussuchte. Auch Enza und Regina waren aus ihrem breiten Bett aufgescheucht worden, um die Sachen anzuprobieren, die die Schneiderin Beatrice immer wieder zu erneuten Anproben ins Haus brachte. Einmal wurde Stella hochgeschickt, um ihnen etwas zu trinken zu bringen, und konnte Enzas Schimpfen und Reginas Quengeln aus nächster Nähe miterleben.

Für neue Kleider, für seidene Morgenmäntel, für einen neuen Kutschenanstrich war also Geld da. Ja sogar ein Automobil stand neuerdings vor der Tür. Der ständig missgelaunte Kutscher Fulco, der ihnen ansonsten mit keinem Handschlag half, hatte die Fahrerlaubnis dafür bekommen. Mit seiner neuen Chauffeuruniform kam er sich nun noch wichtiger vor.

Stella leckte sich den süßen Saft aus den Mundwinkeln. Niemand würde vermuten, dass in der Villa der Familie Camaleo nicht genug Essen auf den Tisch kam.

»Sie meint etwas anderes, Kleine, das erkläre ich dir bald einmal, lass dir den Appetit nur nicht verderben!«

Am Ende des Tages lag Stella in ihrem Bett und zog sich das Laken, mit dem sie sich zugedeckt hatte, über den Kopf. Die Kammer neben der Küche war jetzt ihr Zuhause. Sie war noch kleiner als das Zimmer zum Garten, das sie zunächst bewohnt hatte, die Fenster waren ganz oben angebracht, und das Licht fiel spärlich hinein.

Doch sie hatte diese Unterkunft freiwillig gewählt: An diesen Ort kam die Marchesa noch seltener.

Sie seufzte tief, sie musste durchhalten, bis Assunta sich etwas ausgedacht hatte. Und sie würde sich etwas ausdenken. Ganz bestimmt.

Obwohl ... Zweifel regten sich in Stella und ließen sie an dem Laken kauen. Assunta war spät dran, die Zeit war verstrichen, die Sommerferien waren zu Ende gegangen, und es war keine Nachricht von ihr gekommen. Sie war noch einige Male im Garten gewesen, hatte am Brunnen gesessen, doch auch der Junge, Nicola, war nicht wieder auf der Mauer aufgetaucht. Am morgigen Tag war der erste September, die Marchesa hatte mit keinem Wort erwähnt, ob Stella weiterhin zur Schule gehen sollte. Wenn nicht noch eine gewaltige Überraschung passierte, würde sie keine Aufsätze mehr schreiben, keine Geschichten mehr lesen und keine Dreiecke mehr zeichnen. Um die Dreiecke tat es Stella besonders leid. Von der gesamten Klasse war sie es gewesen, die in Mathematik die saubersten, exaktesten Dreiecke hinbekam. Zum Ende der letzten Klasse hatte selbst die Signora Maestra angefangen, sie dafür zu loben.

Stella kam unter dem Laken hervor, jetzt wäre es eigentlich Zeit. Aber nein, das konnte er vergessen. Sie würde nicht beten. Schon seit ein paar Tagen ließ sie es ausfallen, stattdessen lauschte sie den Geräuschen der Villa. Das Gebäude hatte seinen eigenen Rhythmus, es ächzte und rumpelte, die Wasserleitungen gurgelten, und manchmal ertönte irgendwo ein lauter Knall. Auch ihren Magen hörte sie unter dem dünnen Laken knurren. In diesem Haus gehen selbst die Mäuse hungrig ins Bett, dachte sie und faltete die Hände. Als sie es bemerkte, löste sie die Finger schnell wieder. Zu wem sollte sie schon beten? Zu einem, der sie nicht einmal vor dem Schlimmsten hatte beschützen können? Hatte sie nicht jahrelang auf alles andere verzichtet? Und nur darum gebetet, dass das, nur das eine nicht geschehen möge? Und dann war es doch geschehen. Was für ein Gott war das, der das nicht verhinderte? Was für ein Leben hatte er für sie vorgesehen? Offenbar das einer Schnecke in einem Kellerloch. »Hol mich hier raus, Assunta, hol mich bitte bald!«, flüsterte sie und schlief mit einem Seufzen ein.

19

Bezahlen wird Zu Stefanú sie nicht können, dachte Flora, als sie in der einbrechenden Dunkelheit die Straße hinaufwanderten, das erwarten sie aber offenbar auch nicht. Fast war es, als wären sie zu einem Picknick unterwegs. Die Jungs lachten und liefen voraus, die Männer gingen gemäßigteren Schrittes, sie trugen Petroleumlampen und, wenn sie welche besaßen, feste Schuhe. Während Nico losgerannt war, um seinen Freunden Bescheid zu geben, hatte Flora schnell drei dicke Zucchini-Frittate in der Pfanne gebacken, die nun in Zu Stefanús geflochtenem Korb lagen und dort langsam das Wachspapier durchfetteten. Doch Nico hatte nicht nur seinen Freunden Bescheid gesagt, sondern auch den Männern, die jeden Abend vor der Bar am Hafen anzutreffen waren. Einige von ihnen waren mit Zu Stefanú über mehrere Ecken verwandt, aber auch andere waren mitgekommen. Am Ende hatten sechs von ihnen vor Flora Messinas Hoftür gestanden. Flora hatte gesehen, wie die Fensterläden sich ringsherum einen Spalt öffneten. Den Nachbarn entging nichts. Oben auf der Treppe hatte Nico ihr erklärt, wer die Männer vor ihrem Haus waren: die beiden Cousins Matteo und Nunziu, der kleinwüchsige Pumincella, der immer die Kränze zum Friedhof trug, zwei sonnenverbrannte Hilfsarbeiter, deren Namen Nico im Moment entfallen waren, und Alberto, ein kräftiger Typ, der manchmal beim Bootsbau in Scopello al Mare half. Alberto hatte ihr als

Einziger einen Moment in die Augen geschaut und das Wort ergriffen: »Signora Messina, wenn Ihr Sohn Nico uns so bittet ... Hier sind wir!«

Flora hörte das Trippeln ihrer Sohlen, sie verlängerte ihre Schritte, sogar der kleine Pumincella war sonst schneller als sie. Sie machte sich keine Sorgen um ihren Ruf, sie wusste, dass die Männer sie respektierten. Tommasos Ausstrahlung war auch neun Jahre nach seinem Tod noch zu spüren.

Bevor sie mit Nico wieder nach Hause ging, würde sie die herzhaften Frittate an die Helfer verteilen. Ihr Junge hatte ein weiches Herz, doch er würde keinesfalls die ganze Nacht helfen können. Morgen begann die neue Schule!

Sie erreichten den Zitronenhain. Das hohe schmiedeeiserne Tor zwischen den beiden Pfeilern aus Tuffstein hing etwas schief in den Angeln und stand halb offen. Zu Stefanú erwartete sie also schon. Sie schoben die Torhälfte auf und gingen hindurch, nun hörte man Wasser plätschern.

Auch hier ist es heute Abend also angekommen, dachte Nico, ausgerechnet heute, in letzter Minute, was für ein Glück für Zu Stefanús Bäume! Ob Gott doch manchmal seine Hände im Spiel hat, auch wenn einer nicht zu ihm betet? *Wir Kommunisten beten nicht,* hatte Stefanú ihm erklärt. Es war dunkel, keine der versprochenen Lampen brannte. Das Gelände war uneben, man konnte leicht stolpern, die Männer blieben stehen und zündeten ihre eigenen Petroleumlampen an.

»Zu Stefanú! Komm raus, wir sind hier, um deine Zitronen zu essen und dein Wasser zu verplempern!«, rief sein Cousin Mimmo. Alle lachten, doch niemand antwortete. Sie folgten dem Geräusch des laufenden Wassers. Als sie an das steinerne Becken mit dem breiten Wasserhahn kamen, sahen sie die Zinkeimer, ordentlich in einer Zweierreihe auf dem Boden aufgereiht. Doch das Wasser lief über den Rand des Beckens an ihnen vorbei. In einem langen Strom überschwemmte es die Erde und färbte sie dunkel, am ersten Zitronenbaum bildete es einen kleinen See.

»Bleibt stehen«, sagte Alberto und hielt die Jungen mit seinem muskelbepackten Arm zurück. »Irgendwas stimmt hier nicht!«

Jemand drehte endlich den Hahn zu, und das Plätschern verstummte. Die Männer hielten ihre Laternen hoch und gingen zwischen den Bäumen umher. Nico schaute in Richtung der Kate. Wenn, musste Zu Stefanú dort sein. Und richtig, der flackernde Schein einer Petroleumlaterne fiel jetzt auf die Wand aus Wellblech. Nico ging näher. Seitlich von der Tür lag ein großer Gegenstand auf dem Boden. Ein zusammengerollter Teppich, ein Baumstamm, ein Betonrohr ...?

»Noo!«, keuchte Alberto. *»No, Zu Stefanú! No!!«*

In Nicos Handflächen bildete sich ein Schweißfilm, den er vergeblich an seiner Hose abzuwischen versuchte. Flora war sofort bei ihm, sie umarmte ihn und zwang ihn, den Kopf abzuwenden, während sie selbst auf das leblose Bündel starrte, keine vier Meter von ihnen entfernt. Die flackernden Lampen erhellten den Platz und beleuchteten von unten die Äste der Zitronenbäume. Zweimal hatten sie auf ihn geschossen. Von hinten in den Kopf und von vorne in die Brust. Die ausgetrocknete Erde hatte das Blut gierig aufgesogen, man sah es kaum, nur auf seinem Unterhemd prangte ein rotschwarzer, handtellergroßer Fleck. Flora ließ Nicola los und ging auf den leblosen Körper zu.

»Ihn einfach im Dreck liegen lassen! Das können diese Schweine!« Flora kniete sich neben den Leichnam. »Bringt ihm etwas, eine Decke. Ich will, dass er zugedeckt wird! Er soll hier nicht so liegen müssen wie ... wie ...« Sie brach über seinem fleckigen Brustkorb zusammen und weinte, wie Nico sie noch nie hatte weinen hören. Würgend, klagend und unendlich verzweifelt. Plötzlich wusste Nico, dass sie diese Tränen für seinen Vater weinte, den sie nach seinem Tod nicht mehr hatte sehen dürfen, von dem sie am geschlossenen Sarg hatte Abschied nehmen müssen. Wahrscheinlich hatten sie ihm auch das Gesicht zerschossen. Er war es, der da vor ihr im Staub lag, in seinem eigenen Blut. Gedemütigt. Erniedrigt. Auch ihm hatten sie seine Ehre genommen. Hatten ihn im Dreck liegen lassen.

Den Hof mit den Scheunen und Ställen darum gab es immer noch am Anfang der Via Pirrone. Auch das Tor, Mama hatte es ihm gezeigt. Wann immer er daran vorbeikam, spürte er einen leichten Schauer. Hatte man ihn wirklich absichtlich dorthin geschickt, hatten seine Mörder auf ihn gewartet, oder waren es doch nur drei überraschte Diebe gewesen, die wahllos gefeuert hatten, wie es in der Akte geschrieben stand? Mama bewahrte die Papiere von Rechtsanwalt Carnevale in einer dicken grünen Mappe auf, in der er heimlich gelesen hatte. An einem dieser endlosen Winternachmittage, an denen sie nicht da war. Die Täter waren bis heute nicht gefunden und verhaftet worden. Allerdings wusste jeder, den man fragte, dass sie sich irgendwo in Palermo aufhielten. Der Kollege seines Vaters hatte die Namen der drei noch deutlich zu Protokoll geben können. Dennoch waren Zweifel an seiner Aussage aufgekommen. Irgendjemand deckte die Mörder. Ganz sicher die, die auch das Wasser kontrollierten. Die Polizei würde aus Bellaforte kommen, alles absperren, wichtigtun und den Mord aufnehmen. Dann würde nicht mehr viel passieren. Irgendjemand würde demnächst anstelle von Zu Stefanú auf dem Grundstück stehen und die Zitronen ernten. Einer, der vielleicht das Rohr ein weiteres Mal bezahlte, einer, der den einflussreichen Freunden keinen Ärger machte.

»Und ihr tut nichts!« Seine Mutter schaute von unten in die Gesichter jedes einzelnen Mannes. Die Cousins hatten ihre Mützen abgenommen. Viciuzzu war irgendwo zwischen den Zitronenbäumen verschwunden, man konnte hören, wie er sich übergab.

Turiddu und Attaviu standen weiter hinten bei den Zinkeimern und rührten sich nicht.

»Bring sie nach Hause, Nico!« Alberto zog Flora hoch, nahm sie an den Schultern und führte sie zum Tor. Nico folgte ihnen.

»Wem sollen wir etwas sagen, Signora Messina? Der Polizei? Die machen doch nichts, die stecken doch mit denen unter einer Decke. Ja, wenn Ihr Mann noch *Comandante* wäre, der hätte nach dem Mörder gesucht. Der hat nämlich nicht nach deren Regeln gespielt.«

»Darum liegt er jetzt auch in Mistretta zwischen Marmorwänden, anstatt bei mir zu sein und seinen Sohn aufwachsen zu sehen!«

Alberto nahm Floras Hand und verbeugte sich. Jetzt küsst er ihre Hand gleich, dachte Nico, doch der kräftige Mann blieb nur ein paar Sekunden in dieser Haltung stehen.

»*La mafia non esiste!*«, sagte er, als er sich wieder aufrichtete. Flora hob mit einem Ruck den Kopf. »Dass wir das immer noch sagen, besser gesagt, dass wir dieses Wort eigentlich nie freiwillig in der Öffentlichkeit aussprechen, beweist nur, wie viel Angst in uns steckt«, fuhr er fort. »Seit hundert Jahren. Nichts als Angst. Ein ganzes Volk, das Schutzgeld zahlt! Was für ein Volk sind wir? Wo ist unsere Würde?«

»Alberto!«, zischte Flora. »Hören Sie auf, so zu reden, sonst sind Sie der Nächste, der in seinem Blut liegt!«

»Irgendwann werden wir dagegen aufbegehren. Die jungen Leute werden anfangen, die werden sich diese alte Ordnung nicht mehr gefallen lassen! Glauben Sie mir!« Er klopfte Nico auf die Schulter. Flora griff nach ihrem Sohn und zog ihn an sich. »Und Ihren Mann, den *Maresciallo,* den werden wir endlich angemessen ehren!«

Flora lief mit Nico davon, sie waren schon durch das Tor geeilt, da hörten sie Alberto immer noch rufen: »Eine Marmorplatte. Für den Helden, der geopfert wurde!« Und einen Moment später:

»Leute, jemand muss jetzt die Polizei holen. Aber eins sage ich euch: Später werde ich mit euch hier diese Bäume gießen! Das sind wir Zu Stefanú schuldig!«

Nico wagte es nicht, seiner Mutter ins Gesicht zu sehen. Doch er hörte, dass sie weinte.

20

Am nächsten Morgen wartete Stella in der Halle, sie hatte sich sorgfältig angezogen, gründlich das Gesicht gewaschen, die Hände geschrubbt, die Fingernägel auf dunkle Ränder kontrolliert und die Haare zu zwei langen Zöpfen geflochten. Über ihr, in der ersten Etage, bekamen ihre Schwestern wie jeden Morgen das Frühstück von Maria ans Bett serviert, in dem sie immer noch zusammen schliefen. Stella hörte Türen gehen und murmelnde Stimmen. Sie malte sich aus, wie die Marchesa die Treppe herunterkam, sie zunächst fragend ansah und dann vielleicht sagte, mein Gott, dich habe ich ja ganz vergessen! Und weil sie hier so sauber und fertig zurechtgemacht stand, würden sie alle zusammen zur Schule fahren. Enza und Regina zu den Nonnen, wo sie die Woche über bleiben würden, sie in die normale *scuola media*. Doch niemand kam, niemand rief sie.

Ein halbe Stunde später, in der sie sich zwischen Halle, Dienstbotenflur und Zugang zur Küchentreppe herumdrückte und abwechselnd an den Enden ihrer Zöpfe kaute, sah sie, wie Regina und Enza die Eingangshalle durchquerten und das Haus verließen. Fulco stand schon vor der Tür und knickte den steifen Schild seiner Mütze nervös zwischen den breiten Händen, bereit, die Schwestern mit dem neuen Automobil zur Schule zu fahren.

Stella schlich zur Tür des Dienstboteneingangs. Sie hörte das Brummen des Motors und kurz darauf das Geräusch, als das schwere Gefährt sich auf der Straße in Bewegung setzte. Sie waren weg und hatten sie einfach alleine gelassen, niemand hatte es für nötig befunden, ihr Bescheid zu sagen. In ihrem Hals wurde es eng, und um ihre Lunge schnürte sich ein feiner unsichtbarer Draht, der ihr Herz gleich mit einwickelte. Alles tat ihr weh. Sie ging hinunter in die Küche. Assunta war zu spät, sie hätte längst ihren Plan fertig haben müssen. Aber was konnte sie schon gegen ihre Schwester ausrichten?

»Keine Schule?«, fragte Pupetta.

»Na, du siehst doch, dass sie hier ist!« Maria schnalzte mit der Zunge und zog einen Sack mit Kichererbsen über den Boden.

»Dann kannst du dich bei Maria und mir gleich ein bisschen nützlich machen.« Pupetta stellte ihr eine Schüssel mit Kapern hin, die Fulco am Tag zuvor gebracht hatte und die nach Größe sortiert werden mussten.

»Wenigstens ist sie in dieser Zeit aus der Schusslinie ...«, sagte Maria.

Alle drei schwiegen für die nächsten Minuten, und Stella fühlte sich auf einmal nicht mehr ganz so elend wie noch oben in der Halle.

Sie putzte für Pupetta oben auf dem Schrank, weil die nicht mehr auf die kleine Leiter kam, und holte Brennholz von draußen. Sie schälte Kartoffeln und schnitt Selleriestangen in dünne Scheiben. Die Stunden des Vormittags vergingen im Nu, und als nichts mehr zu tun war, nahm sie sich den Korb mit Silberbesteck vor. Sie polierte es mit Holzasche aus dem Ofen, die in einem kleinen Töpfchen vor ihr stand, bis alle vierundzwanzig Messer, zweiundzwanzig Gabeln und zwanzig Löffel wieder glänzten.

»He, *Cenerentola!* Die kleinen Löffel und das Fischbesteck kannst du morgen machen. Jetzt ruh dich erst einmal aus und iss was, es ist schon nach zwölf!«, sagte Maria und stellte einen dampfenden Teller Minestrone vor sie auf den Tisch.

»Sehe ich denn aus wie Aschenputtel?«, fragte Stella.

»Ja, denn das Aschenputtel war mit Abstand die hübscheste der drei Schwestern!«, erwiderte Maria.

»Aber das echte Aschenputtel kannst du dennoch nicht sein!«, behauptete Pupetta.

»Ich weiß, im Märchen waren es Linsen, die sie sortieren musste, nicht Kapern.«

»Auch – aber hast du im Märchen jemals von zwei so aufreizenden Signorine gehört, die mit Aschenputtel in der Küche standen?« Pupetta lupfte ihren Kittel mitsamt dem Rock darunter bis über die Knie und vollführte einen erstaunlich schnellen Hüftschwung.

»Nein!« Das Lachen platzte aus Stella heraus, es schwemmte endlich das einschnürende Gefühl aus ihrer Brust, und Maria und Pupetta fielen mit ein, sodass das Gewölbe der Küche davon widerhallte. Als Stella sich kichernd über den Teller beugte, betrat mit einem Mal die Marchesa die Küche. Das Lachen erstarb sofort, doch Stella zwang sich, den Löffel in die Suppe einzutunken. Etwas essen musste sie schließlich ab und zu, das konnte selbst die Marchesa ihr nicht verbieten.

Der Blick, der sie traf, war finster, die Falte über der Nasenwurzel der Marchesa Giuseppina di Camaleo so tief wie nie. Stella merkte, wie ihr der Atem stockte.

»Du!«, herrschte die Marchesa sie da auch schon an. »Was machst du da?«

»Sie isst, Marchesa!«

»Wenn die Mädchen am Wochenende wieder hier sind, wirst du oben im Saal mit am Tisch sitzen!«

Stella nickte stumm, denn sie konnte noch immer nicht richtig atmen. Langsam legte sie den Löffel aus der Hand. Warum? Warum wollte die Marchesa sie auf einmal am gemeinsamen Mittagstisch haben? Warum ließ diese feindselige Frau sie immer weiter in ihr Leben hinein, das sie doch von Anbeginn nicht mit ihr hatte teilen wollen? *Vergiss nicht: Sie ist nur glücklich, wenn du unglücklich bist!*, hatte Tante Assunta sie damals gewarnt. Für die Marchesa musste sie glücklich gewirkt haben, wie sie da so über ihre Suppe gebeugt saß, die Spuren des fröhlichen Gelächters noch im Gesicht. Sie war leichtsinnig gewesen, sie hätte ihr Lachen besser verstecken müssen.

Die Tage vergingen schnell. Stella kannte sich immer besser in der Küche aus und wusste, wie sie Pupetta helfen konnte. Manchmal stellte sie sich vor, Assunta eines Tages mit ihren neu erlernten Kochkünsten überraschen zu können. »Irgendwann, bald, irgendwann, bald, werden wir wieder zusammenleben, und dann koch ich für dich!«, sang sie heimlich vor sich hin.

Am Samstagmittag erinnerte Maria sie an den Befehl der Marchesa. Stella machte sich auf den Weg in den großen Salon, ihre Schritte waren winzig, vielleicht passierte ja etwas, und sie würde dort oben nicht ankommen. Aber es passierte nichts, und ihre Hand war kurze Zeit später gezwungen, die Klinke der hohen Flügeltür hinunterzudrücken.

Maria hatte für fünf Personen gedeckt. Auf der Tafel standen große, mit einem Goldrand verzierte Porzellanteller, zwei davon passten nicht zu den anderen, daneben lag das schwere Silberbesteck, das sie vom Polieren nur allzu gut kannte, und Stoffservietten in einem silbernen Ring. Das Tischtuch war an mehreren Stellen gestopft. Die Marchesa war schon da. Weil Stella nicht wusste, wohin sie schauen sollte, richtete sie ihren Blick zu der hohen Decke. Dort gab es eine aufgemalte Borte, in der kleine Vögel zwischen Wolken umherflatterten; doch in der Mitte, gleich neben dem glitzernden Kronleuchter, sah man einen großen braunen Fleck. Kabel hingen lose an der Wand hinab, und die Lichtschalter neben den Türen sahen auch aus, als ob sie jeden Moment abfallen wollten.

Enza und Regina kamen herein und begrüßten ihre Mutter mit einem Kuss auf die Wange. Ihre Haare, die den gleichen Ton hatten, vermischten sich für einen Moment zu einem einzigen Blond. Na und, na und, na und?, sagte Stella vor sich hin, ich will gar nicht eine ihrer Töchter sein.

Enza hatte sich dafür entschieden, Stella nicht zu beachten, sie setzte sich zur Rechten ihrer Mutter, die am Kopfende des Tisches saß.

Regina schaffte es nicht, Stella zu ignorieren, sie schaute zu ihr hinüber, zuckte mit den Augen und weitete die Nasenlöcher, als ob sie einen unangenehmen Geruch ausströmen würde, bevor sie links von der Mutter Platz nahm. Brachten die Nonnen ihnen das unter Nächstenliebe bei? Unter Demut? Unter Barmherzigkeit? Neben der Schwester stand noch ein Stuhl, auf dem Stella sich nun zögernd niederließ. Das fünfte Gedeck stand weit entfernt am anderen Ende des langen Tisches.

Maria brachte die Terrine und füllte die ersten Suppenteller. »Der Marchese kommt heute nicht, du kannst sein Gedeck wieder abräumen«, sagte die Marchesa und betrachtete aufmerksam ihre Hände.

Als Maria den letzten Teller vor Stella absetzte, konnte sie feststellen, dass die Suppe genauso dünn war wie die bei ihnen unten im Keller. »Die da oben« bekamen also auch nichts Besseres.

Sie nahm ihren Löffel, schaffte es aber gerade noch, ihn unauffällig wieder abzulegen. Das Tischgebet! Enza legte die Hände zusammen und fing mit klarer Stimme an zu beten. Stella wartete auf das abschließende »Segne Herr diese Speisen!«, doch es kam nicht, denn Enza dankte und dankte, mit Inbrunst und immer ausschweifenderen Sätzen. Stella lehnte sich zurück, die Sätze flossen ungehört an ihr vorbei, ihr Blick fiel auf Reginas Nacken. Ihre

Haare waren hochgesteckt, hatten sich im Laufe des Vormittags jedoch ein wenig gelöst. Unter den Strähnen entdeckte Stella rote Male, frische und schon etwas verblasste, auf der Haut. Woher kommen bloß diese Flecken?, fragte sie sich, doch dann fiel ihr etwas ein. Einmal hatte sie heimlich beobachtet, wie Enza sich in den Hals der kichernden Regina verbiss und sie erst Minuten später mit einem lauten Schmatzgeräusch wieder freiließ.

Endlich griff Enza nach ihrem Löffel und tauchte ihn in die Suppe, Stella beugte sich langsam vor und suchte auch den Hals der anderen Schwester ab. Peinlich berührt senkte sie den Blick dann wieder auf ihren Teller, ohne den hellgrünen Sellerie, den sie geschnitten hatte, und die Kartoffeln, die von ihr geschält worden waren, wahrzunehmen. Auch Enza trug mehrere Male, zugefügt durch die saugenden Küsse ihrer Schwester. Regina hatte sich gewunden, geschrien und gekichert, als Enza sie unter sich auf dem Boden festgenagelt hatte, und Stella spürte noch bei der Erinnerung, wie sich ihr Zwerchfell vor Neid zusammenzog.

Plötzlich merkte sie, wie still es um sie herum war. Sie blickte auf. Alle am Tisch starrten sie an. Sie ließ den Löffel sinken. Enza und Regina prusteten los.

»Wie ein Bauer!«, sagte die Marchesa mit schlaff herunterhängenden Mundwinkeln und schüttelte den Kopf. »Sollte meine Mutter, Gott habe sie selig, es vernachlässigt haben, euch die geringsten Kenntnisse und Manieren bei Tisch beizubringen?«

Beinahe hätte Stella genickt. Lolò und sie hatten essen dürfen, wie sie wollten. Schließlich hatte auch Assunta so gegessen, und der Babbo allemal. Die Faust wurde um Gabel oder Löffel geschlossen, der Mund nahe über den Teller gebracht, damit nichts vergeudet wurde. Ein Messer hatten sie nie benutzt. Zumindest nicht gleichzeitig mit der Gabel. Wie hatte Nonna gegessen? Stella versuchte, sich die Großmutter beim Essen ins Gedächtnis zu rufen. Ein bisschen eleganter hatte es schon ausgesehen, wenn sie Gabel oder Löffel zum Munde führte. Wie alles, was sie tat.

Die Suppenteller wurden abgeräumt, mit großer Geste tupfte die Marchesa sich den Mund an der Serviette ab. Enza und Regina machten es ihr nach. Stella überlegte, ließ ihre Serviette dann aber unberührt. Es kam ihr wie Verrat an Assunta und Babbo vor, so vornehm zu tun. Der nächste Gang wurde serviert. Die Kutteln vom vorherigen Tag waren noch einmal aufgekocht worden und schwammen in einer Soße aus Tomaten und Zwiebeln. Pupetta hatte mit Lorbeerblättern nicht gespart, Stella fand allein drei auf ihrem Teller. Sie sah, wie Enza und Regina zu Messer und Gabel griffen, und tat es ihnen nach. Wenn man das Messer rechts hielt, musste die Gabel also nach links. An ihrem verstohlenen Grinsen sah sie, wie sehr ihre Ungeschicklichkeit die beiden belustigte. Die Gabel war schwer, das Messer noch störrischer, sie konnte das Besteck einfach nicht so elegant und selbstverständlich handhaben wie die Schwestern. Deren Aufmerksamkeit verflüchtigte sich jedoch schnell: »Mama, heute hat Schwester Agata uns gezeigt, wie man Pflanzen presst!«

»Sie ist Agatas Liebling, immer darf sie alles machen, die Blätter halten, die Presse bedienen und so«, schmollte Regina. »Und abends darf sie in ihre Kammer, und dann reden sie und trinken sogar Tee.«

»Wir trinken nie Tee!« Enza funkelte Regina böse an. Stella hörte neugierig zu, sie hatte sich nie vorstellen können, wie das Leben der Schwestern in dem Klosterinternat aussah.

»Es geht nicht, es hat keinen Sinn!«, sagte die Marchesa mit leidender Stimme, als das Essen mit einem Räuspern von ihr beendet worden war. »Räum bitte mit Maria den Tisch ab!«

Stella gehorchte. War der Spießrutenlauf hiermit beendet, oder würde er morgen weitergehen?

Er ging weiter. Am folgenden Wochenende wurde Stella abermals aus ihrer sicheren Kellerküche an die lange Tafel gezerrt. Sie zitterte innerlich, sogar der Marchese würde anwesend sein. So lange, wie ein Mittagessen dauerte, hatte sie noch nie im Kreise ihrer ganzen Familie verbracht. Während jeder Satz von Enza wieder mit »Schwester Agata« begann: »Schwester Agata hat die schönste Stimme der Welt!«, »Schwester Agata hat mir ihre Haare unter der Haube gezeigt«, »Schwester Agata liebt nicht nur Pflanzen, sondern auch Tiere!«, und Regina eifersüchtig mit den Augen zwinkerte, hatte Stella Gelegenheit, ihre Eltern zu beobachten.

Wenn die Marchesa nicht gerade an ihr herumkritisierte, hörte sie Enzas Lobgesängen auf die Klosterschule und Schwester Agata mit zusammengekniffenem Mund zu. Einmal sah Stella ein Lächeln auf ihren Lippen, das ihren Mundwinkel auf einer Seite nach oben zog, schon nach wenigen Sekunden aber wieder erstarb. »Wenn mein Bartolo noch leben würde, würde er jetzt in die Grundschule kommen.«

»Aber Mama, was hat das jetzt mit Schwester Agatas ansteckendem Lachen zu tun?«

»Er war mein Sohn, er wäre so klug geworden, das habe ich in der kurzen Zeit, in der er bei mir sein durfte, schon gespürt. Man erkennt sofort, wie klug ein Kind wird ...«

Stella sah, wie Enza und Regina sich einen verstohlenen Blick zuwarfen.

»Mein Bartolo war der Schönste von euch, der Allerschönste ...« Enza ließ ihren Löffel in die Suppe fallen, in der dicke weiße Bohnen schwammen.

Der Marchese sagte nichts zu alledem. Seine Augenlider hingen noch tiefer als sonst, sein Haar, das ihm auf den Kragen fiel, sah staubig aus. Er hatte ihr zu Beginn der Mahlzeit zugenickt, aber kein Wort gesagt. Auch nicht zu seiner Frau oder seinen Töchtern. Stella mochte ihn fast dafür, doch die Gefahr, dass ihre Gefühle zu ihm stärker werden konnten, bestand zu keiner Zeit, zu sehr musste sie sich darauf konzentrieren, der Marchesa mit ihrem Benehmen nicht allzu viele Angriffspunkte zu liefern.

Vergeblich. Sie versuchte zwar, sich von ihr und den Schwestern etwas abzuschauen, und übte nachmittags, doch ihre Unsicherheit und der verächtliche Blick der Marchesa machten jeglichen Fortschritt in der Kellerküche an der Wochenend-Tafel sofort wieder zunichte.

Ausgerechnet der Kutscher Fulco brachte Stella nach drei Wochen Neuigkeiten von Assunta. An einem Vormittag kam er in die Küche, setzte sich breitbeinig auf einen der wackligen Sisalstühle und ließ sich von Maria ein Glas Wasser einschenken. Obwohl er jetzt auch Chauffeur war, teilte er sich noch immer mit dem Pferd die beiden Räume, die auf der westlichen Seite der Villa direkt in der Umfriedungsmauer lagen. Stella ekelte sich vor diesem kleinen Mann, dessen helle Augenbrauen aus dem braun gebrannten Gesicht hervorstachen. Die dichten blonden Wimpern, die seine blauen Augen einrahmten, erinnerten sie an eine weiße Ratte, die sie mal mit Babbo zusammen in einem Flohzirkus auf dem Land gesehen hatte.

Wie immer kratzte er sich auffällig in den Hosentaschen herum, während Stella vermied, die weiße Ratte anzuschauen, und weiter konzentriert Karotten schabte.

»Hier, für dich!«, sagte er plötzlich und überreichte ihr einen zusammengefalteten Zettel, dann trank er das Wasser und ging wieder hinaus.

»Den hat er bestimmt erst einmal selber gelesen!«, vermutete Maria sofort. »Der steckt seine Nase ja überall rein und bleibt immer endlos lange weg. Was der bloß so treibt, frage ich mich. Aber lass sehen, was schreibt sie?« Dass der Zettel von Assunta sein musste, stand außer Frage.

»Meine liebe Stellina«, las Stella vor, und schon wurde ihre Stimme rau. Sie räusperte sich, um weiter vorlesen zu können: »Deine Tante schreibt dir hier. Ich vertraue den Brief Fulco an, denn er ist ein guter Kerl! Er erinnert mich an unseren Nachbarn, den Piero ...« Stella schaute auf. »Was? Wieso ausgerechnet Piero ...?«

»Wer ist das?«

»Ein Nachbar, der sich immer etwas von uns auslieh und es nie freiwillig zurückgab ...«

»Na, überleg doch mal!«

»Aha!«, Stella riss die Augen auf. »Sie vertraut Fulco überhaupt nicht!«

»Schlaues Mädchen!« Maria nickte.

»Ich glaube, du wirst dein Glück unter dem Dach deiner Mutter finden. Manchmal ist es besser, wenn unsere Wünsche nicht in Erfüllung gehen, aber das erkennen wir erst später, weil Gott uns in eine andere, für uns viel bessere Richtung schicken möchte. Denk daran, wenn ich dich bald besuchen komme! Bis dahin umarme ich dich mit all meiner Liebe. Assunta.«

Stella ließ den Zettel sinken und kniff die Augen zusammen. »Was hat sie denn plötzlich mit Gott? Assunta war doch nie mehr mit in der Kirche, schon seit Lolòs Geburt nicht, hat die Nonna gesagt!«

»Vielleicht meint sie das Gegenteil von allem, was sie schreibt. Bis auf den letzten Satz natürlich!« Maria fasste sich an ihren dünnen Hühnerhals. »Sie vertraut Piero nicht, also glaubt sie auch nicht, dass du dein Glück unter diesem Dach findest ...«

»Das Glück ... Wenn unsere Wünsche nicht in Erfüllung gehen, andere Richtung, Gott ...?« Stella überlegte. Wenn es in ihrer Macht stand, zerstörte die Marchesa das Glück der anderen, sobald sie etwas davon merkte. Deswegen musste sie, Stella, die Richtung wechseln, und etwas wollen, was die Marchesa ihr auf keinen Fall gönnte.

Das war die Lösung! Sie wollte so gerne in die Schule, aber sie durfte nicht in die Schule wollen! Sie musste einen derart zufriedenen Eindruck bei Maria und Pupetta in der Küche machen, dass sich die Hexe unruhig in ihrem Bett hin und her warf, bis sie ihre Tochter am Ende auf der *scuola media* anmeldete, weil sie die angeblich so sehr hasste oder Angst davor hatte ... Ja, Angst wäre noch besser!

»Ob ich dem Kutscher eine Nachricht für Tante Assunta mitgeben kann? Damit sie sieht, dass ich verstanden habe?«

»Aber ja!«, sagte Maria. »Lass ihn nur nicht allzu oft etwas für dich tun. Er will für alles bezahlt werden, besonders jetzt, wo er so schlechte Laune hat, weil er nur noch den Karren fahren darf. Die Kutsche wird ja kaum mehr gebraucht. Und das Auto wird meistens vom Marchese selbst gefahren oder steht im Verschlag.«

Liebe Assunta, schrieb Stella auf die Rückseite des Blattes, *ja, ich werde Gott die Richtung entscheiden lassen! Ich kann es gar nicht erwarten, bis du mich besuchen kommst! Deine Stellina*

Angst! Wie es sich anfühlte, wenn man Angst hatte, wusste Stella. Um die Angst aber überzeugend spielen zu können, musste sie ganz schnell lernen, wie sie von außen aussah. Fortan beobachtete sie sich bei den Mittagessen, als sei sie eine Fremde, über die sie einen Aufsatz schreiben müsse. Sie registrierte ihre verkrampfte Haltung bei Tisch ebenso wie ihre Abneigung, jemandem dort an der Tafel offen ins Gesicht zu schauen. Sie bemerkte auch die Veränderung ihrer Stimmlage, die auf dem Weg aus der Küche, über die Treppen nach oben in den hellen Salon, bei jeder Stufe höher und kraftloser wurde.

Wenn Assunta in die Villa kam, um bei ihrer Schwester erneut darum zu bitten, ihre Nichte weiter auf die Schule zu schicken, musste Stella eine glaubwürdige Vorstellung abgeben. Dazu würde sie lügen müssen. Lügen war eine Sünde! Wenn die Nonna das wüsste, dass sie gegen eines der Gebote verstieß, nur um in die Schule gehen zu können.

Abends übte sie in ihrer Kammer. Sie ließ ihren Körper zusammenschrumpfen, zog den Kopf ein und öffnete ihr Innerstes für das Gefühl der Beklommenheit und der Panik. Bald konnte sie es so gut, dass ihre Hände sich automatisch zusammenballten und anfingen zu schwitzen, wenn sie an Assuntas Besuch dachte.

Ein paar Tage später war es so weit. Stella saß in der Küche, sortierte wieder Kapern nach ihrer Größe, kicherte über einen Scherz von Pupetta und fühlte sich wie ein unechtes Aschenputtel, als Maria ihr sagte, dass Assunta im Salon sitze. Vor Schreck warf Stella eine der Schüsseln um. »Verzeihung!« Die kleinsten Kapern rollten über den Tisch und auf den Boden.

»Ist doch nicht schlimm!« Maria bereitete in aller Ruhe den Kaffee für die Herrschaften vor und brachte ihn auf einem Tablett nach oben.

Als sie wieder herunterkam, hatte Stella schon alle Kapern aufgesammelt. Maria drückte im Vorübergehen ihre Hand: »Geh jetzt hoch. Du schaffst das. Ich helfe dir, wenn ich kann!«

Stella nickte, hielt Marias Hand fest und gab ihr einen kleinen Kuss auf die magere Wange. Pupetta bekam auch einen, ihre Stoppeln kratzten ein bisschen. Stella holte tief Luft. Der *salotto* war perfekt, die wöchentlichen Sonntagsbesuche lagen als bedrückende Erinnerung auf Abruf in ihr bereit. Angst, du hast Angst, sagte sie sich, als sie die Stufen emporging. Vor dem Neuen, Unbekannten, du willst nicht in die Schule, du willst in der Sicherheit der dunklen Küche verharren, willst bei Maria und Pupetta sein.

Und wenn die Marchesa sie nun nicht in die Schule schickte, sondern in den nächsten Jahren mit der seltsamen Catarina und deren Tochter die Villa putzen ließ? Stellas Herz klopfte schmerzhaft in ihrer ausgetrockneten Kehle, als sie die Tür zum Salon öffnete. Sie zuckte zurück. Die Lehrerin, die Signora Maestra aus der Grundschule, saß neben Assunta auf einem der zarten Stühlchen um den runden Tisch und trank ihren Kaffee aus einem winzigen Tässchen.

»Guten Tag, Stella!«

Sie machte einen Knicks. Assunta wollte zu ihr, das sah sie an ihrem Blick, doch sie blieb auf dem Stuhl sitzen, der hinter ihren breiten Schultern und Hüften völlig verschwand. Die Marchesa lächelte mit heruntergezogenen Mundwinkeln. Das schafft nur sie, dachte Stella.

»Die Signora Maestra hält es für nötig ... Also, sie war so nett, noch einmal auf deine guten Leistungen in der Schule hinzuweisen.«

Stella lächelte die Lehrerin scheu an. Keine Notwendigkeit zu schauspielern, die Erinnerung an ihre gemeinen Kommentare unter den Aufsätzen sorgten ganz automatisch dafür, dass Stellas Gesichtszüge einfroren.

»Sie schlägt vor, dich nun doch auf die *scuola media* zu schicken.« Jetzt war der Augenblick gekommen!

»Das ist sehr nett von Ihnen, Signora Maestra. Aber ...« Ängstliches Stimmchen, nicht das geringste Anzeichen von Begeisterung, richtiger Ton.

»Das wäre doch schön, Stella, das willst du doch, oder?« Assunta klang drängend, enthusiastisch.

Lügen, richtig lügen, es war zwar nicht erlaubt, aber wenn Gott sie nicht erhörte, hörte sie jetzt auch nicht auf ihn. Sie zuckte mit den Schultern und schaute auf den Boden. In diesem Moment klopfte es leise an die Tür, und Maria kam mit einer Wasserkaraffe hereingehuscht. Sie hatte bestimmt gelauscht! Stella folgte ihr mit den Augen und rieb ihre feuchten Handflächen waagerecht gegeneinander, dass es jeder sehen konnte. Maria, mein Rettungsanker, ich will hier nicht raus, ich will nicht an einem Pult sitzen, und wieder von so einer wie der Maestra gedemütigt werden.

»… aber ich bleibe lieber hier. Ich kann doch bei Maria und Pupetta auch viel lernen …« Wieder ein Blick zu Maria, die sich jetzt an den Vorhängen zu schaffen machte.

»Wer sind Maria und Pupetta!?«

»Zwei unserer Bediensteten …« Die Marchesa hatte auf diese Art von Gesprächen rein gar keine Lust, das konnten alle hören, und auch, was sie eigentlich damit sagen wollte: Na also, was für eine dumme Idee, Maestra. Sehen Sie, sie will ja gar nicht.

»Ach! Aber nein, Kind, die Schule ist doch viel wichtiger …« Die Maestra begann aufzuzählen, was alles so überaus wichtig war, aber niemand hörte ihr zu. Assunta wiegte nur den Kopf, das Fleisch unter ihrem Kinn wurde sanft durchgeschüttelt.

Oje, dachte Stella, sie spielt ihre Enttäuschung über mich wirklich schlecht, aber die Marchesa scheint es nicht zu merken. Denn sie denkt sich schon wieder etwas für ihre dritte Tochter aus, diese kleine dünne Magd, dieses Wesen, das sie hasst. Es muss das Gegenteil von dem sein, was diese Tochter möchte, was ihre Schwester möchte. Hoffentlich! Stella presste die Lippen zusammen, doch zuvor sah man einen winzigen Augenblick das Lächeln darauf.

21

»Ich bezahle das später! Versprochen!« Nico nahm die Päckchen in Empfang. Vier Mullbinden, Alkohollösung und die dicke Leukoplastrolle. Das würde reichen. Manueles Mutter nickte, jaja, sie kannte das schon von ihm. Wie unangenehm. Immer dieses blöde Geld. »Wie geht es Manuele bei den Patern?«

»Gut, gut, mein Junge. In Griechisch ist er der Beste! Und bei dir? Schon so früh Schule aus heute?«

»Ich bin nirgendwo der Beste.« Nico grinste. Wenn er hier schon anschreiben ließ, musste er die gute Signora wenigstens erheitern.

»Ach doch! Du hast doch keine Probleme? Vielleicht setzt ihr euch mal zusammen, wenn er am Wochenende hier ist ...«

»Keine Sorge, Signora, ich komme klar!« Er ging am Ladentisch vorbei, Manueles Mutter war groß, aber bald würde er sie eingeholt haben.

»*Grazie,* Signora Galioto!« Er küsste sie rechts und links auf die Wange. Mütter mochten das, besonders die, die ihren Sohn nicht jeden Tag griffbereit zum Abküssen hatten.

Der Hund saß draußen auf der Treppe und wartete auf ihn.

»Komm, du fauler Hund!« Fauler Hund, so nannte ihn der Mathematiklehrer immer. »He, ich verstehe das nicht. Seit fast zwei Jahren bin ich jetzt in der Mittelschule, seit der Sechsten kennt der mich«, sagte Nico zu dem Tier, während er sich neben ihm auf der Stufe niederließ. »Ich habe fast nie die Hausaufgaben gemacht und bin auch manchmal nicht da, aber ich kann ihm das ganze Zeug mühelos an der Tafel vorrechnen!« Er riss mit den Zähnen die Zellophanhülle von dem Mull. »Aber eine gute Note bekomme ich bei dem trotzdem nicht!«

Die Tür hinter ihm ging auf: »Nico, nicht hier auf der Treppe bitte. Es ist noch nicht eins, die Kunden kommen ja kaum an euch vorbei!«

»Oh, entschuldigen Sie, Signora!« Na gut, er haute ja schon ab. Fauler Hund kam hinter ihm hergehinkt, seine rechte Vorderpfote angezogen. Nico angelte in seiner Hosentasche nach der Pinzette, die seine Mutter neulich schon gesucht hatte. Er würde ihr demnächst eine viel bessere, schönere kaufen. Mit sicheren Bewegungen nahm er die Pfote, die der Hund ihm entgegenzustrecken schien, und zog den Splitter aus dem Ballen. Das Gewebe darum war aufgerissen und blutig.

»Ein Verband wird nicht lange halten«, sagte er zu dem Hund, »aber versuchen wir es trotzdem.« Geschickt säuberte er die Wunde, deckte sie mit Mull ab und umwickelte sie dann mit Leukoplast. Er bastelte so lange daran herum, bis der Hund einen kleinen Fausthandschuh trug. »So, morgen kommst du wieder in meine Sprechstunde, da erneuern wir ihn. Und es wird nicht im Dreck herumgegraben, hörst du?«

Fauler Hund war jung, aber dennoch nicht hübsch. Sein Körper war eine etwas zu lang geratene Rolle mit kurzen dunklen Haaren, seine Beine zu dünn, sein Kopf zu klein. Doch mit seinem Blick konnte er einiges wieder wettmachen, seine Augen waren die treuesten der Welt, und sollte sich jemand dazu herablassen, ihn zu streicheln, kniff er sie zusammen und verzog seine Schnauze, sodass es aussah, als ob er selig lachte. Nico stopfte das Verbandszeug in seine kleine Umhängetasche zu der Taucherbrille. Er wollte zum

Strand. Zu Hause lagen seine Hefte und Bücher noch genauso, wie er sie auf seinen Tisch geworfen hatte. In der *scuola media* galt es als kindisch, eine Tasche zu benutzen, alles wurde mit einem dicken Gummiband zusammengehalten und unter den Arm geklemmt.

Es war ein herrlicher Tag, heiß, aber doch klar. Der Wind hatte ihm am Morgen auf dem Weg zur Schule noch kräftig an seinen Locken gezerrt, die ihm in den vergangenen zwei Jahren nachgewachsen waren. Nun war er abgeflaut, und die Luft trug eine Menge verschiedenster Gerüche in sich. Den von Jasminblüten, von Kaffee aus der neu eröffneten Bar an der Ecke, von stinkendem Abfall aus einer Mülltonne ohne Deckel, auf deren Rand sich zwei Katzen duckten, Zigarettenrauch aus einem Fenster, Seifenlauge, die vor einer Haustür auf der Straße Blasen warf. Die unerledigten Hausaufgaben beeinträchtigten Nicos Laune für einen kurzen Moment, doch da war er schon an der Häuserzeile direkt am Strand angekommen, guckte in das Dunkle des ersten Verkaufsraumes und wurde lautstark von den Fischern begrüßt. In einer Wolke aus altem Männerschweiß und Fisch standen sie dort unten im Kühlen und hofften kurz vor Mittag noch auf Hausfrauen, bei denen es an diesem Tag Fisch geben sollte.

»Was habt ihr?« Er begutachtete die Leiber der Fische und das vielfältige Seegetier. Die roten Goldbrassen, die langen silbernen Degenfische, die Polypen, die Kraken mit ihren Saugnäpfen, die braunen Tintenfische, und ein Seeteufel mit dem typischen hässlichen Kopf war auch dabei. Die meisten von ihnen hatte er unter Wasser schon in ihrer ganzen Farbenpracht, lebendig und wendig vor seiner Taucherbrille gehabt.

»*Dutturi,* gehen wir jagen? Oder musst du zur Signora Messina zum Mittagessen?« Der Fischer Giacomo kratzte sich unter seiner filzigen Mütze und hielt ihm eine Harpune hin. Nico hob kurz den Kopf und schnalzte ablehnend mit der Zunge.

»Denk dran, ich habe dir das Schwimmen beigebracht! Jetzt

kannst du dich revanchieren, bin unter Wasser nicht so gut unterwegs wie du!«

Nico ignorierte die Waffen, er strich mit den Händen über die ausgelegte Ware. Er war schon oft im Schwarm der kleinen Brassen geschwommen, mitten unter ihnen, wie ein großer Fisch, sie hatten ihn nicht als Gefahr betrachtet, er hatte sie sogar berühren können.

»Ich weiß, wo es viele *cernie* gibt, mit denen kann man echt was verdienen. Gehen nicht in die Netze, beißen auch nicht am Haken. Muss man hiermit ...«

»Ich töte keine Fische!«

»Das hört sich an, als ob ich sie aus Spaß töten würde. Ich bin ein Mann und verdiene so mein Geld. Ich muss jagen und töten!«

Nico zuckte mit den Schultern. »Ich aber nicht ...«

»Also kommst du nun mit?«

»Na klar!«

Giacomos kleiner Kahn tuckerte an der Küste entlang, bis die Häuser von Marinea außer Sicht waren. Die Sonne schillerte aus tausend grellen Spiegelscheibchen auf dem Wasser und blendete die Augen. Beim *cubo* ließ Giacomo den Anker über Bord fallen. Der *cubo* war ein großer, flacher Stein von der Form eines Würfels, der nur einen halben Meter unter Wasser lag. Die Bucht war vom Land aus nicht zugänglich, die Küste darüber fiel nach einem Erdrutsch recht steil ab und war vollständig von unwegsamem Dickicht bewachsen. Giacomo zog sein abgetragenes Hemd und seine Hose aus, legte sogar seine geliebte Mütze ab und dafür einen Bleigürtel an. »Du tauchst oft allein, Nico, das ist gefährlich! Such dir jemand, der dich begleitet!«

»Reg dich nicht auf, Giacuminu. Ich tauche ja nicht mit Flaschen. Wenn ich die Luft nicht mehr anhalten kann, komme ich hoch, ganz einfach!«

»Wenn du mit einem Gürtel tauchst, geht das aber nicht so einfach ... Wo liegt dein Rekord?«

»Zwei Minuten, elf Sekunden! Was soll schon passieren?« Er war der Beste! Seine Freunde hatten es gestoppt, mit Nicos Kommunionsuhr. Die Uhr war nicht für alle Tage, sondern nur für sonntags, sagte seine Mutter. Sie hatten sie dennoch genommen. Montag, Dienstag, alle Tage. Ausgerechnet an einem Sonntag war sie dann ins Wasser gefallen. Ganz kurz nur war sie untergetaucht, aber sie ging trotzdem nicht mehr. Still und heimlich hatte er sie einfach wieder in die ausgepolsterte Schachtel auf seinen Schreibtisch gelegt.

»Hier, nimm den, ich habe zwei!«

Nico hatte sich ebenfalls bis auf die Badehose ausgezogen, er schnürte sich den Bleigürtel um die mageren Hüften und setzte die Taucherbrille auf, schob sie aber zunächst auf die Stirn. Es war immer noch die von dem *'miricano*. Das Band hatte er durch zwei starke rote Gummiriemen ersetzen müssen, mit denen seine Mutter zu Hause die Einmachgläser luftdicht machte.

»Du brauchst eine neue, die da fällt ja bald auseinander!«

»Dein Gürtel löst sich aber auch schon auf!« Nico betrachtete das faserige Stoffband, auf das die Bleielemente aufgezogen waren, die schwer an seiner Haut zogen. Die Schnalle vorne an seinem Bauch schien ein bisschen zu klemmen. Er hatte schon manchmal so einen Gürtel benutzt, er war praktisch und hielt einen mühelos unter Wasser, doch ohne Gewichte zu tauchen fühlte sich viel schöner und freier an.

»Sage ich ja, mein guter Nicola, wir brauchen Geld. Drei große Zackenbarsche, und du hast die neue Maske schon zur Hälfte in der Tasche!«

»Wirklich?!« Nico überlegte. Eine neue Taucherbrille wäre wunderbar. Und vielleicht doch ein eigener Bleigürtel? Und schwarze Schwimmflossen von Rondine, die hatte er in Bellaforte im Haushaltswarengeschäft von Signor Puzzo entdeckt. Der Fuß wurde vorne freigelassen, und sie hatten eine neue, gebogene Kontur. Der Firmenname war in Form einer stilisierten Schwalbe abgebildet. Seine Lieblingsvögel! Die offene Rechnung bei Manueles Mutter in der Apotheke fiel ihm ein, all das Verbandszeug, wie sollte er das eigentlich je bezahlen? Und obwohl er sie nicht tötete, aß er die Fische, die seine Mutter den Fischern abkaufte oder die er manchmal von ihnen geschenkt bekam.

»Hier, du nimmst den *gancio!*« Giacomo nahm einen dünnen Eisenstab vom Boden, an dessen Ende sich eine gekrümmte Spitze befand, und drückte ihn Nico in die Hand. »Das Ding ist perfekt, um große Fische aufzuscheuchen und aus ihren Verstecken zwischen den Steinen hervorzuziehen, wenn sie verletzt sind! Hier unter uns leben die *cernie*. Und zwar richtig viele!« Er selbst nahm die Harpune. Sie setzten die Brillen auf und sprangen über Bord.

Nico fühlte, wie der Bleigürtel ihn ganz langsam nach unten zog. Er liebte es, wenn sein Körper im Wasser schwebte, er liebte es auch, die winzigen Luftbläschen zu beobachten, die sich an den Haaren seiner Arme festhielten. Ja, er hatte endlich Haare an den Armen, reichlich an den Beinen und auch anderswo.

Giacomo ließ sich ungefähr vier Meter tief absinken und machte Nico ein Zeichen, ihm zu folgen, mit der Harpune in der Hand schwamm er zielstrebig über die von einem grünen Flaum bedeckten Felsen, zwischen denen sich die Zackenbarsche versteckten. Sie hatten Glück, sehr groß und behäbig kam ihnen ein graues Prachtexemplar entgegen, doch anscheinend witterte der Fisch die Gefahr und schlug ein paar wendige Haken. Offenbar wollte er in einer der Höhlen unterhalb der großen Steine verschwinden. Giacomo legte die Harpune an, der Fisch war nicht mehr als drei Meter weit entfernt. Er schoss, aber irgendetwas, vielleicht eine Strömung, lenkte den Pfeil aus seiner Bahn – anstatt den Fisch zu treffen, prallte er auf den Felsen und sank zu Boden. Damit die Fangleine sich nicht auf dem Grund verhedderte, schwamm Nico hin, holte den Pfeil und brachte ihn zu Giacomo zurück. Wie man eine Harpune neu lud, wusste er, unter Wasser hatte er das aber noch nicht gemacht. Giacomo spulte die Leine wieder auf, er verzog sein Gesicht, es war anstrengend, den Pfeil zum Schluss wieder in den Schaft des Geräts zu pressen. Sie warteten. Kein Fisch in Sicht. »Ich muss hoch!«, bedeutete Giacomo ihm.

»Jetzt schon?«, fragte Nico per Handzeichen zurück.

»Hier!« Die Harpune wurde in seine Hand gedrückt, Giacomos Körper verschwand nach oben und wurde gegen die Helligkeit der Wasseroberfläche zu einer schwarzen Silhouette. Nico war allein. Er liebte die Stille unter Wasser, sie prickelte in seinen Ohren und machte feine Töne, die jeden Tag neu und anders klangen. Giacomo hatte recht, er schien in eine ganze Barsch-Wohnsiedlung geraten zu sein, denn plötzlich schwammen zwei von ihnen majestätisch an ihm vorbei. Zackenbarsche lebten in ihrer Jugend im Schwarm zusammen, hatte er in seinem Tierbuch gelesen. Waren sie ausgewachsen, wurden sie zu Einzelgängern. Diese hier waren vermutlich nur Nachbarn, die sich nicht einmal grüßten. Die Nachbarn schwammen dicht hintereinander, direkt auf ihn zu. He, und was ist damit?, dachte Nico. Ich halte hier immerhin zwei sperrige Waffen in den Händen. Könnte ja sein, dass ich euch heute mal nicht beobachten will, sondern töten werde … Er richtete die Harpune auf den vorderen der beiden, und legte seinen Zeigefinger probeweise um den Abzug. Man musste die verzögerte Geschwindigkeit des Pfeils und die Richtungsabweichung im Wasser berechnen. Wenn er den vorderen nicht traf, dann vielleicht den dahinter.

»Schieß doch, drück ab, na los!«, hörte er Giacomos Stimme im Kopf, aber Nico zögerte. Hatte Colapesce unter Wasser getötet? Nein, der Held seiner Kindheit, der denselben Taufnamen trug wie er, hatte den Fang seines Vaters immer über Bord geworfen, so sehr liebte er die Fische. Weil er zu viel im Wasser herumschwamm, hatte Colapesces Mutter ihn verwünscht. Er solle doch gleich ein Fisch werden, hatte sie genörgelt, daraufhin waren ihm Schwimmflossen gewachsen, was ihr natürlich überhaupt nicht gefiel. Diese Mütter! Auch Mama hatte seine Begeisterung für das Meer noch nie verstanden. Nico betrachtete seine Füße von oben. Braun gebrannte Sommerfüße, obwohl es erst Ende Mai war. Er wackelte mit den Zehen, Schwimmflossen würden ihm jedenfalls nicht wachsen, und wenn er noch so lange unter Wasser bliebe. Und die aus dem Laden in Bellaforte konnte er sich nicht leisten. Er atmete einen kleinen Teil der Luft aus, die er in seinen Lungen schon seit ungefähr zwei Minuten gefangen hielt. Große und kleine Blasen perlten am Glas der Taucherbrille vorbei. Die beiden Nachbarfische schwammen jetzt gemächlich schräg unter ihm. Ich könnte euch erledigen, alle beide!

Könntest du nicht, sagten die Fische und blickten zu ihm hoch. Ihre Mäuler standen auf, wie bei allen Zackenbarsch-Arten waren sie heruntergezogen und ließen sie missgelaunt aussehen.

Nico breitete mit einem Ruck die Arme aus. Es musste furchterregend aussehen, wie er da mit beiden Waffen im Wasser schwebte! »Ich bin ein Hai!« Die Fische wandten ihm seelenruhig ihre Rücken zu.

Ich brauche keine Flossen, dachte Nico, doch ich könnte Mama ein schönes Parfüm zum Geburtstag kaufen. Was hat sie bis jetzt denn von mir bekommen im September? Nur ein paar welke Blumen, irgendwo am Wegesrand gepflückt. Dieses ewige Betteln um Geld, mit dem Finger drauf zeigen, aber sich nicht leisten können … Er legte die Harpune an und drückte ab. Der Pfeil bohrte sich direkt durch die Seite des ersten Fisches, jawohl, getroffen!! Nicos Herz erschrak und freute sich gleichzeitig. Der Barsch zuckte und versuchte zu entkommen, eine Wolke von Blut hüllte ihn ein. Doch er hing an der Fangleine. *O Dio,* was hatte er getan? Dieser

Fisch zappelte und quälte sich, und es war seine Schuld! *Ich bin ein Mann ... Ich muss jagen und töten,* hörte er erneut Giacomos Stimme. Er sah das große schwarze Viereck des Bootes über sich. Na komm, mein Fischchen, da oben wartet einer auf uns! Nico zog an der Leine, stieg dann in aller Ruhe hoch und tauchte dicht neben der Bootskante auf. »Hab ihn!«, sagte er knapp.

»Wie machst du das?«, fragte Giacomo, als Nico innerhalb weniger Minuten mit dem nächsten Fisch hinaufkam.

»Ich weiß nicht, aber irgendwie ahne ich ihre Bewegungen im Voraus.«

»Ah, Nicola! Du denkst wie ein Fisch!«

Noch dreimal tauchte er, und noch drei *cernie* gerieten ihm vor die Harpune, der kleinste war immerhin noch einen halben Meter lang. Giacomo tauchte gar nicht erst mit hinunter, sondern blieb im Boot, holte die aufgespießten, kämpfenden Fische mit einem Kescher über Bord, löste die Pfeile aus ihren Körpern und lud die Harpune neu.

Auf dem Rückweg saß Nico still im Bug des Bootes. Seine Füße steckten zwischen den schweren Fischleibern, die den Boden gänzlich bedeckten. Schon oft hatte er die Fischer begleitet, hatte Kiemen von Haken gelöst, hatte wild zappelnde Fische aus den Netzen geschüttelt, doch diesmal war er für den Fang verantwortlich, er allein! Die Möwen hatten die Beute bemerkt und begleiteten sie kreischend am endlosen Blau des Himmels. Sie schauten auf Nicola, einen Mann, der töten konnte.

Als sie nach Marinea kamen, halfen ihnen die Männer am Strand mit dem Boot. »Wo habt ihr die denn alle her?«

»Aah, was geht euch Nichtschwimmer das an?!« Giacomo grinste. »Die zwei größten davon gehören ihm!« Er zeigte auf Nico. »Die bringt er der Signora Messina!«

»Deine Mutter hat doch gar nicht so viele Töpfe und Pfannen!«, rief ein alter Fischer Nico zu. »Lass den einen hier, ich geb dir was dafür!«

Viele Hände packten mit an, um die schweren Fische in einen der kühlen Räume zu tragen. Nico fröstelte, als er die Stufen hinunterstieg, er sah, wie Giacomo einen der prächtigen Barsche auf die Waage packte. Es war sein erster, der, den er direkt in der Körpermitte getroffen hatte. »Sechs Kilo!«, rief Giacomo. Lirescheine tauschten die Besitzer, sein Fisch wurde in Zeitungspapier eingewickelt, von einem dicken kleinen Mann über die Schulter gelegt und nach Hause getragen. »Also, Ni-Cola-Pesce, wie isses nu?« Der Fischer hob beide Hände und zog die Schultern hoch. »Ich bezahl dich auch!«

»Danke, Ciccio, aber heute nehme ich sie beide mit. Morgen kriegst du den ersten, den ich vor die Harpune bekomme!«

Nico holte seine Tasche aus einer Ecke hervor, verstaute die Taucherbrille darin und hängte sie sich um. Er bohrte jeweils einen Daumen in das Kiemenloch der Fische, wie er es bei Giacomo gerade gesehen hatte, und wankte mit seiner Last dem Tageslicht entgegen. Hinter sich hörte er die Männer lachen.

An der Apotheke machte er kurz halt. Seine Arme waren bleischwer, er brauchte eine Pause, wollte die Fische aber nicht auf die staubige Straße legen. Mit letzter Kraft ging er die Stufen hoch und drückte mit dem Ellbogen die Tür auf. Die Ladenglocke ging. War er heute Mittag noch der einzige Kunde gewesen, so war der Raum jetzt voll; vor dem Tresen standen mindestens zehn Menschen und warteten geduldig, bis sie an der Reihe waren. Nico drängte sich durch sie hindurch, er legte das größere der beiden Tiere auf den Verkaufstresen und war auf einmal überglücklich: »Signora Galioto, der hier gehört Ihnen!«

22

Ja, das gehört mir, dachte Fulco, is' ja nich' viel. Er schaute sich um, wo war seine verdammte Mütze? Zehn Jahre lebte er jetzt schon hier, in diesem Raum, der eigentlich ein Pferdestall war. Ein Bett daneben, ein Tisch, die Truhe, der Ofen. Eine Tür zum Hof hinaus, zwei schmale Fenster in der rückwärtigen Mauer, durch deren Gitterstäbe man in das Grün des Gartens sah, wenn man sich auf den wackeligen Hocker stellte. Zehn Jahre. In dieser Zeit war nicht viel dazugekommen. Lieber nix haben, keinen Besitz anhäufen. Man konnte dann schneller weg. Er hatte sein Werkzeug dagelassen, sogar die Kelle weggeworfen, eine gute Maurerkelle, aber den kleinen Rock und die hübschen Schuhe nicht. Er streichelte mit einem Zeigefinger über das hellbraune Leder. Sie waren noch so neu, er hatte sie ihr geschenkt. Hätte ihre Mutter sich ja niemals für das Mädchen leisten können. In den Rillen der Sohle sah man hauchfein die gelbliche Erde, über die er mit ihr gegangen war. Der Rock war rot. Er wickelte das Geschenkband wieder um seine Schätze und legte sie in die Truhe zurück, mit der er hier angekommen war. Ganz unten rein. Besser wäre es, das Zeug loszuwerden, klar, wusste er auch. Wenn man ihn fragen sollte, hatte er schon eine Antwort parat: Das waren Geschenke für die Tochter seiner Schwester. Unten, in Siracusa, wo er angeblich herkam. Er hatte keine Schwester, nur einen Bruder, dieser Teufel, wie hatte der ihn gequält! An seine Eltern konnte er sich kaum mehr erinnern. Da war immer nur sein großer Bruder. Gut, dass er von dem dann bald weg war. Er hatte immer Pech, auch mit den Frauen. Dieser Hure, dieser Zaza, der hatte er es gegeben. »Was für eine alte Mähre!« Fulco lachte. »Nein, nicht du, Odessa, die damals, mit dem braunen Mal auf der Stirn!« Das Pferd stampfte, als es seinen Namen hörte. Es war jung und kräftig, der Marchese hatte es neu kaufen müssen, nachdem die betagte Nina beim Abdecker gelandet war. Der hatte er's gezeigt, der Zaza. Musste danach weg aus Sciacca. Hatte nie wieder was von ihr gehört. Wahrscheinlich hatte sie ihn gar nicht angezeigt. »Hat sie sich nicht getraut, war schließlich ihre Schuld, oder etwa nicht?«, rief er dem Pferd zu. Nur die kleinen Mädchen waren schön, die jungen. Auch die *contessine* früher. Er hatte immer Freude an ihnen gehabt. Hier war er sicher, sein Körper drehte ganz bestimmt nicht durch, sogar sein krankes Hirn, das ihn immer zu so einem Scheiß überreden wollte, sagte ihm, dass er es hier nicht wagen durfte. Und jetzt waren sie ja schon groß. Bis auf die eine, die dritte, die sie so schlecht behandelten und die die dürre Ziege offensichtlich unter ihre Fittiche genommen hatte. Die besaß noch was Kindliches. Vielleicht sollte er wieder die Stadt wechseln. Wie früher über Land ziehen. Überall nur für ein paar Monate bleiben. Ein paar Mauern hochziehen, im November bei der Olivenernte helfen, den Lohn kassieren, weiterfahren. Ach was, hier is' es doch gemütlich, dachte er, niemand spioniert mir nach. »Und die Ziege haben wir auch vertrieben, was, Odessa?« Er ging zu dem Pferd und klopfte ihm auf die Stirn. »Wenn die denkt, die muss hier rumschnüffeln ...« Nur weil der Stall nach dem Unwetter unter Wasser steht, nutzt die magere Gräte die Lage aus, schiebt die Truhe in die Sonne und legt alles raus! Alles! Der habe ich Bescheid gestoßen. Wollte vielleicht selber gestoßen werden, war ja am Anfang katzenfreundlich. Doch seit Zaza kann ich nicht mehr mit Frauen, die sind mir zu grob. Alles so haarig und zu fett. Oder zu knochig. Er schüttelte sich. Lieber noch bleiben. Und ab und zu woanders hinfahren. Nur schauen. Nichts machen. Bloß nicht wieder was machen, du Idiot! Er schlug sich mit der flachen Hand mehrmals kräftig ins Gesicht, dass es klatschte. Ach, da hing die Mütze ja! Er nahm sie vom Nagel und ging hinaus.

23

Stella saß zusammengekrümmt in der Bank über ihrem Heft, die Lehrerin leierte schon seit einigen Minuten etwas über Garibaldis »Zug der Tausend« herunter und kritzelte die Stichworte an die Tafel.

11. Mai 1860, Landung auf Sizilien, 15. Mai, Schlacht von Calatafimi, 20. Juli, Schlacht von Milazzo. Die Schülerinnen der siebten Klasse schrieben sie ab, alle Mädchenköpfe waren gebeugt, man hörte nur das Kratzen der Federn auf den Seiten und Pattis Schnaufen, die hatte eine verstopfte Nase, aber nur, wenn es draußen vor den Fenstern blühte.

Stella war fertig, sie hatte das Kapitel schon zu Hause gelesen, ja, sie hatte das komplette Geschichtsbuch schon durch, und eigentlich fand sie Garibaldi spannend, doch die Bauchschmerzen wurden immer stärker. Ihre Freundin und Banknachbarin Lidia konnte sie nicht um Rat fragen. Sie war ein stilles Mädchen, das immer ein bisschen nach Essig roch. Was konnte die ihr schon sagen? Sollte sie sich abmelden und nach Hause schicken lassen? Doch der kleine Minibus, den sie jeden Morgen in Marinea bestieg, würde erst um zehn nach eins vor dem Schultor warten, um sie und die anderen Schülerinnen aus dem kleinen Fischerdorf wieder zurückzubringen. Vielleicht war es doch besser, hier sitzen zu bleiben, statt sich auf einen Fußmarsch von einer halben Stunde zu begeben. Den würde sie an diesem Morgen nicht schaffen, nicht mit diesen

Krämpfen im Bauch. Hatte sie etwas Falsches gegessen? Aber sie bekam doch sonst auch keine Schmerzen von den feinen Mandelkeksen, die Pupetta von den Lieblingskeksen des Marchese manchmal für sie abzweigte. Aber vielleicht könnte sie zu Assunta gehen ... Als ihr die Tante einfiel, fühlte sie sich gleich besser. Bei Assunta würde sie sich hinlegen können, sie würde ihr einen Tee machen und wissen, was zu tun war. Ihre kleine Wohnung lag nur ein paar Straßen weit entfernt von der Scuola Antonio Gramsci. Schon so manches Mal war sie zu ihr gegangen, ohne dass die Marchesa es gemerkt hatte. Assuntas Plan war aufgegangen, die Marchesa schickte sie tatsächlich in die Schule. Von ihren guten Leistungen wusste sie nichts, Maria, Pupetta und natürlich Assunta spielten mit. Die Tante beschwerte sich ab und an bei ihrer Schwester über die Mühe, die Stella in der Schule hatte, und bauschte die Repressalien, denen sie dort ausgesetzt war, groß auf.

Wenn sie zu früh nach Hause kam, wurde sie von der Marchesa spätestens nach zehn Minuten in ihrer Kammer aufgescheucht und zu irgendeiner Arbeit verdonnert. Man konnte die Uhr nach ihr stellen.

»Was glaubst du, wer du bist, hier so rumzuliegen?« Sie konnte die Stimme förmlich hören. Auch nach zwei Jahren musste sie noch auf der Hut sein, um der Marchesa jederzeit glaubhaft vorspielen zu können, dass sie nur höchst ungern zur Schule ging.

Obwohl ... In letzter Zeit ist sie irgendwie komisch, dachte Stella, sie schafft es nicht einmal mehr, mich so arg wie früher zu trietzen, und nicht nur, weil ich mittlerweile gesittet mit Messer und Gabel essen kann. Sie liegt einfach zu oft im Bett, neben ihr wieder die Stärkungstropfen. Stella hatte die leeren Fläschchen in der Küche aus dem Abfall geholt, in den Maria sie geworfen hatte, und auf die Etiketten geschaut. Laudanum-Tinktur mit Opium. Sogar ein Totenkopf war darauf. Wollte sie sich vergiften?

»Sie kann nicht ohne ihre Tropfen«, hatte Maria geseufzt, »das kennen wir ja schon. Sie ist so wankelmütig. Heute so, morgen so. Manchmal hat sie ihre guten Zeiten ...« Richtig, dann wurde Stella von ihr beschimpft und gescheucht. »... und manchmal eben ihre schlechten.« Ein paar Tage Pause für Stella, in denen sie zwar wie immer vor und nach der Schule im Haus mitarbeitete, aber nicht auch noch von der Marchesa kontrolliert und gedemütigt wurde.

In diesem Moment klingelte es tatsächlich zur Pause. Signora Eboli klopfte sich den Kreidestaub von den Fingern. »Das Kapitel lernt ihr bitte für morgen auswendig!«

Ihre Beine schauten ein beträchtliches Stück unter ihrem grauen Rock hervor und waren so dünn, wie Stella es noch nie bei einer Frau gesehen hatte. Gottesanbeterinnenbeine. Nicht nur wegen dieser Beine hatte Stella Angst vor ihr. Obwohl ihr die Aufsätze, das Auswendiglernen und die Mathematikknobelei Spaß machten, hatte sie vor jeder Lehrerin Angst. Die meisten stellten zu Beginn des Schuljahrs strenge Regeln auf, die befolgt werden mussten, sie schimpften laut und verteilten Strafen, wenn dies nicht geschah. Doch wenn ihre Strafen und Beurteilungen dazu noch ungerecht waren, versagte Stella die Stimme. Sie konnte sich dann nicht wehren, war wie gelähmt, auch wenn sie die Sätze in ihrem Kopf bereits parat hatte. Und es gab keine Nonna, keine Assunta, niemanden mehr, der sie verteidigte.

Einmal, zu Beginn der sechsten Klasse, hatte sie für ein anderes Mädchen gelogen. Für Patrizia, die Patti mit dem Sommerschnupfen. Sie stand draußen vor dem Tor, die Hausmeisterin wollte sie nicht hereinlassen, weil es schon fünf Minuten zuvor geläutet hatte. Stella war an diesem Morgen diejenige, die Ordnungsdienst hatte, sie war gerade dabei, das Fenster zu schließen, und sah Patti in ihrer Not. »Signora Bidella, lassen Sie sie bitte durch, sie hat nur für unsere Frau Lehrerin etwas holen müssen, deswegen ist sie so spät!«, rief sie hinaus. Die Hausmeisterin hatte ein Einsehen, Patti huschte durch das geöffnete Tor, Stella schloss zufrieden das Fenster, drehte sich um und wäre am liebsten vor Scham gestorben. Die Mathematiklehrerin stand hinter ihr und hatte alles mit angehört. Bis zum Ende des Vormittags ließ Signora Petrelli Stella auf den Knien neben dem Waschbecken hocken. »Seht, so sieht sie aus, die dreiste Lügnerin!«, rief sie mehrmals aus. Schrieb die drei Worte sogar an die Tafel. Und obwohl keines der Mädchen diesen Namen je aufgriff und benutzte, bekam Stella seit diesem Vorfall feuchte Hände und Magenkribbeln, sobald sie die Schule betrat.

Stella schob sich vor das Pult und redete auf die Tischplatte hinab: »Signora Maestra, darf ich nach Hause gehen, ich habe so schlimme Schmerzen.«

»Ach ja? Wo denn, Kind?«

»Unten im Bauch.«

Die Signora schaute sie eigentümlich an, ihr misstrauischer Blick streifte Stellas Brust, worauf Stella sich noch ein bisschen krummer hinstellte. In diesem schrecklich engen, schrecklich hässlichen Pullover sah man viel zu viel von dem, was ihr da vorne neuerdings wuchs. Den würde sie ab jetzt nie mehr anziehen.

»Hast du deine Sachen?«, flüsterte die Maestra.

»Nein, die muss ich noch zusammenpacken.« Stella zeigte auf ihr Pult, auf dem noch ihr Heft lag.

»Äh, das meinte ich eigentlich nicht.« Die Lehrerin fummelte an ihrem Hals herum, auf dem sich jetzt plötzlich rote Flecken ausbreiteten. »Aber dann geh schnell und sag deiner Mutter Bescheid! Die wird dir sagen, was du wissen musst!«

So schlimm war sie doch gar nicht, die Signora Eboli. Stella schleppte sich über den leeren Schulhof und über die Straße. Auch ihre Beine taten jetzt weh, und das, was dazwischen war.

Endlich kam Assuntas Haustür in Sicht. Es war eine braune Tür mit Fensterläden darin, genau wie die in Nonnas Haus. Man konnte den unteren Teil der Tür zulassen. Manchmal saß Assunta dahinter und schaute mit dem Kopf wie ein Karussellpferdchen hinaus. Hinter der Tür gab es nur einen Raum, der war Küche, Esszimmer und Wohnzimmer zugleich. Lolò schlief auf dem Sofa. In der kleinen Kammer stand Assuntas Bett. Mehr Platz gab es nicht. Sie hätte Stella dennoch aufgenommen, doch die Marchesa hatte es nicht zugelassen. Stella musste dringend auf die Toilette, in ihrer Unterhose fühlte es sich irgendwie nass und klebrig an. Sie klopfte, doch niemand machte auf. Aufmerksam legte sie ihr Ohr gegen das Holz, war da nicht Stimmengemurmel zu hören?

»Tante Assunta!«, rief sie leise. Keine Antwort.

»Sie muss aber da sein!« Eine Nachbarin lehnte sich gegenüber aus einer ganz ähnlichen Tür. Auch sie ein Pferd, allerdings ein ausgewachsenes. »Ich habe sie nicht weggehen sehen.«

Stella hatte schon vergessen, wie es war, auf einer engen Gasse so dicht neben den Nachbarn zu wohnen, die alles sahen, alles hörten, alles wussten. In der Villa war es immer still, Besuch bekam die Familie nicht, und Handwerker, Verkäufer oder Boten betraten das Haus nur selten und standen auch nicht davor. Es hatte sich herumgesprochen, dass man dort nur sehr zögerlich bezahlt und auch nicht gut behandelt wurde und dass die Familie Camaleo lieber für sich war.

»Vielleicht ist ja jemand bei ihr? Jemand, der groß und stark ist, der ihr hilft, weil sie ja dauernd etwas zu tragen hat ...«

Stella kannte die Nachbarin nicht, aber am triumphierenden Ton der Stimme erkannte sie, dass sie wusste, dass jemand bei Assunta war. Täuschte sie sich, oder hatte das Gemurmel da drinnen nachgelassen? Sie wollte nicht noch einmal lauschen, die Alte sollte Assunta nicht für irgendwas beschuldigen können.

»Ja, dann ... dann komme ich später wieder.« In ihrem Bauch zog es, sie wandte sich um und ging schnell davon. Das Nasse in ihrer Hose war unangenehm. Schon stand sie wieder vor der Schule, die Uhr an der Außenfassade zeigte zwölf. Kein Minibus in Sicht. Mehrere Karren rumpelten vorbei. Aber kein Fulco. Umso besser. Der Kutscher war ekelig. Und er wurde immer ekeliger. Er war neuerdings dauernd in der Küche bei ihnen und starrte sie an. Wenn sie dort zufällig alleine am Tisch saß und ihre Aufgaben machte, stand sie sofort auf und schloss sich auf dem Klo ein. Sie ging nicht mehr durch die Flure, ohne vorher zu schauen, ob er da irgendwo stand. Erblickte sie ihn, machte sie kehrt, egal ob Maria irgendwo in einem Zimmer auf sie wartete.

Einmal war sie alleine mit ihm gefahren, als die Kutsche an der Achse ausgebessert werden musste und sie Assunta in Bellaforte treffen durfte, aber er hatte sie so seltsam angeschaut und ihr beim Absteigen vom Bock geholfen, obwohl sie das nicht gewollt hatte. Immer kam er ihr so nahe und streifte sie ganz nebenbei, damit es niemandem auffiel. Ob er das bei Enza und Regina auch machte?

»Jaja!«, erwiderte Maria nur, als Stella sie vorsichtig über Fulco ausfragte. »Er grabscht nach Mägden und anderen Frauen, er hat ja keine. Denn welche Frau möchte schon gerne ein Pferd neben ihrem Bett stehen haben?« Sie hatten gelacht. »Ich glaube, er hat irgendwo ein Kind. Ein Mädchen. Habe mal was bei ihm gefunden, als ich seine Sachen nach dem großen Regen in Ordnung bringen wollte. Ein kleiner Rock und ein paar hübsche Schuhe lagen da in seiner Kiste, rostet ja durch, habe ich mir gedacht, die sind doch nur aus Blech, diese billigen Aussteuertruhen. Mit einer Geschenkschleife hatte er die Sachen zusammengebunden, alles ganz nass. Hat mich angefahren und mich weggejagt, statt mir zu danken, na, seitdem bin ich nie wieder bei ihm in seinem Stall gewesen!«

Stella lief los, wenn sie erst die Via Alloro erreicht hatte, würde sie vielleicht einen Karren anhalten können, der sie ein Stück mitnahm.

»He, was machst du denn hier?!«, fragte jemand dicht an ihrem Ohr.

Stella zuckte zusammen. Mein Gott, hatte der ihr einen Riesenschreck eingejagt. Sie kannte ihn ... Natürlich, der Junge vom Brunnen! Herrje, war das lange her. Fast zwei Jahre, so lange, wie sie jetzt schon zur Mittelschule ging. Nicola. Nico. Dessen Vater *Maresciallo* gewesen war. Er hatte das meiste von dem Jungen, der er mal gewesen war, verloren. Sein Körper hatte sich gestreckt und war kräftiger geworden. Doch sein Mund lachte noch wie damals auf diese offene, unerschrockene Art. Und seine Augen schauten noch genauso, als ob alles, was sie sahen, wirklich wichtig wäre. Als ob *sie* wichtig wäre. Sie hatte noch manches Mal an ihn gedacht und konnte sich an jedes seiner Worte erinnern.

»Wohnst du noch da? Ich habe dich seitdem leider nicht mehr im Garten besuchen können. Die haben ein paar Tage später alles mit Glasscherben vollgemacht, die ganze Mauer ... Wusstest du das?«

Sie spürte wieder den Ring von gesplittertem Holz um ihren nackten Oberschenkel, an dem jetzt gerade ... O nein, was lief denn da unter ihrem Rock am Inneren ihres Beines herab? Er stand dicht vor ihr, sodass sie unmöglich nachschauen konnte. Hoffentlich sah man nichts, es fühlte sich so an, als würde das Rinnsal gleich von ihren Kniestrümpfen aufgesaugt werden. Stella spürte, wie sie rot wurde, und schüttelte verwirrt den Kopf. Deswegen war er also nicht mehr in den Garten gekommen.

»Also haben sie dich gehen lassen! Und wo wohnst du jetzt?«
Er hatte sie falsch verstanden. »Ich muss ... weg!«
»Du musst immer weg, wenn ich dich treffe!« Er lachte. Seine Zähne leuchteten in seinem gebräunten Gesicht, und seine Augen schienen kaum die Absicht zu haben, sich in der nächsten Zeit von ihr abzuwenden. Stella schielte unauffällig auf ihre Beine, sah man schon etwas an ihren Strümpfen?

»Wohin musst du denn diesmal? Und warum sitzt du nicht in

der Schule? Du gehst doch auf die Antonio Gramsci, oder?« Er zeigte mit dem Kopf hinter sich auf das Schulgebäude.

Sie nickte. Wenn Assunta sie jetzt sehen würde, sie und dieser freche Nico standen sich schon viel zu lange gegenüber. Stella kannte keine Jungs. In den vergangenen zwei Jahren hatte sie nur mit einem gesprochen, und das war Lolò.

»Du weißt aber noch, wer ich bin, oder?«

Wieder sickerte etwas durch ihre Unterhose. Wenn sie sich recht erinnerte, trug sie heute ein graues Ding mit ausgeleiertem Gummiband. Stella versuchte, die Nässe mit der Innenseite ihres Rocks unbemerkt vom Oberschenkel abzutupfen. Und diese Krämpfe – sie wollte sich am liebsten sofort hinlegen und unter einer Decke zusammenrollen. Nichts mehr hören, sehen und fühlen.

Nico sah sie immer noch unverwandt an. Warum ging er nicht endlich?

»Warum bist du denn nicht in der Schule?«

»Ich? Ich kann schon alles!«

»Niemand kann schon alles. Du schwänzt!«

»Du auch!« Er lachte sie mit geschlossenem Mund an. Seine Augen sahen schön dabei aus. Dann hörten sie Hufgetrappel, ein Karren fuhr dicht an ihnen vorbei; es war Fulco! Sie winkte ihm, er war zwar widerlich, aber sie wollte jetzt nur noch nach Hause.

»Also wohnst du doch noch in der Villa!« Auch Nicola, der Schulschwänzer, winkte: »He, Fulco! Kann ich mitfahren?«

Aha, die beiden kannten sich also. Fulco hielt an und sprang vom Kutschbock.

»Ich muss nach Marinea, Fische jagen!«

Der Kutscher nickte zustimmend. Regina und Enza hätte er erst gefragt, ob es den jungen Damen recht sei. Er war ihnen gegenüber immer so ekelhaft unterwürfig. Stella dagegen nannte er nie junge

Dame. Er nannte sie gar nicht. Aber die beiden wären natürlich auch niemals auf dem *carretto* mitgefahren.

»Hier, halt mal die Zügel von der guten Odessa!« Nico tat, was er verlangte, während Fulco Stella vorne auf dem Sitzbrett Platz machen wollte.

»Nein, nein, ich sitze hinten!« Sie ging zum Ende des einfachen Holzkarrens, der zwei große Räder hatte und auf dessen Ladefläche mehrere Säcke lagen. Fulco schob sie zur Seite, um Platz für Stella zu machen. Sie stützte die Arme auf und wollte hochspringen, da waren plötzlich seine Hände an ihrer Taille und hoben sie hoch, dabei rutschte ihr Rock ein ganzes Stück über ihre Knie. Als sie saß, tätschelte Fulco ihre nackten Beine, während er so tat, als wolle er den Rock wieder nach unten ziehen. Seine Handinnenflächen waren schwielig, und seine Nägel hatten hässliche schwarze Ränder.

Nicola setzte sich vorne auf den Bock. Stella wandte sich zu ihm. Hatte er gesehen, was der Kutscher da gerade versucht hatte? In diesem Moment drehte auch er sich um und grinste sie an. Er zwinkerte sogar mit einem Auge. Natürlich hatte er es gesehen, die beiden waren Verbündete ... Jetzt glotzte er ihr auch noch auf den Pullover. Schnell wandte sie den Blick wieder ab, nahm ihre Tasche auf den Schoß und hielt sie wie einen Schild vor sich. Niemand sollte sie so schamlos anglotzen dürfen. Nicola war auch so einer. Starr doch dem neuen Pferd auf den Hintern, dachte sie wütend. *Blicke sind die Waffen der Männer, die sie immer bei sich tragen,* hatte Maria mal gesagt. Stella fand alle Männer widerlich.

»Brrrrr. *Ferma!*« Fulco zog die Zügel an. Der Karren stoppte, sie standen vor dem Tor der Villa.

»*Grazie!*« Nico glitt vom Sitzbrett.

Stella hatte das Gefühl, in warmer Marmelade zu sitzen, sie beeilte sich, um schnell genug vom Wagen zu kommen, bevor Fulco ihr helfen konnte. Als sie sich umwandte, sah sie auf dem groben

Leinen des Sackes, auf dem sie gesessen hatte, einen feuchten, rostbraunen Fleck. War das Blut? Tränen stiegen in ihr hoch. Was war nur los mit ihr? Hatte sie etwa die gleiche Krankheit wie Babbo? Sie fühlte sich in letzter Zeit auch oft so schlapp und müde. Zum Schluss hatte er Blut gehustet. Bei ihr kam es nur eben woanders raus. Würde sie ab jetzt immer solche Schmerzen haben und dann sterben? Wie er? Vielleicht hatte er sie angesteckt, und nun war der Tag gekommen, an dem die Krankheit ausgebrochen war.

Stella schaute Nico hinterher, der bereits hinter dem Karren war und nun über die Straße lief. Nein, er sprang. Auf einmal drehte er sich mitten im Sprung um und winkte ihr zu! Sie senkte den Blick. Fulco stand plötzlich dicht vor ihr, er kaute an einem kurzen Halm und stierte vor sich hin. Wie sollte sie an ihm vorbeikommen, ohne ihn zu berühren? Sie zögerte. An ihren Beinen lief ein warmer Schwall hinunter, sie traute sich nicht hinzuschauen.

Ich muss ins Haus, ich muss es in den Flur hinter der Küche schaffen und dort auf die Toilette, dachte sie. Vorne stand das Pferd, vor dem hatte sie Angst. Als sie an Fulco vorbeiwollte, hielt er seinen Arm wie eine Sperre zwischen sie und den Wagen und gab ihr einen kleinen Schubs mit seinem Unterleib, wie aus Versehen, und dann noch einen. Ihre Tasche landete auf dem Boden.

»Na komm, Odessa!« Fulco schlenderte nach vorne zu der Stute. Mit zitternden Händen raffte Stella die Tasche an sich, schnell, schnell ins Haus. Sie rannte auf das Tor zu, drückte auf die Klingel. Maria, mach auf, schnell, beeil dich, betete sie. Dabei wusste sie doch, wie lang der Weg von der Küche bis in die Halle und heraus bis zum Tor war! Jemand tippte ihr von hinten auf die Schulter. »Lass mich!!«, sie drehte sich um, ihre Stimme überschlug sich. Doch es war nicht der Kutscher, es war Nico.

»Entschuldige, aber ich habe gerade gesehen, dass du verletzt bist, dein Rock ist hinten ...«

»Das ist mir egal! Was glaubst du, wer du bist!«, schrie sie ihn an. Ausgerechnet der Spruch der Marchesa, etwas anderes schien nicht in ihrem Kopf zu sein.

Nico wich zurück, er hob die Hände. »Schon gut!« Dann drehte er sich um und ging langsam davon.

Stella schaute auf ihren Rock, der war in Ordnung, ein helles, in viele Falten gelegtes Gelb, doch beide Kniestrümpfe wiesen oben am Saum jeweils einen satten roten Fleck auf, die Haut darüber war bräunlich verschmiert. Ohne zu überlegen, wischte sie daran herum, bis ihre Hände auch beschmutzt waren. Ob Fulco es bemerkt hatte? Natürlich, er glotzte sie an, doch seine Miene war verändert, die Augen verengt, auf seinem stoppeligen Gesicht zeichnete sich unverkennbar Ekel ab. Sie war vielleicht unheilbar krank, aber das war ihre Chance: »Wenn du mir noch einmal zu nahe kommst, wirst auch du sterben!«, schrie sie, ging einen Schritt auf ihn zu, als ob sie ihn mit ihren Handflächen berühren wollte.

»Wer wird sterben?«, fragte Maria hinter ihr.

»Der da!«, antwortete Stella, eine tiefe, verzweifelte Genugtuung erfüllte sie, als Fulco den Zügel des Pferdes nahm und es eilig fortziehen wollte.

Doch es weigerte sich, und Fulco schrie: »Jetzt scheiß dich nicht an, du blöder Gaul!«, und zerrte noch heftiger an der Trense.

»Lass deine schmutzige Schreierei hier sein, vor den Ohren des Mädchens!«, fuhr Maria ihn an und führte Stella ins Haus.

»Du musst nicht sterben!«, rief Maria durch die geschlossene Tür des Aborts, hinter der Stella sich verschanzt hatte. Stella antwortete nicht, sie hatte Schluckauf vom vielen Weinen. Maria wusste ja nicht, dass bei ihr alles voller Blut war. Sie würde es auch nicht stoppen können, das Leben lief einfach so aus ihr heraus. »Wenn du die Tür aufmachst, gebe ich dir etwas!«

Zögernd öffnete Stella, nur einen kleinen Spaltbreit, doch Marias warm schimmernde Augen beruhigten sie. »Hier ist Wasser und ein Lappen, damit kannst du dich erst einmal sauber machen, danach nimmst du das Handtuch, es kann ruhig etwas abbekommen. Ich warte auf dich in deiner Kammer.«

Das Wasser in der Schüssel hatte eine angenehme Temperatur, und Stella merkte, wie die Tränen in ihrer Nase hochstiegen. Maria musste es extra für sie auf dem Herd warm gemacht haben. Als sie sich gesäubert hatte, zog sie den Rock wieder an. O Gott, hinten breitete sich ein tellergroßer roter Fleck aus, den hatte Nico an ihr gesehen! Ihr Kopf fing an zu glühen vor Scham. Sie klemmte sich das kleine Handtuch zwischen die Beine und trippelte den Flur hinab zu ihrer Kammer. Vor Fulco brauchte sie keine Angst mehr zu haben. Der würde sie in Ruhe lassen!

Maria saß schon auf dem Bett und drehte etwas in ihren Händen. »Das legst du dir in die Unterhose, und wenn es vollgesogen ist, wird es gewaschen, und du nimmst ein anderes.«

Stella warf einen Blick auf die beiden länglichen hellgrauen Kissen, von denen Maria ihr eins reichte. Es war von einer gehäkelten Hülle umschlossen und hatte lange Stoffbänder an den schmalen Seiten.

»Aber was ist das denn für eine Krankheit, die ich habe?!«

»Das ist keine Krankheit – das ist das, was wir Frauen einmal im Monat überstehen müssen.« Maria seufzte. »Ich hätte dir das eigentlich längst erklären sollen, wo du doch schon so weibliche Formen entwickelst ...«

Stella schaute an sich herunter. Diese zwei aprikosengroßen Dinger wurden also weibliche Formen genannt.

»Aber ich dachte wohl immer, deine Tante Assunta würde das übernehmen ...«

Stella streichelte mit ihrem nackten Fuß über den rechten von Marias abgetretenen Hauslatschen. Seit ihre geliebte Assunta nicht mehr bei ihr war, hatte Maria diesen Platz Stück für Stück eingenommen. Und sie machte ihre Sache gut. Sie hörte Stella zu, kannte ihren Kummer und schützte sie so gut es ging vor der Marchesa. Sie war die Einzige in diesem Haus, der Stella vertraute. Denn Maria würde sie nie anlügen.

»Tante Assunta hatte heute Besuch von einem Mann!«

»Na, na, was sind das denn für Geschichten?«, fragte Maria gleichgültig, doch ihre Augen leuchteten neugierig auf.

»Die Nachbarin hat's mir gesagt. Assunta war zu Hause, als ich vor ihrer Tür stand, aber sie hat nicht aufgemacht.«

»Na, also weißt du ...« Maria wandte den Kopf ab, damit Stella in eine frische Unterhose schlüpfen und das Kissen hineinlegen konnte.

»Nein, ich weiß gar nichts!«

»Oje. Also ...« Sie zuckte mit den Schultern. »Du musst dich ab jetzt vor den Männern in Acht nehmen!«

»Männer sind widerlich!« Stella zog noch eine halblange Unterhose über das ungewohnte Paket, so saß es schön fest.

»Die meisten! Und sie machen dir ein Kind!«

»Die Männer? Assunta sagt, Lolò hat der Storch gebracht, nicht ein Mann, und die Signora von nebenan kauft ihre Kinder. Jedes Jahr eins. Ich habe zwar keine Ahnung wo, aber ...««

»Die Männer haben da was, und die Frau hat da was, und dann kommt eben ein Kind ... Ach, so genau weiß ich es auch nicht!«

Stella nickte. Maria konnte es ja auch nicht wissen, weil sie kinderlos war. Sie begriff plötzlich, warum. »Weil du keine weiblichen Formen hast?«

Die Tür ging auf, und die Marchesa stand auf der Schwelle. »Maria, ich suche dich überall! Was ist hier los, was sitzt ihr hier rum?! Sie soll doch die Kühlkammer noch sauber machen«, sagte sie mit einem Wink auf Stella, dann erst bemerkte sie die zweite Häkelkreation in Marias Hand. »Ach, auch das noch«, sagte sie zu Maria und schlug die Tür zu. Eine Sekunde später ging sie wieder auf. »Die Gemälde müssen noch abgestaubt werden. Wir bekommen am Sonntag Besuch, falls ihr das vergessen haben solltet!« Erneut fiel die Tür zu. Stella schaute Maria fragend an.

»Also, den Rest erkläre ich dir später.« Sie stand ruckartig auf. Doch Stellas Neugier war geweckt.

»Aber wenn die Männer auch was machen, wieso muss die Frau dann vorsichtig sein? Tut es sonst weh?«

»Mir reicht es jetzt. Ich sag nur noch so viel: Dein Vater und deine Mutter, ja, die Marchesa, haben dich gemacht. Basta!« Sie nahm Stellas blutbefleckte Kleidung in die Hand und wandte sich zum Gehen. »Und nun mach dir keine Sorgen mehr«, sagte sie um einiges sanfter. »Wenn beide Vorlagen schmutzig sind, gebe ich dir eine neue. Ich habe einige davon. Noch von der Aussteuer ...« Sie seufzte.

»Was sagt man zu dem, was ich habe?«

»›Seine Sachen haben‹ oder ...«, Marias Hals wurde schon wieder rot und fleckig, »›Besuch vom roten ... na, vom roten Marchese‹ eben.«

Besuch vom Marchese ... Warum musste diese ekelhafte, schmerzhafte Sache ausgerechnet so heißen? Und wie ging das? Wie hatte er sie gemacht? Sie nannte ihn immer noch nicht »Herr Vater«, wie ihre Schwestern. Enza und Regina waren ihm ähnlich, aber auch um sie kümmerte er sich nicht. Er richtete kaum das Wort an sie, zumindest hatte sie das beobachten können, als sie noch mit an der Tafel gesessen hatte. Sie bot schon lange kein Ziel mehr für Spott und Hohn und war deswegen von der Marchesa nach ein paar Wochen wieder in die Küche verbannt worden.

»*Dio,* die Zeit vergeht, und ich plaudere hier mit dir. Dabei muss ich noch für das große Essen einkaufen und die Auberginen einlegen. Und die Marchesa mit ihren Bildern! Die habe ich ganz vergessen. Wann bekommen wir denn schon mal Besuch? Da muss alles perfekt sein, da darf es an nichts fehlen. Die sind richtig reich, Stella, eine hervorragende Partie für Enza.«

»In der Küche kann ich dir doch helfen!«

»Nein, lieber nicht, leg du dich mal ein bisschen hin! Ich bringe dir gleich einen Lorbeertee, der wird dir guttun.« Sie schlug das Laken zurück und klopfte einladend auf die dünne Matratze. »An diesen Tagen darf eine Frau so wenig wie möglich mit Lebensmitteln in Berührung kommen. Sonst bekommt die Milch einen Stich, die Eier werden schlecht, die Mayonnaise gerinnt, ach, es ist einfach furchtbar!«

»Und was ist mit den Bildern? Werden die auch schlecht, wenn ich dir mit dem Abstauben helfe?« Stella lächelte, als sie sich unter der Decke zusammenrollte. Die Krämpfe waren etwas schwächer geworden, das dicke Kissen zwischen ihren Beinen fühlte sich zwar komisch an, aber wenigstens war sie wieder sauber und trocken.

»Das ist lieb von dir. Ich werde wohl auf die Leiter steigen müssen, obwohl ich doch nicht schwindelfrei bin. Seitdem die Tochter der dummen Catarina das Bild der Fürstin von Allabate mit Spiritus abgewaschen hat, um die dunklen Schatten aus den Ecken wegzubekommen, dürfen sie nicht mehr an die Gemälde ran.«

Am nächsten Morgen beeilte sich Stella mit der Frühstückszubereitung für die Herrschaften, so wurden sie von Maria genannt, und dem Abwasch, den sie immer vor der Schule erledigte, und verließ die Villa noch früher als sonst. Obwohl sie immer noch glaubte, Fulco mit ihren blutigen Händen für alle Zeit verschreckt zu haben, wollte sie ihm auf keinen Fall in der Küche begegnen. An der Haltestelle wartete sie zehn Minuten auf den kleinen Bus, der sie und die anderen Mädchen zur Schule brachte.

In der Klasse schlüpfte sie in ihre Bank und schaute sich um. Welches der Mädchen hatte es schon, welches von ihnen würde ihre Andeutungen darüber verstehen? Lidia? Die hatte noch nicht die geringsten Anzeichen von weiblichen Formen. Es würde keinen Sinn machen, sie zu fragen. Lidias Vater war bei der Eisenbahn, wie Babbo früher. So ein Mädchen musste einfach ihre Freundin werden, hatte Stella beschlossen, als sie Wochen nach Schulanfang in die Klasse kam und nur noch der Platz neben dem Mädchen mit den hervorquellenden Augen frei war. Lidia brachte ihr manchmal weißen Nougat mit und lud sie immer wieder zu sich ein, doch Stella hatte sie noch nie besucht, denn sie musste nach der Schule immer sofort nach Hause, wo im Laufe der Zeit, je geschickter und größer sie wurde, immer mehr Arbeit auf sie wartete.

»Wenn du das hier nicht schaffst, lassen wir das mit der Schule. Du musst es nur sagen!«, schimpfte die Marchesa, die Stellas Freude an der Schule mit der ihr eigenen Begabung manchmal zu wittern schien.

Stella beschwerte sich nie. Irgendwann würde sie aus der Villa fortgehen, doch noch war sie die stumme, gefügige Schnecke, die in ihrer knappen freien Zeit lernte und obendrein das erledigte, was die Marchesa ihr auftrug.

Die Mathematiklehrerin betrat das Klassenzimmer. Signora Petrelli hat es auch, dachte Stella. Bei diesen dicken Brüsten, ganz sicher. Das sind ja doppelte Ziegeneuter. Und wenn sie sich darüber manchmal ärgert und schämt und richtig schlecht fühlt, bestraft sie uns besonders ungerecht.

Seit gestern sah sie die Welt, die Frauenwelt, mit anderen Augen. Alle Frauen hatten es und waren gezwungen, mit diesem unbequemen Zeug zwischen den Beinen herumzulaufen. Und alle, die bereits Mütter waren, hatten etwas mit den Männern gemacht, um

Kinder zu bekommen, taten aber so, als ob nichts wäre. Ohne zu wissen, warum, schämte Stella sich für sie, und als ihr einfiel, dass sie jetzt zu ihnen gehörte, auch für sich selbst.

Nach der Schule und einem schnell hinuntergeschlungenen Teller Pasta, begleitete sie Maria in die erste Etage auf den Flur vor den Salon. Sie stieg auf einen hohen Stuhl, stellte sich auf die Zehenspitzen und fuhr mit dem langen Staubwedel über die dunkel angelaufenen Gemälde, sodass sie schon bald von Staubwolken eingehüllt war. Maria hielt sie zunächst an den Fußgelenken fest, merkte aber bald, wie sicher Stella stand, und polierte stattdessen die goldenen Schildchen, die am Rahmen angebracht waren.

Die Fürstin von Mentana, der Graf von Civitella, das fürstliche Ehepaar di Norma und seine Kinder, die damals entweder alle drei keinen Hals gehabt hatten, oder der Maler war schlecht bezahlt worden. Mit dem Bild hatte er es geschafft, sich an ihnen und ihrem Geiz zu rächen.

Stella musste schielen, um die Gesichter, denen sie nun plötzlich so nah war, scharf sehen zu können. Alle gehörten sie zu der Familie ihres Vaters, erst seit gestern war ihr bewusst, dass ein bisschen was von diesen Menschen auch mit ihr zu tun hatte.

»Sehe ich einem von ihnen ähnlich?«

»Um Gottes willen, nein. Sei doch froh!«, war Marias Antwort.

Stella schnappte nach Luft; dass Maria so frech sein konnte! Wie stand sie eigentlich zu dem Marchese, wenn sie seine Familie so herabsetzte? Wie standen seine Töchter zu ihm? Die immer aneinanderhingen wie zwei Kletten, sich die saugenden Küsse auf den Hals setzten, sich sogar manchmal lange auf den Mund küssten, Stella hatte es genau gesehen. Wer in diesem Haus mochte ihn? Die Marchesa nicht. Ein Blick auf die beiden genügte, um das zu erkennen.

»Aber du magst meinen Vater doch!« Ihr war die zärtliche Geste in seinem Schlafzimmer eingefallen, mit der Maria die Überdecke glatt gestrichen hatte.

Maria antwortete nicht darauf. »Mit denen hier hat er aber fast gar nichts zu tun, das war ein sehr weit entfernter Zweig. Alle tot. Tot und vertrocknet. Jetzt beeil dich, du Tratschmäulchen! Bis morgen Nachmittag muss noch so viel getan werden!«

»Warum soll Enza sich überhaupt verloben? Sie will doch Nonne werden.« Stella sprang mit zusammengepressten Beinen vom Stuhl und schob das Kissen dazwischen unauffällig wieder in die richtige Position.

»Was sie will und was sie muss, sind zwei Paar Schuhe«, gab Maria zur Antwort und zog den Stuhl zum nächsten Bild.

»Und was ist mit Regina? Kann die nicht ...?«

Der Blick aus Marias Augen war mehr als eindeutig.

»Stimmt. Sie eignet sich wahrscheinlich nicht so ...«

»Mehr als wahrscheinlich!«

»Warum zuckt sie eigentlich immer?«

»Ich kann mir das auch nicht erklären. Je älter sie wird, desto schlimmer reagiert sie auf Licht. Besonders das Geflacker von Kerzen kann sie nicht ertragen, und nach einem Gewitter kommt sie erst Tage später wieder unter der Decke hervor.«

»Sie kann nicht heiraten ...«

»Ach, sie könnte schon! Muss man dem Zukünftigen ja nicht auf die Nase binden!«

Stella ging darauf nicht ein, zu wichtig war der Gedanke, der sie in diesem Moment beschäftigte: »Sie hängt ja auch dauernd an Enza. Und die will bestimmt keinen wildfremden Kerl.«

»Enza ist – speziell.« Maria drückte ihr spitzes Kinn auf die Brust.

»Und ich?«

»Du wirst heiraten! Einen netten jungen Mann! Aber nun

müssen wir erst einmal den Besuch überstehen. Wer weiß, vielleicht ändert Enza ja noch ihre Meinung, wenn sie den jungen Di Florio sieht.«

»Wieso? Sieht er so gut aus?«

»Nein. Aber er soll in seinem Leben schon sehr viele Bücher gelesen haben.«

»Also ist er klein und mickrig?«

Maria prustete laut los. »Nicht so frech, Fräulein!«

»Aber eine Frage habe ich noch! Maria, bitte! Wenn ein Mann und eine Frau heiraten, machen sie Kinder. Dann muss die Frau ja nicht mehr aufpassen, oder?« Maria polierte an einem Messingschildchen herum, bis ihre Knöchel weiß wurden. Stella wertete das als ein Ja. »Nur wenn eine Frau oder ein Mädchen nicht verheiratet ist, sind die Männer eine Gefahr, nicht? Aber was ist mit den verheirateten Männern?«

»Was soll mit denen sein?« Maria schlug den Lappen aus.

»Sind die auch gefährlich? Die haben ja schon eine Frau ...«

»Um die verheirateten Männer mach mal auch lieber einen schönen Bogen, mein Mädchen!«

Stella seufzte. Maria war nett, aber sie machte keine Witze, niemals.

»Mein Vater auch? Ich meine, bei anderen Frauen?«

»Also nein, was für eine Frage! Pass bloß auf, dass dich niemand hört! Und jetzt staub lieber die Contessa mit der Vogelnase ab.«

Doch Stella ließ der Gedanke an ihren Vater, den Marchese, nicht los. Sie hatte nie versucht, mit ihm zu reden. Auch jetzt war sie immer noch viel zu schüchtern, um ihn freiwillig aufzusuchen.

Wenn sie ihm doch bloß einmal zeigen könnte, wie gut sie sich ausdrücken konnte, wie gut sie in Mathematik war. Und im Zeichnen! Sie hatte ihre Schule von außen gezeichnet und die Gebäude daneben. Menschen und Tiere waren nicht so interessant wie

Häuser. Vielleicht würde er ihre Bilder gerne einmal sehen, die sie heimlich hinten in ihre Hefte malte. Vielleicht würde er sie sogar genauer anschauen. Sie stellte sich vor, wie der Marchese die Hände vor Erstaunen zusammenschlug und dann einen Zeichenblock für sie aus seinem goldenen Hausmantel hervorzog.

Wo hielt er sich eigentlich auf, wenn er zu Hause in der Villa war? In seinem Schlafzimmer, im Schreibzimmer mit dem Globus oder in einem der leeren Zimmer, für die Maria keinen Schlüssel hatte? Nach dem Abendessen, das für sie aus gedünsteter Zichorie und Brotsalat am Küchentisch bestanden hatte, half sie Pupetta noch in der Küche, bis alles Geschirr und alle Töpfe gespült waren.

Sie ging nach oben in die erste Etage. Die Gefahr, der Marchesa zu begegnen, bestand um diese Zeit nicht mehr, sie hatte sich, wie jeden Tag, noch vor dem Abendessen mit Portwein und ihren »Stärkungstropfen« zurückgezogen. Wie will sie nur den morgigen Tag überstehen, fragte Stella sich, während sie über den Flur hüpfte. Die Personen auf den Gemälden schauten streng auf sie herab. Ihre Augen schienen ihr zu folgen.

»Ich kenne euch doch, und ihr kennt mich, also lasst mich in Ruhe mit euren komischen Blicken«, sagte Stella und beeilte sich, in die Bibliothek zu kommen, denn dort gab es wenigstens mehr Licht als auf dem schummrigen Flur. Doch der große Raum war leer, warum sollte sich auch jemand hier aufhalten wollen, wo es doch kein einziges Buch darin gab. Sie ging den Flur weiter hinunter, bemüht, die Gemälde nicht anzuschauen, und auch die Dreiecke der herabhängenden Tapete sparte sie aus. An den geschlossenen Zimmertüren wollte sie gerade besonders rasch vorbeilaufen, als sie auf einmal Geräusche hörte. Erst ein leises Jammern, als ob jemand sich wehgetan hätte. Aber schon kurz darauf schien es demjenigen wieder besser zu gehen. Sehr viel besser.

Stella stoppte vor der Tür. Die Abenddämmerung kroch jetzt

aus allen Fugen und Ecken und füllte den Flur mit Dunkelheit. Sie glaubte plötzlich nicht mehr an die Geister, das da hörte sich allzu menschlich an. War es Enza, die da hinter der Tür über ihren Aufgaben stöhnte? Oder Regina, die sich vor eingebildeten Gewitterblitzen versteckte und sich den Kopf gestoßen hatte? In diesem Moment hörte das Jammern auf. Stella konnte nicht anders, sie sah sich kurz im Flur um und legte ihr Auge dann an das Schlüsselloch. Das Licht kam aus einer Ecke des Raumes, es war das blau-weißgestreifte Kleid von Maria, das sie in dem kleinen Ausschnitt sah, dann kam ihr Kinn ins Bild und ein Teil ihres Armes. Sie hatte sich auf einem Tisch oder etwas Ähnlichem aufgestützt, jetzt hielt ihr eine Hand den Mund zu und dämpfte das Stöhnen. Die Hand gehörte zu einem Arm, der Arm steckte in einem goldenen Stück Stoff, das ihr bekannt vorkam. Maria bewegte sich vor und zurück, dann wurde sie mehrfach nach vorn gestoßen, als würde sie geschubst. Jetzt glitt die Hand von ihrem Mund, doch sie schrie nicht, sondern verzog ihr Gesicht zu einer Grimasse, die halb Schmerz, halb Glückseligkeit spiegelte, schloss dann die Augen, atmete keuchend aus und verschwand nach hinten, nach unten, als ob sie sich irgendwo niederließe ...

Du hast Maria bis jetzt alles geglaubt, was sie dir erzählt hat, du dumme Kuh, sagte eine Stimme in ihr, und jetzt sieh nur, was davon wahr ist ... In ihrem Bauch verkrampfte sich etwas, aber es waren andere Schmerzen als gestern Morgen. Sie machten traurig. Stella lief davon. Du hast mich angelogen, Maria, rief sie in Gedanken, du und der Marchese, ihr macht seltsame Sachen, bei denen man am liebsten schreien möchte, aber nicht darf, doch du machst sie freiwillig, das habe ich an deinem Gesicht gesehen.

In ihrer Kammer warf Stella sich auf das Bett. Die Welt der Erwachsenen war ekelig. Lieber wollte sie sterben, als jemals dazuzugehören.

24

»He, Nico! Wie oft hast du es heute gemacht?!« Viciuzzu, Turiddu, Attaviu und Tonio saßen auf der Mauer und schauten ihm grinsend entgegen, während er auf sie zuging.

»Dreimal? Nein, vier!«, rief er zurück, leckte langsam über seine Handinnenfläche und strich damit die Locke über seiner Stirn glatt.

»Wirklich?! Du bist echt ...«

»Es ist einfach zu schön, das Ding liegt so gut in der Hand, ich kann es nicht lassen!«

Die Jungs stießen sich an und lachten.

»Und ich könnte schon wieder loslegen. Ich meine, je öfter ich es mache, desto süchtiger werde ich danach.«

Viciuzzu kippte vor Lachen von der Mauer: »Kannst nicht genug davon kriegen, was?«

Das wird Ärger geben, dachte Nico. Pater Anselmo mochte es nicht, wenn sie vor dem Firmunterricht so laut auf der Straße herumgrölten.

»Nein, komischerweise fühlt es sich gut an. Aber ich verdiene ja auch etwas damit und spare jetzt ...«

»Du verdienst etwas damit?«

»Na klar. Mariuzzu, der Fischer, kommt nicht mehr so gut alleine klar, der zahlt mir zweihundert Lire.«

»Zweihundert Lire!?«

»Für einen, versteht sich. Kommt drauf an.«

Nein, die Jungs konnten es nicht glauben. »Für einmal ... Du weißt schon was?!« Tonios Stimme überschlug sich.

»Für eine *cernia*, ja! Zweihundert.« Nico tat, als ob er sich über die hochroten Köpfe, die aufgerissenen Münder, die mit Lachtränen gefüllten Augen wunderte. »Mit der Harpune jage ich sie, die liegt gut in der Hand, was habt ihr denn gedacht?« Dann grinste er, natürlich wusste er genau, wovon seine Freunde geredet hatten.

Es sollte Sünde sein, behauptete Pater Anselmo. Warum? Nur weil es sich so gut anfühlte? Die Befleckung des Fleisches nannte er das. Gut, Flecken gab es, wenn man nicht aufpasste. Er nahm immer ein und dasselbe Stofftaschentuch, um seinen nagelneuen Penis damit abzuwischen, der ihn eines Morgens wie ein freches, lebendiges Wunder unter der Decke begrüßt hatte. Das Tuch versteckte er tagsüber unter seinem Bett, in der Kiste mit den Seeigeln. Bretthart wurde es darin. Aber da schaute seine Mutter wenigstens bestimmt nicht nach.

Vielleicht war es Sünde, weil man dabei immer an Mädchen dachte? An ein Mädchen ganz besonders? Aber wenn man sie doch liebte, wie konnte es dann Sünde sein? Nico hörte sich wie einen traurigen Hund aufseufzen, als er sich neben Turiddu auf das Mäuerchen setzte. Jesus sprach doch immer von Liebe. Pater Anselmo dagegen sprach von unsittlichen Handlungen, die gegen Gott gerichtet waren, von Versuchungen, denen man als guter Christ widerstehen müsse, von Sünde und ungezügeltem Verlangen. Das wusste er alles von den Jungen, denn man musste ihm immer genau erzählen, wie man es machte. Und er fragte und fragte und fragte, so als ob er derjenige wäre, der nicht genug davon bekommen konnte ...

»Da ist er ja. Hört auf mit dem Scheiß, wir müssen rein!«

Sie folgten dem Pater in den stickigen Gemeinderaum.

Am Ende der Stunde führte Pater Anselmo sie nebenan in die Kirche und ließ sie in den Bänken probesitzen. Sie gingen den Ablauf des Gottesdienstes durch, wo standen die Jungs, wann kamen die Mädchen, wann wurde gesungen, in welcher Reihenfolge ging es an den Altar? Turiddu rutschte unruhig in der Bank herum. »Wenn ich die Weiber sehe, kann ich mich nicht mehr zusammenreißen«, raunte er leise, doch die Akustik in der kleinen Kirche war hervorragend.

»Turiddu, hat deine Mutter schon deinen Anzug gekauft?«, fragte Pater Anselmo.

»Nein, ich bekomme den von meinem Bruder, den lässt sie gerade ändern.«

»Wenn du weiter so unverschämt von einem Ohr zum anderen feixt, kann sie sich die Mühe sparen, denn dann fliegst du noch vorher raus!« Die anderen senkten die Köpfe, um ihr Lachen zu verbergen, doch sie dachten alle das Gleiche: Endlich würden Mädchen in ihrer Nähe sein!

Auch Nico konnte den kommenden Sonntag gar nicht erwarten. Wie würde Stella diesmal aussehen? Ihren Namen hatte er Maria abbetteln können, indem er für sie mehrere Zentner Auberginen und Kartoffeln zur Villa schleppte – ohne Bezahlung, versteht sich.

Stella! Dieses wundervolle Mädchen mit der hohen Stirn, dem feinen, glatten Mahagoni-Haar und den großen, traurigen Augen, in denen goldfarbene Rauten wie in einem dieser Kaleidoskope auf dem Jahrmarkt angeordnet waren. Wenn er sie doch nur mal in Ruhe treffen könnte. Er würde sich zusammenreißen müssen, um sie nicht anzustarren, jeder würde sie anstarren, weil sie so schön war! Er versuchte, nicht daran zu denken, doch wie immer tauchte das letzte Bild von ihr vor seinen Augen auf: der gelbe Faltenrock, ihr langer Zopf, das verzweifelte Gesicht; sie hatte ihn angeschrien, sie hasste ihn vermutlich, weil er das mit dem Blut gesagt hatte. Dabei hatte er ihr nur helfen wollen. Er würde etwas für sie tun, etwas, das ihr seine Liebe bewies. Aber was?

»Wo warst du!«, rief Flora, sobald er an diesem Abend den Fuß in die Küche setzte.

»Beim Firmunterricht, Mama! Wo sonst!« Er legte sein Gesangsbuch wie ein Beweisstück auf den Tisch.

»Wo sonst, wo sonst ...? Du treibst dich doch überall rum!«

Er hatte kein schlechtes Gewissen! Bei Tamara hatte er neulich erst wieder die Einkäufe vorbeigebracht, die wollte es wohl mit ihm machen, das hatte er an ihren Augen gesehen und an der Art, wie sie ihm ihre Brüste in dem dünnen, schreiend gelben Kittelkleid entgegenballerte. Aber er war ein Schisser und hatte sich schnell aus dem Staub gemacht. Mama schniefte, irgendetwas war passiert. Sie war nervös und ließ ihre Panik dann in solchen Momenten an ihm aus. Und richtig, im nächsten Moment platzte sie damit heraus:

»Sie haben Erminio Cuffaro und Michele Passarello verhaftet!«

»Wo?!«

»In Palermo. Da haben sie jahrelang unbehelligt in der Via Valle gewohnt, Tür an Tür.«

Nico wusste natürlich, wer sich hinter den Namen verbarg. Die beiden waren zwei der drei Männer, die seinen Vater erschossen hatten. »Und musst du jetzt etwas machen? Aussagen, oder so?«

»Sie haben sie in Haft genommen, und gleich in der ersten Woche sind sie umgebracht worden.«

Nico blieb der Mund offen stehen. Er wagte es kaum, seiner Mutter in die Augen zu schauen. Tiefschwarz waren sie, voll wütender Gewissheit, Ohnmacht, Trauer.

»Aber das muss ja nichts mit ...« Er zögerte. In den letzten Jahren hatte er das Wort Papa immer seltener benutzt. Doch er wusste, wie weh er seiner Mutter damit tat. »... nichts mit Papa zu tun haben.«

»Doch, Nico, ich habe in der Akte von *Avvocato* Carnevale lesen dürfen. Sie wollten aussagen, wer damals ihr Auftraggeber war, um sich damit freizukaufen.«

Nico schluckte. Er hatte in der Akte geblättert, das durfte er in diesem Moment auf keinen Fall zugeben. Er hatte alles gelesen, aber nicht alles verstanden. »Darf der *Avvocato* dir denn die Akte überhaupt zeigen?«

»Er geht bald in den Ruhestand. Er macht es einfach, um mir zu helfen.« Dass er sie förmlich gebeten hatte, die Akte an sich zu nehmen, erzählte sie ihm nicht.

»Er ist echt mutig!«

Flora ging nicht weiter darauf ein: »Der zuständige Richter kommt aus dem Norden, er trägt den lustigen Namen Pappagallo. Ein Neuling, sagt *Avvocato* Carnevale, der es sich zum Ziel gesetzt hat, den Sumpf hier trockenzulegen. Die ganzen Bauanträge werden im Nachhinein geprüft. Er will Namen von Hintermännern in Erfahrung bringen und auch den Mord an deinem Vater aufklären. Nur legt hier in Bellaforte niemand Wert darauf. Die sind froh, dass den beiden das passiert ist!«

»Die haben sie umbringen lassen, Mama, dieselben Leute!«

»Was weißt du denn von so etwas?«

»Ich habe Augen! Ohren! Ein Gehirn! Darf ich die Akte auch mal lesen, Mama? Bitte! Ich gehe zu dem Rechtsanwalt und frage ihn!« Sie liegt im Schrank im Salon, und du sagst es mir nicht, dachte er.

»Du bist vierzehn, Nico! Wer würde dir ...?« Flora überlegte, doch Nico schien ihren Gedanken voraus zu sein.

»Ich weiß schon, wir müssen vorsichtig sein. Vielleicht stehen wir bei denen auch irgendwo auf einer Liste, aber nur wenn wir genug wissen, können wir uns schützen. Zum Beispiel, wer unser Feind ist.«

»Das weiß ich schon lange, mein Sohn, das weiß ich schon, seit dein Vater tot ist!«

»Don Fattino.«

»Bei dem fängt alles an, und bei ihm hört auch alles auf. Wenn er für all seine Verbrechen büßen müsste, würde er für mehrere Hundert Jahre ins Gefängnis wandern. Auch die neue Privatklinik auf der Straße nach Ficuzzo hat er angeblich mit Geldern aus der *cassa per il mezzogiorno* bauen lassen. Das sind Gelder, die der reiche Norden dem armen Süden zur Verfügung stellt, Gelder für uns, nicht für einen dicken Don Fattino, der dadurch noch reicher wird!«

»Papa wird davon nicht wieder lebendig.«

»Nein, aber ich habe von *Avvocato* Carnevale auch noch ein paar andere Sachen von damals erfahren. Es ist viel mehr, als ich bislang geglaubt habe. Und wenn davon auch nur die Hälfte stimmt ...«

»Das ist ganz schön lange her, Mama!« Nico ließ die beiden Zitronen, die auf dem Tisch lagen, aufeinander zurollen und zusammenprallen.

»Zwölf Jahre. Zwölf Jahre, in denen keiner wusste, wie weit mein Tommaso schon gegen Don Fattino vorgegangen war.«

»War er?« Nico hörte auf, die Zitronen zu rollen.

»Ja! Als er anfing, hat er viele Fälle wieder neu untersuchen lassen, hat sich um neutrale Anwälte bemüht, einer von ihnen war zum Beispiel *Avvocato* Carnevale. Doch wenn man heute die Akten liest, kann man eine immer wiederkehrende Handschrift darin entdecken. Ein Richter, Ernesto Bagnardi, die rechte Hand von Don Fattino. Er hat viele Urteile wieder aufheben lassen. Dein Vater ist an ihm gescheitert, doch hat er sich nicht mundtot machen lassen. Es waren Kugeln aus mehreren Pistolen dazu nötig.«

Nico ging zu ihr und umarmte sie. Gott sei Dank weinte sie nicht mehr sofort, wenn sie den Namen seines Vaters aussprach.

»Mama, es wird eines Tages eine große Marmortafel für ihn geben, auf der genau das steht! An einem Platz, der nach ihm benannt wird! Ich verspreche es dir, so wahr ich dein Sohn bin!« Jetzt weinte sie natürlich doch ...

»Ach, Nico ... Du bist ihm so ähnlich!«

Das stimmt nicht ganz, dachte Nico, ich habe nicht seine hellen, kristallblauen Augen und werde wohl auch nicht so groß werden wie er. Mist. Von dem, was er abends im Bett mit dem Taschentuch machte, wurde einem das Rückgrat krumm. Hatte Pater Anselmo ihnen heute noch gesagt. Er würde es sein lassen. Wenigstens so lange, bis er groß genug war. Ehrenwort, Gott.

»Aber du musst mir auch etwas versprechen, Mama! Wenn ich auf das *liceo* gehe, sollst du wieder bunte Kleider tragen! Papa würde das auch wollen!«

Flora nickte und tupfte sich die Tränen aus den Augen. Für einen Moment war es, als stände Tommaso plötzlich wieder neben ihr. Als lächelte er und gäbe Nico recht. Hätte er wohl mehr auf ihrer oder der Seite seines Sohnes gestanden? Sie konnte diese Frage beim besten Willen nicht beantworten. »Wenn du das *liceo* beendest, einverstanden?«

»Das dauert noch Jahre!«

»Die Zeit brauche ich eben noch.«

»Schon gut, Mama.«

La cresima. Die Firmung, endlich. Doch der Tag war ein Reinfall. Sie war nicht da! Hatte sie es sich kurz vorher anders überlegt und war einfach nicht hingegangen? Nein, ein Mädchen machte so etwas nicht. Alles war also umsonst. Trotzdem konnte er den kurzen Haarschnitt nicht rückgängig machen, sondern musste den engen Hemdkragen und die Küsse seiner Patentante Ada ertragen, die immer ein bisschen zu nass ausfielen, musste den unterschwelligen Streit zwischen seiner Mutter und Onkel Francesco überhören, der ihm anstrengende Fragen über die Schule stellte. Das Geschenk der Paten war kostbar: ein Fotoapparat, vielen Dank. Doch Mama hatte ihm sofort die Laune verdorben, als sie sagte, den werde sie erst einmal für ihn aufbewahren und er dürfe ihn keinesfalls mit zum Tauchen nehmen. Na wunderbar, was sollte er denn sonst fotografieren, außer sich selbst und seine Fische? Die konnten ihn doch alle mal kreuzweise! Am liebsten hätte er sich in seinem Zimmer hinter verschlossener Tür aufs Bett gelegt und wäre gar nicht wieder herausgekommen, doch das ging natürlich nicht.

Am nächsten Sonntag wollte sie ihn dann gleich wieder in die Messe mitschleppen, aber Nico weigerte sich und behauptete, er müsse endlich einmal ausschlafen, ging dann aber heimlich Tauchen. Aber es war nur ein kurzes Vergnügen; als seine Mutter zurückkam, saß er wieder am Tisch und las das *Giornale di Bellaforte* vom Samstag. Im Lokalteil hatte er die Berichte von Morden, Verhaftungen und Gerichtsverhandlungen gesucht, die bekanntesten Namen unterstrichen und versucht, aus dem, was zwischen den Zeilen stand, die Zusammenhänge zu verstehen.

»Was tust du da!? Musst du dich unbedingt damit beschäftigen?«

Er zuckte die Schultern und schob die Zeitung von sich weg. Was wollte sie nun schon wieder von ihm?

»Anstatt zur Messe mitzukommen, liest du über Dinge, die wir doch nicht ändern können!«

Wie bitte? Sie selbst hatte geheime Akten von Rechtsanwalt Carnevale im Haus, und er durfte nicht einmal die Zeitung lesen?

»Und ändert es was, in die Kirche zu rennen?«

»Ach, Nico! Was soll das?« Sie setzte sich auf einen Stuhl, faltete die Zeitung zusammen und sah plötzlich so mutlos aus, dass er sich am liebsten auf ihren Schoß setzen wollte, wie früher, als er noch ein kleiner Junge war. Wenn sie damals so traurig guckte, hatte er ihr Kinn von unten mit seinen kleinen Händen gestützt und sie gezwungen, ihm in die Augen zu schauen. »Ich bin doch dein einziger, einziger Nico!«

Erst wenn sie ihm dies mit einem Lachen bestätigte, ließ er von ihr ab. Nicht ohne sich zu vergewissern: »Jetzt bist du wieder glücklich, oder?« Ja, dann war sie wieder glücklich. Hatte sie zumindest immer behauptet.

Nico hielt die Luft an. Das tat er manchmal, um seine Lungen zu trainieren. Heute war es nicht mehr so einfach, seine Mutter zu trösten. Nach langsam abgezählten 170 Sekunden, in denen sie ihren Blick stur auf die Zeitungsseite vor sich gerichtet hielt und sich nicht rührte, atmete Nico die schwach nach Brokkoli riechende Küchenluft und den darin enthaltenen, dringend nötigen Sauerstoff tief ein. »Was ist eigentlich aus dem Behaarten geworden?«

Flora schaute verwirrt auf. »Wer?«

»Na, der mit den Pralinen!«

Sie schnalzte mit der Zunge und fuhr mit der Hand durch die Luft. »Ach! Der! Der hat irgendwann aufgegeben und sich dann versetzen lassen. Er kam zum Schluss sowieso nur noch am Monatsende, um seinen Gehaltsscheck zu holen. Wie so viele andere auch ...« Sie seufzte. »Wenn ich die Zeitung lese, verstehe ich gar nichts mehr, Nico! Ich fühle mich manchmal so dumm.«

»Aber keine der Mütter, die ich kenne, liest überhaupt die Zeitung, Mama! Signora Galioto hat eine Handarbeitszeitschrift abonniert, und die anderen lesen nur die Rückseite der Heiligenbildchen aus der Messe.«

»Ich meine dumm, weil ich nicht verstehe, wie ich jahrelang glauben konnte, dass irgendetwas darin stimmt. Hier ...«, sie zeigte auf den Artikel auf der ersten Seite. »Dieser Juri Gagarin fliegt mit einer Rakete stundenlang im Weltraum um die Erde herum, und bei uns ...«

»Aber das hat er doch wirklich gemacht! Die Bilder von ihm im Kino waren toll, oder?!«

»Ja natürlich, aber bei uns dauert es Jahre, bis ein Wasserrohrbruch in einer Schule repariert wird! Es ist unglaublich!« Flora war aufgestanden, Nico wusste, jetzt durfte er sie nicht unterbrechen. »Ich arbeite jetzt wie lange in der *comune*, Nico? Wie alt bist du?«

»Vierzehn, Mama. Vor drei Wochen erst geworden. Erinnerst du dich? Es gab *cannoli!*« Nico grinste.

»Elf Jahre also! Elf Jahre hatte ich Zeit, die ganzen Vorgänge und Abläufe zu beobachten und zu notieren. Und weißt du, was ich herausgefunden habe?!«

»Nein!« Aber du wirst es mir gleich erzählen, jede Wette.

»Im Durchschnitt dauert es tatsächlich über drei Jahre, bis so eine kleine Sache erledigt wird! Manche Anfragen, die vor elf Jahren bei mir eingingen, sind heute noch nicht abgeschlossen, Nico! Die Akten darüber haben mittlerweile Hunderte von Seiten. Und das ist überall so. Ob beim Straßenbau oder bei den Krankenhäusern. Kein Wunder, dass bei uns auf Sizilien so viele Säuglinge sterben! Und die jungen Leute in den Norden nach Milano oder Turin abhauen. Oder gleich nach Deutschland oder Amerika.«

»Aber das ist doch nicht deine Schuld, Mama. Willst du jetzt bei den Kommunisten mitmachen? Wie Alberto?«

»Welcher Alberto?«

»Na der Große, der Schiffsbauer, der bei Zu Stefanú dabei war.«

»Ach der. Der soll mal vorsichtig sein! Aufrichtigkeit ist gefährlich in einem Land, in dem scheinbar niemand ein schlechtes Gewissen hat, wenn er sich unrechtmäßig bereichert. Das sind Gelder, die uns gehören, dem ganzen Volk, nicht irgendwem! Die fließen seit Jahren in die Taschen der immer Gleichen. Die schon reich sind. Und es immer sein werden!«

Nico nickte. Seine Mutter war bereits eine Kommunistin, ohne es zu wissen.

»Lassen wir das besser«, sagte sie nun, »du weißt, wohin es deinen Vater gebracht hat! Und unser Pater Anselmo sagt dazu ja auch nichts in seinen Messen.« Sie schüttelte den Kopf. »Er hat euch heute übrigens aufgerufen, eure Freunde in ihrem Glaubensbekenntnis zu begleiten, wenn sie am nächsten Sonntag gefirmt werden. Die beiden, die leider krank waren. Ich glaube aber, es war kaum einer von euch da, um das zu hören. Kaum gefirmt, geht ihr ja nicht mehr hin. Außer ein paar Mädchen vielleicht, und Manuele, ja, der natürlich auch!«

Nico sprang auf. »Nächsten Sonntag komme ich mit, Mama! Pater Anselmo ist ein schlauer Mann. Die Freunde müssen unbedingt begleitet werden!«

Als er sah, wie sie mit ihrer Kerze den Gang hinunterging, explodierte sein Herz auf einmal, so voller Liebe war es. Er spürte diese Liebe überall, in seiner Brust, unter seiner Schädeldecke, aber ganz besonders stark im Bauch und auch weiter unten. Das herrlich ziehende Gefühl hatte sich in ihm verteilt wie die süße Schokoladenmasse an den Wänden des Eisladens von Signor Brunelli, als seine neue Rührmaschine hochgegangen war. Er versuchte, mit seinen Gedanken in ihren Kopf zu dringen. Dreh dich um, dreh dich um, schau mich an, wenn du gleich vom Altar zurückkommst! Ich habe auch ein Geschenk für dich. Mit der Hand befühlte er das Kästchen, das seine Hosentasche ausbeulte. Kleine weiße Muscheln, nur die schönsten natürlich, von ihm mit der Nähnadel durchbohrt und aufgefädelt. Aber wie sollte er ihr die jemals geben? Am liebsten wollte er sie sofort entführen, irgendwohin mit ihr laufen, um alleine zu sein, wie damals am Brunnen, um ihr die Kette überreichen zu können und ihr zu sagen ... Ja, was eigentlich? Dreh dich um, schau in meine Augen, damit ich dir sagen kann, dass ich dich liebe. Ich werde Geld verdienen und ein Boot kaufen, nur damit ich es dir schenken kann und wir damit dann zusammen aufs Meer hinausfahren können. All diese Worte schwirrten in Nicos Kopf herum, aber sie schaute ihn nicht an. Ihre Augen waren auf den Boden geheftet, als ob sie sich schämen würde. War es wegen ihres

Kleides? Es war recht einfach, aber sie sah darin wunderschön aus! War es wegen ihrer Familie? Von Maria wusste er inzwischen, dass sie die dritte Tochter der Camaleos war, aber jahrelang bei ihrer Tante gelebt hatte. Assunta. Die vom Tor. Das musste die kleine Dicke dort auf der anderen Seite des Mittelgangs sein, kaum wiederzuerkennen, ihr Gesicht glänzte vor Stolz und Zufriedenheit, ganz anders als damals. Neben ihr saß der kleine Junge, ein wenig verändert allerdings auch er, und nur drei Plätze weiter ... Alberto! Der starke Alberto, der mit ihnen zum Limonenhain gegangen war. Was machte der denn da? Er lehnte sich zurück und blinzelte der Dicken hinter dem Rücken der anderen zu. Dass er sich das in der Kirche traute!

Nico schaute sich mehrmals unauffällig um. Der Marchese war nicht anwesend, auch die Marchesa nicht, und die beiden dicklichen Töchter vermieden es ja ohnehin, die Villa zu verlassen. Als er sie doch einmal gesehen hatte, trugen sie klobige Männerschuhe an den Füßen und Kleider, die wie braune Kohlensäcke an ihnen herunterhingen. Eine der Schwestern hatte sogar noch einen merkwürdigen schwarzen Mantel darübergezogen.

»Nico! Was ist mit dir los? Hast du Hummeln in der Hose, sitz endlich still!«, flüsterte Flora dicht an seinem Ohr.

»Mama, ich kann nicht! Siehst du dort vorne das Mädchen? Das ist Maristella Letizia di Camaleo. Die werde ich einmal heiraten!«

25

Jetzt ist das Messer wieder schön scharf, dachte Stella und zerteilte mühelos eine große Zwiebel in zwei Hälften. Statt der Di Florios, die zu Besuch erwartet wurden, hatte am Samstagnachmittag nur der Messerschleifer vor dem Tor gestanden und sich über den aufgeregten Empfang gewundert. Der junge Baron war angeblich erkrankt, Familie Di Florio hatte in letzter Minute abgesagt.

Es war heiß, ein trockener *scirocco* von der Afrikaküste zermürbte die Nerven aller, und da Pupetta immer langsamer und vergesslicher wurde, putzte Stella nicht nur in der Küche, sondern bereitete auch die meisten Gerichte für sie vor. Ja, sie erstellte sogar einen wöchentlichen Speiseplan, damit Maria nicht jeden Tag nachfragen musste, was sie einkaufen sollte. Auf dem Herd sprudelte Olivenöl in einem flachen Topf, darin zischten in einem grobmaschigen Sieb sorgfältig gewürfelte Auberginenstücke. Plötzlich hielt ihr von hinten jemand die Augen zu. Sie stieß einen Schrei aus und drehte sich um; die Hände glitten sofort von ihrem Gesicht.

»Lolò! Was machst du denn hier?« Stella griff sich an ihr Herz.

»Maria hat mich reingelassen.«

»Was fällt dir ein?! Erschreck mich bloß nie mehr so! Beim nächsten Mal steche ich dich vielleicht aus Versehen nieder...« Sie richtete die Klinge des großen Messers auf ihn, das sie immer noch in der Hand hielt.

»Ich will dich doch nur abholen, wir geh'n auf die neue Promenade, Prinzessin. Alberto und Mama stehen draußen!« Lolò trat einen kleinen Schritt zurück. Seit Neuestem nannte er sie Prinzessin, das sollte wohl witzig sein ...

»Haben sie sich endlich verlobt? Maria sagt, ganz Bellaforte würde schon über die beiden reden!«

»Ich glaube, sie woll'n uns heute sagen, dass sie's tun!«

»Was für eine Überraschung ...«

»Du sagst das, als wär jemand gestorben!« Er verzog den Mund wie früher, wenn er schmollte.

»Ich kann nicht.« Stella schaute zu Pupetta, die am Küchentisch eingenickt war. Der Bauch der alten Frau wölbte sich wie ein Fußball unter ihrer Schürze, ihr Kinn ruhte auf dem ausladenden Balkon ihrer Brüste, man konnte ein leises Schnarchen hören. Stella atmete seufzend aus. Mit Ausnahme von Maria und ihr schienen alle Bewohner der Villa in eine Art Dornröschenschlaf gefallen zu sein. Der Marchese verkroch sich, die Marchesa betäubte sich, auch Fulco ließ sich nicht blicken, und die Schwestern lagen eng umschlungen und kichernd im Bett, sobald sie am Wochenende aus ihrem Klosterinternat zu Hause eintrafen.

»Ich muss die Auberginen noch alle frittieren und die Brühe für heute Abend ansetzen. Und dann hier aufräumen ...«

»Sieht aus, als bräuchtet ihr 'ne neue Köchin«, grinste Lolò, jetzt wieder gut gelaunt.

»Sie ist eben schon alt«, sagte Stella, während sie die gebräunten Auberginenwürfel mit der Siebkelle aus dem Öl hob und in einen Durchschlag zum Abtropfen gab. Sie hängte das Sieb wieder in den Topf und gab zwei weitere Handvoll Auberginen ins Öl. Dann warf sie einige Knochen, eine Zwiebel und eine Karotte mit Schwung auf den Boden eines großen, eisernen Topfes. Flüstern musste sie nicht, Pupetta hörte auch kaum mehr etwas. »Das passiert immer öfter am Tag, nach ein paar Minuten ist sie wieder wach. Aber ich werde die Letzte sein, die sie bei der Marchesa verpetzt.«

»Mensch, du hast nie Zeit, nich' mal an 'nem Sonntagnachmittag, so wie heute! Du schuftest die ganze Woche, jeden Tag!« Lolò schaute sich in der dunklen Küche um. Er war jetzt elf und immer noch viel kleiner als Stella, doch sein Gesicht zeigte bereits den Ansatz erwachsener Züge.

»Aber zur Firmung durfte ich, und in der Messe war ich heute Morgen auch schon!«

»In der Messe!« Lolò verdrehte seine Augen und richtete den Blick an die rußgeschwärzte niedrige Decke der Küche. »Und was is' mit Spazierengehen? Und den Festen? Als ob es dir gefällt, dass du nie was bekommst. Das bisschen nach deiner Firmung war ja auch nix! Selbst an San Giovanni hat sie dich nicht rausgelassen! Und dabei war's wieder so schön! Mit den Feuerwerken und den vielen Lichtern an den Süßigkeitsständen.«

Stella überprüfte die Auberginen. »Die steckt Pupetta ins Armenhaus, ohne Gnade. Das würde ich mir niemals verzeihen!«

»Und die Maria? Kann die nich' ...?«

Stella seufzte, Maria übernahm immer noch die Einkäufe, servierte die Mahlzeiten, überwachte die Arbeit der Putzfrauen, bestellte und kontrollierte die Wäscherin und ... war mit Freude dem Marchese zu Diensten. Stella hätte sich am liebsten übergeben, als sie daran dachte.

»Komm nach, wenn du hier fertig bist! Wir sind unten am Meer. Alberto kauft uns 'n Eis! Ich geh wahrscheinlich nach dem Sommer mit ihm arbeiten. Schiffe bauen, die großen, aus Holz!«

Im Topf fing es an zu zischen.

»Aber Tante Assunta will doch sicher, dass du die *scuola media* machst!«

»Hach, natürlich ... Aber, he, wieso überhaupt? Ich bin nach diesem Schuljahr fertig, ich geh da nich' mehr hin. Lieber verdien' ich Geld mit Alberto. Dann zieh'n wir in eine neue, größere Wohnung, und dann wohnst du wieder bei uns! Na? Soll dein kleiner Lolò jetzt immer noch weiter zur Schule gehen?«

Stella lachte und schlug mit dem Spüllappen nach ihm.

»Will dieser Bootsbauer Assunta wirklich heiraten?!«

»Im nächsten September. Ich hab sie belauscht. Is' ja nicht schwer in unsrer engen Bude. Aber, he! Nich', dass wir dann noch Geschwister bekommen ...« Lolò verzog den Mund.

»Glaube ich nicht.« Stella wollte das Thema nicht vertiefen. »Und jetzt lauf, die warten sicher schon auf dich!«

»Aber bald hol ich dich wirklich ab! Und wenn ich arbeite, geb ich dir nich' nur am Sonntag 'n Eis aus, sondern jeden Tag!«

»Jaja. Ist gut, ich freu mich drauf!« Stella blickte ihm nach, dann goss sie schnell zwei Liter Wasser an das Gemüse und die Knochen.

Vielleicht sollte sie ihm einfach hinterhergehen. Noch drei Kellen Auberginenwürfel, dann waren die *melanzane* für das *agrodolce* fertig. Die Brühe kochte sich in den nächsten zwei Stunden von selbst, und irgendwann würde Pupetta ja auch wieder aufwachen. Ein bisschen Sonne? Ein cremiges Eis aus der Bar? Wie sie das früher manchmal bei Nonna bekommen hatten? Aber Nonna hatte sie verlassen und dann Babbo, und Assunta auch irgendwie, obwohl sie damals nach Babbos Tod nicht anders konnte. Sie hatte ihr nicht einmal von ihrer Verlobung erzählt. Sie sahen sich einfach zu selten.

Stella drückte die Auberginen unter die Oberfläche des siedenden Öls. Lolò hatte recht, sie machte wirklich kaum mehr etwas für sich. Selbst die kleine habgierige Stimme in ihr, die sie früher manchmal gedrängt hatte, das größte Stück Kuchen zu nehmen oder Lolòs Milchflasche auszutrinken, die Stimme, die sie ermutigte, als Erste in den Waschzuber mit dem schönen heißen Wasser zu steigen, war verstummt.

Sie hatte nicht viel Zeit, weiter darüber nachzudenken, denn in diesem Moment wurde von oben an einem der Drähte gezogen, was die Klingel in Bewegung setzte. Der Draht kam aus dem Zimmer ihrer Schwestern. Wahrscheinlich gelüstete es Enza und Regina nach etwas zu essen für zwischendurch. An den Sonntagnachmittagen wussten sie nicht mehr mit sich anzufangen, als sich den Bauch vollzuschlagen. Nun klingelte es auch aus dem Schlafzimmer der Marchesa, die vermutlich nach ihrer täglichen *zabaione*, dem Eierschaum mit Marsalawein, verlangte.

Stella wischte sich über die schweißnasse Stirn und schloss den Deckel des Topfes. Wenigstens gab es in letzter Zeit mehr Geld. Nonnas Haus war endlich verkauft worden, und dadurch war Marias Haushaltskasse auch wieder reicher gefüllt, sodass nun manchmal wieder Fisch und Würste statt der ewigen Kutteln und Kichererbsen auf dem Speiseplan standen.

Stella schaute auf ihre Hände, sie waren rot und rissig vom Spülwasser. Während sie die Treppen hocheilte, zählte sie im Geiste die Aufgaben für die Schule auf. Zwei Seiten musste sie noch über Manzonis Verlobte schreiben, und die Karte in Erdkunde sollte sie für morgen auch noch abzeichnen. Das ganze Wochenende war so viel für sie zu tun gewesen, sie würde erst heute Abend im Schein der Küchenlampe dazu kommen. Oder vielleicht auch erst im Bett. Stella gähnte, als sie auf der ersten Etage ankam. Um auch bei den letzten Arbeiten der achten Klasse gut abzuschneiden, musste sie jetzt oft bis tief in die Nacht lernen. In der wenigen Zeit, die ihr blieb, durchstreifte sie gerne die Flure und Räume der Villa.

Mittlerweile kannte sie alle Zimmer und jeden Salon, jede Nische und jede Säule, jede Vase und jedes Gemälde und wusste, welche Teile des Gebäudes zu welchen Stunden verlassen waren. Ganz selten waren Gäste eingeladen, die, wie im Falle Di Florio, häufig kurz vorher unter fadenscheinigen Begründungen absagten. Der

Marchese bestritt seine Reisen wie eh und je alleine, die Marchesa, die früher noch manchmal zu Einladungen adliger Familien nach Palermo mitgefahren war, blieb immer öfter zu Hause, in ihrem Bett.

Stella war nun im Westflügel. Die Flurfenster lagen direkt über einem Teil der Terrasse und der breiten Mauer, die den Garten umschloss. Dort unten drin hauste Fulco mit dem Pferd. Dann und wann konnte sie hören, wie er Selbstgespräche führte, während er das Auto auf dem Platz davor polierte. Immer ging es um eine Frau, die ihn offenbar während der Verlobungszeit verlassen hatte. Eine gewisse Zaza. Er nannte sie Hure und Miststück und fluchte über sie. Heute war zum Glück alles ruhig.

Stella ging schnell weiter, bis sie vor dem Bett der Marchesa stand. Mit der Hand am Klingelzug war sie schon wieder in einen Opiumschlummer gefallen. Stella lauschte den tiefen, schnorchelnden Atemzügen und versuchte, in den entspannten Gesichtszügen die fremde Person zu verstehen, die doch ihre Mutter war. Manchmal war sie euphorisch und verfolgte mit aller Kraft neue Ideen. Nach einem Abend im Teatro Massimo, zu dem das Ehepaar eingeladen worden war, liebte sie plötzlich die Oper. Gleich am nächsten Tag musste Stella unter ihrem ständigen Gezeter das uralte Grammofon säubern und alle Platten heraussuchen, die sich in den Schränken fanden. Tagelang schallten die Töne von »La Traviata« und »Norma« durch die Villa. »Als ob eine Katze ertränkt werden soll!«, beschwerte Enza sich. Doch die Begeisterung der Marchesa hielt ausnahmsweise einmal länger an. Sie bestellte einen Gesangslehrer für sich und die Mädchen. Er kam zweimal ins Haus, dann blieb er weg.

Oder ihr plötzliches Interesse an der Porträt-Fotografie … Der arme Fotograf musste zu unzähligen Sitzungen kommen, denn sie war nie zufrieden. Erst lag es an ihrer Garderobe, dann am Licht.

Maria hatte mit Stellas Hilfe einen der unbenutzten Salons herrichten müssen, um einen perfekten Hintergrund zu schaffen. Tagelang hatten sie unter ihren schrillen Kommandos geschuftet. Sogar eine Wand neu gestrichen! Als der Fotograf seine vorgelegten Arbeiten nicht bezahlt bekam und auch den verlangten Vorschuss nicht erhielt, packte er sein Stativ und die Fotos und verschwand. Auch die Passion der Marchesa für französische Schriftsteller war nach einem kurzen Aufflackern und mehreren Buchpaketen aus Paris wieder erloschen. Danach waren die Tropfen wieder wochenlang zum Einsatz gekommen.

Obwohl sie hier so entspannt liegt, habe ich immer noch Angst vor ihr, dachte Stella. Sie sieht ja nicht einmal, wer ihr gegenübersteht. Erkennt nicht, wie jemand ist, was jemand braucht, was er fühlt. Weil sie gar nicht hinschaut, sondern immer nur sich selbst im Sinn hat. Sie ist so voller Hass und Selbstmitleid. Das Einzige, was sie wirklich gut kann, ist, einen Menschen mit wenigen Worten oder auch nur einer hochgezogenen Braue, einem verächtlich heruntergezogenen Mundwinkel zu demütigen. Nur wenn sie von dem kleinen Bartolo spricht, dann zerfließt sie vor Zärtlichkeit. Stella wandte sich ab, um das Schlafzimmer wieder zu verlassen. Und ganz plötzlich, vielleicht durch Lolòs Worte wachgerüttelt, erhob sich das längst tot geglaubte, selbstsüchtige Stimmchen in ihr. Das Eis auf der Promenade würde sie sich an diesem Tag nicht entgehen lassen!

Als sie eine Viertelstunde später durch die Straßen lief, merkte sie, wie die Männer ihr nachblickten. Was war denn los mit ihr? Schwebte etwa ein Schild über ihrem Kopf, auf dem in großen leuchtenden Buchstaben »alleine-alleine-alleine« stand?

Richtig, Mädchen, du bist alleine, was tust du hier, was willst du von uns, du willst doch was von uns, sonst wäre deine Mutter bei dir, deine Tante, dein Bruder, dein Vater! Sie starrten in ihr Gesicht, ließen ihre Blicke hinabgleiten zu einer ganz bestimmten Stelle, die sie am liebsten vergessen wollte. Und auch wenn sie an einem der Männer vorbei war, spürte sie ihn noch hinter sich und mit den Augen an ihrem Kleid zerren, bis der nächste ihr entgegenstarrte und die Gier wie einen Stab beim Staffellaufen übernahm.

»Da bist du ja!« Noch nie war sie so froh gewesen, Lolò zu sehen, sie fiel ihm um den Hals und gleich danach auch Assunta, die neben ihm stand und den Schatten des Anstands über sie warf wie eine rettende Decke. Schon war sie wieder unantastbar, die Blicke wurden verstohlener, blieben schließlich ganz aus.

»Mein Mädchen!«, rief Assunta. »Hat sie dich tatsächlich gehen lassen!«

»Ich habe nicht gefragt.« Stella machte einen kleinen Hopser an Assuntas Seite, ja, sie schnappte sich Lolòs angeknabberte Eistüte – schon als kleiner Junge hatte er die Spitze der Waffel immer als Erstes gegessen – und nahm einen großen Happen davon.

Aber anstatt zu protestieren, fragte Lolò nur: »Haste ihn schon gesehen?« Stolz, als ob er ihn seiner Mutter geschenkt hätte, zeigte er auf einen großen, kräftigen Mann, der an einem der Boote stand. »Alberto ist bei uns!«

»Das hast du mir schon in der Küche angekündigt!«, antwortete Stella leise.

»Ah, da ist sie ja!«, rief Alberto freundlich, kam herüber und schüttelte ihr die Hand.

»Angenehm, Maristella!«, sagte Stella und machte einen Knicks, so, wie Assunta es ihr als kleines Mädchen beigebracht hatte. Dann erst bemerkte sie, wer neben dem großen Mann stand. Natürlich wieder dieser Nicola! Er trug eine Badehose, am heiligen Sonntag, und seine Haare waren nass. Der gebrauchte seine braunen Beine wohl nur, um ihr hinterherzurennen.

Mit einem aufleuchtenden Grinsen, als ob ihm gerade etwas eingefallen wäre, lehnte er sich jetzt an das Boot hinter ihm und betrachtete sie. »Hallo, mal wieder!«

Sie schaute weg. Drehte sich zu Lolò. Doch der war keine Rettung. »Das is' Nico, der bringt mir bald das Schwimmen bei«, haspelte er atemlos, begeistert, »er ist mein Freund, er nennt mich immer *birbantello,* nich'? Stimmt doch, Nico? Und das Tauchen und das Jagen unter Wasser!«

Nico ließ Stella keinen Moment aus den Augen. »Maristella!« wiederholte er andächtig. »Ich werde mein Boot nach dir benennen. Vielleicht ein wenig abgewandelt: Marestella. Meeresstern.«

Wollte er ihr damit etwa schmeicheln? »Du hast ja gar kein Boot.«

»Nein, aber wenn ...«

»Pfff.« Sie kehrte ihm den Rücken zu.

»Stella! Stellina!« Assunta zog sie am Arm mit sich fort. »Ich habe eine Neuigkeit für dich!«

»Du wirst dich verloben!«

»Woher weißt du das? Ja, stell dir vor, Signorina Puppenbein wird heiraten!«

Ich will nicht daran denken, was er dann mit dir tut, und du mit ihm, dachte Stella, doch sie lächelte: »Die Signorina ist dann für immer gestorben, und du wirst die Signora ...? Wie heißt Alberto mit Nachnamen?«, fragte sie und küsste Assunta auf beide Wangen. Wenn ihre Tante mit einem kurzen Bein und einem unehelichen Kind heiraten konnte, war nichts mehr unmöglich, das spürte sie. Aber ich will ja gar nicht heiraten, ich will in die Schule gehen, dachte sie. Also werde ich mir mein Eis oder was immer ich will selbst besorgen müssen und darf nicht darauf warten, dass es mir einer vorbeibringt.

Ein paar Tage später lief Maria aufgeregt durch die Küche: »Ich muss noch einiges einkaufen. Heute Morgen gab es bei den Fischern keine *neonata* mehr. Für heute Nachmittag haben sie mir welche versprochen. Die bringen extra welche aus Porto Gemini.«

Jaja, dachte Stella verächtlich, diese armen, gerade geborenen Fischchen isst er ja so gerne, da rennst du glatt zehnmal los, um ihn zufriedenzustellen.

»Jetzt komm schon mit! Ein bisschen frische Luft wird dir guttun!«

Was dir guttut, weiß ich jetzt, dachte Stella und schaute nicht von dem Nudelteig auf, den sie auf dem Tisch ausrollte. »Nimm doch eine meiner Schwestern mit!«, sagte sie stattdessen.

»Oh, oh, Signorina Patzig ist neuerdings bei uns eingezogen...«, lachte Pupetta. Stella merkte, dass sie der alten Frau am liebsten mit dem Nudelholz über den Mund fahren wollte, so wütend machte der Satz sie. Mein Gott, was war mit ihr los? Sie war in letzter Zeit wirklich oft rasend schlecht gelaunt. Schläge mit dem Nudelholz hatte Pupetta nun wirklich nicht verdient. Maria dagegen schon, grummelte sie innerlich vor sich hin, während der Teig ihr unter der Rolle zerriss. Drei Eier auf ein Kilo Mehl reichen eben einfach nicht, Maria! Ich habe es doch gleich gewusst. Du hast keine Ahnung, und wie widerlich du dich benommen hast! Sie hatte immer noch Marias verzückt aufgerissenen Mund vor Augen, ihren dürren Körper mit den fremden Händen darauf. Das ganze Bild in einem hübschen Schlüssellochrahmen. Stella hatte Maria nicht darauf angesprochen, doch auch sonst kaum mehr etwas zu ihr gesagt. Ihre Schweigsamkeit und wahrscheinlich auch der Blick, mit dem sie ihr am folgenden Tag begegnet war, hatte sie dennoch sofort verraten.

Maria hatte sie seitdem so manches Mal mit zum Einkaufen nehmen wollen, schon fing sie wieder damit an: »Da können wir beide mal ungestört plaudern!« Doch Stella schüttelte nur den Kopf.

»Oder hast du Angst, deinen Verehrer zu treffen?«, stichelte Pupetta. Von Maria wusste sie, dass Nico sich nach ihr erkundigt hatte und es noch stärker als früher darauf anlegte, Maria die Einkäufe in die Villa zu bringen. Stella blies nur die Wangen auf und ließ einen verächtlichen Ton hören.

Sie hatte doch keine Angst! Sie wollte ihm nur nicht begegnen; anscheinend lungerte er täglich am Strand und bei den Fischern herum. Wenn sie ihn schwer bepackt die Stufen in die Küche hinabsteigen hörte, verschwand sie sofort durch die andere Tür und versteckte sich in ihrer Kammer. Der mit seinem Boot, als ob er jemals eins besitzen würde. Ihr fiel die tropfende Eiswaffel von Lolò ein und die verliebten Blicke zwischen Assunta und Alberto, und dann plötzlich noch etwas: »*Neonata* sollen es also sein, was?«

»Kind, was machst du denn? So werden das niemals vernünftige *tagliatelle* ...«, brummte Pupetta neben ihr und nahm ihr die Rolle aus der Hand.

»Ich komme mit!«

»Na dann los, wir sind schon spät dran! Mandelkekse sind auch keine mehr da.« Natürlich, auch Mandelkekse sind wichtig, dachte Stella, dein Marchese isst so gerne welche zu seinem Nachmittagstee. Maria nahm ihre Schürze ab und eilte die Treppe hinauf.

Auf dem Weg zu den Fischern in ihren Unterständen sprach keiner von ihnen ein Wort, doch Stella konnte an Marias Händen sehen, wie angespannt sie war. »Ich sehe dich in letzter Zeit immer so verschlossen, Stella! So wie früher, als du zu uns kamst und so traurig warst.«

»Ich denke mir eben meinen Teil ...«

»Aha!«

»Und mache Pläne!«

»Aha.«

»Ich möchte nämlich auf das *liceo scientifico* gehen!«

»Ach, Stella, du bist mir also nicht böse ...!« Maria blieb stehen und versuchte, nach ihrer Hand zu greifen, doch Stella ging weiter.

»Ich weiß nur, dass jemand die Entscheidung treffen muss, mich dorthin zu schicken. Und das wird diesmal nicht die Marchesa sein. Verstehst du, was ich meine?«

Maria sah ihr mit weit aufgerissenen Augen hinterher. »Aber ...«

Stella ging zurück und flüsterte in ihr Ohr: »Vielleicht muss eine Stimme es in das richtige Ohr flüstern, ganz nah, damit das Ohr es auch hört und versteht.« Sie wandte sich abrupt um und ging weiter.

Hinter ihr schnappte Maria nach Luft, das spürte sie, auch ohne hinzuschauen.

»Gut, wenn du meinst.« Maria beeilte sich, sie einzuholen. »Ich könnte mir schon vorstellen, dass das ... dass das weitergeht. Mit der Schule für dich. Du bist ja schlau.«

»Du auch, Maria! Und ich werde übrigens nicht mit diesem Jungen, mit diesem Nico, reden, der da vorne steht.«

26

Nicola warf einen Blick in den Himmel. Es war Sonntag, sechs Uhr früh, der Morgen grau und windig. Später würde die Sonne durchbrechen, das konnte er an der faserigen Wolkendecke erkennen. Er stand an der Via Alloro und wartete auf Manuele. In zehn Minuten fuhr der Bus, laut Plan jedenfalls. Um halb neun konnten sie in Terrasini sein, einem kleinen Dorf direkt am Meer, fünfzig Kilometer hinter Palermo, um das erste Mal bei einem nationalen Tauchwettbewerb, dem »*Coppa Nautica Sud*«, zuzuschauen. Taucher aus ganz Italien kamen dort zusammen, um vier Stunden lang Fische zu jagen. Und das Beste: Sie tauchten alle ohne Sauerstoff, jagten mit der Harpune, wie er selbst.

»He, Junge, du bist hier!« Nico ging Manuele entgegen. »Willkommen zu Hause!« Er hob ihn hoch. »Ich hab's dir doch gesagt, die ollen Priester bei Don Bosco sind auf Dauer nix für dich, da wirst du ja wahnsinnig.«

»Ja. Schon. Und jetzt lass mich bitte wieder runter«, sagte Manuele von oben und strampelte mit seinen langen Beinen.

»Wir werden zusammen auf das *liceo* gehen!«

»Ich bin immer noch eine Klasse über dir!«

»Aber beide werden wir Mädchen in der Klasse haben! Das wird endlich mal spannend!«

Noch immer hing Manuele in der Luft, als er sagte: »Meine

Mutter hat mich vor denen gewarnt. Ich soll mich nicht ablenken lassen!«

Nico stellte ihn auf den Boden zurück. Seine Arme waren verdammt stark, sie hätten den dünnen Schlaks noch mehrmals stemmen können, ohne müde zu werden, stellte er zufrieden fest. »Ach, meine weiß sowieso, dass ich dauernd abgelenkt bin. Die wundert sich, dass ich es überhaupt so weit geschafft habe ...« Er schlug dem Freund auf die Schulter, der ihn um einen Kopf überragte.

»Viele sind es ja nicht. Die meisten von den Mädchen gehen auf das *liceo classico*. Damit sie nicht so viel Mathe haben. Und wieso ist das spannend?«, fragte Manuele leise. »Was willst du denn mit denen?« Er nahm seine Brille ab und putzte sie mit einem Zipfel seines Hemdes.

»Nichts. Sie beobachten, ihnen nahe sein!«

Einer besonders! Er konnte sein Glück noch gar nicht fassen. Im Büro seiner Mutter hatte er die Listen der Schulen durchforstet und den wichtigsten, schönsten aller Namen entdeckt. Maristella Letizia di Camaleo war in seiner Klasse! Was für ein Glück! Sie würde jeden Tag durch dieselbe Tür zum Unterricht hineinspazieren wie er. Er würde ihr Gesicht sehen, ihren Körper in Ruhe betrachten können, den Duft ihrer Haare aufsaugen ... Wonach würden sie riechen? Wie nah musste er ihr kommen, um das feststellen zu können? Er würde mit ihr reden, noch mal ganz in Ruhe von vorne anfangen, um sie richtig kennenzulernen. Und würde sich entschuldigen müssen für die Sache vor dem Tor.

An sie zu denken tat weh, sie nicht sehen zu können auch. Ein prickelnder Dauerschmerz, der ihn lähmte und gleichzeitig unruhig machte. Bei jedem Schritt dachte er an sie, und bald, bald würde sie ihm endlich nahe sein. Anders nah als Tamara Caruso. Die hatte in letzter Zeit oft Aufgaben für ihn, meistens im Schlafzimmer ihres Hauses. Mal war ihr etwas hinter das Bett gerutscht, mal funktionierte die Nachttischlampe nicht. Immer mittags, wenn die Kinder schliefen. Lange konnte er sich die nicht mehr vom Hals halten. Sie will ja auch etwas anderes als deinen Hals ...

»Aber jetzt haben wir erst mal drei Monate Ferien!«, beendete er seinen gedanklichen Ausflug zu Signora Caruso. »Wir können zusammen tauchen gehen, ich bringe es dir bei! Oder musst du deinen Eltern etwa wieder dauernd in der Apotheke helfen?«

»Ja klar.«

»O Mann ...« Nico verzog den Mund. »Geben sie dir eigentlich was dafür?«

»Nee«, Manuele zog die Schultern nach vorne. »Da kommt der Bus.«

Sie bestiegen den blauen Omnibus, der sie nach Palermo bringen würde. »Tonio arbeitet manchmal unten am Strand in der Sardinenfabrik«, sagte Nico, der für beide bezahlte und durch den Gang nach hinten durch den leeren Bus ging. »Ich war einmal mit, aber nur zum Zuschauen. Für eine Stunde Sardinen einsalzen, Köpfe abreißen oder sortieren gibt es zwanzig Lire.«

»Kann er sich zwei Eis davon kaufen!«, sagte Manuele und setzte sich neben Nico auf eine der letzten Sitzbänke.

»Ja, das ist nicht viel, aber das wäre alles nicht schlimm, wenn der Gestank nicht wäre, den hältst du nicht aus ...«

»Da verdienst du dein Geld angenehmer!«

Nico grinste. »Ich spare fast alles, es reicht zwar noch lange nicht für ein Boot, doch ich habe mir schon eins ausgesucht. Vierhunderttausend Lire soll es kosten.«

»Das ist eine Menge Geld. Vielleicht solltest du dann besser nicht so viele Fische verschenken ...«

»Von manchen Leuten kann ich einfach nichts nehmen. Die sind so froh über einen Fisch zum Abendessen.« Nico schüttelte langsam den Kopf. Das Boot vom alten Eduardo war weiß und grün und gerade groß genug. Es hatte zwei Bänke, zwei Ruder, das Holz war auch in Ordnung.

»Meine Mutter würde mir den Rest dazugeben, wenn ich sie darum bitten würde. Sie tut zwar immer so streng, und sie mag das Meer nicht, ach, sagen wir lieber, sie hasst es; aber sie macht alles für mich!«

»Du willst immer nur tauchen, richtig? Dein ganzes Leben lang.«

»Ja klar, das ist einfach das, was ich am liebsten mache. Und du? Etwa in der Apotheke stehen? Übrigens, warum fährt dieser blöde Bus nicht endlich los?« Nico schaute aus dem Fenster. Auf wen wartete der Fahrer denn noch?

»Das findest du vielleicht komisch, aber mein Vater will das, und meine Mutter auch. Ich tue das für sie. Und für mich. Ehrlich.«

»Also stehe ich wie ein Egoist da, weil ich nur an mich denke, oder was? Leider kann ich meinen Vater nicht fragen, was er will. Ich kann nichts mehr für ihn tun!«

»Bist du sicher? Und was ist mit deiner Mutter, was tust du für sie?«

Nico drehte seinen Kopf jäh zu Manuele. »Wie? Was ich …? Na, ich …« Nachdenklich schaute er wieder hinaus. Der Bus hatte sich in Bewegung gesetzt, die Häuserreihe der *case popolari* zog an ihnen vorbei, niedrig, mit winzigen Zimmern und kleinen Fenstern. Häuser für arme Leute.

»Ich baue ihr ein Haus. Eine Art Villa, mit einem Garten, denn sie liebt Pflanzen. Und eine große Küche wird es haben«, sagte er gegen die Scheibe. »Ohne Außentreppe!«

Manuele lachte: »Das fällt dir jetzt gerade mal so ein!«

»Ja, lach nicht. Ich werde Taucher, aber ich werde auch Architekt!«

Als sie um halb zehn endlich in Terrasini eintrafen, hatte der Wettkampf schon begonnen. Nico ärgerte sich. Der Bus war zu spät in Palermo angekommen, sie hatten eine halbe Stunde auf den nächsten warten müssen, der sie in die kleine Hafenstadt brachte. »Du musst dir die Zeit besser einteilen«, sagte seine Mutter immer. Die Zeit einteilen – so einfach war das nicht. Egal, wie früh er losging, irgendwie kam er immer zu spät.

»Jetzt haben wir die Vorstellung der einzelnen Teilnehmer verpasst«, sagte er zu Manuele, während er sich mit ihm durch die Zuschauermenge drängte. Einige hatten sich schon die besten Plätze auf den Felsen gesichert.

»So viele Boote!«, beschwerte sich Manuele. »Man kann ja gar nicht alle beobachten.«

»Sie haben jeder einen Assistenten dabei und einen Schiedsrichter!« Nico atmete auf. Beim Anblick der kleinen Boote im Wasser ging es ihm gleich etwas besser. Er zeigte Manuele die Waage auf dem mit buntem Flatterband abgesperrten Platz. »Hier findet später die Siegerehrung statt. Denn nicht, wer am Ende die meisten Fische hat, gewinnt, sondern nur, wessen Fang insgesamt die meisten Kilos auf die Waage bringt!«

»Glaubst du wirklich, du wirst einmal dabei sein?«

»Aber klar! Noch darf ich nicht, aber in zwei Jahren, mit sechzehn, schon!« Nico lachte und holte ein paarmal hintereinander tief Luft, als ob er sich selbst auf einen Tauchgang begeben wollte. »Komm, wir gehen dort vorne hin, von da aus kann man das Boot von Domenico Bertino gut sehen, der war schon dreimal sizilianischer Champion!«

Die Sonne stieg höher, Nico wurde nicht müde, die Taucher zu beobachten, die einen Fisch nach dem anderen nach oben brachten. Die Männer holten sie an Bord, streiften sie von den Pfeilen und spannten die Harpunen neu. Schnell, um keine Zeit zu verlieren.

»Hast du gesehen, alle tragen Taucheranzüge!«, rief er Manuele begeistert zu.

»Ich habe Hunger!«

»So einen kaufe ich mir als Nächstes! Da wird einem nicht mehr kalt in der Tiefe!«

»Und Durst! Ist ja immer dasselbe, erst tauchen sie ab, man sieht als Letztes ihre Flossen, dann kommen sie hoch, und entweder zappelt ein Fisch auf dem Pfeil oder auch nicht ...«

Nach einer Stunde verließen sie ihren Aussichtsposten auf dem Felsen und kauften sich an einem Stand eine Flasche Wasser, ein paar *panelle* und zwei Brötchen mit köstlich duftender, in Öl gebackener Milz. Sie setzten sich in den Schatten, auf die Deichsel des Verkaufswagens.

»Weiß deine Mutter, dass du hier bist?«, fragte Manuele und ließ sich das Wasser über das von der Sonne gerötete Gesicht und in den Mund laufen.

»Ich habe gesagt, ich steige mit dir auf den Monte Capanone, und wir suchen nach Fossilien.«

»Aber das ist doch eine Lüge!«

Nico zuckte mit den Achseln. »Alles, was mit den Bergen zu tun hat, macht ihr keine Angst! Und ich liebe Fossilien! Habe sogar ein paar Bücher darüber.«

»Mist. Ich habe meiner Mutter die Wahrheit gesagt. Wir hätten uns besser absprechen sollen«, sagte Manuele mit vollem Mund. Sie aßen, gingen dann wieder auf die Felsen zurück und kamen gerade rechtzeitig, um zu sehen, wie der Assistent des Favoriten Domenico einen riesigen Zackenbarsch über den Bootsrand zog.

»Schau mal, der hat mindestens zwölf Kilo!«

»Und er hat noch ganz viele von den kleineren am Gürtel hängen«, rief ein Mädchen vom Nachbarfelsen. »Der muss ganz schön lange unten geblieben sein ...!«

»Die guckt mit ihrer Freundin dauernd rüber! Ihr Bruder, oder wer das ist, schaut schon ganz böse«, sagte Manuele.

»Wollt ihr ein Eis?«, rief Nico plötzlich den Mädchen zu.

»Hier gibt es kein Eis«, raunte Manuele. Doch die beiden Mädchen, denen der Bruder anscheinend völlig gleichgültig war, kamen schon zu ihnen hinübergeklettert, und gemeinsam machten sie sich auf zum Platz mit der Waage. Es gab wirklich kein Eis, doch einen Mann, der eisige Limonengranita verkaufte. Nico zog ein paar Lirescheine aus der Hosentasche, und während sie daran löffelten, gab er vor den Mädchen einige lustige Begebenheiten zum Besten, die er angeblich mit seinem Freund im Klosterinternat erlebt hatte. Manuele schaute ihn ungläubig an. Wie kam Nico nur auf diese Dinge!? Weniger als die Hälfte davon war wirklich passiert, und nicht einmal er selbst war bei den Vorkommnissen dabei gewesen, sondern hatte Nico nur davon erzählt.

Doch als drei Stunden später die Beute der Taucher hochgebracht und unter Beifall des Publikums gewogen wurde, vergaß Nico die Mädchen an seiner Seite. Domenico Bertino, vom Club Tirreno Sub, gewann wie erwartet mit stolzen 43 Kilo und hielt kurz darauf den Pokal in den Händen. Nachdem er für die Zeitung fotografiert worden war, löste sich die Menschenmenge langsam auf. Auch die Mädchen waren plötzlich verschwunden. Nico war das egal, er hatte Domenico aus der Nähe gesehen und sich seine Ausrüstung anschauen können. Begeistert auf seinen Freund einredend, gingen sie zurück in den kleinen Ort, zur Bushaltestelle.

»Ich werde in zwei Jahren dabei sein, Manuele, das schwöre ich dir! Hast du die *cernia* gesehen, die ihm zum Sieg verholfen hat? Die war kaum größer als das Exemplar, das ich gleich an meinem ersten Tag rausgeholt habe ...«

»Aber es kommt doch auch darauf an, ob überhaupt so viele Fische da sind. Dreißig Taucher waren es heute, aus ganz Sizilien! Die haben die ganze Küste leer gefischt, da bleibt nicht für jeden etwas übrig«, warf Manuele ein. Doch Nico winkte ab. »Es kommt darauf an, ob du sie in ihren Höhlen zwischen den Felsen aufstöberst. Du musst eben ahnen, wo sie sind!«

Sie redeten noch eine Weile über den Wettkampf, wechselten in Palermo den Bus und kamen gegen fünf Uhr nachmittags erschöpft und müde von der Sonne in Marinea an. Nico sah, dass seine Mutter auf der anderen Straßenseite an der Bushaltestelle stand. Ihre Arme hatte sie um sich geschlungen, als ob sie dringend Halt brauchte.

»Mist«, murmelte er. »Da steht meine Mutter. Denk dran: Monte Capanone, Versteinerungen suchen!«

Sie waren kaum aus dem Bus gestiegen, als Flora ihnen schon winkte: »Wo kommt ihr jetzt her?« Sie kam von der anderen Straßenseite herüber und versuchte, sich zu beherrschen, doch Wut und Angst ließen ihre Stimme belegt klingen.

»Vom Monte Capanone!«, kam es einstimmig von den Jungen.

»Und dazu fahrt ihr mit dem Bus? Das ist doch die völlig falsche Richtung.«

»Wenn der Berg nicht zu uns kommt ... Mama.«

»Ihr wart in Tessini. Deine Mutter hat es mir gesagt, Manuele!« Dann senkte sie ihre erboste Stimme zu einem enttäuschten Flüstern: »Du bist so ein lieber Junge, lass dich von Nico doch nicht zum Lügen verleiten.«

»Entschuldigen Sie bitte, Signora Messina!«

»Und du, mein Freund, für dich ist in den nächsten Wochen alles gestrichen, was auch nur im Entferntesten mit Wasser zu tun hat!«

»Also fällt das Waschen auch aus ...?« Nicos Stimme klang enttäuscht. Er duckte sich, weil seine Mutter ihre Hand erhob, sie dann aber wieder sinken ließ. Dann entdeckte er ein winziges Lächeln auf ihren Lippen. Na also.

27

Das Schuljahr war zu Ende, und obwohl sie morgens immer so schrecklich müde gewesen war, hatte Stella alle Prüfungen mit einer Sieben abgelegt. Sieben von zehn, das war richtig gut, wenn man bedachte, dass sie kaum hatte lernen können. Seltsamerweise hatte das auch die Maestra Eboli gefreut, denn als sie ihr das Abschlusszeugnis aushändigte, war sie mit der Hand leicht über Stellas Wange gestrichen. »Lassen sie dich aufs *liceo*?«, hatte sie gefragt. »Du hättest das Zeug dazu. *Liceo scientifico*. Mathematik und all die Naturwissenschaften ...«

Stella waren die Tränen in die Augen gestiegen. Das passierte leider immer dann, wenn jemand unerwartet nett zu ihr war. Sie blinzelte.

»Ich habe es zu Hause gesagt. Ich weiß nicht, ob ich darf!«

»Die Deinen dürfen dich nicht so viel arbeiten lassen! Ein Mädchen in deinem Alter braucht genug Schlaf und Zeit, seine Aufgaben zu machen!«

Stella schluckte. Die Meinen gibt es nicht mehr, dachte sie. Die sind alle weg. Gestorben. Oder verlobt. »Woher wissen Sie ...?«

»Ich kann so etwas sehen, mein Mädchen«, hatte die Maestra gesagt und Stellas von der Arbeit im Haus raue Hand für einen Moment in die ihre genommen. »Du musst lernen! Viel lernen, besser sein als die Männer! Nur so kommst du raus!«

»Aber ...!«

»Keine Entschuldigung für die eigene Angst! Es gibt immer eine Lösung!« Ohne zu lächeln hatte sie sich der nächsten Schülerin zugewandt.

Am ersten Ferientag kamen die Schwestern gegen Mittag aus ihrem Klosterinternat. Stella beobachtete, wie Fulco Enza und Regina die Tür aufhielt, damit sie aus dem Automobil klettern konnten. Zwei Stunden nach dem Mittagessen beschloss die Marchesa, dass es an der Zeit wäre, ein Bad zu nehmen. Maria heizte den Badeofen an, der in dem kleinen Boudoir neben ihrem Schlafzimmer stand, in dem es aber kein Wasser gab. Stella half ihr, die schweren Eimer hochzuschleppen, in den Ofen zu füllen und das heiße Wasser danach in die Wanne zu gießen. Verschwitzt saßen sie anschließend in der Küche und tranken Zitronenwasser. »Bringst du deinen Schwestern bitte auch eine Karaffe auf das Zimmer? Sie haben gerade danach verlangt. Es tut mir leid, ich würde es ja selber machen, aber heute ist der Tag, an dem ich meine alte *zia* besuchen muss. Die Arme macht es nicht mehr lange.«

»Ja, natürlich, geh nur, damit du den Bus nicht verpasst.«

»Aber pass auf, dass du nicht stolperst! Die schaffen es, in kürzester Zeit aus ihrem fein aufgeräumten Zimmer Sodom und Gomorrha zu machen«, warnte Maria.

Stella klopfte, und als keine Antwort kam, stieß sie die angelehnte Tür auf. Sie lagen auf dem Bett, trugen nur ihre Unterröcke und hielten die Augen geschlossen. Reginas Kopf ruhte auf Enzas dickem Bauch. Die Schwestern waren gleich groß, doch das Mollige, das sie als Kinder an sich gehabt hatten, hatte sich nur bei Enza zu einer handfesten Dickleibigkeit weiterentwickelt. Stella wusste, dass sie sich gerne in der Küche der Klosterschule nützlich machte. Besonders Süßspeisen waren ihre Passion.

Sie stakste über den Boden, bemüht, nicht auf die wild verstreuten

Kleidungsstücke zu treten, die neben aufgeschlagenen Büchern und ein paar Heften aus dem vergangenen Schuljahr lagen. Dessertteller, verschmiert von Resten der *crema di ricotta,* standen zwischen den derben Halbschuhen mit den verknoteten Schnürsenkeln, die sie mit Vorliebe trugen, darüber Stofffetzen, denn Enza hatte immer noch die Angewohnheit, neue Kleider mit der Schere zu bearbeiten, bis sämtliche Verzierungen und Borten abgetrennt waren. Gefallen fand sie dann meistens doch nicht an ihnen, sondern trug weiterhin nur ihre sackartigen braunen Gewänder. Regina ahmte sie in allem nach.

Stella stellte die Karaffe auf ein Tischchen und goss zwei Gläser ein. Wut stieg in ihr auf, sie war offenbar so unbedeutend, dass man sich nicht einmal die Mühe machen musste, die Augen zu öffnen oder »Herein« zu rufen. Sie verließ das Zimmer, ließ aber die Tür einen Spaltbreit auf und beobachtete ihre regungslos dahingestreckten Schwestern. Plötzlich setzte Enza sich auf und stieß Regina dabei unsanft von ihrem Bauch: »Lass uns Patrouille gehen! Schauen, ob sich was verändert hat!« Sie rülpste leise.

»*Pattuglia! Pattuglia!*«, wiederholte Regina mit hohem Stimmchen. Für eine Siebzehn- und eine Fünfzehnjährige benehmen die sich ganz schön kindisch, dachte Stella und versteckte sich in einer Nische im Flur.

Schon bald erkannte sie, dass auch die Schwestern regelmäßig durch die Villa streiften, dabei jedoch absichtlich ihre Spuren hinterließen. Sie steuerten zunächst das Schlafzimmer des Marchese an, lugten hinein, zwängten sich durch die Tür und schlossen sie blitzschnell wieder hinter sich. Durch das Schlüsselloch konnte Stella sehen, wie sie mit ein paar wohlüberlegten Handgriffen Unordnung machten. Das Lesezeichen wurde aus dem Buch vom Nachttisch genommen und an anderer Stelle wieder hineingesteckt, Enza spuckte gegen den seidenen Morgenrock, der über dem Paravent hing, Regina löste die Kordeln des schweren Vorhangs, sodass er schlampig herabhing, und schüttete das Wasser aus der Blumenvase in die Waschschüssel, die auf einer Kommode zwischen den Fenstern stand. Stella befürchtete, dass sie auch noch etwas mit dem Nachttopf planten, und hielt die Luft an, doch der war anscheinend leer, denn Enza gab ihm einen lässigen Tritt, der ihn weit unter das Bett schlittern ließ. Regina schickte die vor dem Bett ordentlich nebeneinander ausgerichteten Hausschuhe hinterher. Sie schauten sich fröhlich um. Zehn Sekunden später sah Stella beide Schwestern auf sich zukommen, sie löste sich vom Schlüsselloch, eilte die Treppe ein paar Stufen hinunter und verharrte dort. Ungesehen folgte sie ihnen weiter durch das Haus.

Aus dem Studierzimmer kamen die Mädchen lachend wieder heraus. »Er muss sich doch wundern, warum er immer so komische Züge macht...«, kicherte Regina.

»Oder die trampeligen Putzfrauen beschuldigen, das Schachspiel umgestoßen zu haben.«

»Aber das werden wir nie erfahren...«

»Weil er ja nix sagt!«

Hand in Hand gingen sie über den Flur, klopften höflich an die Tür des Schlafzimmers ihrer Mutter und öffneten sie, als keine Antwort kam. »Sie badet nebenan, lass uns später reingehen«, wisperte Regina.

Ja, natürlich badet sie, dachte Stella entrüstet, weil Maria und ich mindestens zwanzig schwere Wassereimer geschleppt haben.

»Ach komm, die hört uns gar nicht!«, erwiderte Enza und zog die Schwester mit sich. Kurze Zeit später verließen sie das Zimmer wieder.

»Hoffentlich merkt sie es diesmal!«

»Bestimmt, und dann bekommt sie Panik!«, grinste Enza. »Ich hätte ja alles reingekippt. Aber vielleicht hast du recht, dann dreht sie heute Nacht völlig durch und lässt uns nicht schlafen, weil gar nichts mehr da ist ...«

»Baah, es sah aus wie altes Blut, so ekelig braunrot!«, Regina rümpfte ihre aufgestülpte Nase, sodass ihre großen Nasenlöcher noch riesiger wurden.

»Sie wird denken, sie hätt's ausgepisst!«

Stella schreckte bei den Worten zusammen. Seit wann wandten sich diese beiden Klosterschülerinnen auch gegen ihre Mutter? Und benutzten dabei so bösartige Worte? Waren sie eifersüchtig auf den toten Bruder? Als sie noch klein gewesen waren, hatte die Marchesa sie doch immer verwöhnt.

Mit ein paar fröhlichen Hopsern, als hätte sie ihrer Mutter soeben einen Strauß selbst gepflückter Wiesenblumen überreicht, zog Regina an der Nische vorbei, in die Stella sich presste. Auch Enza bemerkte sie nicht. Offenbar hatten die beiden alle Laudanumfläschchen der Marchesa in das Nachtgeschirr geleert. Bis auf eines.

Noch lange blieb Stella in ihrem Versteck stehen, Arme und Beine kraftlos vor Empörung. Wie oft hatte Maria sich über die Putzfrauen beschwert, die angeblich die Wäscheschränke durcheinanderbrachten, oder sie des Diebstahls bezichtigt, wenn Dinge unauffindbar waren. Stella besaß zwar nicht viel, doch der Gedanke, dass die beiden auf ihre Sachen spuckten wie auf den goldenen Morgenmantel des Marchese, ließ sie die Zähne zusammenbeißen. Wen könnte sie um Hilfe bitten? Sie hörte Fulco vor dem Fenster fluchen. »Du dummes Weib, hast mich nur betrogen, Zaza, verdient hast du es, verdient, jawohl!«

»Eher schmeiße ich meine Sachen ins Feuer, als dass ich vor dem auch nur ein einziges Mal ›bitte‹ sage!«, murmelte sie.

Es klingelte aus dem Studierzimmer. Hörte das denn heute gar nicht auf? Stella ging hinunter in die Küche. Gegen vier saß der Marchese oft an seinem Schreibtisch, Maria brachte ihm dann seinen *tè* und die geliebten Mandelkekse. Ob sie sich dabei von ihm küssen ließ? Ob er ihr unter das Kleid fasste? Sich zu der Stelle tastete, die die Männer anscheinend so interessant fanden? In ihrem Kopf tauchten Unmengen eindeutiger Bilder auf, ohne dass sie sich dagegen wehren konnte. Stella strich sich nervös die Haare glatt, sie würde ihm den Tee selber bringen müssen.

Sie betrachtete den neuen Herd, zündete ein Streichholz an und drehte an dem Knopf. Sie starrte in die blau aufflackernde Gasflamme. Es war so herrlich einfach, zu kochen, ohne vorher das Feuer schüren zu müssen. Sie machte das Teesieb so voll wie möglich und hängte es in die Kanne aus dünnem Porzellan. Der Tee in der großen Kiste war noch von der Erbtante. *Product of India* stand darauf. Die schwarzen, zusammengedrehten Blätter waren aber sehr trocken und hatten nicht mehr allzu viel Aroma, das wusste sie von Maria. Sie setzte den Wasserkessel auf und rannte in die obere Etage. Wenn sie sich beeilte, konnte sie noch das Blumenwasser aus der Waschschüssel schütten, bevor er sich heute Abend damit wusch. Sie klopfte hastig an die Tür und öffnete sie sogleich. Mitten in der Bewegung hielt sie inne. Er stand mit dem Rücken zu ihr in seinem goldenen Morgenmantel am Waschtisch. Langsam drehte er sich um.

»Oh! Entschuldigung, aber ... Ich dachte, Sie wären im Studierzimmer.« Sie konnte ihn einfach nicht duzen, wie Enza und Regina es mittlerweile taten.

Der Marchese schüttelte den Kopf. Er hielt die nassen Hände in die Luft und schaute sie nur an. Sein Hausmantel war nachlässig zugebunden, sie bemerkte seine Brusthaare, die grau aus dem Ausschnitt hervorquollen, und er trug keine Pantoffeln. Sie hatte ihn noch nie barfuß gesehen.

»Äh, nicht mit dem Wasser!« Stella ging mit klopfendem Herz durch den Raum, an ihm vorbei und nahm die Schüssel, ohne ihn anzuschauen. »Es ist nicht mehr frisch, hat Maria mir gesagt. Ich bringe gleich neues!« Eilig verließ sie den Raum.

»Du musst mir doch nicht Wasser bringen wie eine Hausangestellte«, sagte er leise, als sie wieder ins Zimmer trat.

Deine Frau benutzt mich schon jahrelang wie eine, dachte Stella, nur dass sie mich nicht bezahlt. Laut sagte sie: »Der Tee steht in fünf Minuten unten im Studierzimmer«, und ging schnell wieder hinaus.

Gleich am nächsten Tag besuchte sie Assunta, und während die Tante zur Nachbarin ging, um ein paar Kaffeebohnen zu borgen, fragte Stella Lolò um Rat: »Wenn die beiden nicht essen oder schlafen, ziehen sie durch die Zimmer und Flure und machen alles kaputt, belecken oder bespucken es. Wenn ich mir vorstelle, was sie vielleicht jetzt gerade tun, könnte ich heulen! Ich brauche ein Schloss, meine Tür kann man nicht abschließen!«

»Muss man nich' erst durch die Küche, an Pupetta oder dir vorbei, um in deine Kammer zu kommen?«

»Ja klar. Und bisher hat sie das wahrscheinlich auch abgeschreckt. Aber Pupetta schläft dauernd, und manchmal habe ich im Haus mit Maria zu tun. Die beiden werden öfter freie Bahn haben als zuvor. Sie haben den ganzen Sommer Zeit ... Diese zickigen Klosterschwestern gehen sonntags ja nicht einmal in die Messe!«

»Ham se dir schon was geklaut oder kaputt gemacht?«

Stella schnaubte. »Ich habe zu niemandem etwas gesagt, aber sie klauen mir meine Hefte. Oder sie kritzeln rein. Ich weiß genau, dass sie es sind. Es passiert immer an einem Wochenende.«

»Stellina, mein Täubchen, erzähl, was gibt es Neues?« Assunta kam mit einer Tasse Kaffeebohnen herein und umarmte sie. »Wusstest du schon, dass Mita und Tita unbedingt auf mich aufpassen wollten, als Alberto mich neulich besucht hat. Stell dir vor! Da saßen wir mit diesen zwei Hennen hier in der Küche. Die eine blind, die andere taub!« Sie lachte und hielt sich dabei den Bauch.

Lolò sah Stella mit fragendem Blick an und deutete mit einer Kopfbewegung auf Assunta. Stella schüttelte den Kopf. »Regt sie nur auf!«, flüsterte sie.

»Ich komm mit Albertos Werkzeug vorbei!«, gab Lolò genauso leise zurück.

Lolò hielt sein Versprechen. Mit wenigen geschickten Handgriffen brachte er einige Tage später einen rostigen Eisenbeschlag an der Kammertür an und schraubte das kurze Gegenstück auf den Rahmen. Stolz betrachtete er sein Werk und zog dann ein nagelneues Vorhängeschloss mit zwei Schlüsseln aus der Hosentasche. »Und das hängen wir jetzt davor. Werden sich die schnüffelnden Seekühe die Zähne dran ausbeißen!«

»Woher hast du das alles? Das kostet doch Geld!«

»Och ... Die Beschläge sind ja schon alt. Sieht man doch. Und die Schrauben hat mir Alberto gegeben.«

»Und das Schloss ist von ...?«

»Vom Laden, Prinzessin.«

»Aus dem Laden. Siehst du, du hättest doch weiter zur Schule gehen sollen, du sprichst ja nur noch Dialekt! Und wer hat das bezahlt?«

Er zuckte mit den Schultern. »Das Zeug habe ich von 'ner Hütte abmontiert.«

»Lolò, du hast doch nicht etwa gestohlen!? Dann machst du die Beschläge nämlich sofort wieder ab und bringst sie zurück!« Stella rüttelte an den schmalen Eisenstücken, doch die saßen fest. »Das ist Diebstahl, das macht man nicht!«

»Schrei doch nicht so, ich hab nix geklaut. Und das Schloss hab ich bezahlt!«

»Und mit welchem Geld?«

»Mit dem von Nicola!«

»Von welchem Nicola?« Stellas Augen verengten sich. Natürlich gab es nur einen Nicola, der sich immerzu in ihr Leben einmischte. »Wieso bezahlt Nico ...? Dieser aufdringliche Kerl!«

»Er ist total in Ordnung, er bringt mir das Tauchen bei.«

»Du kannst ja nicht mal richtig schwimmen!«

»Doch, na klar kann ich schwimmen, was weißt du denn schon von mir? Kommst ja nie mit! Und Nico sagt, schwimmen ist nich' so wichtig, wenn man tauchen kann!«

Stella stöhnte. »Was für ein Blödsinn. Das ist gefährlich!«

»Er ist nett zu mir, nennt mich immer *birbantello*.«

»Kleiner Gauner, wirklich sehr nett!«

»Und als ich ihm erzählt hab, dass ich eine Tür verriegeln will, hat er mir die alte Hütte gezeigt. Direkt in der Bucht, beim *cubo*. Die Tür war schon Schrott und stand offen, die Dinger hingen ganz schief herunter.«

»Aber er weiß jetzt natürlich, dass es sich um meine Kammer handelt, die du verriegeln willst.«

Lolò nickte kleinlaut. »Hab's ihm gesagt.«

»Und das Schloss?«

»Er hat mir zweihundert Lire gegeben, weil ich ihm beim Jagen geholfen habe. Also, ich saß oben im Boot. Ich schaff's noch nich', so lange die Luft anzuhalten wie er.«

»Wehe, der lässt dich eines Tages ersaufen!«

Lolò strahlte, nun sah er wieder wie eine glückliche Seerobbe aus. »Der doch nich', der passt immer auf mich auf! Und nun schau dir das an!« Er ließ das Schloss mit einem leisen Klopfer gegen den Rahmen fallen. »Diese Tür kriegt so leicht keiner mehr auf!«

In den nächsten drei Monaten begann Stella zu verstehen, was in der Villa wirklich vor sich ging. Die Türen waren für sie nicht mehr nur verschlossen oder offen, sondern sie wusste jetzt immer besser, warum sie abgesperrt oder offen gelassen wurden. Jemand traf sich dahinter. Jemand versteckte sich dahinter, träumte sich weg aus dieser Welt, schlief seinen Rausch aus. Jemand zerschnitt seine Kleidung. Jemand spielte selbstvergessen Schach, statt über Büchern mit langen Zahlenreihen zu brüten. Jemand heulte vor Wut, weil eine Verlobung anstand. Jemand wälzte sich in küssenden Umarmungen. Jemand stahl Papierrollen aus dem Arbeitszimmer.

Stella versuchte, den Schaden, den die Schwestern bei ihren Rundgängen durch die Villa anrichteten, möglichst gering zu halten. Sie wies Maria darauf hin, dass es wichtig war, die großen Schränke nicht nur abzuschließen, sondern auch die Schlüssel abzuziehen.

»Aber dann wird mein Schlüsselbund ja noch dicker, guck mal, was ich hier schon mit mir herumschleppe!«

»Die Unordnung wird aufhören, und gestohlen wird auch nichts mehr!«

»Aber wenn die Marchesa mal ein Laken oder etwas anderes braucht ...?«

»Dann ruft sie sowieso nach dir, sei unbesorgt!«

Der Besitz der Marchesa war Stella egal, sie war die Mutter dieser Mädchen und hatte zugelassen, dass die zwei räubernd durch das Haus zogen. Sollte sie sich gefälligst selber darum kümmern.

Doch den Nachttopf und die Hausschuhe des Marchese holte sie mehrfach wieder unter seinem Bett hervor, ohne dass er es bemerkte. Wenn er nicht da war, bewachte sie wenn möglich sein Studierzimmer. Sie kannte den Tagesablauf ihrer Schwestern recht gut, wusste, zu welcher Zeit am Vormittag es sie gelüstete, sich mit Honigkeksen und Marmelade vollzustopfen, wusste, dass sie kurz darauf wieder in einen narkoseähnlichen Schlaf fielen. Sie hatte beobachtet, dass sie sich gegenseitig gerne die Haare kämmten und mit einer kleinen Schere unter ihren Achseln herumschnippelten, aber nicht nur dort. Sie kauten und schnitten auch an ihren Finger- und Fußnägeln, drückten sich gegenseitig ihre zahlreichen Pickel auf dem Rücken aus, schabten sich mithilfe eines Rasiermessers die Haare von Armen und Beinen und säbelten große Stücke Hornhaut von ihren Füßen. Die Überreste dieser Tätigkeiten konnte man rund um das Bett finden. Am späten Nachmittag fingen sie vor Langeweile an, wie zwei Katzen durch die Flure zu streichen. An allzu warmen Abenden saßen sie manchmal auf einer Bank an der Rückseite der Villa, tranken *latte di mandorla,* Mandelmilch, die weiße Milchbärte über der Oberlippe hinterließ, und führten dort ihr Körperprogramm mit Schere, Feile und Pinzette fort.

An einem Sonntag nach dem Mittagessen, die Luft stand träge und schwer nach Jasmin duftend in allen Räumen, holte Stella trotz allem die großen Papierbögen unter ihrem Bett hervor und fing an, die Fassade der Villa aus dem Gedächtnis zu skizzieren. Sie kniete auf dem Boden, bis ihr die Beine einschliefen, doch sie hatte keinen Tisch in der Kammer, und in die Küche wollte sie die Zeichnung nicht bringen. Nach zwei Tagen fragte sie sich, warum sie nicht mit einem kleineren Format begonnen hatte. Bei der Außentreppe taten sich Schwierigkeiten mit der Perspektive auf, das ganze Blatt war von Radiergummikrümeln bedeckt. Doch nachdem sie draußen ein paar Extraskizzen angefertigt hatte, sah es annähernd richtig aus. Wo sie Schatten darstellen wollte, verrieb sie das Grafit des Bleistifts mit dem Finger. Dann stellte sie den Bogen auf die an der Wand gestapelten Knopfschachteln, ging zur Tür und betrachtete die Zeichnung mit zusammengekniffenen Augen. Sie sah ziemlich echt aus, die Villa Camaleo. Stella fühlte sich einen Moment lang reich. Sie hatte etwas in sich, das ihr keiner wegnehmen konnte. Sie stellte sich vor, wie sie die Zeichnung heimlich auf den Schreibtisch des Marchese legte und dann schnell aus dem Zimmer ging. In Gedanken nannte sie ihn jetzt manchmal Vater.

Im August blieben alle Fensterläden von morgens bis abends geschlossen, die Räume waren dunkel und stickig. Zum Glück wurden Enza und Regina durch die Hitze und das viele Essen immer träger. Sie bewegten sich überhaupt nicht mehr aus ihrem Zimmer, saßen abends nicht einmal mehr draußen, um sich gegenseitig Fußnägel oder Ähnliches zu stutzen.

An einem dieser flirrend heißen Nachmittage blieb Maria in der Küche stehen und hielt Stella das Tablett mit dem Eiswasser hin, nach dem der Marchese verlangt hatte: »Du bist von seinem Blut«, sagte sie. »Ich glaube, so langsam versteht er das.« Sie blinzelte ihr zu. Stella ließ das Messer und die Aprikose sinken, die sie gerade von ihrem Kern befreien wollte. Hatte sie ihn endlich wegen des *liceo* angesprochen? Würde sie heute die lang ersehnte Zusage bekommen!? Sie traute sich nicht zu fragen, doch Maria schien ihre Gedanken erraten zu haben: »Man darf die Männer nicht unter Druck setzen. Glaub mir, mein Mädchen, ich habe getan, was ich konnte!«

Was genau das war, mochte Stella sich lieber nicht vorstellen, doch sie trug das Tablett vorsichtig die Stufen hoch, als Regina plötzlich vor ihr stand. »Gib her, ich bringe es ihm!«

»Nein!«

»Was soll das? Ich bin seine Tochter!«

»Ich auch!«

Regina schaute sich suchend um.

»Keine Enza in Sicht, die dir helfen kann?«, murmelte Stella und ging an ihr vorbei. Der Marchese schaute sie zwar immer noch nicht länger als den Bruchteil einer Sekunde an, wenn sie ihm begegnete, aber sie musste an Marias Worte denken. Ich bin von deinem Blut, sagte sie unhörbar, und den Gedanken, dass Regina dir in das Wasserglas spuckt, ertrage ich nicht.

In den letzten Tagen vor Schulbeginn schloss Stella ihre Kammer besonders sorgfältig ab, und auch am Samstagmorgen rüttelte sie zufrieden an dem Schloss. Bis jetzt hatten die beiden Älteren nichts getan, doch in ihren Blicken, die sie miteinander tauschten, wenn sie ihnen etwas in ihr Zimmer brachte, köchelte leise die Rache. Stella seufzte, in vierundzwanzig Stunden war es geschafft, Fulco würde die Schwestern wie zwei große Pakete zurück an die Klosterschule liefern.

Am Sonntagmorgen herrschte helle Aufregung im Salon. Die Marchesa war noch vor dem Mittagessen aus ihrem Opiumrausch erwacht und wollte die Mädchen nun unbedingt in das Internat begleiten, um dort mal »nach dem Rechten zu sehen«, wie sie es nannte. Enza schrie sofort los, warum sie ihr eigentlich immer nachspionieren müsse, und Regina heulte aus Solidarität gleich mit.

»Ich kann immer noch entscheiden, ob ihr bei euren schlechten Leistungen überhaupt dort bleiben dürft«, drohte die Marchesa ihren Töchtern in einem seltenen Akt des geistigen Aufbäumens. Im Salon knallte ein schwerer Gegenstand zu Boden, kurze Zeit später ging irgendetwas aus Porzellan zu Bruch, daraufhin keiften sich alle drei in noch größerer Lautstärke an.

Eine Etage darüber packte Maria gelassen die Koffer der Mädchen. Stella half ihr, die frisch gewaschene Unterwäsche und die vielen schwarzen Strümpfe zusammenzulegen. »Das Zimmer sollten wir später desinfizieren, das macht man bei Ställen, in denen die Klauenseuche gewütet hat, auch. Ich komme von einem Bauernhof, habe ich dir das eigentlich mal erzählt?«

»Nein«, sagte Stella und lächelte. Auch Maria konnte es offenbar kaum erwarten, die Spuren der beiden zu tilgen.

Nach dem Mittagessen polterte Fulco mit einem Schrankkoffer und einigen Taschen die Treppe in die Halle hinunter, der Marchese ließ sich kurz blicken und sagte seinen Töchtern Auf Wiedersehen, während die Marchesa beleidigt im Schlafzimmer blieb. Dann waren sie weg.

Als Stella nach dem Abwasch kurz in ihre Kammer gehen wollte, um sich ein wenig auf dem Bett auszustrecken, sah sie im dämmrigen Licht des Flurs sofort, dass etwas anders war. Jemand hatte den Türbeschlag abgeschraubt, sodass er jetzt mitsamt dem Schloss am Rahmen hing. Die Tür stand ein paar Zentimeter auf ... Sie waren drinnen gewesen! Mit klopfendem Herzen betrat sie die Kammer. Alle Knopfschachteln waren vom Sims gefegt worden, aber nicht zerstört. Auch ihr Bett war nicht zerwühlt, und mit ihrer Kleidung, die an wenigen Haken an der Wand hing, hatten sie sich gar nicht erst beschäftigt. Doch mit dem Bild hatten die Schwestern sich viel Mühe gegeben: Es war in akkurate quadratische Schnipsel gerissen. Stella spürte, wie ihr Hals eng wurde, sie wollte weinen, sich hinwerfen und nie wieder aufstehen, doch dann ballte sie die Fäuste und schlug mehrmals hintereinander auf die dünne Bettdecke ein. »Ihr nicht, von euch nicht!!«, rief sie und prügelte weiter, bis sie keuchend nach Luft schnappte. Nachdem sie wieder zu Atem gekommen war, sammelte sie die einzelnen Stücke der Zeichnung vom Boden auf. Der Stapel in ihrer Hand wurde immer höher. Mehrere Teile fand sie zu guter Letzt noch unter ihrem schmalen Bett.

Sie ging aus dem Zimmer, ließ die Tür offen. Das spielte nun keine Rolle mehr. Sie hatten geschafft, worum es ihnen ging: Sie hatten das Wertvollste in ihrer Kammer zerstört.

Mit den Papierquadraten in der Hand ging sie in das Studierzimmer des Marchese und setzte sich an den Schreibtisch. Mechanisch legte sie die Quadrate darauf aus, ein Durcheinander aus Linien, hellen und dunklen Stellen. Irgendwann kamen zwei Teile nebeneinanderzuliegen, die offensichtlich zusammenpassten, das hohe Portal, die beiden Säulen, dann noch eins. Sie begann, die Villa wieder zusammenzupuzzeln, und wurde dabei immer ruhiger.

Die hatten sie nicht besiegt. Sie würde Hunderte Villen und Gebäude abzeichnen können oder sich selbst welche ausdenken, und ihr Kopf würde trotzdem niemals leer sein. Sie würde es lernen, sie würde noch viel besser darin werden. Der Gedanke ließ sie lächeln. Geduldig arbeitete sie weiter. Doch nach ein paar Minuten verdüsterte sich ihr Gesicht erneut. Wie denn, wenn sie nicht auf das *liceo* durfte? Morgen begann das Schuljahr.

Sie warf einen Blick auf das fertige Mosaik. Der ursprüngliche Schwung der herrschaftlichen Fassade war dahin, die zahlreichen Risse hatten die Linienführung zerstört und sie in ein zittriges Abbild verwandelt. Sie zuckte mit den Schultern. Es war immer noch nicht an der Zeit, aus dem Schneckenhaus zu kommen. Leise verließ sie den Raum.

»Herrlich, diese Ruhe, findest du nicht auch?«, fragte Maria und schob ein weiteres Stück scharfe Salami zu dem Brocken Brot, der sich schon in ihrem Mund befand. Heute gab es kein richtiges Abendessen, die Marchesa war unpässlich, und auch vom Marchese war nichts zu sehen. Pupetta, deren lückenhafte Zähne die Salami nicht mehr bezwingen konnten, hatte sich nach einem Schüsselchen Brühe in ihre Kammer zurückgezogen. Vermutlich zählte sie dort ihr Geld. Das machte sie manchmal, wenn sie alleine war, wusste Stella.

»Am Wochenende sind sie wieder da ... Aber nur kurz!«

Stella nickte und fing an, die wenigen Teller abzuwaschen. Sie ertappte sich dabei, wie sie ein paar Takte aus dem Lied »*O campagnola bella*« pfiff. Keine Schwestern, die nach ihr klingeln konnten, keine Nachttöpfe, die unter Betten hervorgezogen werden mussten, keine Tür, die zu bewachen war.

Nachdem die Küche wieder frisch und sauber nach Essig und Zitrone roch, wanderte Stella durch das Haus. Vorbei an den hohen Fenstern, den Gemälden und Wappen, den Erkern und den längst schon toten Kaminen. Irgendwann landete sie in der großen Eingangshalle. Sie zog mit beiden Händen an der Klinke und öffnete mit Mühe das Portal. Nachdem sie sie so oft falsch gezeichnet hatte, wollte sie die doppelarmige Freitreppe ganz langsam hinabgehen. Doch vorher stützte sie ihre Hände auf das steinerne Geländer, das die gedrechselten kleinen Säulen nach oben begrenzte. Sie atmete die laue Abendluft ein. Mauersegler umkreisten das Gebäude in der Höhe und ließen sich in abenteuerlicher Geschwindigkeit in die Tiefe fallen, um sich gleich darauf wieder emporzuschwingen. Von der Mauer, die das Grundstück einschloss, hingen Kaskaden von weiß blühendem Jasmin herab, den zwar niemals jemand goss, der aber trotzdem überlebte. Wie schön wäre jetzt ein kleiner Abendspaziergang, hinunter nach Marinea ans Meer, einfach ein bisschen laufen, ohne mit Maria in den dunklen Kellern der Fischer einkaufen zu müssen. Oder zu der Bar, ein Eis essen. Doch alleine konnte sie nicht losgehen, zu deutlich waren ihr noch die Blicke der Männer in Erinnerung. Vielleicht käme irgendwann der Tag, an dem sie es schafft, sie an sich abprallen zu lassen. An dem niemand mehr über sie bestimmen durfte, nur noch sie selbst. Niemals würde sie einen dieser Glotzer und Starrer heiraten! Es wurde von Minute zu Minute dunkler, die Fledermäuse flogen zwischen der Platane und den Palmen hin und her.

Sie entdeckte den Marchese erst, als das Knirschen unter seinen Füßen ihr Ohr erreichte. Wie lange hatte er schon am Fuße der Treppe gestanden und sie beobachtet? Sie nahm die Handflächen von der immer noch sonnendurchwärmten Balustrade, als ob sie etwas Verbotenes getan hätte.

»Du zeichnest also.« Kein Wort über die zerstörte Skizze. Sie wünschte, sie könnte etwas Kluges zur Antwort geben, doch außer einem Nicken fiel ihr nichts ein.

»Habe dich übrigens angemeldet. Schon vor den Ferien, habe es wohl vergessen, dir zu sagen.« Er scharrte mit den Füßen im Kies, verlegen wie ein kleiner Junge. »Du wirst viele Stunden Mathematik haben und Naturwissenschaften. Und Latein ... Ist es das, was du wolltest?«

»Ja!«

»Fulco soll dich morgen früh fahren!« Wie auf Kommando kam der Kutscher in seiner Chauffeursuniform um die Ecke.

»Ja.« Nein! Niemals würde sie den darum bitten, seine Augen musterten sie schon wieder so schmierig, jetzt rieb er wie unbeabsichtigt vorne an seiner Hose auf und ab, natürlich ohne dass der Marchese es sah.

»Danke!« Sie senkte den Kopf und ging schnell hinein.

28

Die Tasche war gepackt. Eine halbe Stunde blieb ihr noch, bis der Bus nach Mistretta fuhr, der einzige heute am Feiertag. Also war noch genug Zeit, um Nicos Zimmer aufzuräumen. Das Zimmer war klein und ein bisschen dunkel, ein Bett, ein Schreibtisch vor dem Fenster, zwei Bücherregale. Doch jetzt am Mittag fiel die tiefstehende Novembersonne hinein, und man sah den Staub in der Luft tanzen. An der Wand hatte Nico eine Seekarte aufgehängt, die den Golf von Palermo und die Küste bis nach Milazzo zeigte. Mit ruhigen Handgriffen schüttelte Flora das Kopfkissen auf und zog die Laken glatt. Sie faltete seinen Schlafanzug zusammen, schnupperte kurz daran, legte ihn unter das Kopfkissen und breitete die gehäkelte Überdecke über das Bett. Sie erinnerte sich, den ganzen letzten Winter hatte sie daran gearbeitet und immer Radio dazu gehört. Auf einem Sender spielten sie oft die schönen langsamen Lieder von Elvis Presley. Wenn sie die Decke sah, musste sie immer an Elvis denken. Wenn sie den Sänger im Radio hörte, dachte sie an die Decke. Behutsam wischte sie den Staub von Nicos Schreibtisch, räumte ein paar Stifte in die Schublade und wollte sie schon wieder zuschieben, als sie stutzte. Die kleinen Schnipsel zwischen Lineal, Zirkel und Spitzer kamen ihr merkwürdig bekannt vor. Sie schaute noch einmal genauer hin. Vor ihren Augen tauchte der dunkle Laden ihrer Eltern auf, der Verkaufstresen und der Stapel mit den braunen Papiertüten, hinter dem sie so oft am Nachmittag gestanden hatte. Der erste Zettel, den sie damals bekommen hatte, war genauso zusammengefaltet gewesen wie die kleinen Quadrate hier vor ihr.

Der junge *Carabiniere* hatte ihn in ihre Hand gedrückt, während sie ihm die Papiertüte mit dem Brot über den Ladentisch schob. Er hatte sie berührt, seine Finger hatten einen Augenblick lang auf ihren gelegen. Sie war mit klopfendem Herzen und trockenem Mund zurückgeblieben und hatte den Zettel schnell in ihrem Schuh verschwinden lassen, bevor ihre Mutter ihn entdeckte. Dort brannte er ihr den ganzen Nachmittag ein sanftes Loch durch den Strumpf in die Haut. Sie konnte es nicht erwarten, ihn zu lesen, und hatte zugleich das freudige Stechen und Ziepen in ihrem Bauch nicht beenden wollen.

Flora nahm einen der Zettel aus Nicos Schublade und hatte Mühe, ihn auseinanderzufalten, so fest war er zusammengekniffen. Kariertes Papier. Blaue Tinte. Eindeutig Nicos Schrift.

Ti adoro, mia dolcezza!!! Ich bete dich an, meine Süße!!! Und gleich drei Ausrufezeichen. Wie konnte er nur so etwas schreiben? Meine Süße! Er war doch erst ... Nun ja, er war jetzt schon sechzehn. Die zwei Jahre auf dem *liceo* hatten ihn recht stark verändert. Plötzlich war ihm seine Kleidung wichtig. Die Hosen mussten grau sein, die Pullover und Pullunder schwarz oder dunkelblau, die bunten kurzen Hemden, die sie so an ihm liebte, zog er gar nicht mehr an. Er fummelte morgens vor dem Spiegel an seinen Haaren herum und rasierte sich inzwischen täglich. Aber eigentlich war er doch noch ihr kleiner Junge! Woher hatte er diese Worte? Und warum lagen die Zettel hier in der Schublade, anstatt bei der Empfängerin gelandet zu sein? Wer sie auch sein mochte. Doch hoffentlich nicht immer noch die Tochter der Adligen von drüben, aus der Villa Camaleo, die er vor einigen Jahren in der Kirche gesehen hatte? Na, die konnte er vergessen ...

Wenn ich dich sehe, vergesse ich alles andere!

Flora schüttelte den Kopf. Es war ihr unangenehm, doch sie konnte einfach nicht widerstehen, auch die anderen Zettel noch zu lesen:

Wie riecht dein Haar, amore mio?
Es ist egal, dass du mich nicht ansiehst, Hauptsache, ich darf dich ansehen!
Lies in meinen Augen, entdecke meine Gedanken!

Flora faltete die karierten Papierquadrate wieder zusammen, legte sie an ihren Platz zurück und schloss die Schublade. Sie ging in das kleine Wohnzimmer. Die Rosentapete, die sie letztes Jahr dort hatte anbringen lassen, leuchtete sehr grün und etwas zu rot, doch als sie hing, hatte man sie ja schlecht sofort wieder abreißen können. Unser Rosendschungel, sagte Nico immer und tat dann so, als ob ihm beim Anblick der Tapete die Augen über Kreuz stünden.

Flora nahm den hellbraunen Aktendeckel mit den Ziehharmonikafächern aus dem Schrank. Eine einfache Mappe nur, die sie aber noch vor ihren Papieren oder dem Sparbuch hinter der Bodenleiste als Erstes retten würde, wenn es, Gott bewahre sie alle davor, einmal brennen sollte. Seine Briefe, seine Zettel, ihre Briefe, ihre Antwortzettel, die Tommaso natürlich auch aufbewahrt hatte, lagen seit Langem schon miteinander vereint in den Fächern. Sie holte einzelne Papiere hervor, suchte nach etwas ganz Bestimmtem. Schon oft hatte sie daran gedacht, aber erst beim Anblick der kleinen Zettel in der Schreibtischschublade ihres Sohnes war das Verlangen über sie gekommen. Sie würde ihm eine Auswahl davon mitbringen, wenn sie ihn morgen, an Allerheiligen, an seinem Grab besuchte.

Das Tor zum Hof quietschte leise. Flora lauschte auf Schritte, warum kamen keine Schritte? Die Vögel hörten plötzlich auf zu singen, wie vor dem Erdbeben damals in Messina. Sie war zwar erst drei Jahre später geboren worden, doch ihre Mutter hatte ihr so oft davon erzählt, dass sie inzwischen das Gefühl hatte, selbst dabei gewesen zu sein. Die Vögel hätten aufgehört zu zwitschern und die Hunde gejault. Bedrückende Stille habe sich ausgebreitet. Wie in diesem Moment.

»Mama? Bist du noch da?« Flora atmete auf, schüttete den Inhalt der Mappe kurzerhand in ihre Handtasche, nahm die Reisetasche vom Boden und den Haustürschlüssel vom Brett. »Ich bin schon fast weg!«, rief sie. »Wo warst du denn schon wieder? Du gehst sofort rüber zu Manuele, Signora Galioto kocht für euch. Ich will später nichts anderes hören!« *Dio,* beschütze ihn, solange ich nicht hier bin und es selbst tun kann, dachte sie. Dann trat sie vor die Tür und beobachtete, wie Nico die Treppe hochkam. Nun schau ihn dir an, wie wunderschön er ist! Er ist so groß geworden. Wenn er nicht zwei Stufen unter mir stände, könnte ich ihn jetzt nicht auf den Scheitel küssen, dachte sie, während sie ihre Nase für einen winzigen Augenblick in seine kurzen Haare tauchte: »Und kein Tauchen!«

»Aber ich könnte den neuen Anzug ausprobieren«, brummte Nico mit tiefer Stimme, »nur ganz kurz, es ist so warm.« Er hielt inne, als er Floras Blick sah. »Dann eben nicht«, sagte er.

Sie schüttelte den Kopf: »Nicht am Feiertag, Nico! Und du hast mir versprochen zu lernen, wenn du schon nicht mitkommen willst zu Papa.«

»Alle erwarten mich da, ich weiß!«

Zu seiner Familie würde ich ja nicht fahren, dachte Flora, und auch meine Mutter müsste ich nicht sehen. Es ist nur wegen Tommaso, ich würde mich schrecklich leer fühlen, wenn ich an diesem Tag nicht an seinem Grab wäre.

»Ich will ja, Mama, aber, du hast recht, die Schule ... Und Geschenke von den Toten bekomme ich ja morgen auch keine mehr!« Er lachte und fasste sie von unten um die Taille. »Danke für das Boot, Mammina! Ohne dich hätte ich mir das erst in drei Jahren leisten können! Und dann hätte der alte Eduardo es längst verkauft gehabt.«

»Ich verlass mich auf dich, Nicola! Gib mir einen Kuss, ich bin spät dran. Wenn ich den verpasse, fährt keiner mehr.« Sie hastete die Stufen hinab und lief über die Straße, wo der Bus schon an der Haltestelle stand. »*Dio,* nur bis ich wieder da bin«, murmelte sie im Laufen, »nur bis übermorgen, dann passe ich wieder selbst auf ihn auf!«

Gegen sechs Uhr traf Flora in Mistretta ein. Als sie aus dem Bus stieg, läuteten die Glocken der Kirche mit dröhnenden Schlägen und ließen ihren Brustkorb vibrieren. Ein Zeitungshändler lief an ihr vorbei: »Sie haben den Richter ermordet. Richter in Palermo erschossen!«

»Gib mir eine!«, forderte sie den jungen Mann auf und drückte ihm ein Geldstück in die Hand. Auf der Titelseite sah man eins der üblichen Schwarz-Weiß-Fotos, in ihrem Tod unterschieden die Leichen sich nicht. *Pappagallo,* las Flora, und ein lautes »Nein!« kam aus ihrem Mund, ohne dass sie es merkte. Dort unter dem weißen Tuch auf dem Asphalt lag der Richter mit dem lustigen Namen. Eine dunkle Blutlache daneben, aufdringlich und obszön. Er war einigen Leuten zu nahe gekommen, hatte etwas aufklären wollen, was so lange zurückreichte, dass es sogar noch Tommaso betraf. Vierzehn Jahre war es her. Und wie Tommaso hatte er dafür mit dem Leben bezahlt. »Mein Gott!«, murmelte sie und verbarg ihre Augen einen Moment hinter ihrer Hand. Hörte das denn nie auf? Die Trauer von damals kam in ihr hoch. Der Richter Pappagallo hatte bestimmt auch eine Frau, vielleicht sogar Kinder, deren Leben jetzt in tausend Stücke zersprungen war. Einen kurzen Moment lang wollte sie dieser unbekannten Frau schreiben, doch dann verwarf sie den Gedanken wieder. Hätte es ihr damals genützt, wenn ihr jemand gesagt hätte: »Meine liebe Signora, ich kenne dieses Gefühl?«

Flora wischte sich die Tränen vom Gesicht, bevor sie den kleinen Kiosk an der Via Libertà betrat. Ihre Mutter schaute hinter dem Tresen auf. »Da seid ihr ja endlich!« Sie ließ den Bleistift fallen und eilte auf sie zu. Sofort hatte Flora ein schlechtes Gewissen. Seitdem der Vater vor zwei Jahren gestorben war, stand ihre Mutter sogar an Sonn- und Feiertagen im Laden. Sie fühlte sich einsam und beschwerte sich oft in ihren Briefen, dass das Haus viel zu groß für sie alleine sei.

»Wo ist Nicola?«

»Er konnte nicht mitkommen. Hast du das von dem Richter in Palermo gehört? Sie haben ihn ...«

Doch die Mutter fiel ihr ins Wort: »Er kann nicht zu seinem Vater ans Grab kommen!?«

»Er ist krank, ich wollte ihn nicht mit Fieber mitnehmen. Eine Nachbarin kümmert sich um ihn.«

»Eine Nachbarin? Wenn ich bei euch wohnen würde, dann bräuchtest du keine wildfremde Nachbarin!«

Flora seufzte. Genau diesen Wortwechsel hatte sie erwartet. Um uns herum tun die Menschen sich gegenseitig schreckliche Dinge an, dachte sie, doch jeder Einzelne von uns hatte immer nur sein eigenes kleines Schicksal im Sinn. Ich selbst bin da keine Ausnahme.

»Komm, ich helfe dir beim Abschließen. Hast du Kerzen, die wir morgen mitnehmen können?«

»Sind alle ausverkauft, aber ich habe uns natürlich welche zurückgelegt. Ich wusste ja, dass ihr ... dass du kommst.« Ihr Blick wurde wieder traurig. »Ich habe mich so auf meinen Enkel gefreut. Und die Bittuzza erst!« Floras Schwiegermutter Bittuzza war eine stille Frau mit einem spitzen Gesichtchen, in das ihre Igelaugen bestens hineinpassten. Da ihr Mann und ihre erwachsenen Söhne fast ihr ganzes Leben lang in irgendwelchen Kasernen weit entfernt von Mistretta stationiert waren, hatte sie ein ruhiges Dasein geführt.

Falls man sie überhaupt fragte, übernahm sie die Meinung dessen, der gerade auf ihrem Sofa im Salon saß.

»Wird Francesco da sein?« Flora schaute sich enttäuscht um. Der kleine Laden hatte nur noch in den Erinnerungen an ihre Treffen mit Tommaso etwas Romantisches, das verblasste, sobald sie selbst darin stand. Und warum stellte sie überhaupt diese Frage? Natürlich würde Tommasos Bruder da sein, mitsamt seiner kinderlos gebliebenen Frau Felicia, die zu dumm war, um ihr wirklich gefährlich zu werden. Francesco dagegen nicht.

»Aber ja! Er hat dienstfrei bekommen und ist schon gestern aus Sant'Agata angereist.«

»Wo ist Nicola?«, war dann auch der erste Satz, den Flora im Hause ihrer Schwiegereltern zu hören bekam. Ihr Schwiegervater, von dem Nicola den Namen bekommen hatte, war im Ruhestand und hatte eine verstörende Ähnlichkeit mit Tommaso. Wenn Flora die Augen zusammenkniff, konnte sie sich vorstellen, wie ihr Tommaso heute aussehen würde, und dafür liebte sie den alten Mann. Doch wenn er sprach, klang es abgehackt wie bei einem Soldaten, und Flora erwartete jeden Augenblick, dass er salutierte. Schnell wuchs die vertraute Gereiztheit in ihr, denn auch Francesco fragte bei ihrem Eintreten in den Salon sofort: »Wo ist Nicola?«

Nach dem üblichen Küssen und Begrüßen, dem Essenanrichten in der Küche, bei dem der Besuch sich selbstverständlich nützlich machte, und dem gemeinsamen Speisen, wurde der Tisch wieder abgeräumt.

»Ich muss dir was zeigen!«, sagte ihr Schwager und führte sie in das obere Stockwerk des Hauses, das mit seinen wenigen schmalen Fenstern wie eine steinerne Burg an einem der Hänge der Stadt lag. »Das habe ich für ihn eingerichtet, wenn er bei uns bleiben will!« Er öffnete die Tür eines Zimmers, das doppelt so groß war wie ihr Salon zu Hause.

»Ich habe mir das folgendermaßen überlegt: Falls das mit der Schule nicht so klappt, schickst du ihn zu uns.«

»Er ist sehr gut in der Schule!« Niemals fiel Flora das Lügen leichter, als wenn es darum ging, Nico von Tommasos Familie fernzuhalten.

»Na ja. Hier kann er sich vorbereiten!«

»Auf was?« Flora stellte sich dumm.

»Auf den Wettbewerb, die Aufnahmeprüfung.«

»Warum sollte er?«

»Wo er doch so gerne im Wasser herumplanscht ...«

»Er taucht, Francesco, er kann richtig lange die Luft anhalten, ist minutenlang unter Wasser und bringt mir immer die größten Fische nach Hause!« Unglaublich, jetzt verteidigte sie das, was sie Nico zu Hause verbot.

»Ach ja?! Soll er also Fischer werden?«

Flora rollte mit den Augen, als ihr Schwager fortfuhr: »Ich dachte, wir schicken ihn nach Genua, da haben die eine Ausbildung extra für Taucher. So kann er mit seiner Leidenschaft für das Wasser seinem Land dienen!«

»Wir schicken ihn nicht, wir schicken niemanden irgendwohin, Francesco!«

Am frühen Morgen machte Flora sich mit ihrer Mutter auf den Weg. Das Wetter war immer noch mild, der Himmel blau, und auf dem Friedhof herrschte bereits Hochbetrieb. Die Leute brachten Kerzen und Picknickkörbe mit, Putzzeug und Klappstühle. Man wischte die Grabplatten sauber, arrangierte die Blumen, ja, manche der älteren Leuten legten sogar Zeitungen auf das Grab, damit ihre Toten sich über den neuesten Stand der Dinge informieren konnten. Die Schlagzeilen flatterten über den Friedhof. Der Tod des Richters hatte die Runde gemacht. Flora hörte aufmerksam zu, wenn die Rede auf ihn kam. Was sollte man machen? Man konnte nichts machen. Das Leben endete im Tod und ging dennoch weiter, indem man die Toten ehrte, so wie an diesem Tag.

Als die Kerzen vor Tommasos Grabplatte brannten, ging Flora ein Stück beiseite, rechts und links von ihnen wurde munter geplaudert, man packte die ersten Essenspakete aus. Gemeinsam mit ihrer Mutter ging sie zu den anderen Mitgliedern der Familie, die in einer entfernten Gräberwand lagen, und sie zündeten auch dort Kerzen an. Ab und an antwortete Flora dem Geplapper ihrer Mutter, doch ihre Gedanken waren bei dem Wichtigsten in ihrer Handtasche und zogen sie zurück an das Grab von Tommaso. Die Zwiesprache mit ihm konnte sie erst später halten, denn – *Buongiorno!* Guten Morgen! – da war auch schon die Familie Messina, die ihr Recht, Tommasos Grab zu putzen und zu schmücken, ebenfalls wie schon in den Jahren zuvor an diesem Tag wahrnahm. Francesco arrangierte die Klappstühle in einem Halbkreis, alle ließen sich nieder. Die Grabnachbarn kamen, es wurde eng. Die Stunden vergingen, kleine Jungs beschossen sich gegenseitig mit ihren Holzgewehren, die sie am Morgen als Geschenke der Toten unter ihren Betten gefunden hatten. Flora beobachtete zwei ärmlich gekleidete Mädchen, die das wieder hart gewordene Wachs der zerflossenen Kerzen sammelten und damit über den Friedhof zogen. Sie würden es später beim *cerai,* beim Kerzenzieher, zu Geld machen, wie sie selbst es als Kind schon getan hatte.

Gegen Nachmittag packte man alles wieder zusammen. »Ich bleibe noch ein wenig«, sagte Flora.

»Aber nicht zu lange, um fünf schließen sie!«, mahnte Francesco, und seine Frau seufzte tief über diese Sonderbehandlung, die ihre widerspenstige Schwägerin Flora mal wieder für sich beanspruchte. Sie strichen alle noch einmal mit der Hand über das Grab, küssten ihre Finger und bekreuzigten sich. Dann waren sie endlich weg. Flora stellte sich dicht vor die Grabplatte. Sie schaute das Foto nicht an, das Tommaso mit der Schirmmütze der *Carabinieri* zeigte, sondern hatte sofort seine hellblauen Augen vor sich. »Tommaso, da bin ich.« Sie schwieg eine Weile, denn er war da, dicht bei ihr und in ihr, wie vor vierzehn Jahren, als sie hier stand und ihn um Rat fragte, kurz nachdem er gestorben war. »Ich habe dir etwas mitgebracht.« Sie suchte in ihrer Handtasche, holte die kleinen Zettel hervor und las sie ihm vor. »*Jeden Moment möchte ich bei dir sein und dich fest an mein Herz pressen!* Der war von dir. *Du bist mein Alles, du bist so gut zu mir, und ich bete dich an!* Auch von dir.« Dann fing sie an zu lachen: »Hör mal, dieser: *Jedes Mal, wenn ich mich auf dem Balkon zeige, hoffe ich, dich zu sehen, und denke an dich, amore mio!* Ich habe immer gehofft, dass du zufällig unten langgehst. Und hier, weißt du noch, den hast du mir nach ein paar Monaten geschrieben: *Tua madre, appena leggerà queste righe, mi ucciderà!* Aber sie hat dich nicht umgebracht. Sie war glücklich mit dir als Schwiegersohn!« Flora hielt beide Hände an den Marmor, als wäre die Grabplatte nur eine dünne Tür, durch die sie ihm all diese Sätze zuflüstern könnte. Er hatte sie von hier weggeschickt, zurück nach Bellaforte, und es war gut gewesen, auf ihn zu hören. Doch nun sagte sie: »Ich brauche dich bei mir. Was gäbe ich darum, dich jeden Tag besuchen zu können!« Sie holte ein Taschentuch aus der Handtasche und runzelte unwillkürlich die Stirn, als sie dabei noch einen letzten Zettel fand. *Dio,* wie unachtsam sie mit ihren kostbarsten Schätzen umgegangen war, als sie sie zu Hause in aller Eile aus der Mappe gekippt hatte. Sie putzte sich die Nase und strich das kleine Stück Papier glatt: »Einen habe ich noch: *Ti adoro, mia dolcezza!!!*« Sie faltete ihn zusammen und schaute, ob es irgendeinen Spalt gab, in den er sich hineinschieben ließ. Hinein und hinüber zu Tommaso. Doch es gab nichts, die Marmorplatte war fest mit dem Außenrahmen zusammengefügt. Moment mal? Drei Ausrufezeichen? Wie bei Nico. Sollte er vielleicht ...? Aber das war doch nicht möglich? Hatte er die Liebeszettelchen etwa bei seinem Vater abgeschrieben?! Na, dem würde sie was erzählen, wenn sie nach Hause kam! Was fiel ihm ein, in ihren Sachen herumzuwühlen? Doch dann lächelte sie, küsste ihre Fingerspitzen, legte sie auf den Marmor und machte sich auf den steilen Weg nach oben, zurück in die Stadt.

Ihre Mutter war zu Tommasos Eltern mitgegangen, wo es sicherlich wieder etwas zu essen gab, also musste sie wohl oder übel auch dorthin. Als sie das Telefon im Flur sah, kam ihr eine Idee. »Ich rufe mal eben bei der Nachbarin an, um zu hören, wie es Nicola geht!« Die Galiotos waren eine der wenigen Familien in Marinea, die ein Telefon besaßen, natürlich wegen der Apotheke.

»Nur zu«, sagte Francesco, und alle scharten sich um das Telefon.

»Flora, endlich, ich habe den ganzen Tag schon versucht, dich zu erreichen!«, meldete sich Manueles Mutter. »Aber ihr wart ja sicher auch auf dem Friedhof. Hast du es schon von jemandem gehört? Es ist nicht viel, sie haben nichts kaputt gemacht oder so ... Sogar deine Geldkassette ist noch da.«

»Was haben sie ...?« Floras Herz setzte einen Moment lang aus.

»Ach, ich bin ganz durcheinander. Sie haben bei euch eingebrochen!«

»Wo ist Nico?!«

Die Signora Galioto druckste ein wenig herum. »Er ist jetzt hier, alles in Ordnung mit ihm!«

»Und wo war er, als ...?« Flora fühlte vier Augenpaare auf sich ruhen.

»Na ja, Manuele war mit uns auf dem Friedhof. Und Nico wollte wohl unbedingt den Anzug ausprobieren. Am Tag der Toten ...!«

Flora schloss die Augen. Er hatte ihr nicht gehorcht!

»In dem Moment sind sie wohl eingestiegen. Am helllichten Nachmittag. Es tut mir so leid.«

Vielleicht besser so, dachte Flora nun, vielleicht hätten sie ihm sonst noch etwas angetan. Sie mussten ihn beobachtet haben. Und auch gewusst haben, dass sie weggefahren war. »Ich komme morgen sofort mit dem ersten Bus! Am Sonntag fährt der erste um neun. Und was ist jetzt ...?« Sie brach ab, wie sollte sie den neugierigen Augen erklären, dass bei ihr eingebrochen wurde, während der fieberkranke Nico tauchen war?

Aber ihre Nachbarin verstand: »Was sie gestohlen haben? Oh, ich weiß es gar nicht. Scheint alles noch da zu sein. Die Polizei konnte ja auch nicht so schnell kommen, die waren ja alle mit dem *Avvocato* beschäftigt.«

»Mit wem?«

»Ach, das weißt du ja auch noch nicht: Den *Avvocato* Carnevale haben sie in seiner Wohnung überfallen und geschlagen. Und jede Menge Sachen mitgenommen. Er hat die Täter angeblich nicht erkannt, der arme alte Mann! Du kanntest ihn doch auch, hast du mir nicht von ihm erzählt?«

Flora nickte. Erst der Richter und jetzt der Anwalt. »Ja«, sagte sie mit erstickter Stimme, »ja.«

»Nico schläft heute bei uns, man kann eure Haustür ja nicht mehr richtig verriegeln.«

»Gut! Ich danke dir von ganzem Herzen, Gianna! Bis morgen!«, sagte Flora und legte auf. Als sie in die fragenden Gesichter schaute, darunter zwei mit prüfendem *Carabinieri*-Blick, zuckte sie mit den Achseln. »Das Fieber ist heute Nacht gestiegen. Nico ist im Haus herumgewandert und hat ein bisschen Unordnung gemacht, aber es geht ihm jetzt wieder besser! Ich fahre sofort morgen früh, ich hätte gar nicht herkommen sollen.«

»Ich habe das nicht gewollt, Mama!« Nico empfing sie mit reumütigem Gesicht an der Bushaltestelle. Sie flog ihm in die Arme und umarmte ihn lange, ließ ihn nicht mehr los. Von der nahen Kirchturmuhr schlug es eins. Der Duft von gebratenem Fisch kam aus einem der niedrigen Häuser. Schon während der langen Busfahrt hatte sie sich immer wieder vorgestellt, wie er allein in der Küche saß und brav seine Aufgaben machte, während sich zwei Gestalten an ihrer Haustür zu schaffen machten. Während zwei Gestalten durch den Flur schlichen. Während zwei Gestalten mit einer Schlinge aus Draht dicht hinter ihm standen. »Weine nicht, Mama! Ich bin doch immer noch dein einziger, einziger Nico!«

»Deswegen ja!«, flüsterte Flora und verbarg ihren Kopf an seiner Brust.

»Was haben die bei uns gesucht? Es war die Akte, nicht wahr?«, fragte Nico, als sie ihren Hof betraten. Das satte Rot der Bougainvillea war um diese Jahreszeit schon verblasst, die Blätter lagen, vom Wind zu kleinen Hügeln zusammengeweht, auf dem Boden.

Flora schaute Nico lange an. »Jetzt haben sie ja das, was sie wollten.«

Sie stiegen die Treppe hoch, sahen sich das notdürftig reparierte Schloss an und gingen in den *salotto*. Beim Anblick der offenen Schränke versagten Flora die Beine. Nico stützte sie. »O Gott. Und das nach all den Jahren ... Wir müssen vorsichtig sein, Nico!«

»Danke für das ›wir‹, Mama! Du nämlich auch!«

»Du machst doch jetzt nichts Unvernünftiges?!« Sie ließ sich auf einen der beiden Sessel fallen und presste die Handflächen gegen ihre Schläfen. Sie roch ihren Schweiß. Scharf und süß. Das war die Angst.

»Ich wüsste nicht, was«, sagte er matt. »Was nützt es, sich erschießen zu lassen? Wir müssen viele sein. Viele Leute, an den richtigen Stellen. Richter, Anwälte, dazu ein Capo der *Carabinieri*, der seine Arbeit macht. Zusammen haben wir eine Chance, etwas zu ändern. Den Einzelkämpfer bringen die um.«

Die Wellen schlugen hoch, die Zeitungen vom Montag berichteten in erster Linie vom Mord an Richter Pappagallo, am Dienstag dann auch von den »Banditen«, die bei Signor Carnevale eingestiegen waren. Flora las das *Giornale di Bellaforte* sehr gründlich, doch einen Zusammenhang zwischen beiden Taten konnte die Zeitung nicht finden. Flora fegte die Seiten vor Wut vom Tisch. »Warum lese ich das überhaupt, die sind doch alle gekauft!«, rief sie in die leere Küche. Von dem Einbruch in ihre Wohnung hatte die Zeitung keine Notiz genommen. Allein in Marinea sorgte er für Aufsehen. Was hatte die Signora Messina bei sich aufbewahrt, dass man sogar am *giorno dei morti* bei ihr einbrach? Was hatte man ihr gestohlen?

»Nichts von Wert«, gab sie bei der Polizei an. Die Geldkassette war aufgebrochen, vermutlich, um es nach einem normalen Einbruch aussehen zu lassen. Doch es war kein Geld darin gewesen. Nur ein altes Sparbuch, längst entwertet, und Tommasos Dienstausweis. Der war weg. Wie auch die braune Ziehharmonikamappe. Was für ein Glück, dass sie alle Briefe und Zettelchen vor ihrer Reise so ungeduldig in ihre Handtasche geschüttelt hatte! Nur ein paar Briefe von ihrer Mutter und ihrer Patin lagen jetzt bei den Dieben oder bei denen, die sie zu dem Einbruch beauftragt hatten. Nein, sie hatten es auf die Akte abgesehen, die *Avvocato* Carnevale ihr gegeben hatte, denn die war natürlich verschwunden. Doch sie hütete sich, diese Tatsache zu Protokoll zu geben.

Gleich am nächsten Morgen wollte Flora den *Avvocato* im Krankenhaus besuchen, wurde aber nicht zu ihm vorgelassen. Zwei *Carabinieri* bewachten die Tür seines Zimmers, einer von ihnen biss in ein frittiertes Reisbällchen. »Bedaure, Signora«, nuschelte er mit vollem Mund. Ein Reiskorn klebte an seiner fettigen Unterlippe. »Ich kann Sie nicht hineinlassen.«

Dann ist es um den *Avvocato* schlecht bestellt, dachte sie. Die Seite, die ihn zum Schweigen bringen will, wird umso besser wissen, wann sie ihn erwischen können. Vielleicht sind diese beiden sogar schon bestochen.

In der Abendmesse betete sie für den alten Mann, doch ihr Ave Maria konnte die Zweifel, die sich wie giftiges Gas in ihr ausbreiteten, nicht ersticken. »Wenn Gott wirklich mächtiger als die Mafia ist, warum zeigt er es dann nicht öfter?«, fragte sie Pater Anselmo, dem sie ihre Glaubenskrise am nächsten Sonntag sofort beichtete.

»Gott zeigt uns den rechten Weg, gehen müssen wir ihn schon selbst«, war die Antwort. Dazu trug er ihr auf, eine ordentliche Anzahl von Ave Maria aufzusagen.

Durch die ganze Aufregung waren Nicolas Liebesbotschaften völlig in Vergessenheit geraten. Erst als Flora ein neues Zuhause für ihre Zettelchen und Briefe aus der Handtasche suchte, fiel ihr die Sache wieder ein. »Wie ist das denn jetzt eigentlich mit den Mädchen in der Klasse?«, fragte sie Nico beim Abendessen.

»Gut. Warum?«, war seine Antwort.

»Ja, und wie sind die so?«

»Och, Mama! Ich gehe schon zwei Jahre da hin ...«

»Na, dann ist es doch mal an der Zeit, zu fragen ...«

Er seufzte. Normalerweise hätte er nicht geantwortet, doch er hatte immer noch ein schlechtes Gewissen: »Es sind nur vier. Die eine ist zu dünn und kichert jedes Mal, wenn sie mich sieht. Die andere ist schlau und hat Hasenzähne, die Dritte bewahrt einen Teil ihres Gehirns wahrscheinlich in dem dicken Haarknoten auf, der aus ihrem Hinterkopf wächst. Und die Letzte, die Vierte, spricht nicht mit mir. So, nun weißt du es.« Nico spießte die *penne* auf seine Gabel und stierte auf den Teller.

»Manchmal ändern Mädchen auch ihre Meinung«, sagte Flora fröhlich.

»Ach ja? Die nicht, Mama. Die nicht!« Er legte die Gabel zur Seite, sah seine Mutter aber immer noch nicht an. »Wenn ich nett zu ihr sein will, geht das jedes Mal schief. Meine Geschenke nimmt sie nicht an, sondern macht nur komische Geräusche mit den Lippen.«

»Geschenke?«

»Ja. So Zeug für Mädchen eben, 'ne Muschelkette. Da siehst du mal, wie schlimm es ist …!« Er zog mit dem Griff der Gabel unsichtbare Linien auf den Tisch.

Flora tat das Herz weh, so sehr litt sie unter seinem Liebesschmerz. »Einen Trick gäbe es da vielleicht …«

Er schaute endlich hoch.

»Beachte sie nicht mehr. Hör auf, sie als etwas Besonderes zu behandeln. Manchmal hilft das.«

»Aber wie, Mama? Wie soll das gehen? Wie könnte ich denn je aufhören, sie als etwas Besonderes zu behandeln? Das wäre ja, als wollte ich aufhören, sie zu lieben.«

29

Das muss aufhören. Sie muss sofort da raus. Was soll diese Schule ihr denn noch beibringen? Soll sie mit ihrem Mann über den Wertverlust der Lira sprechen?«

Stella schaute ihren Vater mit zusammengekniffenen Augen an. Er hatte das *Giornale di Sicilia* sinken lassen und redete mal wieder zur Decke seines Arbeitszimmers. Das tat er gerne, wenn sie sich am Nachmittag die Zeitung teilten. Stella saß am Schachtischchen und kämpfte sich durch den Politik- und Wirtschaftsteil, während der Marchese ihr ab und an Nachrichten aus aller Welt vorlas oder sie mit seinen eigenen Gedanken behelligte. So wie jetzt.

»Na ja, sie interessiert sich nicht dafür«, antwortete sie ihm. »Aber warum besteht sie dann darauf, es immer wieder zu versuchen?«

»Tja, nein, ich weiß nicht ...« Der Marchese hielt die Zeitung noch weiter von seinen Augen weg. »Hör dir das an, die Familie Ferramonte muss ihren Palazzo an der Via del Celso aufgeben. Einsturzgefahr ...«

»Stella!? Wo bist du?« Diese Stimme, dieser durchdringende hohe Ton! Das Haus erstarrte jedes Mal, wenn sie erklang.

»Ich muss gehen«, sagte Stella und stand auf. Der Marchese fasste sich mit Daumen und Zeigefinger in die Augenwinkel und hielt einen Moment inne, als ob er Kopfweh von der Stimme seiner Frau bekam, doch er sagte nichts. Kein Vater sollte so unentschieden und schwach sein, dachte Stella. Kein Vater. Kein Mann.

»Frauen müssen sich doch nicht mit diesen Sachen herumschlagen«, sagte er. »Warum sollten sie sich Sorgen um Kennedy und seine 'miricani und die Raketen auf Kuba machen? Enza und Regina wissen gerade mal, dass wir einen neuen Papst haben.«

»Es ist ja auch ein Klosterinternat.« Stella kannte die Hintergründe nicht genau, doch sie hatte sich einiges zusammengereimt. Enza würde die Prüfung wieder nicht schaffen, schon zum zweiten Mal nicht, Regina würde es im nächsten Sommer versuchen, aber auch ihre Leistungen waren äußerst schwach. Das hatte bis zu diesem Zeitpunkt niemanden beunruhigt. Sie kamen nicht mehr an jedem Wochenende nach Hause, sondern blieben manchmal monatelang im Kloster, und niemand war darüber mehr erleichtert als Stella.

»Ich brauche dich, komm sofort her!« Wieder die Marchesa.

»Die traurige Wahrheit ist: Wir können es uns nicht mehr leisten.«

Stella vergaß weiterzuatmen. Wenn Enza und Regina das Kloster wegen Geldmangels verlassen mussten, war es auch um ihre eigene Schulausbildung schlecht bestellt.

»Mach dir keine Sorgen, deine letzten drei Jahre auf dem *liceo* schaffen wir noch ...« Stella zog die Augenbrauen hoch und stieß die Luft wieder aus. Er hatte also tatsächlich mitbekommen, dass sie schon zwei Jahre auf das *liceo* ging. »Hauptsache, die Sache klappt diesmal besser als damals! Vielleicht gibt sie dann endlich Ruhe. Und nun lauf!«

Stella seufzte. Ihr Vater würde sie nie vor der Marchesa retten können. Und die Marchesa würde keine Ruhe geben. Mit der Sache meinte er die Verlobung, die erneut für Enza geplant war. Seit Tagen wurde geputzt und geräumt. Stella dachte, sie würden nie fertig. Diesmal hieß der Kandidat Ignazio Serradifalco. Die Familie kam aus dem fernen Catania, daher wurde die Möglichkeit, dass sie schon etwas von den anormalen Verhaltensweisen Enzas gehört haben könnte, als relativ gering eingestuft. Außerdem waren die Serradifalcos mit dem Marchese verwandt. Eine Schwester seiner Mutter war mit dem Onkel des Jungen verheiratet. Der Junge, der immerhin schon Anfang dreißig war, von dem man aber nichts weiter wusste, als dass er »unsere Enza« unbedingt ehelichen wollte.

»Ab heute nur noch zum Schlafengehen ein, zwei Tropfen!«, sagte die Marchesa gerade zu Maria, als Stella zu ihnen in das Ankleidezimmer trat. »Wo kommst du jetzt her?! Seit Stunden lasse ich nach dir rufen!«

Ich hasse dich, dachte Stella. Irgendwann haue ich ab von hier! Bald.

»Wenn ich sie im Kloster besuchen will, weigern sie sich, weil sie angeblich so beschäftigt sind«, lamentierte die Marchesa weiter. »Was machen die da? Lernen kann es ja wohl nicht sein! Nicht einmal für einen Nachmittagsspaziergang mit mir haben sie Zeit. Hingegen sind sie schon oft draußen in den Straßen von Bellaforte gesehen worden. Bring mir den anderen Hut!« Maria nickte und brachte den anderen Hut. »Immer in Sack und Asche!«, hörte Stella ihre Mutter murmeln, während sie sich das blaue Rad aus Stoff und Tüll auf dem immer noch vollen Haar zurechtschob. Stella schaute sich in einem der Spiegel an. Seit sie mittags aus der Schule gekommen war, war sie nur herumgelaufen, um die Wünsche der Marchesa zu erfüllen. Ausgenommen die gestohlenen Minuten im Zimmer des Marchese. Ihr Haar war strähnig, schon seit Tagen fehlte ihr die Zeit, es zu waschen. Sie trug es straff zusammengebunden, der Kittel, den sie übergestreift hatte, war fleckig, ihre Schuhe waren alt und abgetragen, wie immer. Sie war hässlich.

»Hmmmh, vielleicht können wir dieses hier umarbeiten lassen ... oder das Grüne. Parma-Veilchen am Ausschnitt sind meines Wissens aus der Mode. Federn! Getupfte Federn, von Drosseln oder einem dieser hübschen Vögelchen. Gehalten von einer silbernen

Spange ... Ja, das könnte es sein. Nur wo bekomme ich so etwas in diesem Drecksloch Palermo, wo ich bei Dario nicht mehr kaufen kann ...«

Maria nahm den Hut entgegen und legte ihn auf einen der Stühle, der noch nicht gänzlich von Nachmittagskleidern, Hüten und Abendroben bedeckt war. Stella schaute sich um. Auch die flache Sitzbank war schon unter einem Kleiderberg verschwunden. Wahrscheinlich war sie gerufen worden, um gleich wieder alles in die Schränke zurückzuhängen. Die Sachen der Marchesa würden ihr wahrscheinlich sogar passen, vielleicht sollte sie einmal heimlich eins der Kleider anprobieren? Im letzten Jahr war sie ein ordentliches Stück gewachsen und mittlerweile genauso groß wie sie, und hatte auch, im Gegensatz zu Enza und Regina, ihre schmale Taille geerbt. Doch an diesem Tag war dazu bestimmt keine Zeit, sie wusste nicht einmal, wann sie die Hausaufgaben für Mathe und die Übersetzung in Latein machen sollte. Heute Abend im Bett? Sie würde wieder darüber einschlafen.

»Wir müssen sie da rausholen, bevor es zu einem Skandal kommt!«

Sieh an, auch die Marchesa hatte dieselbe Idee.

»Höchste Zeit, die Leute reden ja schon! Wenn die beiden am Freitag nach Hause kommen, werde ich mit ihnen einkaufen gehen. Und der Grüne Salon muss natürlich wieder geöffnet werden.«

»Wir brauchen noch jemanden, der uns hilft. Einen kräftigen Mann«, sagte Maria. »Sonst schaffen wir es diesmal nicht.«

»Pff! Habt ihr es jemals geschafft? Was redest du denn da? Dann frag halt Fulco, der wird schließlich nicht fürs Rumsitzen bezahlt!«

»Er sitzt nicht rum! Er ist dauernd unterwegs, ich weiß nicht, wo, neulich war er eine ganze Nacht weg, als die Mädchen den Wagen morgens brauchten. Und wenn ich ihn zur Rede stelle, sagt er, das ginge mich nichts an und fürs Stühletragen sei er schließlich nicht eingestellt worden.«

»*O Dio,* muss ich denn alles selber machen in diesem Haus? Ich rede mit dem Marchese.« Mit großen Schritten und klackernden Absätzen lief sie aus dem Raum. Stella seufzte. Nichts würde geschehen, wie beim letzten Mal würden alle Arbeiten an ihnen hängen bleiben. »Vielleicht wird auch wieder alles abgesagt«, sagte Maria leise, »wer weiß das schon.«

Die Antwort kam am kommenden Freitagabend, als die drei von ihrem Einkauf aus Palermo zurückkehrten. Laut knallte die schwere Tür der Eingangshalle, und jemand rannte die Treppe hoch. »Ich zieh das sowieso nicht an!« In der Küche horchte man auf: Enzas Stimme.

»O doch, das wirst du!«, kreischte die Marchesa. Unverständliche Rufe kamen aus dem oberen Stockwerk, dann wieder die Marchesa: »Sie werden kommen! Sie haben zugesagt! Und ich werde meine Tochter verloben! Und dazu wird sie ein hübsches Kleid anziehen und tun, was ich ihr sage!« Ihre Stimme drohte zu kippen. Maria und Stella tauschten Blicke. »Als ob die Mädchen jemals gemacht hätten, was ihre Mutter wollte«, raunte Maria und widmete sich mit tränenden Augen wieder ihren roten Zwiebeln.

»Was sagst du!?«, rief Pupetta.

»Du bist gemein zu Enza!«, hörten sie Regina in der Eingangshalle aufheulen. »Du darfst nicht so gemein zu ihr sein!«

»O Gott, ich werde keine Träne vergießen, wenn diese Verlobung endlich vollzogen ist und wenigstens eine der beiden aus dem Haus geht!«, sagte Maria, deren Wangen schon ganz nass waren.

»Eine!? Die gehen nur zusammen!«, prophezeite Pupetta.

»Umso besser!«, erwiderte Maria.

»Muss sie ihn denn gleich heiraten? Diese Familie kommt doch erst mal nur zu Besuch«, fragte Stella.

»Na, da kennst du die Sitten aber schlecht!« Maria knallte das Messer auf den Tisch. »Sie haben zugesagt, sie werden hier mit Geschenken ankommen, und damit ist die Sache schon beschlossen. Rosen werden sie mitbringen, neunzehn Stück, so alt, wie Enza an Jahren ist, und einen Ring. Die werden sich nicht lumpen lassen! Und grün überzogene Zuckermandeln wird es geben, *i confetti*. Die haben Geld.« Maria kicherte, doch es klang nicht froh. »Wer weiß, vielleicht hat man sie mit einem Foto von Enza gelockt, als sie noch süß und niedlich war. Der Junge wird nichts dazu sagen, und sie, die Enza, wird ganz sicher nicht gefragt! So, wie die sich aufführt ...«

Stella zog den Kopf ein und schnitt den wilden Fenchel für die *pasta con le sarde* klein.

Das Verlobungswochenende rückte unaufhörlich näher. Die Marchesa hatte beschlossen, dass es am Sonntagnachmittag keine Torte, sondern nur Gebäck geben sollte, dazu würde Kaffee und ein süßer Rosenlikör, der Rosolio, gereicht. »Was sollen wir uns mühen, und dann sagen die kurz vorher wieder ab!« Ihrer Stimme hörte man die Ungeduld an.

Stella wäre in der Lateinstunde um ein Haar vom Stuhl gefallen. Nur weil ihr Buch eine Sekunde früher zu Boden krachte, war sie aufgewacht. Ehe sie wusste, was passiert war, sah sie schon Nicola auf den Knien vor sich, der ihr das Buch reichte. Ihre Finger berührten sich kurz, seine waren erstaunlich warm.

»Stella, zur Abschlussprüfung des Schuljahres solltest du nächste Woche ausgeschlafen erscheinen!«, kam es vorne vom Pult.

»Entschuldigung, Maestro Roncato!«, sagte sie, schlug das Buch an der richtigen Stelle auf und konzentrierte sich auf die Zeilen aus dem gallischen Krieg. Sie beachtete Nicola schon lange nicht mehr, irgendwann würde er schon mit seiner stierenden und starrenden Bewunderung aufhören. Hatte der eigentlich keine Augen im Kopf?

Drei Tage lang wurde Stella in der folgenden Woche geprüft. Sie schleppte sich jeden Morgen todmüde in die Schule, ganz sicher, alles vergessen zu haben, was sie je gelernt hatte. Doch wenn die Zettel mit den Fragen dann vor ihr auf dem Pult lagen, war sie plötzlich so aufgeregt und wach, als ob sie vier Tassen starken Kaffee getrunken hätte. Sie schaffte alle Prüfungen mit guten Ergebnissen.

In der Villa interessierte sich allerdings niemand für ihr Zeugnis. Man machte sich eher Sorgen um den Leihpapagei, der für die Dauer des Verlobungsbesuchs die Voliere bezogen hatte, weil die Marchesa meinte, ein leerer Käfig würde allen schrecklich auf das Gemüt schlagen. Der Vogel hieß Chicchi und war sehr hübsch, flatterte aber manchmal minutenlang umher und kreischte einen einzigen Satz, der wie »*viva il duce*« klang. Ob man ihn lieber wieder entfernen sollte?

Am Samstagabend wurde Stella von einer Stimme geweckt: »Ich muss dir was sagen. Wir müssen dir was sagen.«
 Stella fuhr von ihrem Kissen hoch, sie war früh zu Bett gegangen, erleichtert, nicht mehr lernen zu müssen. Enza und Regina standen vor ihr. Was wollten die beiden hier? Sie verteilten ihre Bosheiten immer noch mit schöner Regelmäßigkeit in der Villa, waren aber seit der zerstörten Zeichnung nicht wieder in ihre Kammer gekommen. Stellas Blick ging zu den Knopfschachteln, die wohlgeordnet auf dem Sims standen, dann zurück zu den Augen der Schwestern, die sie anfunkelten, zumindest die von Enza. Die von Regina sahen aus, als hätte sie geweint, sie wirkten noch wässriger als ohnehin schon.
 »Hier, wir haben dir einen Tee gemacht!« Regina hielt einen dampfenden Becher in der Hand.
 »Du wirst es tun müssen. Du bist die Einzige, die übrig ist!«, sagte die andere Schwester.

Stella starrte auf den Tee, sagte aber nichts. Was meinte Enza, wofür war sie übrig?

»Ich werde nie einen Mann heiraten. Ich werde eine Braut Christi.«

»Weil du ihn liebst«, fügte Regina mit sanfter Stimme hinzu und nahm Enzas Hand.

»Weil ich ihn liebe, richtig!« Enza schüttelte Reginas Hand ab und verschränkte die Arme vor ihrem schlichten braunen Kleid.

»Und Schwester Agata!«

»Mein Gott!« Enza schnaubte verächtlich. »Jetzt trompete ihren Namen doch nicht so laut herum! Ich habe meine Stunden in der Kerkerzelle schon abgesessen, ohne dass es einer herausbekommen hat.« Sie wandte sich wieder an Stella: »Ich sehe keinen anderen Ausweg, als dich in mein Geheimnis einzuweihen.« Dabei zog sie erwartungsvoll die Augenbrauen hoch. Mit herrischen Auftritten hatte Enza schon als Kind kein Problem gehabt, dachte Stella und setzte sich auf. Das konnte doch nur eine Falle sein, oder warum plötzlich diese Offenheit? Niemals, nicht bei den Sonntagsbesuchen ihrer Kindheit und auch nicht in den letzten vier Jahren, in denen sie wie das Aschenputtel *Cenerentola* neben der Küche wohnte, hatten die beiden jemals das Wort direkt an sie gerichtet. Über sie gelacht, sie geärgert und zum Weinen bringen wollen, ja, das schon. Sollte sie sich jetzt etwa über diesen Beweis an Vertrauen freuen? Zu spät. Stella verzog keine Miene und wartete. Sie sah Reginas Augen flattern, wahrscheinlich brauchten sie für dieses Flattern sehr viel Tränenflüssigkeit.

»Ich werde ins Kloster gehen.« Enza gab ihre Haltung auf und wanderte in Stellas kleiner Kammer herum.

»Ist denn der Serradifalco so schlimm?«

Enza drehte sich um und stieß mit Regina zusammen. Der Tee schwappte über, aber Regina merkte es nicht: »Woher weiß sie das jetzt ...?«

»Sie ist ja nicht taub, sie wird gehört haben, dass er sich mit seiner Familie angekündigt hat.«

Ich habe sämtliche Bilder auf der gesamten Etage für ihn abgestaubt, dachte Stella, und die zwölf guten Stühle in den Grünen Salon getragen, die Vorhänge abgenommen und wieder angebracht. Die Voliere sauber gemacht und herumgerückt, das schwere Ding. Ich schufte in diesem Haus, während ihr dick und faul in den Betten liegt.

»Also, wenn er dich will ...«

»Warum sollte er sie nicht wollen?«, mischte Regina sich ein. »Man sagt, er soll so hässlich sein, dass die Leute sich auf der Straße nach ihm umdrehen, wenn er vorbeifährt. Und redet angeblich nur von Büchern und den Leuten, die sie geschrieben haben.«

Beide schwiegen eine Weile, während Stella fröstelnd aufstand und sich eine dünne Jacke über ihre Schultern legte. »Ihr wollt ihn an mich loswerden?«, brach es aus ihr heraus. »Ihr glaubt doch nicht im Ernst, dass die Marchesa sich darauf einlässt.« Stella musste tatsächlich lachen, so absurd schien ihr der Plan der mit einem Mal so verzweifelten Schwestern, die jetzt ausgerechnet ihre Hilfe wollten.

»Mama spinnt!«, sagte Enza. »Egal, was man sagt, die redet nur noch von ihrem geliebten Bartolo, der hat schon immer mehr für sie bedeutet als wir alle zusammen!« Sie sah ihr direkt ins Gesicht. *Dio,* wie hart diese Augen sind, dachte Stella.

»Und der Vater ...«

»Dem geht es nur ums Geld!«, fiel Regina Enza ins Wort. »Der will, dass Enza eine gute Partie macht und von mir weggeht, und ...«

»Sei ruhig!«, sagte Enza.

»Das mit der Partie hat er selbst gesagt!« Regina plinkerte erneut kräftig mit den Augenlidern und strich sich zart über den Hals. Stella bemerkte ein paar der roten Saugflecken, die von Enza stammen mussten. Dieses Spielchen trieben sie also nach all den Jahren immer noch.

»Ich habe dir doch erzählt, was ich gehört habe. Er sagte, dass du vielleicht hinter diesen Klostermauern ganz gut aufgehoben bist.«

Enza fuhr mit der Hand durch die Luft: »Pah, aber er lässt mich niemals da.«

Stella guckte zwischen den beiden hin und her: »Und was ist mit dir, Regina?«, fragte sie. »Dann bist du eben dran. Und wenn es nicht der Serradifalco ist, suchst du dir einen anderen Verlobten. Gut aussehend und mit Geld. Dann sind alle zufrieden.«

Stella folgte Enzas skeptischem Blick auf die Schwester. Aber woher sollen wir so einen Verlobten nehmen?, schien er zu sagen. Reginas blondes Haar hatte in den letzten Jahren eine aschige Farbe angenommen, ihre Augen verschwanden fast vollständig unter schweren Liddeckeln, während ihre dunklen Nasenlöcher wie zwei gut einsehbare Krater den Mittelpunkt ihres Gesichtes bildeten. Beinahe hätte Stella aufgelacht. Regina erinnerte sie an das Schweinchen, das ihr der Bauer in den Arm gelegt hatte, damals auf dem Land, als sie Babbo begleiten durfte.

»Regina fühlt sich so oft schwindelig im Kopf und bekommt manchmal Krämpfe, von denen sie nachher nichts mehr weiß. Bleibst also nur du!«

»Du bist schön!«, platzte Regina heraus und ließ nach dem letzten Wort ihren Mund offen stehen. »Wenn du dir mal die Haare waschen würdest ... Papa würde uns am liebsten gegen dich austauschen!«

»Woher weißt du das denn?«, brummte Enza ärgerlich.

»Hat er auch zu Mama gesagt!«, beharrte Regina. »Ich saß nebenan im Ankleidezimmer.«

»Pah! Soll er doch!« Enza schob eine Knopfschachtel nach der anderen von der rechten auf die linke Seite des Simses. »Hauptsache, ich kann im Kloster bleiben.«

»In Schwester Agatas Zelle ...«

»Halt den Mund, Regina!«

Stella ging zu ihr, nahm ihr eine Schachtel aus der Hand und legte sie wieder auf ihren Platz. Sie hatte einen Palast aus den kleinen Kästen gebaut, sie zu Fluren und Zimmern gemacht, mit hineingeschnittenen Fenstern und Durchgängen. Enza brachte gerade die zweite Etage durcheinander.

»Also gut.« Stella stützte die Hände in die Taille. »Ihr meint also, ich ziehe am Sonntagnachmittag mein schönstes Kleid an, falls ich eins finde, von dem noch nicht Spitzen und Rüschen abgeschnitten worden sind, und spaziere in den Salon? Sage: Salve, mein junger Graf Serradifalco, die hochehrenwerte Marchesina Enza möchte dich nicht heiraten, wie wäre es stattdessen mit mir?«

Regina lächelte. »Genau!« Sie drückte ihr den Becher in die Hand. »Trink!«

Auch Enza nickte eifrig: »Wir helfen dir!«

Stella stellte den Tee vorsichtig auf das Sims, die beiden waren wirklich nicht ganz richtig im Kopf! »Sagt mal, ihr zwei, es mag ja sein, dass ihr jede Prüfung in eurer Klosterschule vergeigt, aber so dumm könnt selbst ihr nicht sein. Seht ihr denn nicht, dass die Marchesa das niemals zulassen würde? Die würde mich doch sofort rausschmeißen.«

»Wir sorgen dafür, dass sie vorher die richtige Anzahl an Beruhigungstropfen bekommt.« Regina lachte, plötzlich sehr selbstbewusst. »Machen wir immer.«

»Ein Versuch ist es wert! Oder ich muss mir noch etwas anderes ausdenken ...« Enza fing leicht an zu schielen, dann stülpte sie die Unterlippe über die Oberlippe und klemmte sie dort fest. Stella mochte gar nicht hinschauen, so grässlich sah es aus.

»Dann fang schon mal an mit dem Ausdenken«, sagte sie, doch plötzlich musste sie an drei kleine Kätzchen in einem Korb denken. Eins war krank, eins offenbar gestört, das dritte gesund mit schönem Fell und wachen Augen. Mit welchem würde eine Familie nach Hause gehen wollen, die feststellen musste, dass ihr das Gestörte versprochen worden war? Die würden sie, Stella, haben wollen, und die Marchesa würde nicht Nein sagen, egal, wie benebelt sie war. Ihre Blicke sprangen in der Kammer umher, viel zu packen gab es nicht, dennoch würde sie manches hierlassen müssen, wenn sie fortlief und sich versteckte. Vielleicht würde der Marchese sie heimlich unterstützen? Ach, auf ihn war nun wirklich kein Verlass. Aber vielleicht könnte Assunta sie irgendwann aufnehmen, später, wenn die erste Aufregung vorbei war. Schließlich hatte sie jetzt den kräftigen Alberto an ihrer Seite. Er nahm mit seiner Größe zwar viel Platz in der kleinen Wohnung ein, aber oft war er ja auch mit Lolò an der Küste unterwegs, um den Zimmerleuten beim Bootsbau zu helfen.

»Wenn ich mitmachen sollte, habe ich vorher noch eine Bedingung«, sagte sie, um ihre Antwort hinauszuzögern.

»Was? Eine Bedingung?!« Enza lachte auf. »Spinnst du? Und was sind das eigentlich für blöde Schachteln? Warum sind da viereckige Löcher drin?«

»Fass sie nicht an!« Ihr Ton zeigte ungewohnte Wirkung, Enza zog sofort ihre Hände zurück.

»Du kannst doch froh sein, wenn sie dich überhaupt heiraten lassen!«, warf Regina ein. »In Papas Familie war es Brauch, dass die jüngste Tochter nicht heiratet, sondern für die Mutter im Alter sorgt. Bis zu deren Tod! Und du bist nun mal die Jüngste!«

»Bedingung!«, wiederholte Stella.

Enza furzte laut statt einer Antwort. Regina kicherte.

»Sie werden dich niemals bei Schwester Agata lassen, wenn sie es wissen«, behauptete Stella und sortierte die Schachteln neu.

»Da hat sie recht. Niemals«, echote Regina.

»Ach, hört doch auf! Sie wissen es längst«, erwiderte Enza. »Deswegen ja plötzlich der ganze Unsinn mit der Hochzeit! Sie wissen nur nicht, welche Schwester ...« Sie lächelte mit schiefem Mund. »Komm, Regina, hier stinkt's!« Sie kicherte. »Die dumme kleine Ziege glaubt, dass sie uns drohen kann.« Enza kam einen Schritt auf Stella zu und streichelte ihr unvermutet sanft über die Schulter: »Du ziehst was Hübsches an und stiftest ein bisschen zusätzliche Verwirrung, das wird schon reichen!«

»Oder bestehst du immer noch auf deiner Bedingung?«, fragte Regina. »Sei vorsichtig. Man kann sich auch mal in der Dosis von solchen Tropfen irren.«

»Sie sind bitter, aber im Spinat oder Mangold merkt man sie nicht. Im Mandelpudding auch nicht. Ist neulich im Kloster passiert ...«

»Die arme Schwester Genoveffa, Friede sei mit ihr.« Beide lachten. Enza hob abwehrend die Hände: »Waren wir aber nicht schuld dran! Ehrenwort!« Regina tat es ihr nach und plinkerte dazu noch bekräftigend mit den Augenlidern. Die Tür fiel hinter ihnen zu. Stella schluckte trocken und schaute auf den unschuldig vor sich hin dampfenden Tee. Sie hatte noch nichts davon getrunken und diese Runde dennoch verloren.

30

Er würde sie wie eine Königin behandeln, denn heute kam sie mit!

Nico sprang aus dem Bett und stieß dabei ein Glas um, das auf dem Boden stand. Die Sammlung kleiner Haifischzähne verteilte sich über das Linoleum. Heute war ein besonderer Tag! Er klaubte die Zähne wieder auf und stellte das Glas auf seinen Schreibtisch. Endlich! Auf diesen Augenblick hatte er lange hingearbeitet. Hatte das Boot gestern extra noch einmal ausgewaschen, ein flaches Kissen für sie gekauft, damit die Bank im Laufe der Stunden nicht allzu hart wurde ... Hatte sich von einem Fischer eine Rettungsweste ausgeborgt und von Tonio, der winzige Füße hatte, Plastiksandalen. Die Küste beim *cubo* war felsig und schwer zugänglich, doch er hoffte, sie überreden zu können, aus dem Boot zu steigen und sich auf den Felsen zu stellen.

Denn sie war ja Nichtschwimmerin. Später, wenn sie sich daran gewöhnt hatte, könnte sie sich auch hinhocken und den Kopf mit der Taucherbrille unter Wasser halten. Sich vielleicht sogar im Wasser treiben lassen. Auf diese Weise würde er ihr wenigstens einen Bruchteil der Schönheit, die die Bucht dort bereithielt, zeigen können.

Er ging in die Küche, wo seine Mutter gerade die gurgelnde Espressokanne von der Gasflamme zog. Das Fenster stand offen. Fliegen surrten um die Lampe, und das Linoleum klebte in der Wärme unter seinen Füßen.

»Bist du bereit, Mama?« Er grinste. Seine Mutter hatte sich extra einen Badeanzug gekauft. Natürlich einen schwarzen. Aber er sah gut an ihr aus. Sie trug ihn schon jetzt, am frühen Morgen, darüber nur ein leichtes Baumwollkleid, das in einem Faltenrock endete. Schwarz. Was sonst?

»Nicola, ich war schon in der Messe, jetzt weiß ich gar nicht, ob ich mich an einem Sonntag halb bekleidet in dein Boot setzen soll ... Und es ist schon so heiß.«

Was hatte ihr Besuch der heiligen Messe mit seinem Boot zu tun? Als ob gläubige Menschen nicht auch an einem Sonntag baden gingen. »Deswegen gehen wir jetzt auch sofort los, dann sind wir vor der großen Mittagshitze wieder zurück. Es wird dir gefallen! Du wirst selber noch mit dem Tauchen anfangen, wenn du erst einmal siehst, wie schön es da unten ist.«

»Huhuuu! Jemand zu Hause?!«

Nico seufzte, die Stimme kannte er. Manueles Mutter mal wieder, immerzu brachte sie ihnen etwas. Als ob wir arme Leute sind, die sich ihr Zeug nicht selber kaufen können, dachte er, als sie sich mit einem Tablett voller *cannoli* an ihm vorbei in die Küche schob. Und nun muss Mama ihr natürlich sofort etwas zurückbringen. Am besten noch heute. Wie ein ewiger Wettlauf ist das.

Signora Galioto bekam selbstverständlich einen Kaffee angeboten, sie setzte sich, die beiden Frauen plauderten, als ob sie alle Zeit der Welt hätten, und kurz darauf klingelte auch Manuele. So dünn er war, er schien immer zu wittern, wenn es irgendwo etwas Süßes gab. Nico aß drei der mit Ricottacreme gefüllten Röllchen im Eiltempo, doch als sie losgehen wollten, stand die Hitze schon flirrend im Hof.

»Vielleicht heute Nachmittag, *amore*«, sagte Flora von ihrem Sofa im Salon, wo sie an einer Tischdecke stickte, »sei nicht böse.«

Wie kann man bei dieser Hitze nur sticken, dachte Nicola, ich werde sie heute mitnehmen, und wenn ich sie huckepack zum Strand schleppen muss!

Doch das war nicht nötig, Flora war sehr gut zu Fuß, als sie am späten Nachmittag gemeinsam mit Manuele loszogen. Gott sei Dank war das gelbe Kleid von Signora Caruso nirgendwo auf der Straße zu sehen, seine Mutter hätte bei ihren Blicken sofort etwas gewittert. Die Läden vor dem Schlafzimmerfenster waren geschlossen. Wahrscheinlich lag sie dort oben auf ihrem Bett, mit wippenden Pantöffelchen an den Füßen, und fragte sich, wo er blieb ... Sie hatte ihn gebeten, etwas Gips anzurühren und in ein Loch in der Küchenwand zu schmieren. Da würden Mäuse drin leben, und sie ekele sich so vor diesen Tieren. Er hatte versprochen vorbeizukommen, aber noch hatte er sich nicht zu ihr getraut.

Am Strand liefen die Fischer in ihrem Sonntagsstaat zusammen, um das seltene Auftreten der Signora Messina zu würdigen. In einer Ehreneskorte wurde sie zu Nicolas Boot geleitet, auf dem in grün geschwungener Schrift ihr Name am Bug stand.

Nico freute sich, als er hörte, wie mühelos seine Mutter die lustigen Anspielungen der Fischer parierte, und beobachtete, mit welcher Anmut sie sich in das Boot helfen ließ. Als ob sie jeden Tag segeln geht oder eine Motorjacht besteigt, dachte er. Weiter hinten hörte man das Geschrei der Badenden an der Mole. Doch dort brachte er Flora ganz bestimmt nicht hin. Der kleine Lolò, einer seiner größten Bewunderer, sprang um ihn herum und half ihnen, das Boot ins Wasser zu schieben. »Heute kann ich nich' mit, Nico. Ich muss hier auf jemanden warten! Aber das soll keiner wissen!«, sagte Lolò.

Nico wurde sofort aufmerksam und watete mit ihm ein paar Schritte an Land zurück. »Was ist mit Stella?!«

»Oh, woher weißt du das? Ich hab doch nix gesagt!«

»Ich kann Gedanken lesen!«

»Ich muss sie hier treffen. Obwohl ...? Wie viel Uhr isses? Vielleicht kann ich doch mit dir mit ...«

»Nichts da, du bleibst hier!« Nico beugte sich vertraulich zu Lolò und strubbelte ihm über die kurzen Haare. »Hat sie Ärger?«

»Sie woll'n sie vielleicht verloben, deswegen muss sie weg.«

Verloben! Nicos Herz fing sofort an zu rasen, als ob ihm selbst höchste Gefahr drohte. Er wollte losrennen, jemanden schlagen, sie verteidigen, alle umhauen, die ihr Böses und Gemeines wollten!

»Mit wem?«

»Irgend so 'n Adliger. Aber nur vielleicht, die dicken Schwestern ham' sich da irgendwas ausgedacht, denn eigentlich sind die ja erst mal dran ...«

»*No!*« Er hielt einen Augenblick den Kopf gesenkt. Den Ausflug absagen? Er schaute hoch, Manuele half seiner Mutter, die rote Rettungsweste anzulegen. Die Fischer hielten das Boot im flachen Wasser, nun winkte Mama ihm zu. Unmöglich. Er hatte sie so lange bearbeitet, seit zwei Jahren, seit er das Boot besaß ...

»Weißt du was, wir bleiben nicht lange, und wenn ich zurück bin, helfe ich dir!«

Er kletterte ins Boot, schnappte sich ein Ruder und gab Manuele das andere. Doch als sich ihr Abstand von der Küste langsam vergrößerte, kamen ihm Zweifel. Ich hätte an Land bleiben sollen, um Stella zu retten, dachte er. Was soll das alles, Mama sieht ohnehin unglücklich aus, sie schaut ja nicht einmal über den Bootsrand. Ihre Hände klammern sich um das Brett, auf dem sie sitzt, und ihre nackten Füße tasten vergeblich nach einem trockenen Platz auf dem Boden. Tonios Sandalen will sie nicht anziehen. Nico versuchte, die Küste und das glitzernde Meer mit ihren Augen zu sehen. Das Wasser strudelte gemächlich um die eintauchenden Ruder, die Sonne stach nicht mehr, sondern wärmte die Haut mit satten rötlichen Strahlen, es roch nach Salz und Algen von den nahe liegenden Felsen, und die Möwen lärmten hoch oben in der Luft. Doch seine Mutter guckte wie eine wasserscheue schwarze Katze, die man in eine Schwimmweste gezwungen hatte. Alle paar Sekunden fragte sie: »Wie weit fahren wir denn noch raus? Ist das tief hier? Kann das Boot nicht umkippen?«

Manuele beantwortete geduldig ihre Fragen, derweil Nico seinen Gedanken nachhing. Stella sollte verlobt werden! Kaum hatte er es geschafft, sie aus seinem Kopf zu drängen, passierte so ein Mist! Er biss die Zähne zusammen und legte sich stärker ins Ruder. Ich habe mich wirklich auf den Tag mit Mama gefreut, doch nun kommt mir Maristella di Camaleo wieder in die Quere. Sie ruiniert mir den Ausflug, sogar das schafft sie, obwohl ich in meinem Leben bisher nicht mehr als zehn Sätze mit ihr gewechselt habe.

Beim *cubo* angekommen, kletterten Manuele und Nico behände aus dem Boot, sodass sie bis zu den Knien auf dem flachen Fels im Wasser standen. Sie hielten die Bootsleine kurz und streckten Flora die Arme entgegen, aber die weigerte sich auszusteigen. So verharrten sie ein paar Minuten, während das Boot leicht in den Wellen schaukelte, an Bord nur noch zwei Ruder, Flora und eine Harpune.

Nico zog nervös seinen Bleigürtel fest, erst die Sache mit Stella und jetzt das ... Was für eine Verschwendung, hier mitten in der Bucht zu stehen und nicht tauchen zu können! »Mama, ich gehe kurz runter und bringe dir einen Fisch mit! Ja?« Manuele holte die Harpune aus dem Boot und reichte sie ihm, Nico schob die Taucherbrille von der Stirn über Augen und Nase und ging an den Rand des Felsens. Seine Füße suchten Halt auf dem glitschig flauschigen Bewuchs, seine Zehen verschwanden darin. Er liebte dieses Gefühl. Er entspannte sein Zwerchfell, atmete stoßweise mehrmals tief ein, winkte seiner Mutter zu, presste die Taucherbrille ans Gesicht und sprang. Der Bleigürtel zog ihn langsam nach unten.

Warum weigerte Mama sich, all das hier kennenzulernen? Warum stellte sie sich so an? Das Wasser klickte in seinen Ohren. Die Sonnenstrahlen brachen sich auf unnachahmlich schöne Weise unter Wasser und beleuchteten den stillen, abgeschiedenen Kosmos, der sich vor ihm auftat. Es war so friedlich. Die grünlich schimmernden Felsen, der weiße Sand dazwischen, der Schwarm kleiner Fische, die einen lila Streifen am Bauch trugen. Und plötzlich hatte er alles dort oben vergessen. Was sollte er in der Kirche? Hier war Gott, hier unten konnte man ihn fühlen, in seiner großartigen Welt, in aller Schönheit, die er erschaffen hatte! Nico schwamm einige Meter und suchte die Spalten zwischen den Felsen ab, er war jetzt nah an der Küste. Für Mama sollte es ein besonders schönes Exemplar sein! Er schwamm ruhig weiter, mit dem Gürtel hielt er sich mühelos auf gleicher Höhe. Noch hatte er Luft, noch hatte er Zeit. Und als ob Gott die Lobpreisung seiner Schöpfung gehört hätte, schickte er ihm prompt eine prächtige *cernia* vorbei, mittelgroß, gerade richtig. So würde seine Mutter Signora Galioto auch gleich ein Gegengeschenk zu den *cannoli* vorbeibringen können. Er wartete, bis der Fisch etwas näher herankam, zielte ruhig, schoss, traf.

31

Am frühen Sonntagnachmittag hämmerte es gegen die Tür. Stella erschrak. Doch dann atmete sie tief durch. Einen Moment später standen die beiden Schwestern mit einem Arm voller Kleider in Stellas Kammer.

»*Ciao,* Aschenputtel, siehst du, da sind wir wirklich und wahrhaftig ...« Enzas Stimme hatte einen drohenden Klang.

»Du glaubst also immer noch, dass ich bloß ins Zimmer kommen muss, und schon tauscht man mich mit Kusshand gegen dich aus?«

»Werde mich schon so zu benehmen wissen.« Enza lachte.

»Und ich auch!«, echote Regina.

Stella schaute zweifelnd auf den Kleiderhaufen, den Regina auf das Bett geworfen hatte. »Ich habe die ganze Zeit darüber nachgedacht. Es muss doch noch eine andere Lösung geben.«

»Anders als was? Hör mal, kleine Schwester, für dich kann es doch eigentlich nur besser werden, egal, was das heute wird. Für mich steht allerdings auf dem Spiel, wo und mit wem ich den Rest meines Lebens verbringen werde!«

»Danke, dass du mich so nennst!« Stella schnalzte wütend mit der Zunge. Mit wem *sie* den Rest ihres Lebens verbringen würde, war Enza natürlich völlig gleichgültig. »Wäre schlauer gewesen, ihr hättet eure Kraft und eure Fantasie früher eingesetzt, anstatt Nachttöpfe unter Betten zu treten und Laudanum zu verabreichen!«

Enzas Blick war eisig. »Sieh mal einer an, wer hätte das gedacht! Sei doch froh, du Schnüfflerin, heute bekommst du deinen Prinzen und rettest gleich noch die Ehre der Familie.« Sie reckte ihr Kinn in die Luft: »Und außerdem, woher sollte ich wissen, dass die das mit uns jemals mitkriegen. Irgendeine Nonnensau muss uns gesehen und verraten haben.«

Stella zuckte bei der Bezeichnung zusammen. »Wie war das genau?«

»O Gott, wie soll das schon gewesen sein? Mama kam mitten in der Woche beim großen Schweigen rein und wollte, dass wir sofort nach Hause kommen! Und dann ging der Schwachsinn mit der Verlobung zum zweiten Mal los.«

»Hat die Marchesa den Namen der Schwester gewusst?« Stella beobachtete Regina, die aufgeregt an ihren Nägeln knabberte.

»Hat sie zumindest behauptet, hat ihn aber vor der Schwester Oberin nicht preisgegeben. Oder sie hatte ihn schon wieder vergessen, dusselig im Kopf wie immer ...«

Geschickt gemacht, Regina, dachte Stella. Solange die oberste Nonne ihren Namen nicht weiß, kann Schwester Agata auch nicht in eine andere Klosterschule versetzt werden. Vielleicht rechnest du dir Chancen bei deiner Lieblingslehrerin aus, wenn Enza erst einmal weggeheiratet ist ...

»Hier, das Rote ist vielleicht passend.« Reginas Stimme war noch piepsiger als sonst.

Stella sah sofort, dass das Kleid viel zu groß war, dennoch nickte sie zustimmend. Je unvorteilhafter, desto besser. Sollte der angeblich so hässliche junge Serradifalco sie trotz allem unbedingt zur Frau haben wollen, würde »der Plan« in Kraft treten. Ihre Tasche war gepackt. Lolò hielt sich ab dem Nachmittag in Marinea bei den Booten bereit. Er würde sie irgendwo an der Küste in der Hütte verstecken, von der er damals die Beschläge abgeschraubt hatte. Weiter hatten sie noch nicht überlegt.

Sie hörte Maria nach ihr rufen. »Gut!«, sagte sie und nahm das Kleid an sich.

»Und wasch dir die Haare!«, sagte Regina.

»Wir sind uns doch einig?!«, fragte Enza leichthin. »Wir wollen kein Eskimomädchen mit Seehundfett in den Zöpfen. Und der hochwohlgeborene Graf sicher auch nicht!«

Stella hielt die Luft an, um nichts zu erwidern. Maria rief erneut nach ihr. Es gab noch so viel Arbeit in der Küche und im Haus, bevor die adlige Familie am späten Nachmittag aus Catania eintraf. Was dann passieren würde, ob mit gewaschenem Haar oder nicht, konnte sie nicht einschätzen. Doch eines hoffte sie inständig: dass etwas geschah, das sie aus dem Spiel der Schwestern heraushielt. Dass alle Probleme so schnell verschwanden wie die beiden, die in diesem Moment aus der Tür gingen und nichts hinterließen als ihren süßlich ranzigen Buttergeruch. Dass ihre Welt plötzlich wie durch ein Wunder in Ordnung wäre.

32

Als Nico mit seiner um sich schlagenden Beute hochkam, sah er sofort, dass etwas nicht in Ordnung war. Seine Mutter stand im Boot, sie stand! Eine ziemlich kippelige Angelegenheit, selbst für einen geübten Fischer. Manuele hatte immer noch seinen Posten auf dem Felsen inne, er hielt das Boot wie einen Hund an der Leine und fuchtelte beschwichtigend mit den Armen, um sie zum Hinsetzen zu bewegen.

»Haaa! Da ist er!« So laut hatte Nico ihn noch nie schreien hören.

»Nicola!« Das war seine Mutter, sie weinte. Meine Güte, das hatte er ja gar nicht bemerkt, warum das denn? Jetzt versuchte sie, aus dem Boot zu gelangen, ein Bein hing schon über Bord, Manuele hatte alle Hände voll zu tun, um sie sicher auf den Felsen zu bekommen. Warum um alles in der Welt wollte sie ausgerechnet jetzt aussteigen?!

»Wartet! Ich helfe euch!«, rief er und schwamm schneller auf die beiden zu. Sie würde auf dem Felsen ausrutschen und sich wehtun.

»Warum bist du so lange dort unten geblieben?! Mach das nie wieder, ich dachte du wärst tot!!« Sie kreischte. Wenn sie sich besonders aufregte, kreischte sie. Er hasste das.

»Sie hat sich Sorgen gemacht. Sie hat gedacht ...« Manuele zuckte betreten mit den Achseln. »Halten Sie sich an mir fest, Signora Messina!«

Als Nico die Kante des flachen Unterwasserwürfels an seinen Fingern spürte, wusste er, dass auch der schönste Fisch sie nicht besänftigen würde. Plötzlich musste er an seinen ersten Schwimmversuch mit Giacomo denken. Damals hatte sie sich auch so aufgeregt und ihm eine runtergehauen. Danach war das eigentlich nur noch selten passiert.

»Mama!« Er stemmte sich auf den Felsen und setzte sich seitlich darauf. Erstaunt sah er, wie Flora sich aus Manueles Umklammerung befreite und sich ebenfalls niederließ, bis sich der Faltenrock ihres Kleides wie eine schwarze Trauermanschette um den Rand der Schwimmweste bauschte.

»Gib!«

Was wollte sie?

»Gib her! Ich will sehen, was daran so besonders ist, dass du dich lieber umbringst, als darauf zu verzichten.«

»Mama, ich bringe mich nicht um!« Er streifte die Taucherbrille vom Kopf und gab sie ihr. Den mittlerweile leblosen Fisch reichte er Manuele. »Ich liebe die Welt dort unten einfach.«

»Es ist furchtbar, hier oben auszuharren, ich habe immerzu die Luft angehalten und gedacht, das kann nicht sein, so lange kann er dort nicht überleben!« Wieder wurde ihre Stimme schrill, und die Tränen liefen ihr über die Wangen. »Was, wenn du ohnmächtig wirst, wenn dir schlecht wird, wenn dein Herz versagt ...!?«

»Aber Signora Messina, Nicola ist der Beste von uns.«

Flora wischte sich mit einer ärgerlichen Bewegung über das Gesicht und setzte sich die Maske auf. »Man kann ja gar nicht durch die Nase atmen!«, sagte sie, und es klang, als habe sie einen üblen Schnupfen.

»Unter Wasser sollst du gar nicht atmen, Mama«, sagte Nico und lachte. »Du musst durch den Mund Luft holen und ihn dann fest zumachen!« Er winkte Manuele, der sofort verstand und ihm seine eigene Maske gab. »Und jetzt halte einfach dein Gesicht ins

Wasser, und schau mal, was da los ist!« Es rührte ihn, wie seine kleine zarte Mutter dort auf den Knien hockte, von den Wellen bekam sie ab und an einen kleinen Stoß, und dann sah man plötzlich nur noch ihren Hinterkopf. Nico ließ sich erneut hinab, um sie unter Wasser zu beobachten. Er freute sich, als sie es wagte, über die Felsenkante zu schauen. Ihre Augen trafen sich hinter den ovalen Gläsern der Masken. Flora lächelte, dann verschwand ihr Kopf. »Ist das nicht großartig?«, rief Nico, als er auftauchte. »Willst du nicht ganz reinkommen? Die Rettungsweste trägt dich!«

»Nein! Nein! Es ist so tief!« Sie streifte die Maske ab. Nach gutem Zureden setzte sie sie wieder auf, Nico trat im Wasser auf und ab und reichte ihr seine Hand. Endlich, nach vielen Beteuerungen und Ehrenworten, dass ihr nichts passieren könne, ließ sie sich mit einem kleinen Quietschen über die Kante fallen. »O nein, Santa Maria, meine Füße, Hilfe! Ich habe keinen Boden unter den Füßen!«

Nico sprach beruhigend auf sie ein. »Und jetzt schau nach unten!«

»Sind meine Beine wirklich so dick und kurz? Oje oje!«, sagte sie, als sie den Kopf wieder aus dem Wasser nahm, doch sie lachte. »Pfui Teufel, das Zeug ist ja so salzig!« Wie eine kleine schwarze Boje schwamm sie auf dem Wasser, strampelte mit Armen und Beinen und ließ sich von Nico einige Meter ziehen, um die schönsten Fischschwärme sehen zu können.

»Siehst du? Siehst du es?«

»Jaja, es ist wunderschön, aber jetzt habe ich noch mehr Angst um dich! Du bist ja wahnsinnig. Ihr seid wahnsinnig…« Den letzten Satz sagte sie nur noch ganz leise, doch ihr anklagender Blick schloss Manuele drüben auf dem Felsen mit ein.

Erschöpft ruderten sie die Küste entlang, zurück nach Marinea. Es war ein Erfolg, redete Nico sich ein, wenigstens hat sie meinen Lieblingsplatz gesehen.

Lolò hatte sich nicht von der Stelle gerührt, zusammen mit ein paar anderen Fischern zog er die *Flora* an Land. »Ihr seid ja wirklich schnell zurück«, murmelte er.

Die Namensgeberin des Bootes sprang mit wackeligen Beinen auf den Sand. »Für mich nicht so bald wieder, vielen Dank!«.

»Sie war also noch nicht hier«, fragte Nico, während er die Ruder verstaute und die Harpune an sich nahm. Manuele kümmerte sich um den Fisch und Nicos Mutter, deren Kleid nass an ihrem Körper klebte.

»Nee. Ich warte noch. ›Der Plan‹ is' noch nicht angelaufen.«

»Komm mit! Wenn sie zum Strand will, muss sie ohnehin bei uns vorbei!«

Zu viert machten sie sich auf den Weg.

»Magst du noch mit reinkommen, Manuele? Ich zieh mir eben etwas Trockenes an, und dann kannst du deiner Mutter ein paar schöne Stücke von der *cernia* bringen.« Flora öffnete die Pforte zu ihrem Hof, als eine feierlich gekleidete Gesellschaft an ihnen vorüberzog.

»Wo wollen die denn hin?«, fragte Manuele, statt Flora zu antworten.

»Taufe«, vermutete Nico und zeigte mit dem Kopf auf die Schleppe eines langen Taufkleides, in dem man den Säugling nur erahnen konnte. Sie beobachteten die Gruppe, die sich über die Via Alloro ergoss und sich langsam in Richtung Bellaforte bewegte.

»Stopp, wartet! Wartet doch!«, rief plötzlich eine helle Mädchenstimme, dann hörte man Fußgetrappel, die drei wandten den Kopf. Auch die Gesellschaft blieb stehen, um zu schauen, wer da die Straße hochgelaufen kam.

Zwei Wesen in braunen Gewändern hasteten auf sie zu, es sollten wohl zwei Mädchen sein, obwohl die eine der beiden sehr kurz geschnittenes Haar hatte, fast konnte man sie auch kahl nennen. Ihre schwarzen Schuhe machten dumpfe Laute auf dem Pflaster, als sie mit ihren kräftigen Körpern an ihnen vorbeistampften. Jemand fing an zu lachen: »Was für Mannweiber sind das denn!«

»Wo kommen diese *masculazzi* her?«

»Das sind die Töchter vom Marchese.«

»Na los, hinterher! Schnappt sie euch, lasst euch diese guten Partien nicht entgehen!«

Die Menge lachte. Auch Nico starrte den beiden Schwestern nach, sie rannten immer noch, als sei mindestens der Teufel hinter ihnen her.

»Wo wollt ihr denn hin?« Der Ruf kam von dem Mädchen, das ihnen folgte. Lolò stieß Nico in die Seite. Ihr hellrotes Kleid war viel zu weit, doch die Farbe sah sehr hübsch zu ihrem dunklen, offenen Haar aus. Als sie Nico und Lolò erblickte, blieb sie mitten im Lauf stehen und ließ die Arme hängen. Nico schaute ihr in die Augen und gleich wieder weg.

»Die da gehört doch auch dazu!«, rief eine schrille Frauenstimme hinter ihm.

»Sieht nich' aus, als hätten die sie schon verlobt«, raunte Lolò.

Ich gehe niemals mehr tauchen, wenn sie nicht merkt, dass ich ihre Schwestern in diesem Aufzug gesehen habe, dachte Nico, ich schwör's! Doch es war zu spät, sie hatte es schon in seinen Augen gelesen.

»*I masculazzi!*«, wieherte jemand aus der Taufgesellschaft. »Sie haben bestimmt ihren Vater umgebracht, so schnell, wie die am Laufen sind!«

Stella drehte sich um und rannte die Straße wieder hinunter, zum Eingangstor der Camaleo-Villa. Lolò lief hinter ihr her. Manuele stöhnte auf, als hätte man ihm wehgetan. Nico spürte die Hand seiner Mutter auf seinem Oberarm.

Ein dunkelgrüner Wagen kam ihnen nun entgegen, der Marchese saß hinten, sein Chauffeur starrte reglos durch die Windschutzscheibe.

»Nein, umgebracht haben sie ihn nicht, da fährt er ja!«

»Fängt seine zwei hübschen Söhne ein!«

Niemand verbeugte sich, keiner zog den Hut, als das Auto an ihnen vorbeifuhr.

»Beeilen Sie sich, Marchese«, rief einer, »keine leichte Aufgabe, für die beiden Läufer dort vorne zwei nette Mädchen zum Heiraten zu finden!« Wieder lautes Gelächter. Angeregt murmelnd setzte sich die Taufgesellschaft erneut in Bewegung.

»Als ob ein böser Zauber auf ihm läge …« Flora schaute einen Moment nachdenklich auf den oberen Mauerrand der Villa Camaleo. »Dieses große Haus macht mit seinen Bewohnern etwas, was mir nicht gefällt.«

»Ja?! Was denn?« Manuele starrte Flora an, als ob er schon lange nach einer Antwort auf diese Frage gesucht hätte.

»Es macht sie ungesund. Verrückt. Und überheblich.«

Nico glaubte nicht an solche Dinge wie Zauber. Doch in diesem Moment hätte er seinen Kopf am liebsten gegen die Gitterstäbe des Zauns geschmettert. Auch das nächste Schuljahr konnte er vergessen. Sie würde es ihm nicht verzeihen, dass er ihre Schwestern in diesem Zustand gesehen hatte. Und auch nicht, dass er von Lolò um Beistand gebeten worden war. Zauber oder nicht, jedes Mal, wenn es im Leben von Maristella di Camaleo einen besonders demütigenden Moment gab, war er dazu auserkoren, ihr dabei zuzuschauen und damit alles noch viel schlimmer zu machen.

33

Stille. Die Villa atmete nicht mehr, sie schien die Luft anzuhalten, und ihre Mauern schwiegen. Für immer. Sie hatten alles gesehen, die Hauskonzerte, die Bälle, die stilvollen Empfänge und überbordenden Feste, die Taufen und Verlobungen, und doch war seit vielen Jahren all das in peinlicher Dürftigkeit versunken ... Die Marchesa ging langsam durch die Räume, ein Salon schloss sich an den nächsten. Der Saum ihres Kleides schleifte über den Boden, der Stoff war zerknittert. Sie wusste nicht, wie lange sie geschlafen hatte. Durch Fensterläden abgeschottet, dämmerten die hohen Räume in der Stille vor sich hin. Die Bodenfliesen waren abgetreten und gesprungen, der Samt der Sofas und Bänke war fadenscheinig, die ehemals rote Farbe verblasst.

Die großen Wandschränke, an denen sie vorbeikam, waren leer. Wo wurden die Tischtücher aufbewahrt? Es lohnte sich nicht, in ihrem Kopf nachzuforschen, sie konnte sich sowieso nicht mehr daran erinnern. Und auch das einstmals prächtige Silberbesteck hatte sich in den letzten Jahren stark dezimiert. Ob die Putzfrauen es nach und nach hatten mitgehen lassen? Es war ihr egal. Das meiste Porzellan war angeschlagen und passte nicht mehr recht zusammen. Wann hatten sie jemals eine Gesellschaft gegeben, die diesen Namen auch verdiente?

Heute. Eine kleine Verlobungsfeier nur, doch in sich vollendet. Konfekt und Gebäck, ausreichend Kuchentellerchen, Silbergäbelchen und üppige Blumenbouquets in den Vasen. Sie selbst im umgearbeiteten hellgrünen Kleid, das ihrer Figur, Haut und Haaren schmeichelte. Ciro war aufgeweckt und fast schon charmant zu nennen. Regina mit braven Knicksen an ihrer Seite und Grübchen in den Wangen. Und die Familie Serradifalco hatte nichts bemerkt, so schien es. Sie lachte über Chicchi, den Papagei, der wie durch ein Wunder nichts über den *duce* verkündete, sondern stumm blieb und sich nur wieder und wieder, zur Belustigung aller, um seine Stange rollte. Der junge Mann war etwas klein geraten und zwinkerte nervös mit dem rechten Auge. Er wäre genau der Richtige für Regina gewesen. Die mit ihrer Zuckerei im Gesicht, wenn die doch wenigstens gesund wäre. Ach, wäre, wäre.

»Du wolltest doch immer Söhne«, hatte sie Ciro angeschrien, als alles vorbei war, »da hast du sie!« Aber ihr Gatte war mal wieder davongelaufen, hatte sie mit der Familie aus Catania und der Schmach im Salon sitzen lassen.

Vor einem Spiegel blieb sie stehen. Da waren nur noch dunkle Augenringe und fahle Haut, ein verängstigtes Maskengesicht, das sie nie gesehen hatte. Giuseppina Ducato! Du hast immer vergeblich eine di Pozzogrande sein wollen, aber die wahre Marchesa von Camaleo bist du auch nie gewesen! Du bist ein Dreck, ein Dreck, und niemand kann Dreck leiden, dachte sie und nahm die Treppe bis in den Keller.

Auch in der Küche kein Mensch, kein Leben. Nicht ein einziger Teller im Spülbecken, der Herd kalt und verwaist. Sie öffnete die Tür zur Kühlkammer. Die Torte stand achtlos neben einem Kübel mit Schweineschmalz auf dem Boden. Pupetta war nicht zu sehen, hatte sich wahrscheinlich auch ins Bett gelegt. Sie würde eines Tages im Schlaf sterben. Die Glückliche. Maria versteckte sich irgendwo auf den Fluren oder in einem der unbewohnten Zimmer, wo sie immer mit dem Marchese zusammen war ... Sollten sie es doch miteinander treiben. Ob sie es freiwillig tat? Oder ob er ihr Geld dafür gab? Es war ihr egal. Seitdem ließ er sie wenigstens in Ruhe.

Jetzt lief sie durch die Halle, ging hinaus auf die Freitreppe, um den Himmel noch einmal zu sehen. Aber auch der Himmel bedeutete nichts. Die Villa bedeutete nichts. Kein Geld zu haben bedeutete nichts. Würde der Marchese mit den beiden Mädchen zurückkommen? Jetzt, da die Schande übermächtig war, konnte er sie auch genauso gut im Kloster lassen. Die Schande? Sie konnte sich dieses Wort hundert Mal vorsagen, aber sie spürte seine Wirkung nicht mehr. Sie spürte gar nichts mehr. Es würde bald zu Ende sein.

Giuseppina ging wieder hinein, vorbei am Salon, vorbei an der Flügeltür, in der vor ein paar Stunden Enza erschienen war, nachdem Ciro feierlich verkündet hatte: »Ich werde meine Tochter rufen lassen, um zu hören, wie sie darüber denkt!«

Sie hatte sich täuschen lassen, sie hatte tatsächlich geglaubt, das Mädchen hätte sich mit ihr ausgesöhnt. Sie war so einsichtig gewesen. Sie hatte sogar das Verlobungskleid angezogen, das goldene Taufkreuz umgelegt und sich die Haare eindrehen lassen. Das hätte sie stutzig machen müssen. Diese schönen Haare!

Sie hatte es getan! Mit abgeschnittenem Haar, zerrupft und irre wie die Frauen in dem Haus, in das sie einmal Almosen gebracht hatte, stand sie in der Tür. Sogar mit ihren Augenbrauen hatte sie etwas gemacht, die waren kaum mehr sichtbar gewesen. In ihrem alten braunen Kleid und den schwarzen Männerschuhen war sie direkt einem Albtraum entsprungen, die Knöchel weiß und plump, die Augen mit beißendem Spott angefüllt ... Diese nackten, höhnischen Augen würde sie nicht vergessen, so lange sie lebte.

Das Schnabelnasengesicht des alten Conte hatte sogar noch gelacht, als die andere sich sofort an sie dranklatschte, so, wie sie sich immer gebärdeten, zwei Ferkel aus einem ungesunden Wurf, die ständig nur beieinanderliegen wollen. Enza und Regina. Die eine. Die andere.

Ihre Töchter waren missraten. Ja, jetzt am Ende konnte sie das endlich zugeben, ohne sich verstellen zu müssen. Erst süß und anschmiegsam, doch als sie älter wurden, war sie von ihnen umso schändlicher verraten worden. Nach dem Tod ihres kleinen Engels wurden sie immer unerträglicher, sie forderten, forderten ohne Unterlass, und hatten die Villa mit ihren falschen Gebeten und ihrem scheinheiligen Tun beherrscht. Mit ihren Wünschen und ihren Launen, dem Gekreische und dem Geschmolle. Niemand hatte sie aufgehalten. Ciro war ja kaum zu Hause. Sie selbst war da schon längst zu schwach gewesen.

Und die Dritte, wo war die? Mein Gott, wie hatte sie sich heute Nachmittag nur in diesem Kleid sehen lassen können? Dass sie es überhaupt gewagt hatte aufzutauchen. Sie hatte sie mit einer einzigen Bewegung ihrer Hand aus dem Salon gescheucht wie eine lästige Fliege. Musste man seine Kinder lieben? Nein, sie schaffte es nicht, dieses Wesen zu lieben, von Anfang an nicht, und war ihr gegenüber noch kälter als der Eisklotz in der Kühlkammer. Pah! Nicht einmal einen Kühlschrank konnten sie sich leisten. Dabei hatte vermutlich selbst Assunta schon einen ... Sie hasste ihre Schwester. Wie auch Ciro. Wie alle Menschen. Sie hatte nur eine Person in ihrem Leben wirklich geliebt, nur ihren Bartolo, mit seinem wunderbar zarten Gesichtchen. Ein Engel! Den Gott ihr nach einem viel zu kurzen Jahr wieder genommen hatte. Warum? Und warum sollte sie hier unten bleiben, wenn doch Bartolo im Himmel auf sie wartete?

Sie konnte es nicht mehr ertragen! So dunkel. Schwer. Traurig. Nichts, wofür es sich lohnte, all das zu erdulden. In den vergangenen Jahren hatte sich manchmal etwas in ihr aufgebäumt, sie verletzte sich dann, schnitt sich, biss sich, kratzte sich mit der Schneide des Messers an den Waden, bis Blut kam und Tage später alles verkrustet war. Diese Krusten riss sie immer wieder ab. Wie gut das tat! Der innere Schmerz wurde fassbar und machte sie klar. Er brachte Erleichterung und Konzentration. Sie konnte nach einer Idee greifen, wieder Befehle geben, etwas ausführen lassen, von dem man meinen könnte, es sei wichtig und bedeutend. Sich einen neuen Mantel aus Paris bestellen, den sie zurückschickte, nachdem sie den Schnitt von ihrer Schneiderin hatte abnehmen lassen. Die Verlobung beschließen, den Salon herrichten lassen. Die Oper. Der Gesang. Ja, den hatte sie geliebt. Oder die Kinder in ihren süßen Kostümen. Ach, am liebsten hätte sie damals noch selbst das Nähen gelernt, so entzückend waren die Mädchen in ihren Verkleidungen. Der Fotograf hatte gar nicht mehr gehen wollen und ihr ganz nebenbei den Hof gemacht. So ein dunkler, mit Bart ... Er hatte ihr gefallen, und seine Blicke gefielen ihr auch. Aber natürlich war er nicht von Klasse, also eine überflüssige Tändelei. Doch irgendwann wollten die Kinder die Sachen nicht mehr anziehen. Hatten ihren eigenen Kopf. Und das machte sie traurig. So unendlich traurig. Ließ sie wieder zurückrutschen in den Sumpf der Gleichgültigkeit. Selbst um sich in die Haut zu schneiden, war sie zu müde, zu müde, um sich zu sammeln. War zu ermattet für neue Dinge, die gar nicht neu waren.

»Die Marchesa di Camaleo hat ihre eigene Täuschung schon lange durchschaut«, murmelte sie und betrat ihr Schlafzimmer. Mit einem Blick sah sie, dass die Flüssigkeit in der kleinen Flasche gerade mal den Boden bedeckte. Das reichte nicht, das reichte niemals! Ihre Augen suchten die Wände ab, das Bett, verharrten auf dem dünnen Gürtel, der über der Lehne des goldenen Stühlchens hing. Mein Gott, sie war so nutzlos, sie konnte nichts, wusste nichts. Es würde ihr nicht einmal gelingen, eine Schlinge aus einem Seil zu drehen, wenn sie denn eins finden könnte ... Sie ging zu der antiken Kommode an der Wand und fing an, die Schubladen zu durchwühlen. Nichts, nichts was sie gebrauchen konnte. Vor unseren Schöpfer treten wir nackt und mit leeren Händen. Sie schnaubte verächtlich durch die Nase.

Es klirrte leise, sie hielt ein weiteres Fläschchen gegen das Abendlicht. Leer.

»Gott verdammt, kannst du mir nicht wenigstens diesen einen Gefallen tun«, murmelte sie durch die zusammengepressten Lippen, »wenn du mir sonst schon alles versagen musstest, Reichtum und ein bisschen Glück?« Ihre Hände wurden immer fahriger. Plötzlich ertasteten ihre Finger etwas aus Metall, vermutlich ein Bilderrahmen. Sie zog ihn hervor. Das Silber des recht großen Rahmens war angelaufen, das Foto darin zeigte sie, jung, sehr jung, mit züchtig nach hinten gestecktem Haar. Und hier unten hatte der Fotograf auch das Jahr in die Ecke geschrieben: 1936. Kaum sechzehn war sie gewesen und hatte damals so lange gebettelt, bis ihre Mutter mit ihr in dem neuen Kleid zu den Gebrüdern Lorenzini ins Fotostudio gegangen war. *Dio,* war sie schön! Diese makellose Haut, diese funkelnden Augen, aber meine Güte ... Sie sah ja aus wie ihre Tochter! Wenn man das blonde Haar durch dunkles ersetzen würde ... Ganz wie Stella.

Die Tränen kamen überraschend, die Wärme in ihrer Brust auch. »Was habe ich getan?« Sie strich die salzigen Tränen mit dem Handrücken von ihren Wangen und leckte sie dann ab. »Was habe ich denn nur getan ...?« Sie suchte weiter in der Schublade. Fand einen alten Lippenstift. Mit zitternder Hand schrieb sie etwas auf das Glas, bevor sie den Rahmen wieder zurück an seinen Platz legte. Da, da war eins, sie ballte ihre Faust um das dünne Glasfläschchen, es enthielt nur ein paar Tropfen, das hatte sie sofort gesehen, doch zusammen mit dem Rest auf dem Nachttisch würde es reichen. Ihre Lippen schafften es nicht einmal mehr zu lächeln.

34

»Es muss etwas geschehen!«
»Es geschieht doch dauernd was, war dir das letzte Woche noch nich' genug?« Lolò schaute nach oben, wo sich durch die Löcher zwischen den Dachschindeln Stücke vom blauen Himmel zeigten.

»Doch, aber alles arbeitet gegen mich. Nimm mich heute in die Villa mit!«, bat Nico. »Deine Mutter ist doch da, oder?«

»Meine Mutter ist da, seitdem's passiert ist, sie hilft Maria. Wir sind alle in der Villa, um zu helfen. Aber die, die du meinst, wird dich trotzdem nich' sehen wollen.« Lolò spuckte einen Mispelkern aus und angelte die nächste Frucht aus der Papiertüte. »Was haste mit der Hütte vor?«

»Ich weiß nicht. Das Dach reparieren, bisschen sauber machen. Dann kann man sich mal treffen, auch wenn es regnet oder so.« Nico zupfte an seiner nassen Badehose. Das Salzwasser hatte auf seinem nackten Oberkörper helle Streifen hinterlassen.

»Hier kommt doch niemand hin, die Alten haben Angst vor der Bucht. Haben hier früher wirklich mal Häuser gestanden? Und einen Weg gab's auch?«

»Bis der Erdrutsch kam, ja. Der Rest liegt darunter.«

»Und wenn wieder was runterkommt und die Hütte ganz verschüttet?«

»Nee. Das war's. Ich spüre so was. Ist ja auch schon achtzig Jahre her, oder so.« Nico seufzte. »Trägt sie noch Schwarz?«

»Ja.«

Nico schaute zu Lolò hinüber, seelenruhig hockte er auf einem Korb mit uralten Fischernetzen und stopfte eine Mispelfrucht nach der anderen in sich hinein. Was war mit dem kleinen Kerl nur los? Warum war er so einsilbig? Er wusste doch, dass jede Einzelheit, die er über sie erfuhr, unglaublich kostbar für ihn war. Man konnte meinen, er wolle Stella vor ihm beschützen. Sein Mädchen! Vor ihm! Er nannte sie sein Mädchen. Na und? Irgendwann würde sie es sein, er glaubte ganz fest daran. Tamara Caruso dagegen würde nie sein Mädchen sein. Er wollte nicht daran denken, wie sie ihn verführt hatte, ein paar Tage war das erst her. Wieder war es in der Mittagszeit gewesen, als sie ihn auf seinem Weg zum Boot abgepasst hatte und erneut von dem Mäuseloch und dem Gips anfing. Sie war mit ihren Tippelschritten vorgegangen, er nach ein paar Minuten hinterher, auch das hatten sie schon manchmal so gehalten, wenn er ihr die Einkäufe brachte. In der Wohnung war es dunkel und heiß gewesen, die beiden Kleinen schliefen in einem Bett, das gleich neben dem Küchentisch stand. Er betrachtete einen Moment ihre verschwitzten Haare und ihre unschuldigen Gesichter und schaute sich dann nach dem Loch in der Wand um, als Tamara ihn sanft in ihr Schlafzimmer drängte. Dort hatte sie ihm gezeigt, wie es ging, wie alles zusammengehörte. Keine Rede mehr von den Mäusen. Der Geruch zwischen ihren Beinen erregte ihn und stieß ihn gleichzeitig ab, und was er von ihren Brüsten gesehen hatte, war überwältigend. Er hätte sie gerne länger von vorne angesehen. »Nicht so laut!«, hatte sie ihm mehrmals über die Schulter zugezischt.

Danach hatte sie Sardellen von einem schmutzigen Teller gegessen, mit denselben Fingern, mit denen sie ihn dort unten kurz zuvor noch so ungewohnt sanft umklammert hatte, und ihm ein Glas Rotwein zu trinken gegeben. Er würde nie mehr Sardellen sehen können, ohne an Signora Carusos schwarzes Dreieck zu denken.

Und du wirst nicht mehr hingehen, dachte er, denn du liebst sie nicht. Doch er ahnte, dass seine guten Vorsätze spätestens morgen wieder vergessen sein könnten.

»Was für eine entsetzliche Trauerfeier«, fing er an, in der Hoffnung, mehr aus Lolò herauszulocken. »Die Leute reden immer noch von nichts anderem!«

»Wahrscheinlich weil kein Schwein geweint hat.« Lolò zuckte die Achseln. »Soll ich dir was verraten? Die Blumen kamen alle von uns. Niemand hat welche geschickt. Meine Mutter hat sie unter falschem Namen bestellt, damit's überhaupt mehr als zwei Kränze gab. Und die Kinder aus'm Waisenhaus hat sie auch bestellt, aber das is' ja normal. Mann, haben die falsch gesungen.«

»Aber sie hat um ihre Schwester geweint! Sie hat sich manchmal ein Taschentuch an die Augen gedrückt.« Nico hatte den ganzen Trauergottesdienst in sich aufgesogen, die Augen immer auf die erste Reihe und Stella gerichtet, deren Gesicht er von der Empore leider nicht hatte sehen können.

»Das war kein Weinen, ihre Nase lief, sie ist seit Tagen schlimm erkältet.«

Stella trug also immer noch Trauer. Nico stand auf und klopfte mit dem Fuß an die aus ein paar Brettern gezimmerte Bettstelle. Ein alter Strohsack lag darauf, und dort drüben unter den Dachsparren hatten wohl früher einmal Tauben genistet. In den Sommerferien würde er hier sauber machen und aufräumen, da hatte er sowieso nichts anderes zu tun, außer zu tauchen und an Stella zu denken. Mein Gott, als sie dem Sarg aus der Kirche folgte, hatte sie wunderschön ausgesehen. Wie Mama schien auch sie für die Farbe Schwarz geboren zu sein. Obwohl Nico sich dennoch wünschte, dass seine Mutter endlich wieder Buntes trug.

»Rate mal, wann sie geweint hat?« Lolò spuckte den nächsten Kern aus.

Sofort war Nicos Aufmerksamkeit wieder bei ihm. »Stella!?«

»Ja, natürlich Stella. Ich weiß doch, dass dich nix anderes interessiert, Junge!«

»Sag!«

»Ich verrate es dir, wenn ich deinen Taucheranzug ausprobieren darf.«

»Der ist dir doch viel zu groß! Außerdem darfst du das auch so. Du musst mir doch keine Informationen verkaufen. Sag schon!«

»Erst hat sie überhaupt nich' geweint. Sagte, sie hätt's versucht, aber da war einfach nix in ihr. Aber als sie das Kleid von der Marchesa anprobiert hat, da war sie ganz komisch. Sie hatte ja nix für die Trauerfeier, und plötzlich passte das so gut. Das Schwarze, und auch die anderen ... Mama war ganz aus dem Häuschen. Du siehst aus wie sie, bis auf die Haare siehst du aus wie sie! Da is' sie total zusammengeklappt. Wir konnten sie fast nich' wieder beruhigen. Aber sie hat gesagt, es wär nich' wegen der Marchesa. So, jetzt erzähle ich nichts mehr. Den Rest wirste von ihr hören. Oder auch nich'.«

»Kleiner Hosenscheißer! Ich möchte sie nur sehen. Nur sehen.« Obwohl sich in ihm vor Furcht und Erregung alles zusammenzog, drängte es ihn in ihre Nähe. Ein Tag ohne sie war ein verlorener Tag. Nur unter Wasser ließ dieses Gefühl ein wenig nach.

»Das kannst du doch auch in der Schule. Musste jetzt allerdings erst mal drei Monate warten ...« Lolò lachte.

Über dem Tor der Villa hing noch immer der große Trauerkranz aus schwarz gefärbten Blüten. Die kleine Pforte darin stand offen.

»Meine Mutter macht's wahnsinnig, andauernd hoch zur Tür zu laufen. Alle paar Minuten klingelt jemand«, sagte Lolò. Sie gingen hinunter in die Küche, wo Assunta am Herd stand. Auch sie trug Schwarz, zu dem das breite Lächeln auf ihrem noch breiteren Gesicht allerdings nicht recht passte. Noch bevor Nico sie begrüßen konnte, fragte sie: »Na, Jungs, gibt es Fisch?!«

Nico legte die Beute des Vormittags auf den Tisch. »Ich denke, das reicht.« Assunta strahlte: »Heilige Madonna! So viele Doraden.« Sie fasste ihn unter das Kinn und schaute in seine Augen. »Guter Junge!«

»Wenn du Lust hast, könn' wir uns den Rest von der Bude anschauen«, sagte Lolò, »jetzt is' das kein Problem mehr, der Alte is' in Ordnung und außerdem sowieso nich' da.«

»Nenn deinen Onkel nicht ›Alter‹!«, sagte Assunta. »In einer halben Stunde ist das Essen fertig, ihr könnt mir dann helfen, alles nach oben in den Salon zu tragen!«

Nico zog die Augenbrauen hoch, als sie die Treppen hochstiegen. »In den Salon, he?«

Lolò grinste: »Klar, wir essen jeden Tag in diesem abartig riesigen Salon! Zu Anfang hat meine Mutter nur in der Küche gehockt, doch das dauerte gerade mal zwei Tage. Dann hat sie gemeint, wird Zeit, dass die Räume in diesem Haus wieder von allen genutzt werden. Das war natürlich wegen Stella. Inzwischen hau'n auch alle wieder rein beim Essen. Die Marchesa is' ja schon 'ne Woche tot!«

Nico folgte ihm. Er fühlte sich nicht wohl dabei, doch der klein gewachsene Cousin war eine unbezahlbare Quelle, um etwas über das wunderbarste Mädchen der Welt zu erfahren.

»Aber wir können ja nich' bleiben. Obwohl hier so viel Platz is'. Ich sag immer, frag ihn doch! Das gehört sich nich', sagt Mama.«

Nico nickte. »Und was machen die da?«

»Och, die?« Lolò ging an der Gruppe von Männern und Frauen vorbei, die vor einer Tür auf dem Flur warteten. »Manche sprechen ihr Beileid aus, aber die meisten versuchen, an ihr Geld zu kommen!«

»Hatte die Marchesa so viele Schulden?«

»Gekauft hat sie auf jeden Fall 'ne Menge Zeugs. Komm schon, sie soll dich nicht sehen.«

»Du meinst, Stella ist da drin? In diesem Zimmer?«

»Schreibt alles auf, klar.« Lolò verdrehte die Augen: »Meine schlaue Schwester verschafft sich 'nen Überblick!«

Sie ist deine Cousine, nicht deine Schwester, dachte Nico, aber für diesmal lasse ich es gelten. Er stellte sich Stella hinter einem Schreibtisch vor, ein mächtiges Geschäftsbuch lag darauf, in das sie mit ihrer säuberlichen Handschrift wichtige Notizen eintrug. »Und der Marchese?«

»Hab ja gesagt, der is' unterwegs. Will was verkaufen, paar Felder oder so, sagt Stella.«

Nico blieb stehen, bis er von Lolò freundlich weitergeschubst wurde. »Ich sollte dich nicht mit anschleppen, hat sie auch noch gemeint.«

»Keine Angst, ich werde nicht mitessen. Aber wo deine Mutter doch so gut kocht, wie du immer sagst, könnte sie da nicht die alte Köchin ablösen?«

»Na ja. Meine Mutter weigert sich zwar, ihn zu fragen, und tut so, als ob das nich' geht, aber geplant hat sie schon alles. Frauen sind so, da haste meistens keine Wahl. Sie träumt davon, Tomaten und Bohnen im Garten anzubauen. Sie wühlt so gerne in der Erde rum, genau wie Babbo früher. Vielleicht mache ich schon bald mit Alberto die Räume fertig, hinten in der Mauer, neben dem Kutscher, ist alles frei. Dann können wir gleich einziehen, wenn's klappt, und hätten endlich mehr Platz!«

»Hör mal, was der da sagt.« Nico hielt Lolò am Arm fest, zusammen lauschten sie auf die Stimme des Kutschers, die zu ihnen aus dem Hof hochdrang. »Alles Huren! Verdammte! Verdammte Weiber! Glauben, sie können hier jetzt alles bestimmen ...« Sie schauten sich an.

»*Mizzica!* Na, meine Mutter wird sich freuen, den nebenan zu haben.« Lolò zog die Nase hoch.

»Und was wird mit Stella?«

»Was soll mit ihr werden? Sie zieht aus ihrem Kellerloch in eines der Zimmer auf der ersten Etage. 'türlich nich' in das von der Marchesa, und auch nich' in das der Schwestern ...«

»Was ist eigentlich mit denen? Ich habe nur gehört, dass man sie festgenommen hat.«

»Ach komm, festgenommen ... Sie ham in ihrer Schule bisschen rumkrakeelt. Die Nonnen haben gesagt, sie könnten nich' auf sie aufpassen. Und jetzt sind sie erst mal woanders hingekommen. Nach Trapani oder so, keine Ahnung.«

Sie gingen weiter durch die Villa, landeten in der zweiten Etage, durchquerten einen Salon nach dem anderen, fanden Zimmerfluchten mit fleckiger Stoffbespannung an den Wänden und verstaubten Kronleuchtern an der Decke. In einem Zimmer entdeckten sie einen in der Wand verborgenen Hausaltar, in dem nur ein paar tote Fliegen unter dem gigantischen Kreuz lagen. In einem anderen alte, an die Wand gelehnte Gemälde, in einem weiteren eine Bettstelle. Sogar die gestreifte Matratze lag zusammengerollt darauf und schien nur darauf zu warten, dass jemand sich ihrer annahm. Nico hatte das unbehagliche Gefühl, als gehöre dies alles Stella und er wühle in ihren privaten Sachen.

Als sie aus dem Gewirr der *salotti* herausgefunden hatten, warf er aus einem der Flurfenster einen Blick hinunter in den Garten. Konnte man von hier aus den Brunnen sehen? Ja, dort vorne, rechts an der Mauer lag er, jemand saß auf dem Rand. Nico erkannte die schmale Figur sofort, wie ein kleines Mädchen sah sie aus, in einem schwarzen Kleid, fehlte nur noch die bunte Schleife im Haar. Dabei war sie doch schon sechzehn, wie er. Lolò schaute ihm über die Schulter. »Ich hab ja nix gegen dich, aber wenn sie nich' will ...«

Nico nickte. »Irgendwann. Ganz bestimmt.«

»Sieh mal, der olle Fulco! Steht da und beobachtet sie!« Lolò klang alarmiert. Nico wusste auch sofort, warum. Der Kutscher hielt sich merkwürdig krumm hinter einem Granatapfelbaum versteckt. »He! Seh ich nich' richtig, oder was macht der da?!«

»Das Schwein! Der schaut sie dabei an …!« Lolò wollte schon an das Fenster klopfen, doch Nico hielt ihn davon ab. »Den schnappen wir uns!« Sie rannten los, die endlosen Stufen hinab, aber als sie endlich unten im Garten ankamen, war von dem Kutscher nichts mehr zu sehen. »Mist!« Nico keuchte außer Atem und stützte seine Hände auf die Knie. Er hätte etwas zertrümmern können, so hilflos wütend fühlte er sich.

»Lass uns gehen, meine Schwester soll dich nicht sehen!« Lolò ging zwischen den Steinfiguren auf die Villa zu.

»Ich kenne ihn«, sagte Nico, »der hat mich ein paarmal mitgenommen. Ich dachte bis jetzt, der wäre ganz in Ordnung.« Die Szene mit Stella tauchte vor seinen Augen auf, vor ein paar Jahren, am Wagen vor der Schule … Plötzlich bekam der Blick, den sie ihm zugeworfen hatte, eine ganz andere Bedeutung. Dieser Kerl hatte sie damals schon belästigt! Doch der große Dummkopf namens Nico hatte es nicht bemerkt, weil er mal wieder nur vor ihr rumhampeln musste. Er war wirklich ein Bauer!

»Den müssen wir im Auge behalten! Sag mir sofort, wenn da wieder was ist! Du weißt schon!«

Lolò nickte. »Worauf du dich verlassen kannst!«

35

»Und das bleibt so hell? Meinst du wirklich, Alberto?«
»Wenn es trocknet, wird es sogar noch heller. Und beim nächsten Mal immer nur in eine Richtung streichen, ehrenwerte Contessa!«

Stella grinste. Alberto nahm sie gerne auf den Arm, doch er hatte ihr schon eine Menge beigebracht.

»Es wird nichts so bleiben!« Der Marchese stand plötzlich im Flur. Stella drehte sich um, den Pinsel noch in der Hand, und ging ein paar Schritte auf ihn zu. Hoffentlich missfiel es dem Vater nicht, dass seine jüngste Tochter in sehr alten Männerhosen und einem noch älteren Hemd im Flur vor der Küche stand und den Farbpinsel schwang. Zusammen begutachteten sie die Wand.

»Es wird nichts so bleiben!«, wiederholte er.

»Nein. Und das ist doch auch besser so, oder?«, fragte sie leise und wollte seine Hand nehmen, traute sich dann aber nicht. »Wenn du überlegst, was sich schon alles zum Guten verändert hat.«

»Ja. Das ist richtig.«

Er war ein wenig verwirrt, der Herr Vater. Nach dem Tod der Marchesa war er mit einem Stück Kreide in der Hand durch die Villa gelaufen und hatte auf Wänden und Möbelstücken Zeichen hinterlassen. Kreuze, Kreise und Blitze, nicht einmal Maria hatte aus ihm herausbekommen können, was er damit bezwecken wollte. Einige Tage später hatte Fulco ihn dann nach Prizzi auf das alte

Landgut chauffiert, mit einem Bündel Banknoten war er von dort zurückgekommen. Stella wusste nicht, welche der Ländereien er auf die Schnelle zu Geld gemacht hatte, doch zu seinem Vorteil war es bestimmt nicht gewesen. Früher hatte sie gedacht, er wüsste, was er tue. Doch vielleicht hatten sich seine Gedanken schon immer in ihrem ganz eigenen Labyrinth verlaufen. Mit dieser Möglichkeit musste sie zumindest rechnen.

»Wir haben ja gesehen, wohin diese Erziehung in den Schulen führen kann«, sagte er nun unvermittelt. »Dennoch ist es für uns Adlige an der Zeit, etwas zu können. Und zu leisten.« Stella nickte. Er schien sich nicht an ihrem Aufzug zu stören. »Darüber wollte ich schon lange mit dir reden!«

»Also kommst du gleich hoch?«

»Ja natürlich.« Jeden Tag gegen vier Uhr nahmen sie am Nachmittag den *tè* in seinem Studierzimmer ein. Sie hatte sich unzählige Male gefragt, worüber er dort gebrütet hatte. Jetzt wusste sie es. Über einem uralten Buch, mit dessen Hilfe man das Schachspielen erlernen konnte.

Ein paar Minuten später stand Stella in ihrer Kammer neben der Küche und schlüpfte in das schwarze Kleid. Wieder schwarz, immer noch schwarz. Sie sah Assuntas erstaunten Blick vor sich. »Niemand wird es dir übel nehmen, wenn du keine Trauer trägst«, hatte sie gesagt. »Die meisten wissen, wie sie dich behandelt hat. Aber wenn ich mal sterbe, dann bestehe ich auf die vollen vier Jahre, wie es einer Mutter gebührt!« Sie hatte ihr lachend mit dem Finger gedroht. Warum also? Sie konnte es sich nicht erklären, doch sie griff immer wieder nach einem der beiden Kleider, die sie nun schon seit Wochen abwechselnd trug. Es war richtig so, sie passten, als ob sie für sie und nicht für die Marchesa maßgeschneidert worden wären.

Stella schloss die letzten Knöpfe an der Seite des Kleides und zupfte eine Fluse vom Saum. Der Stoff war angenehm glatt und fiel hinunter bis zu den Knöcheln. Man musste keine Strümpfe tragen, da die Beine sowieso nicht zu sehen waren. Sie verließ die Kammer und lief die Stufen hoch. Alle Fensterläden waren gegen die Sommerhitze geschlossen, und obwohl es ziemlich dämmrig war, kamen ihr die Flure kühl und luftig vor. Sie sprang über die vereinzelt durch die Lamellen eindringenden Sonnenstrahlen, die helle Muster auf den Boden malten. Erstaunlich, was das Fehlen eines Menschen in einem Haus bewirken kann, dachte sie. Nonnas Abwesenheit war wie ein saugender Strudel gewesen, gegen den man sich wehren musste, da der Schmerz einen sonst in jeder Sekunde von Neuem zu verschlingen drohte. Das Fehlen der Marchesa dagegen kam ihr vor, als würden sich alle, die in der Villa lebten, langsam wieder aufrichten, sich strecken und sich ihrer ursprünglichen Wuchsrichtung zuwenden, die sie im Laufe der Jahre fast schon vergessen hatten. Wie zerknickte Getreidehalme, von denen ein Gewicht genommen worden war.

Vor der Tür angekommen, klopfte sie und trat ein, ohne auf das »*Avanti!*« zu warten. Ihr Vater saß auf seinem Stuhl, die Hände auf dem Tisch vor sich gefaltet. Früher hatte er kaum Blickkontakt aufgenommen, zu niemandem. Nun sah er ihr entgegen. »Stella! Ich frage mich gerade, was ich in meinem Leben eigentlich je gemacht habe. Ich habe noch nie eine Wand gestrichen, während du …«

Plötzlich fühlte sie sich glücklich und vollständig, wie damals, als Babbo noch lebte und beim Spazierengehen ihre Hand nahm. Woran lag das? Vielleicht, weil sie sich diesen Blick voller Anerkennung von ihm gewünscht hatte, seit sie denken konnte?

»Dafür hast du …«, sie brach ab.

»Im Garten gespielt. Die Haustiere geärgert, wir hatten sogar zwei stinkende Paviane in einem Käfig. Meine englischen Gouvernanten und den Hauslehrer zur Verzweiflung gebracht. Zu den

Ursulinen hat man mich ja erst mit zwölf geschickt, da hatten wir schon kein Geld mehr.« Stella setzte sich, zog die Tasse aus feinem Porzellan mit dem Tee an sich heran und sog den zarten Duft tief ein. »Wir wohnten bei meiner Großmutter. Ihr ging es sehr gut. Ich hatte einen eigenen kleinen Wagen mit einem Pony. Einen Schafsbock hatte man mir auch irgendwann geschenkt. Am Tag ihres Todes erbte mein Onkel alles, und meine Mutter wurde mit uns Kindern vor die Tür gesetzt. Na gut, wir konnten in den Palazzo in der Via Alberto zu meinem anderen Onkel ziehen, aber das war nicht mehr dasselbe.« Obwohl sie eigentlich etwas anderes mit ihm hatte besprechen wollen, hörte Stella ihrem Vater gerne zu, wenn er von seiner Kindheit in einem Palazzo in Messina erzählte. Eines der wenigen Gebäude, die während des Erdbebens nicht in sich zusammengefallen waren.

»Ab diesem Zeitpunkt war es vorbei. Ich war niemand mehr. Nur noch der Sohn einer Witwe. Bis dann die *zia* starb. Ich hatte vorher nie von ihr gehört, und auf einen Schlag verdankte ich ihr alles. Ich habe oft über sie nachgedacht.« Er starrte mit einem leicht missmutigen Gesichtsausdruck auf seine Tasse und die goldene, dampfende Flüssigkeit darin. »Ob nach meinem Tod wohl noch irgendjemand an mich denken wird?«

Stella riss überrascht die Augen auf. »Aber natürlich!«

»Ich würde gerne genauer wissen, wie lange noch jemand an mich denkt ... Man müsste eine Maschine erfinden, die das misst.«

Stella wusste einen Moment lang nicht, was sie sagen sollte.

»Und wenn nach ein paar Jahren keiner mehr an mich denkt, dann klingelt sie. Einmal. Das war es dann.«

Stella lachte verlegen. Eine Maschine, die bei Vergessen klingelte. Wie kam er nur auf solche Gedanken? Andererseits taten sie ja alles, um die Marchesa so schnell wie möglich aus den Räumen und ihren Erinnerungen zu vertreiben.

»Ich werde meinen Kindern von dir erzählen ...« Im selben

Moment, in dem sie den Satz aussprach, kam er ihr absurd vor, und auch der Marchese schaute sie zweifelnd an. Aber irgendwann würde sie Kinder haben, das wusste sie. »... und du wirst nicht so schnell vergessen werden!«

»Aber du willst doch studieren. In deinem Kopf Häuser entwerfen.« Er rückte den kleinen Silberlöffel auf der Untertasse gerade.

»Ja, das werde ich auch, und nicht nur in meinem Kopf, sondern auch auf dem Papier. Das mit den Kindern kommt später!« Sie sah, wie der Marchese lächelte, und ergriff die Gelegenheit. »Hattest du neulich nicht mal erwähnt, dass wir einen Buchhalter brauchen? Einen, der alles sichtet und uns auflistet, was da ist und welchen Wert das alles hat.«

»Habe ich?!«

Er hatte nichts dergleichen gesagt, doch Stella nickte ermutigend.

Er schüttelte nachdenklich den Kopf. »Aber diese Zahlen ... Ich weiß nicht. Sie könnten erschreckend sein.« Er weicht aus, dachte Stella. So, wie er immer ausgewichen ist.

»Wir müssen nur einmal näher herangehen und ganz genau hinschauen, Vater. Müssen wissen, was wir verkaufen sollten und was nicht. Einfach wegschauen verschlimmert alles nur. Das Zimmer nebenan ist voller Kontenbücher und ...«

»Was macht deine Tante? Ist sie immer noch hier?«

»Ja.« Stella nickte unwillig. »Ja, natürlich. Sie hilft Maria, sie hilft Pupetta. Aber – die Kontobücher ...«

»Ich habe gemerkt, dass sie hier rumwirbelt. Du denkst vielleicht, mir fällt so etwas nicht auf, aber so ist es nicht.« Er warf einen sehnsüchtigen Blick zu seinem Schachspiel hinüber.

»Ich sehe, dass du es siehst.« Wo du allerdings früher deine Augen gehabt haben magst, als ich jeden Sonntag verschüchtert vor dir stand, weiß ich beim besten Willen nicht, dachte Stella.

»Ich rufe also gleich morgen den Steuerberater an, der in Bellaforte neben der Kirche sein Büro hat.«

»Hast du dich schon für einen Raum entschieden?«, fragte der Marchese. Stella seufzte und nahm einen Schluck Tee. Sein Aroma war nur schwach, wie immer. Wenn es um für ihn unangenehme Dinge ging, antwortete er ihr oftmals nicht, das war sie gewöhnt, doch pickte er mit treffsicherem Blick die Themen heraus, über die sie nicht reden wollte. Sie waren sich ähnlicher, als sie angenommen hatte. »Wie lange willst du noch in dem Kellerloch hausen?«

»Ich kann nicht in ihren Räumen leben.«

Seine Augen lächelten sie liebevoll unter tief hängenden Lidern an. Konnte sie diesen Augen trauen?

»Vielleicht musst auch du nur etwas näher herangehen und ganz genau hinschauen.«

»Ich könnte auch in den Grünen Salon ziehen, wenn ich den riesigen Vogelkäfig hinauswerfen darf. Oder in den *salotto* dahinter. In der Villa ist so viel Platz. Und ein Bett ist da doch schnell aufgestellt.«

»Nein!«, der Marchese schüttelte den Kopf. »Noch streichst du nur Kellerflure an, die keiner sieht. Mach dir die ganze Villa zu eigen, mach sie zu deinem Haus, Stella. Das musst du, bevor du andere Häuser erschaffen kannst.«

Sie führte ihre Tasse an den Mund, beschloss, endlich neuen Tee zu kaufen, und stellte sie dann leise auf das Tablett.

Als Stella die Tür zum Schlafzimmer öffnete, war es wieder da, das Gefühl, als ob nasse Spinnweben in ihrer Lunge gespannt waren, die das Atmen schwer machten. Aber wenigstens der Rostgeschmack war weg. Sie ging langsam auf das Bett zu. Hier hatte sich die Hausherrin mit einem halben Fläschchen Laudanum in die ewige Ohnmacht befördert. Maria hatte sie erst am nächsten Mittag gefunden. Die Marchesa schlief ja immer so lange, woher hätten sie denn wissen sollen ...? Stella setzte sich auf den Berg der abgezogenen, blanken Matratzen.

»Ja, sieh ruhig her, ich sitze auf deinem Bett!« Sie musterte die hellblau verputzten Wände, die hoch oben, wo sie in die Decke übergingen, von goldflatternden Bändern geziert wurden. Mutter. Du warst meine Mutter, dachte sie. Sie sprach das Wort aus, um zu hören, wie es zwischen den Wänden klang. »Mutter!« Dann noch mal lauter: »Mutter.« Es bedeutete nichts.

Sie rutschte von der Matratze und ging zu einem der Fenster. Es reichte bis zum Boden und ging auf den Garten hinaus, davor hing ein Balkon mit schmiedeeisernem Gitter, wie ein Gefängnis.

»Mutter«, versuchte sie es noch einmal. »Du, du ... Du warst nur eine traurige Frau!« Stella räusperte sich und wandte sich wieder dem Zimmer zu, ging herum, strich mit einer Hand über die Kommode mit den zierlichen Füßchen und den Waschtisch. »Du warst eine verlorene Frau.« Sie zog eine der Schubladen auf. Undenkbar, das zu Lebzeiten der Marchesa zu tun. »Und auch eine unglückliche.« Sie schaute in die Schublade hinein. Was für ein Durcheinander. Alte Puderdosen, leere Medizinfläschchen, Wäsche. »Eine verzweifelte. Einsame. Unordentliche.« Sie nahm ein Foto hervor, das oben auf ein paar zerdrückten Wäschestücken lag. Warum hatte die Marchesa den schweren Silberrahmen hier im Dunklen versteckt?

Stella hielt erschrocken die Luft an. Das war ja ... sie! Nein, es war die Marchesa, aber, mein Gott, so jung und so glücklich, wie sie sie noch nie gesehen hatte. Sie starrte dem Mädchen in die Augen, sah ihren eigenen Mund, die eigene gerade Nase. Es war unheimlich. Erst dann bemerkte sie das bräunliche Rot des Lippenstifts, mit dem etwas auf das Glas geschrieben stand: *Perdonami, Stella!*

»Verzeih mir, verzeih mir ...«, flüsterte sie wie betäubt und ging mit dem Foto hinüber in das Boudoir, wo sie es achtlos auf die gepolsterte Sitzbank legte, die mitten im Zimmer stand. Hier hatte sie so oft den Badeofen für sie anfeuern müssen. Eimer mit Wasser geschleppt. Ihre Kleider wieder aufgehängt, die die Marchesa ungeduldig vom Bügel gerissen hatte. Stella öffnete die Schranktüren. Aus dem Inneren der Schränke drang ein betörender Duft nach Parfüm und Sandelholz, binnen Kurzem erfüllte der Geruch der Marchesa den Raum. Ohne einen Blick auf das Foto zu werfen, setzte Stella sich auf die Bank. Drei Kinder hätte man darauf nebeneinander schlafen legen können, so breit war sie. Drei Mädchen, wie die, die sie hätten sein können, und ein kleiner Bruder noch dazwischengekuschelt ... Sie legte die Hände in den Schoß und ließ sämtliche Kleider Revue passieren, die sie an ihrer Mutter gesehen hatte und die wie stumme Zeugen ihres Lebens schlaff von den Bügeln hingen. Das hellblaue mit dem schmalen Gürtel. Das weiße mit den roten Borten. Dazu die kleinen Bolerojäckchen in allen Farben, passend zu den Abendroben, die sie äußerst selten außerhalb der Villa getragen hatte. In diesen Schränken hingen mehrere Millionen Lire. Die Schneiderin war ja jeden Monat mindestens einmal da gewesen, um ihr die neuesten Schnitte aus Paris zu kopieren. Nur das Grüne fehlte, das sie am Tag der geplanten Verlobung getragen hatte. *Verde speranza*. Grün und voller Hoffnung auf eine Veränderung. Wie aufgeregt sie gewesen war, als ob Enzas Verlobung mit dem kleinen Grafen auch ihr ganz persönliches Glück bedeutet hätte. Und nun war sie in diesem Kleid in der Gruft beigesetzt worden.

»Niemand kam aus Trauer zu deiner Beerdigung, alle nur zum Gaffen«, sagte sie nach langer Zeit. »Und weißt du, warum?« Stella stand auf, ging zum Schrank und zog einen schwarzen Mantel aus schwerem Wollstoff mit Pelzbesatz vom Bügel. »Weil du niemanden geliebt hast! Weil du böse und niederträchtig warst. Was dachtest du denn? Dass du immer so weitermachen kannst?!«

Sie warf den Mantel auf die Sitzbank, über das Foto. »*Perdonami,*

Stella! *Perdonami?!*«, rief sie. »Wie bitte?! Was soll das? Was bildest du dir eigentlich ein? Jetzt? Auf einmal?« Der nächste Mantel flog aus dem Schrank. »Ja, ich war deine Tochter! Hast du es am Schluss also doch noch kapiert?!«

Endlich kamen Tränen, so wütend, so übermächtig, sie riss einen blauen Seidenmantel heraus, warf ihn quer durch das Zimmer zu den anderen. »Ich hätte dich ja geliebt, wenn du mich gelassen hättest. So aber hatte ich nur Angst vor dir! Du gemeine Schlange!« Noch ein Mantel, eleganter Schnitt, hell, mit Gürtel.

»Du berechnende Hure!« Die Bezeichnung stammte von Lolò, der ihr auch bereitwillig erklärt hatte, was diese Frauen taten.

»Du kalte ... kalte ...«, nein, das ordinäre Wort konnte sie nun wirklich nicht aussprechen. »*Carogna!*« Biest.

»*Brutta vacca!*« Hässliche Kuh. Sie rief alle Schimpfworte in die Schränke, die sie jemals irgendwo aufgeschnappt hatte. Und sie wurde nicht einmal rot dabei. »Warum hast du mich weggegeben, warum durfte ich nicht dein Kind sein, wie Enza und Regina und der kleine Bartolo?« Mit dem Kleiderbügel in der Hand sah sie sich um, die Tränen tropften unaufhörlich zu Boden, sie riss den Ellenbogen in die Luft und ließ den Bügel auf das Kleiderbündel niedersausen. Ein Schlag, und noch einer, immer schneller. Zwischendurch hielt sie inne: »Aber auch, wenn du mich nicht lieben konntest, warum dann diese Grausamkeit gegenüber Assunta? Warum hast du mich nicht mal deiner Schwester gegönnt? Die hat mich nämlich geliebt!« Stella schlug noch ein paarmal zu, ließ den Kleiderbügel dann fallen und fegte die Mäntel mit einem letzten wilden Aufbegehren zu Boden. Etwas klirrte darunter.

Erschöpft sank sie auf den Boden zwischen einem Meer aus Kleidern, presste ihr Gesicht hinein und weinte hemmungslos. Als alle Tränen geweint waren, wischte sie sich das Gesicht an einem der Mäntel ab und sah nach oben. War die Marchesa wirklich im Himmel gelandet? Oder war sie in einer dieser tiefen Felsspalten eingesperrt, wie die, die es in Cattone gab, aus denen Schwefeldämpfe emporstiegen und in die die Leute ihren Müll warfen? Sahen so Höllenqualen aus?

Stella starrte auf den Fußboden und merkte, dass sie an den Himmel, nicht aber an die Hölle glaubte. Dann suchte sie nach dem Rahmen. Das Glas war mit einem Spinnennetz aus feinen Sprüngen überzogen, hinter dem das Gesicht ihrer Mutter immer noch glücklich lächelte. »Ich hasse dich nicht«, sagte Stella, »ich möchte nicht, dass du noch mehr leidest, als du es in deinem Leben schon getan hast.« Sie hob die Mäntel auf und strich über den weichen Pelzbesatz des Wollmantels. Immer wieder. Erstaunt bemerkte sie die Tränen, die plötzlich wieder an ihren Wangen herunterliefen. »Ja. Ja, ich vergebe dir und nehme das von dir, was du mir freiwillig gibst. Dein Zimmer. Deine Kleider.« Sie sah sich im Spiegel der inneren Schranktür, eine schlanke Gestalt in einem anliegenden schwarzen Kleid, die langen Haare zu einem üppigen Knoten gesteckt. Stella zog geräuschvoll die Nase hoch und lächelte. »Wo du doch schon deine Züge und deine Figur an mich weitergegeben hast! Aber nicht die Haare und die Augenfarbe. Die nicht.« Mit einem Seufzer legte sie die beiden Mäntel behutsam ab und ging aus dem Ankleidezimmer wieder zurück in den großen Raum. Sie öffnete die Fenstertür und trat auf den Balkon, um dessen Gitter sich ein Knöterich schlang, als ob er es ersticken wollte. Der Himmel hatte sich rot verfärbt. Mauersegler stürzten sich mit kleinen Schreien durch die warme Abendluft. Bald würden sie von Fledermäusen abgelöst werden. Stella sah Assunta und Maria unter den Bäumen entlanglaufen, sie zerrten etwas Schweres hinter sich her. Es war der Schlauch, dessen Ende tief im Brunnen steckte. Alberto hatte eine mit Diesel betriebene Pumpe dazwischengeschaltet, die nun leise vor sich hin knatterte und das allersauberste Gießwasser nach oben transportierte. Jeden Morgen kam Assunta vorbei, kümmerte sich um die Küche und wässerte abends, bevor sie ging, ausgiebig den verwilderten Park. Maria leistete ihr manchmal dabei Gesellschaft. Die beiden verstanden sich seit dem Tod der Hausherrin ausnehmend gut. Wenn Assunta so weitermacht, wird der Brunnen bald leer gepumpt sein, dachte Stella. Die Pflanzen allerdings freuten sich über so viel Aufmerksamkeit. Man konnte es sehen, überall spross und blühte es, obwohl es schon Mitte Juni und eigentlich viel zu heiß für neue Triebe war.

Assunta merkte, dass sie beobachtet wurden. Sie drehte sich ruckartig um, Maria tat es ihr nach. Sie entdeckten Stella auf dem Balkon und winkten ihr zu. »Ich habe den Priester für heute Abend bestellt!«, rief Maria und zeigte zu ihr nach oben.

»Den Priester?!«

»Wenn du dort leben willst, müssen wir die bösen Geister erst austreiben.« Assunta machte eine Handbewegung, hör nicht auf sie, sollte das wohl heißen. Stella schüttelte den Kopf. »Nicht nötig!«, rief sie herunter. »Ich habe soeben mit ihrem Geist Frieden geschlossen!«

Sie lachte. Es tat so gut zu lachen.

An diesem Abend schlief sie das erste Mal in dem neuen Zimmer. Es war von den Putzfrauen gründlich gereinigt worden, Assunta hatte das Bett frisch bezogen und Maria keine Ruhe gegeben, bis ein kleines Kreuz aus dunklem Holz darüber an der Wand hing.

Pater Anselmo war da gewesen und mit Weihrauch durch die Räume gegangen.

Fulco hatte die Matratzen im Hof verbrannt und andere, aus einem der oberen Räume, auf das Bett gelegt. Stella seufzte, gegen Maria war schwer anzukommen.

Als die Tür geschlossen war und sie unter die Laken schlüpfte, war sie erstaunt über die Stille, die herrschte. Kein Gegurgel der Wasserrohre, kein Gejaule und Geächze der Wände. Sie schloss die Augen. Nichts. Keine Marchesa geisterte durch ihre Gedanken, nicht einmal ihre Stimme. Wirklich nichts. Die kleinen weißen Blüten des Knöterichs vor dem Fenster verströmten ihren Duft ins Zimmer hinein. Ein Käuzchen rief. Es klang vertraut und anheimelnd. Das erste Mal in diesem Haus.

36

Nico ging an der Mauer der Villa entlang. Es roch nach verbrannten Zweigen, und er meinte, drüben Laub knistern zu hören. Die dicke Tante kümmerte sich um den Garten, sie hatte sogar für ein paar Tage Ciccio Murone angestellt. Der war dafür bekannt, dass er gerne trank, aber auch locker einen Eimer mit Ziegeln stemmen konnte und gar nicht mehr so kleine Olivenbäume mit der Hand ausriss. Platz für Gemüsebeete habe er machen müssen und jede Menge Äste abgesägt, hatte er Nico abends in der Bar erzählt, durch mehrere Gläschen Amaro gesprächig geworden.

»Und die junge Signorina?«

»Ah, um die geht's ... Hat die Caruso dich etwa fallen lassen?«

»Äh? Nein ... Wer?«

Ciccio Murone grinste nur. »Die Signorina Stella sitzt den ganzen Tag im Studierzimmer.«

»Warum?«

»Weil sie die Leute abwimmelt und kontrolliert und bestimmt, was getan wird. Und sie schaut streng, die junge Signorina! Aber wenn sie abends guckt, was ich alles geschafft habe, dann lächelt sie wieder!«

Wie dünne Widerhaken waren diese Sätze in Nicolas Herz stecken geblieben. Zumindest fühlte es sich so an. Damit war Stella also beschäftigt, wenn sie nicht in der Schule war und ihn ignorierte. Darum hatte sie keine Zeit, ans Meer zu gehen, obwohl er sich doch so wünschte, sie dort am *lungomare* von Marinea zu treffen. Sie arbeitete den ganzen Tag für ihre Familie. Und er? Was tat er? Er aß und schlief und tauchte. Er war jetzt Mitglied im neu gegründeten Subacquea-Club, drüben, in Realmonte. Sein Name hatte sogar schon mal in der Zeitung gestanden. Als Teilnehmer beim *trofeo subacqueo* am Capo Mongerbino. Der Saeli hatte gewonnen, Vincenzo Saeli, wie immer. Elf Kilo hatte der rausgeholt. Elf Kilo und 210 Gramm, um genau zu sein. Die Beute des Zweiten hatte nur noch die Hälfte auf die Waage gebracht. Und bei ihm hatte es mit beschämenden 2680 Gramm nur zu einem sechsten Platz gereicht. Es war wie verhext gewesen an diesem Morgen, an den Felsen war alles leer gewesen, wie ausgestorben! 2680 Gramm Fisch und ein sechster Platz. Was war das schon im Vergleich zu ihr?

Er würde auch etwas tun. Etwas, das mehr war als eine mittelgroße *cernia* und ein klitzekleiner Name unten auf einer Zeitungsseite. Etwas, von dem sie hören würde. Es würde ihr gefallen, es würde sie beeindrucken! Und gleichzeitig musste es eine Sache für seine Mutter sein.

Am folgenden Sonntagnachmittag, als Flora mit Signora Galioto zu ihrer Gebetsgruppe aufgebrochen war, machte er sich gegen vier auf den Weg zum Haus der Alifieris. Francesco Alifieri, der ehemalige Kollege seines Vaters, hatte den Transport ins Krankenhaus überlebt, hatte sogar noch die Namen der beiden Männer nennen können, die auf sie geschossen hatten, bevor er starb. Nico wollte in Erfahrung bringen, ob die Familie noch etwas wusste, was nicht in der Akte stand. War sie vielleicht auch bedroht worden? Er würde den Alifieris nichts von seinen Plänen erzählen, und schon gar nicht von der Akte, aber vielleicht würde er einen Hinweis bekommen. Er fand das Haus auf Anhieb, die Straße kam ihm noch enger vor als früher. Als Kind war er mit seiner Mutter ein paarmal hier gewesen.

Vor der Tür zögerte er. Vielleicht hatte er Glück, und die gesamte Familie saß auch irgendwo zum Rosenkranzbeten ... Doch da wurde schon die Tür geöffnet. »Na so was, der kleine Nicola! Was für eine Überraschung. Komm nur rein. Ich habe dich gleich erkannt! Du siehst ihm ja so ähnlich!« Die alte Frau zerrte ihn über die Schwelle ins Haus. Im *salotto,* wo er sich hinsetzen musste, waren die schweren Vorhänge zugezogen. »Schaut, wer hier ist!« Nach und nach kamen drei Frauen herein, die Töchter des erschossenen *Carabiniere.* Halbwaisen wie er, doch alle wesentlich älter.

»Wir kommen am Sonntag immer alle zusammen, Mama kocht für uns!«, sagte die eine. Ihr Gesicht glänzte fettig, selbst in der Dunkelheit des salottos. Die Töchter waren alle groß und hager und hatten mehrere Kinder. Nicola zählte flüchtig durch, wahrscheinlich zehn oder so, die neugierig um ihn herumschlichen oder -krabbelten. Die Väter, die draußen im Hof gesessen hatten, kamen jetzt auch herbei. Er gab allen die Hand. Trank einen Espresso, der ihm angeboten wurde, und bemerkte erst dann die ehrfürchtige Stille, die sich im Raum ausgebreitet hatte.

»Ich ...«, setzte er an. »Ich habe vor, etwas zu tun!« Niemand sagte etwas, auch die Kinder waren still, alle Blicke waren auf ihn gerichtet, als ob sie sein Kommen schon längst erwartet hätten. »Ich habe es meiner Mutter versprochen. Sie weiß aber nicht, dass ich hier bin!« Er senkte den Kopf. Er konnte sich nicht erinnern, dass sein Hirn je so leer gewesen war. Außer vielleicht, wenn er Tamara von hinten nahm, dann schien sein ganzes Sein in seinen Unterleib zu rutschen. Wo es sich in diesem Augenblick gerade befand, wusste er nicht zu sagen. Mein Gott, er war erst sechzehn, und die hier waren erwachsene Männer und Frauen. Doch nun nickten sie zustimmend, und einige der größeren Kinder schlossen sich an.

»Auch wenn es nach außen nicht so aussah, sie haben uns schlecht behandelt«, sagte eine der Töchter, während sie ein kleines Mädchen betrachtete, das über den Boden rutschte. Zwei dicke Beinchen und eine Stoffwindel kamen unter dem rosa Kleid zum Vorschein. »Nach zwei Jahren wurde für uns Kinder die Waisenrente gekürzt. Und weißt du, warum?« Sie hob das Kind vom Boden auf und setzte es auf ihren Schoß. »Weil Papa nach sechs Uhr nicht mehr im Dienst war. Seine Schicht war an diesem Morgen eigentlich schon zu Ende, als es passierte!«

»Er war zwar älter, aber im Rang stand er unter ihm, er hatte ja gehorchen müssen, als dein Vater ihn mitnahm«, sagte eine andere Frau, der Nase nach zu urteilen die Schwester der ersten. »Er war nur Unteroffizier.«

»Es war so ungerecht«, fiel die mit dem glänzenden Gesicht ein. Nico wusste nicht, ob sie die Kürzung der Rente oder den Befehl seines Vaters meinte. Er stand auf. »Wer hat das veranlasst? Haben Sie das Schreiben noch?«

»Oh, das weiß ich genau, der Signor Bagnardi von der Gemeinde. Der starb dann ein paar Jahre später an einer kandierten Kirsche, die in seinem Hals feststeckte.« Alifieris Witwe kam von der Tür herbei, an deren Rahmen sie sich festgehalten hatte, und drückte Nico wieder in den Sessel. »Du bleibst doch zum Essen!« Das war ein Befehl. Nicola versuchte dennoch, dankend abzulehnen. Während ihre Töchter und deren Ehemänner sich darüber stritten, ob Signor Bagnardi den Kirschen-Erstickungstod durch einen zu hastig verschlungenen *cannolo* verdient hatte, sagte sie zu ihm: »Ach, natürlich bleibst du zum Essen. Junge Männer in deinem Alter haben doch immer Hunger!« Sie tätschelte seine Schulter und beugte sich zu ihm. »Mein Francesco hat es geliebt, mit deinem Vater unterwegs zu sein«, raunte sie. »Er hat ihn bewundert und seine Schichten am liebsten unter ihm gemacht.«

»Bagnardi«, murmelte Nico. Ob seine Mutter den noch gekannt hatte?

»Wir wären wirklich froh, wenn du etwas unternehmen würdest,

Nico!«, sagte die älteste der Schwestern. »Eine Entschädigung wäre schön!«

»Eine Rente, jeden Monat, für die Kinder!«

»Die hier schaffen das ja nicht.« Ein verächtlicher Blick streifte die angeheirateten Männer, die so taten, als ob sie nichts gehört hätten.

»Ich möchte, dass alle wissen, dass er als Held gestorben ist, Nico!«, sagte Signora Alifieri und fixierte ihn dabei mit einem flehenden Blick.

Als er das dunkle Wohnzimmer und das schwere Essen endlich hinter sich gelassen hatte, kam ihm die Luft draußen vor wie ein Geschenk. Natürlich hatte er mitessen müssen. Ein Gericht war so fade wie das nächste gewesen. Er hatte so wenig wie möglich davon hinuntergewürgt. Mama würde lachen, wenn er ihr das erzählte. Wann wollte sie wieder zurückkommen? Eigentlich holte er sie immer am Bus ab, wenn sie aus Palermo kam. Obwohl es beinahe dunkel war, hatte er keine Lust, schon nach Hause zu gehen. Außerdem war die Signora Galioto ja bei ihr. Er würde sie aus der Bar anrufen, falls es bei ihm später wurde, damit sie sich keine Sorgen machte. Wozu hatten sie denn das neue Telefon?

Die Kaserne der *Carabinieri* lag ganz in der Nähe, ein Fußweg von fünf Minuten. Ohne zu wissen, was er vorhatte, machte er sich auf den Weg. Ein früher Sonntagabend, Mitte November. Klarer Himmel, noch ohne Sterne, nicht kalt. Hoffentlich war richtig viel los in der Wachstube. Betrunkene, die sich das Wochenende über hatten volllaufen lassen, oder vielleicht hatten sie gerade ein paar Prostituierte verhaftet, die machten in den Filmen immer richtig Ärger. Wie in »Irma la Dolce«, den er sich mit Manuele gleich zweimal angesehen hatte. Sie waren einfach nach der Vorstellung sitzen geblieben.

Er trat ein. Hinter der Holztheke saßen zwei ältere Männer in schwarzen Uniformen an ihren Schreibtischen. Schade. Keine Prostituierten, nicht mal ein einziger Betrunkener. Die beiden schrieben etwas und schauten nicht auf. An der Wand stand eine glatt gesessene Holzbank, darüber hing ein Plakat, auf dem die nächsten Kommunalwahlen angekündigt wurden. Es roch nach einer Mischung aus Zuckerwatte, Turnhalle und Tabak. Lecker. Aber es lag nicht nur am Geruch. Sobald er zwei rote Streifen auf dunklem Stoff oder das dazugehörige Symbol der Granate mit dem Feuerschweif darüber sah, fühlte er sich sicher. Das war das, was er von zu Hause kannte. All die Fotos seines Vaters als junger Mann, mit ebendieser Granate auf verschiedenen Mützen, in verschiedenen Stadien seiner Ausbildung. Der Kalender in seinem Zimmer, den sie jedes Jahr zugeschickt bekamen. Eine ältere Mütze, die er in seiner Ausbildung getragen hatte, im Schlafzimmer seiner Mutter über einen Haken gestülpt. Auch auf ihr prangte das Granatenemblem. Und obwohl seine Mutter nicht wollte, dass er selber einer wurde, waren die *Carabinieri* in seinem Kopf die Guten, die Gerechten. Er fühlte sich ihnen zugehörig und hatte, im Gegensatz zu seinen Freunden, keine Angst vor ihnen, wenn er ihnen auf der Straße begegnete.

»*Buonasera!*«

Die beiden Männer schauten auf und zogen synchron die Augenbrauen hoch. Ja, er wusste, er sah ihm ähnlich, wenn er auch in den Schultern etwas breiter war. Er hatte angeblich auch seine Stimme. Einer von ihnen stand auf. »*Buonasera!* Sie wünschen?« Die erkannten ihn nicht und siezten ihn!

»Ich bin Nicola Messina! Ich würde gerne den Capo der *caserma* sprechen!«

Jetzt veränderten sich die Gesichter. »Ach ja, natürlich, der Messina! Ich kannte deinen Vater, Junge! Er war ein feiner Kerl!«

»Hättest du ihm das gesagt, hätte er dich zur Strafe stundenlang auf dem Hof stehen lassen ...« Der andere lachte.

»Er hat nie jemanden zur Strafe stundenlang auf dem Hof stehen lassen«, erwiderte der Erste und strich sich über seinen kahlen Kopf. »Und du bist sein Sohn?! Donnerwetter! Kommst du, um dich bei uns zu melden?«

»Mmhh, eigentlich nicht«, murmelte Nico.

»Wenn du ihn überredest, Totó, kriegst du ein Sternchen in deine Akte.«

»Halt's Maul, Luca«, sagte der Uniformierte und wandte sich an Nico. »Kümmer dich nicht um den! Ich bring dich zum *Maresciallo!*«

Das Büro des Capo lag gleich neben der Wachstube. »Das hat dein Vater noch veranlasst. Der ist aus dem viel größeren Zimmer im ersten Stock ausgezogen, der wollte nahe an uns dran sein ... an seinen Männern.« Der Kahle klopfte und öffnete dann die Tür. »Capo, hier ist jemand für Sie. Nicola Messina, der Junge vom letzten, nein, vorletzten *Comandante*. Wir haben unter ihm Dienst gehabt!«

»Hmmh? Ah, natürlich!« Der Mann hinter dem Schreibtisch drehte am Knopf eines kleinen Transistorradios. Es heulte und jaulte eine Weile, bis ein Sender eingestellt und die Stimme eines Mannes zu hören war. Er drehte sie leiser. »Aha! So, das ist besser. Der Empfang ist schlecht hier zwischen diesen dicken Mauern. Was führt dich zu uns, am Sonntagabend?«

Nicola schüttelte den Kopf, um Zeit zu gewinnen. O Mann, hier hatte sein Vater also gesessen. Hier würde er ihn besuchen oder abholen, wenn er noch lebte, und sein Vater würde ihm vielleicht auf die Schulter klopfen und ihn zu den Tauchwettbewerben begleiten ... Denk nicht dran, verdammt! »Ich weiß es nicht genau. Aber ...« Sollte er diesem Mann vertrauen, nur weil er in demselben Zimmer saß wie sein Vater vor vierzehn Jahren? Nein, vor vierzehn Jahren war er bereits sieben Tage tot gewesen. Am 10. November 1949 hatten sie ihn erschossen, einen Tag vor seinem fünfunddreißigsten Geburtstag. Mama hatte letzte Woche schon am Morgen dieses Tages rote Augen gehabt und seine Bilder mit Blumen geschmückt. Er räusperte sich: »Ich möchte etwas tun, für meinen Vater und die Familie Alifieri. Ich weiß, dass es schwierig ist, gegen denjenigen etwas zu unternehmen, der die beiden dort an die Stelle geschickt hat, wo sie ermordet worden sind.« Seine Stimme steckte irgendwo in seinem Hals fest. *Dio,* er würde doch nicht völlig unnötig zu heulen anfangen? Doch es war zu spät, er konnte die verdammten Tränen nicht mehr zurückhalten. Der *Comandante* war so freundlich, es nicht zu bemerken. Wieder drehte er an dem Knopf des Radios, stellte es ein bisschen lauter. Musik. Elvis, ganz sicher war das Elvis. »Kommen gleich Nachrichten!«

Nico wischte sich die Nase ab.

»Also, wie kommst du darauf, dass sie ermordet worden sind? Ich habe gehört, sie wurden von drei Banditen erschossen. Die fühlten sich ertappt, das läuft unter Totschlag. Mord setzt Hinterhältigkeit voraus. Und Planung.«

Danke für diese Belehrung, dachte Nicola. Doch irgendwie mochte er den Mann dort hinter dem Schreibtisch seines Vaters. »Nein, so ist es nicht gewesen«, sagte er. »Mein Vater war dieser Sache auf der Spur, er wusste, wer die Wagen stehlen ließ. Und nicht nur das. Da gab es noch andere Sachen, in die derjenige verstrickt war. Es heute wahrscheinlich noch ist. Doch bevor er den Schuldigen benennen konnte, hat dieser ihn erschießen lassen. Es war Mord!«

Der *Comandante* schaute ihn lange an. Die Augen wie zwei hellgraue Kieselsteine. »Ich bin zwar aus dem Norden, aber ich kenne es dennoch, dieses alte sizilianische Sprichwort: Wer sich nicht um seine eigenen Angelegenheiten kümmert, der sucht das Unglück mit der Laterne!«

»Entschuldigen Sie, aber wenn das nicht meine Angelegenheit ist, wessen dann, *Comandante?*«

Der Capo lachte. »Recht hast du, mein Junge! Also!« Er lehnte sich in seinem Schreibtischsessel zurück. »Was hätten wir denn in der Hand?«

Nico zögerte. Er hatte »mein Junge« und »wir« gesagt. Wollte er ihn möglichst schnell einlullen? »Das kann ich Ihnen jetzt noch nicht sagen. Aber ich habe etwas. Was Schriftliches. Von einem Anwalt.«

»Du willst den Mohren also weiß waschen?« Der Mann hinter dem Schreibtisch grinste. »Noch so ein Sprichwort, ich weiß.« Er stand auf. »Ich mag deinen Mut, Junge. Wenn ich etwas tun kann, tue ich es. Habe deinen Vater zwar nicht gekannt, aber er hat hier viel bewegt. Man spürt das noch!« Er beugte sich über den Tisch und gab ihm die Hand. Nico drückte zu und beschloss, es zu riskieren.

»Ich habe da eine Akte, die mein Vater zusammengestellt hat. Ungefähr vor einem Jahr wurde bei uns eingebrochen, weil sie dachten, sie wäre bei uns. War sie auch. Aber nicht an dem Ort, wo die sie vermuteten.« Sein Gesicht blieb ernst, doch er lachte in sich hinein. In die Kiste unter seinem Bett mit den Seeigeln und seinen speziellen Tüchern hatten sie nicht geschaut, die Idioten. Die Wohnung war ziemlich verwüstet gewesen. Bevor seine Mutter kam, hatte er alles aufgeräumt und nur das Wohnzimmer so gelassen. Sie hatte geglaubt, die Akte wäre gestohlen. Besser so.

»Ich bin für Gerechtigkeit«, sagte der *Comandante* in diesem Moment. Er stand jetzt am Fenster und schaute nach draußen in die Dunkelheit. »Siehst du, da, wo dein Vater war, bin ich jetzt! Aufrichtige Leute, die brauchen wir, nicht so einen Menschen wie meinen Vorgänger.« Er kam zurück und drehte das Radio leiser. »Wenn ich Einblick in die Akte habe, werde ich sehen, was ich machen kann. Wie war noch mal dein Vorname?«

»Nicola!«

»Wunderbar, Nicola!«

Nico nickte. Das lief besser, als er sich erhofft hatte. Er würde dem *Comandante* die Akte übergeben. Wie hieß er überhaupt? Er suchte nach einem Namensschild auf dem Schreibtisch, fand aber keins. Ein Pfeifton kam aus dem Radio, die 20-Uhr-Nachrichten. Der *Comandante* lauschte, indem er den Kopf schief hielt. »*Buonasera,* liebe Zuhörer, es folgen die Nachrichten ...«

»Ich will nicht länger stören!«

»Auf Wiedersehen, Junge! Mach dir keine Sorgen! Komm vorbei und ... pass auf dich auf!« Wieder gab er ihm die Hand und begleitete ihn zur Tür. Nico spürte, dass er aufrechter ging als sonst. Dieser Capo behandelte ihn wie einen erwachsenen Mann, das ließ ihn gleich ein Stück wachsen, mindestens zehn Zentimeter ...

Am nächsten Morgen wachte Nico mit einem Ruck auf. Einer der letzten Sätze des Capo kreiste in seinem Kopf: *Mach dir keine Sorgen!* Wenn jemand so etwas sagte, sollte man sich auf jeden Fall welche machen, dachte er. Lief die Sache nicht viel zu glatt? Ja, mach mal, sagten die einen und wollten doch nur eine Rente; ja, das machen wir, der andere, der gedachte, mit ihm als Zugpferd zu Ruhm zu kommen. Was hatte der Capo denn schon konkret gesagt, außer *ich, ich, ich*? Was war, wenn der ihn, trotz des zweifachen warmen Händedrucks, ganz einfach reinlegen wollte? Er konnte seinen sorgsam gehüteten Trumpf doch nicht aus der Hand geben, nur weil es dort in der Amtsstube so vertraut gerochen hatte und alle ihm Honig ums Maul geschmiert hatten.

In der Schule starrte er Stellas Beine an, die er unter ihrem Pult von hinten sehen konnte. Sie trug keine Faltenröcke mehr, sondern immer diese Kleider, die bestimmt von der Marchesa stammten. An ihr wirkten sie aber ganz anders, gar nicht adlig. Kleider mit kleinen weißen Kragen, aus weichen Stoffen mit Punkten oder Streifen und schmalen, echten Ledergürteln um die Taille. Ein elegantes Schulmädchen. Unauffällig, aber irgendwie stolzer als früher.

Lolò und seine Mutter waren mit Alberto in die Villa eingezogen. Na ja, nicht direkt in die Villa, sondern in die Mauer, neben Fulco. Sehr gut, da konnte Lolò den schmierigen Kutscher im Auge behalten. Lolò sagte, er habe sich Stella nicht mehr genähert, im Gegenteil, er sei öfter weg. Manchmal, wenn er freihabe, nehme er sich den Wagen und sei mit dem Pferd unterwegs. Der Marchese fuhr das Auto jetzt immer selbst, brauchte ihn also nicht mehr so oft. Ein, zwei Tage sei der Kutscher dann manchmal verschwunden. Umso besser, für die Arbeiten im Haus oder Garten war er sowieso zu faul. Die dicke Tante wühlte dort alleine herum, hielt Kaninchen und Hühner und kochte wie verrückt, sogar Lolò hatte inzwischen sichtlich mehr auf den Rippen. Stella strich nach und nach die Wände im Haus und versuchte, die großen Räume halbwegs bewohnbar zu machen. Auch das hatte Lolò ihm verraten. Nico seufzte in sein Mathebuch. Ein gleichgültiger Blick von ihr zur falschen Zeit konnte sein Herz für Tage verwüsten – kein Blick allerdings auch. Lieber träumte er von ihr. Er saß mit ihr am Meer und hielt ihre Hand, mehr nicht. Und wenn sie dann eine Zeit lang so gesessen hatten, beugte sie sich zu ihm und küsste ihn. Im Traum musste er gar nichts tun, nur abwarten. Im wahren Leben funktionierte das leider nicht.

In der Pause lieh er sich von Manuele einen *gettone* und rannte rüber ins Café Vittoria, wo es hinten bei den Toiletten einen Münzsprecher gab. Er suchte einen Namen im Telefonbuch. Es war ihm doch egal, was Stella und Mama dachten! Er tat das nicht für ein bisschen Frauenbewunderung. Er war ein Mann, der dort, wo er begonnen hatte, weitermachte.

Nach der Schule machte er sich auf den Weg zum Fußballplatz. Mama war noch in der *comune*, sie würde nicht merken, ob er sein Mittagessen jetzt oder erst in zwei Stunden aufwärmte. Auf dem alten Sandplatz wurde ein neues Stadion gebaut, sehr groß sollte es werden, mit hohen Rängen aus Beton. Der Stadtrat hatte es genehmigt, obwohl man für das Geld eine ordentliche Kanalisation für Bellaforte hätte bauen können. Das wäre sinnvoller als Fußball, hatte Mama gesagt. Aber wer saß nach all den Jahren immer noch an oberster Stelle im Stadtrat? Don Fattino, der Bürgermeister, natürlich. Er trug in letzter Zeit eine dunkle Brille, konnte kaum mehr etwas sehen, sagten die Leute, aber das war wohl nicht so wichtig für einen Mann, der die Bebauungspläne der Stadt anschauen und genehmigen musste. Er tat sowieso, was er wollte.

Dort neben der Baustelle, auf der einmal das Stadion entstehen sollte, wohnte der *Avvocato* Carnevale in einem der Hochhäuser. Auch sie waren neu. Nico schlüpfte hinter einer Frau durch das Tor in der vergitterten Umzäunung und klingelte an der Tür von Haus C. Vielleicht würde man ihm trotz seines Anrufes nicht aufmachen, schließlich war der Anwalt überfallen worden. Aber der Summer ging, und die Tür sprang auf.

Als er aus dem kleinen, modernen Aufzug trat, erwartete man ihn schon an der Wohnungstür. Es roch nach Bohnen und gebratenem Fleisch. Das Mädchen in der Tür lächelte ihn an, sie war nur ein paar Jahre älter als er, vielleicht Anfang zwanzig, ziemlich hübsch und blieb eine Sekunde zu lang stehen, als Nico an ihr vorbeiwollte. Sie lachten sich an. »Mein Großvater muss gleich essen, er hat nur einen kleinen Moment für dich.« Sie schaute ihn an, als ob sie etwas Freches gesagt hätte und nun neugierig auf seine Antwort warte. Nico kannte das. Frauen mochten ihn, die jungen und auch die älteren. Auf dem Markt in Bellaforte war es manchmal ganz schlimm. Die Marktfrauen machten Bemerkungen über seine Größe, seinen vom Schwimmen und Tauchen muskulösen Körper, und rätselten dann unverhohlen, ob er an anderer Stelle genauso gut gewachsen sei. Fragt die Signora Caruso, konnte er ihnen ja schlecht antworten. Er wusste in solchen Momenten nie, ob er beschämt sein oder sich freuen sollte.

Avvocato Carnevale schien reich zu sein. Im Wohnzimmer standen mehrere Sofas und ein Flügel. Es war von Fenstern eingerahmt, sodass sich der strahlende Himmel von allen Seiten präsentierte und den Raum mit seinem Licht erhellte. Keine Vorhänge, hier oben konnte ihm niemand in die Karten schauen. Er saß in einem Ohrensessel. »Nutzt ja alles nichts, das Zeug«, sagte er und hielt Nico etwas hin, das aussah wie eine verkabelte Zigarettenschachtel aus Plastik. Anstatt ihm zur Begrüßung die Hand zu geben, übergab er ihm das Gerät.

»Er weigert sich, sein neues Hörgerät anzulegen. Dabei ist das aus Deutschland! Du musst etwas lauter mit ihm reden«, sagte die hübsche Enkelin und ging aus dem Raum.

»Danke, dass Sie mit mir sprechen wollen!«, sagte Nico laut und blieb vor dem Anwalt stehen. Er stockte, an einem Tischchen, in Reichweite des Sessels, lehnte eine Krücke. »Geht es Ihnen gut, *Signor Avvocato?*« Seine Mutter hatte ihm beigebracht, dass es höflich sei, die Leute mit ihrem Titel anzusprechen.

»Jaja, die haben mich die Treppe hinuntergeworfen. Hätte mir alles brechen müssen, aber meine Knochen sind wohl aus Gummi!« Der alte Mann lachte. Seine kurzen Haare leuchteten weiß über noch sehr dunklen Augenbrauen.

»Sie haben mit meinem Vater zusammengearbeitet.«

»Ja. Ich habe deinen Vater oft bei Gericht getroffen, immer gut vorbereitet, immer äußerst präzise in seinen Aussagen! Was willst du mal werden, mein Junge? Ich hoffe, nicht Anwalt!«, gab er sich selbst sogleich die Antwort. »Nachdem ich aus dem Krankenhaus kam, habe ich aufgegeben. Mir war einfach nicht mehr klar, wofür das alles …« Seine Stimme war nun schleppend. Es war die Stimme eines alten, enttäuschten Mannes.

»Aber vorher haben Sie meiner Mutter noch die Akte gegeben!«

»Damit sie verstehen konnte, wie ihr Mann war. Wie besonnen

und vorsichtig! Er war ein sehr guter Polizist. Er hätte einen noch besseren Anwalt abgegeben. Aber auch dann hätte man ihn gestoppt ...«

Nico zuckte mit den Schultern. Anders als im Zimmer des Capo, war sein Vater nun wieder ganz weit weg, schwebte im Weltall, unerreichbar. Er würde es nie schaffen, so geachtet zu werden wie er. »Ist es nun erstrebenswert, Anwalt zu sein, oder nicht?«

Das Mädchen tauchte plötzlich in der Tür auf. Hatte sie sich umgezogen? Die geblümte Bluse lag sehr eng an ihrem Körper. Er musste einfach hinschauen. Brüste waren etwas Tolles! Und sie hatte zwei ziemlich stattliche Exemplare davon.

»Dafür bist du hergekommen? Um mich das zu fragen? Ich fühle mich geehrt, junger Mann. Tja, was soll ich sagen?« Sein Gebiss zischelte etwas. »Meine Enkelin will Jura studieren. Heutzutage! In Sizilien!«

Die Bluse mit Inhalt verschwand.

»Die Gesetze, die wir studieren und bearbeiten, sind doch für die Katz! Sie werden gebrochen und gebeugt, wie es den Herren gerade passt. Ein Richter verurteilt ein Mitglied der ehrenwerten Gesellschaft, der andere hebt das Urteil wieder auf. Das darf nicht mehr länger so bleiben ... Verstehst du, was ich meine?« Seine Stimme war nun fest und hatte den zitternden Altmännerton verloren. »Wenn einem von uns etwas passierte, müssten zehn andere seinen Platz einnehmen. Die Leute würden anfangen, sich zu schämen, weil sie Feiglinge sind! Sie würden nicht mehr weglaufen, sondern mitmachen, und dann hätte auch die Mafia nicht mehr den Mut, einen einfach so zu erschießen, der gegen sie ist, der für mehr Gerechtigkeit ist!«

Nico nickte. Er hatte das Wort mit »M« gesagt, das niemand ausspricht. Immer noch, trotz Krücken, ein mutiger Mann. »Noch eine Frage, *Avvocato* Carnevale. Kann ich dem Capo der *Carabinieri* vertrauen?«

Der Anwalt wiegte den Kopf. »Vielleicht. Ich habe schon recht viel Gutes über ihn gehört, aber ich weiß es nicht. Er kommt aus dem Norden, ist vielleicht nur deswegen nicht bestechlich, weil er unbedarfter ist als wir alle. Ganz sicher kannst du nie sein, Junge. Aber ich denke, du musst es riskieren ...«

»Ich danke Ihnen, *Signor Avvocato!*« Nico verabschiedete sich. Als die Enkelin ihm draußen die Tür öffnete, reichte sie ihm die Hand. Auf dem Weg zum Aufzug fühlte er ein kleines Stück Papier an seiner Handfläche kleben. Vor der Aufzugtür faltete er ihn auseinander: *Triff mich morgen um sechs an der Uhr vor der comune!* Die also auch. Er drehte sich um. Noch immer stand sie an der Tür. »Wegen deines Großvaters? Oder ...?« Ihr Kinn schnellte hoch, die Tür schloss sich mit einem Kichern. Also oder ... Reichte es nicht, wenn die Tochter des Bäckers ihn immer mit kleinen Zetteln in der Brottüte bombardierte? Und Orsola aus seiner Klasse, die Dicke, die in den Naturwissenschaften ein Ass war, aber vorstehende Zähne hatte und beim Sprechen spuckte. Vielleicht würde er hingehen. Mal sehen, was passierte. Er liebte zwar nur Stella, obwohl er auch ziemlich oft damit beschäftigt war, Tamara Caruso zufriedenzustellen. Aber war es mit den Frauen nicht wie beim Tauchen? Ohne sehr viel Übung war es nun mal unmöglich, minutenlang unter Wasser bleiben, um die prächtigste *cernia* aller Zeiten zu fangen.

Am Freitagabend machte sich Nicola erneut auf den Weg in die *caserma*. Manuele hatte mit ihm ins Kino gehen wollen. Außer Kino und seinen Büchern über Chemie interessiert den Kerl aber auch gar nichts, dachte Nico. Er hatte ihm abgesagt. Er habe zu tun. »Sag nicht, du hast es geschafft, sie zu einem Treffen zu überreden«, hatte Manuele gefragt. Am Klang seiner Stimme erkannte Nico die Eifersucht.

Auf der Wache der *Carabinieri* war diesmal einiges los. Eine verheulte Frau kauerte, in ihr Schultertuch gewickelt, auf der Bank unter dem Plakat, zwei Männer standen vor der Holztheke und beschimpften sich gegenseitig. Die Kollegen vom Sonntag hatten anscheinend dienstfrei, zwei jüngere saßen an diesem Abend auf ihren Plätzen, rauchten und gaben sich unbeteiligt. Nico stand abwartend herum und hörte wie alle anderen den Streitenden zu, bis er von einem der *Carabinieri* angefahren wurde: »Und du, was willst du hier!?«

»Den Capo sprechen.« Und behandele mich nicht so von oben herab, du mit deinen kümmerlichen zwei Streifen auf den Schultern, fügte er in Gedanken hinzu und streckte sich.

»Das geht nicht, der ist beschäftigt.«

»Dann sagen Sie ihm bitte Bescheid!« Der Uniformierte starrte ihn mit ausdrucksloser Miene an und wollte gerade etwas erwidern, als die Eingangstür der Wache aufging und der Kahle von letztem Sonntag eintrat.

»Ha, der Herr Messina, wie schön, wie schön!« Er legte die Mütze auf die Theke und brachte mit seiner Präsenz sogar die beiden Streitenden zum Schweigen. »Wir haben beschlossen zu sammeln!«, er legte Nico einen Arm um die Schultern und wandte sich an die beiden am Schreibtisch. »Das ist der Sohn von *Maresciallo* Messina! Habt ihr eigentlich schon was für ihn gegeben?« Er zeigte auf die Dose, die auf der Theke stand. *Für unsere getöteten Kollegen!*, hatte jemand mit schöner Schrift auf die Papierbanderole geschrieben, die darauf geklebt war. Der Kahle ließ seinen Arm schwer auf Nicos Schultern liegen und ging mit ihm zum Zimmer des Capo. Hinter ihnen brüllten sich die Typen vor der Theke wieder an. Diesmal nahm Nico sich Zeit, den Namen an der Tür zu lesen. *Maresciallo* Capo Polito. Capo Polito unterzeichnete gerade irgendetwas, er schaute auf, lächelte dann, als er Nico erkannte.

»Was ist das für ein Lärm bei euch da draußen?«, raunzte er den Kahlen an.

»Nunzio und Padello kommen nicht klar!«

»Dann sorg du dafür, dass das aufhört!«, war die Antwort. Die Tür schloss sich hinter ihm, Ruhe umfing Nico, nur das Radio spielte leise, wie beim ersten Mal.

»Freitagabend. Ende des Monats, da haben die Leute kein Geld mehr und schaffen es dennoch, sich ordentlich zu betrinken ...« Der Capo schob die Papiere beiseite. »Schön, dass du mal wieder vorbeischaust.«

Nico nahm die lederne Mappe hervor, die einmal seinem Vater gehört hatte und die er zu diesem Zweck aus dem Schrank im Wohnzimmer entführt hatte. »Ich habe die Akte mitgebracht.«

»Lass sehen, lass sehen.« Mit seinen kleinen weißen Händen blätterte der Hauptmann der Kaserne den Ordner durch. Diese Hände haben bestimmt noch nie etwas Schwereres gehalten als einen Kugelschreiber. Oder eine Pistole, dachte Nico und beobachtete sein Gesicht. Die Minuten vergingen. Falten erschienen auf der eben noch so glatten Stirn. »Das ist ja ...« Der *Maresciallo* lehnte sich zurück. »Was ich da so auf die Schnelle sehe, Nico ..: Man darf natürlich nichts überstürzen, aber da ist ja einiges, einiges ... Eindeutig. Was machen wir da? Was machen wir denn da?«, sagte er mehr zu sich selbst. »Reden wir Klartext, Junge. An Don Fattino kommt hier keiner vorbei. So viel steht fest. Aber ist es nicht Zeit für einen Wechsel? Das denken viele in der Stadt.« Er schüttelte den Kopf. »Da musst du erst daherkommen, ein kleiner ... ein junger Mann, und mich auf Gedanken bringen, die ich selbst schon viel eher hätte haben sollen!« Er ballte die Hand zu einer Faust, einer winzigen Faust, stellte Nico fest. »Wir müssen vorsichtig vorgehen. Wenn die zu früh etwas mitbekommen, wird es gefährlich. Wir müssen alles vorbereiten, aber wir müssen auch die Männer mit einbeziehen und die Frauen. Die Frauen sind wichtig für die Stimmung!« Er stützte den Kopf in seine blassen Händchen. »Die Sammlung haben die Kollegen schon ins Leben gerufen, hast du gesehen, oder? Nur ein kleiner Anstoß von mir war nötig, nicht der Rede wert. Sie sammeln für deinen Vater und den Kollegen Alifieri. Volksbegehren, das Volk will es so!«, sagte er auf die Schreibtischunterlage herab. »Das wird der Aufhänger. Wir machen es, Nicola!« Das Radio unterbrach seine Musik und pfiff den Nachrichtenton. Der Capo grinste ihm zu, machte eine ermutigende Handbewegung mit der geballten Faust, stand auf und drehte lauter.

»*Buonasera,* liebe Zuhörer. Es folgen die Nachrichten. Auf den Präsident der Vereinigten Staaten, Jonne Effe Kennedy, ist heute in Dallas zur dortigen Mittagszeit ein Attentat verübt worden. Es heißt, er sei durch mehrere Schüsse schwer verwundet worden. Zur Stunde weiß niemand, ob der Präsident überlebt hat.« Der *Comandante* erstarrte, seine Gesichtsfarbe wurde im Licht der Schreibtischlampe von Sekunde zu Sekunde bleicher. »Auch auf den Gouverneur von Texas ist geschossen worden ...«, drang die Stimme des Sprechers aus dem Radio.

»Das ist ... Das ist furchtbar«, krächzte der Capo und sank auf den Stuhl hinter sich. »*O Dio,* wenn sie den schon erschießen, den Präsidenten von Amerika, Nicola, wie wenig ist dann erst das Leben eines kleinen Capo, eines kleinen *Maresciallo* in Bellaforte wert?«

37

Stella schreckte hoch. Es war nur ein Traum gewesen! Langsam beruhigte sich ihr Herzschlag, nur ein Traum! Sie setzte sich auf und umschlang ihren Oberkörper mit den Armen. Sie hatte vom Garten der Villa geträumt. Sie hatte am Brunnen gestanden, plötzlich waren hohe Flammen aus dem Untergeschoss der Villa emporgestiegen, bis zu ihrem Fenster. Assunta war da drin, sie wollte noch mehr Kreuze aufhängen, Maria und Lolò halfen ihr dabei. Doch sie wusste, sie konnte sie nicht mehr retten. Sie verbrannten, im Traum war die Gewissheit unerträglich. Ihr Vater, der Marchese, hatte mit einem Mal neben ihr gestanden. »Jetzt musst du gehen«, hatte er in gleichgültigem Tonfall gesagt, ganz wie früher. Sie musste raus aus der Villa, denn alle waren ja tot. Maria, Assunta, Lolò. Niemand, der sie liebte, war mehr da.

Stella atmete schwer und ließ sich in das Kissen zurückfallen. Es war nur ein Traum, doch auch wenn sie noch so sehr versuchte, die neuen schönen Dinge festzuhalten, irgendetwas Schreckliches konnte jeden Tag, jede Minute über sie hereinbrechen. Und dann würde nichts so bleiben, wie es war! Davor konnte sie niemand auf dieser Welt bewahren. Niemand. Draußen lärmten die Vögel, es musste kurz vor sechs sein. Um diese Zeit zwitscherten sie immer besonders laut, als ob sie aufgeregt ihren Tagesplan besprechen würden. Der Tagesplan! Sie schüttelte die Traumreste ab und sprang aus dem Bett. Das Aufstehen fiel ihr nie besonders schwer, und heute war schließlich der erste April. Ihr Geburtstag! Achtzehn Jahre ... In drei Jahren wäre sie volljährig, unvorstellbar. Vor dem Spiegel ließ sie die Bürste durch ihre Haare gleiten. Sie hatte sie abschneiden lassen, als sie ihr schon fast bis zur Hüfte reichten; nun fielen sie nur noch eine Handbreit über die Schulter. Assunta hatte sie gefragt, ob sie die abgeschnittenen Haare behalten wolle. Nein, so schön sie auch waren, sie hatte nichts Totes von sich aufheben wollen. Sie, die mit so viel Mühe die Villa von all den kaputten Gegenständen, die niemand mehr brauchte, befreit hatte, würde bestimmt nicht anfangen, wie eine trauernde Witwe abgeschnittene Locken zu sammeln. Also hatte die Tante die Haare an einen Perückenmacher verkauft.

Der erste April fiel dieses Jahr auf einen Montag. In der Schule hatten sie erst Geschichte und danach Zeichnen. Zwei ihrer Lieblingsfächer.

Sie wusch sich das Gesicht, putzte sich über der Waschschüssel die Zähne und zog sich eins der Kleider an, die Assunta für sie umgenäht hatte. »Ihre Kleider stehen dir wirklich gut, doch die Länge ist nicht passend für ein junges Mädchen!« Mit ihrer gebrauchten Nähmaschine, die sie neuerdings besaß, wollte Assunta die Säume sämtlicher Kleider der Marchesa, die Stella für sich ausgesucht hatte, um zwanzig Zentimeter kürzen. Stella hatte protestiert, doch Assunta ließ ihren Einspruch nicht gelten: »Nun stell dich nicht so an, als ob ich Miniröcke draus machen will, wie die Mädchen in England das jetzt tragen. Gott bewahre! Aber ein bisschen kürzer darf's schon sein. Falls die Mode sich ändert, lassen wir sie einfach wieder aus!«

Stella schlüpfte in das Blaue mit dem weißen Kragen und begutachtete sich im Spiegel. Das Kleid hatte lange Ärmel und war aus fein gekämmtem Baumwollstoff. Der Rock stand ein wenig ab, gerade feierlich genug für einen achtzehnten Geburtstag. Nur die braunen Strümpfe passten nicht richtig dazu, doch das ging nun mal nicht anders, morgens war es immer noch empfindlich kalt draußen. Sie lächelte ihr Spiegelbild verlegen an. Ihr Gesicht war jetzt erwachsen und vernünftig. Sie kümmerte sich um alles, man konnte sich auf sie verlassen. Zufrieden ging sie hinunter in den Salon, die Hand am Handlauf der Treppe. Der Traum fiel ihr wieder ein. Und wenn du dich getäuscht hast, wenn der Vater dir plötzlich sagt: Nein, das ist nicht deine Aufgabe, geh! Geh mal lieber wieder dahin, wo du hergekommen bist? An ihren ersten Geburtstagen war er nie erschienen, aber da waren ja noch Nonna und Babbo bei ihr gewesen. Und Assunta. Die hatte ihr kleines Mädchen an diesen Tagen immer besonders oft geherzt und gedrückt. Das sechsjährige Mädchen aus Ficarazzi fiel ihr ein, das seit letzter Woche vermisst wurde. Was die armen Eltern in diesem Moment wohl durchmachten? Fast schämte sie sich, als ihr nächster Gedanke ihrem Geschenk galt. Ob Assunta wohl etwas für sie besorgt hatte? Oder ob sie es vergessen hatte? Gestern Abend hatte sie jedenfalls keinerlei Andeutungen gemacht. Mit neugierigem Blick betrat Stella den ersten der vier aneinandergrenzenden Salons, in dem sie jetzt immer zu Mittag aßen. Sie hatte ihn neu tapezieren lassen, da er am luftigsten war und sie sich dort im Sommer am häufigsten aufhielten. Der braune Fleck oben an der Decke war weiß überstrichen, der Kronleuchter entstaubt, die elektrischen Leitungen waren neu verlegt worden. Gemütlicher war es aber im Grünen Salon, den Stella früher nur mit Schaudern hatte betreten können. Bei den Renovierungsarbeiten hatte sie festgestellt, dass es in dem kleineren, dunklen Gewölbe auch einen funktionierenden Kamin gab, durch den es im Winter wohlig warm wurde. Nachdem der Vogelkäfig entfernt worden war – Assunta hatte ihn sauber machen lassen und tatsächlich für einiges Geld an einen Vogelzüchter in Palermo verkaufen können –, hatte Stella das grau angelaufene Beige der Wände in einem hellen Pistaziengrün gestrichen. Alberto hatte ihr dabei geholfen, indem er den oberen Bereich und die Decke übernahm. Mit einigen Möbeln aus den zahlreichen unbewohnten Zimmern und Kammern im zweiten Stock war der Grüne Salon zu einem behaglichen Raum geworden. Ein kleiner Sekretär, eine Vitrine und ein runder Tisch, auf dem nun jeden Morgen Brot, Marmelade und frische Butter standen sowie eine Kanne mit starkem Espresso und warmer Milch.

Nein, sie hatte es nicht vergessen! Assunta hatte den Tisch mit blühenden Mandelzweigen aus dem Garten geschmückt. Und lag da nicht auch ein kleines Päckchen zwischen Milch- und Kaffeekanne? Bevor sie danach greifen und nachschauen konnte, knallte es, ein Schuss, wie aus einer Pistole. Stella fuhr erschrocken zusammen und drehte sich um. Assunta war in den Salon gekommen, an der Schwelle hatte sie ein Tablett aus Metall fallen lassen. »*Oh, no, no, no!*«, rief sie, bückte sich schwer atmend zu Boden und hob Brot und Tablett auf. »Er steht einfach nicht auf, dieser faule Junge!«, klagte sie, dann erst entdeckte sie Stella. »Meine Kleine! Herzlichen Glückwunsch zum Geburtstag! Dieser Tag ist so etwas Besonderes für mich!« Mit ihren dicken Armen umschloss sie Stella. »Heute vor achtzehn Jahren habe ich dich zum ersten Mal in den Armen gehalten!« Ihr Kopf presste sich knapp unter Stellas Busen.

Ich bin ihr entwachsen, dachte Stella verwundert und küsste Assunta auf ihre dunklen, krisseligen Locken. Die Jahre ohne sie sind hart gewesen, sie haben mich misstrauisch gemacht, aber Assunta hat immer getan, was sie konnte, um mich gegen ihre Schwester zu beschützen. Jetzt brauche ich die Mutter nicht mehr, die sie früher für mich war, bevor man sie mir weggenommen hat. Doch ich liebe sie umso mehr.

»Was schimpfst du so, was ist mit Lolò?«

»Ach, der! Seitdem Alberto ohne ihn gefahren ist, steht er gar nicht mehr auf. Wenn er schon nicht Boote bauen geht, soll er mir wenigstens im Haus helfen. Aber seit es letzte Woche so warm geworden ist, hängt er ja immer am Strand rum.« Assunta ließ Stella los, legte das Brot auf den Tisch und richtete eilig die Schüsselchen mit Marmelade in einer Reihe aus. Aprikose, Quitte, Feige. Alles aus dem Garten der Villa. »Na, wenigstens bringt er Fisch mit, ist ja immer mit dem ... mit diesem kleinen Taucher da zusammen. Deinem Verehrer, dem Nico von nebenan.«

Verehrer! Stella holte tief Luft, ließ sie dann aber nur pfeifend entweichen, ohne etwas zu sagen. Es hatte keinen Sinn, Assuntas Redefluss zu unterbrechen.

»Obwohl, so klein ist der ja nun auch nicht mehr. Wo der Marchese nur bleibt? Er wollte heute doch früh los!«

Stella sah sich um. In den letzten anderthalb Jahren war es still geworden in der Villa, und nun, seitdem Alberto wieder seiner Arbeit als Bootsbauer nachging und seine tiefe Stimme nicht mehr nach Assunta rief, sobald er die Villa durch den Dienstboteneingang betrat, umso mehr. Alle waren nett zueinander, doch der Marchese eignete sich wahrlich nicht als Oberhaupt der Familie, er ließ nach wie vor nicht viel von sich hören und spielte immer noch am liebsten Schach. Lolò ging tauchen und machte sich rar, Pupetta hatte sich ganz in freundliche Altersschweigsamkeit eingekapselt, und selbst die Putzfrauen wisperten noch leiser als früher miteinander. Maria, die vor dem Tod der Marchesa oftmals ihre Stimme erhoben hatte, um sich über die unzumutbaren Zustände zu beklagen, ging nur noch milde lächelnd durch die Räume. Sie behandelte die Beziehung zum Marchese immer noch sehr diskret, doch Stella wusste, dass sie oft im Bett ihres Vaters übernachtete, obwohl sie sie noch nie aus seinem Schlafzimmer hatte kommen sehen.

Und die Schwestern? Sie mochte es kaum zugeben, doch ein bisschen fehlte ihr deren Genörgel und Gelärme sogar. Enza und Regina hatten seit der geplatzten Verlobungsfeier keinen Fuß mehr über die Schwelle gesetzt, aus dem Kloster in Trapani waren sie aus »disziplinarischen Gründen« in eines auf dem Festland überstellt worden, hoch in den Norden, nach Livorno. Wahrscheinlich rasieren sie sich jetzt dort gegenseitig Haare und Augenbrauen ab, dachte Stella, und treiben statt den sizilianischen die toskanischen Nonnen auf dem Kontinent in den Wahnsinn.

Das Hufgetrappel von draußen ließ sie erneut zusammenzucken. Wir leben hier in der Villa wirklich friedlich zusammen, bis auf ihn, diesen ekelhaften Fulco, ging ihr durch den Kopf. Wenn der nicht mehr hier wäre, wäre mein Glück vollkommen. Und natürlich, wenn Clark Gable plötzlich vor der Tür stände ... Seitdem ihre Banknachbarin Orsola sie mit ins Kino geschleppt hatte, war Stella in ihn verliebt. Dieses freche Lachen, dieser Schnauzbart, diese glänzenden schwarzen Haare. Orsola konnte jeden Satz von »*Via col Vento*« mitsprechen, und sie beinahe auch, nachdem sie den Film nun schon dreimal gesehen hatte. Ach, Rhett! Mit seinem Gesicht vor Augen schlief sie jeden Abend ein und wachte jeden Morgen wieder mit ihm auf. Nur heute nicht, da war ihr dieser blöde Albtraum dazwischengekommen. So echt, so beängstigend ... Oh, Clark! Wenn du mich doch auch einmal in deinen Armen wegtragen würdest wie die ohnmächtige Rossella. Wieder drang das Hufgeklapper an Stellas Ohren.

»Jetzt steh endlich still«, fluchte Fulco laut.

Warum frage ich den Vater nicht endlich, ob er ihn entlässt, dachte Stella. Mehr als Nein sagen kann er ja nicht.

»Stella, hörst du mich?! Ich habe doch noch ein Geschenk für dich!«, Assunta zupfte sie am Ärmel.

»Ach? Wie schön! Danke!« Schnell öffnete sie die flache Schachtel. Eine Lage Seidenpapier, war es etwa Unterwäsche? Noch eine Lage, dann kamen hauchdünne Strümpfe zum Vorschein, die in einem zarten Zimtton schimmerten. »Echte Seidenstrümpfe, wie wunderschön! *Zia!* Du sollst mir doch nichts schenken! Und erst recht nicht so etwas Teures!«

»Zieh sie an, zieh sie an! Diese braunen Dinger, die du da anhast, tragen doch nur alte Frauen!«

Stella wollte gerade ihren rechten Schuh vom Fuß streifen, da betrat der Marchese den Raum. »*Buongiorno, buongiorno,* was passiert denn hier«, er sah sie lächelnd unter seinen halb geschlossenen Lidern hervor an. »Auch von mir alles Gute zum Geburtstag, mein Kind, und das ist für dich!« Er überreichte ihr ein schweres Buch mit einem blauen Stoffeinband.

»*L'Architettura rinascimentale, Storia dell'Arte*«, las Stella auf dem Umschlag. Er war an einer Seite etwas abgestoßen. Sie schlug das Buch auf und blätterte durch die ersten Seiten. »Der Petersdom, der Palazzo Medici in Florenz, der Dom von Pienza. Da sind sogar richtig große Fotos drin! Danke! Das ist genau das, was ich mir gewünscht habe!« Der Marchese winkte ab, zu starke Gefühlsaufwallungen konnte er immer noch nicht verkraften. Maria kam herein, sie lächelte und umfing den Marchese mit stolzem Blick. Gleich streicht sie ihm auch noch wie einem Ehemann über die Schulter, dachte Stella, als Maria sie mitsamt dem Buch umarmte und ihr gratulierte. Doch sie sah ihren Vater gerne in Marias Obhut.

»Das ist aber nicht aus unserer Bibliothek!«, flüsterte Stella ihr zu und kicherte.

»Nein«, erwiderte Maria, »das würdest du doch erkennen!«

Gemeinsam hatten sie alle Bücher, die in der Villa verstreut gewesen waren, zusammengetragen und gesichtet. Einige waren von Mäusen angefressen, die hatten sie wegwerfen müssen, doch alle anderen wurden entstaubt und in ein echtes Holzregal gestellt, das sie aus einem weit entfernten Salon in die Bibliothek getragen hatten. Trotzdem war es eine recht kümmerliche Ausbeute, und Bücher über Architektur waren leider nicht dabei gewesen, nicht einmal irgendein anderer Bildband. Die französischen Autoren, die ihre Mutter so gerne gelesen hatte, hatten ein eigenes Fach bekommen. Die alten Zeitschriften aus Paris wurden zu den Mäusebüchern in den Müll geworfen. »Ich kann ja verstehen, dass sie Kleider mochte. Doch nicht zuletzt wegen dieser Modeblättchen haben wir jetzt noch mehr Schulden!«, hatte Stella gesagt.

In der Schule gratulierten die Freundinnen. Viele Mädchen waren es nicht, die auf das *liceo scientifico* gingen. Doch Orsola mit dem Überbiss, die dünne Rita Amata, Nadia mit dem dicken Haarknoten und Stella waren die einzigen Mädchen in der zwölften Klasse und im Laufe der Jahre zu einer Gemeinschaft geworden, die zusammenhielt.

In Geschichte nahmen sie gerade die Medici durch. Die Renaissance, wie passend. Nach der Pause gingen sie in den Kunstraum, Stella mochte den Geruch nach Papier und Farbe. Zwei Blätter hingen an der Tafel, denn Lehrer Pioro liebte es, die von den Schülern angefertigten Arbeiten vor der Klasse zu besprechen. Stella stutzte. Die linke Zeichnung stammte diesmal von ihr. Die Ansicht mehrerer Häuserfronten in Bellaforte, die sie aus dem Gedächtnis gezeichnet hatte. Sie hatte einen weichen Bleistift benutzt, ein paar Stellen aber auch koloriert. Daneben hing eine sehr düstere Kohlezeichnung. Transparente Halbkugeln, die wie Seifenblasen aus der Erde ragten, an denen sich Wellen brachen. Wer von ihnen hatte es gewagt, seine wirren Zukunftsvisionen zu Papier zu bringen?

Maestro Pioro stand wie ein Fels vor der Tafel, die Hände auf dem Rücken. Er hatte weiße, lange Haare und einen ebenso weißen Bart. Weil er dazu auch noch eine tiefe, donnernde Stimme besaß, wurde er in der Schule nur Dio-Pio genannt. »Wie ihr wisst, lautete das Thema: Mein Lieblingshaus«, sagte Dio-Pio. »Wir haben hier zwei sehr gute Beispiele. Wofür genau, erkläre ich euch gleich, aber fragen wir die Künstler doch erst einmal selbst! Stella, wenn du bitte als Erste nach vorne kommst.« Nur Dio-Pio sprach von seinen Schülern als Künstler und meinte das kein bisschen ironisch. Stella stand auf. Sie redete ungern vor der Klasse, doch wenn es sein musste, bekam sie meistens ein paar vernünftige Sätze heraus. »Vielleicht kennt der eine oder andere sie, denn ich habe diese Häuser in der Via Milazzo abgezeichnet. Ich war nie drinnen, doch ich stelle mir vor, dass große Familien in ihnen wohnen. Ehepaare mit Kindern, die wiederum auch schon ihre eigenen Familien haben.« Stella musste plötzlich an die neuen Seidenstrümpfe denken, die sie trug, jeder konnte ihre Beine sehen, und zwar bis zu den Knien, fast noch darüber. Sie verwünschte Assunta und deren dumme Umnäherei. »Äh, also ... Somit hat jeder sein abgeschlossenes Haus und genug Platz. Doch durch diesen, mit buntem Glas geschmückten Gang im zweiten Stock, der die Häuser miteinander verbindet und den ich einfach mal dazuerfunden habe, kann man sich gegenseitig besuchen, ohne auf die Straße zu müssen. Ich glaube, das lässt die Familie zusammenhalten und verhütet gleichzeitig so manchen Familienstreit!«

Dio-Pio applaudierte. Der Rest der Klasse fiel ein, und Stella ging zu ihrem Pult, froh, endlich ihre Knie darunter verstecken zu können. »Sie hat heute übrigens Geburtstag!«, fiepste Ritas Stimme durch den Applaus.

»Oh, herzlichen Glückwunsch!«, sagte der Lehrer. »Und nun der Urheber der anderen Zeichnung.« In der Klasse schaute man sich gespannt um. Schließlich erhob sich jemand von einer der Bänke dicht an der hinteren Wand.

Stella verzog den Mund, war ja klar, ausgerechnet der ... Was der sich wieder einbilden würde, neben ihr an der Tafel zu hängen. Irgendeinen Kommentar, der sie betraf, hatte er bestimmt parat. Sie starrte auf die Tischplatte vor sich. Doch Nico ging wortlos an ihr vorbei, bis er vorne an der Tafel stand. Stella spürte Scham in sich aufsteigen, sie war doch nicht etwa enttäuscht, dass dieser Kindskopf sie ignorierte? Er verschränkte die Arme vor der Brust und schaute sich sein Bild lange an, einige fingen schon an, verhalten zu kichern. Dann drehte er sich um. Seine Haare hingen ihm auf einer Seite in die Stirn, dunkel und ein wenig gelockt, wie Clark, als er noch jünger war. Seit wann trug er die so? Das machte der doch absichtlich! Fehlte nur noch der Schnauzer, weiße Zähne hatte er ja, und seine Augen blitzten jetzt auch, als er anfing zu erklären: »Das sind Behausungen, die halb unter der Erdoberfläche und halb im Meer liegen. Die Menschen wohnen dort unten, sie nutzen die Erdwärme, für ... für heißes Wasser und so. Man fühlt sich in ihnen geschützt, weil man, wie der *uranoscopus scaber,* der Himmelsguckerfisch, halb eingegraben ist. Doch durch die Kuppel aus unzerstörbarem Glas fällt sehr viel Licht herein. Man wohnt also unter Wasser.« Er machte eine Pause. Und setzte nach einer Weile hinzu: »Am schönsten Platz auf dieser Erde.« Wieder applaudierte die Klasse. »Ich habe übrigens auch heute Geburtstag!«

»Hah, das würde ich jetzt auch behaupten!«, rief der freche Gianni. Nico lächelte an die niedrige Decke des Raumes und dann haarscharf an Stella vorbei, wo Orsola ihm auf ihrem Stuhl entgegenhibbelte.

»Nein, stimmt wirklich!«

»Warum ärgere ich mich eigentlich immer über diesen Kerl?«, flüsterte Stella Orsola ins Ohr. »Was er auch tut, ob er mich nicht beachtet oder dauernd anstarrt, ich ärgere mich!«

Orsola lachte. »Also ich liebe ihn! Wir sind alle verliebt in ihn. Und jeder weiß, dass er dich liebt. Vielleicht solltest du dich in Rossela O'Hara umtaufen lassen ...«

Stella ließ ihre Stirn auf die Bank sinken. Das hatte man davon, wenn man den Freundinnen zu viel erzählte. Doch sie grinste heimlich.

»*Auguri* auch dir, Nico!«, sagte der Lehrer. »Da seid ihr ja zwei echte Aprilkinder! Stella scheint schon ganz ergriffen über diesen

Zufall!« Die Klasse lachte, schnell hob Stella den Kopf. »Monat April – eine Laune des Glücks, sagte meine Mutter immer, Gott habe sie selig! So, du kannst dich setzen, Nico. Aber nun zurück zum Thema. Was haben unsere beiden Künstler gemeinsam? Und ich meine jetzt nicht die Zeichnungen ...«

»Braune Augen!«, rief Gianni. Wieder lachten alle.

»Nico hat auf jeden Fall zu viel Fantasie!«, rief einer.

»Falsch. Ein Zuviel an Fantasie gibt es gar nicht«, sagte Dio-Pio.

»Na ja, es ist ja so ...«, begann Sergio in der vordersten Reihe, und die Klasse stöhnte auf. Sergio war ein Junge ohne Freunde, nicht, weil er Klassenbester war, sondern weil er an allem etwas auszusetzen hatte. »Täusche ich mich, oder haben sie beide die Vorgaben missachtet? Stella präsentiert uns drei Häuser statt eines Hauses, es hieß doch ›Dein Lieblingshaus‹, oder?! Wir haben es also eindeutig mit dem Singularis zu tun. Und Nico? Nun, er entwirft gleich eine ganze Unterwasserstadt. In meinen Augen beide am Thema vorbei!«

»Also ...«, Dio-Pio war ans Pult getreten und blätterte sich durch den Stapel der restlichen Zeichnungen. »... ein Haus mit Garten, ein Schloss, eine Burg, ja sogar ein Puppenhaus, sorgfältig ausgeführt, aber nichts Besonderes. Bei den Zeichnungen an der Tafel dagegen haben wir es mit zwei fantastischen Beispielen für Eigensinn zu tun. Stella weiß sicher, wie das Thema lautete, aber der Verbindungsgang zwischen den Häusern ist ihr so wichtig, dass sie sich darüber hinwegsetzt. Sie hat einen guten Blick für Proportionen, und sie hat Ideen! Und Nicos Fantasie wäre sträflich beschnitten, würde er sich sklavisch an das vorgegebene Thema halten. Die Menschheit wäre um die größten Kunstwerke und Erfindungen betrogen, wenn Leonardo, Michelangelo und Galileo deinen Empfehlungen gefolgt wären, lieber Sergio«

»Aber Nicos Seifenblasen halten doch nie!« Unfassbar, er kann es immer noch nicht lassen, dachte Stella. Aber der Rest von Sergios

Satz ging in lautem Protest unter. Stella hörte nicht, was im Einzelnen gesagt wurde, sie war einfach nur glücklich, ihre Lungen, ihr ganzer Brustkorb füllten sich mit Stolz. Sie hatte einen guten Blick, hatte Dio-Pio gesagt. Und sie hatte Ideen. Sie hatte die Villa vor dem Verkauf gerettet und den Buchhalter engagiert. Der Vater würde auch weiterhin ihre geschickt verpackten Anweisungen befolgen. Maria und Assunta sowieso. Sie lächelte.

»Solch ähnliche Konstruktionen wie die von Nico gibt es schon, zur nächsten Stunde bringe ich euch Bilder vom Flughafen Idlewild in New York mit.«

»Den sie übrigens in John F. Kennedy Airport umbenannt haben«, meldete Sergio sich zu Wort. Dio-Pio nickte nur kurz, bevor er fortfuhr: »Der finnische Architekt Saarinen hat da für eine Fluggesellschaft eine Ankunftshalle hingesetzt ... Oder schaut euch nur den Palazzetto dello Sport in Rom an! Von Nervi. Du wirst dich wundern, Sergio, wie Nico mit seinem Entwurf den berühmten Architekten nachgeeifert hat; ich nehme mal an, ohne es zu wissen. Das könnte zusammen mit dem Realismus von Stella die perfekte Architektur ergeben.«

Stella schüttelte den Kopf, zusammen mit ihm ganz bestimmt nicht. Aber alleine! Sie wusste auf einmal, sie würde das alles lernen können: Wie man baute, welche Materialien man verwendete, welche Konstruktionen und welche Werkstoffe möglich waren ... Sie wollte nicht nur streichen, sondern am liebsten mit den eigenen Händen Wände hochziehen, Fenster einsetzen, wollte genau wissen, wie man eine Grube für ein Haus aushob, bevor sie selbst eines entwarf. Sie wollte Häuser für Familien bauen, mit Raum für die Wünsche derer, die darin leben würden. Und bloß nicht zu groß! Zu viel leerer Raum konnte einen Menschen unglücklich machen.

»Was willst du einmal studieren, Stella?«, fragte Dio-Pio, als die Klasse sich wieder beruhigt hatte.

»Architektur!«, antwortete sie, ohne nachzudenken.

»Ha! Habt ihr schon mal einen weiblichen Architekten gesehen? Also, eine Frau, die was entworfen und gebaut hat?« Stellas Herz fing vor Ärger wild an zu klopfen. So langsam entwickelte dieser Sergio sich zu ihrem persönlichen Feind. »In Seidenstrümpfen?!«

»Ja! Haben wir!«, im Chor riefen Stellas Schulkameradinnen nun auch in die Klasse hinein. Was in anderen Stunden streng verboten war, war bei dem Kunstlehrer sogar erwünscht. Sergio stieß ein heiseres Lachen aus, als ob er gerade einen Asthmaanfall hätte. Wieder riefen alle durcheinander.

Nur Stella hatte nicht »Ja« gerufen. Sergio hatte recht, es gab sie wirklich nicht, die berühmten Architektinnen, sie hatte in der *biblioteca comunale* von Palermo schon nach ihnen gesucht. Nichts. Nicht einmal Kleopatra hatte selbst etwas entworfen.

Plötzlich stand Nico wieder vorne neben Sergios Bank. »Stella hat ganz alleine die Villa ihrer Familie renoviert. Sie bekommt auch noch ganz andere Sachen hin, während du nur in deine blöden Bücher furzen kannst!« Die Klasse grölte. Stella wollte sich das Lachen verbeißen, doch dann platzte es aus ihr heraus. Zum ersten Mal musste sie diesem Nico recht geben, auch wenn sie nicht darum gebeten hatte, dass er sie verteidigte. Sie hatte bis zu diesem Zeitpunkt eine Sache übersehen: Die Villa war die Welt, nur in klein. Was sie dort geschafft hatte, würde sie auch draußen schaffen.

38

Hatte sie es übersehen? Heute musste es doch drinstehen! Flora nahm sich das *Giornale di Bellaforte* vor und wollte es noch einmal gründlich durchblättern, als ihr Blick abermals an der Schlagzeile auf Seite eins hängen blieb: *Mädchen aus Ficarazzi tot aufgefunden!* Die armen Eltern! Sie hatte das Foto der Kleinen heute Morgen schon betrachtet und den Artikel mit all seinen grausamen Details gelesen. Das sechsjährige Mädchen war vor zwei Wochen beim Spielen verschwunden, jeder in der Gegend wusste davon. Polizei, *Carabinieri* und die Feuerwehr aus dem Nachbarort hatten nach ihr gesucht. Auch bei ihnen in der *comune* waren sie gewesen, hatten einen Aushang gemacht. Und nun, wie furchtbar, hatten sie das Kind in der doppelten Wand eines verlassenen Anwesens gefunden, eingemauert wie in einem Grab, äußerlich fast unversehrt, mit gefalteten Händen, stand in dem Artikel. Dennoch war ihr wohl etwas angetan worden. Das konnten die von der Gerichtsmedizin ja heute alles genau feststellen … Das Kleidchen hatte man ihr vom Körper gerissen. Wie auch die Schuhe blieb es verschwunden. Flora kamen erneut die Tränen. Was die Mutter jetzt wohl gerade durchmachte. Die Ungewissheit war vorbei, sie konnte ihre kleine Tochter nun wenigstens begraben, doch der Schmerz über ihren Tod würde nie mehr aufhören, und sie würde nie wissen, wie ihre letzten Stunden verlaufen waren, denn sie war nicht bei ihr gewesen, hatte sie nicht schützen können. Was für kranke Menschen es auf dieser Welt gab, die so etwas taten!

Flora seufzte tief und überflog die anderen Artikel. Inter Mailand stand in der ersten Liga auf Platz eins. Wen interessierte das schon? Die Christdemokraten hatten einen neuen Vorsitzenden. Na und, das waren doch alles Lügner, ob in Rom oder Palermo ... Und dann gab es noch ein Foto von Sophia Loren, die auf dem Londoner Flughafen gelandet war, man erkannte sie nur an der großen Sonnenbrille und dem schicken Kopftuch. Vielleicht sollte sie sich auch eine dieser dunklen Brillen leisten, die sah man jetzt öfter. Flora hielt inne. Da geschah der einen so viel Leid, und die andere suchte trotzdem fröhlich weiter nach einer Notiz über ihr eigenes Kind, ihrem Nicola, der am Wochenende den ersten Platz beim Tauchen in Terrasini geholt hatte. Sie blätterte weiter, heute musste es doch drinstehen!

Da, da war es! Wie hatte sie das eben übersehen können? *Terrasini. Tauchwettbewerb. Erster Platz für Nicola Messina!* Sie las die Zeilen und vergaß das kleine Mädchen aus Ficarazzi für einen Moment. *Die Trophäe wurde am Wochenende durch den Subacquea-Club aus Realmonte verliehen. Als Sieger ging, mit großem Abstand, Nicola Messina hervor. Messina ist bereits seit seinem zweiten Lebensjahr Halbwaise. Sein Vater, ein* Maresciallo *der* Carabinieri *aus Bellaforte, wurde 1949 Opfer einer Falle, als drei Banditen ihn in Ausübung seiner Pflicht in einem Hof an der Via Pirrone hinterrücks niederschossen. Der Fall ist nie ganz aufgeklärt worden.* Was für ergreifende Sätze! Wer hatte das geschrieben? Ah, hier unten stand sein Name: Franco Pelligrini. Der hatte ihren Tommaso bestimmt gekannt. Vielleicht hatte er ja auch die Sammlung ins Leben gerufen? Irgendwer musste ja die Idee gehabt haben, oder woher kamen plötzlich die Sammeldosen mit der Aufschrift »Für unsere getöteten Kollegen Messina und Alfieri«, die einem auf dem Corso Vanucci unter die Nase gehalten wurden?

Sie las weiter, der Journalist nannte Nico *il vincitore assoluto*. Flora stand auf und faltete die Zeitung zusammen. Sie wollte ihrem

Sohn, dem absoluten Gewinner, den Artikel sofort zeigen. Das Foto des toten Mädchens, das ihr von der Seite so fröhlich entgegenlachte, klappte sie dabei vorsichtig weg. Sie schaute sich in der Küche um. Es war halb zwölf. Sie würde ihm etwas zu trinken und zu essen mitnehmen. Er war schon seit morgens um sechs wieder unten am Strand, weil er sich in den Kopf gesetzt hatte, sein Boot neu zu streichen.

»Sein Boot, sein Boot, sein Boot!«, sagte Flora laut. Sie presste eine Zitrone aus, tat einen Esslöffel Zucker hinzu, füllte den Saft in eine Flasche und goss mit Wasser auf. »Dafür kann er früh aufstehen, auch drei Tage hintereinander. Wenn er doch auch so besorgt um die Schule wäre, so fleißig und ausdauernd wie beim Abkratzen der alten Farbe ... Aber nein!« Das Zeugnis war ziemlich schlecht ausgefallen, und wenn er sich nicht anstrengte, war sein Abschluss im nächsten Sommer in Gefahr. Aber er hörte ja nicht mehr auf sie. Flora lächelte grimmig. Typisch. Welcher junge Mann tat das in dem Alter denn noch? Sie griff nach der Flasche, nahm die Schüssel mit den übrig gebliebenen *involtini* vom gestrigen Abend aus dem Kühlschrank, breitete ein sauberes Tuch darüber und legte sie zusammen mit einer Gabel und einem Stück Brot in ihren Korb.

Die vorderste Häuserzeile des kleinen Fischerdorfes direkt am Meer hatte sich verändert. Flora blieb an der Straße stehen und sah den Bauarbeiten zu. An jedem dritten Haus wurde gemalert und geweißelt, Lastenaufzüge wurden hoch- und runtergezogen. Endlich gab es im ganzen Dorf Strom, die meisten hatten sich an die neue Leitung anschließen lassen, und dort vorne, beim Metzger, wurde sogar eine dieser modernen elektrischen Waschmaschinen in einem gigantischen Pappkarton geliefert. Bestimmt eine tolle Erfindung, aber wie wollten die waschen, wenn doch das Wasser immer noch dauernd abgestellt wurde? Flora wandte ihren Blick in Richtung Meer. Da stand ihr Junge in der prallen Sonne am Strand und redete mit einem dieser Fischer, die alle aussahen wie die gedörrten Makrelen, die sie zum Kauf anboten. Jetzt bückten sich beide, um die Außenwand des Kahns zu begutachten. Flora schlängelte sich zwischen den an Land geschobenen Booten hindurch. Eines lag schief, berührte mit der Seite den Boden. Giuseppe Foresto war auf See gestorben, auch sein Boot trauerte, hatte Nico ihr erklärt. Trotz der Hitze spürte Flora eine Gänsehaut im Nacken, schnell bekreuzigte sie sich. Sie kam nicht recht vorwärts, ihre Füße versanken im Sand, heiß rieselte er seitlich in ihre Schuhe und sammelte sich unter ihren Fußsohlen.

»Mama!« Er grinste ihr entgegen. »Was machst du denn hier?« Der Fischer murmelte etwas und machte sich davon.

»Ich bringe dir was zu trinken und die Zeitung. Du stehst drin, ganz groß stehst du drin, und über Papa haben sie auch etwas geschrieben!«

Während Nico gierig trank, las er die ersten Zeilen des Artikels. Flora legte ihm dabei die Hand auf die Schulter. Wann hatte sie sonst schon mal die Gelegenheit, ihn anzufassen? Sie liebte seine glatte braun gebrannte Haut, die von der Sonne glühte, und bedauerte, dass er kein Kind mehr war, das ihr auf den Schoß kletterte, sie küsste und ihr Gesicht mit seinen kleinen Kinderhänden festhielt.

»Sieh dir das an«, keuchend setzte Nico die Flasche ab und schüttelte damit auch ihre Hand ab. »Sie haben Saelis Name falsch geschrieben, na, der wird sich ärgern.«

»Und hast du gelesen, was sie über deinen Vater geschrieben haben? Hast du es gelesen?! Wer ist dieser Pelligrini? Ist das der mit den Spenden?«

»Der mit den Spenden, Mama?! Es gibt nicht ›den‹ mit den Spenden! Das geht von Papas ehemaligen Kollegen aus, und von den Leuten aus Bellaforte. Sie alle wollen ihre Helden geehrt haben. So ist das.« Nico legte das *giornale* auf die Sitzbank, nahm den Spachtel, der in seiner Hosentasche gesteckt hatte, und fuhr damit kräftig über die Außenwand des Bootes. Dicke Stücke der alten Farbe fielen herab. Was hatte er denn nur? Anstatt sich zu freuen, raunzte er sie so an ...

Flora zuckte mit den Achseln. Unter dem weißen Lack war eine grüne Schicht hervorgekommen, ganz krank und fleckig sah das Boot aus. »Der Name ist auch ab«, sagte sie leise.

»Mmmh.« Er arbeitete weiter, ohne sie anzuschauen. »Muss ja. Bevor ich drüberstreichen kann ...«

»Ich habe dir *involtini* mitgebracht, sind aber nicht viele. Du kommst trotzdem zum Mittagessen, oder?«

»Weiß noch nicht, vielleicht ...«, murmelte er. Er streckte sich, um seinen Rücken für einen Moment zu entlasten, und plötzlich wurde der Ausdruck auf seinem Gesicht weicher. Er wischte sich den Schweiß von der Stirn, seine Haare waren schon wieder ein bisschen zu lang, und sollten das etwa Koteletten werden, die er sich da neben den Ohren wachsen ließ?

»Ich weiß es wirklich nicht«, er lachte sie an und starrte ihr einen Moment in die Augen. Flora schaute sich um. Wenn er so verlegen lachte, musste das einen Grund haben. Und da kam der Grund auch schon angelaufen: der kleine Lolò – und neben ihm noch jemand. Eine Frau, ein Mädchen. Ach je, das war doch sein Schwarm aus der Schule, die von gegenüber, aus der Villa, die nie mit ihm sprach. Sie wurde von den beiden höflich begrüßt, Nico bekam von Lolò einen Schulterschlag auf die nackte Haut, dass es klatschte. Der durfte das, das wusste Flora, er war schon öfter bei ihnen gewesen. Und richtig, Nico protestierte nicht, sondern grinste nur und betrachtete den Schaber in seiner Hand, als ob er ihn zum ersten Mal sähe. Flora schaute von einem zum anderen, holte, als niemand etwas sagte, die Vorratsdose mit den *involtini* aus dem Korb und bot sie ihm an. »Nee, Mama jetzt nicht!«

»Ganz schön viel Arbeit!«, sagte das Mädchen, das sich bei ihr als Stella vorgestellt hatte. Dabei heißt sie doch eigentlich

Maristella Letizia di Camaleo, dachte Flora, diesen Namen, den er damals so herzzerreißend in der Kirche geflüstert hat, werde ich nie mehr vergessen. Ach, das ist auch schon wieder vier Jahre her ... Na ja, sie versucht, bescheiden aufzutreten, aber sie soll ihm bloß nicht noch mehr Kummer machen. Ihretwegen ist er doch schon so lange unglücklich. Wenigstens spricht sie jetzt mit ihm – anders als früher. Und was trägt sie da überhaupt? Ein ganz normales Kleid, sieht aber irgendwie zu fein aus, um in den Ferien damit an den Strand zu gehen. Sie mag zwar aus adliger Familie kommen, aber deswegen müssen wir uns für unsere Herkunft noch lange nicht schämen. Flora bemühte sich um ein Lächeln und ärgerte sich über ihren Sohn, der mit nacktem Oberkörper dastand und an seiner halblangen, mit weißen Farbsplittern übersäten Hose zupfte. Wieso erwähnte er nicht wenigstens, dass er mit seinem Pokal im *Giornale di Bellaforte* stand?

»O Gott, das arme Mädchen!«, sagte Stella und griff nach der Zeitung im Boot. »Haben sie es endlich gefunden?«

»Ja. Eingemauert.« Flora stellte fest, dass Stella die Tränen in die Augen schossen. Das adlige Fräulein schien ja doch nicht ganz aus Holz zu sein.

»O nein, wie furchtbar für die Eltern!«

»Ihr Kleidchen war nicht mehr da, und ihre Schuhe fehlten auch.« Flora hasste sich dafür, aber sie wollte unbedingt ihre eigene Trauer loswerden, sie mit irgendwem teilen, und wenn es mit diesem Mädchen da war.

»Nein!«

Flora schaute sie das erste Mal richtig an. Sie sah wirklich nett aus, das musste sie zugeben. Aber sie würde nie zu der werden, die für ihren Sohn die Richtige war.

»... auch die Schuhe«, wiederholte Stella, und in ihrem Gesicht schienen sich alle Widerwärtigkeiten zu spiegeln, die das junge Mädchen sich in diesem Moment vorstellte.

»Ja, ich hab's auch gehört. Was für 'n Schwein! Aber Junge, was für 'ne blöde Idee, ausgerechnet jetzt das Boot zu streichen!? Wir wollen doch tauchen gehen! Wann wirste denn fertig sein?« Flora musterte den kleinen Lolò. Jünger als Nico, aber sechzehn war er bestimmt auch schon. Ein lustiger Kerl, doch sehr direkt, sehr hartnäckig. Blieb immer zu lange, lachte immer zu laut, aß immer alles auf. Merkte der eigentlich, was in anderen Menschen vorging?

»In zwei, drei Tagen?«, antwortete Nico.

»Ich kann dir helfen!«

»Klar, hier«, er bekam von Nico den Spachtel zugeworfen.

»Lolò, ich gehe nach Hause. Du weißt, *zia* Assunta wartet auf dich um eins mit dem Mittagessen! Wehe, du bist wieder nicht da!« Stella zuckte mit den Schultern und schenkte Flora den Rest eines nachsichtigen Lächelns, das eben noch Lolò gegolten hatte.

»Ja, Kinder, ich werde mich auch auf den Weg machen«, sagte Flora, sie benutzte das Wort Kinder ganz absichtlich. Außerdem wollte sie noch vor Stella gehen, damit sie sich nicht länger mit ihr unterhalten musste. Irgendwie mochte sie das Mädchen, das ihrem Sohn so gut gefiel, und das verwirrte sie.

Als Nico eine Stunde später zum Mittagessen hereingepoltert kam, war Flora erleichtert. »Hände waschen!«, rief sie lauter als beabsichtigt. Er kam immer noch nach Hause, er würde die Schule beenden, er würde in Palermo studieren und bei ihr wohnen. Noch hatte sie ihn nicht verloren.

»Und, geht es voran mit dem Boot?« Nico brummte nur, während er die *tagliatelle* um die Gabel wickelte. Flora lächelte, sie hatte nicht damit gerechnet, eine Antwort zu bekommen, sondern lediglich wissen wollen, ob er noch einen Satz mit dieser Stella wechseln konnte. Nach seiner Schweigsamkeit zu urteilen, wohl eher nicht.

Doch irgendetwas war los mit ihm. Nachdem er freiwillig die

leeren Teller in die Küche gebracht und die Schüssel mit den *nespole* hereingetragen hatte, wurde ihr Sohn gesprächig.

»Mama, also, du bist doch ... Also, du warst doch auch mal ein Mädchen.«

Flora nickte. Jetzt bloß nichts sagen, das verschreckte ihn nur. Ja, leider ist das vorbei, dachte sie, aber eigentlich bin ich auch froh. Wenn ich die Zeit zurückdrehen könnte, dann bis zu dem Tag, an dem Tommaso in unseren Kiosk kam. Keine Minute früher bitte!

»Also, dann sag mir mal, warum machen die das? Ich habe sie gefragt, ob sie irgendwann mitkommt, wenn das Boot fertig ist.« Er zuckte mit den Achseln.

»Und?«

»Nichts. Keine Antwort.«

»Was für ein Gesicht hat sie dabei gemacht?«

»Wie? Bei der Antwort, die sie mir nicht gegeben hat?«

»Ist sie dabei schon weggegangen, oder hat sie dich angeschaut?«

»Angeschaut schon ...«

»Gelächelt?« Flora musste selbst lächeln über ihre dumme Eifersucht, die sich in ihr aufblähte, sobald sie an dieses schlanke Mädchen dachte, zwei Köpfe größer als sie. Die war doch sowieso nichts für ihn, er würde eine andere finden, eine, die besser zu ihm passte als Maristella Letizia di Camaleo aus der Villa von gegenüber.

»Ich weiß nicht. Ein bisschen vielleicht.«

Als sie ein paar Tage später an den Strand kam, um das Boot zu bewundern, merkte sie, wie unruhig Nicola sich bewegte. Dabei ist seine Angebetete doch gar nicht da, dachte Flora.

Nur Manuele, Lolò und die üblichen Fischer standen herum und begutachteten den frisch gestrichenen Kahn. Wieder hatte er Weiß als Farbe gewählt, mit einem grünen Streifen in der Mitte. Auch innen war das Boot grün, die Sitzbretter allerdings knallorange.

»Wie findest du es?«

»Hübsch!« Sie wusste, das war das falsche Wort, aber es war eigentlich egal, was sie sagte, es kam ihm nicht auf ihr mütterliches Urteil an. Er wollte bloß so schnell wie möglich wieder damit hinausfahren und hinabtauchen in dieses grässlich tiefe, grässlich kalte, salzige Wasser. »Vor allen Dingen das Orange gefällt mir!«

»Wirklich?« Er schien unsicher. Und dann sah sie es!

Ihr Name war verschwunden! Stattdessen stand der des Mädchens da, leicht abgeändert zwar, aber ganz klar eine Botschaft, eine öffentliche Huldigung. *Marestella*. In knalligem Orange, wie die Sitzbänke. Aha. So standen die Dinge also jetzt. Flora drehte sich um und lief ohne nach rechts oder links zu schauen davon.

39

Er hatte sie gefragt, und sie hatte nicht sofort Nein gesagt. Warum nicht? War sie verrückt? Warum ging sie in letzter Zeit überhaupt so oft mit Lolò runter nach Marinea? Die neuen Tische und Stühle vor der Bar und die Limonengranita konnten doch nicht nur der Grund sein. Klar, Lolò wollte nach Mädchen schauen, und sie als seine Cousine lieferte ihm »den nötigen Feuerschutz«, wie er es ausdrückte. Er sah sich einfach zu viele Cowboyfilme an, der Kleine. Nico stand da leider auch öfter mal herum, und beim letzten Mal hatte er Lolò erzählt, es werde vermutlich einen Prozess gegen Don Fattino geben. Als er merkte, dass sie aufmerksam wurde – und natürlich war jedes Wort von vornherein für sie bestimmt gewesen –, fügte er hinzu, dass er irgendwelche Beweise weitergegeben habe. Er tat dabei sehr geheimnisvoll und sprach mit gedämpfter Stimme. Und ehe sie es sich versah, hatte er sie auch schon gefragt, und sie hatte etwas gestammelt, was in seinen Ohren wohl nach »Ja« klang. Er hatte dieses Wort, dieses halbe Wort, das eigentlich nur ein Geräusch gewesen war, sofort genommen und alles an ihm festgezurrt, wie mit der Leine an seinem Boot. Wann? Am nächsten Donnerstag, also heute. Wo? Er werde sie abholen. Wohin? In die Bucht, wo der *cubo* lag. O Gott, sie konnte doch gar nicht schwimmen, hoffentlich wurde ihr auf der Fahrt dorthin nicht übel. Gut, Lolò würde dabei sein, aber der war auch manchmal unzuverlässig. Wenn ihm irgendein komischer Gedanke in den

Kopf kam, verschwand er um die nächste Straßenecke wie ein streunender Kater. Na ja, Straßenecken würde es dort nicht geben, wohin Nico sie eingeladen hatte. Nico. Sie schnaubte durch die Nase. Wer hätte das gedacht. Sie mit dem Jungen vom Brunnen, mit dem Angeber aus der Schule, mit dem Clark Gable von Marinea in einem Boot.

Und nun stand sie hier draußen auf der Freitreppe und überlegte, ob sie die Stufen hinab- und hinaus auf die Straße gehen sollte, um nach Lolò und ihm Ausschau zu halten. Welche Zeit? »Um vier, ich hole dich Punkt vier ab!«

Unverschämtheit! Es war bereits Viertel nach vier. Keinesfalls würde sie auf der Straße herumlungern. Noch fünf Minuten. Keine Minute länger. Wenn er um halb fünf auftauchte, würde sie nicht mehr mitgehen. Und wenn er sich auch aus Kummer darüber in sein geliebtes Meer stürzen und ertränken würde; bei einer Dame war man pünktlich! Sie ging die Stufen hinunter. Sie hatte sowieso nichts zu tun, da konnte sie ja im Wirtschaftshof vorbeischauen und sich die Kaninchen vom letzten Wurf ansehen, die Assunta so besonders hübsch fand. Eigentlich ging sie nicht gerne in den Hof, erstens, weil sie Fulco nicht begegnen wollte, und zweitens, weil Assunta dort auch Hühner und hübsche Kaninchen schlachtete. Szenen, die Stella unbedingt vermeiden wollte. Aber an diesem Nachmittag war Fulco nicht da, sie hatte ihn kurz zuvor mit dem Auto wegfahren sehen. Der Marchese ausnahmsweise auf der Rückbank. Die ganze Villa war verlassen. Bis auf Pupetta, die ihr Mittagsschläfchen jetzt manchmal bis in den Abend hinein ausdehnte.

Stella hätte auch durch die Tür oberhalb der Küche in den Hof gelangen können, doch sie öffnete lieber die kleine Pforte des großen Portals und stieg über die Schwelle. Nur, damit du dich umgucken kannst, verhöhnte sie sich, denn natürlich war die Straße leer. Sie schämte sich für ihr Herzklopfen, das tatsächlich für einen Moment aufflackerte, als sie an Nico dachte. Niemand sollte sie hier draußen warten sehen. Sie schlüpfte durch das Hoftor für die Bediensteten und ging zu den Kaninchenställen, die Alberto neu gebaut hatte, nachdem die alten völlig verschimmelt gewesen waren. Die Kaninchen stanken nach welkem Kohl und ihren eigenen Kötteln, wie Kaninchen das immer taten, und lagen mit hechelnden Flanken im Stroh. Auch die Kleinen blieben gelangweilt liegen. Nicht einmal das Grün einer Karotte, das Stella vor die Maschen des Drahtzauns hielt, konnte sie locken. »Faules Pack«, brummte sie, doch dann besann sie sich. Die Kaninchen konnten nun wirklich nichts für einen unpünktlichen Kerl, an den sie ab sofort keinen Gedanken mehr verschwenden würde. »Ich werde Assunta sagen, dass ich so schnell keins von euch auf dem Teller haben möchte.«

Auch die acht Hühner hatten sich in den Schatten gelegt und die Flügel auf dem sandigen Boden ihres Geheges ausgebreitet. Assunta hatte sie der Einfachheit halber durchnummeriert. Und obwohl sie sonst immer gewaltig herumkrakeelten, schaffte von *uno* bis *otto* keines von ihnen auch nur ein leises Gackern. »Einfach zu heiß ...«, murmelte Stella. Während sich die Hitze im Hof erdrückend um sie legte, sah sie sich am Bug eines Bootes stehen, umweht von kühlem Wind. Wage es bloß nicht, ein zweites Mal zu fragen, Nicola Messina, dachte sie und schaute an sich herab. Ihre Füße wirkten in den neuen Holzpantinen mit dem weißen Lederriemen sehr schmal, ihr Kleid war hellblau und besonders luftig. Eines ihrer schönsten. Nicht, dass sie sich extra für den Ausflug umgezogen hätte. »Pah. Für dich?! Träum weiter ...«, murmelte sie und trat gegen einen Stein, der auf dem ungepflasterten Boden lag. Er prallte gegen den knotigen Stamm des Olivenbaums, der schon immer in der Mitte des Hofes stand und von einer Bank umrundet wurde. Auf einem seiner Äste fing eine Grille kräftig an zu zirpen, und als sei dies das Zeichen für seinen Einsatz, fing das Pferd an, mit den Hufen gegen die hölzerne Abtrennung seiner Koje zu schlagen.

Das Pferd, mit seinem riesigen Kopf und den schrecklich gelben Zähnen! Stella machte einen Bogen um die Tür, hinter der Fulco freiwillig mit dem schwarzen Ungetüm lebte. Wir hätten ihn schon längst rauswerfen sollen, dachte sie. Was macht der denn noch? Heute hat er den Vater ausnahmsweise mal gefahren, aber der fuhr ja längst lieber selbst. »Wenigstens das kann ich gut«, sagte er manchmal. Stella ließ auch Assuntas Eingang rechts liegen, zu beiden Seiten der Tür hatte die Tante Kübel aufgestellt, in denen Geranien leuchtend rot blühten. Wenn ich ihm erzählen würde, wie dieser kriecherische Kutscher mich belästigt hat, würde er ihn sofort entlassen, dachte Stella. Würde er wirklich? Konnte er sie überhaupt beschützen, oder würde er beim ersten kleinen Problem klein beigeben? Sie zuckte mit den Schultern. Weil sie nichts anderes zu tun hatte und in einer Ecke ihres Herzens immer noch hoffte, Lolò könne mit Nico jeden Moment auf den Hof kommen, schaute sie in die hinteren Ställe und Schuppen. Während die Umfriedungsmauer der Villa mit ihren darin eingelassenen Behausungen noch in gutem Zustand war, hatte der Verfall in den Schuppen und ehemaligen Ställen weiter um sich gegriffen. Reste von alten Wagenrädern, Deichseln, jede Menge Schutt, kaputte Ziegel, unbrauchbares Gerümpel. Eingemauert in einem verlassenen Anwesen ... Das kleine Mädchen aus Ficarazzi fiel ihr wieder ein.

Ihre Schuhe, bei wem die jetzt wohl lagen? Und das Kleid. Ein Auto hielt draußen auf der Straße. Jemand öffnete das Tor, Fulco erschien auf dem Hof, den Wagen ließ er draußen mit laufendem Motor stehen. Er entdeckte sie vor einem der ehemaligen Ställe.

»Auf wen wartest du? Auf Assunta?«, rief er, während er auf seine Tür zulief. Stella schüttelte unwillkürlich den Kopf.

»Auf deinen Bruder?« Sie nickte. Herrje, warum antwortete sie ihm überhaupt? Das ging den doch gar nichts an. Ihr Herz klopfte wieder, diesmal nicht vor freudiger Aufregung, sondern vor Abscheu.

»Der wird wohl nicht kommen!« Fulco schlenderte zur Tür seiner Behausung, hinter der das Pferd nun richtig lostobte. »Was ist los, Odessa, gib verdammt noch mal Ruhe!«, brüllte er und drehte sich zugleich nach Stella um.

»Hab die beiden in Bellaforte gesehen!« Er verschwand, ließ die Tür aber weit offen. Man konnte hören, wie er auf die Stute einredete, dann tauchte er wieder im Türrahmen auf. »Der andere war auch dabei, der von gegenüber, die haben sich da wohl mit welchen angelegt. Ging um Frauen, geht ja immer um Frauen. Soll ich dich mitnehmen? Dann können wir ihn suchen. Ich habe den Marchese zurückgebracht, fahr aber gleich noch mal los. Der Wagen muss in die Werkstatt, hab nur diesen verdammten Zettel vergessen.«

Mit ihm in einem Auto? Niemals. »Nein, nein, ich muss noch für Assunta die Kaninchen füttern, sie ist heute den ganzen Tag in Palermo.« Stella verschränkte die Arme vor der Brust und blieb stehen. Er sollte nicht meinen, sie hier vom Hof vertreiben zu können. Der Wirtschaftshof gehörte ihr, wie auch die Villa. Mit wem hatten die Jungen in Bellaforte Ärger? Was hatte Fulco gesehen? Oder log er sie an, um sie in den Wagen zu locken?

Fulco zog das Tor hinter sich zu. Stella hörte, wie das Auto davonfuhr. Sie schaute über die Mauer zur Fassade der Villa, die im gleißenden Sonnenlicht gelb leuchtete. Dort oben war ihr Balkon, und ein Stockwerk tiefer, im Erdgeschoss, saß ihr Vater bestimmt schon wieder vor seinem Schachspiel. Er versank immer derartig in seinen Spielzügen, dass er nichts mehr um sich herum wahrnahm. Würde er sie hören, wenn sie nach Hilfe rufen müsste? Ach was, das war doch dumm. Weshalb sollte sie um Hilfe rufen. Dennoch beschlich sie ein komisches Gefühl. Woran hatte sie gedacht, bevor Fulco kam? Irgendwie hatte er damit zu tun gehabt ... Die Schuhe, die Schuhe! Hatte Maria ihr nicht einmal vor langer Zeit erzählt, dass sie nach dem großen Regen seine Sachen trocknen wollte und in der Kiste neue Kinderschuhe und einen kleinen Rock gefunden hatte? Angeblich Geschenke für seine Tochter. Geschenke? Die man aufbewahrt? Geschenke will man verschenken.

Stella näherte sich der Tür, das Pferd dahinter war still. Sie ging noch näher, jetzt hörte sie es schnauben. Das Pferd war besser als jeder Wachhund, niemals würde sie da hineingehen!

Wieso stand sie hier immer noch herum, wieso holte dieser Kerl sie nicht ab? Nico, ich hasse dich, dachte sie und griff nach der Klinke. Fulco hatte nicht abgeschlossen. Sollte sie sich wirklich hineinwagen? Noch nie hatte sie mehr als einen flüchtigen Blick durch die offene Tür geworfen, wenn sie daran vorbeiging, um Assunta zu besuchen. Deren Räume kannte sie gut. Ihre Tante hatte sie recht praktisch, aber dennoch gemütlich eingerichtet. Sogar die kleinen Fenster zum Hof hatte Alberto vergrößert und eine weitere Türöffnung hineingebrochen, sodass jetzt viel Licht in die Mauerwohnung fiel und Lolò seinen eigenen Zugang hatte. In Fulcos Unterkunft war Licht dagegen Mangelware, bemerkte Stella, als sie durch einen winzigen Spalt der geöffneten Holztür spähte. Durch die zwei schmalen Fensterschlitze zum Garten und das kleine Fensterchen neben der Tür konnte sich nicht mehr als eine trübe Dämmerung ausbreiten. Das arme Vieh steht den ganzen Tag im Dunklen, dachte Stella und öffnete die Tür ein bisschen weiter. Ein strenger Geruch von schwitzendem Pferd, feuchtem Stroh und Mist schlug ihr wie eine Wand entgegen. Sie schaute sich um. Auf dem Hof war alles ruhig, keine Spur von den beiden Jungs. Wenn diese *cretini* einigermaßen schlau sind, werden sie doch wohl hier nach mir suchen, sollten sie mich in der Villa nicht antreffen, dachte sie. In ihrem Bauch kribbelte es ängstlich, nervös, sie hielt den Atem an, um die Pferdeausdünstungen nicht in ihre Lungen zu lassen, und ging ein paar Schritte in den Raum. Das Pferd warf den Kopf zurück, rollte bösartig mit seinen tiefschwarzen, pupillenlosen Augen, bis das Weiße zu sehen war, und stampfte hinter den dicken Holzwänden, zwischen denen es eingezwängt war. Rechts an der Wand lag ein halb auseinandergerupfter Heuballen am Boden, in dem eine Mistgabel stak. Daneben mehrere Eimer und ein Pferdegeschirr. Die Tür der engen Box war mit einem hölzernen Riegel verschlossen, Gott sei Dank! Stella schaute sich neugierig um. Hatte sie eben noch das Pferd bedauert, mischte sich nun auch zum ersten Mal Mitleid in den Ekel, den sie seit jeher vor dem Kutscher empfand. Das schmale Bett war mit einem schmutzig grauen Laken bedeckt, ein Tisch mit einem benutzten Teller, ein Stuhl davor, ein paar Haken an der Wand, an denen Kleidungsstücke hingen. Der Boden war auf dieser Seite mit glitschigen Steinplatten belegt, neben dem Ofen stand ein Wasserfass, wahrscheinlich teilte er sich auch das Wasser mit dem Pferd. Was für ein Leben ... Stella schauderte. Nur raus hier! Fast wäre sie an die Truhe rechts neben der Tür gestoßen, von der Maria erzählt hatte. Sie war aus dünnem Blech, die Goldfarbe darauf zum Teil verrostet oder schon lange abgeblättert, die Nietenbeschläge waren lose, die Verschlüsse abgebrochen. Eine der typischen *baule,* die die Mädchen aus den ärmeren Familien mit ihrer Aussteuer füllten. Nein, nie im Leben würde sie die durchwühlen, sie brauchte langsam frische Luft zum Atmen. Mit zwei Fingern hob sie dennoch den Deckel an. Bettwäsche, die auch nicht viel sauberer aussah als das, was auf dem Bett lag. Wo wusch er sein Zeug eigentlich? Sie ließ den Deckel wieder zufallen.

Ein Schatten fiel auf den mit Stroh bedeckten Boden vor dem Pferdeverschlag, und ein schwarzer Umriss erschien in der Tür. Fulco. Ihr Herz begann sofort zu rasen, schmerzhaft spürte sie es in ihrem Hals. Warum war er schon wieder da? Sie hatte ihn nicht kommen hören, wo war das Auto? »Entschuldige«, ihre Stimme war viel zu leise, »ich wollte hier wirklich nicht reingehen, aber das Pferd hat so komische Geräusche gemacht ...!«

»Wenn ihr mich doch endlich alle in Ruhe lassen würdet!«

»Es klang schlimm! Als ob es ... Als ob es erstickt!«

»Dann könnte ich es ja schaffen, aber ihr wollt es nicht anders, ihr bringt mich dazu, immer wieder. Ich hasse euch alle!« Seine Stimme klang gepresst und beinahe weinerlich. Stella wollte an ihm vorbei, doch das war nicht möglich, ohne ihn zu berühren. Wie damals, an dem Wagen, dachte sie. Ich habe immer noch Angst vor ihm. Santa Maria, hilf mir, ich muss an ihm vorbei. Am liebsten hätte sie sich bekreuzigt. Sie machte eine kaum wahrnehmbare Bewegung auf ihn zu, vielleicht ging er ja zur Seite, aber nein, er dachte gar nicht daran. Der Blick aus seinen hässlichen Albinoaugen streifte die Truhe und sprang dann gehetzt zurück zu ihr. Stella traf die Erkenntnis wie ein Schlag. Das Kleid! Die Schuhe! Was, wenn er sie sammelte. Alle. Was, wenn er alles in der Truhe hatte. Nicht nur das, was Maria gefunden hatte, sondern auch das von dem Mädchen aus Ficarazzi? Sie wollte schlucken, doch ihre Kehle war ausgedörrt. Sie bekam kaum Luft. Warum sonst dieses irre Zucken in seinen Augen? Er hatte etwas zu verbergen. Das sah sie genau. Und das waren nicht die grauen Laken. Lass dir was einfallen, hämmerte es gegen ihre Schläfen. Denk nach! »Du hast eine Tochter?«

Er starrte sie nur an.

40

Eine Spende für unsere ehrenvoll im Dienste gefallenen Kollegen ...!« Die haben uns gerade noch gefehlt, dachte Nico, als er die Sammeldose unter seiner Nase sah. Seine Börse war leer, er tastete in seiner Hosentasche nach Kleingeld, wusste aber genau, dass er nichts mehr dabeihatte. Alles ausgegeben für ihr Lieblingsgebäck, in *pinoli* gewälzte Mandelküchlein, dazu eine große Flasche Coca-Cola, Salzstangen, beides aus Amerika, und eine Schale mit Erdbeeren. Er hob entschuldigend die Arme, doch die beiden sagten nur wieder ihr Sprüchlein auf. Die ließen nicht locker. Sie würden noch den Drei-Uhr-Bus runter nach Marinea verpassen und zu spät kommen. Er durfte aber nicht zu spät kommen. Nicht heute! Wenn Lolò doch bloß nicht die Idee mit dem Friseur gehabt hätte ... Der junge Typ hatte seinem Freund alle Haare ins Gesicht gekämmt und in aller Seelenruhe einmal rundherum geschnitten, überall in der gleichen Länge. Wie Paul McCartney von den Beatles sehe Lolò nun aus, hatte er behauptet. Seine alte Mutter war mit dem Mittagessen gekommen, und der Haareschneider lud sie zu einem Teller *pasta alla norma* ein. Beim Essen erzählte er von London, wo er die Band angeblich gesehen hatte. So waren sie viel zu lange in dem Salon geblieben, der nach einer Straße in London benannt war: »Penni Lane«. Nico glaubte kein Wort, doch Lolò war zufrieden. Unter seiner von Ponyfransen bedeckten Stirn waren seine Augenbrauen komplett verschwunden, und sein Gesicht erschien winzig. Aber bitte, wenn er unbedingt so rumlaufen wollte ... Die Dose klapperte vor seinem Gesicht und riss ihn aus seinen Gedanken. Komisch, die sahen gar nicht aus wie *Carabinieri,* aber wenn sie Zivil trugen, konnte man das nie genau sagen.

»Lolò?«

Sein Freund zuckte mit den Schultern, logisch, der hatte nie Geld.

»He, tut uns leid, liebe Leute, wir haben schon was gegeben!« Nico machte Lolò ein Zeichen mit den Augen, aber es war zu spät.

»Sag's ihnen doch!«

»Lass mal ...!«

»Nee, komm, sag ihnen, dass du sein Sohn bist.«

Nico schaute sich um. Irgendetwas stimmte hier nicht. Der Corso Vanucci war verlassen, es war drei Uhr, welcher Polizist war so verrückt, um diese Zeit Spenden zu sammeln? Bei der Hitze war kaum jemand auf der Straße. Doch, da! Der grüne Alfa Romeo von Stellas Vater, Fulco saß hinterm Steuer. Er sah ihn, schaute ihm direkt in die Augen. Nico riss den Arm hoch und winkte, ein wenig Verwirrung konnte hier nicht schaden, am besten wäre es natürlich, wenn Stellas Vater ausstiege ... Doch der Kutscher wandte den Kopf ab und fuhr weiter.

Die zwei Kerle standen jetzt ganz nah vor ihnen. Der eine war fett, der andere nur breit, Muskeln hatten sie beide, und groß waren sie auch. Sie drängten sie in die Bar von Carlo il conte, der natürlich kein Fürst war, aber jede Menge Freunde hatte. Ehrenwerte Freunde. Also definitiv kein Ort für Jungs wie sie. Die beiden Muskelberge führten sie an der Theke vorbei, hinter der ein Mann stand, der ein Geschirrhandtuch immer weiter in ein Glas stopfte und es vermied, sie anzusehen. »Setzt euch da hin!«, raunzte der eine sie an und zeigte mit seinem Kinn auf einen der hinteren Tische. Sie setzten sich. Nico schaute auf seine Armbanduhr. Fünf nach drei, den Bus hatten sie schon verpasst. Verdammt. Die Minuten verstrichen quälend langsam. Um halb vier wurden sie endlich in das Hinterzimmer geführt.

»Wir haben Besuch mitgebracht.«

»Ah! Komm mal her!« Ein Mann mit einer dunklen Sonnenbrille saß an einem der zwei Tische, ein Teller mit Muschelschalen wurde hinausgetragen, Brotkorb und Gläser abgeräumt.

»Junge!«

»Es sind zwei, Don Fattino!«

»Ja natürlich, das sehe ich doch! Wer ist der andere?«

»Ein Freund von mir«, sagte Nico und war erleichtert, dass seine Stimme kein bisschen zitterte. Rechts von dem angeblich völlig erblindeten Bürgermeister lag eine aufgeschlagene Zeitung auf dem Tisch.

»Junge, wir haben da jetzt lange zugeschaut – und weißt du ...« Er beugte sich vor, und ein dritter Mann, der hinter ihm stand, zündete ihm die Zigarette zwischen seinen Lippen an, die er zuvor in den Fingern gedreht hatte. Er rauchte ein paar Züge, bis er fortfuhr: »Ich kenne deine Mutter, sie ist manchmal ein wenig zu impulsiv. Du solltest besser auf sie aufpassen. Du willst doch nicht, dass wir das für dich übernehmen?«

Eine unbändige Wut schäumte in Nico hoch: »Sie hat nichts damit zu tun! Es war nicht ihre Idee!«

»Ich weiß! Es war deine Idee, genauso, wie es auch deine Idee war, das hier dem Capo zu bringen.« Don Fattino hob die Zeitung an, und ein sehr bekannter brauner Aktendeckel kam darunter zum Vorschein. *Du musst es riskieren,* hörte Nico die Stimme des Anwalts Carnevale. *Vaffanculo,* deswegen stehe ich jetzt hier, antwortete er unhörbar.

»Manchmal setze auch ich auf ein Pferd, das dann nicht ins Ziel kommt. Aber selten.« Don Fattino legte die Zigarette auf die Akte, wo sie sofort eine schwarze Stelle in die Pappe brannte.

»Was haben Sie mit ihm gemacht?!« Nicos Mund war so

trocken wie noch nie. Wenn sie auch den radiohörenden *Maresciallo* Polito ermordet hatten, dann war das seine Schuld! Er hatte einen Menschen auf dem Gewissen, er hatte ihn schließlich da hineingezogen.

»Beruhige dich, Kleiner.« Der Bürgermeister hob die Hände. »Dem Capo war es wohl doch ein wenig zu heiß hier unten auf unserer schönen Insel. Er hat heute Vormittag sein Abschiedsgesuch eingereicht und ist auch gleich wieder dahin abgedampft, wo er hergekommen ist. Vorher hat er noch sein Gewissen erleichtert.«

Nicola nickte. Aufs falsche Pferd gesetzt. Aber total. Das Pferd war gar nicht erst losgelaufen.

»Junge. Du bist schlau. Du willst ja mal was Besonderes werden. Was willst du werden?«

Nico starrte auf die schwarzen Brillengläser. Das war der Bastard, der seinen Vater töten ließ, er würde ihm zeigen, dass er keine Angst vor ihm hatte. »Architekt«, sagte er.

»Na.« Don Fattino hob die Schultern. »Na bitte. Du hast Zukunftspläne. Dann wollen wir dich mal nicht unnötig belasten, mein Sohn. Du sollst unbeschwert deinen Weg gehen können.« Das süßlich klingende »mein Sohn« schallte wie Sirenengeheul in Nicos Ohren.

»Also.« Wie ein blinder Maulwurf tastete der Bürgermeister nach der Akte und wollte sie zerreißen, sie war aber zu dick, auch nach mehrmaligen Versuchen schaffte er es nicht. Der Zigarettenanzünder übernahm.

Nico war äußerlich ruhig, aber innerlich zog sich alles in ihm vor Wut zusammen. Dieser blinde Verbrecher versuchte, ihn einzuschüchtern. Was ihm auch gelang. Er bedrohte das Leben seiner Mutter. Seine Sehnsucht, einmal Architekt zu werden und sie stolz zu machen. Alle, die ihm nahestanden, gerieten in Gefahr. Der treue Manuele. Auch sein verrückter kleiner Freund Lolò-*birbantello* mit dem Topfschnitt, dessen Arm er dicht an seinem spürte, gehörte dazu. Und natürlich Stella, Stella, Stella!

So machten sie das also. Sie zerstörten Leben. Mit Leichtigkeit konnten sie auch seines und das derer zerstören, die er liebte. Niemand würde Don Fattino und seine Handlanger daran hindern. Sein Vater war der beste Beweis. Abgeknallt hatte man ihn wie einen räudigen Hund. Was hatte *Avvocato* Carnevale gesagt? *Wenn einem von uns etwas passiert, müssen zehn andere seinen Platz einnehmen.* Nico presste seine Zähne aufeinander. Ein schöner Traum, Signor Carnevale! Aber leider bleibt es ein Traum. Sie haben uns alle in ihrer Gewalt. Sie würden jeden, der eines ihrer Opfer ersetzte, genauso kaltblütig abknallen. Und wenn es Hunderte wären. Diese Schweine! Sie wussten, wie man die Leute zum Schweigen bringt. Sie hatten auch ihn zum Schweigen gebracht. Er wollte nicht enden wie sein Vater. Er wollte tauchen, bei seiner Mutter am Tisch sitzen und köstliche *spaghetti con ricci* essen, die fantastischsten Häuser der Welt bauen. Er wollte Stella. Sie ansehen, ihr zuhören, sie küssen, mit ihr schlafen. Und zwar von vorne, anders als mit Tamara! Dieses Schwein hatte ihn im Griff. Und dafür hasste ihn Nico fast noch mehr als für die Tatsache, dass er nicht eine Sekunde zögern würde, um ihn – falls er nicht den Mund hielt – von einem seiner dreckigen Handlanger umlegen zu lassen.

Nico spürte, wie seine Adern am Hals hervortraten, seine Schultern sich verkrampften. Seine zu Fäusten geballten Hände zitterten in seinen Hosentaschen, aber er schaffte es, seine Stimme ruhig klingen zu lassen. »Sie haben recht, Don Fattino«, sagte er, »lassen Sie uns das Ganze vergessen!«

Don Fattino winkte ab, gnädig. »Schon geschehen!«, sagte er, und sein Lächeln war so milde wie das von Pater Anselmo.

Nico brauchte seine ganze Kraft, um nicht über den Schreibtisch zu springen und diesem Schwein ins Gesicht zu schlagen.

»Dann haben Ihre Leute ja auch weniger Arbeit.« Er zog unmerklich den Kopf ein. »Mit dem Zerreißen und so.«

Sie verließen das Zimmer und durchquerten den Schankraum. Die Männer lehnten entspannt an der Bar. Sie lassen uns einfach ziehen, wir sind also keine Gefahr mehr, dachte Nico. Als sie aus dem Gebäude in den Nachmittag traten, fühlte er sich wie einer der verzweifelt nach Luft schnappenden Fische, die nach all ihrem Gezappel irgendwann schlaff und reglos in seinen Händen lagen. Wortlos gingen sie durch die Straßen, die wie ausgestorben in der Mittagshitze brüteten. Es war nichts zu hören außer ihren eigenen schweren Schritten.

»Meine Schwester wird nie mehr mit dir sprechen wollen! Aber ich erkläre ihr das, Ehrenwort!«, keuchte Lolò. »Sie wird es verstehen müssen.« Die Tüte mit den Einkäufen für den Ausflug schlenkerte an seiner Seite hin und her.

Nico hätte am liebsten gebrüllt. Stattdessen schleuderte er mit voller Wucht einen Stein gegen die nächste Hauswand.

Lolò zuckte zusammen »Was ist los? Wir kriegen das schon hin. Wir müssen nur so tun, als ob es uns leidtut, dass wir zu spät sind!«

»Darum geht es doch gar nicht, *birbantello*«, rief Nico. Lolò zuckte zusammen. »Die haben mein Leben in der Hand!« Jetzt brüllte er doch. »Wozu soll ich mich mit deiner geliebten Schwester treffen, die übrigens deine Cousine ist, wenn ich am nächsten Tag tot bin?! Oder sie!? Oder meine Mutter? Oder du!«

»Ich?!«, rief Lolò, riss die Augen auf und wies mit dem Zeigefinger auf seine Brust. Er sah geschmeichelt aus.

»Ja, auch du, du kleiner Idiot. Kapierst du es denn nicht? Erst bringen sie die um, die du liebst. Und wenn du dann immer noch nicht kleinzukriegen bist, dann bringen sie dich um. Ganz einfach.«

41

»Du hast eine Tochter?«, versuchte Stella es noch einmal. »Sagt Maria.« Sie lachte verlegen, doch der Blick des Kutschers wurde immer irrer. Mit einem Mal sprang er auf sie zu und versetzte ihr einen so heftigen Schlag auf das Ohr, dass sie zur Seite taumelte. Schon war er bei ihr, drängte sie mit einer wahnsinnigen Kraft nach unten, gegen die Tür der Pferdebox, und packte sie am Hals. Sie sah seine drahtigen Brauen ganz nah vor sich, seine Augen waren blutunterlaufen. Stella versuchte, sich loszureißen und von der Wand hinter sich wegzukommen, doch da würgte er sie mit einer Hand und packte mit der anderen vorne an den Ausschnitt ihres Kleides. Er presste seine nassen, widerlichen Lippen auf ihren Mund. Sie konnte ihm nicht ausweichen und versuchte, ihn zu beißen, da riss er sie so grob hoch, dass die Nähte ihres Kleides krachten. Sie kam auf die Beine, spürte seine Finger immer noch um ihren Hals. Woher kommt dieser pfeifende Ton in meinem Ohr?, dachte sie benommen. Ehe sie merkte, was geschah, hatte er den Riegel zurückgeschoben und sie rückwärts in den Verschlag geschubst, sie spürte den warmen großen Pferdeleib an ihrem Rücken und hörte sich von weit her schreien. Er versetzte ihr einen weiteren Stoß. Sie fiel, Stroh war um sie herum, und die Beine des Pferdes ragten plötzlich über ihr empor. Sofort kroch sie an die Bretterwand und kauerte sich dort zusammen.

»Hilfe!!« Irgendwas stimmte nicht mit ihren Augen, es fühlte sich an, als stünden sie über Kreuz, alles um sie herum schwankte, als ob sie auf einem Boot wäre. Sie war noch nie auf einem Boot gewesen, sie durfte auf keinen Fall ohnmächtig werden, sie musste hier raus, jemand musste sie hören! Der Vater! Sie versuchte, das kleine Fenster oben in der Mauer zu fokussieren, es war gekippt, wieder rief sie so laut sie konnte: »Hilfe!! Vater! Assunta! Lolò!« Ihre Stimme überschlug sich. Das Pferd wieherte, Stella schrie unentwegt die drei Namen und machte sich dabei noch kleiner. »Helft mir, ich bin im Stall!« Doch ihre Stimme schien vom Stroh und von der hölzernen Box verschluckt zu werden. Dieses Pferd würde sie mit einem Schlag seiner Hufe zertrampeln, es würde sie töten, wie es der Nonna geschehen war. Jetzt stieg es hoch, nur wenige Zentimeter neben ihr stampften die Hinterbeine. Sie sah Fulcos kleinen Kopf über der Trennwand, in der Hand hielt er ein brennendes Büschel Heu und fuchtelte damit vor dem Kopf des Tieres herum. War er wahnsinnig?! Er würde doch nicht ... Doch da flog das Bündel schon in ihre Richtung und setzte das Stroh in Brand. Stella konnte nicht mehr weiter zurück an die Wand, sie riss sich den rechten Schuh vom Fuß, den anderen hatte sie verloren, und schlug damit auf das brennende Stroh. »Hilfe!!« Das Feuer brannte nicht richtig, es qualmte und flackerte immer wieder auf. Auch das Pferd versuchte auszuweichen, es donnerte gegen den Verschlag und wieherte laut. Ein Huf landete auf Stellas Zehen, als es sich drehte und jetzt mit seinem riesenhaften Kopf direkt vor ihr stand. Sie schrie vor Schmerz auf und duckte sich. Sie würde es nicht schaffen, an diesem Pferd vorbeizukommen und die Tür zu entriegeln, bevor es sie totgetrampelt hätte. Sie würde sterben. Genau wie Nonna. Einfach sterben, weil sie alleine war. Allein. Und niemand ihr helfen konnte.

42

Als sie endlich vor der Villa standen, war es auf Nicos Armbanduhr genau 16.35 Uhr. »Wir sind über eine halbe Stunde zu spät, Lolò!« Nur Mädchen wie Orsola würden jetzt noch unter der Uhr vor der *comune* auf ihn warten. Mädchen wie Stella dagegen waren bereits um fünf Sekunden nach vier tief in den Zimmerfluchten der Villa verschwunden und ließen sich ab da nie mehr zu einem Rendezvous herab.

Sie blieben vor dem Portal stehen, ein Stück weiter bemerkte Nico den Wagen des Marchese an der Straße. Fulco, du Mistkerl, schoss es ihm bei dessen Anblick durch den Kopf.

»Wir geh'n trotzdem rein, ich such sie und zeig ihr, was wir alles für die Bootstour dabeiham'. Komm, da kannst du doch wirklich nichts für!«

»Vielleicht sollten wir uns vorher waschen, du siehst schrecklich aus!«

»Du auch!« Lolò strich sich ungeduldig die neu geschnittenen Ponyfransen aus der Stirn. »Nee, dann glaubt sie uns doch gar nix mehr!«

»Riechst du das? Irgendwer verbrennt was im Garten!«

»Nee ... Kann auch nicht sein«, sagte Lolò, »den Gärtner hat Mama neulich rausgeschmissen. Aber was ist mit dem Pferd los? Die ganze Zeit schon. Hörst du das?« Sie lauschten angestrengt und schauten dabei in Richtung des Stalls. Dann schossen ihre

Köpfe im gleichen Augenblick herum, und ihre Blicke trafen sich, bevor sie losrannten. Je näher sie dem Wirtschaftshof kamen, desto lauter wurde das Wiehern. Jetzt sahen sie, dass die Rauchfahne aus der Behausung des Kutschers kam, der in diesem Moment aus der Tür an ihnen vorbeischoss.

»Es brennt«, rief er, die Augen so weit aufgerissen, dass es aussah, als würden sie ihm jeden Moment aus den blutunterlaufenen Höhlen springen.

»Und das Pferd lässt du stehen?«, brüllte ihm Nico hinterher. »Los, Lolò, wir versuchen es!«

Im Stall war es dunkel, das Pferd wurde in seinem Verschlag gerade wahnsinnig, doch Nico sah mit einem Blick, dass es nicht angebunden war. »Zur Seite!«, rief er Lolò zu, der hinter ihm stand, und schob den Riegel zurück. Mit einem Sprung nach hinten öffnete er die halbhohe Tür, das Tier raste wiehernd an ihnen vorbei auf den Hof. Lolò hustete und wedelte mit der Hand durch die Luft, um den Rauch zu vertreiben. »Schau mal, da auf dem Bett und in der Truhe brennt es auch!«

»Das hat der absichtlich gelegt, dieser Idiot!«, rief Nico. Lolò griff sich die Mistgabel, die rechts neben ihnen im Heu steckte, und rannte hinaus. Nico schaute sich um, erst die Brandherde löschen und dann hinterher? Der Rauch biss in den Augen, er hustete mehrmals und versuchte, die Lage abzuschätzen. Wie viel Kraft hatte das Feuer in der Pferdebox? Das Stroh qualmte eher, als dass es brannte, und auch die Flammen auf dem Bett schienen kurz davor, von selbst zu erlöschen. Plötzlich bewegte sich hinten im Stroh etwas. Ein Fohlen? Ein großer Hund? Nico machte drei Schritte durch das schwelende Stroh.

»Stella!«, schrie er durch den beißenden Qualm. Mit einem Satz war er bei ihr, ging vor ihr in die Knie, griff ihr unter die Arme und versuchte, sie hochzuziehen. »Komm! Komm doch! Ich hab dich!«, keuchte er. Sie war nicht leicht, doch er hätte in diesem

Augenblick auch eine Kutsche anheben können, so übermächtig war der Wunsch, sie zu retten. Er musste sich seitlich drehen, um mit ihr durch die Tür zu kommen. Nur schnell raus, in Sicherheit! Unter dem Olivenbaum setzte er sich mit ihr auf die Bank. Der Brand war weit genug vom Haupthaus entfernt, es war also niemand in Gefahr. Stella krümmte sich in seinen Armen. Der Husten kam in Schüben und warf ihren Oberkörper hin und her. Zwischen den Anfällen sog sie die Luft in sich hinein wie eine Ertrinkende. »Ganz langsam, Stella. Langsam ausatmen und einatmen. Ist ja gut, ist alles gut, wir haben dich da rausgeholt, es kann nichts mehr passieren ...« Ihr Atem wurde zwar langsam ruhiger, und ihr Husten nahm ab, doch sie schien ihn gar nicht zu hören. Sie stank nach Rauch, und die Spitzen ihrer Haare waren versengt, ebenso wie ihre Wimpern und Augenbrauen.

War sie verletzt? Er schaute an ihr herab, ihre Füße waren nackt und rußig, der rechte war angeschwollen und schimmerte blaugrau, unter den Zehennägeln quoll dunkelrotes Blut hervor. Ihr ehemals hellblaues Kleid war an den Nähten aufgeplatzt und verrußt, mit Strohhalmen übersät und am Ausschnitt zerrissen. Er konnte ihr Unterhemd sehen und den Ansatz ihrer Brüste. Er streichelte langsam über ihren Rücken. Da löste sie sich auf einmal aus ihrer Starre. Sie schlang die Arme um seinen Hals und vergrub ihren Kopf daran. Am Beben ihres Körpers merkte er, dass sie schluchzte. Ihr ganzer Körper verkrampfte sich, und tief aus ihrer Kehle kamen Laute, dunkel und leidend, wie die eines verletzten Tieres. Sie schlang die Arme noch fester um seinen Hals und schluchzte so sehr, dass es sie schüttelte. Nico hielt sie. Streichelte sie. Sprach beruhigend auf sie ein. So eng beisammen habe ich immer mit ihr sitzen wollen, dachte er eine Sekunde lang. Aber sie hätte glücklich sein sollen. Nicht verletzt und verrußt und vor Angst und Schmerz ganz außer sich.

Lolò kam durch das Tor und sprintete über den Hof: »Stella!«

Sofort löste sie ihre Arme, sprang von Nicos Schoß und ging taumelnd auf Lolò zu. Lolò fing sie im Sturz auf, schwang gekonnt seinen Arm unter ihre Kniekehlen und setzte sich mit ihr neben Nico. Jetzt verbarg sie ihr Gesicht an Lolòs Hals. Ohne ihr süßes Gewicht fühlte Nico plötzlich eine grässliche Leere. Er stand auf und schaute auf Stellas Arme, die sie um Lolòs Brustkorb gelegt hatte. Sein Herz klopfte wild gegen seine Rippen. Er hatte sie gerettet! Und was machte sie? Sie floh zu Lolò, sobald sie merkte, an wessen Hals sie sich da ausgeweint hatte. Dabei hatten sich ihre Körper ohne ein Wort miteinander unterhalten, und er war ihr nahe gewesen. Doch das würde niemals wieder geschehen.

»Ihr Fuß scheint gebrochen zu sein, vermutlich ist das Pferd darauf getreten«, sagte Lolò. »Wir bringen dich zum Arzt, Stella! Hat das Arschloch dich ...? Hat er dir was angetan?!« Lolò erhielt keine Antwort, nur ein leises Wimmern. »Na, jedenfalls hab ich diesen Kerl mit der Mistgabel erwischt! Hab sie nach ihm geworfen. Der war schon auf der Straße nach Bellaforte«, sagte er zu Nico. »Ja! Das hat ordentlich wehgetan!« Zischend zog er die Luft durch die Zähne und grinste. »Weiß nicht, ob der seinen Arsch jemals wieder zum Sitzen brauchen kann. Irgendjemand hat dann die Polizei gerufen!«

Aus der Ferne hörte man Sirenen.

»Und offenbar auch die Feuerwehr ...«, sagte Nico.

»Wäre doch das Letzte, wenn unsere Wohnung auch noch abfackelt, nur weil dieser Idiot Feuer legt. Gut, dass Mama nicht da ist, würde die sich aufregen!« Er stand auf: »Komm, Stella, ich bringe dich hier weg!«

»Brauchst du Hilfe?«, fragte Nico voller Hoffnung.

»Nee, geht schon.« Mühelos trug Lolò die viel größere Cousine zum Dienstboteneingang der Villa. Nico betrachtete die Muskeln, die wie pralle Orangen an seinen Oberarmen hervortraten. So, das war's dann, dachte er unwillkürlich. Er merkte, dass er zitterte, seine Gliedmaßen, sein ganzer Körper, er konnte es nicht abstellen. Stella befand sich in Sicherheit, das war das Wichtigste.

Der Hof füllte sich. Der Leiterwagen der *vigili del fuoco* fuhr durch das weit geöffnete Tor, und auch Marineas Bevölkerung strömte, von den Sirenen angelockt, hinein, um das Schauspiel bloß nicht zu verpassen. Der Marchese kam über den Hof gelaufen und umarmte Nico wortlos. Er fühlte sich schmächtig in seinen Armen an, doch das Zittern ließ nach. »Stella ist in Sicherheit! Lolò hat sie reingebracht.« Er wies auf die Tür, hinter der die beiden verschwunden waren. Der Marchese eilte ihnen hinterher. Nico schaute ihm nach. Ja, geh und beschütze sie, dachte er. Und beschütze sie gut!

Zwei Polizisten kamen auf ihn zu und stellten ihm eine Menge Fragen über den Kutscher Fulco und den Tathergang. Er fühlte sich wie betäubt, als sie ihn endlich in Ruhe ließen. Der Brand war gelöscht, doch anscheinend hatte niemand Lust, schon nach Hause zu gehen. »... und hat er sie geschändet?«, fragte ihn eine Frau. Das lustvolle Glitzern in ihren Augen widerte Nico an. Er starrte sie einen Moment lang an und legte seine geballte Abscheu in seinen Blick. Dann wandte er sich ohne eine Antwort ab.

»Ich habe sie gesehen, das hat mir gereicht, glaub mir ...!«

»Grün und blau hat er sie vorher geschlagen!«

»Das arme Mädchen, das nimmt ja nun auch keiner mehr ...!«

»... was wollte sie denn in dem Stall? Habt ihr euch das mal gefragt?«

Nico hasste sie alle. Niemand hatte etwas gesehen, niemand konnte etwas gesehen haben, und doch stellten sie die absurdesten Behauptungen auf. An der Bank fand er die Papiertüte mit den Sachen, die Lolò und er für den Ausflug gekauft hatten, jemand hatte die Colaflasche geklaut. Als er seine Mutter mit starrem Blick die Menge teilen sah, ging er ihr entgegen.

»Nico!«, rief sie, und ihre Stimme klang wieder einmal völlig hysterisch. »Was ist passiert, wie siehst du aus?!«

Am liebsten wäre er ihr einfach aus dem Weg gegangen. Er konnte ihr Gezeter jetzt am allerwenigsten vertragen. Sah sie denn nicht, dass er nicht mehr konnte? Aber er riss sich zusammen. Er wusste, dass er sonst alles nur noch schlimmer machen würde. »Das ist nur Schmutz, es ist nichts«, sagte er und ging an ihr vorbei in Richtung Via Scaduto.

»Nico, bleib doch stehen, was ist denn los?«, rief sie ihm hinterher.

»Ich muss hier weg. Sonst schlage ich noch jemandem ins Gesicht«, murmelte er durch zusammengebissene Zähne. Er war nicht einmal sicher, ob sie ihn gehört hatte. Es spielte auch keine Rolle.

In dieser Nacht schlief er kaum. Immer wieder sah er Stellas zerrissenen Ausschnitt vor sich und ihre nackten Füße mit dem dunkel geronnenen Blut an den Zehen. Vielleicht hatte der Kutscher sie ja doch …? Einmal schlief er ein und träumte, dass er Stella wieder aus dem Stroh retten musste. Er suchte sie, alles war voller Rauch, doch da hörte er sie schreien. Gott sei Dank, er hatte sie gefunden! Aber in dem Moment, als er sie hochheben wollte, lag nur noch ein schweres Bündel Lumpen in seinen Armen. Er hatte sich geirrt, er war hilflos. Er würde sie nie rechtzeitig finden, bevor sie verbrannt war. Schreiend wachte er auf. Seine Beine und Arme waren völlig kraftlos, er konnte nicht einmal eine ordentliche Faust ballen. Er hatte nie jemandem wirklich helfen können. Seinem Vater damals nicht und auch seiner Mutter in ihrer tiefen Trauer und den ewigen schwarzen Röcken nicht. Er war immer zu klein, immer zu schwach gewesen. Und gestern Nachmittag hatte ihn ein blinder Maulwurf namens Don Fattino, ohne aufzustehen oder auch nur die Stimme zu erheben, niedergemacht.

In seinem nächsten Traum war sie es wirklich. Er spürte ihr Gewicht, sogar ihre langen weichen Haare auf seiner Haut, sie dufteten nach Aprikosen. Doch sie war tot! Er wachte davon auf, dass er weinte.

Am nächsten Morgen war er froh, dass seine Mutter schon früh in die *comune* zur Arbeit ging. Er hatte weder Hunger noch Lust, mit ihr zu reden. Seitdem er die *Flora* umbenannt hatte, war ihr munterer Plauderton verschwunden. In Gesprächen blieb sie einsilbig, und wenn er sie nichts fragte, sprach sie kaum von sich aus mit ihm. Vor dem Haus schaute er kurz zur Villa hinüber. Stella lag irgendwo hinter den Mauern in ihrem Bett. Er hatte sich in dieses Mädchen verliebt, seit er sie das erste Mal beim Brunnen gesehen hatte. Er liebte sie immer noch, doch seit gestern war etwas geschehen. Es fühlte sich anders an.

Er würde nie mehr am Tor der Villa klingeln. Auch nicht, um zu fragen, wie es ihr ging. Obwohl geschunden und verletzt, war sie gestern so schnell, wie es ihr möglich war, aus seinen Armen gesprungen, um sich in die von Lolò zu flüchten. In diesem Moment war ihm klar geworden, dass seine Bewunderung und Faszination für sie, seine tiefe Verehrung und das starke körperliche Begehren, das er empfand, wenn er nur an sie dachte, bei ihr nie auf Gegenseitigkeit stoßen würde. Er kehrte der Villa den Rücken. »Gut«, sagte er leise zu sich, während er die Via Scaduto hinunter zum Strand ging, »du hast es verstanden, Trottel. Spät, aber immerhin...« Die Sohlen seiner Schuhe quietschten bei jedem Schritt, den er tat. Versager, Versager, riefen sie ihm zu.

Vor dem Wagen des Gemüsehändlers traf er Maria. »Ach, Nico, wenn du nicht gewesen wärst, mein Gott, wenn du nicht gewesen wärst...!« Sie umarmte ihn. Gut, dass sie nicht weinte, er hätte seine Tränen nicht zurückhalten können, so elend war ihm zumute.

»Wie geht es ihr? Was sagt der Doktor?«

»Schlecht, sie lässt niemanden an sich heran. *Dottore* Zingaro musste ihr eine Beruhigungsspritze geben, damit er sie überhaupt untersuchen konnte. Sie hat nur noch geschrien und um sich geschlagen, als sie ihn sah.«

Also doch! Nico wagte nicht, Maria in die Augen zu schauen.

»Nein! Nein, Nico, nein! Das ist nicht passiert. Das wissen wir. Aber er hat sie stark gewürgt und auf das Ohr geschlagen, wahrscheinlich ist dabei innendrin was kaputtgegangen, sie hört auf dieser Seite noch nicht wieder richtig. Sämtliche Zehen am rechten Fuß sind gebrochen, aber das alles ist nicht wirklich schlimm!«

»Sondern?«, fragte Nico alarmiert.

»Sie spricht nicht, mit niemandem, sie hat einen Nervenzusammenbruch, sagt *Dottore* Zingaro. Sie erträgt nur Lolò an ihrem Bett. Wenn er nicht da ist, fängt sie an zu weinen. Wir anderen sind keine Hilfe, bei uns fängt sie auch an zu weinen und hört nicht wieder auf, sogar bei ihrer geliebten Tante Assunta, stell dir vor!«

Nico presste sich die Hände, so fest es ging, an die Schläfen, nickte dann. »Okay, okay, ich wollt' auch gar nicht ...«

»Sie ist so ein liebes Mädchen, und nun das noch!« Marias Hand krallte sich in seine Schulter. »Und sie haben die Sachen der Kleinen aus Ficarazzi bei dem Kutscher gefunden! Und von einem anderen Mädchen auch, sie überprüfen das gerade. Stell dir vor, vielleicht hatten wir jahrelang einen Mörder im Haus!«

Erst zwei Tage später sah er Lolò wieder. Er erkannte den Beatles-Haarschnitt sofort, als er aus dem Bus stieg und dicht an ihm vorbeieilte. Lolò hatte tiefe Ringe unter den Augen, und sein Grinsen war zum ersten Mal, seit Nicola ihn kannte, völlig verschwunden. »Lolò, he, *birbantello,* wie geht's? Wie geht es ihr?« Sie fielen sich in die Arme, klopften sich gegenseitig auf die Schulter.

»He, Kumpel! Ich habe keine Zeit, muss schnell wieder zurück zu ihr.« Nico überquerte mit ihm die Straße.

»Erzähl!«, forderte er Lolò auf.

»Ich bin am Ende! Die haben mich gerade in der Wache bei den *Carabinieri* verhört! Mich! Weil ich ihn gejagt habe, weil ich ihn verletzt habe ...« Er schüttelte den Kopf. »Ob ich eifersüchtig auf ihn bin? Ob ich meine Schwester manchmal schlage? Ich glaube, die wollten wissen, ob ich mit ihm die Mädchen umgebracht habe, he, solche Idioten, diese *Carabinieri*. 'tschuldige, aber ... dein Vater war natürlich völlig anders, Nico.«

»Und sie, was macht sie?«

Er winkte ab und ging noch schneller. »Es ist wirklich schrecklich, sie so zu sehen, Junge, du kannst das nich' glauben, wenn du es nich' siehst, wie sie da im Bett liegt. Das macht mich ziemlich fertig, fertig macht mich das ...«

»Kann sie wieder hören?«

»Es wird besser, sie dreht immer das gute Ohr in meine Richtung, aber sie antwortet sowieso nur mit Nicken und Kopfschütteln, verstehste?!« Er stöhnte auf: »Und ich liege jede Nacht vor ihrem Bett auf einer Matratze und halte Wache. Sonst würde sie gar nicht schlafen ...«

»Und der Fuß?«

»Is' ganz grün und blau, wird langsam wieder, aber sie will ja nicht laufen. Sie will gar nichts mehr, daran ist dieser verdammte Fulco schuld, der hat sie so zugerichtet. Der sitzt jetzt bequem in Palermo im Ucciardone-Knast und wartet auf seinen Prozess. Ich bin dafür, dass sie ihn hinrichten! Jawoll!«

»Die Todesstrafe gibt es schon lange nicht mehr in Italien«, sagte Nico. Sie waren inzwischen vor der Villa angekommen.

»Ich bin trotzdem dafür, dass sie ihn hinrichten. Aber vielleicht passiert ihm ja im Gefängnis was. Die sind ja überall ...«

Ja genau, dachte Nico, deswegen muss man sie noch lange nicht um einen derartigen Gefallen bitten, selbst dann nicht, wenn es sich um einen Mörder handelt. »Ich lasse deine Schwester in Ruhe, jetzt und auch in Zukunft, Lolò. Ich weiß, dass sie mich gar nicht treffen wollte, aber wenn wir pünktlich gekommen wären ...«

»Ach, Junge!«

»Ich werde sie nicht grüßen lassen, obwohl ich ihr alles Gute wünsche, glaub mir! Sag ihr nicht, dass du mich gesehen hast, sag ihr gar nichts von mir! Sie soll sich nicht belästigt fühlen.«

»Okay!« Er sprach es wie *ok-ai* aus.

»Wenn alles wieder besser läuft, gehen wir tauchen, versprochen, *birbantello!*«

»Oh ...«, wieder winkte er ab, »das kann noch dauern. Ich geh hintenrum, wahrscheinlich weint sie schon wieder.« Lolò rannte beinahe, als er auf das Tor des Wirtschaftshofes zusteuerte. Nico sah ihm hinterher.

Sicher, er würde sie für immer lieben, diese Liebe war jedoch seit dem Brand in seinem Herzen eingeschlossen und versiegelt. Es tat weh, aber er wusste nun, dass Stella für ihn wie einer dieser in Harz gegossenen Schmetterlinge war. Von außen wunderschön zu betrachten, doch es lohnte sich nicht, den gläsernen Panzer aufzubrechen, denn sie würde ihm nie entgegenfliegen, lebendig, atmend, bunt und schillernd.

Immerhin, er hatte seinem Schmetterling vorher noch das Leben retten können. Stella wäre erstickt und verbrannt, wenn er sofort hinter Lolò raus auf den Hof gelaufen wäre. Doch nun war es an der Zeit, seine Liebe zu ihr für immer wegzuschließen.

43

Maria seufzte: »Nein, sie wollte auch heute wieder nichts essen!«

Das kleine Grüppchen im Salon hielt wie jeden Morgen eine Versammlung ab. Der Marchese, ihr geliebter Ciro, war durch »die Attacke«, so bezeichnete er den Vorfall, ein anderer geworden. Maria lächelte. Sie hatte ihn schon vorher bedingungslos geliebt, doch jetzt war etwas Entschlossenes in seinen Blick getreten, das sie bewunderte. Es war seine Idee, dass sie sich zu dieser Stunde trafen und berieten, was zu tun sei. Acht Wochen geht das jetzt schon so, dachte sie. Das Kind muss doch bald wieder zur Schule, wie soll das nur werden? Stella schafft das niemals, nicht in dem Zustand, in dem sie sich immer noch befindet ... Maria schrak aus ihren Gedanken hoch, als Assunta sich außer Atem auf den Stuhl neben ihr fallen ließ, sich keuchend vorbeugte und Lolòs Hand tätschelte. »Guten Morgen, mein Junge! Na, immerhin lässt sie uns schon wieder an sich heran!«

Maria nickte, gerade hatte sie oben bei Stella die Matratze frisch bezogen und die Kissen aufgeschüttelt.

»Hat ja auch lange genug gedauert«, nuschelte Lolò mit vollem Mund. Er verdrückte während der Unterredung immer mehrere Brötchen und mindestens zwei hart gekochte Eier, oder was sonst so auf dem Tisch stand. Gut, dass die Hühner so gut legen, dachte Maria.

»Jetzt kann ich zwischendurch wenigstens mal kurz abhauen.«

»Und ich erzähle ihr dann immer was, die alten Geschichten. Nicht dass sie antworten würde ...« Assunta griff ihrerseits nach einem Brötchen. Sie ist in den letzten Jahren noch mehr in die Breite gegangen, ging es Maria durch den Kopf, weil sie ständig von dem köstlichen Essen nascht. Na, warum auch nicht, sie bereitet es schließlich auch zu.

Pupetta dagegen wurde immer dünner. Durchscheinend wie ein Stück Reispapier, saß sie auf der Chaiselongue, zu der Maria sie geführt hatte. Obwohl sie kaum mehr hörte, wurde sie zu den Versammlungen gebeten. Der Marchese wollte es so. Dort saß sie dann, schaute lächelnd in die Runde und trank ihren geliebten Lorbeertee.

»Was für alte Geschichten?«, fragte der Marchese in diesem Moment interessiert und nippte an seinem Kaffee, die Augen weit geöffnet und klar.

»Von ihrer Nonna, dem Babbo, unserer alten Wohnung ... Ich gehe mit ihr in Gedanken durch die Zimmer und beschreibe ihr schöne Momente, Erinnerungen, alles.«

Maria beobachtete Lolò, der fortwährend den Kopf schüttelte. Was er wohl vorhatte? Gewiss, er war erschöpft, man sah ihm die Anstrengungen der vergangenen Wochen an. »Aber sie sagt dazu nichts?«, fragte sie Assunta.

»Sie mag es, das sehe ich an ihrem Gesicht.«

»Ich nehme sie mit, heute gehen wir raus!«, sagte Lolò unvermittelt.

»Bist du sicher?«, fragten Assunta und Maria wie aus einem Mund.

»Ans Meer. Da wird sie nicht an den Stall erinnert. Ich kenn' da eine Stelle.«

»Vielleicht solltest du sie erst langsam an die Außenwelt gewöhnen«, gab der Marchese zu bedenken.

»In den Garten mag sie nich'. Und auch vom kleinen Balkon kann sie die Mauer und die verrußten Stallfenster drin sehen. Bleibt nur eins: raus aus'm Haus und dann ganz woandershin.«

»Und wenn wir das Auto nehmen?«, fragte der Marchese.

»Sie braucht Luft!«, meldete sich Pupetta plötzlich von ihrem Sofa. »Die Sonnenstrahlen werden ihre Haut streicheln, der Wind sie atmen lassen, der Klang der Wellen wird zur Musik für ihr kaputtes Ohr ...«

»Sag ich doch!« Ein Stück Ei fiel aus Lolòs Mund.

»Ich denke, ihr habt recht!« Der Marchese sah sie der Reihe nach an, bei Maria verharrte er einen Moment. Sie schlug die Augen nieder, dankbar über das Wunder dieser beantworteten Liebe.

»Lasst mich nur machen!« Lolò stand auf und schlenderte hinaus.

In der Küche bemerkte Maria, dass er zwei Pfirsiche und ein paar reife Aprikosen in dem großen, ausgebeulten Leinenrucksack verschwinden ließ. »Sollen wir dir noch mehr zu essen herrichten?«

»Brauchst du noch etwas für sie?«, fragte nun auch Assunta.

»Ich kann euch schnell zwei *panini* machen«, bot Maria an.

»Was ist denn in dem Rucksack?«

»Wo geht ihr hin?«

Doch Lolò schüttelte nur den Kopf.

Wenig später standen die Frauen in der Eingangshalle an der Tür und sahen, wie er Stella über den Hof führte. Ihre Schritte in der Sonne waren ein wenig zögerlich, sie schien sich aber auch nicht zu sträuben. Die kleine Pforte des Tors schloss sich hinter ihnen. Maria wechselte mit Assunta einen Blick. Zehn Sekunden später standen sie auf der Straße und folgten den beiden.

Der unbefestigte Weg führte von der Villa weg und schlängelte sich oberhalb der Küste entlang. Die *macchia* rechts und links war hoch und dicht, ein Karren würde nur mit Mühe zwischen den Sträuchern hindurchkommen.

»Sie geht ja noch langsamer als ich, pass auf, sonst bemerken sie uns!« Assunta hinkte mit schwankenden Hüften vorweg.

»Wohin will er bloß mit ihr«, zischte Maria. »Ist doch alles nur Gestrüpp, man kann das Meer nicht mal sehen! Und Capo Mongerbino liegt drei Kilometer entfernt, so weit schafft sie es nicht.«

»Lolò weiß, was er macht und was sie braucht, sie sind zusammen aufgewachsen.«

»Ach«, knurrte Maria. »Das höre ich ja zum ersten Mal ...«

»Wann die hier wohl eine richtige Straße draus machen«, fragte Assunta.

»Hoffen wir, niemals, sonst fahren die Autos direkt bei uns vorbei.«

Nach einer lang gestreckten Kurve blieb Maria stehen: »Wo sind sie?! Wir haben sie verloren!«

»Quatsch, wie können sie hier oben verloren gehen? Sie müssen sich irgendwo in die Büsche geschlagen haben. Aber wo? Hier passt doch keine Katze durch ...« Assunta nahm das Gestrüpp genauer in Augenschein und fand kurz darauf einen mit Zweigen getarnten Einschlupf. »Hier sind sie rein. Bück dich, die Äste reißen dir sonst dein Tuch vom Kopf!« Das mannshohe Gebüsch umschloss sie von den Seiten und auch von oben. Jemand hatte mit einer Axt oder Ähnlichem einen Tunnel hineingeschlagen. Assunta ächzte und stolperte im Halbdunkel mehrmals über eine der knotigen, verschlungenen Wurzeln, die den Boden bedeckten. Als sie ans Ende des grünen Ganges kamen, wagten sie sich nicht hervor, doch auch von ihrem Versteck aus bot sich ihnen ein ganz besonderes Bild. Lolò hatte eine Decke auf dem kleinen Felsplateau ausgebreitet, auf der er bereits mit Stella saß. Zwei Meter vor ihnen ging es steil hinab. Linker Hand, zurückgesetzt in seiner schützenden Bucht, konnte man den Strand mit den vielen Fischerbooten von

Marinea erkennen. Rechts, in einiger Entfernung das Capo Mongerbino. Schaute man jedoch geradeaus, sah man bis zum Horizont nur Wasser, das die Morgensonne in eine Fläche aus silbrig flirrenden Dreiecken verwandelte.

»Zwei Kissen aus dem grünen Salon hat er auch mitgenommen, ich glaub's ja nicht!«

»Psst«, zischte Assunta, »gucken wir, was er macht!«

Doch Lolò machte zunächst gar nichts, er saß einfach nur neben Stella und kehrte ihnen den Rücken zu. Ein paar Möwen kreischten unter dem weiten Himmel, unten schlugen die Wellen gegen die Felsen.

»Weißt du, dass mein Alberto sich das sehr zu Herzen nimmt? Er schämt sich. Für alle Männer!« Assuntas Mund lag dicht an Marias Ohr. »Er schämt sich so sehr, er kann gar nicht mehr seinen Pflichten als Ehemann nachkommen. Und er kann sonst immer!«

Maria errötete.

»Wie ist es eigentlich bei euch, also ich meine, wie ist er so, wenn ihr ganz alleine seid«, flüsterte Assunta warm in Marias Gehörgang, ohne jedoch den Blick von Lolò und Stella abzuwenden. Maria zuckte mit den Schultern. Wie viele Anspielungen hatte sie sich in den letzten zwei Jahren schon über Albertos Manneskraft anhören müssen. Die kleine Tonne und der Bootsbauer waren wirklich wie gemacht füreinander, obwohl Assunta wahrscheinlich nur wenig von dem verstand, was ihr Mann so von sich gab, wenn er sich über sein Lieblingsthema, die Politik, ausließ. Aber sie liebte ihn und ließ ihn das angeblich jede Nacht im Bett spüren. Jede Nacht! Maria klopfte sich mit den Fingerspitzen nervös auf ihre knochigen Schlüsselbeine. »Er ist ... Er benimmt sich nicht wie ein Markgraf, eher sehr – sehr königlich!«

Assunta kicherte los. »Königlich! Das ist gut, das kann ich mir vorstellen. Ich freue mich wirklich für dich. Haben wir alten Weiber doch noch jemanden gefunden, der uns glücklich macht, was?«

Maria nickte. Sie war schon sechsunddreißig, eine alte Jungfer ohne nennenswerte Aussteuer, wer hätte sie jemals genommen?

»Und? Ich hoffe, er passt auf!? Du weißt, die lange Nunzia aus Bellaforte hat ihr letztes mit zweiundvierzig bekommen.«

»Natürlich.« Maria fühlte erneut die Hitze in ihre Wangen steigen. Ein Kind wäre nicht günstig, sagte Ciro immer. Auch ein Sohn würde nie zum Erben werden können, und das wollte er ihr nicht antun. Er war so rücksichtsvoll!

»Schau mal!«

Lolò holte etwas aus dem Rucksack und kniete sich damit hinter seine Cousine. Mit geschicktem Griff löste er das Band aus ihrem Zopf, dann nahm er etwas in die Hand und zog es langsam durch ihr Haar. Immer wieder. »Es ist ihre Haarbürste«, wisperte Assunta. Maria wollte etwas Spöttisches erwidern, doch sie konnte ihren Blick nicht abwenden. Dieser halbwüchsige Junge, der keine Schulbildung, dafür aber eine große Klappe hatte und ab und zu nach seinen Saufgelagen in den Hühnerhof kotzte, bürstete seiner Cousine das Haar; so zart, so sanft! Obwohl sie ein ganzes Stück entfernt standen, konnten sie sehen, wie Stella den Kopf in den Nacken legte und sich die Sonne ins Gesicht scheinen ließ. Nach einer Ewigkeit legte Lolò die Bürste zur Seite. Maria sah, wie eine Messerklinge aufblitzte. Er wird ihr doch nicht …?, zuckte es für einen Moment durch ihren Kopf. Aber da reichte er Stella schon einen Pfirsichschnitz, den er mit seinem Taschenmesser aus der Frucht geschnitten hatte. Assunta nickte. »Komm«, flüsterte sie, langsam rückwärtshinkend. »Ich bin mir sicher, in ein paar Tagen wird es ihr schon sehr viel besser gehen!«

44

Wie jeden Morgen ging Nico die Straße hinunter, bis er den Strand von Marinea sah, und stapfte kurz darauf durch den Sand. Da lag sie vor ihm, seine *Marestella*. Sollte er sie wieder umtaufen? Er hielt sich an der grün gestrichenen Umrandung fest, bis einige der Männer auf ihn aufmerksam wurden: »He, Jungchen, soll'n wir dir die Gehhilfe da stehen lassen oder lieber helfen, den Kahn reinzuschieben?«

Nico lachte, war aber froh, als er endlich alleine auf dem Wasser war. Gleichmäßig und kraftvoll begann er zu rudern. Die Ferienwochen vergingen zäh wie nie, er war oft alleine unterwegs, seine eigene Schuld, er zog sich von seinen Freunden und auch den Fischern zurück. Was war sein Leben denn gerade? Ein großer Misthaufen. Er konnte nicht mehr richtig schlafen, alles fiel ihm aus der Hand, selbst wenn er durch die vertrauten Gassen von Marinea ging, stolperte er manchmal über seine eigenen Füße. Seine Mutter war gekränkt, sie meckerte nur noch an ihm rum: Sitz gerade, iss ordentlich, benimm dich! Und sein Vater? Dessen Ehre hatte er schmählich mit Füßen getreten, weil Don Fattino ihn im Visier hatte. Außerdem war mehr als fraglich, ob aus seinen hochfliegenden Plänen vom Architekturstudium jemals etwas werden konnte. Zumal er nächstes Jahr bestimmt den Abschluss nicht schaffte. Er war sich nicht einmal mehr sicher, ob er überhaupt noch Architekt werden wollte. Er konnte sowieso nichts richtig. Außer tauchen.

Nur unter Wasser bewegte sein Körper sich noch so geschmeidig wie zuvor, war er klar im Kopf, und ab und zu stahl sich dort unten sogar ein Lächeln auf sein Gesicht.

Nico zwang sich, über das kommende Wochenende nachzudenken. In Scopello al Mare fand ein Tauchwettbewerb statt, sein Klub hatte ihn angemeldet, er war der Favorit. Wen sollte er nur diesmal mitnehmen? Manuele war zwar ein guter Freund, doch ein jämmerlicher Assistent. Er hatte Mühe mit dem Rudern, war langsam, wenn er mehr als einen Fisch annehmen und von dem Draht lösen sollte, auf die er sie unter Wasser gefädelt hatte, und manchmal, bei leichtem Seegang, wurde ihm sogar schlecht. Dennoch wirkte er verstimmt, seitdem Lolò Nico begleiten durfte. Der kleine *birbantello* war schnell, er wusste im Voraus, was ein Taucher brauchte, reichte ihm im richtigen Moment die Trinkflasche und gab ihm durch, wie wenig die anderen erst rausgeholt hatten. Den würde er aber nicht fragen können, der saß ja Tag und Nacht an ihrem Bett ... Verdammt, da war es wieder. Es fiel ihn an wie ein Blitz aus heiterem Himmel. Diese unerträgliche Sehnsucht. Inzwischen überkam sie ihn nicht nur nachts, sondern schlug auch bei helllichtem Tage zu. Er konnte nichts dagegen tun. Außer zu hoffen, dass auch das irgendwann aufhören würde, und sich immer wieder zu sagen: Vergiss es. Lass den Schmetterling, wo er ist.

Als er den Anker hinabließ, begann er mit seinen Übungen. Einatmen, ausatmen, an gar nichts denken. Wenn der Körper nicht entspannt war, war es auch das Zwerchfell nicht, und die Lunge konnte nicht ausreichend Sauerstoff aufnehmen. Er atmete in kleinen Stößen ein, bewegte schnappend den Mund, als ob er die Luft essen würde. Ich bin wie Colapesce, dachte er, als er sich, die Lungen bis zum Bersten gefüllt, rückwärts ins Wasser fallen ließ. Sofort umgab ihn die Stille, die er so liebte. Vielleicht treffe ich den Fischmann ja, dachte er und musste grinsen, als ihm der Aufsatz einfiel, den er als kleiner Junge geschrieben hatte. Wo befand sich eigentlich die dritte der Säulen, auf denen Sizilien ruhte? Die so rostig war, dass Colapesce sie stützen musste. Verriet die alte Sage etwas darüber? Die Sonnenstrahlen fielen an diesem Nachmittag ungebrochen auf die Felsen und ließen die Farben stark hervortreten. Ein kleiner Schwarm violett schimmernder Fische schwamm dicht vor Nicos Augen, hielt an, schwamm weiter, als ob er ihn verleiten wolle, ihm zu folgen. Sag mir wo, Colapesce, dann löse ich dich ab und bleibe für immer hier. *Das lass mal schön sein,* drang eine Stimme in seinen Kopf, so deutlich und klar wie durch einen Telefonhörer, als ob Manuele ihn von der Apotheke aus zu Hause anrief. *Reiß dich zusammen, da oben hast du noch etwas zu erledigen.* Nicos Herz fing an, schneller zu schlagen. Schon wurde der Sauerstoff in seinen Lungen knapp, und er war gezwungen aufzutauchen. Wer war das gewesen? Er trat Wasser, um nicht unterzugehen. Hatte Colapesce ihm tatsächlich geantwortet?

Bereits einen Tag später saß er in dem kleinen Raum hinter der Apotheke mit Manuele am Tisch und unterzog sich einer peinlichen Befragung. »Das kannst du also auch nicht ...«, stöhnte Manuele wiederholt, »so hätte ich mein Abitur nie geschafft!«

Nicola lächelte nur. Gut, es gab große Lücken in seinem mathematischen Wissen, aber der Spruch von Colapesce hatte ihn veranlasst, in seinem Leben aufzuräumen. Zumindest in den Bereichen, die in seiner Macht lagen. Als er zu Hause Manueles säuberlich geführte Hefte durchblätterte, stellte er fest, dass er in der Schule wohl einfach nur immer mit seinen Gedanken woanders gewesen sein musste. So schwer waren die Ableitung von Potenzfunktionen mit rationalen Exponenten und der andere Kram doch gar nicht.

»Am nächsten Samstag ist in Bellaforte eine Kundgebung. Ihr müsst alle kommen, wir werden viele sein!« Alberto stand vor den Fischern und reckte seine Hände in die Luft. Wie Pater Anselmo, dachte Nico, wenn er am Ende der Messe den Segen spricht. Er versuchte, ungesehen an der Gruppe vorbeizukommen, doch Alberto hatte ihn schon erspäht. »Du auch, Nico, und bring deine Mutter mit!«

Er nickte, doch er würde auf gar keinen Fall hingehen. Er wollte nicht mit Alberto gesehen werden, Don Fattino hatte seine Männer überall.

Am Wochenende gewann er den ersten Platz in der Kategorie *classifica individuale,* bekam einen Pokal in die Hand gedrückt, stand in der Zeitung. Es gelang ihm auch, sich darüber zu freuen, doch immer noch spürte er eine traurige Mattigkeit in seinem Brustkorb, sobald er über Wasser war. Für wen machte er das alles? Wenn er tauchen ging, ließ er die Harpune jetzt oft oben im Boot. Im Wasser zu schweben und die Fische an sich vorbeigleiten zu sehen war ihm genug. Manchmal brachte er eine besonders schön gefärbte Seeigelhülle mit nach oben, doch dann ließ er sie wieder fallen und beobachtete ihren langsam trudelnden Weg abwärts, hinab auf den Meeresgrund.

Am Samstagmittag, kurz bevor die Geschäfte schlossen, war er mit Flora auf dem Corso Vanucci unterwegs. Er brauchte neue Hemden, die alten waren an den Schultern schon wieder viel zu eng.

Auf einem kleinen Platz, dort, wo zwischen den Häusern eine Lücke war und man über ein hässliches, brachliegendes Gelände zur Via Pirrone gelangte, hatte sich eine Menschenmasse versammelt. Oh, verdammt, dachte Nico. Alberto und seine Kundgebung. Den habe ich ja total vergessen. Er versuchte, Flora zum Umkehren zu bewegen, doch sie lief unbeirrt weiter. »Wir wollten doch noch in das Trikotagengeschäft, zu Signora Pucci.«

Nico hörte eine Stimme, verzerrt und leicht krächzend. Beim

Näherkommen schnappte er einige Satzfetzen auf. »... stehen hier ohne Angst ...«, »... unsere Wahl ...«, »... ehren wir die, die wir ehren wollen ...« Und da sah er Alberto auch schon, der mit einem Megafon in der Hand die Menge überragte. Er schien auf einem Stuhl oder einer Kiste zu stehen. »*Noo!*«, rief er in diesem Moment.

Eine Gänsehaut lief Nico über den Rücken. »*Noo! No, Zu Stefanú! No!!*« Albertos Aufschrei aus dem Zitronenhain gellte schmerzlich real in seinen Ohren, und in seinen Handflächen bildete sich augenblicklich ein feiner Schweißfilm. So, als ob seit dem Fund von Zu Stefanús leblosem Körper nur eine Minute und nicht zehn Jahre vergangen wären.

»Wir sind die Bürger dieser Stadt, und es muss uns egal sein, ob einige wenige unserem Begehren nicht zustimmen. Wir wollen diesen Platz nach unseren Helden benennen, nach denen, die wir alle kannten, die im Dienst der Gemeinschaft standen und sich aufgeopfert haben, die für das Gute gekämpft haben. Nicht nur gegen die gemeinen räuberischen Elemente, sondern besonders gegen die, die von uns gewählt sind, die uns eigentlich schützen sollen und es nicht tun, im Gegenteil ...«

»Worüber redet er da, dieser Kommunist? Ist denn schon wieder Wahl?«, fragte Flora ihren Sohn und blieb stehen.

»Ich ...« Nico wusste nicht, was er sagen sollte, er schluckte mehrfach trocken, und sein Herz begann angstvoll zu pochen. Er wollte seine Mutter weiterziehen und schaute sich Hilfe suchend um, ob er sie nicht mit irgendetwas ablenken könnte. Überall in der Menge standen *Carabinieri* in ihren dunklen Uniformen mit den roten Streifen. Damit hatte er nichts zu tun! Seiner Mutter konnte er die Zusammenhänge vielleicht noch erklären, aber ob die Leute von Don Fattino das auch wussten? Albertos Stimme hallte metallisch näselnd zwischen den Häuserwänden wider.

»... die hier ganz in der Nähe ermordet wurden. Ihnen zu Ehren wollen wir diesen Platz benennen!« Alberto drehte sich um, der Mann an seiner Seite zog an einem Stück Stoff, das an der Mauer hinter ihnen hing. Erst hakte das Tuch ein bisschen, doch dann gab es den Blick auf eine Tafel frei. Nein, es war eher nur ein Schild, PIAZZA stand dort oben in Holz eingebrannt, darunter M.C. T. MESSINA und APP. F. ALIFIERI. Sie hatten es tatsächlich getan! Der Platz hieß ab diesem Moment nach seinem Vater und dem Kollegen Alifieri. Nico beobachtete seine Mutter, ihre Augen weiteten sich vor Erstaunen, und sie griff sich mit einer Hand an den Hals.

»Der Marmor kommt später«, rief Alberto nun. Alle lachten. »Und auch eine große Gedenktafel, wo mehr draufsteht. Wir sammeln weiter! Wir kämpfen weiter für ihre Ehre!«

Wieder blickte Nico prüfend auf Floras Gesicht. In diesem Moment wandte sie sich ihm zu und umarmte ihn. »Äh, Mama ... Ich habe eigentlich nichts ... Also, erst wollte ich, aber dann ...« Er stammelte die Worte hervor, doch sie hörte ihn schon nicht mehr, denn sie kämpfte sich durch die Menge nach vorne, wo sie sogleich von Alberto erspäht wurde, der das Megafon ansetzte:

»Und noch dazu ist die Signora Messina an diesem wunderbaren Tag bei uns!« Jemand begann zu klatschen, die Umstehenden fielen ein. »Wären Sie so freundlich, ein paar Worte zu sagen, Signora Messina?«, fragte Alberto durch die Megafontüte.

»Nein«, sagte Nico leise, »das darf sie nicht!« Don Fattino und seine schmierigen Handlanger würden davon Wind bekommen. Sie würden ... nein! Sie durfte auf keinen Fall öffentlich sprechen! Er wollte ihr folgen, doch er steckte zwischen zwei älteren Damen fest, die sich an den Händen hielten und einfach nicht loslassen wollten. »*Permesso!*« Er drückte sich an ihnen vorbei, drängte sich durch, wurde aber immer wieder aufgehalten. *Dio,* zu Hause wird sie sich aufregen und mich mit Fragen löchern und dann behaupten, dass das alles zu gefährlich sei. Und das ist es ja auch!, dachte er wütend, während er sich widerstrebend an einem dicken Bauch vorbeischob. Mit offenem Mund sah er, wie Alberto verschwand und seine Mutter stattdessen über den Köpfen der Menschenmenge auftauchte. Sie schwankte leicht, lächelte aber und hielt sich dann mit zwei Händen das Megafon vors Gesicht. Das kann sie nicht, jemand muss ihr erklären, wie das geht, dachte Nico, selbst die Kommentatoren auf den Tauchwettkämpfen kommen mit dem Anschaltknopf nicht klar. Doch im selben Moment hörte er ein lautes Knacken und dann die Stimme seiner Mutter: »Ihr lieben Menschen von Bellaforte!« Sie sprach langsam, aber ihre Worte kamen deutlich durch den Trichter. »In Bellaforte, keine hundert Meter entfernt von diesem Platz, wurde mein Mann ermordet. Ich wollte deshalb für immer von hier fort. Doch ich bin zurückgekehrt. Weil es mutige Menschen gibt, die sich wehren. Die gegen Habgier, Gewalt und Ungerechtigkeit kämpfen und sich nicht einschüchtern lassen. Ich danke euch!«

Stürmischer Applaus. Verdammt, was soll ich denn tun, dachte Nico. Wenn ich der Wahrheit auf den Grund gehe, gefährde ich die, die ich liebe. Wenn ich schweige, verrate ich meinen Vater. Bin ich jetzt ein Feigling? Es fühlte sich so an. Vor ihm standen zwei *Carabinieri* in Uniform. Die Uniformjacken verbreiterten ihre Schultern, die Hosen steckten in den Stiefeln, sie sahen sehr männlich aus. Die versammelten sich einfach hier, denen war es egal, ob sich ihr Capo in den Norden abgesetzt hatte. Nico biss sich fest auf die Unterlippe, um besser nachdenken zu können. Es würde seiner Mutter nicht gefallen, aber er musste es tun. Es würde seinem Vater Ehre machen und dabei doch etwas Eigenes sein und seinen besonderen Fähigkeiten Beachtung schenken. Ja, er ballte eine Faust und schlug sich damit in die flache Hand. Sein Entschluss stand fest.

45

Weich, süß und so warm wie ihre eigene Zunge. Stella ließ ihre Augen zu und schloss auch noch den Mund, um besser schmecken zu können. Dann sog sie durch die Nasenlöcher langsam die Luft ein. Es schmeckte so wunderbar! *Süß, süß,* das Wort breitete sich in ihrem Kopf aus wie der Geschmack in ihrem Mund. Sie öffnete die Augen und schaute Lolò an. Gleich, gleich habe ich es, dachte sie. Süß. Ich kann es doch denken, ich habe es auch einmal sagen können, wie stelle ich es nur an, dass meine Zunge und meine Lippen die Bewegungen machen, damit es aus mir herauskommt? Worte. Laute. Sprache. Aber es ging einfach nicht. Es war wie eine Wand zwischen ihr und den Dingen. Sie kam nicht dagegen an. Wusste nicht, wie.

Wusste nicht einmal, wie sie entstanden war.

Stella zerdrückte das weiche Fruchtfleisch mit der Zunge an ihrem Gaumen. Die zweite Hälfte des Pfirsichs leuchtete saftig orange in Lolòs Hand. In diesem Moment schnitt er ein weiteres Stück für sie ab, entfernte die Haut und gab es ihr. Vorsicht, es war glitschig, aber sie waren an diese schwierige Übergabe gewöhnt. Schon seit Tagen kamen sie zu diesem Platz, und immer hatte er Obst für sie dabei. Sie sah auf das Meer hinaus, jeden Morgen war es anders. Die Farbe, die Wellen, der Geruch, den die Luft in sich trug. Sie hatte zehn Jahre in der Nähe des Meeres gewohnt und nicht gewusst, wie wunderschön es war! An diesem Tag schlief der Wind, das Wasser war glatt und dunkelblau, keine einzige Schaumkrone darauf. Sie richtete ihre Augen auf den Horizont, lauschte dem sanften Geräusch der Wellen und wurde sehr ruhig.

Sie fühlte ihren Körper, wollte sich bewegen, etwas aufräumen oder planen, etwas zeichnen oder anmalen. Wie damals, als sie mit Alberto den Grünen Salon gestrichen hatte. Sie wollte wieder etwas! Die zarten Knochen ihrer Zehen waren wieder zusammengewachsen, die Würgemale am Hals längst verblasst. Aber ihre Sprache war fort. Stattdesen waren die Albträume da. Wenn sie an ihn dachte, bekam sie jedes Mal Atemnot, als ob sie wieder in dem Stall säße. Sie *saß* immer noch in dem Stall! Sie starrte auf die graue Decke unter ihren Beinen. Wenn ich ihn sehen würde, wenn ich ihn schlagen könnte, wenn ich ihn anschreien und dabei auf ihn einprügeln könnte ... ihr Mund verzerrte sich. Was dann? Sie würde würgen. Ihr Innerstes nach außen speien ...

»Stella!«

Sie schaute auf. Obwohl ihr rechtes Ohr noch immer fast taub war, hatte sie ihn gut gehört. »Du machst wieder dein grässliches Gesicht.«

Sie nickte. Er nahm ihre Hand, drehte die Handfläche nach oben und legte die Hälfte einer Feige hinein. Es war Ende August, an jedem Baum konnte man sie pflücken, auch in ihrem Garten, in den sie sich nun wieder wagte. Sie aß Feigen am liebsten mitsamt der Schale, wenn sie so violett und dünn wie bei dieser hier war. *Ficu mulinciana,* hatte der Babbo die im Dialekt genannt. Auberginen-Feigen. Stella leckte über die kleinen Körner, die in dickflüssigem Sirup badeten, dann biss sie davon ab, jedes Mal wieder darüber erstaunt, dass die Natur so etwas Köstliches geschaffen hatte! Für wen? Für die Wespen? In diesem Augenblick bemerkte sie eines der kleinen Ruderboote auf dem Wasser, es war ein Fischerboot. Ein Mann stand aufrecht darin. Er ruderte im Stehen. Und das sehr langsam. Er war sicher schon alt. Das erkannte sie an seiner Haltung. Es sah schön aus, wie er da mitten im ruhigen Blau des Wassers stand. Plötzlich schossen hinter ihm zwei Delfine aus dem Wasser, sie sprangen einen perfekten Bogen und tauchten wieder ein. Das Boot geriet gefährlich ins Schwanken, der alte Mann bemühte sich um sein Gleichgewicht, fast sah es aus, als ginge er über Bord, doch dann kam er mit seinem mageren Hintern auf der Bank zu sitzen, sah sich einen Moment verwirrt um und begann, mit weit aufgerissenem Mund zu lachen. Stella zeigte auf ihn, in ihrem Hals begann etwas zu klicken, es dauerte einen Moment, bis sie merkte, dass auch sie lachte. Sie kicherte, sie holte tief Luft, sie lachte und sah, wie Lolò sich vorbeugte, um ihr ins Gesicht zu schauen. Er hatte anscheinend nichts von dem kurzen Spektakel bemerkt. Die Feige war immer noch in ihrem Mund so süß, noch süßer als der Pfirsich eben ... »Schüsch«, sagte sie plötzlich und schluckte die Feige hinunter. »Süß!«

»Der da?« Lolò brüllte los vor Lachen. »Du siehst den alten Fischer da und sagst süß?! Na, das ist doch mal 'n Anfang!«

Ein paar Tage später saßen sie im Garten am Brunnen. Es war ein windiger Tag, doch hier an der Mauer waren sie vor den Böen geschützt. Lolò war zappelig. Wie früher, wenn er auf die Straße wollte, anstatt mit ihr und den Knopfschachteln zu spielen. »Bin ja froh, dass es dir wieder besser geht, Prinzessin, aber ich muss raus, hab so viele Sachen in den letzten Wochen nich' erledigt!«

Jaja, sie wusste das. Er hatte sie wirklich kaum aus den Augen gelassen, hatte sie nachts bewacht, hatte sie im Arm gehalten und in den ersten Tagen sogar gefüttert.

»Könnten wir nicht noch mal zu unserer Stelle gehen? Ein allerletztes Mal?« Stella war glücklich, ihre Sprache wiederzuhaben. Erst nach den stummen Wochen wusste sie, wie herrlich es war, alles aussprechen zu können, was einem durch den Kopf ging, und nicht mitsamt den Worten darin eingesperrt zu sein.

»Jetzt am Nachmittag? Wir war'n doch immer morgens da.«
»Einmal noch, bitte!« Sie sah ihm in die Augen, er konnte diesem Blick schwer widerstehen, das war schon immer so gewesen.
»Na gut, aber dann komm, hab gleich 'ne Verabredung! Mit 'nem Mädchen!«
Stella seufzte leise. Ihr Cousin war in den vergangenen Wochen erneut zu dem lieben kleinen Lolò von damals geworden. Nun musste sie ihn wieder gehen lassen, und davor hatte sie Angst.

Oben auf der Klippe ging ein frischer Wind, der ihnen die kaum ausgesprochenen Worte von den Lippen riss. »Weißt du, was seltsam ist?« Stella wandte ihm das gesunde Ohr zu, um seine Antwort besser hören zu können. Doch Lolò brummte nur und starrte hinaus auf das Meer. »Ich habe geweint, weil ich es nicht ertragen konnte, dass Assunta und Maria mich so sehen mussten. Es tat mir so leid, dass ihnen das mit mir passiert war.«
Lolò wusste offenbar nicht, ob er sich auf das Thema einlassen sollte. Bisher hatten sie nie über »die Attacke« gesprochen. »Und bei mir?«, rief er gegen den Wind.
»Bei dir nicht! Du hast mich nicht so angesehen. Irgendwie anders.«
Lolò zuckte mit den Schultern und strich sich über den Kopf. Seine Haare sind viel zu lang, dachte Stella zärtlich, und diese Stirnfransen ... Wenn er wüsste, wie niedlich er damit aussieht. Wie ein Mädchen.
»Sieh mal, da unten is' Nico!«, sagte Lolò. »Fährt wohl zum Tauchen in die Bucht ...«
Stella beugte sich vor und wich gleich darauf zurück. Jetzt schaute er auch noch hoch, Gott sei Dank winkte er nicht, sondern ruderte einfach weiter. Vielleicht hatte er sie doch nicht gesehen. In ihrem Brustkorb zog sich etwas zusammen, sie dachte an den Moment, wo sie in seinen Armen gelegen hatte, und begann zu zittern.

Hatte sie Angst vor ihm? Nein, im Gegenteil. Aber sie konnte ihm nicht vertrauen, er war wie alle anderen. »Na und? Fang bloß nicht von dem an! Sonst können wir gleich gehen!«

»Hä? Was is'n jetzt los?«

»Na ja ... Ich bin wahrscheinlich immer noch nicht gut auf ihn zu sprechen.« Sie wollte einfach nicht an ihn denken.

»Warum das denn?! He, der hat dich gerettet!«

»Aber vorher war er zu spät!« Stella rutschte auf dem harten Stein ein Stück nach hinten, Lolò hatte die Decke vergessen. »Und ja, er hat mich gerettet, aber ich hab eben keine Lust, ihn zu sehen!«

»Na ja, musst du auch bald nicht mehr. Er lässt die Schule sausen, hat sich bei den *Carabinieri* verpflichtet und geht im September in den Norden. Da gibt es so 'n Tauchstützpunkt, da kann er tauchen, den ganzen Tag.«

»Ach ...?« Ein kleiner Stoß fuhr durch Stellas Magen, doch sie sagte nichts, sondern suchte nach einem Steinchen, nach irgendetwas, was sie über die Felskante werfen konnte. Sie fand nichts. »Er war zu spät.« Nico ging also weg. Bitte. Sollte er doch. Was für eine dumme Idee, noch einmal hierherzukommen.

»Der hat gegen die Mafia gekämpft, Stella! Der konnte nich'!«

»Gegen die Mafia. Sicher.«

»Ja klar! Und gegen diesen Arsch von Kutscher!«

»Also dann erzähl. Aber von Anfang an!«

»Biste sicher?!«

»Ja! Alles!«

»Also, wir wollten dich abhol'n, ich steh mit Nico vor dem großen Portal, wir sind zu spät.«

»Weil ...?« Obwohl sie noch nichts über den Hergang wusste, stieg plötzlich ein seltsames Gefühl der Scham in ihr hoch.

»Weil die uns in Bellaforte aufgehalten haben, diese Idioten! 'n paar Typen drängen uns in die Bar von Carlo il Conte, und hintendrin sitzt unser lieber Bürgermeister fett und blind vor seinem Essen und fängt an, über Nicos Mutter zu reden. Droht ihm und so. Dass die mal lieber aufpassen soll. Und sagt auch was von 'ner Akte. Die lag da, Abrakadabra, unter der Zeitung. Gehörte mal Nicos Vater. Den haben die Ärsche ja umgebracht. Und der hat da alles aufgeschrieben, was die so an miesen Sachen treiben. Und der Alte hat versucht, sie zu zerreißen. Hat er aber nich' geschafft. Don Fallito, Don Versager, sollte man ihn nennen, statt Don Fattino.«

»Was war das für eine Akte?« Es gab also tatsächlich etwas, das Nico weitergegeben hatte.

»Weiß nich', irgendwelche Aufzeichnungen und Beweise, dass Don Fallito Dreck am Stecken hat, noch von Nicos Vater. Und die hat Nico bei sich versteckt. Seine Mutter denkt die ganze Zeit, die hätten sie ihnen geklaut. Stella! Die haben ihm gedroht! Ich hab genau gemerkt, dass die's ernst meinen. Seinen Vater haben die ja auch umgelegt. Und da hat Nico aufgegeben. Ganz zusammengesackt isser plötzlich. Hab ich genau gesehen. Und hat gesagt, er macht nix mehr! Er wollte nich', dass sie uns was tun!«

Sie starrte ihn nur an.

»Wir kommen also zu spät und hören das Pferd. Bist du sicher, dass ich weiter ...?«

Sie nickte. »Das Pferd wieherte so schrecklich laut!«

»Eben, da stimmte was nich', ich wohn ja sonst direkt neben dem Gaul, kenn ja die Geräusche. Ich renne also los, und da kommt auf einmal dieser Mistkerl auf'n Hof und rennt an uns vorbei! Nico fragt noch, kriegste das Pferd nich' raus? Aber der hält nich' ma' an. Wir sofort rein, und Nico lässt es aus der Box. Weg isses.«

Stella nickte, etwas würgte sie im Hals. Seine Hand war da gewesen, da und woanders. Sein ekeliger Mund hatte sie beschmutzt. Sie atmete tief durch die Nase ein und schaute geradeaus. Das Meer half immer. Der Horizont war wunderbar weit weg, sie war frei, er hatte sie nicht bezwungen, er hatte es nicht geschafft. Sie nahm das letzte Stück Pfirsich und steckte es sich ganz bewusst in den Mund. Auch ihr Mund gehörte immer noch ihr, ihr ganz allein.

»Wir schauen uns um, auf dem Bett, in der Truhe, überall brennt's, aber nicht alles, nur hier mal, da mal ... Das wäre auch dem Blödesten aufgefallen, das Feuer war gelegt worden. *Minchia,* warum wollte der das Pferd töten?, denk ich nur und renn raus. Ach nee, vorher greif ich mir noch die Mistgabel.«

»Und dann?« Stella sah alles vor sich, aber diesmal in Schwarz-Weiß, wie im Kino, ein Film, in den sie zufällig hineingeraten war.

»Und dann – seh ich gerade noch, wie er durchs Tor abhaut, ich hinterher, er läuft schnell, und ich hab die blöde Mistgabel, bin aber trotzdem schneller, er läuft die Straße nach Bellaforte hoch, ich mein, die ist schnurgerade, wie will der da abhauen? Ich komm an ihn ran, und dann habe ich plötzlich so viel Schwung, dass ich stolper, verdammt, und im Fallen schleuder ich diese Forke nach ihm, einfach so, weil ich so wütend auf mich bin, weil er mir entkommt. Und treffe ihn sogar.«

»Wohin?«

»Na wohin wohl? In seinen Arsch! Und er rennt noch 'n Meter und fällt dann lang hin. Schade, dass das Ding nicht bis nach vorne durchgegangen ist, dann hätten die kleinen Mädchen für immer vor ihm Ruhe!« Lolò schaute sie erschrocken an. »Na ja, das haben sie jetzt auch«, stotterte er. »Und du! Und alle anderen Frauen!« Er stand auf, drehte sich unruhig und ging ein paar Schritte auf der Stelle, dann hockte er sich wieder zu ihr. »Weinst du? Wieso weinst du denn jetzt? Mama und Maria sind doch gar nicht da ...«

Lolò war neben ihr, Gott sei Dank, sie klammerte sich an sein Hemd. Meine Güte, wie viel ihr da aus Mund und Nase lief ... Sie bohrte ihr nasses Gesicht in den hellblauen Stoff. Sie weinte um sich. Den winzigen Säugling, von der Mutter einfach weggegeben.

Um das Mädchen, das die Nonna ohne Vorwarnung verlassen hatte. In ihren Tränen schwammen die vielen Sonntage ihrer Kindheit. Voller Angst, ohne Babbo in der Villa zurückbleiben zu müssen. Schwammen das Misstrauen und die ewige Furcht vor Veränderungen, vor dem Schlimmsten, das immer und jederzeit über sie hereinbrechen konnte, jeden Tag. Sie weinte über die Bosheit der Marchesa, die sie in die Kutsche zwang. Über den Schmerz der machtlosen Assunta und den schluchzenden Lolò, deren Gestalten in der Gasse immer kleiner wurden; über die Hässlichkeiten am Mittagstisch, über die Sehnsucht nach eigenen Kleidern, Zärtlichkeiten. Und über den Frieden, den sie viel zu spät gefunden hatte, für den die Marchesa hatte sterben müssen. Und der doch so zerbrechlich war, weil er jederzeit von einem Schwein wie Fulco mit seinem Würgegriff, seinen sabbernden Lippen und seinen widerlichen Händen zerschmettert werden konnte.

Lolò drückte sie ganz fest an sich. »Weine nur«, flüsterte er in ihr Haar, »muss alles raus!«

»Ach, Lolò!«, schniefte sie in sein Hemd, als die Tränen endlich versiegten.

»Ach, Stellina!«

»Ich habe meine Enttäuschung über Nicos Zuspätkommen mit meiner Angst vor Fulco in einen Topf geworfen. Ich hatte Todesangst, Lolò, wie nie zuvor in meinem Leben! Ich konnte da nicht weg, das war das Schlimmste, der hätte mit mir tun können, was er wollte ...!«

»Dieser scheinheilige, falsche ...!« Stella zuliebe verkniff Lolò sich das Schimpfwort. »Aber konnte Nico ja nix für.« Er strich über ihr Haar.

»Eben! Ich habe ihn für alles, was geschehen ist, mitverantwortlich gemacht.«

»War nicht richtig!«

»Nein, war nicht richtig«, wiederholte sie leise.

Nico liebte sie, hatte sie immer geliebt, schon am Strand, als er sein Boot umtaufen wollte, schon in der Schule, ach, noch früher, schon am Brunnen, als sie gerade mal zehn Jahre alt waren! Er hatte ihr seine Liebe immer wieder ehrlich angeboten und ihr anhaltendes Misstrauen nicht verstehen können. Sie hatte diese Liebe nie haben wollen, und nun fehlte sie ihr. War seine Liebe nicht das, was sie immer gebraucht hatte? Was sie auch jetzt noch brauchte? Hatte sie ihn so von sich gestoßen, weil sie Angst hatte, dass auch er sie irgendwann wieder ohne Liebe zurücklassen würde? Sie hatte Angst gehabt. Sie hatte auch jetzt noch Angst. Aber da war auf einmal noch ein anderes Gefühl. Größer als die Angst. Es war Sehnsucht.

46

»Was wollen die denn auf einmal hier?« Flora zog den Kopf zurück, damit man sie nicht am Fenster sah.

»Wer?«

Nico kniete auf dem Boden und räumte Bücher aus seinem Regal, während Flora ihm dabei zusah.

»Na, Lolò von nebenan. Und die Adlige!«

Nico erstarrte in seiner Bewegung. Nach einer Weile räusperte er sich: »Die Adlige hat auch einen Namen, Mama, sie heißt ... Ach, du weißt genau, wie sie heißt. Willst du sie da draußen stehen lassen?«

Flora seufzte und ging, um den Türöffner des Hoftors zu drücken. Natürlich wusste sie, was die beiden wollten, wurde ja auch Zeit! Ihr Nico war schließlich der Lebensretter gewesen. Und? Hatte das irgendjemand honoriert? Nein. Bis jetzt jedenfalls nicht. An der Garderobe prüfte sie ihr Spiegelbild. Sei nicht eifersüchtig, sei nicht faltig, sei nicht dumm, denn, ja – das bist du ..., sagte sie sich und zwang ihre Mundwinkel nach oben, entspannte die Stelle zwischen ihren Augenbrauen, bis die tiefe Sorgenfalte dazwischen sich glättete und ihre Gesichtszüge weicher wurden. Schon hörte sie die Schritte oben an der Treppe stoppen. Sie straffte ihre Schultern, machte sich so groß, wie ihre Einmeterzweiundfünfzig es erlaubten, und öffnete weit die Tür. »*Buongiorno!* Was für eine Überraschung, das ist aber schön!« Sie wusste, dass Nico in seinem

Zimmer jetzt die Augen verdrehte, aber was sollte sie sonst sagen? »Das wäre doch nicht nötig gewesen!«, fügte sie schnell hinzu, als sie sah, dass das Mädchen einen Kuchen trug.

»Ich hoffe, wir stören nicht!«

Flora verneinte überschwänglich, nahm den feinen Goldrandteller mit der *torta* darauf entgegen und musterte Stella dabei möglichst unauffällig. Sie war noch größer geworden. Hörten die jungen Mädchen von heute denn gar nicht mehr auf zu wachsen, dachte sie, während ihr der Ausdruck in Stellas Gesicht auffiel. Sie wirkte zerbrechlicher als früher und hatte gelitten. Das stand ihr ins Gesicht geschrieben. Eine Welle von Mitgefühl stieg in ihr auf. Doch zugleich blieb etwas in ihr starr. Das Mädchen hatte etwas an sich, das Flora alarmierte. »Nico, schau mal, wer hier ist!«, rief sie, führte die beiden in den *salotto* und nötigte sie, unter dem Getümmel der Rosentapete Platz zu nehmen. Dann verschwand sie in die Küche. Doch der Kleine sprang auf und folgte ihr. »Nico!«, rief sie erneut. Es klang wie ein Hilferuf. Wo blieb der denn? Meine Güte, warum war sie so nervös? Es war das Mädchen. Das Mädchen war nicht gut für ihn. Wer weiß, was der Adligen zugestoßen war. Nico hatte ja nichts erzählen wollen. Diese Stella hatte etwas vor, das hatte sie sofort gespürt. Flora hätte nicht benennen können, was, doch es musste unbedingt verhindert werden!

»Machen Sie sich bitte keine Umstände, Signora Flora, meine Schwester wollte sich nur bedanken.« Lolò stand im Türrahmen und griente über sein rundes Gesicht. Ja, dieser Pilzkopf konnte sich benehmen, wenn er wollte.

»Ich bin gleich da, ich mache uns nur eben schnell einen Kaffee.«

»Ich kann doch helfen.« Was war das, eine Drohung? Wollte er sie abschirmen? Was hatten die vor? Flora hantierte mit der *caffettiera* über dem Spülbecken, sie bekam sie nicht auf, verflixt. Was machte das Mädchen in der Zwischenzeit mit ihrem Sohn? War nun bei dieser Sache mehr passiert, oder nicht? Man hörte ja die schlimmsten Sachen über den verhafteten Kutscher. Und auch von ihr. Brutal soll er sie vergewaltigt haben, behaupteten die einen, mit ihrem Einverständnis entjungfert, die anderen. Sogar von einer Schwangerschaft hatte sie munkeln hören, weil das Mädchen nach dem Vorfall so lange nicht mehr gesehen worden war ... Lolò tippte ihr auf die Schulter, nahm die *caffettiera,* drehte sie mühelos auf und gab sie ihr mit einem freundlichen Nicken zurück. Flora füllte Wasser und Kaffeepulver hinein und drehte das Kännchen wieder zu. Waren das alles nur Gerüchte? Die Leute hatten nichts zu tun und dachten sich dann so was aus. Aber Genaues wusste man ja nicht ... Sie lächelte – »*Scusa!*« – und zwängte sich an Lolò vorbei. Ha, da war diese Adlige schon in seinem Zimmer, die Tür war halb geschlossen. Aber so lief das nicht, nicht in ihrem Haus! Hatte sie das gedurft, als sie mit Tommaso verlobt war? Natürlich nicht. *Fidanzato in casa* hieß ja, dass der Mann das Mädchen zwar besuchen durfte, aber alleine im Raum waren sie dabei nie. Natürlich gab es Möglichkeiten, sich auch anderweitig zu sehen. An der Mauer, wo es in Mistretta hinunter zum Friedhof ging, hatte Tommaso ihr ihren ersten Kuss gegeben. Ihre Eltern hatten nichts davon geahnt. Ach, wie lange war das her ... aber auch heute konnte ein Mädchen schnell seinen guten Ruf verlieren. Bei der Adligen war das offenbar bereits geschehen. »Braucht ihr was? Hast du gerufen, Nicolino? Der Kaffee ist gleich fertig ...« Aber nein, das sah ein Blinder, die beiden brauchten nichts. Nur einen Abstand, der sich ziemte! »Geht doch rüber und nehmt im *salotto* Platz!«

Stella drehte sich um, sie hielt ein Buch in der Hand, ihre Augen leuchteten. Flora kannte dieses Leuchten, es verhieß nichts Gutes. Zumindest nicht in diesem Fall.

»Mama!« Nico schickte sie mit einem warnenden Blick hinaus. Na gut, er musste wissen, was er tat. Wo er doch nach dieser improvisierten Platzbenennung unbedingt *Carabiniere* werden wollte. Denn legal war das alles nicht abgelaufen, sie hatte nachgeforscht, der *comune* lag ja noch nicht mal ein ordnungsgemäß ausgefüllter Antrag auf Namensänderung vor. Signora Mancini aus der Abteilung Straßenwesen hatte gemeint, der Platz habe vorher keinen Namen gehabt, also sei das Formular für die Änderung auch das falsche gewesen. Aus diesem Grund habe sie es weggeworfen. Flora schnalzte mit der Zunge. Wer kannte die kommunale Verwaltung besser als sie ... Aber *Carabiniere!* Natürlich war Tommasos Bruder sofort angereist, ganz berauscht von Nicos Plänen, nach Livorno zu gehen und sich in der Taucherdivision ausbilden zu lassen. Hatte er seinem Onkel unbedingt schreiben müssen? Es war ein Verrat, ein Verrat an ihr, an ihrer Erziehung, an all den Opfern, die sie für ihn gebracht hatte. »Ich wusste immer, dass aus ihm noch etwas wird«, hatte ihr Schwager ausgerufen. Was hieß denn »noch«? Flora schüttelte den Kopf. Francescos triumphierendes Gehabe war unerträglich, wie auch der Gedanke, Nico in den nächsten zwei Jahren nicht hier im Haus zu haben. Und danach? Sie wurden nie an ihrem Heimatort eingesetzt, die unbestechlichen *Carabinieri*. Er würde überall in Kasernen leben, nur nicht in Bellaforte. Alles wegen dieses verdammten Tauchens. Er hätte sich auf den Hosenboden setzen, seinen Abschluss machen und sofort nach der Schule studieren können. Zum *militare,* wie all die anderen jungen Männer, hätte er ja nicht gemusst, da er Halbwaise war und seine Mutter unterstützen sollte. Etwas Schönes hätte er sich aussuchen können, Medizin, Jura, Architektur, was er wollte. Das Geld dafür hätte sie schon irgendwie aufgebracht. Nach dem *liceo* hätte sie ihm einen Fiat 500 geschenkt, für die Fahrten nach Palermo zur Universität. Den konnte er jetzt vergessen. Sie würde den Führerschein machen und ihn sich selber schenken. Jawohl. Flora entzündete die Flamme am Herd, knallte die Kaffeekanne darauf und bugsierte Lolò nach nebenan. Da saßen die beiden. Schön weit entfernt voneinander. Doch in der Luft ... In der Luft, da hing die Liebe. Zum Schneiden dick hing sie da. Mein Gott, dachte Flora, als ob mir nicht schon genug Unglück im Leben widerfahren ist!

47

Nicola spritzte sich eiskaltes Wasser ins Gesicht. Es war sieben Uhr, aber er hatte es nicht eilig, es war sowieso alles zu spät. Seine Bewerbung bei den *Carabinieri* lief, seine Schullaufbahn war beendet. Während Stella an diesem Morgen wie jeden Tag ins *liceo* ging, hatte er frei. Und freute sich kein bisschen darüber. Was war los mit ihm? Das Wetter war Ende September noch schön, er konnte den ganzen Tag tauchen gehen, er hatte nichts zu tun, außer auf den Briefträger und die Post vom Verteidigungsministerium zu warten. Und dennoch, seit ihrem Besuch schien es wieder das Wichtigste auf der Welt zu sein, sie zu sehen. Dafür stand er nicht nur früh auf, sondern zog sich auch richtig an. Unmöglich, im Pyjama herumzustehen und nach Schlaf zu riechen, wenn sie an seinem Haus vorbei zur Bushaltestelle ging. Denn manchmal schaute sie zu seinem Fenster hoch. Nicht immer. Aber auch, wenn sie den Blick nicht hob, konnte er um ihren Mund dieses verhaltene Lächeln erkennen. Schenkte sie ihm ihren Blick oder schenkte sie ihm nichts?! Sie schien zu ahnen, dass es viel aufregender für ihn war, nicht sicher zu sein, sondern jedes Mal hoffen zu müssen. Woher hatten Frauen dieses Wissen? Trugen sie es im Blut oder nahmen sie Unterricht bei ihren Müttern?

Nico ging vom Bad zurück in sein Zimmer und zog sich an. Er hörte seine Mutter über den Flur trippeln. Bald musste er weg, nach Livorno. Im Oktober vielleicht schon. Onkel Francesco war sicher, dass sie ihn auch außer der Reihe nehmen würden. Dort konnte er das Tauchen zu etwas Sinnvollem machen. Er würde damit anderen helfen können, es einsetzen, um Verbrechen aufzuklären und Menschenleben zu retten. Das war seine Berufung, das war das, was er machen wollte, hatte er mehrfach beteuert, bis ihm endlich auch seine misstrauische Mutter glaubte ... Nico nahm ein Buch aus dem Regal und stellte es, ohne darauf zu schauen, wieder hinein. Er hatte bereits viele seiner Bücher Manuele geschenkt und herumgefragt, wo er sein Boot unterstellen konnte. Eine dicke Plane würde es fürs Erste auch tun, hatte Giacomo, der Fischer, gemeint. Seit ein paar Wochen sparte er das Geld, das er von den Fischern bekam, für Livorno. Er machte immer weiter, spielte sich vor Mama als echter Mann auf, der seinen Weg gehen musste. Jetzt konnte er nicht mehr zurück. Was man anfing, musste man auch zu Ende bringen. Es war ihm peinlich, und er fühlte sich wie ein Lügner, ein Waschlappen, denn eigentlich dachte er doch jede Sekunde nur an sie.

Er schrak aus seinen Gedanken, *Dio,* es war schon Viertel vor acht. Zeit, sich ans Fenster zu stellen. Keine Sekunde zu früh, denn da kam sie. Blaues Kleid, Strickjacke, Bücher im Arm, ihr offenes Haar schwang ganz leicht, als ob es ihre Schultern streicheln wollte. Wie ihre Haut an den Armen sich anfühlte, wusste er, seitdem sie auf seinem Schoß gesessen hatte. Abends im Bett stellte er sich diese Szene wieder und wieder vor, allerdings war sie dann nicht mehr rußverschmiert und ernsthaft verletzt, sondern nur noch erschrocken und lächelte ihn nach ein paar kleinen Tränchen dankbar an. Wenn er sie doch einmal ganz alleine treffen könnte! Aber wie sollte er das mit ihr verabreden? Am liebsten würde er sie noch mal hier in seinem Zimmer haben, damit sie seine absonderlichen, verrückten Zeichnungen bewundern konnte, von denen er nach ihrem Besuch noch einige andere an die Wand über das Bett gepinnt hatte. Nur für sie. Eigentlich albern, sie würde sie nicht mehr sehen.

»Wie kommen bloß all diese Ideen in dich hinein«, hatte sie ihn gefragt. Dort vorne, vor dem Bett hatte sie gestanden und das Glas mit den Haifischzähnchen in ihrer Hand gehalten. Er fühlte sich großartig und schwach zugleich, wenn sie bei ihm war. Sie hatten ein bisschen über Architektur gesprochen und was Stella in ihrem Studium wohl alles lernen werde. Livorno wurde nicht erwähnt. Er hatte fortwährend auf ihren Mund schauen müssen. Und auf den zarten Hals, die schmalen Handgelenke. Kein kokettes Lachen am Ende ihrer Sätze, kein Spiel mit ihren Augen, sie war nur freundlich gewesen und hatte sich bedankt.

Natürlich hatte er nicht vor, es bei ihr zu versuchen. Im Leben nicht! Er wollte nur noch mehr von ihr erfahren, wollte sie zum Lachen bringen und ihr in die dunklen Augen schauen, die immer noch voller honigfarbener Splitter waren. Mehr nicht! Stella war ja keine Tamara, auf die er nur scharf gewesen war. Die sich in seiner Erinnerung ausschließlich aus erregenden Körperteilen, nicht mehr ganz so praller Haut und immerzu Sardellen als Nachtisch zusammensetzte. Ihr Mund, ihre Brüste, dieses ganze verschwitzte Gewälze, bei dem er nur flüstern durfte, interessierte ihn nicht mehr. Nico seufzte, es half nichts, er musste den kleinen Lolò noch einmal bitten.

In der Küche saß seine Mutter vor einer großen Tasse mit Kaffee und tauchte ein Stück Weißbrot hinein. Es war von gestern und steinhart, aber gerade das mochte sie. Ihr Morgenmantel war sanft rosa, ihre Miene nicht. »Na? Springst du wieder hinter dem Fenster herum?«

»Mama«, protestierte er. Sie kannte ihn verdammt gut.

»Da besuche ich dich lieber in Livorno, als dass die hier noch mal vorbeikommt!«

»Was ist an ihr denn so schlimm? Du weißt doch gar nicht recht, was du an ihr noch auszusetzen hast!«

»Schlimm?! Ha!« Sie schwieg eine Weile und stieß dabei mit

dem Weißbrotkanten in ihrem Kaffee herum. Doch natürlich konnte seine Mutter es nicht bei den zwei Wörtern belassen. »Diese Adlige ist nichts für uns. Ich weiß es.«

Was blieb ihm anderes übrig, als zu seinem Boot zu gehen? Bis zum Mittag, wenn sie um halb zwei aus der Schule kam, hatte er endlose Stunden vor sich. Erst ab da gab es wieder die kleine Chance, ihr zu begegnen. Erst ab da lohnte es sich überhaupt wieder, die Augen offen zu halten. Er grüßte die Fischer und hörte einen Moment Giacomo zu, der gerade dabei war, sie alle über die missliche Lage in Marinea aufzuklären. »Seht sie euch an!«, er zeigte auf einen Pulk Männer, die vor den Fischkellern an den Hauswänden lehnten. »Haben alle keine Arbeit. Was machen sie also? Lassen sich für die ehrenwerten Leute anheuern oder gehen ganz weg. Mein Bruder ist in Germania, mein Schwager ist in Germania, der Signor Merletto ist in Germania. Sie schicken Geld. Viel Geld ...«

Nico wurde abgelenkt, aus den Augenwinkeln sah er einen Körper in einem wohlbekannten Kleid die Straße entlangkommen. Es war das gelbe, ein Stück darunter an den Füßen die kleinen, heruntergetretenen Pantöffelchen. Wie immer, wenn sie ihm zufällig begegnete, versuchte er, nicht an die Sardellen zu denken, sondern wieder die Signora Caruso in ihr zu sehen. Er bemühte sich, sie knapp zu grüßen, aus Respekt, aus Mitleid oder was immer das war; doch vor seine Augen schoben sich die Szenen mit ihr, was hatte er nicht alles mit ihr getan ... Und sie? Sie blickte auch dieses Mal angestrengt an ihm vorbei.

»Giacuminu, ich muss los!«, sagte er, obwohl er überhaupt nicht wusste, wohin.

»Pass auf, dass du auch dort ankommst, wo du hinwillst.« Der ältere Freund lachte. »Nicht dass dich ein gelbes Kleid in einen Hauseingang zieht!«

Nico winkte ab. Die Frotzeleien seiner Freunde konnte er ertragen. Doch Frauen, Frauen waren imstande, einem alles zu verderben. Durch sie konnte das Schönste zum Schlimmsten werden und umgekehrt.

48

Das ist das allerletzte Mal, beschwor Stella sich, sonst fällst du zu sehr auf. Sie drehte sich um. Doch ihre Besorgnis war unbegründet gewesen, niemand beachtete sie, alle Gesichter waren starr nach oben gerichtet, und spiegelten das flackernde, schwarzweiße Geschehen der Leinwand. Stella hatte Orsola wortlos angesehen und sich schnell zu den einzigen zwei Frauen ans Ende einer der vorderen Reihen gesetzt, um keinen von den Männern, die den Saal füllten, neben sich zu haben. Nur seinetwegen hatte sie Orsola zu einem langweiligen Cowboyfilm überredet. Und nun war er nicht da. Auf der Leinwand knallte es. Stella wandte sich wieder um und schüttelte den Kopf über ihre eigene Dummheit. Sie musste lächeln: Trotz der lauten Schüsse war die Freundin neben ihr eingeschlafen.

Auf der Heimfahrt lehnte Stella sich an Orsolas Schulter. »Der Film war schrecklich brutal!«, sagte sie und seufzte. »Wie sie den Mann da aufgeknüpft haben ...« Der Bus fuhr um eine Kurve, sie wurde noch enger an Orsola gedrückt.

»Ich habe herrlich geschlafen! Aber er war gar nicht da, schade.«
»Wer?«
Orsola lachte nur, man konnte ihr nichts vormachen.
»Was ist nur los mit mir, Orsola«, jammerte Stella, »warum benehme ich mich so dämlich?«
»Wenn er es gewusst hätte, wäre er bestimmt gekommen! Nico

war schon immer in dich verknallt. Hat lange gedauert, bis du endlich kapiert hast, wie goldig er ist ...« Orsola seufzte.

Stella genoss die schwachen Stromstöße, die jedes Mal durch ihren Magen fuhren, wenn sie Nicos Namen hörte.

»He, damit Rhett und Rossella sich demnächst verloben können, will ich doch meinen Beitrag leisten!« Orsola hopste mit ihrem ausladenden Gesäß hin und her. »Hach!«, rief sie aus. »Der Salon voller Blumen, Berge von Kuchen, Verlobungslikörchen für die Mütter und überzogene Mandeln! Ich könnte sterben für die Verlobungs-*confetti!*«

»Hör auf!«, zischte Stella. »Von wegen verloben! Ich wundere mich schon, dass ich mich zu ihm nach Hause getraut habe, und sogar in sein Zimmer gegangen bin. Er war ziemlich ernst, ganz anders als in der Schule, wir haben nur ein bisschen geredet, und jetzt bin ich mir ganz sicher, dass er gar nichts von mir will.«

»Geh noch mal zu ihm! Gibt es da nicht noch den Kuchenteller, den du abholen kannst?«

»Doch, aber ... Nein.« Stella rutschte noch tiefer in den Sitz. Sie konnte einfach nicht noch einmal bei ihm vorbeigehen. Sie konnte auch nicht jeden Abend mit Lolò in der Bar am Hafen rumstehen. Wie sah das denn aus? Seitdem Nico sich zurückgezogen hatte, vermisste sie plötzlich seine verstohlenen kleinen Blicke, mit denen er sie früher immer bombardiert hatte, sie hungerte geradezu nach ihnen. Lolò hatte ihr hundertmal bestätigen müssen, dass Nico in den Norden gehen würde. Und es stimmte, sein Platz im Klassenzimmer war nach den Ferien leer geblieben.

Nico. Nico. Nicola. Was machst du mit mir?

In den ersten Tagen hatte sie manchmal zu seinem Fenster hochgeschaut, doch in letzter Zeit nicht mehr. Wenn er ihr kein Zeichen gab, würde sie weiterhin den staubigen Straßenrand in Grund und Boden starren müssen.

49

Er wartete vor der Schule auf sie, an einen Laternenmast gelehnt, und hörte seinem Herzen beim Schlagen zu. Wie konnte dieses faustgroße Organ sich nur so aufregen und alle anderen Körperteile in Mitleidenschaft ziehen? Es war grässlich! Es war herrlich!

Beruhige dich, Junge, sagte er sich. Kein Grund, hier durchzudrehen. Mit der guten alten Methode hatte sein Vater immerhin schon Mama für sich gewonnen. Durch einen kleinen Zettel in seiner Hand.

Triff mich heute Nachmittag um fünf auf dem Felsen, wo ich dich mit Lolò gesehen habe! Er hatte nicht »allein« geschrieben. Das musste sie selbst entscheiden. Die Schulglocke schreckte ihn auf, schrill wie eh und je. Er überlegte gerade, wie komisch es sich anfühlte, nicht bei den anderen im Klassenzimmer zu sein, sondern hier draußen zu stehen, da kam sie heraus, umringt von den üblichen Dutt- und Faltenrockträgerinnen. Das grauenhafte Herzgetöse setzte erneut ein. Sie war ein Grund, jetzt und hier durchzudrehen. Er musste sie erreichen, bevor die Jungs aus seiner Klasse ihn entdeckten und mit Schulter- und Sprücheklopfen überschütteten. Sein Schritt war leicht schwankend, mein Gott, er konnte nicht einmal eine gerade Linie gehen, doch sie sah ihn nicht, obwohl er schon so nahe bei ihr war. Verdammt, so ging das nicht. Die anderen Mädchen wichen zurück, eine tippte Stella sogar an, denn die merkte immer noch nicht, wer da vor ihr stand. Endlich schaute sie auf. Direkt in seine Augen. Ihr ernster Mund verzog sich langsam, sehr langsam zu einem Lächeln, und ihr Gesicht fing an, wie die Morgenröte über dem Meer zu strahlen.

Die Aussicht von hier oben war immer wieder berauschend, und das Plateau war außerdem ein gutes Versteck. Wenn man von der Felskante wegblieb, wurde man vom Wasser aus nicht gesehen. Von niemandem.

Lolò brachte sie her, ganz der große Bruder, als der er sich bei ihr immer aufführte. »Ich muss meiner Mutter helfen, irgendwas im Haus, die ärgert mich schon den ganzen Tag damit.« Dann war er weg. Dafür war Stella endlich da!

»Ich habe nicht viel Zeit, weil mein Vater ...«, eröffnete sie, brachte den Satz aber nicht zu Ende.

»Gut. Oder – nicht gut. Ich bin nur froh, dich zu sehen!« Mehr fiel ihm nicht ein. Mehr war auch nicht nötig. Zusammen blickten sie auf das Meer. Ein Boot tuckerte auf den Wellen vorbei und verschwand hinter den vorspringenden Felsen.

»Ich muss gleich los«, sagte sie nach einer Weile und zuckte mit den Schultern. Erst jetzt traute er sich, sie genau anzuschauen. Sie hatte Hosen an! Schmale Hosen, die ihre Knöchel frei ließen. Ihre nackten Füße steckten in flachen Schuhen mit einer kleinen Schleife vorne. Wie wunderbar ihr Haar lag, wie anmutig ihr Hals sich bog – und diese Augen! Sie war so schön! Er nahm ihre Hand, sie überließ sie ihm, drückte aber nicht zu.

»Morgen? Am Strand in Marinea, an meinem Boot?«

Sie sah ihn fragend an.

»Bring Lolò mit, dann erlauben sie es dir.«

»Wie letztes Mal?«

»Nein, niemals wieder wie letztes Mal. Etwas Neues, etwas ganz Neues, Stella!«

Er zog die Ruder durch das Wasser. Der leichte Wind kam vom Land, das Meer war spiegelglatt. Wenn Stella ihn anschaute, machte sein Herz jedes Mal einen Satz. Und sie schaute ihn oft an. Immer nur ein kurzer Blick. In diesem Moment gerade wieder ... Wenn sie wüsste, wie glücklich es ihn machte, mit ihr in diesem Boot zu sitzen. Davon hatte er geträumt, seit er das Boot seetüchtig gemacht hatte. Und eigentlich hatte er es schon damals nur getan, um eines Tages mit ihr darin sitzen zu können.

Kaum hatten sie den Strand von Marinea hinter sich gelassen, zog Lolò sich bis auf die Badehose aus und streifte sich Nicolas alte Taucherbrille und seine Gummiflossen über. In hohem Bogen sprang er über Bord und schwamm auf die felsige Küste zu. »Heute Abend gibt es bei uns *vongole!*«, rief er vom Wasser aus. »Eine Stunde, Nico! Mehr brauche ich nicht, um die widerspenstigen Dinger von den Felsen zu kratzen!« Nico sah, wie Stella ihm hinterherlächelte. Ob Cousin und Cousine sich wohl abgesprochen haben, überlegte er. Schon sah sie wieder zu ihm hinüber.

»Du hast das frechste Grinsen der Welt, weißt du das?«

»Und das schönste, oder?«

Sie lachte, und er sah ihr an, dass sie ihn am liebsten irgendwohin knuffen würde, um ihn berühren zu können.

Es musste wohl sein Glückstag sein, denn das Meer war immer noch sehr ruhig, als sie in der Bucht ankamen, und so konnte Nico genau in die Lücke zwischen die Felsen rudern, wo der Grund sandig war. Er sprang ins seichte Wasser und hielt das Boot fest, damit Stella aussteigen konnte. »Du ziehst am besten die Schuhe aus.« Sie sprang ohne zu zögern, der Saum ihres Kleides wurde nass.

Auf *uno, due, tre* und mit der Kraft einer kleinen Welle schoben sie die *Marestella* auf das Stück Sand, das nicht viel breiter war als das Boot selbst.

»Und Lolò sitzt da mitten zwischen den Steinen«, sagte Stella leise. Einen Moment lang wusste Nico nicht, ob es richtig gewesen war, mit ihr in diese einsame Bucht zu kommen. Vielleicht hatte sie jetzt doch Angst, alleine mit ihm zu sein. Aber sie musste doch wissen, dass er ihr nicht zu nahetreten würde, niemals.

Lolò hatte das geschickt gemacht, natürlich durfte seine Cousine ihren ohnehin schon geschädigten Ruf nicht weiter in Gefahr bringen, indem sie sich alleine mit dem Nachbarssohn zeigte. Dennoch war es gefährlich. Irgendjemand erhaschte doch immer ein Zipfelchen von dem, was man lieber verbergen wollte, besonders die Frauen hatten ein feines Gespür für geheime Liebesdinge und eine wahre Lust daran, an diesem Zipfelchen immer weiter zu zerren, es ans Licht hervorzuziehen, zu zerreden und dadurch oft sogar zu zerstören. »Keine Sorge. Wir holen ihn gleich wieder ab. Komm, ich will dir was zeigen.«

Nico versuchte, das Innere der Hütte mit Stellas Augen zu sehen. In dem einzigen Raum war es noch wärmer als draußen, und es roch nach Holz und Seetang. Er hatte den Boden sauber gemacht, den Taubendreck abgekratzt, das Dach notdürftig geflickt. »Das war mal ein Bootsschuppen, als hier noch Thunfische gefangen wurden.«

»Schön.« Sie lugte argwöhnisch auf das Lager. Über den alten Strohsack war die dunkelbraune Häkeldecke gebreitet, nach der seine Mutter schon gefragt hatte. Er schämte sich, weil er spürte, wie sein Körper ihn zu etwas drängte. Das ist jetzt ganz bestimmt nicht der richtige Zeitpunkt, mein Freund!, ermahnte er sich.

Stella sah ihn an. Ein bisschen zu lange ... Er kannte diesen Blick. Was wollte sie? Doch nicht etwa das, was Tamara von ihm gewollt hatte. Siehst du, frohlockte es in seiner Hose. Nein! Dieses wunderschöne, reine Mädchen ist nicht Tamara, und wir werden es keinesfalls in einen dreckigen Topf mit ihr schmeißen. Er schüttelte den Kopf, um die Gedanken darinnen loszuwerden. »Wir können auch wieder rausgehen.« Aber da lief sie schon hinaus und drehte sich wie befreit in der Sonne. Nach ein paar Sprüngen auf dem Sand quetschte sie sich am Boot vorbei, raffte ihr Kleid und ging bis zu den Knien ins Wasser. Er folgte ihr, stellte sich hinter sie, aber nicht zu nah, um sie nicht zu bedrängen. Das Wasser war völlig klar, nicht die kleinste Alge schwamm darauf. »Du hast Lolò das Schwimmen beigebracht, oder?«

»Ja.«

»Also kannst du es mir auch zeigen.«

»Niemals.« Hoffentlich drehte sie sich um und berührte ihn ...

»He!« Sie rammte ihm spielerisch den Ellbogen in die Seite. Er seufzte unwillkürlich auf. Danke. Aber küssen darf ich sie? Nein, *stupido,* jetzt bestimmt nicht! Aber wann? Bevor er sich weiter idiotische Fragen stellen konnte und vielleicht noch alles verdarb, fragte er schnell: »Wo wollen wir essen?«

Stella schaute sich um, zeigte dann auf die *Marestella.* »Da drin!«

Sie mochte sein Boot! Leider war die Sitzbank nicht breit genug, um sich unbefangen neben sie setzen zu können. Also musste er ein Stück weiter weg auf dem Ruderbalken Platz nehmen.

Er holte den Korb hervor, schaute sich hilflos um: »Wir sind auf Grund gelaufen, Signorina!«

»Tja, mir scheint, Sie haben nicht allzu viel Ahnung von der Seefahrt ...«

»Ich muss doch sehr bitten!«

»Also müssen wir jetzt verhungern.«

»Nein, Signorina, wenn Sie erlauben ...«

In dem Korb waren Feigen, ein Stück Pecorino, Brot, eine Flasche Coca-Cola, an der die Kältetropfen herunterperlten, und noch einmal in *pinoli* gewälzte Mandelküchlein, wieder aus dem Café Valentina.

Sie aßen und ließen die Flasche zwischen sich hin und her gehen.

Sie wischt den Flaschenhals nicht ab, nachdem ich getrunken habe, dachte Nico. Die Septembersonne schien ihm warm auf den Kopf. Wie sehr hast du dir in all den Jahren so einen Augenblick herbeigesehnt. Und jetzt ist er da. Er fühlte, wie diese Welle von Glück seinen ganzen Körper durchflutete. Seine Mundwinkel zogen sich zu einem Lächeln nach oben. Er konnte nichts dagegen tun. Er wollte nichts dagegen tun.

Als sie die Mandelküchlein gerecht geteilt und gegessen hatten, sprang Stella aus dem Boot und begann, auf den Felsen herumzuklettern. Nico blieb dicht neben ihr. Einmal knickte sie um. Da griff er nach ihrer Hand und ließ sie nicht mehr los, bis sie wieder im Sand standen. Stella ging sogar kurz in die Hütte zurück. Konnte es etwa sein?, fragte sich Nico ungläubig und ging hoffnungsvoll hinterher. Vergiss es, ermahnte er sich. Sie ist eine Königin, keine Tamara! Er sah ihr dabei zu, wie sie sich auf den alten Korb setzte und gleich darauf wieder nach draußen hüpfte. Er musste grinsen und spürte eine fast schmerzhafte Zärtlichkeit in sich aufsteigen.

Sie schoben das Boot ins Wasser, er ruderte los. Stella beugte sich über den grün gestrichenen Rand und ließ das Wasser an sich vorbeirauschen.

»Sie halten nicht viel von mir, oder?«, fragte Nico, als die Bucht hinter ihnen lag.

»Also Maria schon, und Assunta eigentlich ebenso ... Nur mein Vater ... Also, der auch. Weil du mir das Leben gerettet hast. Aber als ... Na ja.«

Nico fühlte Wut in sich aufsteigen. Zum Ehemann reichte der Sohn eines erschossenen *Carabiniere* und einer Angestellten der Gemeinde Bellafortes offenbar nicht. In den Augen des Marchese war Nicola Messina, immerhin sizilianischer Vizemeister 1965 im Apnoetauchen, nur ein Schulabbrecher, ein einfacher Junge. Er schaute zu Stella, doch die hielt ihr Gesicht in die Sonne und schloss die Augen. Die Wellen plätscherten an der Bootswand entlang, die Ruder knarrten in ihrer Aufhängung. »Und wie steht es mit deiner Mutter?« Immer noch waren ihre Augen geschlossen.

Nico atmete tief durch, bevor er antwortete. »Ach, die ... Mach dir um die keine Gedanken. Sie ist sauer, dass ich gehe.«

»Also stimmt es, dass sie mich nicht besonders mag.« Sie sah ihn an.

»Na ja ...«

»Du kannst es ruhig zugeben. Mein Vater wird auch nervös, wenn ich von dir spreche.«

»Ah, du sprichst von mir?«

Stella lachte und beugte sich vor. »Manchmal?« Sie besah sich ihre nackten Füße. Nico folgte ihrem Blick; es waren die schönsten Füße, die er je gesehen hatte.

Jetzt!, sagte eine Stimme in seinem Kopf, jetzt! Frag sie einfach! Und du bist erlöst. Das Weglaufen aus Marinea, das ganze alberne Leben als Taucher in der *Carabinieri*-Division, das du dir da in deiner Verzweiflung ausgedacht hast, wird nie Wirklichkeit werden. Gerade war der Moment günstig, denn sie schaute in den Himmel. Nico holte Atem, ließ die Ruder los und kniete sich auf den nassen Boden der *Marestella* vor sie. Doch nun sah er nur noch ihren schlanken Hals und ihr Kinn, denn sie starrte immer noch nach oben. »Wenn ich diese Stelle, wo wir jetzt gerade sind, auf der Karte wiederfinden will, wie mache ich das?«, fragte sie in das endlose Blau über sich.

»Mmmh ... Du kannst sie bestimmen, dazu brauchst du nur einen Sextanten, die Sonne oder einen Stern.«

»Einen Sextanten? Wie sieht der aus? Was machst du denn da unten ...?«

Jesus, wie peinlich, er vergeigte aber auch alles. Sie sah ihn eine Sekunde mit offenem Mund an und schlug dann verlegen die Augen nieder.

»Nichts. Hab's schon gefunden.« Er rappelte sich von seinem albernen Kniefall auf und biss dabei die Zähne zusammen. Verdammt, seine Mutter hatte recht, das Mädchen aus der Villa war einfach unerreichbar für ihn.

50

Stella küsste, sie küsste und küsste und ließ ihre Zunge wieder und wieder über die weiche Haut gleiten. Sanft zog sie sie zwischen ihre Lippen, leckte daran, ließ dann wieder los. *Dio!* Er fehlte ihr, sie wollte schreien, sie wollte ihn! Seinen Mund, seine Lippen, nicht die Innenseite ihres Oberarms.

Er hatte unter ihr auf dem Boden des Bootes gekniet und so getan, als ob er etwas suche. Dabei hatte er ihr die Frage stellen wollen. Sie wusste es genau. Und bei dem Gedanken wurde ihr ganz flau im Magen. Warum hatte sie sich nicht zu ihm gekniet und ihn geküsst? Ein Kuss auf den schaukelnden Wellen wäre mehr als eine Antwort gewesen. Es war ihm peinlich gewesen, er hatte sie während der restlichen Fahrt nicht noch einmal berührt, ihr nur zum Abschied ein kleines Lächeln hinterhergeschickt, als sie von Lolò gestützt aus dem Boot gesprungen war. Doch nun spürte sie seine Küsse, seine echten Küsse, überall. Sie spürte sie auf ihren Augen, ihren Lippen, ihren Brüsten unter dem Nachthemd, sie spürte sie zwischen ihren Beinen, an der Stelle, für die niemand einen Namen hatte. Sie wollte dort gestreichelt werden. Hier ein bisschen fester, da ein bisschen zarter. Aber das war verboten. Pater Anselmo hatte so oft davor gewarnt. Natürlich, etwas, was so schön war, musste ja verboten sein. Sie drehte sich um und stöhnte in ihr Kopfkissen. Ihre unkeuschen Gedanken waren bestimmt von Gott gelesen worden ... Sie würde beichten müssen. Da würde Pater

Anselmo sich freuen, der fragte in letzter Zeit immer sehr genau nach.

Stella warf ihre Beine über die Bettkante, sodass ihre Füße im Leeren baumelten. An Schlaf war nicht mehr zu denken. Sie tastete sich durch das Zimmer bis zur Tür und tappte über den dunklen Flur. Ihre nackten Füße schlichen die Stufen hinunter bis in die Küche. Der Steinfußboden war kalt, und ihr Magen fühlte sich leer an. Beim Abendessen hatte sie nichts hinunterbringen können. Maria hatte schon gefragt, ob sie krank sei. Auch jetzt war es kein Hunger, der sie quälte, sie wollte etwas essen, aber nicht irgendetwas ... Vor dem Regal mit den Einmachgläsern blieb sie stehen. Dort hinten stand die Aprikosenmarmelade, die sie im letzten Jahr mit Assunta gekocht hatte. Sie öffnete eines der Gläser, bohrte ihren Zeigefinger in die weiche Masse, umschloss ihn zärtlich mit den Lippen, leckte ihn ab und genoss die Süße, die in ihrem Mund explodierte. Sie nahm den Mittelfinger zu Hilfe, zweimal, dreimal. Sie erschauerte, die Haut zwischen den Fingerknöcheln war wunderbar klebrig und empfindlich, wenn sie sie mit ihrer Zunge berührte. Als ob sie ...

»Dein Hunger scheint aber sehr groß!«, kam eine Stimme aus der Dunkelheit. Stella rutschte das Glas aus der Hand, im letzten Moment konnte sie es noch in der Luft auffangen.

»Mein Gott, Maria, bist du verrückt, mich so zu erschrecken!« Die Marmelade ergoss sich dickflüssig über ihr Handgelenk und tropfte daran herunter.

»Was machst du hier auch mitten in der Nacht?«

»Ich ... ich weiß nicht.« Plötzlich wurde sie sich ihres nackten Körpers unter dem Nachthemd bewusst.

»Aber ich!«, sagte Maria mit einem ahnungsvollen Seufzen.

»Ach ja?«

»Du tröstest dich, mein Mädchen. Du tröstest dich.«

Stella ging schneller. Sie musste unbedingt pünktlich sein, denn sie brauchte Orsolas Rat. Bevor die Freundin mit ihren Eltern über das Wochenende zu einer Hochzeit nach Catania fuhr, wollten sie sich an der Schule treffen.

Sie bahnte sich ihren Weg durch die Gasse, ihr Schritt beschleunigte sich noch einmal. Ein grässlicher Kerl mit Bartstoppeln und nur noch wenigen Zähnen im Mund griente sie an. Ein anderer drehte sich nach ihr um, sobald sie an ihm vorbei war. Sie spürte, wie ihr Busen wippte und die Oberschenkel unter dem Kleid aneinanderrieben. Das war es also, dieses Körperliche, von dem alle redeten, um das sich alles drehte. Das war es, was die Männer wollten. Dieser Hunger, diese Gier auf das, was sie, Stella, und wohl alle Frauen zu geben hatten. Stella lachte auf und schaute einem Mann, der in diesem Moment aus einer Tür vor ihr auf die Gasse trat, in die Augen. Im Bruchteil einer Sekunde hoben sich seine Augenbrauen, und etwas flammte in seinen Pupillen auf. Du doch nicht, grinste Stella, und sah, wie er erschrocken zur Seite ging, um ihr Platz zu machen. Du nicht, ihr alle nicht! Ich weiß jetzt, was ihr wollt, und ich weiß, was für eine Wonne es sein muss, es zu geben. Aber es muss der Richtige sein. Das bekommt nur einer, ein Einziger von mir. Sie hob das Kinn und ging rasch weiter.

»Und du meinst, er hat dich da im Boot schon fragen wollen? Ohne Rosen, ohne Ring?!«

Stella nickte. »Ja«, flüsterte sie. Sie saßen vor dem geschlossenen Schultor auf der Mauer. Die Euphorie aus der Gasse war verflogen. Orsola drückte den Hinterkopf an die spitzenbewehrten Gitterstäbe, sodass sie ein Doppelkinn bekam: »*O Dio,* du weißt genau, dass das so nicht geht ...«

»Ich liebe ihn eben, Orsola. Ich verstehe gar nicht, wie ich es bisher ohne ihn ausgehalten habe.« Stella sprang auf. Sie ertrug es nicht mehr, hier zu sitzen, und nur von ihm zu erzählen.

»Ihr müsst es offiziell machen!«

»Ich kann nur noch an ihn denken, und ich will ... Ich habe so komische Sachen im Kopf.«

Orsola schnaubte durch die Nase. »Du bewegst dich auch ganz anders. Beinahe so wie Brigitte Bardot in diesem Film, den Pater Anselmo uns verboten hat. ›Lasterhaft‹ hat er das immer genannt, weißt du noch?« Sie kicherte los, wurde aber gleich wieder ernst: »Über dich wird seit der Sache mit dem Kutscher immer noch viel geredet, Stella. Wenn euch nun jemand zusammen sieht? Ich sage es noch einmal: Ihr müsst es offiziell machen!«

Stella nickte und setzte sich wieder hin. »Ich weiß. Aber seine Mutter mag mich nicht. Und mein Vater wird es auch nicht wollen.«

Orsola stand auf. »Jetzt schau nicht so, als ob du geschlachtet werden sollst! Bei meiner Schwester haben sich nach der gemeinsamen Flucht auch alle ordentlich aufgeregt, aber nach ein paar Monaten, als sie schwanger war, war alles vergessen.«

Stella presste ihre Hand an den Unterleib, sie wagte es nicht, sich die Szene auch nur vorzustellen.

»Schließlich habt ihr es noch nicht getan! Obwohl man Zweifel bekommen könnte, wenn man dich so sieht.«

»Orsola!«

»Na eben! Aber, hör mal, was machst du eigentlich immer für Geräusche mit den Lippen? Das macht mich wahnsinnig!«

»Ach, nur so.« In den letzten Tagen überprüfte Stella alle paar Minuten den Geschmack in ihrem Mund, doch da war kein Rost, kein Blut, nicht mal ein leichtes Kupferaroma, schon lange nicht mehr. Nico hatte all das vertrieben.

»Und wie ging das denn nun weiter, nachdem Lolò über Bord gesprungen ist?« Neugierig klappte Orsola ihre Augenlider auf und zu, um Stella zum Reden zu bringen. »Ich möchte alles wissen!«

Stella zögerte. Was sollte sie der Freundin antworten? Sie hatte in den letzten Tagen so oft im Bett gelegen und sich in ihre Träume hineingesteigert. Sie wusste kaum noch, was Wirklichkeit war. Außerdem gelang es ihr immer seltener, die Sünde abzuwehren. Sie schämte sich und schaffte es doch nicht, es zu lassen. »Mhmm. Er hat mich in die Bucht gerudert und mir die Hütte gezeigt.«

»Eine leere Hütte?«

»Es ... es war etwas darin. Ein ... ein Lager, ein Bett.«

Orsola schnappte nach Luft.

»Mit einer Häkeldecke, ja, aber ich bin gleich wieder rausgelaufen.«

»Oh.«

»Wir haben in seinem Boot *pinoli*-Küchlein gegessen und amerikanische Coca-Cola getrunken, und als wir auf die Felsen geklettert sind, hat er meine Hand genommen.«

Eine alte Frau wackelte auf krummen Beinen an ihnen vorbei. Orsola wartete, bis sie außer Hörweite war.

»Aber er hat dich nicht geküsst? Hat es nicht mal versucht?«

»Nein, dabei wollte ich es doch so gerne, Orsola. Schon die Berührung seiner Hand ging durch meinen ganzen Körper, es war magisch ... Ich wurde von ihm so stark angezogen, so unausweichlich, wie ...«

»... wie zwei Magnete im Physikunterricht«, seufzte Orsola. »Das ist so romantisch!«

»Nein, Orsola! Es war ganz anders! Ich hätte beinahe den Anfang gemacht, glaub's mir, ich konnte mich kaum dagegen wehren. Beinahe wäre ich mit ihm noch mal in die Hütte gegangen. Ach, was heißt gegangen, ich hätte ihn am liebsten hineingezogen.«

»Auf die Häkeldecke?!«

Stella nickte. »Bin ich jetzt ein Flittchen?«

Sie beobachtete, wie die Freundin schluckte und sie mit zusammengekniffenen Augen ansah. »Also, meine Schwester hat mir etwas verraten.« Sie beugte sich vor, Stella ebenfalls. »Sie sagte, dieses ganze Körperliche wäre manchmal nicht so schön für uns Frauen. Aber wenn du es mit einem Mann ... Also, wenn du es dir vorstellst und unbedingt machen willst ...«

»Dann?«

»Dann ist es die wahre Liebe!« Beide setzten sich wieder gerade hin und schwiegen.

»Das hat Pater Anselmo aber anders erklärt«, sagte Stella nach einer Weile. Orsola prustete los. Stella fiel mit ein. Sie lachten, bis ihnen die Tränen kamen.

»Hör jetzt auf, die Leute gucken schon«, kicherte Stella.

»Gut«, Orsola räusperte sich. »Aber ich kann dir nur raten, dich mit ihm zu verloben, bevor das mit der wahren Liebe zwischen euch passiert!«

51

»Mein Körper benimmt sich irgendwie komisch!«

»Ach, Nico, und da kommst du ausgerechnet hierher und erzählst mir das?«

»Natürlich, Giacuminu, du bist zehn Jahre älter als ich!«

»Aber du hast doch auch schon Erfahrung.« Der Fischer kratzte sich unter seiner Mütze und warf dann einen weiteren Schwung grobes Salz auf die Sardinen. Die Männer rechts und links neben ihm machten dieselbe Handbewegung. Nico versuchte, nur durch den Mund zu atmen, der beißende Fischgeruch, der die Hallen der Konservenfabrik durchzog, kratzte an seinen Stimmbändern und ließ ihn würgen.

»Warum arbeitest du hier? Was ist mit deinem Boot?«

»Siehst du? Auch wegen einer Frau. Sie sagt, ich verdiene mit dem Fischfang nicht genug. Sie sagt, ich soll mich hier hinstellen und zehn Stunden am Tag Sardinen schleppen, waschen, einsalzen, pressen.«

»Und du machst es.«

»Sonst kann ich sie nicht heiraten.«

Nico nickte. Er betrachtete die großen Blechdosen, in die sein Freund weitere Sardinen schichtete. Eine Lage Salz, eine Lage Sardinen. Unter der Aufschrift »Acciughe salate« war eine sehr freizügig gekleidete Dame abgebildet, die einladend lächelte und einen mit silbernen Fischen gefüllten Korb an ihre gigantischen Brüste drückte. Nico gefiel das, doch man erzählte sich, Pater Anselmo habe schon protestiert. Er bestehe darauf, die üppigsten Stellen zu überkleben. Dagegen hatte sich der Besitzer, Signor Balistreri, zunächst wehren können, doch beim Ausliefern auf den Lastwagen mussten die Sardinendosen mit Dame und zugehörigen Brüsten nach innen gedreht werden.

»Und du machst das, weil du sie liebst.«

»Ja, natürlich.«

»Aber wie ist das eigentlich? Die da würdest du doch auch nicht ... äh ... ablehnen?«

Giacomo schaute auf den Ausschnitt der fröhlichen Dame, seine Hände mit dem Salz hielten still. »Nico! Das ist doch etwas völlig anderes! Über wen reden wir?«

»Über ein Mädchen, das ich liebe!«

»Die Jüngste von den Camaleo.«

Nico schnalzte mit der Zunge. Völlig unmöglich, in diesem Kaff etwas geheim halten zu wollen. »Aber ... aber mein Körper reagiert manchmal so, als ob er Tamara vor sich hätte.«

»Wenn dein Herz die Oberhand behält, darf der Rest deines Körpers ruhig verrücktspielen.«

»Wie meinst du das, Giacomo?«

»Pass mal auf, Kleiner«. Er hielt in seiner Arbeit inne, stützte die kräftigen Arme auf den Tisch vor ihm und sah Nico fest in die Augen: »Wenn dein Herz voll ist von der einen, von der, die du liebst, dann kann die nette Signorina«, er wies mit dem Kopf auf die durchsichtige Bluse, »sich noch so sehr recken und strecken ...«

Nicos Atem ging schneller. Genau das war es.

»All die Signorine sind Luft für mich. Und all der stinkende Dreck in der Fabrik hier ist eine Kleinigkeit, denn ich tue es für sie. *Capisci, caro amico?*« Mit der fischigen Faust boxte er Nico auf den Oberarm und machte dann mit dem Einsalzen weiter.

Nico starrte Giacomo an und nickte. Der Gestank war unerträglich, aber er konnte einfach noch nicht gehen. »Was soll ich tun? Sie küssen? Sie fragen?«

»Genau«, brummte Giacomo. »Küsse sie. Frage sie. In dieser Reihenfolge. Und halte einen Ring parat. Den zeigst du ihr, aber den bekommt sie erst bei der offiziellen Verlobung. Bei einem Ring kann kaum eine Nein sagen.«

»Sie können auch Nein sagen?!«

»Die wenigsten tun's.«

»Danke! Nur noch eins.« Nico ging hinter den Tisch, dicht an Giacomos rechtes Ohr. »Wenn sie mich einlädt, also wenn sie will – darf ich dann ...?«

»Dann bekommst du Ärger. Das weißt du.« Wieder kratzte Giacomo sich unter seiner Mütze, und Nico überlegte, wie seine eigenen Haare wohl riechen mochten, wenn er erst wieder an der frischen Luft war.

»Aber wenn es so weit sein sollte ... Das hier«, Giacomo klopfte sich mit seiner fischig-salzigen Hand auf seine linke Brust, »weiß mehr als der da!« Er tippte gegen seine Stirn. »Verlass dich drauf.«

Nico klopfte Giacomo dankbar auf die Schulter und rannte hinaus.

»Hat dich jemand gesehen?«

»Nein, ich glaube nicht, aber ich hasse dieses Versteckspiel!«

»Ich doch auch ...«

»Es macht mir Angst. Und darüber muss ich mit dir reden.«

»Wir sind gleich da.«

Diesmal beobachtete er sie noch genauer, als sie die Hütte betrat. Sie drehte sich um, um zu schauen, ob er ihr folgte. Sie hatte anscheinend überhaupt keine Angst, denn sie umkreiste das Lager, den Blick auf die Häkeldecke gerichtet, und ließ sich schließlich darauf nieder. Das war eindeutig. »Stella!«

Sie streckte die Hand nach ihm aus. Er setzte sich neben sie. O Gott, er wollte sie umarmen und ihre Haut spüren, und sie wollte es auch, das sah man doch. Er nahm auch noch ihre rechte Hand. Hörte ihren Atem. Schneller und lauter als sonst. Schwerer. Die Luft vibrierte zwischen ihnen, sie war fast greifbar, so dick wie süße Ricottacreme. Sie streichelte mit den Fingern ganz zart seine Handrücken. Er wollte sie küssen ... In diesem Augenblick fiel ihm Pater Anselmo ein, und er sah dessen geiferndes Gesicht vor sich, wenn er über sein Lieblingsthema, *il piacere della carne,* die Fleischeslust, sprach. Er sah die feixenden Gesichter seiner Freunde, die vor dem Unterricht ihre Witze über diese Dinge machten, sah seinen Kasten unter dem Bett, mit den Tüchern darin. Er hörte die Sachen, die man Frauen wie Tamara hinterherraunte, die miesen Gerüchte, die man seinem Stern, seiner Stella und Fulco andichtete, sie wäre freiwillig ... Nein! Er ließ ihre Hände los und stand auf. Er würde Stella heiraten, er würde sie zu einer ehrbaren Frau machen.

»Was ist?«

»Es ... Es geht nicht.« Er setzte sich wieder. Stellas Lippen näherten sich seinem Mund. Er wich zurück. »Wir müssen wieder gehen, am besten sofort.« Mein Gott, wie bekam er das jetzt hin? »Ich muss dir was erklären, aber das geht nur da draußen, entschuldige bitte.«

»Auf dem Wasser?«

»Ja.«

»Aber nicht unter Wasser?«

»Nein.« Er grinste. Sie konnte richtig witzig sein.

Als sie auf dem Meer waren, sah er aus den Augenwinkeln, wie sie ihn beobachtete. Er wollte etwas sagen, doch es war zu früh, er schaute auf die Küste. Hoffentlich hatte er jetzt nicht alles verdorben. Es war für sie vielleicht nicht wichtig, für ihn schon. Es musste die richtige Stelle sein. Hier? Hier! Er ließ die Ruder sinken.

»Also, ich dachte mir, bevor wir etwas Unüberlegtes tun ...«

Stella schaute ihn mit ruhigen Augen an. Hatte sie damit gerechnet? Er kniete sich auf den Boden des Kahns und nahm ihre Hand. »Stella, willst du meine Frau werden?«

Sie blieb still. Schien nicht einmal mehr zu atmen. Er konnte ihr Gesicht im grellen Gegenlicht der Sonne kaum erkennen. Als er die Augen mit der Hand vor den Strahlen abschirmte, sah er, wie sie verräterisch blinzelte und es zwischen ihren Wimpern glitzerte. Sie wollte offenbar etwas sagen, doch sie schaffte es nicht, sondern hielt nur seine Hand und sah ihn dabei an. Er nestelte das Kästchen aus der Hosentasche. »Hier, es ist ein Verlobungsring, also, den bringe ich dann zu dir nach Hause, wenn du es willst ...«

Stumm streckte sie ihm ihre Hand entgegen und ließ sich den schmalen silbernen Ring über den linken Ringfinger streifen.

»Es steht was drin. Darum musste es unbedingt hier sein. Verzeih mir.«

Sofort zog sie den Ring wieder ab. »38° 6' 49.83' N / 13° 31' 26.57' E«, las sie. »Er ist wunderschön, Nico, du bist ja völlig wahnsinnig ...«

»Nun brauchst du keinen Sextanten mehr für unseren Platz ...«

Erstaunt merkte er, wie Stella sich von ihrer Bank gleiten ließ und sich neben ihn kniete. »Davon habe ich geträumt«, flüsterte sie. Er wusste nicht, was er zuerst tun sollte. Sie war plötzlich so nah. Er streichelte ihr erst mit einer, dann mit beiden Händen sanft über das Haar. Das Boot schwankte, sie lachte auf und hielt sich an seinen Hüften fest, umarmte ihn. Er verlor sich einen langen Moment in den goldenen Rautensplittern ihrer Augen, die bis in sein Herz zu blicken schienen. Und dann küsste er sie.

52

»Also, nächsten Sonntag ist abgemacht.«

Stella richtete den Blick nach oben, wo Nicos Gesicht fast zwischen den dicken, gummiartigen Blättern des immergrünen Baumes verschwand. »*O Dio*. Ich weiß nicht, was wird. Ich will meinem Vater nicht wehtun, aber es muss ja sein«, flüsterte Stella zu ihm hoch.

»Bist du dir sicher? Vielleicht bereust du es? Erbin sein ist auch ganz schön ...«, kam es aus dem Blätterwald.

Stella schaute hinüber zur Villa. Von dort aus konnte man zwar den Brunnen sehen, aber Nico ganz bestimmt nicht. Es musste aussehen, als ob sie mit dem Baum sprach. »Er wird mich nicht gleich enterben, das kann ich mir nicht vorstellen. Und außerdem, du Sohn eines *Maresciallo,* Halbwaise und was sonst noch alles hinter deinem Namen auftaucht, wenn du in der Zeitung stehst, weißt doch am besten, dass wir alle Erben sind. Und unser Päckchen zu tragen haben.«

»Schön siehst du aus!«

»Lenk nicht ab! Deine Mutter ist ja auch nicht begeistert, wenn sie erfährt, was wir vorhaben ...«

»Nein. Auf keinen Fall. Noch dazu ist sie gerade so froh ... Weißt du, was gestern passiert ist? Ich komme nach Hause, da hat sie doch tatsächlich bunte Kleider an! Eine weiße Bluse, ein gelber Kragen, ein grüner Rock. Ich war richtig geblendet, als sie da plötzlich wie eine Osterglocke im Zimmer stand. Zur Feier des Tages, hat sie zu mir gesagt. Weil du hierbleibst, weil du wieder zur Schule gehst.«

Stella hielt sich am Brunnenrand fest und lächelte zu ihm hinauf. Wie gerne würde sie ihn jetzt umarmen. »Sie kann einen ganz schön einschüchtern.«

»Ab nächstem Sonntag ist unser Versteckspiel vorbei! Du wirst sehen, sie werden sich alle freuen.«

»Bist du sicher?«, fragte sie schwach.

»Aber natürlich, *amore!*«

Am Sonntag regnete es. Stella stand im großen Salon und sah sich wie durch eine Glasscheibe dabei zu, wie sie tropfnasse Dahlien aus dem Garten in einer Vase anordnete, sah, wie Assunta einen Teller mit Gebäck hereinbrachte und Maria mit einem Staubtuch über die Anrichten und Stuhllehnen fuhr. Natürlich hatte sie die beiden einweihen müssen. »Ganz klein, wir machen es ganz klein«, hatte sie sie beschworen, »damit mein Vater keinen Verdacht schöpft.«

Doch nun war sie sicher, dass alles umsonst war. »Sie werden nicht kommen ... ich habe von Nico gestern gar nichts gehört. Was, wenn seine Mutter sich weigert mitzukommen?« Sie sah, wie bestürzt Maria und Assunta sie anblickten, und bemühte sich, die Panik aus ihrem Gesicht zu löschen.

»Sie wird kommen, ganz bestimmt«, sagte Maria in diesem Augenblick. »Ich habe die gute Flora Messina nämlich heute schon in der Frühmesse gesehen. Sie schien mir doch ein bisschen aufgeregt.«

Einer der Dahlienköpfe knickte unter Stellas Hand ab. Sie atmete tief ein und dann wieder aus. O Gott, das würde alles in einem Desaster enden! Wenn Nicos Mutter nicht mitkam, gab es keine Verlobung. So einfach war das.

»Nun gut, wenigstens einer weiß nicht Bescheid ...« Stella

lächelte Maria tapfer zu, doch dann hielt sie inne: »Nein«, entfuhr es ihr. »Sag mir, dass das nicht wahr ist!

»Er hat es mir auf den Kopf zugesagt.« Maria wand sich und klopfte sich mit der flachen Hand auf die knochige Stelle unter ihrem Hals, wie immer, wenn ihr etwas sehr unangenehm war.

»Ach ja? Was hat der Marchese denn gesagt? ›Ich glaube, der Nachbarsjunge will sich mit unserer Stella verloben‹, oder was genau?«, fragte Assunta. Seitdem Stella von ihren Plänen erzählt hatte, benahmen sich sowohl Maria als auch Assunta wie zwei eifersüchtige Katzen, die um ihre Gunst buhlten. Zwei Mütter mit Besitzansprüchen, die sich nicht lange um ihre Meinung bitten ließen.

»Nein, das hat er nicht gesagt, er hat nur ...« Marias Hals bekam rote Flecken.

»Bitte! Ich fange gleich an zu heulen, wenn ihr nicht aufhört!« Stella versuchte, sich Nicos Gesicht heraufzubeschwören, doch es wollte ihr nicht richtig gelingen, nur an sein Lachen konnte sie sich erinnern. Es wärmte sie auch noch nach Stunden. Sie musste es nur in ihren Gedanken hervorholen. Wusste er das eigentlich?

»Dieses Kleid steht dir wirklich wunderbar!« Maria trat auf sie zu und zupfte einen unsichtbaren Faden von Stellas Schulter. Stella nickte. Das Kleid aus dem Schrank der Marchesa hatte einen kleinen Kragen und war aus korallenrotem, schimmerndem Stoff geschneidert. Es betonte ihre Taille, umspielte aber züchtig ihre Knie. Sie hatte es vor Assuntas Nähmaschine gerettet, sie konnte doch seiner Mutter nicht im Minikleid entgegentreten. Im Etikett stand mit goldenem Faden gestickt »Christian Dior Paris«. Wer auch immer dieser Monsieur Dior war, er wusste, wie man Kleider macht.

»Und diese Hochsteckfrisuren bekommst nur du so schön hin, Assunta!«, sagte Maria und sah sich missmutig nach Assunta um, versuchte jedoch ein Lächeln. Genug Friedensangebot?

Da klingelte es. Stella zuckte zusammen und mit ihr Assunta und Maria. Mit schreckgeweiteten Augen starrten sie einander an, dann rannten sie wie auf Kommando alle gleichzeitig los. »Nur die Ruhe!«, rief Assunta. »Ich mache auf. Stella, du gehst nach oben, bis wir dich holen. Maria, komm runter in die Küche. Der Marchese will sicher Tee.«

Oh, ich danke dir, lieber Gott, Nico hat es geschafft, dachte Stella, während sie die Stufen hinauflief. Schenk ihm jetzt nur noch die richtigen Worte, und ich werde dich nie mehr um etwas bitten!

Sie setzte sich auf ihr Bett, starrte auf die Tür, an die Decke, auf die Marmorsäulen und fragte sich, warum man Mädchen immer aus dem Zimmer schickte, wenn es spannend wurde. Sie stellte sich vor, was Assunta und Maria jetzt gerade taten: höfliche Begrüßung, Plätze anbieten, dem Gast das Geschenk abnehmen, denn irgendetwas, Konfekt oder ein paar *cannoli* aus einem Café, hielt Nicos Mutter bestimmt in den Händen. Und ob Nico einen Strauß Rosen mitgebracht hatte? Sie würden beteuern, dass Geschenke doch nicht nötig gewesen wären, würden den Marchese aus seinem Arbeitszimmer herbeirufen, Tee, Kaffee und Gebäck auftragen, sich für die unzureichende Vorbereitung entschuldigen. Nachdem all diese kleinen Rituale als erledigt angesehen werden konnten, würde gespannte Stille eintreten. Assunta würde auf dem Stuhl herumrutschen, Maria wie ein unbedeutendes Zimmermädchen nur noch am Fenster stehen und sich an den Vorhängen festhalten. Und ihr Vater? Nico war jetzt bestimmt schon an der Reihe, er würde ungefähr so etwas sagen wie: »Hochverehrter Marchese di Camaleo ...«

Als sie gerufen wurde, eilte Stella die Treppe hinunter. Wie hatte Assuntas Stimme geklungen? Freudig? Hoffnungslos? Betrübt? Mit klopfendem Herzen trat sie in den Salon ein. Als Erstes fielen ihr die Rosen in einer Kristallvase ins Auge und dass sogar Maria mit am Tisch saß, dann erst bemerkte sie, dass alle Gesichter ihr entgegenblickten: Assuntas runder Kopf, Lolò, mit gewaschenen

Haaren, und da war auch Nicos Mutter. Hatte er nicht gesagt, sie trage jetzt Farbe? Nun, heute trug sie jedenfalls wieder ihr ewiges Schwarz. Das war wohl Absicht. Und wie sie schaute ... Ein angstvoller Blitz schoss durch Stellas Magen. Und dort am Tischende der Vater, wie blass er war. Doch dann sah sie Nico – und plötzlich wusste sie wieder, warum sie diese entsetzliche Prozedur auf sich nahm. Sie liebte einfach alles an ihm, nicht nur sein wunderschönes Gesicht, das in diesem Moment einen so besorgten Ausdruck hatte. Sie liebte sein Lachen und seine Ideen, seine Fürsorge und das unendliche Gefühl des Vertrauens, das sie überschwemmt hatte, als sie in seinem Boot neben ihm kniete und von ihm so unendlich zärtlich geküsst wurde: Ich bin gerettet! Von allem, was mir in diesem Leben noch an Widrigkeiten zustoßen sollte, werde ich in Nicos Armen bewahrt sein ...

Stella ging auf den Tisch zu. Ihre Beine zitterten. Wie hatte Nico diesen wichtigen Satz hervorgebracht, und was hatte ihr Vater gesagt? Er sah ein wenig verwirrt aus, sie konnte es aus seinen Zügen nicht lesen. Atmen. Atmen, ermahnte sie sich, als sie sah, wie der enttäuschte Blick der Signora Messina Nico streifte, sie dann die Augen schloss und den Kopf schüttelte. Dabei kullerte etwas über ihre Wangen. Und was da kullerte, sah nicht nach Freudentränen aus. Die Schwiegermutter spricht Honig und meint Galle. So hieß es zumindest im Sprichwort. Aber diese hier sparte sich den Umweg über den Honig.

»Mein Kind!«, sagte der Marchese und erhob sich. So hat er mich noch nie genannt, ging es Stella durch den Kopf. »Dieser junge Mann hat soeben um die Erlaubnis gefragt, dich ehelichen zu dürfen.« Er machte eine Pause, und Stella schaute schnell zu Nico, zu Assunta, zu Maria, um in ihren Gesichtern endlich zu entdecken, wie die Antwort gelautet hatte. Doch da sprach der Vater schon weiter: »Ich finde das sehr ehrenhaft und freue mich, doch haben die Signora Messina, da der hochverehrte *Maresciallo* nicht mehr unter uns weilt«, er verbeugte sich in Richtung Nicos Mutter, »und auch meine Person – also, wir haben beschlossen, dass ihr, da ihr beide noch so jung seid, noch ein wenig warten solltet, bevor ihr euch zu so einem wichtigen Schritt entschließt.«

»Mindestens drei Jahre.« Die Signora Messina beugte sich vor, und auf einmal zogen sich ihre Mundwinkel sogar ein Stück in die Höhe. »Wenigstens bis Nico volljährig ist. Besser wäre natürlich, auf seinen Abschluss und eine erste ordentliche Arbeitsstelle zu warten. Damit er eine Familie versorgen kann. Es hat ja keine Eile.«

Doch!, wollte Stella rufen. Es hat Eile! Und wenn es auch noch so lange dauert, du wirst deinen Sohn mit mir teilen müssen, Flora, dachte sie. Und ich werde dabei mehr als die Hälfte bekommen, sechzig – vierzig. Und das ist schon ein viel zu großzügiges Angebot. Sie beschloss, Nicos Mutter in Gedanken ab sofort nur noch beim Vornamen zu nennen, das nahm ihr den Schrecken. Sie sah die Rosen an. Achtzehn waren es, ihrem Alter entsprechend. Waren sie nun verlobt, oder nicht? Wo war der Ring? Nico!, wollte sie schreien. Sag etwas! Er sah sie nur an, die Augen voller Liebe für sie, darin auch etwas Trotziges, offenbar gegen seine Mutter gerichtet, doch er sagte nichts. Enttäuscht wandte sie sich um und lief hinaus.

53

Wir haben doch schon beschlossen, dass es uns egal ist ... Hauptsache, ich kann dich sehen! Hauptsache, wir sind zusammen.« Ein wenig Gischt spritzte über den Rand des Bootes. Stella zuckte mit den Achseln und wickelte sich fester in ihre Jacke. »In einer Hütte ...«

»In unserer Hütte! Macht dich das nicht glücklich?«

»Doch!«

Nico hörte, wie Stella seufzte. »Na eben«, sagte er, »und es war dann ja doch noch eine richtige Verlobung! Spätestens als wir mit diesem fürchterlichen Rosolio-Likör angestoßen haben und deine Tante Assunta ein bisschen lustig wurde und mit ihren grünen Zuckermandeln ankam. Ich habe immerhin eine abbekommen. Lolò hat mindestens fünfzig in sich reingestopft.« Nun seufzte er auch. Sie hatte recht, ein besonders freudiges Fest war es trotz grüner *confetti* nicht gewesen. Er sah, wie Stella den Ring mit den Koordinaten an ihrem Finger drehte. Hier, auf den Felsen der Bucht, die vor ihnen lag, hatte er das erste Mal ihre Hand gehalten, hier an dieser Stelle im Meer das erste Mal auf den Knien gelegen, sie das erste Mal geküsst, und heute, an diesem Tag ... Nein, er wollte darüber nicht nachdenken.

»Es hat ja keine Eile, hat sie gesagt«, rief Stella entrüstet und warf die Arme in die Luft. »Drei Jahre! Warum sollen wir warten? Sie hofft, dass du es dir noch anders überlegst. Vielleicht hat mein

Nico dann ja eine Bessere kennengelernt, eine von uns, eine, die ... Keine Ahnung, was will sie eigentlich für eine Schwiegertochter?! Ein armes Bauernmädchen? Eine Heilige? Die Jungfrau Maria?«

Er hörte, wie ihre Stimme sich hochschraubte, und ließ die Ruder fallen: »*Tesoro,* ich wusste gar nicht, dass du dich so aufregen kannst!« Er setzte sich zu ihr hinüber auf die Bank, schaute sich um und küsste sie lange. »Verzeih mir«, sagte Stella leise, als sich ihre Lippen wieder voneinander gelöst hatten. »Ich bin nur ein bisschen nervös wegen dieser ganzen Verlobungssache. Hätte ich gewusst, wie schön es ist, dich zu küssen, hätte ich schon Jahre früher damit angefangen.«

»Ich hätte mich ganz bestimmt nicht gewehrt.«

Nachdem sie das Boot mit vereinten Kräften an den Strand gezogen hatten, waren sie Hand in Hand zu ihrer Hütte gegangen. Jetzt sah ihm Stella dabei zu, wie er den Korb auf den Boden stellte. »Ist dir kalt?« Sie schüttelte den Kopf. »Es wird Herbst, schau.« Manche der Blätter, die der Wind in die Hütte getragen hatte, waren bereits gelb gefärbt. Nico holte eine kleine bestickte Tischdecke hervor, aus Floras Bestand, und breitete sie auf der Kiste aus, die neben dem Holzpodest stand. Stellte eine Schale mit kleinen grünen Birnen darauf und zögerte dann. Sollte er wirklich ...? Ja, er sollte. Er holte das Laken aus dem Korb und faltete es mit einer ausholenden Bewegung auseinander, es flatterte, stand kurz waagerecht in der Luft und senkte sich dann auf den alten Strohsack und die Häkeldecke nieder. Stella ging näher und nahm sich eine Birne. Nico strich das Laken glatt, immer wieder, zog es zurecht, glättete es noch einmal hier und da, bis er zufrieden war, und drehte sich dann zu ihr. Sie setzte sich auf das Lager, beugte sich hinunter und schnupperte an dem Leinen. »Hmmh, wunderbar, Honig in warmer Milch, und ein bisschen Lavendel vielleicht. Wie bewahrt deine Mutter die auf?«

»Keine Ahnung. Oben im Schrank eben.«

»Sie steckt bestimmt etwas dazwischen, ich muss sie unbedingt fragen, was.«

»Siehst du, irgendwann werdet ihr Lavendelsäckchen zwischen Laken stecken, zusammen Wäsche falten und euch gegen mich verbünden, wenn ich tauchen gehen will!« Er setzte sich neben sie und drehte ihr Gesicht ganz sanft zu sich. Sie lachte. »Meinst du wirklich?«

Er nickte und sah in ihren Augen seine Mutter, die ihr zwei Zipfel eines Wäschelakens reichte. Ja, so würde es sein.

»Möglich. Darüber will ich jetzt aber nicht reden.«

»Nein?« Er ließ seine Stimme empört klingen, er liebte es, wenn sie lachte. Er liebte es aber noch viel mehr, wenn sie ihn küsste. So wie jetzt. Sie klammerte sich an ihn, so heftig wie nie zuvor, und ließ sich langsam zurückfallen, sodass er mit dem Oberkörper auf ihr lag.

Er spürte ihre weichen Brüste unter sich. Was nun? Doch er hatte keine Zeit, weiter darüber nachzudenken, denn Stella tastete mit geschlossenen Augen sein Gesicht ab, ließ ihre Finger ganz zart über seine Stirn, seine Wangen und das Kinn gleiten. Sein Herz, sie berührte sein Herz, und so war es richtig. Was immer Pater Anselmo darüber auch erzählte, genau so hatte Gott das gemeint mit der Liebe und den Paaren, das wusste er auf einmal ganz sicher. Ihre Haut zu riechen und zu schmecken war das Schönste und Köstlichste auf der Welt, denn nun lag sein Gesicht endlich an der Stelle, an der es schon immer hatte liegen wollen, oberhalb ihres Ausschnitts. Er legte seine Lippen auf die zarte Haut. Ihr Körper drängte sich ihm entgegen, sie wollte ihn, sie wollte ihn überall, das spürte er. Seine Hände zupften an ihrem Kleid, um es ihr auszuziehen, und sie half ihm mit fahrigen Bewegungen dabei. Ihre Blicke trafen sich, als sie nackt nebeneinanderlagen. Sie lachten beide, bis Stella ihn auf sich zog. »Wie werde ich je wieder ohne dich sein können«, flüsterte sie, und ihre Stimme klang so sehnsüchtig, dass er kaum atmen konnte.

»Das wirst du nicht. Ab jetzt werde ich bei dir sein. Weil ich dich liebe. Für immer.«

54

Eng umschlungen lagen sie danach zusammen und lauschten auf das leise Rauschen des Meeres.

»Bisher war die Stille unter Wasser der schönste Klang in meinen Ohren«, sagte Nico nach einer Weile. »Aber deinen Atem neben mir zu hören ist noch viel schöner.«

Stella lächelte, die Wellen schlugen regelmäßig ans Ufer, und sie spürte, wie ihr die Lider schwer wurden. Im Halbschlaf sah sie sich in Nicos Boot. Die Sonne schien warm auf ihr Gesicht. Doch wieso war sie allein? Sie schaute sich um, so völlig allein auf dem weiten Meer? Sie lehnte sich weit über den Bootsrand und suchte das Wasser ab, es war klar, als ob sie durch Glas schauen würde. Plötzlich sah sie ihn tief unten am Meeresboden, ganz deutlich, sie konnte jede einzelne seiner Wimpern erkennen. Sein Gesicht schaute zu ihr empor, er winkte ihr, er lachte, ja, er warf ihr sogar eine Kusshand zu. Doch er tauchte nicht auf. Er blieb einfach dort. Ihr Atem ging schwer, sie bekam kaum Luft.

»Stella. Was ist, was hast du?«

Sie setzte sich auf. Ihre Hände flatterten vor ihrer Brust. Und war da nicht auch wieder der Rostgeschmack in ihrem Mund? Eine kleine Spur davon? Nein, verdammt, da war nichts, gar nichts!

»Was ist los? Hast du schlecht geträumt? Komm her zu mir, du zitterst ja!« Nico versuchte, das völlig verrutschte Laken um sie beide zu wickeln, ohne das angetrocknete Blut dabei an ihre Haut kommen zu lassen.

Stella holte tief Luft und drehte sich zu ihm. Er war so schön. Und seit diesem Moment eben, hier auf dem nach Honig und Lavendel duftenden Laken, war er ihr Mann. Der einzige, den sie wollte. Aber was, wenn Nico aus ihrem Leben fortgehen würde? Wenn er einfach winkend und lachend verschwinden würde? Der Traum hatte sich gerade so grauenhaft echt angefühlt. Und sie selbst sich so verloren, allein, so schrecklich verlassen. Sie verbarg die aufsteigenden Tränen hinter ihrem Handrücken. Nico stützte sich auf und schob sanft die Hand von ihrem Gesicht.

»Was ist, Stella, sieh mich an.«

»Es tut mir leid. Es ist nichts.«

»Doch, *amore*.« Er strich ihr eine Strähne aus der Stirn. »Du kannst mir alles sagen. Alles.«

Stella schluckte. Nein, eben nicht, dachte sie. Kaum wird es schön in meinem Leben, bekomme ich Angst. »Nichts. Es ist einfach nur ...« Hatte sie denn nicht schon allzu oft verloren, was sie liebte?

Sie griff nach einer Birne und biss hastig hinein.

Nico lachte. »Verstehe, du hattest nur Hunger.« Doch der Zweifel in seiner Stimme war nicht zu überhören. Stella biss ein weiteres Stück ab und reichte es ihm mit dem Mund. Sie schoben es zwischen ihren Lippen hin und her, bis er es endlich ganz nahm. Auch das nächste Stück wechselte von Mund zu Mund. Es war herrlich, ihn so zu füttern. Als die Birne auf diese Weise gegessen war, küssten sie sich weiter.

»Komisch, weißt du, an wen ich denken muss?«, sagte Nico irgendwann und streckte sich lang neben ihr aus. »An meine Eltern.«

»An deine Mutter?!« Stella schnappte nach Luft; das durfte doch wohl nicht wahr sein ... Doch dann platzte ein Kichern aus ihr heraus. Auch wenn es dir nicht gefällt, Flora, dachte sie. Ich bin es, die hier mit deinem Sohn liegt. Denn ich bin jetzt seine Frau. Im Schutz des Lakens strich sie sich über den Bauch und tastete sich weiter zwischen ihre Schenkel. Es tat immer noch ein bisschen weh, aber beinahe genoss sie den Schmerz an dieser empfindlichen Stelle, denn er kam von Nico. Ich danke dir für ihn, Flora! Und für dein Laken. Und deine schöne Häkeldecke.

»Nicht nur an meine Mutter muss ich denken, auch an meinen Vater«, fuhr Nico fort. »Sie haben sich sehr geliebt, doch sie hatten so wenig Zeit zusammen ...« Er stützte sich auf, nahm eine von Stellas dunklen Haarsträhnen und wickelte sie zärtlich um seinen Finger. »Bei uns wird es anders sein, Stella. Ganz anders. Wir werden unser ganzes Leben miteinander teilen!« Er schwieg. »Was für ein Glück. Was für ein Glück«, wiederholte er, scheinbar mehr für sich als für Stellas Ohren bestimmt.

In diesem Augenblick brandete das Meer draußen auf, eine einzelne Welle schlug donnernd an die Felsen. Stella zuckte zusammen und wandte ihm ihr Gesicht zu. »Nico, wenn du dich entscheiden müsstest zwischen mir und dem Tauchen, was würdest du wählen?«

»Ich?! Aber ich muss doch gar nicht wählen! Ich nehme dich einfach mit unter Wasser, ich bringe es dir bei. So, und jetzt komm her.« Nico zog sie an sich. »Komm ganz zu mir.« Sie legte ihren Kopf auf seine Brust und schloss die Augen. Seine Hand lag schwer und warm über ihrem Herzen und ließ die Angst darin verfliegen.

Als sie im Boot zurückruderten, sprachen sie nicht. Das Meer war mit einem Mal sehr glatt, das Wasser klar und durchsichtig wie in ihrem Traum. Stella dachte einen Moment lang an Nicos lachendes Gesicht unter der Wasseroberfläche. Sie wagte nicht, über den Rand des Bootes zu schauen, sondern schloss stattdessen die Augen. Nun hörte sie noch deutlicher, wie Nico mit kräftigen und gleichmäßigen Bewegungen die Ruder durch das Wasser zog. Er ist jung, viel jünger und unbefangener als ich, dachte sie, obwohl wir am gleichen Tag geboren sind. Sie öffnete die Augen wieder und sah über das Meer bis zu den Felsen der Küste und dann auf Nicos ruhige ebenmäßige Züge und seine dunklen Locken. Er kennt jetzt die sehr geheime Stelle im Inneren meines Körpers. Er wird mich nie im Stich lassen.

Das Gefühl des Glücks breitete sich von ihrem Herzen bis zu den Zehenspitzen aus und stieg ihr gleichzeitig als Tränen in die Augen. Freudentränen. Doch sie weinte sie nicht. Sie erhob sich in dem schwankenden Boot, nahm Nicos Gesicht in beide Hände und küsste ihn. Er ließ die Ruder fallen, zog sie auf seinen Schoß und erwiderte ihren Kuss. Dieser Kuss würde der zärtlichste, liebevollste sein, den sie je miteinander erleben sollten.

Danksagung

Auch diesem Roman liegt eine wahre Geschichte zugrunde, die mich tief berührt hat. Viele Erzählungen, Fotos und persönliche Gegenstände brachten mich einer meiner Hauptfiguren so nahe, als hätte ich sie gekannt, obwohl sich ihr Todestag im Erscheinungsjahr 2015 zum 40. Mal jährt.

Erst im zweiten Teil, der diesem Roman folgt, verrate ich, wer diese faszinierende Persönlichkeit ist. Doch was mich wirklich außerordentlich beeindruckt: Jeder, der meine Hauptfigur kannte und mir von ihr erzählte, ist auch nach so langer Zeit noch verzaubert von ihr. Ich bin traurig über ihren frühen, dramatischen Tod und gleichzeitig freue ich mich, diesem ganz besonderen Menschen mit dem Sternenboot gedenken zu können.

Mein Dank geht an alle, die mir so offen Auskunft gaben über das sizilianische Leben der Fünfziger- und Sechzigerjahre.

An Anna Russo, die meine neugierigen Fragen über ihre Nachbarin geduldig beantwortete. *Ad Anna Russo, per aver soddisfatto tutte le mie curiosità sulla sua vicina di casa.*

An Assunta Calderone, die mir sehr genau Auskunft über die Arbeit einer Hebamme und eines Frauenarztes in dieser Zeit geben konnte. Die auch heute noch weiß, was damals ein Bonbon oder eine Briefmarke kosteten. *Ad Assunta Calderone, per la sua incredibile capacità di ricordarsi quanto costava una caramella o un francobollo e per tutte le dettagliate informazioni datemi sul lavoro di un ginecologo e di una ostetrica.*

An Marilisa Messeri, die mir einen Einblick in die Welt des Adels gab. Und in die des verarmten Adels ... *A Marilisa Messeri, per l'immagine fornitami sul mondo dei nobili e per avermi raccontato delle loro assurde usanze quando caduti in povertà ...*

Danke an Rosetta Trovato, die mich an ihren schmerzlichen Erinnerungen teilhaben ließ und mir ihre persönlichsten Fotos zeigte. Und die mir, ohne mich zu kennen, einen Schlüssel zu einem besonderen Ort anvertraute. Ich habe ihnen Blumen gebracht, Signora Trovato. *Un particolare ringraziamento va a Rosetta Trovato per avermi resa partecipe del suo dolore nei ricordi e per avermi mostrato foto assolutamente personali. Grazie per la fiducia nel dare a me, un'estranea, le chiavi di un luogo speciale. Ho portato li dei fiori, Signora Trovato.*

An Ignazio di Salvo, der mir so viel erzählte und mir Seekarten und Fotos schenkte. *Grazie ad Ignazio di Salvo, per avermi raccontato tanto della sua famiglia e per avermi regalato fotografie e carte nautiche.*

Einen besonderen Dank auch an Michelangelo Balistreri. Zwischen all den zusammengetragenen Schätzen deines Sardinenmuseums in Aspra konnte ich tief in die Vergangenheit tauchen.

Un particolare ringraziamento a Michelangelo Balistreri. Grazie ai tuoi tesori raccolti nel Museo dell'Acciuga ad Aspra, ho potuto vivere il passato.

Danke auch an dich, Gianni Trovato. Den Nachmittag in deiner Villa werde ich nie vergessen. Die Liebe, die immer noch in dir lebt, ist unendlich. *Grazie anche a te, Giovanni Trovato, per il pomeriggio trascorso in villa che non potró mai dimenticare. L'amore che ancora vive in te è infinito ...*

Danke an meine Erstleserinnen Claudia Prinzen und Stefanie Roge! Eure Kommentare waren wie immer lustig, richtig, wunderbar.

Ein dickes Dankeschön auch an Christin Bernhardt, ohne deren analytische Gabe ich ~~kaum~~ nicht mehr schreiben kann!

Und dann noch du, Maria! *Naturalmente* ... Du warst die Erste, die mir von ihr und ihm erzählt hat. Nur mit dir waren manche Dinge möglich, die für immer unser Geheimnis bleiben werden ... *Grazie!*

LESEPROBE

STEFANIE GERSTENBERGER

PINIEN SOMMER

ISBN 978-3-453-29161-4

Auch als E-Book

Stella und Nicola fühlen sich seit Kindertagen zueinander hingezogen. Obwohl ihre Familien alles getan haben, um ihre Liebe zu zerstören, ist diese über die Jahre nur noch stärker geworden. Während Stella unbedingt Architektin werden möchte, ist Nicola leidenschaftlicher Apnoetaucher. Tag für Tag steigt er in die gefährlichen Tiefen des blauen Meeres hinab und genießt die Musik der Stille. Die beiden Liebenden träumen von einem selbstbestimmten Leben. Doch dann schlägt das Schicksal völlig unerwartet zu ...

1. Kapitel

Sie hatten sie verstoßen. Verstoßen. Wie im Märchen.
Leise lief sie über den verlassenen Flur der Villa. Von den Wänden wellten sich die Tapeten herab. Zwei verrostete Deckenstützen blockierten den Weg.

Die Marchesa hatte ihr drittgeborenes Mädchen in die Arme der behinderten Schwester gedrückt und diese aus der Villa geschickt. Der Vater hatte das Mädchen nicht zurückgeholt.

Doch nun, Jahre später, war sie wieder hier und spürte, wie der zermahlene Tuffstein unter ihren Füßen knirschte. Es roch nach Staub und Mäusen. Gleich würde sie ihr Ziel erreicht haben, aber vorher ging es noch an dem klaffenden Türspalt vorbei. Vorher musste sie über Steine und Zementbrocken steigen und den Blick auf die vom Schutt verwüstete Hauskapelle ertragen.

Der junge Mann schien den abgewandten Blick des Mädchens bemerkt zu haben, denn nun tat er etwas, was er noch nie zuvor getan hatte: Er machte einen Schritt über das Geröll, kickte ein paar von den Gesteinsbrocken in den Raum hinein und zog an der Türklinke. Die Tür wehrte sich, schrappte knirschend über den Boden, doch der Blick auf die Kapelle verschwand. Nur mit viel Mühe konnte man sie noch durch einen winzigen Spalt erahnen.

Stella lächelte. Nicola kannte sie so gut! Was für ein Glück, mit ihm zusammen zu sein!

Glück verhießen auch die zwei Treppen, die sie nun emporstiegen, Glück war eine hohe Flügeltür, die von Nicola in diesem Moment aufgestoßen und behutsam wieder geschlossen wurde, sobald sie hindurchgegangen war. Glück war ein Versteck, das so offensichtlich war, dass keiner sie dort suchte, und auch eine zusammengerollte Matratze in einem antiken Schrank, der einsam in der Ecke des leeren Raums stand.

Sie keuchten leise, ihre Fäuste krallten sich in den braun-weißgestreiften Stoff, bis sie die schwere Last über dem eisernen Bettgestell loslassen konnten. Stella holte das Laken, das sie am Morgen aus dem Wäscheschrank entwendet hatte; für einen kurzen Moment flatterte es über der Matratze in der Luft, bis es sich schließlich auf das Lager senkte. Endlich allein!

Langsam, als ob die Hitze ihr Blut plötzlich in süßen roten Sirup verwandelt hätte, in den man die Äpfel an den Straßenständen tauchte, hoben sie die Hände. Ihre Gesichter näherten sich einander. Stella schlang ihre Arme um Nico. Er strich über ihre Haare, ihre Wangen. Sie sog seinen Duft ein, den köstlichsten Duft der Welt. Männlich, nach warmer Erde, Salz und einem Hauch zerriebener Minze. Langsam näherten sich ihre Münder, trafen sich ihre Lippen. Sie küssten und liebten sich voller Hingabe und dann gleich noch einmal. Erschöpft lagen sie schließlich nebeneinander, und Stella spürte, wie der leichte Schweißfilm auf ihrer Haut in der Luft trocknete. Nur das allerwinzigste Stückchen Haut ihres kleinen Fingers berührte den seinen und verband sie miteinander. Für immer.

»*Amore.*«
»*Sì.*«
»Ich muss dir etwas Wichtiges sagen.«
»Was denn?« Nicos Stimme klang alarmiert.
»Da oben ist ein neuer Riss in der Decke.«
»Wo?«

»Dort oben in den Fresken. Siehst du das nicht?«

»Mein Gott, Stella ... ich hab wirklich 'nen Schreck bekommen. Wo schaust du denn hin? Hast du das etwa schon bemerkt, während wir ...?« Nico fing an zu lachen. »Mach dir keine Sorgen.« Er griff nach ihrer Hand und drehte unbewusst an dem Verlobungsring, der daran steckte.

»Der Riss ist riesig! Und neulich war er noch nicht da.«

»Ich sehe da oben nur das hellblaue Meer, die Fische und die Seeschlangen. Ich weiß schon, warum du wolltest, dass wir uns hier treffen. Es sind die schönsten Fresken, und damit ist es auch das schönste Zimmer der Villa.«

»Nö. Eigentlich nur, weil hier das alte Bettgestell steht ...« Sie kicherte und schmiegte sich an ihn.

Nico ließ ihre Hand los und stützte sich auf einen Ellbogen: »Schau nicht auf den Riss, schau lieber *mich* an!«

»Ach, Nico. Irgendwann kommt das alles runter. Stell dir nur vor, wir werden von den Brocken erschlagen. Und man findet uns dann so!« Stella legte die Stirn in Falten.

»Wie jetzt gerade?« Nico lachte und küsste sie zärtlich auf den Mund. »Dann nennt man uns Romeo und Giulia und legt uns in ein gemeinsames Grab.«

»Sollten wir nicht vielleicht einen Statiker holen?«

»Frag mich!«

»Na klar, Herr Architekt.«

»Ich sage dir, das hält noch ewig.«

»Du siehst ja, was mit der Hauskapelle unter uns passiert ist.«

»Wann war das eigentlich genau?«

»Am Tag vor meiner Taufe, sagt Maria.« Wieder legte sich die Schwermut über sie, die unauflöslich mit ihrer Geburt in der Villa verbunden war.

»Madame! Was brauchen Sie eine Hauskapelle, wenn Sie Nicola Messina in den Armen halten können?«

Stella seufzte und sah heimlich auf ihre winzige Armbanduhr. Nie ist er ernst, sagte eine Stimme in ihrem Kopf. Aber gerade das magst du doch so an ihm, antwortete eine andere Stimme. Er bringt dich zum Lachen, wenn du dir mal wieder Sorgen machst. Und er bringt dich zum Strahlen, wenn ihr endlich mal alleine seid. Durch das Fenster konnte Stella die Zweige des hohen Pinienbaums sehen, der schon Jahrzehnte vor ihrer Geburt dort gestanden hatte. Als die Villa noch Reichtum und Überfluss beherbergte.

»Ich liebe dich. Habe ich dir das eigentlich schon einmal gesagt?« Er bohrte seinen wuscheligen Kopf in ihre Achselhöhle wie ein übermütiger junger Hund.

Sie lächelte, aber das konnte er nicht sehen: »Dass du mich liebst? Nein. Noch nie. Aber du wirst schon sehen, was du davon hast.« Sie schwang sich hoch, setzte sich auf ihn und nahm seine Handgelenke, als ob sie ihn am Weglaufen hindern wollte. »Wir haben noch eine halbe Stunde.«

»He, Stella! Wo biste denn?«

»Hörst du mich, mein Mädchen?«

»Also, was meinst du nun dazu, Stella?«

Aus allen Ecken der Villa rief man sie, die Stimmen überlagerten sich und drangen zu ihr in den grünen Salon. Muss denn immer *ich* alles machen? Stella legte ihre Stirn auf das aufgeschlagene Mathematikbuch, hob sie aber sofort wieder an, denn nun betrat der Marchese den Raum.

»Ach, hier sitzt du. So früh am Morgen schon über den Büchern? Nun ja, weißt du, es ist nämlich so ... Ich musste gerade noch einmal über diese Statue im Garten nachdenken, und da ging mir die Frage durch den Kopf: Wer hat sie eigentlich umgestoßen? War es tatsächlich nur der Wind? Und wie kann das sein, dass ihr Kopf dabei abspringt und dann wegrollt und unauffindbar bleibt? So ein Kopf löst sich doch nicht in Luft auf ...«

»Es tut mir leid, aber ich weiß es nicht«, unterbrach Stella den ungewohnten Redefluss ihres Vaters und zog die Schultern noch ein wenig höher. Sie hatten sich diese Fragen schon hundertmal gestellt.

»Ach so? Nun ja. Ich dachte nur ...« Der Marchese knotete den Gürtel seines Hausmantels fester. »Vielleicht brauchen wir jemanden, der nach dem Rechten schaut. Als ich ein kleiner Junge war, hatten wir einen Portier, der Besucher mit einer Glocke ankündigte. Einmal bei einem einzelnen Herrn, zweimal für ein Ehepaar oder eine Dame, dreimal für Familienmitglieder, und wer war es doch noch, wenn er die Glocke viermal läutete? Ach, ich erinnere mich nicht ...«

Stella stieß die Luft aus. Einen Portier? Wenn wir Geld hätten, lieber Vater, wenn wir Geld hätten, gerne auch einen Portier, dachte sie. Kann ich jetzt bitte in Ruhe einen letzten Blick auf meine Gleichungen werfen? Wie soll ich heute sonst die letzte Mathearbeit vor der Abschlussprüfung schreiben? In diesem Moment zog der Marchese etwas aus einer der Taschen seines goldschimmernden Rocks. »Und dann wäre da noch etwas. Es ist nämlich so ... Der Brief traf gestern hier ein. Lies du ihn. Das bedeutet bestimmt nichts Gutes!« Er legte den Umschlag vor Stella auf den zierlichen Schreibtisch, tätschelte ihr unbeholfen und etwas zu heftig die Schulter und schlurfte dann in seinen Hauspantoffeln davon.

»Kloster der heiligen Samariterinnen vom Kreuz Christi«, las Stella auf dem Absender. »O Gott, wenn die beiden dort auch wieder rausgeschmissen werden, haben wir fast alle Kloster auf dem Festland durch.«

In diesem Moment kam Lolò durch die andere Türöffnung des *salotto* herein. »Hab dich schon gesucht, Schwesterchen. Warum antwortest du nich, wenn ich dich rufe?«

Stella steckte den Brief zwischen die Seiten des Mathebuches. Ihr Blick fiel auf die Oberarme ihres Cousins, deren Muskeln sich unter der schon jetzt im Frühjahr tiefbraunen Haut wölbten, und wanderte dann zu seinen derben Händen. »Hier, kriegst auch 'n Pfefferminz.« Er hielt ihr eine Packung *Mentinas* hin, die er Tag und Nacht lutschte. Hellblaue *Mentina*-Papierchen säumten seinen Weg wie die Kieselsteine bei Hänsel und Gretel.

Erst jetzt sah sie in seine kugelrunden dunklen Seerobben-Augen und auf seinen zu einem Grinsen verzogenen Mund. Ihr Cousin wusste nur zu gut, wie schwer sie ihm etwas abschlagen konnte.

»Lass dir von Maria etwas geben.«

»Die hat mich zu dir geschickt.«

»Mensch, Lolò! Warum hast du eigentlich nie Geld? Du bist doch zwei Wochen lang mit Alberto in Portovecchio beim Schiffsbau gewesen. Alberto gibt alles bei Assunta ab ...«

»Na, die ist ja mit dem auch verheiratet«, warf Lolò ein.

»... und du? Liegst deiner Mutter auf der Tasche.«

»Und seine Wäsche lässt er mir da, und er futtert für drei ...«, rief Assunta, während sie mit schaukelnden Hüften zu ihnen stieß. »Oh, sei ein Schatz, Stellina, und hilf mir doch mal mit dem Schuh!«

Stella seufzte und legte den Bleistift zur Seite. Lolò war natürlich in den benachbarten Salon geflohen und von dort aus abgehauen, sobald er den Hinkeschritt seiner Mutter hatte kommen hören. Sie stand auf und kniete sich vor Assunta hin, die im letzten Jahr so füllig geworden war, dass ihr das Bücken schwerfiel.

»Was koche ich denn für heute Abend?«, fragte die Tante auf sie hinab.

Natürlich, auch für den Speiseplan bin ich zuständig, dachte Stella und ging im Geiste den Inhalt des Kühlschranks und der Vorratskammer durch. »Haben wir nicht noch das *sugo* von Pupetta im Kühlschrank?« Sie klappte die Schnallen um und klemmte den hohen Spezialschuh damit an Assuntas verkümmertem Fuß fest. Assunta war es, die sie als Säugling in die Arme geschlossen und mit ihr aus der Villa gehinkt war. Die sie wie eine Tochter geliebt und aufgezogen hatte. Stella konnte sich noch gut daran erinnern, wie wundervoll geborgen sie sich in dem Bett zwischen Assunta und dem drei Jahre nach ihrer Ankunft geborenen Lolò gefühlt hatte. Das kleine Mädchen hatte immer darauf gewartet, einen Blick auf das geheimnisvolle weiße, an ein dünnes Stöckchen erinnernde verdrehte Bein zu erhaschen. Das Puppenbein. Manchmal, wenn Assunta schlief, hatte sie es aufgedeckt, lange betrachtet und vorsichtig berührt.

»Wenn wir heute Abend zu den Feuern von San Giuseppe gehen, essen wir ja auch noch etwas an den Ständen.«

»Oh, wie herrlich! All das Zuckerzeug!« Assunta klopfte sich auf ihren vorstehenden Bauch, der unter dem klein geblümten Hauskleid bebte.

»Eben. Da wird das *sugo* vorher schon noch reichen. Mach frische *tagliatelle* dazu, die kannst du besser als Pupetta.«

»Ach, ich liebe es, wenn wir mit der ganzen Familie unterwegs sind.«

Stella antwortete nicht. Sie musste sich unbedingt irgendetwas ausdenken, um zu Hause bleiben und lernen zu können.

An den Straßenständen wurde unter rot-goldenen Girlanden allerlei angeboten: gesalzene und kandierte Mandeln, Kichererbsen, weißer Nougat, Kürbiskerne. Und natürlich Granita. Aus Maulbeeren, Zitronen oder Jasminblüten. Stella schüttelte unmerklich den Kopf. Wieder einmal hatte sie es nicht geschafft, Assuntas Drängen nach dem abendlichen Spaziergang abzuwehren, noch dazu heute am Festtag.

»Siehst du«, sagte Assunta und umklammerte Stellas Arm noch fester, als sie an einer Gruppe junger Männer vorbeigingen, »so ein bisschen Bewegung tut dir nach dem vielen Sitzen doch gut!«

Stella nickte. Sosehr sie in der Villa für ihre Klugheit bewundert wurde und für das Talent, die meisten Probleme des Alltags zu lösen – hier draußen in der Öffentlichkeit hatte sie als minderjähriges Mädchen von fast neunzehn Jahren nichts zu sagen. Sie hatte ihren Körper angemessen bedeckt und die Augen gesenkt zu halten. Sie durfte niemanden anstarren, natürlich erst recht keinen Mann, und sollte möglichst nicht zu viel lachen oder sonst auf irgendeine Art die Aufmerksamkeit auf sich ziehen. Wenn ihr wüsstet, wie sehr ich lachen kann und die Aufmerksamkeit eines Mannes auf mich ziehe, im wahrsten Sinne des Wortes, dachte sie und lächelte bei dem Gedanken an den gestrigen Nachmittag vor sich hin.

»Wo ist denn der Taucher heute?«

Stella war unmerklich zusammengezuckt. Nicht zu fassen, als ob die Tante es mit ihrer kleinen Kartoffelnase wittern würde. »Nico? Ich weiß nicht. Zu Hause? Er lernt vermutlich. Bis zu unseren Abschlussprüfungen sind es nur noch zwei Monate.«

»Lernen? Der? Ausgerechnet am Abend von San Giuseppe? Der hat doch noch nie was für die Schule getan. Warum ist er nicht hier? Will er dich nicht sehen? Ihr macht doch keinen Unsinn?!«

Stella protestierte: »*Zia!*«

Aber Assunta konnte man nichts vormachen. »Was denn? Bei euch jungen Leuten weiß man doch nie.«

Stella merkte, wie ihr Magen sich aus Furcht zusammenzog und eine alarmierende Welle an die umliegenden Eingeweide schickte. Natürlich machten sie Unsinn dort oben im Ostflügel, und Assunta wusste das. Man sagte auch Unkeuschheit oder Sittenlosigkeit dazu. »Sünde« nannte Pater Anselmo es in seinen Predigten. Aber sollten sie etwa noch warten, bis sie das Studium beendet hatten, wie Nicos Mutter es bei der Verlobung verlangt hatte? Sollte sie noch endlose Jahre bis zu ihrer Ehe auf seine Umarmungen verzichten, seine nackte Haut nicht mehr auf der ihren spüren, seine zärtlichen Küsse überall auf ihrem Körper missen und nicht mehr das eine tun, das sie mittlerweile so sehr genossen ...

Das hielte sie unmöglich aus, eher würde sie sterben wollen. In diesem Moment drückte Assunta ihren Arm und lächelte von unten zu ihr hoch. Sie musste dabei den Kopf leicht in den Nacken legen, denn Stella war fast zwei Köpfe größer als sie. Stella wusste, dass ihre Tante ihr die Liebe zu Nicola und auch die heimlichen Treffen von ganzem Herzen gönnte, aber das würde sie natürlich niemals zugeben.

Es war wirklich mühsam, als Frau durchs Leben zu gehen. Nur bei Nicola war es wunderschön, eine Frau zu sein, *seine* Frau. Wenn sie doch nur endlich ihre Unterschrift unter die Heiratsurkunde neben die seine setzen könnte. Niemand könnte ihn ihr dann mehr wegnehmen. Sie wäre die Signora di Camaleo Messina, verheiratet mit dem Architekten Nicola Messina. Na ja, sie korrigierte sich, eigentlich könnte sie sich ja auch Marchesa nennen. Ach was, die *Architektin* Maristella di Camaleo Messina, verheiratet mit dem Architekten Nicola Messina. Hörte sich das nicht viel großartiger an?

Außer dem Ostflügel hatten sie noch zwei weitere Verstecke, in denen sie sich trafen. Das Hinterzimmer der Apotheke, wenn Manuels Eltern am Wochenende mit ihm auf dem Land waren. Und das verlassene Bootshaus in der Bucht, zu dem Lolò sie dummerweise immer begleiten musste. Weil es sich nun mal so gehörte.

Das abgelegene Zimmer in der Villa hatte ihnen nicht nur im Winter eine Zuflucht auf der breiten Matratze unter vielen alten Decken geboten, sondern war auch jetzt, wo die Nächte noch kühl waren, der beste Platz. Nico hatte das kleine Tor in der Mauer von uraltem Gestrüpp freigelegt und ein neues Vorhängeschloss angebracht. So hatte er immer Zugang zum Garten und konnte sich von dort aus ungesehen in den Ostflügel schleichen – wie erst gestern Nachmittag. Sie rollten die Matratze jedes Mal wieder zusammen und versteckten sie mitsamt der Leintücher und Decken wieder in dem alten Schrank. Der Zugang zu dem einsturzgefährdeten Trakt war innerhalb der Villa abgesperrt, aber falls doch mal jemand in den Ostflügel kam, durfte er keinen Verdacht schöpfen.

Warum sollte Nico also hier sein? Um höfliche Konversation zu machen? Um neben ihr her zu gehen und ihr ein Eis zu kaufen?

Assunta zog Stella zu sich herab, damit Maria, die Hausangestellte, sie nicht hörte: »Dies ist kein Gespräch für die Straße«, wisperte sie ihr ins Ohr, »doch ich muss dich warnen. Es gibt Wege, die wir nicht durchschauen, und dann passiert das, was nicht passieren darf ...«

Wege, die wir nicht durchschauen, aha, dachte Stella und konnte sich ein belustigtes Kichern gerade noch verkneifen. Ausgerechnet Assunta wollte ihr auf diesem Gebiet Ratschläge geben? Die Spezialistin für unbefleckte Empfängnis? Die ihren Lolò von einem Hausierer, der mit Bürsten und Kämmen in ihrer Gasse aufgetaucht war, bekommen hatte, ohne dass man bis heute wusste, wie? Denn immer noch schwor sie Stein und Bein, ihm nicht *beigewohnt* zu haben. So nannte sie das. Assunta machte sich also tatsächlich Sorgen um sie. Wie lästig. Wie schön! Sie packte den Arm der Tante fester. »Du brauchst nicht beunruhigt zu sein. Ja, wir treffen uns manchmal, aber wir reden nur.« Und benutzen diese neuen Kondome, dachte sie. Die man sogar mehrmals verwenden kann, sagt Nico.

»Hach! Nur reden? Das wüsste ich aber! Du hast doch immer diesen speziellen Ausdruck in den Augen, wenn du von wer weiß woher angerannt kommst, nachdem man stundenlang nach dir gerufen hat.«

Stella zog es vor zu schweigen. Wenn Assunta wüsste, wenn alle hier am Strand wüssten, dass sie keine Jungfrau mehr war. Schon lange nicht mehr.

»Das gehört sich nicht, das gehört sich nun wirklich nicht!«, jammerte die Tante.

»Aber wir sind verlobt«, entgegnete Stella. »*Reden* dürfen wir doch.«

»Ach ja? Ganz alleine? Eben nicht! Jemand von uns muss dabei sein! Was sollen die Leute sonst denken?« Assunta gab keine Ruhe, bis Stella sie vor einen Stand zog, ihre letzten Münzen zusammenklaubte und ihr eine gedrehte Papiertüte mit gebrannten Mandeln kaufte.

Die Bewohner von Marinea hatten Gerümpel aus Holz, trockene Äste und Strandgut gesammelt und zu riesigen Haufen aufgeschichtet, die nun als lodernde Feuer zu Ehren des heiligen Giuseppe in weiten Abständen am Strand des Dorfes brannten. Kleine Jungen rannten aufgeregt umher, immer mehr Menschen strömten aus den Häusern.

»Meine Familie«, sagte Assunta, die alle Mandeln in Windeseile verschlungen hatte und anstelle ihrer Nichte nun den großen Alberto an ihrem Arm präsentierte. »Mein Mann, mein Sohn, meine geliebte Ziehtochter ... und tatsächlich auch dabei: mein Schwager.« Sie zeigte mit dem Daumen hinter sich, wo das Auto des Marchese ihnen im Schritttempo über die Uferstraße folgte. Er würde sich nie zu Fuß unter das gemeine Volk mischen, dennoch schien er neuerdings an ihren Unternehmungen teilnehmen zu wollen.

Auch Maria hatte die Limousine bemerkt, Stella erkannte es an dem unruhigen Geschniefe, mit dem die Hausangestellte immer wieder die Nase hochzog, während sie mit gekreuzten Armen weiterging und dabei auf die *falò,* die Feuer, schaute. Stella betrachtete Marias sehnigen langen Hals, die dünnen, langsam ergrauenden Haare. Sie war bestimmt schon vierzig, mein Gott, so alt, und dennoch machte sie es unaufhörlich mit dem Marchese ... Schnell verdrängte Stella die Bilder, die vor ihrem inneren Auge auftauchten. Sie hatte sie damals nicht beobachten wollen, ganz bestimmt nicht ... Natürlich durfte Maria über die Beziehung zu ihrem adligen Herrn niemals etwas verlauten lassen. Man würde ihr auch gar nicht glauben. Stella mochte Maria. Sie hatte sie immer freundlich in Empfang genommen, wenn sie als kleines Mädchen sonntags in die Villa kam, um die Eltern zu besuchen, die sie nicht als Tochter hatten haben wollen. Und sie tat ihrem Vater gut. Er war mit einer abweisenden, melancholischen Ehefrau geschlagen gewesen und durch die späte Liebe zu Maria aufgeblüht.

O ja, dachte Stella. Dies ist auch meine Familie. Aber was wurde uns schon alles zugetragen, was haben die Leute übel über uns geredet, liebe Assunta.

Die Leute wunderten sich immer noch, wie die behinderte Assunta einen Mann wie Alberto dazu gebracht hatte, sie zu heiraten und damit endlich von dem Namen »Signorina Puppenbein« zu erlösen. Viele Frauen beneideten sie sogar um ihn, denn er war ihr anscheinend treu und hatte Bärenkräfte. Sie, die nicht nur einen unehelichen Sohn bekommen hatte, sondern dazu noch eine von der Schwester verstoßene Nichte aufziehen musste. Stella. Eine Nichte, die zwar offiziell verlobt, aber keine Jungfrau mehr war, da sie als Mädchen vom Kutscher der Familie vergewaltigt wurde. Stella verzog den Mund, als habe sie auf etwas Bitteres gebissen. So war es nicht, so war es ganz und gar nicht gewesen, doch die Leute glaubten, was sie glauben wollten, und machten auch kein Geheimnis aus ihrer Überzeugung. Assuntas Schwager sei nur ein verarmter, verschrobener Markgraf, behaupteten sie, der seit dem Freitod seiner Frau verdächtig viel mit der mageren Hausangestellten gesehen werde ... Auch Assuntas andere Nichten boten viel Anlass zum Klatsch. Sie hatten sich kurz vor dem Selbstmord der Marchesa den Kopf geschoren und die Augenbrauen abrasiert und waren in Männerklamotten durch die Straßen gelaufen, um einer erzwungenen Doppelverlobung zu entfliehen. Nach dem Skandal wurden sie in ein fernes Kloster verbannt, und man hörte noch heute schreckliche Dinge über sie. Stella atmete tief ein. Es war nicht alles wahr, was man sich in Marinea und auch in Bellaforte über die Familie di Camaleo erzählte. Aber es war auch nicht alles erfunden.

Konnte diese Gruppe von Versehrten und Behinderten, irregeleiteten Armen und verarmten Adligen, für die manche Leute sie hielten, jemals eine intakte, gesunde Familie sein?

Lesen Sie weiter in:

STEFANIE GERSTENBERGER
PINIEN SOMMER

ISBN 978-3-453-29161-4

Auch als E-Book